束忱 注譯

新譯宋傳奇小說選

三民書局 印行

國家圖書館出版品預行編目資料

新譯宋傳奇小說選／束忱注譯.——初版一刷.——臺北市：三民，2010
面；　公分.——(古籍今注新譯叢書)

ISBN 978-957-14-5289-0　(平裝)

857.25　　98021315

© 新譯宋傳奇小說選

注譯者　束　忱
責任編輯　田欣雲
美術設計　陳宛琳
發行人　劉振強
著作財產權人　三民書局股份有限公司
發行所　三民書局股份有限公司
地址　臺北市復興北路386號
電話　(02)25006600
郵撥帳號　0009998-5
門市部　(復北店)臺北市復興北路386號
(重南店)臺北市重慶南路一段61號
出版日期　初版一刷　2010年1月
編號　S 033120
行政院新聞局登記證局版臺業字第〇二〇〇號

ISBN 978-957-14-5289-0　(平裝)

http://www.sanmin.com.tw　三民網路書店

刊印古籍今注新譯叢書緣起

劉振強

人類歷史發展，每至偏執一端，往而不返的關頭，總有一股新興的反本運動繼起，要求回顧過往的源頭，從中汲取新生的創造力量。孔子所謂的述而不作，溫故知新，以及西方文藝復興所強調的再生精神，都體現了創造源頭這股日新不竭的力量。古典之所以重要，古籍之所以不可不讀，正在這層尋本與啟示的意義上。處於現代世界而倡言讀古書，並不是迷信傳統，更不是故步自封；而是當我們愈懂得聆聽來自根源的聲音，我們就愈懂得如何向歷史追問，也就愈能夠清醒正對當世的苦厄。要擴大心量，冥契古今心靈，會通宇宙精神，不能不由學會讀古書這一層根本的工夫做起。

基於這樣的想法，本局自草創以來，即懷著注譯傳統重要典籍的理想，由第一部的四書做起，希望藉由文字障礙的掃除，幫助有心的讀者，打開禁錮於古老話語中的豐沛寶藏。我們工作的原則是「兼取諸家，直注明解」。一方面熔鑄眾說，擇善而從；一方面也力求明白可喻，達到學術普及化的要求。叢書自陸續出刊以來，頗受各界的喜愛，使我們得到很大的鼓勵，也有信心繼續推廣這項工作。隨著海峽兩岸的交流，我們注譯的成員，也由臺灣各大學的教授，擴及大陸各有專長的學者。陣容的充實，使我們有更多的資源，整理更多樣化的古籍。兼採經、史、子、集四部的要典，重拾對通才器識的重視，將是我們進一步工作的目標。

古籍的注譯，固然是一件繁難的工作，但其實也只是整個工作的開端而已，最後的完成與意義的賦予，全賴讀者的閱讀與自得自證。我們期望這項工作能有助於為世界文化的未來匯流，注入一股源頭活水；也希望各界博雅君子不吝指正，讓我們的步伐能夠更堅穩地走下去。

新譯宋傳奇小說選 目次

導讀

宋傳奇發展脈絡與概貌

如同詩歌一樣，小說一體經過唐人才華橫溢、汪洋恣肆的發揮之後，到了宋代產生了新變，出現了不同於前人的新面貌、新格調、新趣味。要了解宋傳奇的成績與新變，首先必須對宋傳奇發展的脈絡有個大致了解。

一、宋初的傳奇小說

宋初的傳奇小說基本可謂唐人小說之餘音。首先，其代表作家大率為前朝入宋的士大夫，如徐鉉、吳淑、樂史、張齊賢等等。其次，宋太宗即位之後，太平興國二年（西元九七七年）命大臣集體編纂幾部大書，其中就有一部是帶有小說總集性質的《太平廣記》，收羅了許多志怪、傳奇及各種異聞雜說，為宋以前的文言小說作了一次總結性的清理。這對宋代小說的發展有很大影響，不少文人模仿晉唐小說，紛紛寫作志怪、傳奇體的作品。

宋初志怪類的傳奇，有徐鉉的《稽神錄》及其婿吳淑的《江淮異人錄》等，而傳記體傳奇則有樂史的〈綠珠傳〉、〈楊太真外傳〉等。

《稽神錄》所記，大抵簡率，事亦平淡。吳淑之作稍詳，但辭藻與想像力相對較弱。而能開一代風氣之先者，當數樂史。樂史（西元九三〇—一〇〇七年），字子正，撫州宜黃（今江西宜黃）人。自南唐入宋，為著作佐郎，知陵州，以獻賦召為三館編修，累官正掌西京磨勘司，改判留司御使臺。曾著有《太平寰宇記》、《廣卓異記》等。他的傳奇小說尚存〈綠珠傳〉和〈楊太真外傳〉兩種。據《宋史・藝文志》記載，尚有〈滕王外傳〉、〈李白外傳〉、〈許邁傳〉各一卷，現已失傳。二書都摭拾舊說，薈萃成文。〈綠珠傳〉除了運用《晉書・石崇傳》的資料外，還引述王昭君、六出、窈娘等好幾個女性的事蹟，甚至引用了〈周秦行記〉裡完全出於虛構的綠珠鬼魂賦詩言志和拒絕伴寢的情節。〈楊太真外傳〉彙集了楊貴妃的故事，除史傳之外，還包括〈長恨歌傳〉和〈東城老父傳〉中的情節。這種紀實的風格和兼容並納的寫法是宋代傳奇的一個重要特點。此外，樂史現存的傳奇在文末都有作者的議論點評。如〈綠珠傳〉：「蓋一婢子，不知書而能感主恩，憤不顧身，其志烈懍懍，誠足使後人仰慕歌詠也。至有享厚祿，盜高位，亡仁義之行，懷反覆之情，暮四朝三，唯利是務，節操反不若一婦人，豈不愧哉！今為此傳，非徒述美麗，窒禍源，且欲懲戒辜恩負義之類也。」有較為強烈的倫理傾向。魯迅說宋傳奇「篇末垂誡，亦如唐人，而增其嚴冷，則宋人積習如是也，於〈綠珠傳〉最明白」（《中國小說史略》）。從這個角度來說，樂史的作品也算是開風氣之先了。

在北宋，比較有特色的傳奇小說集，還有張齊賢的《洛陽縉紳舊聞記》。張齊賢（西元九四三－一〇一四年），字師亮，曹州（今山東菏澤）人，徙居洛陽。太平興國二年進士，累官同中書門下平章事，以司空致仕。卒謚文定。《宋史》有傳。《洛陽縉紳舊聞記》乃真宗景德二年張齊賢以兵部尚書知青州時所作。皆述梁、唐以還洛城舊事，凡二十一篇，分為五卷。因其所記大多為親自見聞之事，所以寫得平實真切，而文筆清潔、敘事曉暢，不乏傳神的細節描寫。

還有《茅亭客話》，黃休復撰。這是一部專記五代前後蜀至宋真宗時的蜀事志怪集。《郡齋讀書志》著錄十卷，稱這是黃休復在書齋中記錄賓客所說的軼聞異事，擇其「合道旨、屬懲勸者」而作成的。它多涉神怪，尤其以志道家靈跡、談煉丹服藥和導引之術的故事為多，大率怪誕不稽，但書中也涉及到一些蜀地的風俗掌故以及文學藝術方面的資料，具有一定的史料價值。

二、北宋中後期的傳奇小說

北宋中後期是宋代傳奇小說形成自身特色的時期，一方面張君房的《乘異記》、張師正的《括異志》、華仲詢的《幕府燕閒錄》仍然沿襲徐鉉、吳淑文風，記鬼志怪、稱道靈異；

另一方面，這一時期也產生了一批情節曲折、文采華贍、藝術性較強，同時又有鮮明時代特徵的作品。這些作品大多收入在《青瑣高議》和《雲齋廣錄》之中。

《青瑣高議》，劉斧撰。劉斧生平不詳。書前有孫副樞序，稱：「劉斧秀才自京來杭謁予，吐論明白，有足稱道。復出異事數百篇，予愛其文，求予為序。子之文，自可以動于高目，何必待予而後為光價？予嘉其志，勉為道百餘字，敘其所以。」序中說劉斧「吐論明白，有足稱道」，學者以為其人似為說書人之流。

該書《郡齋讀書志》和《宋史・藝文志》皆著錄十卷。今存有前集、後集各十卷，別集七卷，另有佚文散見他書。前集成書於熙寧間，後集則當在元祐以後了。

該書出自纂輯，其中收錄了不少名篇佳作。例如秦醇，《青瑣高議》中收錄了其四篇作品：〈趙飛燕別傳〉、〈驪山記〉、〈溫泉記〉、〈譚意歌傳〉，均為宋傳奇之名篇，其中尤以〈趙飛燕別傳〉及〈譚意歌傳〉為人矚目。前者寫飛燕、合德姐妹先為漢成帝寵幸，後為「固寵」而施陰謀，最終失勢的故事。小說情節曲折，細節豐富，而文辭尤為雅麗，其中形容昭儀入浴之句：「蘭湯灩灩，昭儀坐其中，若三尺寒泉浸明玉」，為歷代論者所豔稱。〈譚意歌傳〉寫良家女子譚意歌流落長沙為娼，後與士子張正宇相愛，婚約甚堅，其後張迫於母命及輿論，竟另娶妻。而兩人分別時意歌已懷孕。意歌雖知被棄，仍養子守節，不另嫁人。三年後，張所娶妻已死，遂與意歌重圓。魯迅謂此篇「蓋襲蔣防之〈霍小玉傳〉，而結以『團圓』者也」（《中國小說史略》）。事實上此篇雖然前半部分情節和〈霍小玉傳〉類似，但文章所反映出的觀念和感情，都帶有典型的時代特徵。另外小說多用聯語、詩詞、信札穿插其中，這也是宋代傳奇的一個重要特徵。

再如錢易的〈越娘記〉、〈烏衣傳〉，張實的〈流紅記〉，都是宋傳奇中的名篇。總的來說，《青瑣高議》中的傳奇作品敘事較詳，頗有文采斐然、意想豐富的作品。

北宋時期，真正能「著文章之美，傳要妙之情」的傳奇作品，集中收錄在李獻民的《雲齋廣錄》中。根據書前自序，可知《雲齋廣錄》是李獻民在政和辛卯年完成的。《郡齋讀書志》小說類著錄為十卷，《宋史・藝文志》同。但今傳本僅九卷，分「士林清話」、「詩話錄」、「靈怪新說」、「麗情新說」、「奇異新說」、「神仙新說」六門。「士林清話」記文人墨客的軼事趣事，「詩話錄」載宋人詩歌。後四門則都是傳奇小說。

李獻民自序稱：「故嘗接士大夫緒餘之論，得清新奇異之事頗多。今編而成集，用廣其傳。」他在收錄時很重視藝術標準，特別強調詩筆。所以，收錄的作品都符合唐人沈既濟「著文章之美，傳要妙之情」的要求，不但情節新穎離奇，文辭也華麗精美。

卷五「麗情新說」收錄〈西蜀異遇〉一篇，記李達道與狐女宋媛相愛的故事。李達道明知宋媛是狐妖，仍一往情深，不顧一切地愛她，其癡情寫得真摯動人。穿插的詩歌也富有情致，淒婉哀豔。這個故事後來也演變成為俗講文學，羅燁《醉翁談錄》所收話本中就有〈李達道〉一篇。

卷六的〈四和香〉也是一篇流傳很廣的故事。它記孫敏與一神祕麗人幽會的情節，最後杳然不見其蹤影。作者最後的感慨「人耶？鬼耶？仙耶？此不可得而知也」，留下了不盡的遐想和餘味，這樣的寫法在前人小說似罕遘遇。

卷七「奇異新說」中有〈錢塘異夢〉一篇，是宋代盛傳的故事，記司馬槱與蘇小小事，又見於張耒的〈書司馬槱事〉和何薳《春渚紀聞》卷七〈司馬才仲遇蘇小〉。《醉翁談錄》中也有話本〈錢塘佳夢〉一目，明清時人都作過小說和戲曲敷演其事。但最富文采和奇想的當推〈錢塘異夢〉。

卷九的〈盈盈傳〉自敘「予」與吳女盈盈相愛，盈盈死後成仙，又在泰山仙洞中重逢的故事。情節撲朔迷離，神祕奇麗，附載的詩歌也很華美。此文出自《筆奩錄》，作者王山，其人不詳。

從《青瑣高議》到《雲齋廣錄》，可以看到北宋傳奇創作發展的一段軌跡。這就是情節趨向曲折，構思趨於奇巧，而文字則愈加富豔精工，並且好用詩歌來加強文采。學者以為，北宋傳奇雖有深受「士習拘謹」束縛的一面，但也存在著與此相背的運動；南宋的文言小說就是在這樣的基礎上向前發展的。

三、南宋的傳奇作品

南宋的志怪小說集有郭彖《睽車志》、洪邁《夷堅志》、沈某的《鬼董》等。《睽車志》多談報應，文字亦蕪雜。《夷堅志》則使宋代志怪的面貌有了較重大的變化。

洪邁（西元一一二三—一二〇二年），字景盧，鄱陽（今江西波陽）人。紹興十五年進士，累遷吏部郎兼禮部。知泉州，又歷知吉、贛、婺州及建寧、紹興府，入為中書舍人兼侍讀，直學士院。淳熙二年（西元一一七五年）以端明殿學士致仕。洪邁學問淵博，所撰《容齋隨筆》具有較高學術價值。《夷堅志》卷帙浩繁，計初志二百卷，支志、三志各一百卷，四志二十卷，凡四百二十卷，每志又各以天干分為十編（甲至癸），唯四志只有甲、乙二編。今僅存一百八十卷及後人輯集的《夷堅志補》三十五卷、《再補》一卷。《夷堅志》原為洪邁晚年遣興之書，始刊於紹興末年（西元一一六二年），絕筆於淳熙初年（西元一一七四年）。《列子・湯問》中有「夷堅聞而志之」一語，稱夷堅為博物之人，能記怪異，這便是《夷堅志》命名之由。書中所收故事，數量廣大、風格駁雜。有人譏為以多為勝，甚為蕪雜。但《夷堅志》中的優秀作品也頗為引人矚目。較之以前的作品，《夷堅志》中不少篇什篇幅加長，容量豐富。如《夷堅志補》卷八〈王朝議〉，寫沈將仕被騙的過程，委婉周詳；卷一一〈滿少卿〉寫滿少卿與焦氏女由合至離及少卿最終被殺，亦曲折有致。其次，市民性增強，反映了市井民眾的生活。如《夷堅志補》卷七〈豐樂樓〉中的沈一、卷一一〈滿少卿〉中的焦氏父女等等，其身分就均為市井細民，他們的言行和感情，充分反映出其階層特點。如沈一看到其酒客中有幾人情況特殊，以為是五通神，便向他們跪拜，「乞小富貴」；他們送了他一袋器皿，他摸知為銀酒器，擔心背回家去時酒器碰撞發聲，路上有人盤問，就趕快用槌擊腳踩，將它們全都弄扁；回家後向妻子道：「速尋等秤來，吾獲橫財矣。」言語聲口極其切合其身分。再有一點，《夷堅志》的消遣性明顯增強，政治或倫理指向遠遠沒有很多宋傳奇作品那樣明顯。學者以為《夷堅志》已經在向「說話」方向邁進。而這種傾向在《夷堅志》以後的《鬼董》中更為明顯。《鬼董》作者姓沈，名字已不可考，約生活於南宋後期，為太學生。董狐為古代著名史家，作者以記鬼的董狐自命，故名其書為《鬼董》，凡五卷。

南宋的文言小說集還有《摭青雜說》，為王明清作。明清（西元一一二七—一二〇二年以後），字仲言，汝陰（今安徽阜陽）人。曾為寧國軍節度判官、泰州通判、浙西參議。著有《揮塵錄》、《玉照新志》等。《摭青雜說》原書已佚，零篇主要保存於《說郛》中，現在能見到的幾篇均為新奇曲折的故事。

南宋的傳奇作品除去保留在專輯之中的，還有一些單行的篇什。比如《說郛》所收的〈梅妃傳〉，以及〈李師師外傳〉。〈梅妃傳〉寫梅妃江采蘋才色均佳，很受唐明皇寵愛。楊妃入宮，她逐漸失寵，終致被遷於上陽東宮。作者筆下的梅妃氣質高雅、溫柔賢淑，但她卻有自己的感情立場，不同於很多逆來順受的「賢德」婦女，似乎和理學家理想中的「后妃之德」有所出入。作者在篇末還特別批駁了那種認為楊貴妃和梅妃的悲慘結局「均其妒忌自取」的說法，而把災禍的造成歸咎於唐玄宗的昏庸。與此類似，〈李師師外傳〉雖然描寫的是宋徽宗的「豔史」，但卻塑造了一名沉淪風塵卻品格堅剛、識見超群的女性形象。文章的最後也對傳統的紅顏禍水的觀點進行了批駁，將亡國之禍歸咎於皇帝的荒淫。這兩篇作品在藝術上也頗有可取之處，不僅容量較大，而且故事講述、細節鋪陳、遺辭造句均屬上乘，可謂南宋傳奇之殿軍。

宋傳奇的風格與特性

宋代是中國小說史上一個重要階段，是一個繼往開來的時期。宋代的文言小說一方面繼承了唐傳奇的財富，一方面又因時代風會而發展嬗變，出現了向通俗文學方向演進的趨勢。這些變化可從以下幾個方面把握。

一、想像力的消退和現實性的增強

與唐傳奇富於浪漫想像的特點不同，宋代的傳奇小說更偏重於現實的審視與觀照。研究者公認：唐人作意好奇、「有意為小說」，對傳奇創作的虛構性和文學性有了較為充分和自覺的認識；而到了宋代，文言小說的創作觀念又在紀實和創作之間發生了搖擺。如歐陽脩在《新唐書．藝文志》序言中說：「至於上古三皇五帝以來世次，國家興滅終始，僭竊偽亂，史官備矣，而傳記、小說，外暨方言、地理、職官、氏族，皆出於史官之流也。」把小說歸於史家之流，無視小說作為文學創作的獨立價值。再如張邦基在〈墨莊漫錄跋〉中說：「唐人所著小說家流，不啻數百家，後史官采摭者甚眾。……故予鈔此集，如寓言寄意者皆不敢載，聞之審、傳之的，方錄焉。」則表現出小說作者為抬高自己的身分而依附於史傳。

這樣的認識自然導致小說作者「避虛就實」，不注重虛構與想像而多著眼於實錄與紀事。

我們以宋代規模最為龐大的小說集《夷堅志》為例。其作者洪邁曾任史官，在小說集的序言中他說：「人以予好奇尚異也，每得一說，或千里寄聲，於是五年間又得卷帙多寡與前編等，乃以乙志名之。凡甲乙二書，合為六百事，天下之怪怪奇奇盡萃於是矣。」可見他雖然喜歡奇聞異事，但卻述而不作，較少虛構和藝術加工，即所謂「偏重事狀，少所鋪敘」（魯迅《中國小說史略》）。

宋人黜虛崇實的寫作態度除去小說觀念的影響外，更多的是受到了時代風尚的浸染。宋代統治者對於晚唐以來地方割據和五代政權不斷易手有痛切的感受，因此尤其注重中央集權的保障。一方面削弱藩鎮武將勢力並從政治制度設計上加強君權，防止地方勢力孳生；與此同時，也進一步加強對意識形態的控制。宋代統治者優待文士，一再擴大科舉取士的名額，提倡優遊文史、整理典籍的風氣，實際上這是一種籠絡與挾制知識階層的方法。以科舉考試而論，其內容自真宗以後由詩賦、策論轉變為集中於儒學，立論必須依據儒家經典，諸子書不合儒學的都不許採用。到仁宗以後，進一步在各州縣建立學校講授儒學，作為培養士子的基地，更深化了官方思想對讀書人精神生活的控制。與此同時，宋代的理學也在強調外在倫理規範的同時，要求知識分子有內在心性自覺地控制和修養，這無疑也是對文人精神品質的一種規範和約束。因此，唐人那種豪放浪漫、飛騰恣肆的時代精神特徵為之一變，轉而成為內斂與務實。就文言小說而論，明人胡應麟在《少室山房筆叢》卷二九中說：「唐人以前，紀述多虛，而藻繪可觀；宋人以後，論次多實，而彩豔殊乏。」桃源居士〈宋人小說序〉中也認為宋人小說比起唐人來「奇麗不足，而樸雅有餘」。唐傳奇那種豪氣干雲、想像出群的文風到了宋代已經很少再能見到；但是與此同時宋傳奇卻也有腳踏實地、平易可親的優點。較之唐傳奇，宋傳奇更注重平凡人生的講述、日常生活的描摹，小說對於現實有了更深層次的觸摸和挖掘，對於社會也有了更為廣闊和深刻的反映，這一點是宋傳奇非常值得寶貴的財富。

二、情感的收斂和理性的提升

上面說到：由於統治者的壓制與束縛、由於主流社會思想的籠罩，宋代知識分子的群體個性表現為內斂與務實，也可以說他們比較重理智而輕感情；比較注重政治責任與道德義務，而抑制個性的自由發展、自由表露。與唐代文士相比，宋人思想更成熟深沉，情感更含蓄內斂，而缺乏唐人那種豪氣干雲、天真爛漫的精神氣質。因此，在宋代各個文學門類中，都比較普遍地看重並自覺踐行「詩以諷諫」、「文以明道」的觀念，比較強調文學的政治與教化作用。這一點，在文言小說創作中也有比較明顯的體現。

從宋初樂史等人的創作開始，宋傳奇便表現出很明顯的、疏於情感抒發而重於理性思考的特點。魯迅說「篇末垂誡，亦如唐人，而增其嚴冷，則宋人積習如是也，於〈綠珠傳〉最明白」（《中國小說史略》）。宋代傳奇中有不少歷史題材的作品，其中著名的如〈趙飛燕別傳〉、

〈楊太真外傳〉、〈梅妃傳〉等。這些作品中主要以暴露古代帝王貴族驕奢淫逸為宗旨，譴責他們的荒淫亂政。試圖對歷史上亡國的教訓進行反思和總結，為當代的朝政提供借鑑，政治和倫理方面的功利色彩非常明顯。不少作品由於過於偏重理性的思考，對於情感和個性的描寫便不及唐傳奇。如描繪綠珠之死，作者只說：「收兵忽至，崇謂綠珠曰：『我今為爾獲罪。』綠珠泣曰：『願效死于君前。』崇因止之，于是墜樓而死。」對於主角的神態、內心活動缺乏深入細緻的挖掘與表現。

三、通俗化的趨勢

在宋代，城市與商業的發達刺激並孕育了市民文學的興盛。據宋人筆記記載，在以北宋都城汴京和南宋都城臨安為中心的城市中，普遍建有被稱為「瓦舍」、「勾欄」的娛樂場所，演出各種各樣的技藝。其中最流行的是說話（說書）。吳自牧《夢粱錄》和耐得翁《都城紀勝》均載有當時的「說話四家」，其中最重要的是「小說」和「講史」。與此同時，紙張成為普通的商品，印刷術進一步普及，文學不再是少數階層的專利，而出現了一個普及化的進程。一大批本來被摒除在知識階層之外的下層讀書人、商賈市民，也加入文學的創作中來。這對宋傳奇也產生了深刻的影響。在唐傳奇中，士大夫占據著舞臺的中心，中上層知識分子、貴族婦女是絕對的主角；但是在宋傳奇中，小知識分子、破落貴族乃至市井小民逐漸走向舞臺的亮處。特別是北宋後期到南宋，小說中有很大的比例反映了市民生活，這一點在《夷堅志》

中看得非常清楚。《夷堅志》本是以志怪為主的小說集，但是卻有大量反映市井生活的篇目：〈李將仕〉、〈臨安武將〉、〈吳約知縣〉分別寫三個利用女色詐財的騙局，〈豐樂樓〉、〈滿少卿〉等篇什的主角為城市平民。再如著名的「大桶張氏」的故事，其主要人物為商人、經紀人、仵作，全部為「士」階層之外的「細民」，小說中寫到富商張某背棄婚約、另攀高門，這本是一個負心漢的老題材，但女主人公孫氏卻不像鶯鶯那樣忍氣吞聲，更不似霍小玉那樣鬱鬱而亡，她選擇的方式是直接跑到負心人的家門前怒罵扣問，討要說法。這樣的行為舉止是由其商賈之女的身分所決定的，這樣的女主人公形象也是前代所沒有的。

從形式角度看，宋傳奇也有向通俗文學靠攏的跡象。如劉斧所編《青瑣高議》，各卷分類，每篇題下均有七字標目，與話本體制相似。而李獻民《雲齋廣錄》裡設立了「靈怪新說」、「神仙新說」等門類，和小說家話本的分類息息相通。而南宋一些文言小說更開始引入口語，如《夷堅志》之〈劉元八郎〉中便有「世上卻有如此好人，真是可重」、「兩三日服事你，如何略不陳謝？且與我十萬貫」、「我自無飯吃，那得閒錢」；《摭青雜說》之〈守節〉中有「彼自姓賀，自與你范家子了無半毫相惹。汝道世間只有一個范家子耶？」等等，都透露出了文人創作走向通俗、走向平民的消息。

最後交代一下本書的注譯工作。宋代的文言小說篇什浩瀚，而傳奇一體又缺乏明確不疑的界定，因此篇目的選擇去取頗費躊躇。好在大陸學者李劍國先生編有《宋代傳奇集》，以「敘述宛轉，文辭華豔」的傳統標準，遴選校點宋代小說近四百篇。在此基礎上，本書編者萃取了其中流傳廣泛、影響較遠、藝術程度較高者近四十篇。本書的原文也以李著《宋代傳奇集》為本，凡有需校勘之處，一律逕改原文；以注音取代夾注反切音讀；闕文則用□代替，皆不另作校記，闕文處的語譯則依上下文意斟酌翻譯。本書的注釋主要著眼於闡釋典章制度、人物史事，而譯文則在忠實原作的基礎上力求融會貫通、表情達意。疏漏之處，盼讀者指正。

束忱　謹識

司馬郊

吳　淑

【題　解】本篇出自《江淮異人錄》，講述一個具有異能的術士的傳奇故事。《江淮異人錄》久無傳本，四庫館臣自《永樂大典》中輯錄得二十五篇之數。

【作　者】吳淑（西元九四七—一〇〇二年），字正儀，潤州丹陽（今江蘇鎮江丹陽）人。《宋史》本傳稱其人純靜俊爽，屬文敏速，善書，尤工篆籀。以薦試學士院，授大理評事。預修《太平御覽》、《太平廣記》、《文苑英華》。後遷水部員外郎。至道二年（西元九九六年）兼掌起居舍人事，預修《太宗實錄》。再遷職方員外郎。《宋史》載淑有文集十卷，《江淮異人錄》三卷，《祕閣閒談》五卷。

司馬郊，一名凝正，一名守中，遊於江表❶。常被冠褐❷，躡屐❸而行，日可千百里。衣褐不改作而常新，所為粗暴，人無敢近之者。能詐死，以至青腫臭腐，俄而復活。

【章　旨】此段交代司馬郊的出身和異能。

【注　釋】❶江表　指長江以南地區。因為從中原看，其地在長江之外，故稱。❷冠褐　冠，與禮服相配的高帽。褐，一種長袍。斜領大袖，四周鑲邊，前繫長帶，類似後世道袍。❸躡屐　穿著木屐。

【語譯】司馬郊，一名凝正，又名守中，常在江南一帶遊歷。他平常喜歡戴高帽穿道服踏木屐，一天能走上千里路。他的衣服從來沒見過翻改卻總像新的一樣。由於此人行為粗暴，平時沒有人敢親近他。他還有一種詐死的法術，身體已經青腫腐臭了，卻能迅速復活。

嘗止於宣州開元觀，自宣之歙❶，時道士邵修默亦往歙州，至城門遇之，與同行。修默避之，先往至一鎮戍，方息於逆旅，郊續至，修默隱身潛窺之。見郊入別店中，召主人與飲，因而凌辱之。主人初亦敬謝，郊不為已而更擊之，既而互相搏擊，郊忽踣於地，視之已死，體冷色變。一市皆聚觀，乃召集鄉里，縛其主人，檢屍責詞❷，將送於州。時已向夕，欲明日乃行。至中夜，復聞店中喧然曰：「已失司馬尊師矣。」而人方悟郊詐死，釋其主人。修默明日侵曉乃行，至前百里許，問人曰：「司馬尊師何時過此？」曰：「今早已過矣。」明日復行百里，問之，曰：「昨日已早過矣。」及到歙州問之，亦然。

【章旨】此段講述司馬郊在旅舍中詐死的離奇經歷。

【注釋】❶自宣之歙　宣，宣州，地名。今安徽宣城。歙，歙州，地名。今安徽歙縣、黟縣一帶。❷檢屍責詞　查驗屍體，書寫判詞。

【語譯】司馬郊曾經居住在宣州的開元觀內，有一次他從宣州到歙州，恰巧觀裡的道士邵修默也要去歙州，兩人出城的時候在城門遭遇，便一同上路。修默有意躲開他，先趕到一座集鎮，剛剛在旅店住下，司馬郊也到了，修默便藏起來偷偷窺視司馬郊的行蹤。只見司馬郊住進了另外一所旅店，然後招店主一同飲酒，隨後不知為什麼司馬郊開始辱罵這名店主。店主起初只是避讓不願與其衝突，不料司馬郊接著竟然動起了手。隨後兩人開始拳腳往來，忽然司馬郊摔倒在地，上前一看，人已經死了，漸漸的，身體變冷，連顏色都變了。滿街的人都來圍觀，里正鄉長之流便將店主捆了起來，驗過屍體、寫下判詞就要送到州裡。這時天色已晚，眾人準備第二天天亮再上路。到了半夜，店中忽然喧鬧起來，有人嚷嚷：「司馬先生不見了。」這時大家方才省悟：司馬郊原來是詐死，於是趕緊將店主放了。修默第二天一大早就出發了，走了一百多里路，問別人：「司馬先生什麼時候經過這裡的啊？」對方說：「今早就過去了。」第二天走了一百多里，再問，對方說：「昨天就過去了。」等到來到歙州再問，回答還是一樣的。

每往來上江❶諸州，至一旅舍安泊，久之將去，告其主人曰：「我所有竹器，不能將行，取火焚之。」主人曰：「方風高，且竹屋低隘，不可舉火。」郊不已，眾人共拜勸之。郊怒不聽，乃發火於室中，持一大杖立於門側，敢至者擊之。郊有力，人無敢近之者。俄而火甚，焰出於竹瓦之隙，人皆惶駭。既而火滅，郊所有器什皆盡，所臥床皆熏灼，而薦❷席無有焦者。

【章　旨】此段講述司馬郊在另一次旅途中再顯神通。

【注　釋】❶上江　長江從安徽流入江蘇，故舊稱安徽為上江，江蘇為下江。❷薦　草席。

【語　譯】司馬郊常常往來於安徽諸州之間，有一次他下榻在一家旅舍，在此住了很久才打算離開，臨走的時候對店主說：「我有些竹器，不方便帶走，想用火燒了了事。」店主說：「現在正是風大的時節，加上我這竹屋低矮，不可點火。」司馬郊不聽，眾人一起作揖打拱勸阻他。可是司馬郊卻發起了怒，在屋子裡就點起了火，然後拿著一根粗大的木棍守在門邊，有敢靠近的就用棍子打。司馬郊孔武有力，因此無人再敢上前勸阻。過了一會兒，火勢大了起來，火苗甚至從竹子和瓦片的縫裡鑽了出來，大夥都嚇壞了。可是沒想到過了一會兒火滅了，司馬郊所有的隨身家當全燒光了，連床也燒出了印記，可是席子卻一點也沒有損傷。

有朱翱者，為池州法掾❶。郊過詣之，謂朱曰：「君色甚惡，當病。我即去，君病中能念我，或呼我姓名，當有所應。」翱不之信。後十餘日，果病熱疾，數日甚劇。忽憶郊之言，意甚神之，因稽首思念求祐。初朱已病，惡見人在己前。有小吏陳某者，常指使如意，令入室侍疾，亦叱去之。家人守之戶外，無得入者。至是，朱恍惚見陳某持一甌藥進之，朱飲之，便覺意爽體佳，呼家人曰：「適陳某所持來藥甚效，當令更進一服。」家人驚曰：「比不令人入室，陳安得至此？」朱乃悟郊之垂祐也。自是朱疾漸平。

【章　旨】此段講述司馬郊運用法術救人性命。

【注　釋】❶池州法掾　池州，地名。今安徽西南池州。法掾，掌管刑獄的官吏。

【語　譯】有個叫朱翱的人，是池州法掾。有一次司馬郊去拜訪他，見面後，司馬郊對朱翱說：「你臉色不好，看樣子是有病了。我馬上就要離開了，你要是真發病了，就在心裡想著我，或者叫我的名字，自然就會有好處。」朱翱聽後並不相信。十幾天後，朱翱果真得了熱病，病情幾天之後就非常嚴重了。此時他忽然想起了司馬郊的話，這時心裡很佩服他，於是低頭默念其名請求保祐。朱翺生病之初，很厭惡有人在自己的面前。他有個貼身小吏姓陳，平時使喚得力、非常貼心，此時陳某進屋伺候也被趕了出去。家裡人只能守在門外，不讓人進入內室。此時，朱翺恍惚看到陳某捧著一只罐子進來，朱翺喝下罐中的湯藥，覺得渾身舒泰，於是召喚家人：「剛才陳某拿來的藥很有效，再來一服。」家人驚訝地說：「你不讓人進屋，陳某怎麼會送藥進來呢？」朱翺這才省悟是司馬郊在保祐他。此後朱翺的病便慢慢好轉了。

郊嘗居歙州某觀，病痢困劇，觀主欲申白官司。先以意聞郊，郊怒曰：「吾疾方愈，何勞若此！」既漸困篤，觀主不得已，乃口白縣令姚蘊。蘊使人候問之，郊曰：「姚長官何故知吾病也？」來者以告，郊怒，忽起，結束徑入某山中，其行如飛。後十餘日，持一大杖，求觀主將捶之。觀中道士共禮拜求救，乃免。嘗至洪州❶市中，探鮓❷食之。市中小兒呼曰：「道士喫鮓！」郊怒，以物擊小兒，中面流血。巡人執郊，送於虞候❸。虞候素知其名，方善勸說之，郊乃極口怒罵，虞候不勝其忿，杖之至十。郊謂人曰：「彼杖我十五，可得十五日活；杖我十，十日死矣。」既而果然。

【章　旨】此段講述有人得罪司馬郊，結果都遭到報應。

【注　釋】❶洪州　地名。今江西南昌。❷鮓　鹹魚。❸虞候　即虞侯。唐代後期，藩鎮以親信武官為「都虞侯」、「虞侯」，為軍中執法的長官。宋代沿置，於殿前司、侍衛親軍馬軍司、步軍司均置都虞侯，位次於都指揮使和副都指揮使。此外又有將虞侯，院虞侯等低級武職。此指地方上的基層武官。

【語　譯】司馬郊曾經寓居歙州某道觀，一次他得了很嚴重的痢疾，觀主想把此事向當地長官彙報。觀主把此意透露給司馬郊後，司馬郊大怒：「我的病馬上就要好了，為什麼要費這樣的事情！」但是隨後司馬郊的病情愈加嚴重，觀主不得已，報告給了縣令姚蘊。姚蘊派人來問候司馬郊，司馬郊問：「姚縣令怎麼會知道我的病情呢？」來人把前因後果告訴司馬郊，司馬郊大怒，立刻爬了起來，收拾收拾就進到某座山裡，行動如飛。十幾天後，司馬郊手持一根大棒來到觀中，到處找觀主要揍他。觀裡的道士一起施禮苦勸，司馬郊這才作罷。司馬郊曾到洪州的集市，看到有鹹魚，抓了便吃。有小孩子看到便大叫：「道士偷吃鹹魚！」司馬郊發怒，用東西砸那個小孩，把他砸得血流滿面。有巡街的官差便把司馬郊抓起來送到了虞侯那裡。虞侯知道司馬郊的來頭，便好言相勸，沒想到司馬郊還是破口大罵，虞侯不勝其怒，便讓人打了司馬郊十棍。司馬郊出來後對人說：「他打我十五下，可以活十五天；打十下，那就只能活十天了。」後來事情果然如此。

後入廬山，居簡寂觀，因醉臥數日而卒。臨終，令置一杖於棺中，及葬，覺棺空，發之，唯杖在焉。

【章旨】此段講述司馬郊最後的歸宿。

【語譯】後來司馬郊進入廬山，居住在簡寂觀，大醉睡了幾天後便死了。臨終前，他讓人把一根手杖放在棺材內，等到下葬的時候，有人覺得棺材好像是空的，打開一看，唯有一根手杖在裡面。

【研析】吳淑是大學者徐鉉的女婿，徐鉉創作有志怪小說專輯《稽神錄》，學者以為翁婿二人文風接近，稱「淑為鉉壻，殆耳濡目染，挹其流波」（紀昀《四庫全書總目提要》）。實際上吳淑的《江淮異人錄》雖然「多道流俠客術士之事」，但寫的都是凡人而非仙鬼，其寫作態度也是實錄補史，而非志怪搜神。因此，其文筆也較為質樸簡略，沒有唐傳奇那種「有意為小說」的華美跌宕之風。

學者指出：北宋小說集與唐代前期作品相比有一個明顯的不同，就是道教思想占優勢，而不像唐人《冥報記》、《紀聞》、《廣異記》那樣滲透了佛教思想（參見程毅中《宋元小說研究》）。這首先是因為宋初文人很多來自南唐、後蜀，而南唐崇道之風尤勝，神仙方術盛行。上至皇家，下及黎民，多有服食金丹者，以期祛除疾患，延年益壽。徐鉉、吳淑等來自南唐的文士不可避免地受到了道教思想的浸染。《太平廣記》開篇就是神仙五十五卷，女仙十五卷。其次，宋代本身也是中國道教的一個繁榮時期，新的教派不斷興起，宋朝中央政府不僅設置道職道官，還設立道錄院，並仿照儒學在州縣設立道學，同時加強對道教組織內部綱紀的整肅。宋代幾任統治者對於道教的推崇與弘揚是不遺餘力的，道教思想真正獲得了與儒家思想、佛教思想三足鼎立的地位，這一點在宋代小說中也得到了或隱或顯的體現。

耿先生

吳淑

【題解】本篇亦出自《江淮異人錄》，是該書中較為有名的篇目。小說記敘了一名女道士的傳奇經歷。

耿先生者，江表將校耿謙之女也。少而明慧，有姿色，頗好書，稍為詩句，往往有嘉旨。而明於道術，能拘制鬼魅，通於黃白之術。變怪之事，奇偉恍惚，莫知其何從得也。

【章旨】此段交代耿先生的出身和奇異之術。

【語譯】耿先生，是江南一位武官耿謙的女兒。她年少之時便聰慧明智，不僅有姿色還愛讀書，略略作幾篇詩賦，往往便有好句。同時她還擅於道術，能夠捉拿控制鬼魅，並能煉造金銀。施起法術來，變化多端，讓人覺得不可思議。

保大❶中，江淮富盛，上好文，雅悅奇異之事，召之入宮，蓋觀其術。不以貫魚之列待，特處之別院，號曰先生。先生常被碧霞帔❷，見上多持簡，精彩卓逸，言詞朗暢。手如鳥爪，不便於用，飲食皆仰於人。復不喜行，宮中常使人抱持之。每為詩句，題於牆壁，自稱「北大先生」，亦莫知其旨也。先生之術，不常的然❸發揚於外，遇事則應，闇然而彰，上益以此重之也。

【章　旨】此段講述耿先生被皇帝召入宮中，大受重視。

【注　釋】❶保大　南唐元宗李璟年號，西元九四三－九五七年。❷碧霞帔　綠色的霞帔，是女道士的特有衣著。霞帔，是古代婦女的一種禮服，類似今天的披肩，其形制是兩條繡滿花卉紋的細長帶，長帶尖角一端相連，形成「V」字形。❸的然　鮮明；顯然。

【語　譯】保大年間，江淮一帶富庶繁盛，皇上也喜愛文藝，雅好奇異之事，於是便把耿先生召入宮中，為的就是欣賞她的道術。皇上不讓耿先生和其他術士待在一處，而是特別把她安排在皇宮的別院之中，並且賜給她先生的封號。耿先生常披著碧霞帔，拜見皇上的時候手中還捧著記事的竹簡，神采卓然飄逸，言詞清朗暢達。但耿先生的手如同鳥爪，生活不能自理，飲食都依靠他人。耿先生也不喜歡自己行走，在宮中常常讓人抱著她走路。她作詩之後，便題寫在牆壁之上，署名「北大先生」，也不知是什麼意思。耿先生的道術很少顯露，遇到要緊之事才有所發揮，她行事低調但道術卻很高超，所以皇上愈加敬重她。

始入宮，問以黃白之事，試之皆驗，益復為之，而簡易不煩。上嘗因暇顧謂先生曰：「此皆因火以成之，苟不須火，其能成乎？」先生曰：「試為之，殆亦可。」上乃取水銀，以硾紙❶重複裹之，封題甚密。先生內於懷中，良久，忽若裂帛聲。先生笑曰：「陛下嘗不信下妾之術，今日面觀，可復不信耶？」持以與上，上周視，題處如舊，發之，已為銀矣。又嘗大雪，上戲之曰：「先生能以雪為銀乎？」先生曰：「亦可。」乃取雪實之，削為銀鋌狀，先生自投於熾炭中，灰埃坌起，徐以炭周覆之。過食頃，曰：「可矣。」乃持以出，赫然洞赤，置之於地，及冷，爛然為銀鋌，而刀迹具在。反視其下，若垂酥滴乳之狀，蓋初為火之所融釋也。因是，先生所作雪銀甚多。上誕日，每作器用，獻以為壽。

【章旨】此段講述耿先生能點石成金。

【注　釋】❶砑紙　一種緊密光潔的砑光紙。

【語　譯】耿先生剛入宮的時候，皇上便向她提及煉金之事，耿先生試了幾次，都很成功，於是皇上便多次要求她煉金，而耿先生也很輕易地做到了，方法很簡要。皇上有一次閒暇時候對先生說：「你煉金銀全要靠火，假如沒有火能成嗎？」耿先生說：「我試試看，大概也行的吧。」皇上於是讓人取來水銀，用砑光紙層層包裹，然後題字封好。先生將紙包放在懷裡，過了許久，懷中發出絲綢迸裂的響聲。先生笑著說：「陛下以往不信臣妾的道術，今天當面看到，還能不信嗎？」她從懷中取出紙包交給皇上，皇上把紙包反復檢查一遍，只見題字封口之處完好無損，打開一看，裡面的水銀已經變成銀子了。又有一次下大雪，皇上開玩笑說：「耿先生能把白雪變成白銀嗎？」耿先生說：「也行的。」於是把雪拍實了，削成銀錠的樣子，然後耿先生親自把這些雪塊投進熱炭之中，炭灰立刻四下揚起，耿先生慢慢地用炭將雪塊埋好。過了一頓飯的功夫，先生說：「好了。」於是有人把雪塊從炭火堆裡取出，只見這些雪塊都變得赤紅透亮，放在地上涼透之後，全部變成了雪亮的銀錠，銀錠之上，刀痕具在。將銀錠翻過來，下面好像酥油化了一般垂下，這是因為剛剛投入炭火之中的時候被燒化的。此後，耿先生做了很多這樣的雪銀，皇上壽辰，她便用這些銀子做成器物獻給皇上祝壽。

又多巧思，所作必出於人。南海嘗貢奇物，有薔薇水、龍腦❶漿，薔薇水清泚郁烈，龍腦漿補益男子。上寶惜之，每以龍腦漿調酒服之，香氣連日不絕於口，亦以賜近臣。先生曰：「此未為佳也。」上曰：「先生豈能為之？」曰：「試為，應亦可就。」乃取龍腦，以細絹袋之，懸於琉璃瓶中，上親封題之，置酒於其側而觀之。食頃，先生曰：「龍腦已漿矣。」上自起附耳聽之，果聞滴瀝聲。且復飲，少選又視之，見琉璃瓶中湛然如勺水矣。明日發之，已半瓶，香氣酷烈，逾於舊者遠矣。

【章　旨】此段講述耿先生其他的奇異本領。

【注　釋】❶龍腦　香料名。以龍腦香樹幹中樹脂製成的一種結晶體，產於福建、兩廣及南海等地。

【語　譯】耿先生富於巧思，所作所為必定超出常人。南海地區曾向皇上進貢薔薇水、龍腦漿等珍奇之物，其中薔薇水香氣濃郁，而龍腦漿有壯陽之效。因此，皇上很愛惜龍腦漿，常常調酒服食，口中香氣數日不散，有時候也會賜給寵信大臣。耿先生卻說：「這種龍腦漿還算不上上乘。」皇上說：「先生也能製造嗎？」先生說：「我來試試，應該沒什麼問題。」於是先生找來龍腦，用細絹製成的紗囊包好，懸掛於琉璃瓶內，皇上親自題字封口，然後放上酒食，一邊飲酒一邊觀察其變化。一頓飯的功夫之後，先生說：「龍腦已化成漿水了。」皇上親自附耳傾聽，果然聽到琉璃瓶內有滴瀝之聲。飲酒片刻再看，琉璃瓶裡果然有了一勺左右的水。等到次日打開瓶子，龍腦漿已有半瓶之多，而且香氣之濃郁，比以前的要勝過許多。

先生後有孕，一日謂上曰：「妾此夕當產神孫聖子，誠在此耳，請備生產所用之物。」上悉為設之，益令宮人宿於室中。夜半烈風震霆，室中人皆震懼，是夜不復產。明旦，先生腹已消，如常人。上驚問之，先生曰：「昨夜雷電中生子，已為神物持去，不復得矣。」先生嗜酒，至於男女大慾，亦略同於常，後亦竟以疾終。古者神仙多晦跡混俗，先生豈其人乎？余頃在江南，嘗聞其事，而宮掖祕奧，說者多異同。及江南平，在京師，嘗詣徐率更❶游，游即義祖❷之孫也，宮中之事，悉能知之，因就質其事，備為余言。

【章　旨】此段講述耿先生身懷六甲，卻不見生產的離奇事蹟。

【注　釋】❶率更　即率更令，官名。秦置，漢因之。為太子屬官，掌漏刻。晉主宮殿門戶及賞罰之事，職如光祿勳、衛尉。隋掌伎樂漏刻。唐稱率更寺令，加掌皇族次序及刑法事。❷義祖　即徐溫（西元八六二—九二七年），字敦美，海州朐山（今江蘇東海縣）人，南唐建立者徐知誥（李昪）養父，李昪登基後追封其「義祖」。

【語　譯】耿先生後來有了身孕，一天她對皇上說：「臣妾今晚將生下神孫聖子，就在皇宮之中，請為我準備好生產所用之物。」皇上讓宮女為她準備齊備，並在臥室內加派值守人員。半夜風雨雷電大作，屋子裡的人都嚇得要命，但是當天先生並未生產。次日，先生的肚子已經小了下去，和常人無異。皇上驚訝地詢問個中緣由，先生說：「昨夜雷電中產下一子，已經被神物取走，再也看不到了。」先生好酒，男女之事上也和常人無異，而且最後竟然也是生病而亡。古來神仙常常混跡俗人之間，先生難道也是這樣嗎？我先前在江南，曾經聽到有關耿先生的傳說，而宮闈中的隱私，各種說法也常有異同。後來宋太祖平定江南，我到了京師之後，曾經拜訪率更令徐游，他是義祖之孫，所以宮中祕事悉數了解，向他詢問有關耿先生的事情，他全部告訴了我。

【研　析】吳淑說：「在京師，嘗詣徐率更游，游即義祖之孫也，宮中之事，悉能知之，因就質其事，備為余言。」言下之意是他關於耿先生的種種記述是有根據的紀實，而非出自想像的傳說。紀昀也說：「耿先生之類，馬令、陸游二《南唐書》皆采取之，則亦未盡鑿空也。」（《四庫全書總目提要》）說明甚至當朝的史家也把它當作可以採入史書的事蹟。

因此，我認為，此文不是簡單地記錄幾件離奇的軼聞趣事、講述一些聳人聽聞的神仙故事。作者的筆下是隱藏著一些弦外之音的。

耿先生不是神仙也不是狐妖，只是「明於道術」；但和小說裡常見的會仙術的老道不同，她是個「明慧，有姿色」又能舞文弄墨的女子。所以一下便被皇帝看中，召入宮中了。文章開頭說耿先生「能拘制鬼魅」，但全文未見有降妖伏魔的描述，只是描繪了她神奇變物的幾個片段。奇怪的是，耿先生的黃白之術既不同於傳統的煙熏火燎的煉金術，也不像傳說中的點金術那樣叱嗟立辦、神奇莫測，而是需要一定的時間，有一些複雜的程序，非常類似現在的魔術。魔術要奪人眼球，首先是表演者要有高明的手法，其次還要有一個好的合作者（現在叫「托兒」）。耿先生的合作者就是「上（皇上）」。

文章說耿先生「男女大慾，亦略同於常」。而在深宮之中，除去皇帝，耿先生到底還能和誰「男女」呢？既然耿先生在生理上「同於常」，「男女」之後就會有後果。為了遮蓋事實，她編了一個「雷電中生子，已為神物持去」的故事。而文章中「後竟以疾終」的說法坐實其不過是個普通的凡人。

耿先生數次點金，都要「良久」，甚至要一頓飯的時間，在這段時間內，她自可如大衛・考柏菲(David Copperfield)搬走自由女神像那樣上下其手。而權威的公證人就是皇帝，皇帝說「題處如舊（封口處的簽名如舊）」，誰敢說個不字？因此，耿先生在宮中究竟是一種什麼樣的身分、她與皇帝究竟是一種什麼樣的關係，讀者不難揣摩。

再說兩句題外話。關於耿先生，陸游《南唐書・卷十七・雜藝方士節義列傳》還有記載：「久之，宮中忽失元敬宋太后所在，耿亦隱去。凡月餘，中外大駭。有告者云在都城外三十里方山寶華宮。……元宗亟命齊王景遂往迎太后，見與數道士方酣飲，乃迎還宮。道士皆誅死，耿亦不復得入宮中，然猶往來江淮，後不知所終。」這個傳奇的女子竟然能誘惑太后，使其逃出皇宮「尋找屬於自己的幸福」，真可謂匪夷所思，空前絕後。事發之後，「道士皆誅死」，而耿卻「猶往來江淮」，再次坐實了她與皇帝非同一般的關係。

綠珠傳

樂史

【題解】原載《說郛》，不著撰人，宋人晁伯宇《續談助》有節錄，注明為樂史所著。這篇人物傳記性質的傳奇博採史傳、雜記和傳說，較為詳細地記敘了綠珠的傳奇經歷。本文對後世的小說戲曲創作有一定影響，元關漢卿〈金谷園綠珠墜樓〉、話本《綠珠墜樓記》都採用了本文的情節。

【作者】樂史（西元九三〇—一〇〇七年），字子正，撫州宜黃（今屬江西）人。初仕南唐，入宋後為著作郎、直史館等。樂史學識淵博，從政之餘，勤於著述，前後著書二十餘種，其中地理書《太平寰宇記》一九三卷，輯述地志，採摭繁富，徵引群書至百餘種，考據精審，為後代方志之始。該書對全國各州縣的山川形勝、歷史沿革、風俗物產、人物藝文都有較詳細的記載。尤其是對唐宋兩代戶籍、人口發展作了詳細的記述，為後世研究地區經濟和人口提供了寶貴的資料。除去地理學專著外，樂史還是一名高產的小說家，《宋史》記載其著有《廣卓異記》二十卷、《續廣卓異記》三卷，今存《廣卓異記》二十卷，〈綠珠傳〉一卷，〈楊太真外傳〉二卷。其中〈綠珠傳〉、〈楊太真外傳〉流傳較廣，影響較遠。

綠珠者姓梁，白州博白縣❶人也。州則南昌郡，古越地，秦象郡，漢合浦縣地。唐武德初，削平蕭銑❷，於此置南州，尋改為白州，取白江為名。州境有博白山、博白江、盤龍洞、房山、雙角山、大荒山。山上有池，池中有婢妾魚。綠珠生雙角山下，美而豔。越俗以珠為上寶，生女為珠娘，生男為珠兒。綠珠之字，由此而稱。

【章　旨】此段講述綠珠的出身及其名字的由來。

【注　釋】❶博白縣　地名。今廣西博白，屬玉林市。❷蕭銑　（西元五八三—六二一年）梁宗室，隋代任羅川令，大業十三年（西元六一七年），起兵稱梁王，其勢力範圍東至九江，西至三峽，南至交趾（今越南河內），北至漢水，擁有精兵四十萬，雄踞南方。割據長江中游及嶺南等地。唐武德四年（西元六二一年），兵敗降唐，後被殺於長安。

【語　譯】綠珠姓梁，白州博白縣人。白州屬南昌郡，古代屬越地，秦朝屬於象郡，漢代則屬於合浦縣。唐武德初年，中央政府平定蕭銑之後，在這裡設置了南州，很快改稱白州，這是因境內白江而取的名字。白州境內有博白山、博白江、盤龍洞、房山、雙角山、大荒山。山上有池，池中有一種婢妾魚。綠珠就出生在雙角山下，相貌美豔。當地風俗以珍珠為至寶，因此生女稱珠娘，生男稱珠兒。綠珠的名字，由此而來。

晉石崇為交趾採訪使❶，以真珠三斛❷致之。崇有別廬在河南金谷澗，澗中有金水，自太白原來。崇即川阜製園館。綠珠能吹笛，又善舞〈明君〉。明君，昭君也。避晉文帝諱，改昭為明。明君者，漢妃也。漢元帝❸時，匈奴單于❹入朝，詔王嬙配之，即昭君也。及將去，入辭，光彩射人，天子悔焉，重難改更。漢人憐其遠嫁，為作歌。崇以此曲教之，而自製新歌曰：「我本良家子，將適❺單于庭。辭別未及終，前驅已抗旌。僕御涕流離，轅馬悲且鳴。哀鬱傷五內，涕泣霑珠纓。行行日已遠，遂造匈奴城。延佇于穹廬❻，加我閼氏❼名。殊類非所安，雖貴非所榮。父子見陵辱，對之慚且驚。殺身良不易，默默以苟生。苟生亦何聊，積思常憤盈。願假飛鴻翼，棄之以遐征。飛鴻不我顧，佇立以屏營。昔以匣中玉，今為糞上英。朝華不足歡，甘與秋草并。傳語後世人，遠嫁難為情。」崇又製〈懊惱曲〉以贈綠珠。

【章旨】此段講述綠珠能歌善舞，被石崇買下後，很受寵愛。

【注　釋】❶晉石崇句　石崇（西元二四九—三〇〇年），字季倫，小名齊奴。西晉貴族，曾任修武令、散騎郎、城陽太守。因為伐吳有功，封安陽鄉侯，惠帝時任南中郎將、荊州刺史，領南蠻校尉，加鷹揚將軍，後拜太僕、出為征虜將軍。八王之亂時石崇與歐陽建、潘岳等謀誅趙王倫，事情敗露反被殺害。《晉書》稱「崇穎悟有才氣，而任俠無行檢。在荊州，劫遠使商客」。因為劫掠商賈，石崇積累了巨額財富，成為當時有名的富豪。交趾，地名。今越南北部及廣西南部一帶，設交趾郡，後改名交州。採訪使，官名。唐開元二十一年分全國為十五道，每道置採訪處置使，簡稱採訪使，掌管檢查刑獄和監察州縣官吏。天寶後改為但考課官吏，不得干預他政。❷斛　容積計量單位，十斗為一斛。❸漢元帝　即劉奭。西漢皇帝，漢宣帝之子。西元前四九—前三三年在位。❹單于　匈奴最高首領稱號。元帝時匈奴單于為呼韓邪。❺適　女子嫁人。❻穹廬　中亞地區游牧民族居住的氈帳或氈包。❼閼氏　匈奴王后的稱號。王昭君被封為「寧胡閼氏」。

【語　譯】晉代石崇擔任交趾採訪使時，用三斛珍珠買下了綠珠。石崇有座別墅，建在河南金谷澗，金谷澗中有條金水河，此河源自太白山。石崇在山中建起了花園和屋宇。綠珠會吹笛，又擅長跳〈明君〉舞。明君，就是昭君。避晉文帝諱，改昭為明。明君是漢代的一位妃子，漢元帝時，匈奴單于來中原朝見，元帝把一位名叫王嬙的妃子許配給他，這王嬙就是王昭君。等到昭君將和單于離開時，她上朝與皇帝告別，此時看到昭君光彩照人，元帝後悔了，但卻不能食言。時人憐其遠嫁，為她作了〈明君〉曲。石崇讓綠珠學會這首曲子，並自填新詞，歌詞是這樣的：「我本是中原的良家女，沒想到竟嫁給了匈奴王。還未來得及辭別家人，送嫁的隊伍已經舉起了啟程的旌旗。隨嫁的僕人也流著眼淚告別家人，就連那轅下的馬兒也發出了悲鳴。憂傷鬱結損傷了五臟六腑，眼淚沾溼了脖子上的項飾。經過長途跋涉，終於到了匈奴的地界。他們把我領進氈房，給我加上了

『王后』的封號。觸目所見均非我族類，我怎能安心度日，即便是有了王后的尊號我也絲毫不能感到榮耀。按照匈奴的習俗，老單于死後，我又成為新單于的妻子，遭受父子兩代人的凌辱，真讓我羞愧驚懼。可是自殺也不是件容易的事情，只能默默地苟且偷生。這樣的日子又有何生趣，憂憤總是占據著我的心房。多麼想借助鴻雁的翅膀，乘著牠飛回遙遠的故鄉。飛鴻卻不能滿足我的願望，我只能茫然地站在那裡。從前我是被珍藏的寶玉，現在卻成為汙泥中的花朵。即便有花朵的美麗我也沒有絲毫歡娛，寧願像秋草那樣平淡度日。只想對世人說一句，遠嫁可不是一件好事啊。」除了這首〈明君〉曲之外，石崇還為綠珠作過一首〈懊惱曲〉。

崇之妓妾美豔者千餘人，擇數十人，妝飾一等，使忽視之，不相分別。刻玉為倒龍佩❶，鎔金為鳳凰釵，結袖繞楹而舞。欲有所召者，不呼姓名，悉聽佩聲，視釵色。佩聲輕者居前，釵色豔者居後，以為行次而進。

【章　旨】此段講述石崇家財萬貫，姬妾如雲。

【注　釋】❶倒龍佩　龍紋玉佩。

【語　譯】石崇有一千多個美豔的婢女姬妾，他從中選了幾十個人，讓她們穿戴一模一樣的衣飾，猛然一看，完全沒有差別。石崇又為這些美女用美玉製成龍佩，用黃金製成鳳釵，然後讓她們衣袖相連繞著柱子起舞。要想召喚誰，不叫名字，而是依靠環佩相擊發出的聲響和金釵不同的色澤來區分。美女們佩聲輕的在前面，釵色豔的在後面，以此排序行進。

趙王倫❶亂常，賊類孫秀❷使人求綠珠。崇方登涼觀❸，臨清水，婦人侍側。使者以告，崇出侍婢數百人以示之，皆蘊蘭麝而披羅縠❹。曰：「在所擇。」使者曰：「君侯服御，麗矣，然受命指索綠珠，不知孰是？」崇勃然曰：「綠珠吾所愛，不可得也。」秀自是譖倫族❺之。收兵忽至，崇謂綠珠曰：「我今為爾獲罪！」綠珠泣曰：「願效死于君前！」崇因止之，于是墜樓而死。崇棄東市。後人名其樓曰綠珠樓，樓在步廣里，邇狄泉，泉在王城之東。綠珠有弟子宋褘，有國色。善吹笛，後入晉明帝❻宮中。

【章旨】此段講述趙王作亂，他向石崇逼索綠珠遭拒後便尋機陷害石崇，結果石崇被殺、綠珠殉情。

【注　釋】❶趙王倫　即司馬倫（？—西元三〇一年），字子彝，晉宣帝第九子。晉元康元年（西元二九一年）至光熙元年（西元三〇六年），晉皇室諸王為爭奪政權多次相互交戰。其代表人物為汝南王司馬亮、楚王司馬瑋、趙王司馬倫、齊王司馬冏、長沙王司馬乂、成都王司馬穎、河間王司馬顒、東海王司馬越等八王，史稱「八王之亂」。永康元年（西元三〇〇年），趙王司馬倫舉兵殺賈后，廢惠帝自立。次年，齊王司馬冏、成都王司馬穎和河間王司馬顒等共同起兵討伐司馬倫，聯軍數十萬向洛陽進攻，司馬倫戰敗被殺，惠帝復位。❷孫秀　趙王倫的親信，後掌握實權。❸涼觀　涼亭。❹羅縠　羅，輕軟的絲織品。縠，質地輕薄纖細透亮、表面起縐的平紋絲織物。❺族　滅族。把罪犯的家族成員全部處死。❻晉明帝　即司馬紹。東晉皇帝，西元三二三—三二五在位。

【語　譯】趙王司馬倫犯上作亂，他的黨羽孫秀派人向石崇索要綠珠。當時石崇正在涼亭之上，面臨一道清水，身邊美女伺候。孫秀的手下說明來意，石崇叫來數百名姬妾，她們一個個都體散幽香，身著羅衣。石崇對來人說：「這些女子隨你挑選。」來人說：「這些女子穿戴彷彿君侯，真夠漂亮的，但是我奉命來取的是綠珠，不知道她們中哪一個是？」石崇勃然大怒說：「綠珠是我心愛之人，你別想得到她。」孫秀於是在司馬倫面前進了石崇的讒言，要滅他全族。很快，抓捕石崇的士兵就來了，石崇對綠珠說：「我這次是為了你獲罪的呀！」綠珠哭著說：「我願意在您面前獻出生命！」石崇趕忙阻止她，但她還是跳樓身亡了。石崇隨後便被處死而且暴屍東市。後人把石崇的那棟樓稱作「綠珠樓」，樓在步廣里，靠近狄泉，而狄泉就在洛陽王城的東面。綠珠有弟子叫宋禕，有傾國之貌。她也善吹笛，後來進入了晉明帝的宮中。

今白州有一派水，自雙角山出，合容州江，呼為綠珠江。亦猶歸州❶有昭君灘、昭君村、昭君場；吳有西施谷、脂粉塘，蓋取美人出處為名。又有綠珠井，在雙角山下。耆老❷傳云：汲此井飲者，誕女必多美麗。里閭有識者，以美色無益于時，因以巨石鎮之。邇後雖有產女端妍者，而七竅四肢多不完具。異哉！山水之使然。昭君村生女，皆炙破其面，故白居易詩云：「不取往者戒，恐貽來者冤。至今村女面，燒灼成瘢痕。」❸又以不完具而惜焉。今人間尚傳綠珠者椎髻，按白州風俗，三種夷婦人皆椎髻。

【章旨】此段講述綠珠家鄉的一些相關傳說。

【注釋】❶歸州　地名。昭君故里，今湖北秭歸。❷耆老　古時六十歲稱「耆」，七十歲稱「老」。泛指老人。❸故白居易五句　文中所引四句詩，出自中唐詩人白居易〈過昭君村〉，全詩如下：「靈珠產無種，彩雲出無根。亦如彼姝子，生此遐陋村。至麗物難掩，遽選入君門。獨美眾所嫉，終棄于塞垣。唯此希代色，豈無一顧恩？事排勢須去，不得由至尊。白黑既可變，丹青何足論！竟埋代北骨，不返巴東魂。慘淡晚雲水，依稀舊鄉園。妍姿化已久，但有村名存。村中有遺老，指點為我言：『不取往者戒，恐貽來者冤。至今村女面，燒灼成瘢痕。」

【語　譯】現在白州有一條河，從雙角山流出，匯入容州江，稱為綠珠江。這就好比歸州有昭君灘、昭君村、昭君場；吳地有西施谷、脂粉塘，都是因為美人的出生地而得名。此外還有綠珠井，位於雙角山下。當地的老人傳說：喝了這口井裡的水，生下女兒必定美麗。鄉里一些有見識的人，卻認為美女對世道沒有好處，就用大石頭把井給封了。此後再生女孩雖然也有端莊美麗的，但五官四肢大都有些殘疾。這真是件怪事啊！是當地的水土使然吧。在昭君出生的村子裡生了女孩，家人都要把她們臉上燒灼出瘢痕，所以白居易有詩云：「如果不接受以往的教訓，恐怕就要形成後患。現在村女的臉上，仍然燒灼成瘢痕。」這又是對這些有缺憾的女子表示惋惜了。現在仍有人傳言綠珠梳椎形髮髻，其實按照白州的風俗，當地的少數民族女子都是梳此種髮髻的。

牛僧孺〈周秦行記〉❶云：「夜宿薄太后❷廟，見戚夫人❸、王嬙❹、太真妃❺、潘淑妃❻，各賦詩言志。別有善笛女子，短鬟窄衫具帶，貌甚美，與潘氏偕來。太后以接坐居之，令吹笛，往往亦及酒。太后顧而問曰：『識此否？石家綠珠也。潘妃養作妹。』太后曰：『綠珠豈能無詩乎？』綠珠拜謝，作曰：『此日人非昔日人，笛聲空怨趙王倫。紅殘鈿碎花樓下，金谷千年更不春。』太后曰：『牛秀才遠來，今日誰人與伴？』綠珠曰：『石衛尉性嚴忌，今有死，不可及亂。』然事雖詭怪，聊以解頤。

【章　旨】此段講述後世有關綠珠的小說逸事。

【注　釋】❶牛僧孺周秦行記　牛僧孺（西元七七九－八四七年），字思黯，安定鶉觚（今甘肅靈臺）人。唐穆宗、文宗時宰相。是中唐時「牛李黨爭」中牛黨的領袖。牛僧孺好文學，有傳奇集《玄怪錄》傳世。周秦行記，是託名牛僧孺所撰的傳奇小說。此段引文與原文有異。❷薄太后　漢高祖劉邦的妃子，生漢文帝劉恒。❸戚夫人　漢高祖劉邦的寵妃，高祖死後被呂后殺害。❹王嬙　即王昭君。❺太真妃　即楊貴妃。名玉環，號太真。❻潘淑妃　南朝齊東昏侯蕭寶卷妃子，小名玉兒，亡國後自縊。

【語　譯】唐牛僧孺的傳奇〈周秦行記〉中說：「我夜宿於薄太后廟中，看到了戚夫人、王昭君、楊貴妃、潘淑妃，她們每個人都賦詩抒發自己的心意。另外有一位擅長吹笛的女子，短鬟角、窄衣衫、繫腰帶，她容貌甚美，和潘淑妃一同到來。薄太后讓這名女子挨著自己坐下，然後讓她吹笛，時不時還要她喝杯酒。薄太后看著我說：『你認識她嗎？她是石崇家的綠珠啊。潘淑妃現在把她認作義妹。』薄太后又說：『今天有客人來，綠珠怎能不賦新詩呢？』綠珠拜謝之後便賦詩一首：『今天面對的不再是往日的故人，只有那笛聲還在幽怨地控訴趙王倫。當年綠珠佩戴的花飾都殘損在花樓之下，金谷澗裡千百年來再也沒有春天。』薄太后說：『牛秀才遠道而來，今天誰能陪他過夜啊？』」綠珠說：『石崇個性嚴酷善妒，我就是死了也不敢和別的男人有什麼瓜葛啊！』」牛僧孺說的事情雖然荒誕詭異，但也可聊供一笑。

噫！石崇之敗，雖自綠珠始，亦其來有漸矣。崇嘗刺荊州❶，劫奪遠使臣，殺商客，以致巨富。又遺王愷鴆鳥❷，共為鴆毒之事。有此陰謀，加以每邀客燕集，令美人行酒，客飲不盡者，使黃門❸斬美人。王丞相❹與大將軍❺嘗共訪崇，丞相素不能飲，輒自勉強，至于沉醉。至大將軍，故不飲，以觀其變，已斬三人。君子曰：「禍福無門，唯人所召❻。」崇心不義，舉動殺人，烏得無報耶？非綠珠無以速石崇之誅，非石崇無以顯綠珠之名。

【章旨】此段是作者對於石崇為人行事的評價和議論。

【注釋】❶刺荊州　出任荊州刺史。刺，檢核問事之意。刺史，官名。漢武帝元封五年（西元前一〇六年）始置。原為中央在地方郡縣的非常設監察官員，後職責擴大至「省察治狀，黜陟能否，斷治冤獄」，到東漢以後，刺史實際已為一州軍政長吏。荊州，東漢州名。轄七郡，一百一十七縣。轄境相當於今湖北、湖南大部，及河南、貴州、廣東、廣西等小部。❷鴆鳥　傳說中一種毒鳥，羽毛泡酒可以毒死人。《晉書》記載石崇從南方帶來鴆鳥的幼雛送給後軍將軍王愷。❸黃門　原指皇帝的近侍宦官，這裡指石崇的家奴侍者。❹王丞相　即王導（西元二七六—三三九年），字茂弘，琅邪臨沂人。曾任東閣祭酒，遷祕書郎、太子舍人，後參東海王司馬越軍事。西晉亡，王導擁戴司馬睿南渡建立東晉。❺大將軍　指王敦（西元二六六—三二四年），字處仲，琅邪臨沂人。西晉武帝婿，東晉丞相王導從兄。曾任廣武將軍、青州刺史、揚州刺史、鎮東大將軍。晉朝南渡後，與王導一同擁立司馬睿為主，官拜大將軍。太寧元年（西元三二三年）三月，王敦謀篡帝位，於四月移鎮姑孰，次年七月，朝廷清剿，王敦部遭襲大敗。王敦得知，憤然而死。❻福禍無門二句　語出《左傳・襄公二十三年》。

【語譯】唉！石崇遭殃，雖說是綠珠所導致的，但其根源是逐漸累積而成的。石崇曾任荊州刺史，在任期間他劫掠遠方的使臣，殺害過往的商戶，結果發家致富。他還曾經把劇毒的鴆鳥送給後軍將軍王愷，一起用鴆毒謀害別人。石崇不僅有這些卑鄙的事情，還在請客設宴之時，讓美人為賓客斟酒，客人要是不喝完杯中的酒，他就讓侍者殺掉美人。丞相王導和大將軍王敦一起拜訪石崇，王導一向不能喝酒，看到這樣的局面只能強飲，結果酩酊大醉。而輪到王敦喝酒時，他故意不喝，以觀其變，結果三個美人因此被殺。君子說：「福禍都是求不來的，全由你平時的言行所招致。」石崇心術不正，動輒殺人，怎會不遭報應呢？如果沒有綠珠，石崇不會死得那麼快，而沒有石崇，綠珠也就不會名揚後世了。

綠珠之墜樓，侍兒之有貞節者也。比之于古，則有曰六出。六出者，王進賢侍兒也。進賢，晉愍太子❶妃。洛陽亂，石勒❷掠進賢度孟津❸，欲妻之。進賢罵曰：「我皇太子婦，司徒公女。胡羌小子，敢干我乎？」言畢投河。六出曰：「大既有之，小亦宜然。」復沒河中。又有窈娘者，武周❹時喬知之寵婢也。盛有姿色，特善歌舞。知之教讀書，善屬文，深所愛幸。時武承嗣❺驕貴，內宴酒酣，迫知之將金玉賭窈娘。知之不勝，便使人就家強載以歸。知之怨悔，作〈綠珠篇〉以敘其怨。詞曰：「石家金谷重新聲，明珠十斛買娉婷。此日可憐無復比，此時可愛得人情。君家閨閣未曾難，嘗持歌舞使人看。富貴雄豪非分理，驕矜貴勢橫相干。辭君去君終不忍，徒勞掩面傷紅粉。百年離別在高樓，一旦紅顏為君盡。」知之私屬承嗣家閹奴傳詩于窈娘。窈娘得詩悲泣，投井而死。承嗣令汲出，于衣中得詩。鞭殺閹奴，諷吏羅織知之，以至殺焉。悲夫！二子以愛姬示人，掇喪身之禍。所謂倒持太阿❻，授人以柄。《易》曰：「慢藏誨盜，冶容誨淫。」其此之謂乎？其後詩人題歌舞妓者，皆以綠珠為名。庾肩吾❼曰：「蘭堂上客至，綺席清絃撫。自作〈明君辭〉，還教綠珠舞。」李元操❽云：「絳樹❾搖歌扇，金谷舞筵開。羅袖拂歸客，留歡醉玉杯。」江總❿云：「綠珠銜淚舞，孫秀強相邀。」

【章　旨】此段講述歷史上和綠珠經歷有共通之處的節烈女子的故事。

【注　釋】❶晉愍太子　即司馬遹（西元二八〇—三〇〇年），字熙祖。晉愍懷太子，惠帝長子，母謝才人。後被廢，為賈后所謀害。❷石勒　字世龍，羯族人。十六國時期後趙建立者。西元三二八年在洛陽大敗前趙軍，俘劉曜，併有關隴。❸孟津　地名。黃河渡口，今河南孟津東南。❹武周　唐武則天所建王朝，西元六九〇—七〇五年。❺武承嗣　并州文水（今山西文水縣）人。武則天姪。歷官祕書監，襲周國公。武則天當政時一度得寵握重權。❻太阿　傳說中的古代名劍。❼庾肩吾　南朝梁文士，宮體詩的創始人之一。本文所引詩為其〈石崇金谷妓〉。❽李元操　名孝貞，字符操。南北朝文士。❾絳樹　古代傳說中的歌女。能同時唱兩首歌，「一聲在喉，一聲在鼻」。❿江總　南朝著名文士，宮體詩作家。

【語　譯】綠珠墜樓而死，真是一名節烈的侍女。古代有位名叫六出的女子，和她的情況基本相似。六出，是王進賢的侍女；而王進賢，是晉代愍懷太子妃。洛陽兵亂，羯人石勒擄掠王進賢渡過孟津，然後想要強娶她。王進賢怒斥道：「我乃皇太子之妻、司徒公之女。你這個胡人小子，怎麼敢冒犯我？」說完就投河自盡了。六出說：「主人這麼做了，下人也應該效法。」也跟著投河自盡。另外還有一個叫窈娘的，是武周時喬知之的寵婢。窈娘很有姿容，擅長歌舞。喬知之又教她讀書，後來她還很會作文章，所以深得寵愛。當時武則天的姪子武承嗣尊貴一時，在家設酒宴，硬逼著喬知之用窈娘和自己賭錢。喬知之輸了，武承嗣就去喬家硬把窈娘搶了回來。喬知之心中又怨又悔，作〈綠珠篇〉抒發胸中的鬱悶。詩是這樣寫的：「石崇重愛新穎的歌聲，明珠十斛買下娉婷女子綠珠。想當時綠珠美豔無人可比，所得到的寵愛也無人可及。石崇當時還未遭難，時常讓人來家欣賞歌舞。英雄豪強之間無理可講，都各仗權勢相互傾軋。美人怎麼捨得離開主人，只能徒勞地掩面傷心。百年離別就在那高樓之上，紅顏自此為君殞命。」喬知之偷偷買通武承嗣家的閹奴，將詩傳給了窈娘。窈娘看到詩後傷心地痛哭，然後投井而死。武承嗣讓人把窈娘從井中打撈上來，在她的衣服裡找到了那首詩。武承嗣讓人把傳信的閹奴鞭打致死，然後讓官吏羅致罪名陷害喬知之，最後把喬知之害死。唉！石崇和喬知之都將寵姬在人前展示，結果均惹來殺身之禍。這就是所謂的寶劍倒持，授人以柄。《易經》中說：「慢藏誨盜，冶容誨淫。」說的不就是這種情況嗎？以後詩人詠歌舞伎的詩文，都以綠珠為名。如庾肩吾的詩說：「高雅的廳堂之上來了客人，美麗的座席之上撫起了古琴。自作一首〈明君辭〉，讓綠珠和曲而舞。」李元操詩云：「絳樹搖動了歌扇，金谷別業中開起了筵席和歌舞。美人的羅袖輕拂著欲歸的客人，挽留他一醉方休。」江總的詩云：「綠珠含淚而舞，全是因為孫秀強力逼迫。」

綠珠之沒已數百年矣，詩人尚詠之不已，其故何哉？蓋一婢子，不知書而能感主恩，憤不顧身，其志烈懍懍，誠足使後人仰慕歌詠也。至有享厚祿，盜高位，亡仁義之行，懷反覆之情，暮四朝三，唯利是務，節操反不若一婦人，豈不愧哉！今為此傳，非徒述美麗，窒禍源，且欲懲戒辜恩負義之類也。季倫死後十日，趙王倫敗。左衛將軍趙泉斬孫秀于中書，軍士趙駿剖秀心食之。倫囚金墉城❶，賜金屑酒。倫慚，以巾覆面曰：「孫秀誤我也！」飲金屑而卒。皆夷家族。南陽生❷曰：「此乃假天之報怨，不然，何梟夷❸之立見乎？」

【章　旨】此段作者發表對於綠珠身世的感慨和議論。

【注　釋】❶金墉城　地名。洛陽西北一小城，曹魏明帝所築，用以作為洛陽的衛城，起軍事防禦功能。後來西晉定都洛陽，將該城當作監獄，專門囚禁帝王后妃和皇族宗親。❷南陽生　作者自號。❸梟夷　砍頭。

【語　譯】綠珠離世也有數百年了，歷代詩人依舊不斷吟詠，原因何在？這是因為一名婢女，沒有讀過詩書，但卻能感激主恩，以至奮不顧身。她的凜然氣節，足以讓後人仰慕歌詠。至於那些享有高官厚祿的人，卻沒有仁義，反覆無常，朝三暮四，唯利是圖，節操還不如一名女子，難道不該感到羞愧嗎！現在我為綠珠作傳，不僅是為了誇示她的美麗，也是要堵塞禍源，懲戒那些背信棄義之徒。石崇死後十天，趙王倫就倒臺了。左衛將軍趙泉在中書衙門內殺了孫秀，軍士趙駿把孫秀的心挖出來吃了。趙王倫被囚禁在金墉城，皇帝賜他金屑酒讓他自盡。趙王倫非常羞愧，用頭巾蓋著臉說了一句：「孫秀害了我啊！」然後飲酒自盡。隨後他和孫秀都被滅族。南陽生曰：「這真是老天的報應，否則怎麼會那麼快就被砍了頭呢？」

【研　析】樂史是宋代初年重要的傳奇小說作家。說他重要，不僅是因為他有〈綠珠傳〉、〈楊太真外傳〉等著名的篇什，更重要是他的創作態度很有典型性。較之唐代，宋傳奇偏於寫實，想像力和浪漫性下降，但現實意義提升。此外，唐人「有意為小說」的觀念也有所改變，很多宋代作家實際上在創作與實錄之間搖擺不定。〈綠珠傳〉不僅參考正史（《晉書・石崇傳》），而且博採史傳、摭拾舊說，最後排比史料，渲染成文。樂史是史家，有《太平寰宇記》等史地專著傳世。他以史家的態度創作傳奇，實在可謂是開一代風氣，他的〈綠珠傳〉和〈楊太真外傳〉被一些目錄專著著錄在史部傳記類中，並不把它當作小說。

即以本篇而言，作者對於綠珠故事的描述既無人物個性和心理的刻劃，也無場景的鋪墊、細節的描繪。雖然作者對於綠珠、石崇等歷史人物都有自己的喜惡愛憎，但作品中卻只有史實（傳說）的堆垛，而絲毫見不到作者情感的流露。再說本文的結構，似乎也缺乏經營和鍛煉。綠珠事蹟交代完畢，拉拉雜雜連綴了若干傳說，甚至純屬編造的無稽故事。緊接著，作者筆鋒岔開，又發表了對於石崇的評價和議論。隨後又回到綠珠，堆砌了一些和綠珠有近似命運的女子的事蹟。在表彰了一番綠珠的貞操節義之後，文章似乎應該就此煞尾，沒想到作者的思維竟然又跳躍到了趙王倫身上。由此可見本篇的寫作依然是學者家法而非小說家手段。

楊太真外傳 卷上

樂史

【題解】本篇出自上海涵芬樓影印《顧氏文房小說》。小說摭採《明皇雜錄》、〈開天傳信記〉、《安祿山事蹟》、《酉陽雜俎》、〈長恨歌傳〉排比潤飾而成。有關明皇楊妃情事，略備於此。本文與陳鴻〈長恨歌傳〉對後世小說、戲曲影響很大，如白樸之《梧桐雨》、褚人穫之《隋唐演義》、洪昇之《長生殿》，無不取材於此。

楊貴妃，小字玉環，弘農華陰❶人也。後徙居蒲州永樂❷之獨頭村。高祖令本，金州刺史❸；父玄琰，蜀州司戶❹。貴妃生於蜀。嘗誤墜池中，後人呼為「落妃池」。池在導江縣❺前。亦如王昭君生於峽州，今有昭君村；綠珠生於白州，今有綠珠江。

【章旨】此段講述楊玉環的出身來歷。

【注釋】❶弘農華陰　弘農，地名。轄境相當於今河南內鄉、宜陽以西，黃河、華山以南，陝西柞水縣以東。華陰，地名。即今陝西華陰。❷蒲州永樂　蒲州，地名。今山西西南部。永樂，地名。今山西永濟。❸金州刺

史　金州，地名。今陝西安康地區。刺史，官名。隋唐時為一州的行政長官。❹蜀州司戶　蜀州，地名。今四川成都一帶。司戶，官名。唐代掌管一縣財賦、戶籍的官吏。❺導江縣　地名。今四川都江堰市以東。

【語譯】楊貴妃，小名玉環，弘農郡華陰縣人，後遷居蒲州永樂縣獨頭村。她的祖父楊令本，曾任金州刺史；父親楊玄琰，擔任過蜀州司戶。楊貴妃就出生在蜀州。她曾經失足掉進一個水池裡，後人就把這水池稱作「落妃池」。池子在導江縣衙門前面。這就好比王昭君的家鄉峽州有昭君村；綠珠的家鄉白州有綠珠江。

妃早孤，養於叔父河南府士曹❶玄璬家。開元二十二年十一月，歸於壽邸❷。二十八年十月，玄宗幸溫泉宮，自天寶六載十月，復改為華清宮。使高力士❸取楊氏女於壽邸，度為女道士，號太真，住內太真宮。天寶四載七月，冊左衛中郎將韋昭訓女配壽邸。是月，於鳳凰園冊❹太真宮女道士楊氏為貴妃，半后服用。進見之日，奏〈霓裳羽衣曲〉❺。〈霓裳羽衣曲〉者，是玄宗登三鄉驛，望女几山所作也。故劉禹錫有詩云〈伏睹玄宗皇帝望女几山詩，小臣斐然有感〉：「開元天子萬事足，惟惜當時光景促。三鄉驛上望仙山，歸作〈霓裳羽衣曲〉。仙心從此在瑤池，三清八景相追隨。天上忽乘白雲去，世間空有秋風詞。」又《逸史》云：「羅公遠天寶初侍玄宗，八月十五日夜，宮中翫月，曰：『陛下能從臣月中游乎？』乃取一枝桂，向空擲之，化為一橋，其色如銀。請上同登，約行數十里，遂至大城闕。公遠曰：『此月宮也。』有仙女數百，素練寬衣，舞於廣庭。上前問曰：『此何曲也？』曰：『〈霓裳羽衣〉也。』上密記其聲調，遂回橋，卻顧，隨步而滅。旦諭伶官，象其聲調，作〈霓裳羽衣曲〉。」以二說不同，乃備錄於此。是夕，授金釵鈿合、卻暑犀如意、辟塵香、雲母起花屏風、舞鳳交煙香爐、潤玉合歡條脫、紫瓊杯、玉竹水紋簟、白花文石硯。上又自執麗水鎮庫紫磨金琢成步搖❻，至妝閣，親與插鬢。上喜甚，謂後宮人曰：「朕得楊貴妃，如得至寶也。」乃製曲子，曰〈得寶子〉，又曰〈得鞡❼子〉。

【章旨】此段講述楊玉環是如何被玄宗看中並選入內宮的。

【注釋】❶河南府士曹　河南府，地名。今河南洛陽一帶。士曹，官名。唐代州府佐治之官，主管河津、營造等事務。❷壽邸　玄宗第十八子壽王李瑁的府邸。❸高力士　（西元六八四—七六二年）本姓馮，名元一。

祖籍高州良德（今廣東電白），是唐玄宗最為寵信的太監。力士，官名。主管金鼓旗幟，隨皇帝出入、守門的官職。後用以作為宦官的美稱。❹冊　古代帝王封立太子、皇后、王妃或諸王的命令。❺霓裳羽衣曲　唐樂曲名。本傳自西涼，名〈婆羅門〉，開元年間河西節度使楊敬述所獻，唐玄宗親自潤色，天寶十三年改訂為〈霓裳羽衣曲〉。❻步搖　古代婦女的頭飾。其狀類釵，鑲嵌珠飾，隨行走的步伐而晃動，故名。❼鞡　同「琫」。佩刀刀鞘上的飾物。

【語　譯】楊貴妃從小父母雙亡，被寄養在叔父河南府士曹楊玄璬家。開元二十二年十一月，楊玉環嫁給了唐玄宗的兒子壽王李瑁。開元二十八年十月，唐玄宗駕臨溫泉宮，天寶六年十月，溫泉宮重新改名華清宮。他讓高力士把楊玉環從壽王府帶出來，並使其出家當了女道士，道號「太真」，就住在皇宮內的太真宮裡。天寶四年七月，玄宗冊封左衛中郎將韋昭訓的女兒為壽王妃。就在同一個月，玄宗在鳳凰園冊封太真宮女道士楊氏為貴妃，服飾用品的等級相當於皇后的一半。楊貴妃覲見皇帝的那天，宮內樂隊奏起了〈霓裳羽衣曲〉。〈霓裳羽衣曲〉是玄宗登三鄉驛、望女几山所作。所以劉禹錫詩有云〈伏睹玄宗皇帝望女几山詩，小臣斐然有感〉：「開元天子萬事足，惟惜當時光景促。三鄉驛上望仙山，歸作〈霓裳羽衣曲〉。仙心從此在瑤池，三清八景相追隨。天上忽乘白雲去，世間空有秋風詞。」又《逸史》中記載：「羅公遠天寶年間剛剛侍奉玄宗，八月十五日夜，宮中賞月，他對皇上說：『陛下能和我一起到月亮上遊玩一下嗎？』說完取來一枝桂花，向空拋去，結果桂枝化為一座橋，色如白銀。羅公遠請皇上一同登上銀橋，大約走了數十里，來到一座巍峨的城闕前。羅公遠說：『這就是月宮了。』只見宮中有仙女數百，穿著白色的綢衣，在院子裡翩翩起舞。玄宗上前問道：『這是什麼曲子啊？』答曰：『〈霓裳羽衣曲〉。』皇上悄悄記下聲調，然後回到橋上，回頭看時，那橋跟隨他的步子而消失。第二天白天玄宗命令伶官，模仿他記下的調子，作成〈霓裳羽衣曲〉。」以上兩種說法各有不同，我把它們都記錄在此。那天晚上，玄宗賜給貴妃金釵鈿盒、銷暑的犀角如意、能去塵的香料、雲母刻花屏風、鐫刻舞鳳紋飾的香爐、玉製合歡臂鐲、紫水晶的杯子、玉竹編製的水波紋涼席、有白花紋的石硯。皇帝又拿著麗水所產的鎮庫紫磨金琢成的步搖，到貴妃的梳妝閣中，親自替她插在髮上。當時，玄宗高興極了，對後宮裡的人說：「我得到楊貴妃，就像得到最好的寶貝。」因此譜寫了一首樂曲，叫〈得寶子〉，又叫〈得鞡子〉。

先是，開元初，玄宗有武惠妃、王皇后。后無子，妃生子，又美麗，寵傾後宮。至十三年，皇后廢，妃嬪無得與惠妃比。二十一年十一月，惠妃即世。後庭雖有良家子，無悅上目者，上心凄然。至是得貴妃，又寵甚於惠妃。有姊三人，皆豐碩修整，工於謔浪，巧會旨趣，每入宮中，移晷❶方出。宮中呼貴妃為「娘子」，禮數同於皇后。冊妃日，贈其父玄琰濟陰太守❷，母李氏隴西❸郡夫人。又贈玄琰兵部尚書❹，李氏涼國夫人。叔玄珪為光祿卿銀青光祿大夫❺。再從兄釗拜為侍郎❻，兼數使。兄銛又居朝列。堂弟錡尚太華公主，是武惠妃生。以母，見遇過於諸女，賜第連於宮禁。自此楊氏權傾天下，每有囑請，臺省府縣❼，若奉詔敕❽。四方奇貨、僮僕、駝馬，日輸其門。

時安祿山為范陽節度❾，恩遇最深，上呼之為兒。嘗於便殿與貴妃同宴樂，祿山每就坐，不拜上而拜貴妃。上顧而問之：「胡不拜我而拜妃子，意者何也？」祿山奏云：「胡家不知其父，只知其母。」上笑而赦之。又命楊銛以下，約祿山為兄弟姊妹，往來必相宴餞。初雖結義頗深，後亦權敵不叶❿。

五載七月，妃子以妬悍忤旨，乘單車，令高力士送還楊銛宅。及亭午⓫，上思之不食，舉動發怒。力士探旨，奏請載還，送院⓬中宮人衣物及司農⓭米麵酒饌百餘車。諸姊及銛初則懼禍聚哭，及恩賜浸廣，御饌兼至，乃稍寬慰。妃初出，上無聊，中官⓮趨過者，或笞撻之，至有驚怖而亡者。力士因請就召。既夜，遂開安興坊⓯，從太華宅以入。及曉，玄宗見之內殿，大悅，貴妃拜泣謝過。因召兩市雜戲，以娛貴妃。

貴妃諸姊進食作樂。自茲恩遇日深，後宮無得進幸矣。

【章　旨】此段講述楊玉環及其姐妹備受玄宗寵幸，權勢傾動天下。

【注　釋】❶移晷　形容很長時間。晷，日晷，古代利用太陽投影指示時間的工具。它由晷盤和晷針組成。晷盤是一個圓盤，晷面上有刻度；晷針安裝在晷盤中央與盤面垂直。太陽照到針上，在盤面上產生投影。根據投影在刻度上的變化來判斷時間。❷贈其父句　贈，古代朝廷為獎賞官員，授予其父母官爵的制度。生前曰封，身後曰贈。濟陰，地名。今山東曹縣一帶。太守，官名。州、郡的最高行政長官。❸隴西　地名。今甘肅臨洮一帶。❹兵部尚書　兵部的最高行政長官。兵部，六部之一，掌管武官的選用、查考，以及軍械、軍令等。尚書，最初是指掌管文書奏章的官員。隋代始設六部，唐代確定六部為吏、戶、禮、兵、刑、工，各部以尚書為最高行政長官。❺叔玄珪句　光祿卿，官名。光祿寺的主官，負責皇室的膳食和祭品。銀青光祿大夫，官名。戰國時代置中大夫。秦有中大夫，為郎中令屬官。漢武帝時始改郎中令為光祿勳，改中大夫為光祿大夫，隸於光祿勳。魏晉以後無定員，皆為加官及褒贈之官，加金章紫綬者，稱金紫光祿大夫；加銀章紫綬者，稱銀青光祿大夫。唐宋以後用作散官文階之號，光祿大夫為從二品，金紫光祿大夫為正三品，銀青光祿大夫為從三品。大夫，官名。先秦諸侯國中，在國君之下有卿、大夫、士三級。大夫世襲，有封地。後世遂以大夫為一般任官職之稱。秦漢以後，中央要職有御史大夫，備顧問者有諫大夫、中大夫、光祿大夫等。唐有御史大夫及諫議大夫之官。宋代則以大夫為文官的階官名稱，入光祿大夫、中散大夫、朝請大夫等，實際成為高官的代名詞。❻侍郎　官名。漢代郎官的一種，本為宮廷的近侍。東漢以後，為尚書的屬官。自唐以後，中書、門下二省及尚書省所屬各部均以侍郎為長官之副，官位漸高。❼臺省府縣　指從中央到地方各級政府。臺，指臺閣，即宰相的辦公場所。省，指尚書、中書、門下三省。府縣，指地方政府。❽詔敕　帝王的命令。❾時安祿山為范陽節度安祿山，本名軋（一作阿）犖山。母突厥人。因其母改嫁安氏，改名安祿山。營州柳城（今遼寧朝陽）雜胡。開元二十八年安祿山為平盧兵馬使，以賄賂勾結唐廷派往河北的使臣，博得唐玄宗的稱許。二十九年，升為營州都督；天寶元年（西元七四二年）為平盧節度使；天寶三年，兼范陽節度使、河北採訪使；十年，又兼河東節度使。掌握了今河北、遼寧西部、山西一帶的軍事、民政及財政大權。天寶十四年十一月，安祿山自范陽起兵，以討楊國忠為名，發動叛亂，攻陷洛陽。次年正月在洛陽稱大燕皇帝，建元聖武。同年六月，遣軍陷長安。至德二年（西元七五七年）正月，為其子安慶緒所殺。范陽，地名。亦名范陽鎮、幽州，唐方鎮之一。開元二年（西元七一四年）設幽州節度使，天寶元年（西元七四二年）更名為范陽節度使，為玄宗時十節度使之一。以臨制東北奚、契丹。兵額九萬一千人，馬匹六千五百。後為河朔三鎮之一，治幽州（治今北京西南）。轄境屢變，久領幽、薊、平、檀、嬀、燕六州，約當今河北懷安、新城以東，撫寧、昌黎以西，霸州、天津以北地區。節度，即節度使，唐代開始設立的地方軍政長官。因受職之時，朝廷賜以旌節，故稱。❿叶　即「協」。⓫亭午　正午；中午。⓬院　即宣春院。唐代宮廷歌伎居住之所。⓭司農　即農司寺。唐代掌管糧食儲存、京官祿米的機構。⓮中官　太監。⓯開安興坊　唐代實行里坊制，入夜之後城內坊門把守嚴格，坊內不許外人隨便穿越，坊門開閉定時，不許觸犯夜行的禁例。所以楊貴妃夜間入宮必須「開」安興坊。安興坊，地名。唐代長安里坊之一，在安興門外。

【語　譯】此前，在開元初年的時候，唐玄宗身邊有武惠妃和王皇后。王皇后沒有生兒子。武惠妃生了個兒子，人長得又很美麗，所以在後宮中最受寵。到了開元十三年，王皇后被廢，妃嬪之中就沒有誰能和惠妃比肩了。開元二十一年十一月，武惠妃去世，後宮裡雖然也有不錯的女子，但沒有誰能讓皇帝看上，玄宗心中很是鬱悶淒涼。如今得到貴妃，對她的寵愛竟超過了惠妃。楊貴妃有三個姐姐，都長得端正美麗、身材豐滿；又會插科打諢，很能迎合皇帝的心意。每次進宮，她們都會侍很長時間。宮裡都稱貴妃為「娘子」，對她的禮節跟對皇后一樣。楊玉環冊封為妃的那一天，皇帝追封她的父親楊玄琰為濟陰太守，母親李氏為隴西郡夫人。後來又封楊玄琰為兵部尚書，李氏為涼國夫人。封她的叔父楊玄珪為光祿寺卿銀青光祿大夫。遠房哥哥楊釗被拜為侍郎，還兼了好幾個節度使的頭銜。楊貴妃的哥哥楊銛也在朝中為官。堂弟楊錡娶了武惠妃生的太華公主。因為母親的關係，玄宗對太華公主的寵愛超過其他幾個女兒，賜給她的府第與宮廷連在一起。從此以後楊家的權勢傾動天下，只要楊家有吩咐，從中央到地方，就像接到皇帝聖旨一樣。四面八方的奇貨、僮僕、駝馬，每天都往他們家裡送。

當時安祿山是范陽節度使，受到的恩惠與寵愛最深，玄宗喊他「兒子」。他和楊貴妃在便殿歡宴玩樂時，每次就坐前，他總是不向皇帝行禮而只拜貴妃。皇帝見了問他：「胡兒不拜我而拜妃子，是什麼意思？」安祿山奏道：「我們胡人都不知道自己的父親，只知道自己的母親。」皇帝聽了笑起來，原諒了他。皇帝又叫楊家從楊銛以下都跟他結為兄弟姐妹，來往時必定互相設宴款待。雙方剛開始時雖然非常要好，後來卻又因為權力鬥爭而不再能和諧相處。

天寶五年七月，楊貴妃因為吃醋使性惹惱了玄宗，玄宗叫高力士用一輛小車把她送回楊銛府內。不料剛到中午，皇帝便開始想念她，飯也不吃，動不動就生氣。高力士摸準了玄宗的心思，就請求皇帝允許用車把貴妃接回來，並往楊家送去宮中的衣物、米麵酒食等一百多車。楊貴妃剛被送回去時，她的幾個姐妹以及楊銛以為大禍將至，聚在一起抱頭痛哭，後來看到皇帝的恩賜不斷增加，連皇帝用的飯菜都送來了，才稍微安心一點。貴妃剛被逐出宮的時候，皇帝情緒不佳，太監們經過他面前，就可能被鞭打，有的太監甚至因此驚嚇而死。高力士請求皇帝允許馬上召回楊貴妃。到了晚上，高力士打開安興坊的門，讓楊貴妃從太華宅進宮。等到天亮的時候，唐玄宗在內殿見到她，十分高興，楊貴妃流著眼淚向皇帝認錯。玄宗召來東西兩市的雜耍表演，逗貴妃開心。貴妃的姐妹們送來吃的東西，大家一起歡欣慶賀。從此以後，楊貴妃受到的恩寵一天比一天深，後宮妃嬪們再也沒有人能受到皇帝的親近了。

七載，加釗御史大夫，權京兆尹❶，賜名「國忠」。封大姨為韓國夫人，三姨為虢國夫人，八姨為秦國夫人。同日拜命，皆月給錢十萬，為脂粉之資。然虢國不施妝粉，自衒美豔，常素面朝天。當時杜甫有詩云：「虢國夫人承主恩，平明上馬入宮門。卻嫌脂粉涴顏色，淡掃娥眉朝至尊。」❷又賜虢國照夜璣❸，秦國七葉冠，國忠鏁子帳，蓋希代之珍，其恩寵如此。銛授銀青光祿大夫、鴻臚卿，將列棨戟，特授上柱國❹，一日三詔。與國忠五家於宣陽里，甲第洞開，僭擬宮掖❺。車馬僕從，照耀京邑，遞相誇尚。每造一堂，費逾千萬計。見制度宏壯於己者，則毀之復造。土木之工，不捨晝夜。上賜御食及外方進獻，皆頒賜五宅。

開元已來，豪貴榮盛，未之比也。上起動必與貴妃同行。將乘馬，則力士執轡授鞭。宮中掌貴妃刺繡織錦七百人，雕鏤器物又數百人，供生日及時節慶。續命楊益往嶺南，長吏日求新奇以進奉。嶺南節度張九章、廣陵長史❻王翼，以端午進貴妃珍玩衣服，異於他郡，九章加銀青光祿大夫，翼擢為戶部侍郎❼。

【章旨】此段講述楊玉環的家人因為裙帶關係大受重用。

【注釋】❶加劍御史二句　御史大夫，官名。御史臺長官，負責彈劾百官、推鞫刑獄。權，唐代以來代理、攝守官職為權。京兆尹，官名。京師所在地的行政長官。❷當時杜甫五句　此詩應為中晚唐詩人張祜所作〈集靈臺二首〉之二。❸照夜璣　夜明珠。璣，不圓之珠謂之璣。❹銛授三句　鴻臚卿，即鴻臚寺卿，官名。原為主掌朝會儀節之官。唐代的鴻臚寺為朝廷主管外事接待、民族事務及凶喪之儀的機關。棨戟，有繒衣或油漆的木戟。古代官吏所用的儀仗，出行時作為前導，後亦列於門庭。唐制三品以上門前得列棨戟。上柱國，官名。戰國楚制，凡立覆軍斬將之功者，官封上柱國，位極尊寵。唐代上柱國則為功勳的榮譽稱號，是武官勳爵中的最高級，柱國次之。❺宮掖　宮中的旁舍，妃嬪居住的地方。宮，皇宮。掖，掖廷。❻廣陵長史　廣陵，地名。唐代也稱揚州，治所在今江蘇揚州。長史，官名。唐代州刺史下設立長史官，名為刺史佐官，沒有實職。❼翼擢為戶部侍郎　擢，提升。戶部，六部之一，掌管全國疆土、田地、戶籍、賦稅、俸餉及一切財政事宜。

【語　譯】天寶七年，皇帝加封楊釗為御史大夫，代理京兆尹，賜名為「國忠」。封大姨為韓國夫人，三姨為虢國夫人，八姨為秦國夫人。三人在同一天受封。每個月皇帝還各給三位夫人錢十萬，作為買脂粉的費用。然而虢國夫人卻故意不施脂粉，以炫耀自己的美豔，她經常素顏朝見天子。當時杜甫就寫詩說：「虢國夫人承主恩，平明上馬入宮門。卻嫌脂粉涴顏色，淡掃娥眉朝至尊。」皇帝又賜給虢國夫人照夜璣，賜給秦國夫人七葉冠，賜給楊國忠鏁子帳，這些都是絕世的寶物，可見玄宗對楊家恩寵的程度。玄宗還曾經在一天之內連下三道詔令，授予楊銛銀青光祿大夫、鴻臚卿的職位，准他在家門前排列相當於三品官的儀仗，並特授上柱國銜。楊銛和楊國忠以及三位夫人的府第都在宣陽里，常常是宅門洞開，其規模都比照皇宮，超過了禮制的規定。楊家的車馬奴僕，在京城顯赫非凡，還互相比較誇耀。每建造一座建築，所花的費用都超過上千萬。如果看到哪一家規模、裝潢比自己的華麗漂亮，就把自己的房屋拆掉重建。木工瓦工都得不分晝夜地趕工。皇帝吃的食物以及外地進獻給皇帝的好東西，都分別賞給五家。唐玄宗當皇帝以來，楊氏的豪貴榮盛，沒有人能跟他們相提並論。皇帝行動必定要有楊貴妃相伴。貴妃若要騎馬，高力士就牽住轡繩。皇宮裡負責替貴妃刺繡織錦的匠人有七百人，雕琢刻鏤各種用具以供生日和節日慶賀時使用的工匠，又有幾百人。唐玄宗又派楊益到嶺南去，責成地方官天天尋找新奇的東西進獻。嶺南節度張九章、廣陵長史王翼，端午節進獻給貴妃的寶物、衣飾，跟別的地方官不一樣，於是張九章被加封銀青光祿大夫，王翼被提拔為戶部侍郎。

九載二月，上舊置五王帳，長枕大被，與兄弟共處其間。妃子無何竊寧王❶紫玉笛吹，故詩人張祜詩云：「梨花靜院無人見，閑把寧王玉笛吹。」因此又忤旨，放出。時吉溫多與中貴人善❷，國忠懼，請計於溫。遂入奏曰：「妃，婦人，無智識。有忤聖顏，罪當死。既嘗蒙恩寵，只合死於宮中。陛下何惜一席之地，使其就戮，安忍取辱於外乎？」上曰：「朕用卿，蓋不緣妃也。」初，令中使❸張韜光送妃至宅，妃泣謂韜光曰：「請奏：妾罪合萬死。衣服之外，皆聖恩所賜，唯髮膚是父母所生。今當即死，無以謝上。」乃引刀剪其髮一繚，附韜光以獻。妃既出，上憮然。至是，韜光以髮搭於肩上以奏。上大驚惋，遽使力士就召以歸，自後益嬖焉。又加國忠遙領劍南❹節度使。

【章旨】此段講述楊貴妃得罪了玄宗，被趕出宮中，但最終還是得到了皇帝的諒解。

【注釋】❶寧王　唐玄宗的長兄李憲。❷時吉溫句　吉溫，洛州河南（今河南洛陽）人。天寶初，為新豐丞，調萬年尉。以毒刑逼供，結案迅速，為李林甫激賞，引居門下。與羅希奭均以酷虐聞名，號為「羅鉗吉網」。擢至戶部郎中兼侍御史。中貴人，掌權的宦官。❸中使　宦官。❹劍南　地名。以地區在劍閣之南得名。又說劍門關之南。

【語譯】唐玄宗以前做過一頂五王帳，還有長枕和大被，供他們兄弟同床共枕。天寶九年二月，楊貴妃在皇帝與兄弟們同睡之後，偷拿寧王的紫玉笛來吹。所以張祜寫詩道：「梨花靜院無人見，閑把寧王玉笛吹。」貴妃因此又惹得皇帝不高興，被送出宮。當時吉溫和很多有權勢的太監交情都很好，楊國忠因貴妃又被送出宮，心裡害怕，就請吉溫想個辦法。吉溫就入宮向皇帝奏道：「妃子是婦人，沒有什麼見識。惹皇上不高興，她的罪實在該死。但她過去蒙受過您的恩寵，只該死在宮裡。陛下為什麼捨不得一塊席子大的地方，不讓她宮中受死，而要讓她在外面受辱呢？」皇帝說：「我聽你的，但這並不是為了妃子。」起初，玄宗命令宦官張韜光送貴妃回家的時候，貴妃哭著對張韜光說：「請代我奏明皇上：我罪該萬死。衣服之外的東西，全是皇上恩賜，只有身體髮膚是父母所生。我現在罪該赴死，只是沒有什麼可以報答皇上的。」說著就用剪刀剪下一綹頭髮，請張韜光獻給玄宗。遣走貴妃後，皇帝感到若有所失。這時候，張韜光回宮，把貴妃的頭髮搭在肩上向皇帝奏明事情的經過。皇帝十分驚訝，心裡又對貴妃產生憐惜，馬上派高力士把貴妃召回，從此以後，對貴妃更寵愛了。又封給楊國忠劍南節度使的官職，並允許他不必親自到任。

十載上元節❶，楊氏五宅夜遊，遂與廣寧公主❷騎從爭西市門。楊氏奴揮鞭誤及公主衣，公主墮馬，駙馬程昌裔扶公主，因及數撾。公主泣奏之，上令決殺楊家奴一人，昌裔停官，不許朝謁。於是楊家轉橫，出入禁門不問，京師長吏，為之側目。故當時謠曰：「生女勿悲酸，生男勿喜歡。」又曰：「男不封侯女作妃，君看女卻是門楣。」其天下人心羨慕如此。

【章　旨】此段講述楊家勢力橫強、氣焰囂張。

【注　釋】❶上元節　舊以陰曆正月十五日為「上元節」，又名元宵節。這一天夜裡張燈為戲，所以又叫燈節。此外還有吃元宵（湯糰）、踩高蹺、猜燈謎等風俗。❷廣寧公主　唐玄宗和董妃（芳儀）所生。

【語　譯】天寶十年元宵節，楊氏五個家族晚上出門遊玩，和廣寧公主的護衛隨從馬隊爭著通過西市的門。楊家的奴僕揮動鞭子時不小心碰到公主的衣服，公主掉下馬來，駙馬程昌裔去扶公主，也被打了幾下。公主哭著奏明皇帝，皇帝下令處決楊家奴僕一個人，同時免了程昌裔的官職，不許他進宮朝見。楊家由此更加驕橫，出入皇宮時守衛和管理的官員都不敢過問，京城裡的大小官員，都不敢正眼看他們。所以當時有民謠說：「生女勿悲酸，生男勿喜歡。」又說：「男不封侯女作妃，君看女卻是門楣。」天下人對楊家竟然羨慕到這種程度。

上一日御勤政樓，大張聲樂。時教坊❶有王大娘，善戴百尺竿，上施木山，狀瀛洲、方丈❷，令小兒持絳節❸，出入其間，而舞不輟。時劉晏以神童為祕書省正字❹，十歲，惠悟過人。上召於樓中，貴妃坐於膝上，為施粉黛，與之巾櫛。貴妃令詠王大娘戴竿，晏應聲曰：「樓前百戲競爭新，唯有長竿妙入神。誰謂綺羅翻有力，猶自嫌輕更著人。」上與妃及嬪御皆歡笑移時，聲聞于外，因命牙笏❺、黃紋袍賜之。

【章　旨】此段講述玄宗與貴妃安樂奢靡的生活。

【注　釋】❶教坊　唐代以來設置的管理教習宮廷音樂、領導藝人的機構。❷瀛洲方丈　《山海經》記載，海上有三座仙山，為蓬萊、瀛洲、方丈。❸絳節　古代使者持作憑證的紅色符節。❹時劉晏句　劉晏（西元七一六—七八〇年），字士安，曹州南華人。年七歲，舉神童。累官殿中侍御史，遷度支郎中，杭、隴、華三州刺史。尋遷河南尹，入為京兆尹，再拜戶部侍郎，領度支鹽鐵轉運使。寶應二年，遷吏部尚書平章事。晏理家儉約，而重交敦舊。視事敏速，乘機無滯。後為楊炎誣構死。祕書省，官署名，典司圖籍。正字，官名。掌校讎典籍、勘正文章。❺牙笏　象牙製成的笏板。笏，朝見皇帝時臣子所持的板子，可用來記事。

【語　譯】有一天皇帝在勤政樓，舉行大規模的音樂演奏。當時教坊內有一個王大娘，擅長用頭頂著百尺高的竹竿，上面架著木山，樣子像傳說中的瀛洲、方丈兩座仙山，同時還有一個小孩手持紅色的符節，在木山上出出進進，王大娘還可以不停地跳舞。當時有一個叫做劉晏的神童被封為祕書省正字，才十歲，聰敏過人。皇帝把他召到樓上，楊貴妃把他抱在膝上，替他梳妝打扮，叫他寫詩歌詠王大娘的頂竿絕技。劉晏立刻吟詩說：「樓前百戲競爭新，唯有長竿妙入神。誰謂綺羅翻有力，猶自嫌輕更著人。」皇帝和貴妃以及其他嬪妃都很高興，笑個不停，歡樂的聲音一直傳到外面去。皇帝就叫人取牙笏、黃紋袍來賜給劉晏。

上又宴諸王于木蘭殿，時木蘭花發，皇情不悅。妃醉中舞〈霓裳羽衣〉一曲，天顏大悅，方知迴雪流風，可以迴天轉地。上嘗夢十仙子，乃製〈紫雲迴〉。玄宗嘗夢仙子十餘輩，御卿雲而下，各執樂器，懸奏之。曲度清越，真仙府之音。有一仙人曰：「此神仙〈紫雲迴〉，今傳受陛下，為正始之音。」上喜而傳受。寤後，餘響猶在。旦，命玉笛習之，盡得其節奏也。并夢龍女，又製〈凌波曲〉。玄宗在東都，晝夢一女，容貌豔異，梳交心髻，大袖寬衣，拜於床前。上問：「汝何人？」曰：「妾是陛下凌波池中龍女。衛宮護駕，妾實有功，今陛下洞曉鈞天之音，乞賜一曲，以光族類。」上於夢中為鼓胡琴，拾新舊之曲聲，為〈凌波曲〉。龍女再拜而去。及覺，盡記之。會禁樂，自御琵琶，習而翻之。與文武臣僚，於凌波宮臨池奏新曲，池中波濤湧起，復有神女出池心，乃所夢之女也。上大悅，語於宰相，因於池上置廟，每歲命祀之。二曲既成，遂賜宜春院❶及梨園❷弟子并諸王。

【章　旨】此段講述玄宗對於音樂歌舞的鍾情喜愛。

【注　釋】❶宜春院　唐代音樂歌舞的教演機構。玄宗於天寶年間遴選數百名女使入宜春院，隸屬於內教坊，專為內廷表演。❷梨園　原為禁苑中的果園，玄宗在此地教演宮廷藝人，後來就與戲曲藝術聯繫在一起，成為藝術組織和藝人的代名詞。

【語　譯】還有一次，皇帝在木蘭殿宴請自己的兄弟。當時木蘭花正開，皇帝情緒卻不好。楊貴妃醉後跳了一支〈霓裳羽衣〉舞，皇帝高興之餘，才知道美妙的舞姿能迴天轉地。皇帝曾經夢見十個仙女，醒來後作了〈紫雲迴〉曲。玄宗曾經夢見十多名仙女，駕著祥雲降落人間。她們各執樂器演奏。曲調清越，真乃仙府之音。有一名仙子說：「這是神仙所作的〈紫雲迴〉，今天我們把它傳授給陛下，作為皇家正音。」玄宗高興地接受了，醒後，音樂還在耳邊縈繞。次日，玄宗命人以玉笛演奏這曲調，完全和夢中聽到的一樣。他還曾夢見過龍女，又因此作了〈凌波曲〉。玄宗在東都洛陽，曾在白天夢見一名女子，容貌豔麗，梳交心髻，大袖寬衣，拜於玄宗座前。玄宗問：「你是何人？」答曰：「妾乃陛下凌波池中的龍女。衛宮護駕，我也有功，陛下通曉音律，請求您賜一曲，以增加我族的榮光。」玄宗在夢中為其奏起胡琴，將舊曲新聲相融合，創作了一首〈凌波曲〉。龍女拜謝而去。等到醒來，玄宗仍然記得音調。正好那時宮中禁樂，玄宗自彈琵琶，演練那首曲子。後來玄宗和文武臣僚，在凌波宮臨池演奏新曲，池中波濤湧起，有神女從池中升起，一瞧，就是夢中的龍女。玄宗大悅，囑咐宰相在池上建廟，每年都按時祭祀。兩支曲子寫成後，就賜給宜春院的歌女和梨園弟子以及自己的幾個兄弟。

時新豐初進女伶謝阿蠻，善舞，上與妃子鍾念，因而受焉。就按於清元小殿，寧王吹玉笛，上羯鼓，妃琵琶，馬仙期方響，李龜年觱篥，張野狐箜篌，賀懷智拍板❶，自旦至午，歡洽異常。時唯妃女弟秦國夫人端坐觀之，曲罷，上戲曰：「阿瞞上在禁中，多自稱也。樂籍❷，今日幸得供養夫人，請一纏頭❸！」秦國曰：「豈有大唐天子阿姨無錢用耶？」遂出三百萬為一局焉。樂器皆非世有者，才奏而清風習習，聲出天表。妃子琵琶邏逤檀，寺人❹白季貞使蜀還獻。其木溫潤如玉，光耀可鑑，有金縷紅文，蹙成雙鳳。絃乃末訶彌羅國永泰❺元年所貢者，淥水蠶絲也，光瑩如貫珠瑟瑟。妃琵琶以龍香板為撥。紫玉笛乃姮娥❻所得也。

祿山進三百事管色，俱用媚玉為之。諸王郡主，妃之姊妹，皆師妃為琵琶弟子，每一曲徹，廣有獻遺。妃子是日問阿蠻曰：「爾貧，無可獻師長，待我與爾為。」命侍兒紅桃娘取紅粟玉臂支賜阿蠻。妃善擊磬，拊搏之音泠泠然，多新聲，雖太常❼梨園之妓，莫能及之。上命採藍田綠玉，琢成磬。上方造簴❽，流蘇之屬以金鈿珠翠飾之，鑄金為二獅子，以為趺❾，綵繪縟麗，一時無比。

【章　旨】此段講述玄宗和貴妃一同寄情音樂歌舞。

【注　釋】❶上羯鼓六句　羯鼓，《通典》：「羯鼓，正如漆桶，兩頭俱擊。以出羯中，故號羯鼓。亦謂之兩杖鼓。」一說羯是被閹割的公羊，羯鼓用公羊皮做鼓皮，因此得名。《羯鼓錄》說羯鼓之聲「透空碎遠，極異眾樂」。方響，又稱「銅磬」，打擊樂器。《舊唐書·音樂志》：「梁有銅磬，蓋今方響之類。方響。以鐵為之，修八寸，廣二寸，圓上方下。架如磬而不設業（樂器架子橫木上的大板），倚于架上以代鐘磬。」唐牛殳〈方響歌〉：「長短參差十六片，敲擊宮商無不遍。」可知唐代方響由「圓上方下」、大小不一的十六塊鐵片組成。觱篥，一種吹奏樂器。唐段安節《樂府雜錄》：「本龜茲國樂也，亦曰『悲栗』，有類于笳。」箜篌，彈絃樂器，最初稱「坎侯」或「空侯」，文獻中有「臥箜篌」、「豎箜篌」、「鳳首箜篌」三種形制。其來源形制都不相同，有的類似豎琴，而有的則近似琵琶。有的是中原固有的樂器，有的則是從西域傳入。拍板，簡稱「板」，又名「檀板」。

古時多用檀木製作。❷樂籍　樂戶的名籍。古時官伎屬樂部，故稱。❸纏頭　原指歌舞的人把錦帛纏在頭上作裝飾。唐代歌舞藝人表演完畢，客人會贈以錦帛以示欣賞，後成為贈送給藝人的禮物的泛稱。❹寺人　太監。❺永泰　南朝齊明帝蕭鸞年號，西元四九八年。❻姮娥　嫦娥本名姮娥，漢時避文帝劉恆諱，改姮為嫦。❼太常　此指太常寺。官署名。掌管陵廟群祀、禮樂儀制、天文術數、衣冠的機構。❽上方造簴　上方，即尚方。古代制辦和掌管宮廷飲食器物的官署。簴，懸掛鐘磬的木架。❾趺　底座。

【語譯】當時新豐縣送來一名女藝人叫謝阿蠻，擅長舞蹈，皇帝與貴妃都很鍾意，就留下了她。眾人在清元小殿排演歌舞，寧王吹玉笛、玄宗敲羯鼓、貴妃彈琵琶、馬仙期擊方響、李龜年吹觱篥、張野狐彈箜篌、賀懷智打拍板，從清晨一直到中午，氣氛異常歡暢融洽。當時只有貴妃的姐姐秦國夫人一個人正經八百地坐著看，曲子奏完，皇帝開玩笑說：「阿瞞玄宗的小名，在宮中經常這樣自稱。已經編入樂籍，今天有幸侍奉夫人，請賜賞吧！」秦國夫人說：「大唐天子的小姨子怎麼會沒有錢呢？」便拿出三百萬文作為賞錢。他們用來演奏的樂器都不是外面所能見的，演奏起來，彷彿清風習習吹來，聲音一直傳到天外。貴妃的琵琶用邏逤檀木製成，這種木材是太監白季貞出使西南蜀地時帶回來進獻的，木質溫潤得像玉一樣，光亮照人，琵琶上用金絲紅線緊密地編成雙鳳圖案。絃是末訶彌羅國在永泰元年所進貢的，用淥水的蠶絲做成，光潤得像珍珠一樣閃閃發光。貴妃用龍香板作撥片彈奏琵琶。紫玉笛是當年嫦娥所得。安祿山又進獻三百件管樂器，全部用美玉雕琢而成。諸王、郡主、貴妃的姐妹，都拜貴妃為老師，學彈琵琶。每彈完一支曲子，都要進獻給貴妃很多東西作為謝師禮。貴妃有一天跟謝阿蠻說：「你窮，沒有什麼東西獻給師長，我來替你準備。」就叫侍女紅桃娘拿紅粟玉臂支來賜給阿蠻。貴妃善於擊磬，敲打出的聲音清脆悅耳，常常變化出新的聲調，即使是在太常寺或梨園內服役的專業藝人，也沒有人能比得上。皇帝命人採來藍田綠玉，做成磬。由宮廷內的作坊製作掛磬的架子，流蘇之類都用金花珠翠等裝飾起來，底座是用黃金做成的兩個獅子，彩繪華麗，一時無與倫比。

先，開元中，禁中重木芍藥，即今牡丹也。《開元天寶花木記》云：「禁中呼木芍藥為牡丹也。」得數本紅紫淺紅通白者，上因移植於興慶池東沉香亭前。會花方繁開，上乘照夜白，妃以步輦從❶。詔選梨園弟子中尤者，得樂十六色。李龜年以歌擅一時之名，手捧檀板，押眾樂前，將欲歌之。上曰：「賞名花，對妃子，焉用舊樂詞為？」遽命龜年持金花牋，宣賜翰林學士李白，立進〈清平樂〉詞三篇。承旨，猶苦宿酲❷，因援筆賦之。第一首：「雲想衣裳花想容，春風拂檻露華濃。若非群玉❸山頭見，會向瑤臺月下逢。」第二首：「一枝紅豔露凝香，雲雨巫山❹枉斷腸。借問漢宮誰得似？可憐飛燕❺倚新妝。」第三首：「名花傾國兩相歡，長得君王帶笑看。解釋春風無限恨，沉香亭北倚欄干。」龜年捧詞進，上命梨園弟子略約詞調，撫絲竹，遂促龜年以歌。妃持玻璃七寶杯，酌西涼州蒲萄酒，笑領歌，意甚厚。上因調玉笛以倚曲，每曲遍將換，則遲其聲以媚之。妃飲罷，斂繡巾再拜。上自是顧李翰林尤異於他學士。會力士終以脫靴❻為恥，異日，妃重吟前詞，力士戲曰：「始為妃子怨李白深入骨髓，何翻拳拳如是耶？」妃子驚曰：「何學士能辱人如斯？」力士曰：「以飛燕指妃子，賤之甚矣。」妃深然之。上嘗三欲命李白官，卒為宮中所捍而止。

【章　旨】此段講述李白為楊貴妃賦詩〈清平樂〉，玄宗貴妃大喜，然而由於高力士的讒言，李白終被玄宗疏遠。

【注　釋】❶上乘照夜白二句　照夜白，唐玄宗坐騎，為一匹白色駿馬。步輦，轎子的雛形。大略相當於車去掉輪子。❷宿酲　宿醉。❸群玉　即群玉山。傳說中西王母的居所。❹雲雨巫山　原意指楚王夢見巫山神女化作雲雨而來與自己幽會，後來用以借喻男女歡愛。宋玉〈高唐賦序〉：「妾在巫山之陽，高丘之阻。旦為朝雲，暮為行雨，朝朝暮暮，陽臺之下。」❺飛燕　指漢成帝的皇后趙飛燕（西元前四五—前一年），原名宜主，吳縣

（今江蘇蘇州）人。因其舞姿輕盈如燕飛鳳舞，故人們稱其為「飛燕」。趙飛燕之妹趙合德亦被立為昭儀，兩姐妹專寵後宮，顯赫一時。❻脫靴　傳說李白在宮中曾命高力士為其脫靴。

【語　譯】起初，開元年間，皇宮內喜種木芍藥，也就是現在的牡丹。《開元天寶花木記》云：「禁中呼木芍藥為牡丹也。」皇帝曾經得到幾株深紫、粉紅和全白的少見品種，就把它們移植在興慶池東，沉香亭前。待到牡丹盛開的日子，玄宗騎著名馬照夜白前往賞花，貴妃坐在轎子裡跟隨。皇帝下令挑選梨園弟子中技藝出色的人，分別演奏十六種音樂。李龜年的歌聲在當時享有盛名，他手捧檀板，率領樂隊到來，準備開始演唱。皇帝說：「美人相伴，觀賞名花，怎麼還能用老套的歌詞？」他讓李龜年取來金花牋，召來翰林學士李白，命他立即寫下三篇〈清平樂〉進呈。李白收到聖旨時，前一天晚上的酒還沒有全醒，卻能提筆一揮而就。第一首道：「雲想衣裳花想容，春風拂檻露華濃。若非群玉山頭見，會向瑤臺月下逢。」第二首是：「一枝紅豔露凝香，雲雨巫山枉斷腸。借問漢宮誰得似？可憐飛燕倚新妝。」第三首是：「名花傾國兩相歡，長得君王帶笑看。解釋春風無限恨，沉香亭北倚欄干。」於是李龜年捧詞上前，皇帝命梨園弟子按調撫琴，並催促李龜年開唱。楊貴妃則手持玻璃七寶杯，品嘗著西涼州出產的葡萄美酒，笑著接受了李白的恭維，心裡真是非常高興。玄宗也用紫玉笛伴奏，每當曲調變換的時候，他便拖長了聲調來討楊貴妃的歡心。貴妃喝完酒，收攏巾、袖再三向皇帝拜謝。皇帝從此以後看重李白遠超過其他學士。偏偏高力士始終以替李白脫過靴為恥，有一天，貴妃又在吟詠李白的歌詞，高力士以開玩笑的口氣說：「原來我以為貴妃一定會恨李白恨到入骨，怎麼反倒這麼有好感？」妃子驚訝地問：「怎麼李學士會這麼侮辱人?」高力士說:「他用趙飛燕來比喻貴妃,這對您真是一種侮辱。」楊貴妃對高力士的話深信不疑。後來皇帝曾經三次想任命李白為官,最後都因為貴妃阻撓而作罷。

上在百花院便殿,因覽《漢成帝內傳》,時妃子後至,以手整上衣領,曰:「看何文書?」上笑曰:「莫問!知則又殢人。」覓去,乃是「漢成帝獲飛燕,身輕欲不勝風。恐其飄翥,帝為造水晶盤,令宮人掌之而歌舞。又製七寶避風臺,間以諸香,安於上,恐其四肢不禁也。」上又曰:「爾則任風吹多少。」蓋妃微有肌也,故上有此語戲妃。妃曰:「〈霓裳羽衣〉一曲,可掩前古。」上曰:「我纔弄,爾便欲嗔乎?憶有一屏風,合在,待訪得以賜爾。」屏風乃「虹霓」為名,雕刻前代美人之形,可長三寸許。其間服玩之器、衣服,皆用眾寶雜廁而成。水精為地,外以玳瑁、水犀為押,絡以珍珠瑟瑟。間綴精妙,迨非人力所製。此乃隋文帝所造,賜義成公主❶,隨在北胡。貞觀初,滅胡,與蕭后❷

同歸中國。上因而賜焉。妃歸衛公家，遂持去，安於高樓上。未及將歸，國忠日午偃息樓上，至床，睹屏風在焉。纔就枕，而屏風諸女悉皆下床前，各通所號，曰：「裂繒人也。」「定陶人也。」「穹廬人也。」「當壚人也。」「亡吳人也。」「步蓮人也。」「桃源人也。」「班竹人也。」「奉五官人也。」「溫肌人也。」「曹氏投波人也。」「吳宮無雙返香人也。」「拾翠人也。」「竊香人也。」「金屋人也。」「解佩人也。」「為雲人也。」「董雙成也。」「為煙人也。」「畫眉人也。」「吹簫人也。」「笑躄人也。」「垓中人也。」「許飛瓊也。」「趙飛燕也。」「金谷人也。」「小鬟人也。」「光髮人也。」「薛夜來也。」「結綺人也。」「臨春閣人也。」「扶風人也。」❸國忠雖開目，歷歷見之，而身體不能動，口不能發聲。諸女各以物列坐，俄有纖腰妓人近十餘輩，曰：「楚章華踏謠娘也。」迺連臂而歌之，曰：「三朵芙蓉是我流，大楊造得小楊收。」復有二三妓又曰：「楚宮弓腰娘也。何不見〈楚辭別序〉云『綽約花態，弓身玉肌』？」俄而遞為本藝。將呈訖，一一復歸屏上，國忠方醒，惶懼甚，遽走下樓，急令封鏁之。貴妃知之，亦不欲見焉。祿山亂後，其物猶存。在宰相元載家，自後不知所在。

【章旨】此段講述玄宗賜給楊貴妃神奇的水晶嵌寶屏風。

【注釋】❶此乃隋文帝所造二句　隋文帝，隋代開國皇帝楊堅。義成公主，楊堅女，嫁突厥啟民可汗。因此下文說屏風「隨在北胡」。❷蕭后　隋煬帝楊廣的皇后，隋末戰亂輾轉流落突厥，唐太宗滅突厥後將其迎回長安。❸裂繒人也三十二句　喻指歷史上有名的美女。如裂繒人指夏桀的寵妃妹喜。據《帝王世紀》記載，妹喜喜歡聽裂繒之聲，夏桀就把繒帛撕裂，以博得她的歡笑。

【語譯】一次，皇帝在百花院便殿，正在翻閱《漢成帝內傳》，當時貴妃比較晚過來，她整理一下皇帝的衣領，問皇帝：「您在看什麼書？」皇帝笑說：「不要問！被你知道了又要來煩人。」貴妃拿去一看，上面寫著「漢成帝得到趙飛燕，飛燕身體輕盈，好像經不起風吹。怕她被風吹走，漢成帝為她造了個水晶盤，叫宮女托著，讓她在上面歌舞。又建造七寶避風臺，放上各種香料，怕她的四肢承受不住。」皇帝又說：「要是你則隨它風吹多大都不怕。」因為貴妃比較豐滿，所以皇帝會開這樣的玩笑。貴妃說：「我的〈霓裳羽衣〉舞，可以蓋過古人。」皇帝說：「我才開了個玩笑，你就生氣啦？我記得有一架屏風，應該還在宮裡，我若是找到就送給你。」屏風取名「虹霓」，上面雕刻著古代美人的形象，展開可達三寸多長。屏風上面供人把玩欣賞的器物、衣服，都是用各種寶物拼鑲起來的。水晶作底，周圍以玳瑁、水犀押邊，還鑲嵌著珍珠。設計得非常精妙，簡直不像是人工製成的。這是當年隋文帝造的，賜給義成公主，隨義成公主遠嫁到了北胡。貞觀初年，唐太宗滅北胡，屏風便又跟隨隋煬帝的蕭后一起回歸中原。這次皇帝就把它賜給了楊貴妃。貴妃回娘家的時候，把這屏風也帶了回去，放在家中高樓之上。貴妃還未返回宮中的時候，楊國忠在高樓上午睡，到了床邊，見到了屏風在那。才就枕，諸女一起從屏風上走了下來到他的床前，她們向楊國忠各通名號，說：「裂繒人也。」「定陶人也。」「穹廬人也。」「當壚人也。」「亡吳人也。」「步蓮人也。」「桃源人也。」「班竹人也。」「奉五官人也。」「溫肌人也。」「曹氏投波人也。」「吳宮無雙返香人也。」「拾翠人也。」「竊香人也。」「金屋人也。」「解佩人也。」「為雲人也。」「董雙成也。」「為煙人也。」「畫眉人也。」「吹簫人也。」「笑躄人也。」「垓中人也。」「許飛瓊也。」「趙飛燕也。」「金谷人也。」「小鬟人也。」「光髮人也。」「薛夜來也。」「結綺人也。」「臨春閣人也。」「扶風人也。」楊國忠雖然睜著眼睛，看得一清二楚，但身不能動，口不能言。諸女各自就座，一會兒又有十幾名纖腰歌伎來到，她們說：「我們是楚宮章華臺中的踏謠娘。」隨後她們把臂而歌，歌曰：「三朵芙蓉是我流，大楊造得小楊收。」隨後又有二三名歌伎自我介紹：「我們是楚宮弓腰娘。沒見過〈楚辭別序〉中所讚美的『婥約花態，弓身玉肌』嗎？」隨後她們一一表演自己的技藝。等到表演完畢，她們又一一回到屏風之上，這時楊國忠方才醒來，心中惶恐，急忙下樓，讓人把屏風封存。貴妃知道此事，也不想再見到屏風。安祿山作亂後，其物猶存。曾在宰相元載家，此後便不知所終了。

楊太真外傳 卷下

樂史

初，開元末，江陵進乳柑橘，上以十枚種於蓬萊宮。至天寶十載九月秋，結實。宣賜宰臣❶，曰：「朕近於宮內種柑子樹數株，今秋結實一百五十餘顆，乃與江南及蜀道所進無別，亦可謂稍異者。」宰臣表賀曰：「伏以自天所育者，不能改有常之性；曠古所無者，乃可謂非常之感。是知聖人御物，以元氣布和；大道乘時，則殊方叶致。且橘柚所植，南北異名，實造化之有初，匪陰陽之有革。陛下玄風真紀，六合一家，雨露所均，混天區而齊被；草木有性，憑地氣以潛通。故茲江外之珍果，為禁中之佳實。綠帶含霜，芳流綺殿；金衣爛日，色麗彤庭。」云云。乃頒賜大臣。外有一合歡實❷，上與妃子互相持翫。上曰：「此果似知人意，朕與卿固同一體，所以合歡。」於是促坐，同食焉。因令畫圖，傳之於後。妃子既生於蜀，嗜荔枝。南海荔枝勝於蜀者，故每歲馳驛❸以進。然方暑熱而熟，經宿則無味，後人不能知也。上與妃采戲❹，將北❺，唯重四❻轉敗為勝。連叱之，骰子宛轉而成重四，遂命高力士賜緋❼，風俗因而不易。

【章旨】此段講述玄宗與楊貴妃在宮中恩愛歡樂的生活場景。

【注釋】❶宰臣　帝王的重臣；宰相。❷合歡實　連體的果實。❸馳驛　駕乘驛馬疾行。驛，驛站。是古代供傳遞官府文書和軍事情報的人或來往官員途中食宿、換馬的場所。❹采戲　指擲骰博采為戲。❺北　敗北。❻重四　指兩個骰子都擲出四點。❼賜緋　賜給緋色的官服。唐代五品、四品官服。這裡指將骰子上的四點塗成緋色。

【語譯】早先，在開元末年時，江陵郡進貢乳柑橘，唐玄宗在蓬萊宮中種了十棵。到天寶十年九月，柑橘結果。玄宗把它賜給宰相重臣，說：「我前陣子在宮中種了幾棵柑子樹，今年秋天結果一百五十多顆，跟江南和四川進貢的沒有什麼兩樣，也可算是小小的異事。」宰相呈上書表祝賀，說：「臣以為上天化育的東西，人類無法改變它的本性；古來所沒有的事情，才可算是不同尋常的感應。因而可知聖人支配萬物，以元氣使天下融洽；順應造化，那麼四方都會協調一致。況且橘柚的種植，南北方名稱不同，實在是自然早已安排，而不是因為陰陽有所變化。陛下符合天意的風俗法度，使天下一家，陛下的恩德如雨露般均勻，使天下一同受到沾溉；草木有其本性，藉地氣而暗中流通。所以這江南的珍異果品，成了宮中的美好果實。碧綠的果皮上帶一層白霜，芳香在美麗的宮殿中流動；金黃的果皮與陽光相映照，豔麗的色彩使滿庭生輝。」等等，玄宗就把果子分賜給大臣。還有一顆連體的果實，玄宗與貴妃一起拿著把玩，玄宗說：「這果子似乎懂得人意，我與你如同一體，所以果子也呈合歡之狀。」隨後兩人緊挨著坐下，一起把果子吃掉。還叫人畫成圖畫，想要流傳到後世。貴妃因為生在四川，所以愛吃荔枝。南海的荔枝又比四川生產的質量更好，所以每年都要讓驛站用快馬傳遞進獻。然而荔枝在熱天成熟，隔夜就沒什麼味道了，這個道理後人就不知道了。有一次玄宗與貴妃擲骰遊戲，玄宗將要輸了，只有兩個骰子都擲出四點才能轉敗為勝。於是玄宗一面擲一面連呼「重四」，那骰子輾轉良久方才擺定，一瞧果然是兩個四點，玄宗於是便讓高力士將骰子四點的那面都用胭脂點紅，彷彿高官的大紅袍，這個習俗一直流傳至今。

廣南❶進白鸚鵡，洞曉言詞，呼為「雪衣女」。一朝飛上妃鏡臺上，自語：「雪衣女昨夜夢為鷙鳥❷所搏。」上令妃授以《多心經》❸，記誦精熟。後上與妃遊別殿，置雪衣女於步輦竿上同去。瞥有鷹至，搏之而斃。上與妃嘆息久之，遂瘞❹於苑中，呼為「鸚鵡冢」。交趾貢龍腦香❺，有蟬蠶之狀，五十枚，波斯言老龍腦樹節方有，禁中呼為「瑞龍腦」。上賜妃十枚，妃私發明駝使❻，明駝者，眼下有毛，夜能明，日馳五百里。持三枚遺祿山。妃又常遺祿山金平脫裝具、玉合、金平脫鐵面椀。

【章　旨】此段講述玄宗賜予楊貴妃種種奇珍異寶，而貴妃則將其中的一部分轉贈安祿山。

【注　釋】❶廣南　地名。位於今雲南東南，文山州東北，滇、桂、黔三省交界處。❷鷙鳥　泛指各種凶猛的鳥，如鷹、雕、梟等。❸多心經　應即《般若波羅蜜多心經》。❹瘞　埋葬。❺龍腦香　從龍腦樹科之樹幹中凝結而成的板狀結晶，透明無色，似樟腦但香氣濃而溫和，可供香料及醫藥用。❻明駝使　唐代郵驛組織中專有一支以駱駝為主的隊伍，用於邊塞軍機的緊急傳遞。明駝，即白色（淺色）駱駝。

【語　譯】南方進獻了一隻白鸚鵡，牠非常會說話，貴妃取名為「雪衣女」。有一天早上牠飛到貴妃的鏡臺上，自己說：「雪衣女昨夜夢見被猛禽撲打。」皇帝叫貴妃教牠念《多心經》，牠竟然可以將經文背熟。後來皇帝和貴妃一起出去遊玩，把雪衣女放在他們所乘轎子的杆子上。突然有一隻老鷹飛來，把雪衣女撲啄而死。皇帝和貴妃一起嘆息了好久，就把牠埋在園子裡，稱為「鸚鵡冢」。又有交趾國進貢的龍腦香，形狀像蟬蛹，共有五十枚，波斯人說是老龍腦樹的樹瘤上才有，宮廷裡稱為「瑞龍腦」。皇帝賜給貴妃十枚，貴妃竟私自派遣騎駱駝的使者，明駝這種動物，眼睛下面有毛，到了晚上能夠發光，每天能跑五百里路。送了三枚給安祿山。除此之外，貴妃還經常送給安祿山金平脫裝具、玉盒、金平脫鐵面碗等。

十一載，李林甫❶死，又以國忠為相，帶四十餘使❷。十二載，加國忠司空❸。長男暄，先尚延和郡主，又拜銀青光祿大夫、太常卿兼戶部侍郎❹。小男朏，尚萬春公主。貴妃堂弟祕書少監❺鑑，尚承榮郡主。一門一貴妃，二公主，二郡主，三夫人。十三載，重贈玄琰太尉❻、齊國公，母重封涼國夫人。官為造廟，御製碑及書。叔玄珪又拜工部尚書。韓國婿祕書少監崔珣女為代宗妃❼。虢國男裴徽尚代宗女延光公主，女為讓帝❽男妻；秦國婿柳澄男鈞尚長清縣主❾，澄弟潭尚肅宗❿女和政公主。

上每年冬十月，幸華清宮，常經冬還宮闕，去即與妃同輦。華清有端正樓，即貴妃梳洗之所；有蓮花湯，即貴妃澡沐之室。國忠賜第在宮東門之南，虢國相對，韓國、秦國甍棟⓫相接。天子幸其第，必過五家，賞賜燕樂⓬。扈從之時，每家為一隊，隊著一色衣；五家合隊相映，如百花之煥發。遺鈿墜舄⓭，瑟瑟珠翠，燦於路歧，可掬。曾有人俯身一窺其車，香氣數日不絕。駞馬千餘頭疋，以劍南旌節器仗前驅。出有錢飲，還有軟腳⑭。遠近餉遺珍玩狗馬，閹侍歌兒，相望于道。及秦國先死，獨虢國、韓國、國忠轉盛。虢國又與國忠亂焉，略無儀檢。每入朝謁，國忠與韓、虢連轡，揮鞭驟馬，以為諧謔。從官嬾嫗百餘騎，秉燭如晝，鮮裝袨服⑮而行，亦無蒙蔽。衢路觀者如堵，無不駭嘆。十宅⑯諸王男女婚嫁，皆資韓、虢紹介，每一人納一千貫，上乃許之。十四載六月一日，上幸華清宮，乃貴妃生日。上命小部音聲小部者，梨園法部所置，凡三十人，皆十五已下。於長生殿奏新曲。未有名，會南海進荔枝，因以曲名〈荔枝香〉。左右歡呼，聲動山谷。

【章　旨】此段講述玄宗對楊貴妃家人的恩寵到達了無以復加的地步。

【注　釋】❶李林甫　唐玄宗時著名奸相。無才學，但善音律，會機變，能鑽營。出身於李唐宗室，是李淵叔伯兄弟李叔良的曾孫。初為千牛直長（宮廷侍衛）。開元十四年（西元七二六年）遷為御史中丞，隸管刑部、吏部侍郎。因諂附玄宗寵妃武惠妃，擢為黃門侍郎。開元二十二年（西元七三四年）拜禮部尚書、同中書門下三品。李為人忌刻陰險，對於才名高和受到玄宗重視的官員，必設法排斥，表面上甜言蜜語相結，背後卻陰謀暗害，時人稱他「口有蜜，腹有劍」。❷帶四十餘使　兼任四十多個使職。❸司空　原為掌管工程的職官，唐代司空為三公之一，僅是一種崇高的虛銜。❹先尚延和二句　郡主，唐宋時稱太子諸王之女。太常卿，官名。太常的主管官員。❺祕書少監　唐祕書省以監為長官，少監次之。❻太尉　秦漢時中央掌武事的最高官員。西漢早期設太尉官多半和軍事有關，故帶有虛位性質，不同於丞相、御史大夫等官職。東漢以太尉、司徒、司空為三公，太尉管軍事，司徒管民政，司空管監察，分別開府，置僚佐。自隋撤銷府與僚佐，便漸次演化成優寵宰相、親王、使相的加官、贈官。❼韓國婿句　婿，夫婿；丈夫。代宗，李豫，玄宗之孫。❽讓帝　玄宗長兄李憲，曾把太子之位讓給玄宗，嗣後追贈讓皇帝。❾縣主　唐親王女封縣主。❿肅宗　李亨，玄宗之子。⓫甍棟　屋脊和屋棟。⓬燕樂　亦稱「宴樂」。中國隋唐至宋代的宮廷宴會時，供娛樂欣賞的、藝術性很強的歌舞音樂。⓭舄　古代君王后妃及公卿百官行禮時所穿的一種鞋子。通常以葛布或皮革等材料為面，夏天用葛，冬天用皮。葛布是以葛藤纖維績紡而成的布，因質地堅固，所以被用來製作鞋履。舄和一般鞋履的不同之處主要在鞋底，普通鞋底多為單層，而舄底則製為兩層，上層用布底，下層則另用木料做成一個托底。⓮軟腳　即軟腳宴，接風的酒宴。⓯袨服　華服；盛裝。⓰十宅　即十王宅。唐開元後，京城安國寺東建成大住宅區，皇帝賜予各個親王分院居住，號十王宅。

【語　譯】天寶十一年，李林甫去世，玄宗又任命楊國忠為宰相，還兼任四十多個職務。天寶十二年，又加贈楊國忠為司空。國忠的長子楊暄，先娶太子的女兒延和郡主，皇帝又封楊暄為銀青光祿大夫、太常卿兼戶部侍郎。國忠的小兒子楊昢，娶了萬春公主。楊貴妃的堂弟祕書少監楊鑑，娶了承榮郡主。楊家一門有一個貴妃，兩個公主，兩個郡主，三個夫人。天寶十三年，皇上又重新追贈貴妃父親楊玄琰為太尉、齊國公，母親為梁國夫人。由官家替楊家造家廟，玄宗親自撰寫碑文。貴妃的叔叔楊玄珪又被任命為工部尚書。韓國夫人的丈夫祕書少監崔珣的女兒被代宗李豫立為妃子。虢國夫人的兒子裴徽娶了代宗的女兒延光公主，女兒則是讓帝李憲的兒媳；秦國夫人的丈夫柳澄的兒子柳鈞娶了長清縣主，而柳澄的弟弟柳潭則娶了唐肅宗李亨的女兒和政公主。

皇帝每年冬天十月左右，就要駕臨華清宮，經常是過了冬才回皇宮，每次去都是和貴妃乘同一輛車。華清宮裡有一座端正樓，是貴妃梳洗的地方；有座蓮花池，是貴妃洗澡的地方。皇上賜給楊國忠的府第在華清宮東門的南面，對面就是虢國夫人的府第，韓國夫人和秦國夫人的府第也都在隔壁。玄宗駕臨時，必到這五家走動，還恩准他們演奏宮廷音樂。他們跟從皇帝出遊的時候，每家排成一隊，每一隊穿一種顏色的衣服；五家隊伍走在一起，互相輝映，就像怒放的百花。所過之處，掉落在路上的金花、鞋子，寶石、珠翠，熠熠生光，多到用手可以捧得起來。曾經有人只是偷看一下車子，身上香味便持續了好幾天。還有駝馬上千頭，用劍南節度使的旌節儀仗在前面開道。出去玩有餞行酒，回來還有接風宴。遠近地方饋送的珍寶異獸，內侍歌兒，道路上絡繹不絕。後來秦國夫人先過世，剩下虢國夫人、韓國夫人和楊國忠聲勢更盛大。虢國夫人竟和楊國忠私通，行為禮數一點都不知節制。每次入朝謁見皇帝時，楊國忠和韓國夫人、虢國夫人都騎馬一起走，揮著鞭子急速奔馳，互相開玩笑。隨從的官員和男女侍從百餘騎，所舉的蠟燭亮得像白天一樣，所有人都穿著鮮美華麗的衣服從大路上走過，也不用任何面紗等飾物來遮蔽。路旁觀看的人形成人牆，所有的人無不驚嘆。各親王家的女兒若是想婚嫁，全靠韓國、虢國兩位夫人介紹，每一個人還要出一千貫錢作謝禮，玄宗才同意。天寶十四年六月一日，皇帝來到華清宮，這天是貴妃生日。皇帝命令小部樂隊小部，屬於梨園法部，共三十人，都在十五歲以下。在長生殿演奏新曲子。

曲子還沒有名稱，正好南海郡進貢荔枝，把這曲子叫做〈荔枝香〉。演奏完畢，左右人等歡呼喝彩，聲震山谷。

其年十一月，祿山反幽陵❶，祿山本名軋犖山，雜種胡人也。母本巫師。祿山晚年益肥，垂肚過膝，自秤得三百五十斤。於上前胡旋舞，疾如風焉。上嘗於勤政樓東間設大金雞障，施一大榻，卷去簾，令祿山坐。其下設百戲，與祿山看焉。肅宗諫曰：「歷觀今古，未聞臣下與君上同坐閱戲。」上私曰：「渠有異相，我禳之故耳。」又嘗與夜燕，祿山醉臥，化為一豬而龍首。左右遽告帝。帝曰：「此豬龍，無能為。」終不殺，卒亂中國。以誅國忠為名。咸言國忠、虢國、貴妃三罪，莫敢上聞。上欲以皇太子監國❷，蓋欲傳位，自親征。謀於國忠，國忠大懼，歸謂姊妹曰：「我等死在旦夕。今東宮監國，當與娘子等併命矣。」姊妹哭訴於貴妃，妃銜土請命❸，事乃寢。

【章旨】此段講述安祿山於幽州謀反，玄宗欲傳位太子，楊家兄妹驚恐萬分。

【注釋】❶幽陵　地名。即幽州。戰國時的燕地，今北京及其周圍地區。唐天寶元年（西元七四二年）改為范陽郡，管轄薊；乾元元年（西元七五八年），恢復為幽州。安祿山時任范陽節度使。❷監國　當皇帝缺位、外出或無法履行職務的情況下，由其他重要人物如太子、親王代理國事。❸銜土請命　口含泥土請求死罪。

【語譯】就在同年的十一月，安祿山在范陽作亂。祿山本名軋犖山，乃是一雜種胡人。他的母親本是巫師。祿山晚年很肥，肚垂過膝，自己稱量一下，竟然有三百五十斤。但他在玄宗面前表演胡旋舞，卻能迅疾如風。皇上曾在勤政樓東間設大金雞障，並放置一張大榻，把簾子捲起，讓祿山坐。面前表演雜技百戲，和祿山一同觀賞。肅宗為此進諫：「古往今來，從未見過臣下與皇上同坐看戲的。」玄宗悄悄對他說：「安祿山有異相，我以此壓制他。」又有一次，玄宗與安祿山夜宴，安祿山醉後，化為一豬但卻生著龍頭。手下人將此情景告訴玄宗。玄宗道：「這是豬龍，沒什麼了不起的。」最終沒有殺掉安祿山，結果他作亂中原。安祿山以誅殺楊國忠為藉口。列舉楊國忠、虢國夫人和楊貴妃三人的罪過，卻沒有人敢上奏皇帝。玄宗想讓皇太子李亨代理朝政，實際上是想傳位給太子，自己親自領兵去征討。皇帝把這想法和楊國忠商量，楊國忠聽了非常害怕，回去跟姐妹們說：「我們死到臨頭了。現在如果讓太子代理國政，我們就要與貴妃一起喪命了。」姐妹們向貴妃哭訴，貴妃又去向玄宗磕頭哀求，事情就這樣不了了之。

十五載六月，潼關❶失守。上幸巴蜀，貴妃從。至馬嵬❷，右龍武將軍❸陳玄禮懼兵亂，乃謂軍士曰：「今天下崩離，萬乘震蕩，豈不由楊國忠剖剝甿庶❹，以至於此？若不誅之，何以謝天下！」眾曰：「念之久矣。」會吐蕃和好使在驛門遮國忠訴事，軍士呼曰：「楊國忠與蕃人謀叛！」諸軍乃圍驛四合，殺國忠并男暄等。國忠舊名釗，本張易之子也。天授中，易之恩幸莫比，每歸私第，詔令居樓，仍去其梯，圍以束棘，無復女奴侍立。母恐張氏絕嗣，乃置女奴嬪姝于樓複壁中。遂有娠，而生國忠，後嫁于楊氏。上乃出驛門勞六軍，六軍不解圍。上顧左右責其故，高力士對曰：「國忠負罪，諸將討之。貴妃即國忠之妹，猶在陛下左右，群臣能無憂怖？伏乞聖慮裁斷。」一本云：「賊根猶在，何敢散乎？」蓋斥貴妃也。上迴入驛，驛門內傍有小巷，上不忍歸行宮，於巷中倚杖欹首❺而立，聖情昏默，久而不進。京兆司祿❻韋鍔見素男也。進曰：「乞陛下割恩忍斷，以寧國家。」逡巡，上入行宮，撫妃子出于廳門，至馬道北牆口而別之，使力士賜死。妃泣涕嗚咽，語不勝情，乃曰：「願大家❼好住。妾誠負國恩，死無恨矣，乞容禮佛。」帝曰：「願妃子善地受生。」力士遂縊于佛堂前之梨樹下。

纔絕，而南方進荔枝至。上睹之，長號數息，使力士曰：「與我祭之。」祭後，六軍尚未解圍。以繡衾覆床，置驛庭中，敕玄禮等入驛視之。玄禮擡其首，知其死，曰：「是矣。」而圍解。瘞于西郭之外一里許道北坎下，妃時年三十八。上持荔枝，於馬上謂張野狐曰：「此去劍門，鳥啼花落，水綠山青，無非助朕悲悼妃子之由也。」

初，上在華清宮日，乘馬出宮門，欲幸虢國夫人之宅，玄禮曰：「未宣敕報臣，天子不可輕去就。」上為之迴轡。他年，在華清宮，逼上元，欲夜遊。玄禮奏曰：「宮外即是曠野，須有預備。若欲夜遊，願歸城闕。」上又不能違諫。及此馬嵬之誅，皆是敢言之有便也。

先是，術士李遐周有詩曰：「燕市人皆去，函關馬不歸。若逢山下鬼，環上繫羅衣。」「燕市人皆去」，祿山悉薊門之士而來。「函關馬不歸」，哥舒翰❽之敗潼關也。「若逢山下鬼」，嵬字，即馬嵬驛也。「環上繫羅衣」，貴妃小字玉環，及其死也，力士以羅巾縊焉。又妃常以假髻為首飾，而好服黃裙。天寶末，京師童謠曰：「義髻拋河裡，黃裙逐水流。」至此應矣。初，祿山嘗於上前應對，雜以諧謔，妃常在座，祿山心動。及聞馬嵬之死，數日嘆惋。雖林甫養育之，國忠激怒之，然其有所自也。是時虢國夫人先至陳倉❾之官店，國忠誅問❿至，縣令薛景仙率吏人追之。走入竹林下，以為賊軍至，虢國先殺其男徽，次殺其女。國忠妻裴柔曰：「娘子何不借我方便乎？」遂并其女刺殺之，已而自刎，不死。載于獄中，猶問人曰：「國家乎？賊乎？」獄吏曰：「互有之。」血凝其喉而死。遂併坎于東郭十餘步道北楊樹下。

【章旨】此段講述潼關失守後，玄宗逃往四川。在馬嵬坡軍隊發生兵變，要求玄宗殺掉楊氏兄妹，結果楊國忠被殺、楊貴妃被賜死。

【注釋】❶潼關　地名。古代著名關隘。地處陝西關中平原東端，居秦、晉、豫三省交界處。東與河南靈寶相毗鄰，西連華陰，南依秦嶺與洛南接壤，北瀕黃河、渭河，與大荔及山西芮城隔水相望。❷馬嵬　地名。即馬嵬坡、馬嵬驛。在今陝西興平西。❸右龍武將軍　右龍武軍的長官。唐代禁軍中設左右龍武軍。❹甿庶　即氓庶。百姓。❺欹首　歪著頭。❻京兆司祿　官名。隋唐首都長安設京兆府，司祿為京兆府官職，掌總錄眾曹文簿，舉彈善惡。❼大家　內宮嬪妃內臣對皇帝的稱呼。❽哥舒翰　唐朝將領。原突厥族突騎施哥舒部落人。勇而有謀，因抵禦吐蕃有功，於天寶六年（西元七四七年）擢授右武衛將軍，充隴右節度副使，都知關西兵馬使、河源軍使。天寶十四年，安祿山反叛，攻占洛陽，遂奉命任兵馬副元帥，率兵二十萬守潼關。時哥舒翰已患風疾，不能治事，所屬部將互相爭長，號令不一，軍無鬥志。他只有扼守潼關，無法出擊。後為宰相楊國忠所忌，進讒玄宗促令他出戰。十五年六月，哥舒翰被迫出關，與叛將崔乾祐戰於靈寶（今屬河南），中伏兵敗被俘。被安祿山囚於洛陽，並委他致書招降唐將領以免於死。至德二年（西元七五七年），哥舒翰為安慶緒（安祿山之子）兵敗撤退時所殺。❾陳倉　地名。今陝西寶雞。❿問　音訊。

【語　譯】天寶十五年六月，潼關失守，叛軍攻進了京城。玄宗逃往四川，貴妃仍然跟著他。走到馬嵬，右龍武將軍陳玄禮怕兵變，就對士兵們說：「現在天下分崩離析，皇位動搖，難道不是因為楊國忠剝削壓榨百姓，才變成這樣的嗎？如果不殺掉他，怎麼能向天下人交代！」士兵們都齊聲叫喊：「我們早就想這樣幹了。」恰好吐蕃派來和好的使節在驛站門口和楊國忠談事情，軍士們叫喊起來：「楊國忠勾結蕃人謀反！」各路軍隊把驛站團團包圍，殺了楊國忠和他的兒子楊暄等人。楊國忠本名釗，原是張易之的兒子。天授年間，張易之受到武后極端的恩幸，以至於張易之回家，武后命令他必須住在樓上，然後撤去梯子，再於房屋四周圍上荊棘，並且不許女子服侍。張母恐張氏絕後，便讓侍女躲在房間的夾層裡。這女子後來有了身孕，就生下了國忠，後來又嫁到了楊家。玄宗只好出來慰勞軍隊，但軍隊仍圍著驛站不動。玄宗向身邊的人詢問箇中緣由。高力士回答說：「楊國忠有罪，各位將軍討伐他。貴妃是國忠的妹妹，仍在陛下身邊，群臣怎能不擔心害怕？希望皇上考慮，下個決定。」一本則說：「賊人的根柢尚在，我們豈敢散去？」指的就是貴妃。皇帝回身進了驛站大門，旁邊有條小巷，皇帝不忍心回行宮，就在小巷裡扶著拐杖低頭站著，腦袋昏昏沉沉，很長時間站著不動。京兆司祿韋鍔韋見素之子。上前對他說：「懇求皇上忍痛割愛，以使國家安寧。」過了一會兒，皇帝進了行宮，挽著貴妃走出廳門，走到北牆門口與之訣別，叫高力士賜她死。貴妃哽咽流淚，悲痛得一句話也說不出來，只說：「希望皇上好好保重自己。我確實辜負國恩，就算死也沒有怨恨。最後請讓我拜拜佛吧。」皇帝說：「希望妃子來世可以在好地方託生。」高力士就在佛堂前的梨樹下把她勒死了。貴妃剛剛斷氣，南方進貢的荔枝又到了。皇帝看到了，大哭好幾聲，對高力士說：「替我拿去祭拜她吧。」祭拜貴妃之後，軍隊還不肯解散。皇帝只好叫人用被子蓋著貴妃放在床上，擺在驛站院子裡，叫陳玄禮等人進來看。陳玄禮抬起貴妃的頭，知道她已死，跟其他人說：「貴妃確已死去。」軍隊對驛站的包圍這才解除。貴妃被葬在離西城牆外約一里多路的土坑下，那時貴妃不過三十八歲。玄宗手拿荔枝，在馬上對張野狐說：「從這裡到劍門關，一路鳥啼花落，水綠山青，這樣的美景無非增添我對妃子的思念和憂傷之情啊。」

之前，玄宗在華清宮時，騎馬出宮門，要到虢國夫人府裡去，陳玄禮就曾說：「沒有宣布和通知臣下，天子不應輕易外出。」皇帝只好打道回宮。還有一年，在華清宮，快到上元節的時候，玄宗想夜遊。陳玄禮啟奏說：「宮外就是曠野，要有準備。如果想夜間遊玩，請您回到京城去再說。」皇帝沒有辦法不聽他的諫阻。這次馬嵬事變、誅殺楊氏兄妹，可以說是陳玄禮這樣直言敢諫的人得到了天時之利。

在馬嵬事變之前，有一個方術之士李遐周作了一首詩說：「燕市人皆去，函關馬不歸。若逢山下鬼，環上繫羅衣。」「燕市人皆去」，指安祿山是薊門人。「函關馬不歸」，是說哥舒翰把守潼關失敗。「若逢山下鬼」，是個「嵬」字，也就是馬嵬驛。「環上繫羅衣」，貴妃小名叫玉環，她的死，又是高力士用羅巾勒死的。另外，妃子經常用假的髮髻作頭飾，愛穿黃裙子。天寶末年，京城裡流傳童謠說：「義髻拋河裡，黃裙逐水流。」到這時竟然都應驗了。從前，安祿山跟玄宗說話時，喜歡插科打諢說笑話，貴妃經常也在座，安祿山對貴妃很動心。後來聽說貴妃在馬嵬被賜死，他還感嘆惋惜了好幾天。他的反叛，雖說是李林甫縱容了他，楊國忠激怒了他，但也有他內在的原因。當時出京避難時，虢國夫人先逃到了陳倉的官店，楊國忠被殺的消息傳來，縣令薛景仙帶著官兵追她。虢國夫人躲到竹林裡，以為是叛軍到了，她就先殺了兒子裴徽，然後殺了女兒。楊國忠的妻子裴柔說：「娘子何不也為我行個方便呢？」虢國夫人便把裴柔連女兒一起刺殺了，然後自刎，但她當時並沒有立即就死。隨後虢國夫人被捉住關在牢裡，還問道：「你們是朝廷官兵呢？還是叛軍呢？」獄吏回答說：「都有。」後來虢國夫人因血塊堵塞氣管而無法呼吸死了。她們一起被埋在離東城牆十多步遠路北的楊樹下。

上發馬嵬，行至扶風道。道傍有花，寺畔見石楠樹團圓，愛玩之，因呼為「端正樹」，蓋有所思也。又至斜谷口❶，屬霖❷雨涉旬，於棧道雨中聞鈴聲隔山相應。上既悼念貴妃，因採其聲為〈雨霖鈴曲〉，以寄恨焉。

至德二年，既收復西京❸。十一月，上自成都還，使祭之，後欲改葬，李輔國❹等皆不從。時禮部侍郎李揆奏曰：「龍武將士以楊國忠反，故誅之。今改葬故妃，恐龍武將士疑懼。」肅宗遂止之。上皇❺密令中官潛移葬之于他所。妃之初瘞，以紫褥裹之。及移葬，肌膚已消釋矣，胸前猶有錦香囊在焉。中官葬畢以獻，上皇置之懷袖。又令畫工寫妃形於別殿，朝夕視之而歔欷焉。

【章旨】此段講述玄宗還都之後欲改葬貴妃而不得。

【注釋】❶斜谷口　古代「通秦、連蜀」的棧道。其創建於商末周初，北起關中，穿秦嶺、越太白、沿湑水河而下，過漢江、經巴山、入川北的南江、巴中，到成都、重慶，與南方諸省接通。❷霖　連日陰雨。❸西京　即長安。❹李輔國　（西元七〇四—七六二年）唐肅宗時當權宦官。玄宗奔蜀，李輔國從太子至馬嵬驛，參加隨從將士殺楊國忠的兵諫，又建議太子分玄宗麾下兵北至朔方，以謀恢復。後隨肅宗還長安，封郕國公，權勢顯赫。後被代宗遣人刺死。❺上皇　即太上皇。這時玄宗已讓位給肅宗，改稱太上皇。

【語譯】皇帝從馬嵬出發，走到扶風道。路邊有花，寺院旁還有棵團圓的石楠樹，皇帝很喜歡，就暫停腳步觀賞了一下，把它叫做「端正樹」，這是皇上心中有所思念的表現。行到斜谷口，碰上下了十幾天的雨，在棧道上又聽見雨中隔山相應的鈴聲。玄宗當時心裡還在哀悼懷念楊貴妃，就用這種聲音寫成〈雨霖鈴曲〉，以抒發自己的遺憾和悲涼之情。

至德二年，官兵收復了京城長安。十一月，玄宗從成都回京，派人祭奠楊貴妃，想把貴妃改葬到別的地方，李輔國等人卻不肯。禮部侍郎李揆奏道：「龍武軍將士因為楊國忠造反，所以殺了他。現在改葬楊貴妃，恐怕龍武軍將士心裡會有懷疑。」肅宗採納了這個意見。太上皇祕密地吩咐太監把貴妃的遺體遷葬到別的地方。貴妃剛埋下去時，用紫色的褥子包裹著。等到要移葬時，皮肉都已腐爛了，只有胸前的錦香囊還在。太監把她重新葬好後，把錦香囊獻給太上皇，太上皇把它放在袖子裡。又叫畫工畫了貴妃的像掛在別殿，整天看著而不斷嘆息流淚。

上皇既居南內❶，夜闌登勤政樓，凭欄南望，煙月滿目。上因自歌曰：「庭前琪樹已堪攀，塞外征人殊未還。」歌歇，聞里中隱隱如有歌聲者。顧力士曰：「得非梨園舊人乎？遲明，為我訪來。」翌日，力士潛求於里中，因召與同去，果梨園弟子也。其後，上復與妃侍者紅桃在樓焉歌〈涼州〉之詞，貴妃所製也。上親御玉笛，為之倚曲。曲罷相視，無不掩泣。上因廣其曲。今〈涼州〉留傳者，益加怨切焉。

至德❷中，復幸華清宮，從官嬪御，多非舊人。上於望京樓下命張野狐奏〈雨霖鈴曲〉，曲半，上四顧淒涼，不覺流涕，左右亦為感傷。新豐有女伶謝阿蠻，善舞〈凌波曲〉，舊出入宮禁，貴妃厚焉。是日，詔令舞。舞罷，阿蠻因進金粟裝臂環，曰：「此貴妃所賜。」上持之，淒然垂涕曰：「此我祖大帝破高麗，獲二寶，一紫金帶，一紅玉支。朕以岐王所進〈龍池篇〉，賜之金帶，紅玉支賜妃子。後高麗知此寶歸我，乃上言：『本國因失此寶，風雨愆時，民離兵弱。』朕尋以為得此不足為貴，乃命還其紫金帶，唯此不還。汝既得之於妃子，朕今再睹之，但興悲念矣。」言訖，又涕零。至乾元元年，賀懷智又上言曰：「昔上夏日與親王棊，令臣獨彈琵琶，其琵琶以石為槽，鵾雞筋為絃，用鐵撥彈之。貴妃立於局前觀之。上數枰子將輸，貴妃放康國猧子上局亂之，上大悅。時風吹貴妃領巾於臣巾上，良久，迴身方落。及歸，覺滿身香氣，乃卸頭幘，貯於錦囊中。今輒進所貯幞頭。」上皇發囊，且曰：「此瑞龍腦香也。吾曾施於暖池玉蓮朵，再幸，尚有香氣宛然，況乎絲縷潤膩之物哉！」遂淒愴不已。自是聖懷耿耿，但吟：「刻木牽絲作老翁，雞皮鶴髮與真同。須臾舞罷寂無事，還似人生一世中。」

【章　旨】此段講述玄宗對楊貴妃的無盡想念和哀思。

【注　釋】❶南內　指興慶宮。唐時長安有三大內，分別是「太極宮」、「大明宮」、「興慶宮」，其中大明宮規模最為宏大，為皇帝居住、辦理朝政之所。唐玄宗從蜀地歸來之後先後被肅宗安置在太極宮和興慶宮。❷至德　唐肅宗李亨年號，西元七五六—七五八年。

【語　譯】太上皇住在南面的興慶宮裡，深夜登上勤政樓，憑欄南眺，映入眼簾的只有迷離的月色。太上皇唱道：「庭前琪樹已堪攀，塞外征人殊未還。」剛唱完，就聽到宮外小巷中隱隱約約好像也有歌聲。他問高力士：「難道是過去的梨園弟子嗎？等會兒天亮了，替我把他找來。」第二天，高力士悄悄在小巷中找到這個唱歌的人，讓他跟自己一起進宮，玄宗一見，果然是梨園弟子。後來玄宗又讓貴妃的侍女紅桃在同一地點唱貴妃所作〈涼州〉調。玄宗親自吹玉笛，為她伴奏。一曲唱完，兩人對望，都悲傷地掩面哭泣。玄宗後來又推廣此曲。因此流傳至今的〈涼州〉，都愈加悲涼幽怨。

至德年間，玄宗再度駕臨華清宮，跟隨他的官員和妃嬪，大部分都不是過去的人了。太上皇在望京樓下叫張野狐演奏〈雨霖鈴曲〉，奏到一半的時候，玄宗抬頭四下張望，滿目淒涼，眼淚又流了下來，跟從的人也都非常傷感。新豐縣有個女藝人叫謝阿蠻的，很會跳〈淩波曲〉舞，過去她常在宮廷中出入，貴妃對她很好。當日，玄宗命她跳舞。跳完舞後，阿蠻乘機取出有金粟紋飾的臂環獻給玄宗，說：「這是貴妃賜給我的。」玄宗接過來，傷心地掉下眼淚說：「這是我祖父高宗皇帝打敗高麗時，得到的兩件寶物之一，一個是紫金帶，另一個就是這紅玉支。我因為岐王進呈了一首〈龍池篇〉的詩，把紫金帶賜給了他，紅玉支則賜給了妃子。後來高麗知道這寶物在我手上，就上書說：『本國因為失落了這兩件寶物，風雨不順，民散兵弱。』我後來認為得到這些寶物也沒啥了不起的，就下令把紫金帶還給他們，只是這個紅玉支沒有還。你是從妃子手裡得到它的，我今天再見到它，怎能不引起悲傷的念頭。」說完，又是淚流滿面。乾元元年，賀懷智又告訴玄宗說：「有一年夏天皇上和親王下棋，命令我彈琵琶，這具琵琶用石頭做槽，鵾雞的筋做絃，用鐵撥片彈奏。貴妃站在棋盤前觀看。皇上有幾顆子快被吃掉的時候，貴妃放出獅子狗到棋盤上把棋局攪亂，皇上十分開心。當時有一陣風把貴妃的領巾吹得纏在我頭巾上，過了好久，我轉身時貴妃的領巾才落下。我回去後，覺得滿身香氣，於是解下頭巾，把頭巾藏在錦袋裡。今天我把珍藏的頭巾獻給您。」玄宗邊解錦袋，邊說：「這是瑞龍腦的香味。我曾經放一些在溫泉浴池旁玉雕的蓮花上，等到下次再去，香氣仍然不散，何況是絲綢之類的物品呢！」兩人於是悲傷感嘆不止。從此玄宗心情鬱結，只是每天吟誦：「刻木牽絲作老翁，雞皮鶴髮與真同。須臾舞罷寂無事，還似人生一世中。」

有道士楊通幽，自蜀來，知上皇念楊貴妃，自云有李少君[1]之術。

上皇大喜，命致其神。方士乃竭其術以索之，不至。又能遊神馭氣，出天界入地府求之，竟不見。又旁求四虛上下，東極絕大海，跨蓬壺❷。忽見最高山，上多樓閣。洎至，西廂下有洞戶，東向，闔其門，額署曰「玉妃太真院」。方士抽簪叩扉，有雙鬟童女出應門。方士造次未及言，雙鬟復入。俄有碧衣侍女至，詰其所從來，方士因稱天子使者，且致其命。碧衣云：「玉妃方寢，請少待之。」逾時，碧衣延入，且引曰：「玉妃出。」冠金蓮，帔紫綃，佩紅玉，拽鳳舄，左右侍女七八人。揖方士，問皇帝安否，次問天寶十四載以還事，言訖憫然。指碧衣女取金釵鈿合，析其半授使者曰：「為我謝太上皇，謹獻是物，尋舊好也。」方士將行，色有不足，玉妃因徵其意，乃復前跪致詞：「請當時一事，不聞于他人者，驗於太上皇。不然，恐金釵鈿合，負新垣平之詐也。」玉妃茫然退立，若有所思，徐而言曰：「昔天寶十載，侍輦避暑驪山宮。秋七月，牽牛織女相見之夕，上憑肩而望。因仰天感牛女事，密相誓心：『願世世為夫婦。』言畢，執手各嗚咽。此獨君王知之耳。」因悲曰：「由此一念，又不得居此，復墮下界，且結後緣。或為天，或為人，決再相見，好合如舊。」因言：「太上皇亦不久人間，幸唯自愛，無自苦耳。」使者還，具奏太上皇，皇心震悼。及至移入大內甘露殿，悲悼妃子，無日無之。遂辟穀服氣。張皇后進櫻桃、蔗漿，聖皇並不食。常玩一紫玉笛，因吹數聲，有雙鶴下於庭，徘徊而去。聖皇語侍兒宮愛曰：「吾奉上帝所命，為『元始孔昇真人』，此期可再會妃子耳。笛非爾所寶，可送大收。」大收，代宗小字。即令具湯沐，曰：「我若就枕，慎勿驚我。」宮愛聞睡中有聲，駭而視之，已崩矣。

【章　旨】此段講述玄宗聽說有道士通招魂之術，便請他與貴妃的魂魄相聯絡。

【注　釋】❶李少君　西漢方士。常自稱七十歲，隱瞞自己的年齡、籍貫、平生經歷，因懂得祭祀灶神求福、種穀得金、長生不老的方術，受漢武帝尊重。❷蓬壺　即蓬萊。古代傳說中渤海裡的仙山。

【語　譯】有一個道士叫楊通幽，從四川來，知道玄宗懷念貴妃，就說自己會李少君那樣的招魂法術。太上皇聽了非常高興，命令他把貴妃的魂靈招來。楊道士使出渾身解數去搜尋，卻遍求不得。於是楊道士又讓自己的魂靈出體，乘著雲氣上天入地去尋找，還是沒有見到。然後他四方上下廣泛地尋找，往最東方越過大海，跨過蓬萊仙山。忽然見到一座最高的山，山上有很多樓閣。到了山上，看到西邊有一扇洞門，朝向東面，門關著，門上匾額寫的是「玉妃太真院」。道士馬上過去敲門，有一個梳雙髻的女童出來應答。道士還沒來得及說話，女童又進去了。過了一會有一個綠衣侍女走來，問他從哪兒來，道士說是天子使者，並且告訴她自己的任務是要尋找貴妃。綠衣侍女說：「玉妃剛睡著，請稍等一會兒。」又過了一會兒，綠衣侍女帶他進去，並且通報說：「玉妃出來了。」只見玉妃頭戴金蓮冠，披紫色紗巾，佩戴紅玉，穿著鳳頭鞋，左右跟隨的侍女有七八個。玉妃向道士行禮，問他皇帝是否安好，又問了一些天寶十四年以後的情況，問完後一臉淒涼哀傷的神色。她讓綠衣侍女取來金釵鈿盒，分了一半給道士說：「替我謝謝太上皇，謹以此物，作為對過去的紀念吧。」道士要離開的時候，臉上流露出不滿足的神情，玉妃就問他還有些什麼話要說，道士跪在玉妃前面說：「請講一件事，而且是別人所不知道的，我好請太上皇驗證確實見過您。不然的話，只有金釵鈿盒，恐怕我要承擔欺詐的罪名了。」玉妃茫然地退後幾步，想了一下，慢慢說道：「從前天寶十年的時候，我陪皇帝到驪山行宮避暑。秋七月，牽牛織女相會的晚上，皇帝手扶在我肩上望著天空。我們兩人因為感嘆牛郎織女的故事，祕密地發誓：『但願世世代代成夫妻。』說完，互相拉著手，都淚流不止。這件事只有皇上知道啊。」接著玉妃又悲傷地說：「由於這個誓言，我又沒有辦法在這裡了，要重新落到下界，跟他結以後的姻緣。不管是在天上，或者在人間，一定會再次相見，像從前一樣結合。」還說：「太上皇也將不久於人世了，望他多多保重，不要苦了自己。」道士回來以後，一一奏稟太上皇，玄宗心裡十分震驚。等到住進宮城內甘露殿，更是沒有一天不悲悼貴妃。後來竟然像道士那樣不吃五穀，只服氣修煉。張皇后進獻給他的櫻桃、蔗漿等，也一樣不吃。他常把玩一支紫玉笛，有一次吹了幾聲，就有一對鶴降落在院子裡，徘徊了一會兒又飛走。玄宗對侍女宮愛說：「我奉上帝的命令，稱『元始孔昇真人』，有希望再見到妃子了。笛子你不喜歡，可以送給大收。」大收，代宗小名。隨即命她準備溫水沐浴，吩咐道：「如果我睡下，切莫驚動我。」宮愛聽到玄宗睡夢中發出聲音，驚訝地前往探看，玄宗已經駕崩。

妃子死日，馬嵬媼得錦袎襪一隻。相傳過客一玩百錢，前後獲錢無數。

【章旨】此段講述貴妃死後留下的遺物仍然得到世人的重視。

【語譯】貴妃死的那天，馬嵬有一個老太婆撿到錦襪一隻。據說路過那裡的人想觀賞一下要付一百文錢，老太婆因此賺了無數的錢。

悲夫！玄宗在位久，倦於萬機，常以大臣接對拘檢，難徇私欲，自得李林甫，一以委成，故絕逆耳之言。恣行燕樂，衽席無別，不以為恥，由林甫之贊成矣。乘輿遷播，朝廷陷沒，百僚繫頸，妃王被戮，兵滿天下，毒流四海，皆國忠之召禍也。

史臣曰：夫禮者，定尊卑，理家國。君不君，何以享國？父不父，何以正家？有一于此，未或不亡。唐明皇之一誤，貽天下之羞。所以祿山叛亂，指罪三人。今為〈外傳〉，非徒拾楊妃之故事，且懲禍階而已。

【章旨】此段是作者對李楊愛情的評價與批評。

【語譯】唉！玄宗在位的時間長了，開始厭煩政事，只是因為大臣們的諫阻規勸，才不至於任性放縱，自從用了李林甫，什麼事都委託給他，就再也聽不到逆耳的忠言。玄宗吃喝玩樂、任性而行，女人長幼都不分，還不覺得羞恥，都是李林甫推波助瀾促成的。皇帝顛沛流離，京城淪入敵手，百官成為囚犯，貴妃、王子被殺，戰火遍地，四海遭殃，這都是楊國忠招來的禍患啊。

史官說：禮，是用來確定上下秩序，理家治國的。帝王不做帝王該做的事，憑什麼擁有這個國家？父親不做父親做的事，憑什麼來管理這個家？這些錯誤只要有一樣，就會導致失敗。唐明皇一步走錯，給國家帶來羞辱。所以安祿山叛亂，要指出楊貴妃等三人的罪狀。今天我寫這篇〈外傳〉，不只是記取一些楊貴妃的故事，而且要使人接受禍患的教訓。

【研析】關於唐明皇、關於楊玉環、關於李楊愛情，歷代都有無限的感慨和懷想。唐人對於玄宗感情相當複雜，既對其早年勵精圖治、開闢盛世由衷地感佩，又對其晚年荒淫誤國、引發內亂而感到痛心疾首。至於他與楊玉環的愛情，既富有超現實的引人遐想的浪漫色彩，又因為與家國悲劇相牽扯而充滿悲劇色彩。同樣的題材，早在中唐就有了陳鴻的〈長恨歌傳〉，而到了宋代又有了樂史的〈楊太真外傳〉。兩篇小說，題材完全相同、情節大體相類，但風格迥異，這是作者個性、才情的區別，更是時代環境的區別。陳鴻的〈長恨歌傳〉雖是小說，但卻略於敘事、長於抒情，文字簡練流美，富於情感；而樂史的〈楊太真外傳〉卻廣泛搜羅史傳、軼聞，以史家的求實態度追求細節，形成了一個豐富完整的故事，其長處在於記事寫實。這無疑是唐宋作者「文心」不同使然，也是唐宋傳奇總體審美情趣差異的體現。比如文章開頭就寫「楊貴妃，小字玉環，弘農華陰人也。後徙居蒲州永樂之獨頭村。高祖令本，金州刺史；父玄琰，蜀州司户……」，儼然是史傳的體例。文章排比連綴了大量的史料，其中有出自史傳，也有出自小說和筆記的，對這些引用的資料，作者還進行了一些考證，如「進見之日，奏〈霓裳羽衣曲〉」句下引用唐代詩人劉禹錫的〈伏睹玄宗皇帝望女几山詩，小臣斐然有感〉和《逸史》的有關記載對問題進行說明，這也是史家或學者的筆法。

不過較之〈綠珠傳〉，本文的文學意味還是要濃厚一些的。其中，關於李楊二人的生活、戀愛，都不乏細節的描繪和場景的鋪陳。而玄宗對於貴妃的寵溺、楊氏家族的跋扈，都有非常生動具體的表現，因此對於後世讀者而言，既有刺激閱讀的功效，也不乏認知歷史的價值。尤其值得注意的是文章中關於馬嵬事變之後玄宗暮年心事的描繪，相當細緻和深沉。唐陳鴻〈長恨歌傳〉對於這一段感情的描寫只有以下簡單幾句：「每至春之日，冬之夜，池蓮夏開，宮槐秋落，梨園弟子，玉琯發音，聞〈霓裳羽衣〉一聲，則天顏不怡，左右歔欷。三載一意，其念不衰。求之夢魂，杳不能得。」本文則不然。玄宗尚未還都，作者便用「此去劍門，鳥啼花落，水綠山青，無非助朕悲悼妃子之由也」的對話和「上既悼念貴妃，因採其聲為〈雨霖鈴曲〉，以寄恨焉」的行為來表現玄宗的悲情。還都之後，作者更是通過「改葬」、「寫真」、「聽曲」、「觀舞」等情節來凸現玄宗對於貴妃的無盡思念，其表現力和感染力較之〈長恨歌傳〉似稍勝一籌。

梁太祖優待文士

張齊賢

【題　解】本篇出自張齊賢《洛陽縉紳舊聞記》卷一。文章通過三個小故事講述了後梁太祖朱溫所謂「優待」文士的事蹟，表現了朱溫這名出自草莽的一代梟雄的暴戾殘忍、反覆無常的個性，也反映了一些無節文人為了博取功名富貴，不惜卑躬屈膝、阿諛諂媚的奴性人格。

【作　者】張齊賢（？—西元一〇一四年），字師亮，曹州（今山東菏澤）人。徙居洛陽。太平興國二年進士，累官同中書門下平章事，以司空致仕。卒謚文定。《宋史》有傳。《洛陽縉紳舊聞記》乃真宗景德二年張齊賢以兵部尚書知青州時所作。皆述梁、唐以還洛城舊事，凡二十一篇，分為五卷。

梁祖之初兼四鎮也❶，英威剛很❷，視之若乳虎❸。左右小忤其旨，立殺之。梁之職吏，每日先與家人辭訣而入，歸必相賀。賓客對之，不寒而慄。

【章　旨】此段講述梁太祖朱溫的出身及殘忍嗜殺的個性。

【注　釋】❶梁祖之初句　梁祖，即後梁太祖朱溫（西元八五二—九一二年），宋州碭山（今安徽碭山縣）人。

起初參加黃巢起義軍，隨軍入長安。唐中和二年（西元八八二年）正月，黃巢以朱溫為同州（今陝西大荔）防禦使。同年九月朱溫叛變，降於唐河中節度使王重榮，僖宗任命朱溫為金吾衛大將軍，充河中行營副招討使，賜名全忠。天復元年（西元九〇一年），宦官劫唐昭宗到鳳翔（今屬陝西），依靠節度使李茂貞。全忠攻鳳翔，茂貞屢敗。昭宗還長安後，全忠盡誅宦官，從此昭宗為全忠控制。天祐元年，全忠遣人殺昭宗，立其子李柷（哀帝）。四年，全忠廢李柷稱帝，改名晃，都開封（後曾一度遷都洛陽），國號梁（史稱後梁），改元開平，由此掀開了五代十國的篇章。朱溫稱帝後與據有太原的沙陀貴族李克用、李存勖父子連年征戰，損耗了大量的人力和財物，逐漸喪失軍事上的優勢。他生性殘暴，濫行誅戮。晚年，因皇位繼承人未定，皇室內部衝突劇烈。乾化二年（西元九一二年），為次子朱友珪所殺。初兼四鎮，唐天祐元年閏三月，唐昭宗詔朱溫為宣武軍、宣義軍、護國軍、忠武軍四鎮節度使。❷很　通「狠」。❸乳虎　育子的母虎。《漢書・酷吏傳・義縱》：「寧成為濟南都尉，其治如狼牧羊，……號曰：『寧見乳虎，無直寧成之怒。』」顏師古注：「猛獸產乳，養護其子，則搏噬過常，故以喻也。」

【語譯】當初，梁太祖朱溫被唐朝封為梁王，統領四座藩鎮，威猛凶悍，時人把他看作「乳虎」。手下人做事只要稍有不如意之處，朱溫便立刻把這人殺了。朱溫手下的官吏，每天上班前都要與家人訣別，當晚如能活著回來，必定舉家相慶。就連賓客與朱溫相對而坐，也常常會不寒而慄。

進士杜荀鶴❶，以所業投之，且乞一見。掌客以事聞於梁祖，梁祖默無所報，荀鶴住大梁❷數月。先是，凡有求謁梁祖，如已通姓名而未得見者，雖踰年困躓於逆旅中，寒餓殊甚，主者留之，不令私去，不爾，即公人輩及禍矣。荀鶴遂日詣客次❸。

【章　旨】此段講述杜荀鶴求見朱溫碰壁。

【注　釋】❶杜荀鶴　（西元八四六－九〇四年）字彥之，號九華山人，池州石埭（今安徽石台）人。晚唐著名詩人。曾數次上長安應考，不第。後遊大梁，獻〈時世行十首〉於朱溫，希望他省徭役，薄賦斂，不合溫意。他旅寄僧寺中，朱溫部下敬翔，告之「稍削古風，即可進身」，因此上頌德詩三十章取悅於溫。溫為他送名禮部，得中大順二年（西元八九一年）第八名進士（《鑑誡錄》）。得第後次年，因政局動亂，還鄉。宣州節度使田頵召為從事。天復三年（西元九〇三年），田頵起兵叛楊行密，派他到大梁與朱溫聯絡。田頵敗死，朱溫表薦他，授翰林學士、主客員外郎，患重疾，五日後去世。其詩語言通俗、風格清新，人稱「杜荀鶴體」。❷大梁　地名。即汴梁。今河南開封。❸客次　接待賓客的館舍。

【語　譯】進士杜荀鶴，把自己創作的詩文進獻給梁王朱溫，欲求一見。執事的官員將此事彙報給朱溫，朱溫卻漠然置之，杜荀鶴不得不在大梁逗留數月。原來，前來求見之人，只要姓名通報給了梁王，就算困守旅舍一年以上，飢寒交迫，管事的官員也要把他留住，不允許其私自離開，否則，相關的官員就要倒霉了。因此，杜荀鶴每天也不得不到那些求見梁王的賓客們所聚集的旅舍報到。

一旦，梁祖在便聽❶，謂左右曰：「杜荀鶴何在？」左右以見在客次為對。未見間，有馳騎至者，梁祖見之，至巳午❷間方退，梁祖遽起歸宅。荀鶴謂掌客者曰：「某飢甚，欲告歸。」公人輩為設食，且曰：「乞命！若大王出，要見秀才，言已歸館舍，即某等求死不暇。」至未申❸間，梁祖果出。復坐於便聽，令取骰子來。既至，梁祖擲，意似有所卜。擲且久，終不愜旨，怒甚，屢顧左右，左右怖懼，縮頸重足❹，若蹈湯火。須臾，梁祖取骰子在手，大呼曰：「杜荀鶴！」擲之，六隻俱赤，乃連聲命屈秀才。荀鶴為主客者引入，令趨驟至階陛下。梁祖言曰：「秀才不合趨階❺。」荀鶴聲喏，恐懼流汗。再拜敘謝訖，命坐，荀鶴慘悴戰慄，神不主體。梁祖徐曰：「知秀才久矣。」荀鶴欲降階拜謝，梁祖曰：「不可！」於是再拜復坐。梁祖顧視陛下，謂左右曰：「似有雨點下。」令視之，實雨也，然仰首視之，天無片雲。雨點甚大，霑陛簷有聲。梁祖自起熟視之，復坐，謂杜曰：「秀才曾見無雲雨否？」

荀鶴答言：「未曾見。」梁祖笑曰：「此所謂無雲而雨，謂之天泣，不知是何祥也？」又大笑，命左右：「將紙筆來，請杜秀才題一篇〈無雲雨〉詩。」杜始對梁祖坐，身如在燃炭之上，憂悸殊甚。復令賦〈無雲雨〉詩，杜不敢辭，即令坐上賦詩，杜立成一絕獻之。梁祖覽之大喜，立召賓席共飲，極歡而散，且曰：「來日特為杜秀才開一筵。」復拜謝而退。杜絕句云：「同是乾坤事不同，雨絲飛灑日輪中。若教陰朗都相似，爭表梁王造化功！」由是大獲見知。

【章　旨】此段講述梁王召見杜荀鶴的驚險、曲折的經過，反映了梁王的剛愎狠鷙、喜怒無常和杜荀鶴的竭力敷衍、曲意奉承。

【注　釋】❶便聽　即便廳，區別於正堂的休閒會談之所。❷巳午　巳時和午時。古代將一晝夜分為十二時辰：子、丑、寅、卯、辰、巳、午、未、申、酉、戌、亥。每一時辰相當於現代的兩個小時。巳時為九點至十一點，午時為十一點至十三點。這裡用巳午泛指中午時光。❸未申　未時和申時。未時，十三點至十五點。申時，十五點至十七點。❹重足　雙腳併攏站著，古人常常用「重足」、「重足而立」形容人緊張驚懼的狀態。❺趨階　快步跑到臺階下行禮，是一種尊重的表示。

【語譯】某日，梁王在官府便廳閒坐，忽然對左右道：「杜荀鶴何在？」手下人答道「在旅舍」，並趕緊把杜荀鶴招來。誰知梁王還未見到杜荀鶴，有使者疾馳趕到，梁王改為接見使者，直到中午才結束，隨後梁王便回家了。於是杜荀鶴對負責接待的官員說：「我餓壞了，想要回去吃飯。」官員們一聽此言，趕緊為杜荀鶴安排飯食，並且說：「求求您饒我們一命吧！假如大王回來，要見秀才，我們如果回答說秀才回旅舍了，那連尋死的機會都沒有了。」之後，還沒有到申時，梁王果然外出。又回到官府的便廳，讓人取來骰子。骰子送至，梁王擲著，好像是要占卜某事。梁王擲了好一會兒，擲出的結果似乎都不稱心，他怒氣沖沖，不斷環顧左右，一旁伺候的人驚恐至極，一個個縮著脖子、併腳而立，大氣都不敢出，彷彿將要赴湯蹈火。過了一會兒，梁王又將骰子抓在手裡，大聲喝道：「杜荀鶴！」骰子擲出之後，六個竟然都是紅的，梁王大喜，於是連聲叫道：請杜秀才。管接待的官員將杜荀鶴帶進府內，讓他趕緊小跑著來到便廳的臺階下。梁王笑道：「秀才用不著這樣拘禮！」杜荀鶴連連應聲，心中愈發驚恐，汗如雨下。再次寒暄拜謝之後，梁王賜座，杜荀鶴戰戰兢兢、魂不附體地坐下了。梁王緩緩道：「久聞秀才大名。」杜荀鶴一聽此言又要走下臺階拜謝，梁王制止道：「別這樣！」杜荀鶴只好起身行禮之後重新落座。梁王望著臺階下的土地，對左右道：「好像有雨點落下。」隨後讓人走到庭院中細看，果然是雨點，但是大夥兒仰望天空，卻無片雲。此時雨勢漸大，打在臺階和屋簷之上鏗然作響。梁王起身仔細查看雨勢，然後又坐下，對杜荀鶴道：「秀才可曾見過無雲之雨？」杜荀鶴答道：「從未見過。」梁王笑道：「這就是所謂的無雲而雨，有人把它稱之為『天泣』，不知道這算是一種什麼祥瑞？」梁王說完大笑，命令左右道：「拿紙筆來，請杜秀才作一首〈無雲雨〉詩。」起初，杜荀鶴與梁王相對而坐，身子就如同坐在炭火之上，極為憂懼。現在梁王又讓他賦詩，他不敢稍加推辭，當即於位子上賦詩，得絕句一首獻上。梁王讀後大喜，立馬讓人招來賓客共飲，盡興而散，還說：「來日專門為杜秀才擺一桌酒宴。」杜荀鶴再三拜謝後退下。杜荀鶴的絕句是這樣說的：「同在乾坤之中但一樣的事物卻有不同的表現，今天在太陽朗照之下，雨絲飛灑。假如陰晴的規律永遠不變，怎能顯示出梁王堪比自然的造化之功！」杜荀鶴由此大受梁王重視。

杜既歸，驚懼成疾，水瀉數十度，氣貌羸絕，幾不能起。客司守之，供侍湯藥，若事慈父母。明晨，再有主客者督之，且曰：「大王欲見秀才，請速上馬。」杜不獲已，巾櫛❶上馬。比至，凡促召者五七輩。杜困頓無力，憂甚趨進遲緩。梁祖自起，大聲曰：「杜秀才，『爭表梁王造化功』！」杜頓忘其病，趨步如飛，連拜敘謝數四。自是梁祖特帳設賓館，賜之衣服錢物，待之甚厚。

【章　旨】此段講述杜荀鶴覲見梁王之後嚇出了一身毛病。

【注　釋】❶巾櫛　這裡指穿衣梳洗。巾，頭巾。櫛，梳、篦的總稱。

【語譯】杜荀鶴回到旅舍，因為害怕緊張而嚇出了毛病，一天拉稀幾十次，以至於氣息奄奄，幾乎起不了床。而掌管接待的官員整天守著他，侍奉湯藥，就像對待生身父母一樣恭敬。第二天早上，有官員來催請，說：「大王要見秀才，請速速上馬。」杜荀鶴推辭不得，梳洗上馬。等到了梁王的衙門，催促的官員已經來了五六批。杜荀鶴渾身無力，擔心自己行動遲緩無法拜見梁王。沒想到梁王一見到杜荀鶴卻自己從座位上站了起來，大聲道：「杜秀才，『爭表梁王造化功』！」杜荀鶴聽到梁王此言，頓時忘卻病痛，健步如飛，上前向梁王跪拜致謝四五次。此後梁王為杜荀鶴專門安排了住處，又賞賜衣服錢物，對待他非常優厚。

福建人徐夤❶下第，獻〈過梁郊賦〉，梁祖覽而器重之，且曰：「古人酬文士，有『一字千金』之語。軍府費用多，且一字奉絹一匹。」徐賦略曰：「客有失意還鄉，經於大梁，遇郊坰之耆老❷，問今古之侯王。父老曰：且說當今，休論往古。昔時之事跡誰見？今日之功名目睹。」辭多不載。遂留于賓館，厚禮待之。徐病且甚，梁祖使人謂曰：「任是秦皇漢武。」蓋誚徐賦有「直論簫史王喬❸，長生孰見？任是秦皇漢武，不死何歸」，憾其有此深切之句爾。

【章　旨】此段講述朱溫對另外一位文人徐夤的賞識與獎掖。

【注　釋】❶徐夤　字昭夢，莆田（今福建莆田）人。晚唐詩人。乾寧年間登進士第，授祕書省正字。依王審知，禮待簡略，遂歸隱延壽溪。著有《探龍》、《釣磯》二集，詩二百六十五首。❷郊坰之耆老　郊坰，這裡泛指郊野山林。《說文解字》：「邑外謂之郊，郊外謂之牧，牧外謂之野，野外謂之林，林外謂之坰。」耆老，泛指年老的人，後專指德行值得尊重的長者。耆，古稱六十歲為耆。❸簫史王喬　古代詩文中常以簫史、王喬指代仙人。《列仙傳》：「簫史者，秦繆公時人也，善吹簫。繆公有女號弄玉，好之，公遂以妻之。遂教弄玉作鳳鳴。居數十年，吹似鳳聲。……（簫史、弄玉）一日皆隨鳳皇飛去。」《後漢書・方術列傳》：「王喬者，河東人也。顯宗世，為葉令。喬有神術，……。」

【語　譯】福建人徐夤考進士落第，向梁王進獻〈過梁郊賦〉，梁王讀後非常賞識，對徐夤說：「古人酬謝文士，有『一字千金』的說法。現在軍費所需甚多，我就以一個字一匹絹的代價來酬謝你吧。」徐夤的賦中有這樣的句子：「有客失意還鄉，途經大梁，在郊野之間遭遇長者，提及古今王侯。父老們都說：且說現在，休談以往。過去的事蹟誰曾見到？現在梁王的功績我們可都是親眼目睹。」徐夤的詩賦原文甚長，這裡就不多做鈔錄了。總之梁王見到此賦非常高興，將徐夤留在賓館裡，以厚禮待之。後來徐夤生了重病，梁王派人探望並讓使者對他說：「任是秦皇漢武。」原來徐夤的〈人生幾何賦〉中有這樣的句子：「都說簫史王喬，這樣長生不老的神仙誰曾見過？就算是篤信神仙方術、四處搜尋不死仙丹的秦始皇漢武帝，到頭來又怎能逃脫死亡的結局？」梁王覺得這樣的說法過於直白露骨，因此當徐夤病危之機，梁王便用徐夤自己的句子來譏諷他。

梁祖既有移龜鼎❶之志，求賓席直言骨鯁之士。一日，忽出大梁門外數十里，憩于高柳樹下，樹可數圍，柯榦甚大，可庇五六十人。遊客亦與坐，梁祖獨語曰：「好大柳樹。」徐徧視賓客，注目久之，坐客各各避席對曰：「好柳樹。」梁祖又曰：「此好柳樹好作車頭。」末坐五六人起對：「好作車頭。」梁祖顧敬翔❷等，起對曰：「雖好柳樹，作車頭須是夾榆樹。」梁祖勃然厲聲言曰：「這一隊措大❸，愛順口弄人。柳樹豈可作車頭？車頭須是夾榆木。便順我，也道柳樹好作車頭。我見人說秦時指鹿為馬，有甚難事！」顧左右曰：「更待甚！」須臾，健兒五七十人，悉擒言柳樹好作車頭者，數以諛佞之罪，當面撲殺之。梁祖雖起於群盜，安忍雄猜，甚於古昔。至於剛猛英斷，以權數御物，遂成興王之業，豈偶然哉！

【章旨】此段講述朱溫設下圈套，發現並誅殺身邊的阿諛姦佞之徒。

【注　釋】❶移龜鼎　奪取帝位。龜鼎，大龜與九鼎，古時為傳國大寶，用以借指帝位。❷敬翔　（？—西元九二三年）字子振，同州馮翊（今陝西大荔）人。五代後梁宰相。曾歷任檢校禮部尚書、檢校右僕射、太府卿等。後助朱溫篡唐。官知崇政院事，遷兵部尚書及金鑾殿大學士等。朱溫死，他鬱鬱不得其志。後唐莊宗李存勖攻入大梁，因不願事後唐，自殺而死。❸措大　對貧寒讀書人的蔑稱。

【語　譯】梁王早有問鼎天下、奪取皇位的想法，於是便想在眾多門客幕僚中尋找直言敢諫之人。有一天，梁王出城到距城門數十里的地方遊玩，在一棵柳樹下坐定休息，這棵柳樹枝幹粗大，樹幹要幾個人合抱，樹蔭能遮住幾十個人。那些門客也都挨著梁王在樹下坐著，梁王一個人自言自語：「好大一棵柳樹啊。」說完緩緩地將眾門客掃視了一遍，門客們趕緊恭敬地起立，說道：「好柳樹、好柳樹。」梁王又說：「這樣好的柳樹做車頭很合適。」有五六個人趕緊附和道：「對對，做車頭很合適。」梁王又把目光投向敬翔等人，敬翔起身答道：「雖然是棵好柳樹，但是做車頭還是夾榆樹合適。」梁王於是勃然變色，厲聲道：「你們這群酸秀才，就會隨口糊弄人。柳樹怎麼能做車頭呢？做車頭必須是夾榆木。你們為了奉承我，就胡說柳樹可以做車頭。我聽說秦代大臣指鹿為馬，看來的確不是虛言！」梁王隨即示意左右道：「你們還等什麼！」一會兒，上來幾十個壯漢，將剛剛說柳樹能做車頭的人悉數拿下，宣布了他們的阿諛、欺詐之罪，然後當場擊斃。梁王雖然發跡於草莽之間，但他志向雄偉、心機深刻，勝於古人。同時梁王個性剛毅勇猛、獨斷專行，又能以權術駕馭下屬，所以他能成就帝王之業，絕非偶然！

【研　析】關於梁太祖賞識杜荀鶴的掌故，史籍多有記載：《唐才子傳》云：「荀鶴嘗謁梁王朱全忠，與之坐，忽無雲而雨，王以為天泣不祥，命作詩，稱意，王喜之。」《唐新纂》云：「荀鶴舉進士及第，東歸，過夷門，獻梁太祖詩句云：『四海九州空第一，不同諸鎮府封王。』」《舊五代史》則謂：「時田頵在宣州，甚重之（杜荀鶴）。頵將起兵，乃陰令以箋問至（梁太祖朱溫），太祖遇之（杜荀鶴）頗厚。」以上文獻關於杜荀鶴受知梁王的具體過程都較為簡略，本文則提供了大量的生動場景和細節，讓後人對亂世之中扭曲的社會關係和變態人格有了真切的了解。

朱溫發跡於草莽，他起先隨黃巢造反，因驍勇善戰受到重用，但他審時度勢，看出黃巢難以成就大業，隨即向唐朝投降，反過來鎮壓農民軍。因為平亂有功，朱溫受封為王，但他並不滿足於這樣的地位，利用皇帝、宦官、藩鎮之間錯綜複雜的矛盾壯大勢力，直至弒君奪位。由此可見，朱溫本身就是一個性格無賴善變、機詐權謀層出不窮的梟雄式人物；而長期的權力鬥爭更加劇了他性格中多疑、多變、暴戾無常的部分。據載，朱溫曾自言：「我一日不殺數人，則吾目昏思睡，體倦若病。」（《西池春遊記》）又有記載道：為了防止士兵在打仗時後退逃跑，朱溫立了一條軍法，凡是交戰時，一隊的隊長戰死了，這一隊的士兵回來後便全部處斬，稱之為「隊斬」。本篇小說著力刻劃了朱溫這種喜怒無常、嗜血好殺的特性：「左右小忤其旨，立殺之。梁之職吏，每日先與家人辭訣而入，歸必相賀」、「（梁王）怒甚，屢顧左右，左右怖懼，縮頸重足，若蹈湯火」等等。事實上，這種種殘忍的行為一方面是性格使然，一方面也是朱溫駕馭僚屬、掌控權力的一種「權術」。有意思的是，這樣一個剛愎獨斷、殺人如麻的軍閥，竟然有「優待文士」的令名，事實上也不斷有文人前往干謁，求取功名。令人遺憾的是，朱溫的所謂「優待文士」，看中的並不是文士的濟世之才（如劉備之於諸葛亮、李世民之於魏徵），甚至也不是文士的史才詩筆，他所喜愛的其實不過是赤裸裸的馬屁而已，無論是杜荀鶴的詩還是徐夤的賦，都清楚地反映了這一點。據史籍記載，杜荀鶴起初曾獻〈時世行十首〉於朱溫，希望他省徭役，薄賦斂，結果並沒有得到朱溫的重視。而朱溫的親信敬翔，告之「稍削古風，即可進身」，因此杜荀鶴上「頌德詩」三十章，果然得到重視。由此可見，朱溫對於文士實際上是「倡優視之」，所以一旦忤逆其意，便可以「當面撲殺之」。

再看杜荀鶴，據說他是著名詩人杜牧的「微子」。所謂微子，就是並非名正言順的兒子，實際上是杜牧小妾帶著身孕另嫁他人後生下的孩子。此外，杜荀鶴雖詩名早著，卻「連敗文場」（《唐才子傳》），中進士時已經四十六歲。尷尬卑微的出身加上屢試不第的經歷使得詩人心中積怨深厚，博取功名的心思也就越加熱切，以至於不擇手段、不懼凶險、無視物議。史書記載，杜荀鶴依靠朱溫的舉薦，得到了翰林學士、主客員外郎的官職，「既而恃太祖之勢，凡搢紳間己所不悅者，日屈指怒數，將謀盡殺之。苞蓄未及泄，丁重疾，旬日而卒」（《舊五代史》）。杜荀鶴這樣的行為和動機令人髮指，但是對照其獲取功名前後的表現，也在情理之中。

中國封建時代的社會結構、政治體制和價值觀念決定，知識分子要獲得自我價值的實現，只有「仕進」這一條通道，而要想在這條通道上順利前行，當權者的賞識、援引必不可少。但是無論是當權者還是干謁者，其品格、志趣、行事作風都可謂千差萬別，高下不可以道里計。這篇傳奇為我們現代人提供了一個了解古代帝王與知識分子關係的生動文本，其主人公的心理和表現足以成為我們的警示和借鑑。

泰和蘇揆父鬼靈

張齊賢

【題解】本篇出自《洛陽縉紳舊聞記》卷一。記敘了一名衙將在行旅途中遭遇亡靈而不自知的故事。此篇是典型的志怪之作。

蘇揆，濮州❶人也。業進士，太宗皇帝御試第二等及第❷，由廷尉❸平知吉州❹泰和縣。

【章旨】此段交代蘇揆的身分來歷。

【注釋】❶濮州　地名。山東西南接近河南濮陽一帶。❷御試第二等及第　宋太祖時建立了殿試制度，即禮部考試後由皇帝親自在殿廷再次進行考試，由皇帝賜給功名。進士分為「及第」和「同出身」兩個等次。❸廷尉　官名。掌管刑獄司法的官吏。❹吉州　地名。今江西中部吉安一帶。

【語譯】蘇揆乃是濮州人士。考進士殿試的時候，被太宗親點為第二等，後由廷尉平調至吉州任泰和縣知縣。

撥父歿十數年矣。有吉州衙將押綱❶上京迴，行次黃梅縣❷，宿於逆旅中。昏晚後，忽有一老人，皁衣，裹短腳幞頭❸，策一驢，引一僮，年可六七十。來逆旅中，逡巡於房中，出揖吉州衙將。與之坐，因語及泰和看親識。吉州將詢之曰：「某吉州人，繫職州衙，自京迴。今往本州，與老父作伴，同去可乎？」且言：「泰和之親識何人也？」老父曰：「某姓蘇，有男名撥，叨忝登第，在泰和知縣。暫去相看伊，彼更無別親識。」州將曰：「泰和知縣，今本州通判同年❹也，通判即向相敏中爾。某幸得伏事。某因便願送老父至泰和，望知縣處略言某姓字。」老人許諾。是夕，州將命酒，同飲十數盞，老人甚喜。

【章旨】此段講述蘇撥老父去世十多年後，一名衙將在出差返回途中遇到一名老人，老人自稱是蘇撥的父親，準備前往吉州看望兒子。

【注釋】❶衙將押綱　衙將，原指軍府中的武官，後泛指低級軍官。綱，唐代宗時，吏部尚書同平章事劉晏首創漕運的「綱運之法」，以十船為「一綱」。原指地方向中央政府繳納的錢糧物資。到宋徽宗趙佶，大肆搜刮民脂民膏，綱的各種不同說法就多起來了，如運稅糧的叫「糧餉綱」，從各地直運宮城的叫「直達綱」，專門供奉皇帝揮霍的叫「御前綱」。❷黃梅縣　地名。位於湖北東部，大別山尾南緣，長江中下游之間北岸，為鄂、贛、皖三省交界。❸幞頭　始名「帕頭」，至唐始稱為「幞頭」。一種包頭的軟巾。因幞頭所用紗羅通常為青黑色，故也稱「烏紗」。後代俗稱為「烏紗帽」。相傳始於北周武帝。初以紗羅為之，後因其軟而不挺，乃用桐木片作一山子襯在紗內，使頂高起。至宋，幞頭以藤織草巾子作裡，用紗作表，再塗以漆，稱為「幞頭帽子」，可以隨意脫戴。其式樣有直角、局腳、交腳、朝天、順風等，依身分不同，式樣也不同。皇帝或官僚的展腳幞頭，兩腳向兩側平直伸長，身分低的公差、僕役則多戴無腳幞頭。❹通判同年　通判，官名。「通判州事」或「知事通判」的省稱。宋太祖時為了加強對地方官的監察和控制，防止知州職權過重、專擅坐大所創設。由皇帝直接委派，輔佐郡政，可視為知州副職，但有直接向皇帝報告的權力。同年，古代科舉考試同科中式者之互稱。

【語　譯】蘇揆的父親去世有十多年了。有一次，一位吉州的衙將押送進貢皇上的貨物進京，當他從京城返回時，在黃梅縣住宿。晚上旅店裡忽然來了一位老人，他穿著黑色的衣服，裹著短腳的頭巾，趕著一頭驢，帶著一名小廝，老人的年紀大約有六、七十歲。老人在旅店裡四下溜達，看到了衙將便和他打招呼。兩人坐下之後便聊起了天，老人自稱要到吉州省親。衙將便說：「在下就是吉州人士，在州衙裡面供職，剛剛從京城回來。現在老人家要往我們那裡去，不妨和我作個伴，一道走好嗎？」然後又問老人：「在泰和縣有什麼親人嗎？」老人答道：「我姓蘇，兒子單名一個揆字，僥倖中舉之後，在泰和縣任知縣。所以想去看看他，其他就再無親人了。」衙將說：「泰和縣的知縣老爺和我們州的通判是同科進士，通判就是向敏中。我曾經有幸服侍過他。現在我湊巧可以把您送到那裡，還望老先生在知縣那裡提一提我的名字。」老人滿口答應下來。當晚，衙將叫來酒菜，兩人痛飲了十幾杯，老人相當高興。

明日同行，沿路州將買食同餐，老人亦不辭讓。同過渡至江州❶，老人沽酒，請州將同飲，始款狎無閒然矣。至洪州❷同宿。明日將行，老父謂州將曰：「某比約與公同往泰和，夜來思之，男已忝京寮知縣，某行李如是，託你先到泰和報兒子，製新衣，借僕馬，來沿路相接。」吉之州將然其所託，曰：「即告辭先行。」

【章旨】此段講述快要到達目的地時，老人請衙將先往泰和縣替自己給兒子報信。

【注釋】❶江州　地名。今江西九江市。❷洪州　地名。今江西豐城。

【語譯】第二天兩人一同上路，沿路都是衙將買來食物請老人共享，老人也不客氣。等到一起來到江州的時候，老人打酒，請衙將同飲，兩人已經親密無間了。到洪州後兩人又住在一起。次日要出發時，老人對衙將說：「先前和你約好一同前往泰和縣，半夜我左思右想覺得實在不妥，你看我兒子現在已經是知縣老爺了，我的行李裝束還這麼寒酸，這豈不是要給兒子丟臉？所以我想請你先到泰和縣通知我兒子，準備好新衣服，帶上馬匹僕人，再來接我。」吉州的衙將答應了老人的請託，說：「那我便告辭先行一步了。」

至家，未敢詣州公參，先往泰和報知縣。轉榜子❶參，蘇揆出，州將拜起頗恭，且曰：「自黃梅與員外尊長同來，比約同至縣。及宿洪州之明日，員外尊父忽令某先來報員外，請製新衣，借僕馬，來沿路等接。」揆聞，未之信，且曰：「先父歿十餘歲，莫誤否？」州將曰：「自黃梅同途來，同飲食，備說員外任泰和，特來相看不虛。」蘇問其年顏身形，無二矣。又問繫裹衫衣，無二矣。揆降陛❷，望鄉大哭者久之。徐謂州將曰：「揆父歿時，年顏繫裹衣衫無小異。」言訖，又慟哭。遂製新衣、畫僕馬焚之。後數年，揆亦殂。試思老父所乘驢與僕，何物也？與之語言，人也，飲食，人也，物假為之耶？鬼耶？神耶？時向相❸任吉州通判，余為轉運使❹，備詳其事而書之，豈語怪之嫌乎？

【章　旨】此段講述衙將與蘇揆見面後才得知蘇父已去世多年。

【注釋】❶榜子　名帖；名片。❷陛　臺階。❸向相　即向敏中（西元九四八－一〇一九年），字常之，開封人。太平興國五年進士，曾通判吉州，後出知廣州。復召為工部郎中。以廉直超擢右諫議大夫，同知樞密院事。真宗朝，拜右僕射。❹轉運使　官名。唐時始設，以後各王朝主管中央或地方運輸事務。宋初為集中財權，太宗時於各路設轉運使，除掌握一路或數路財賦外，還兼領考察地方官吏、維持治安、清點刑獄、舉賢薦能等職責。宋真宗景德四年（西元一〇〇七年）以前，轉運使職掌擴大，實際上已成為一路之最高行政長官。

【語譯】衙將到了吉州，不敢先到州衙稟報公務，而是先往泰和拜見知縣。到了縣衙遞上名片，知縣蘇撰出來，衙將恭敬行禮，然後說：「我在黃梅縣遇見了您的老太爺，相約一路同行前往泰和。到了洪州住下的第二天，老人家忽然要求我先來稟報您，請老爺做好新衣，備下馬匹僕人，前往迎接。」蘇撰聽了，並不相信，說：「家父去世已經十多年了，你恐怕是搞錯了吧？」衙將說：「從黃梅我們兩人一路而來，一同飲食，老人說得清清楚楚：兒子在泰和任知縣，因此特來探望，應該不會錯吧。」蘇撰問起老人的相貌身形，果然與他的父親毫無差別。又問穿戴打扮，也沒有出入。蘇撰從臺階上走下，望著故鄉的方向痛哭良久。好一會兒才對衙將說：「我父親去世時，他的年齡、模樣、服裝，和你描述的分毫不差。」說完，再次痛哭。隨後蘇撰命人製了新衣、畫了僕人馬匹，一起燒掉祭奠老父。幾年之後，蘇撰也去世了。現在想來他老父所騎乘的驢子、所帶的僕人，是什麼呢？老人說話，完全與活人無異；飲食也和正常人沒有區別，這究竟是怎麼回事呢？是妖物變幻？是鬼？是神？當時向敏中大人任吉州通判，我任轉運使，現在把這事詳細記載下來，該不會認為我語涉荒誕吧？

【研析】張齊賢的《洛陽縉紳舊聞記》寫成於景德二年（西元一〇〇五年），作者自序云：「追思曩昔縉紳所說及余親所見聞，得二十餘事，因編次之，分為五卷。摭舊老之說，必稽事實；約前史之類例，動求勸誡。」可見他是以紀實手法為目標、以道德教化為旨歸的，然而書中又確實有些靈怪異說。以本篇為例，小說講述的是一個鬼魂的故事，以現代科學的眼光來看，當然純屬無稽。但是小說語言灑脫、情節委婉曲折，社會現實、人情世故也有曲折反映，不失為一篇饒有趣味的志怪之作。

虔州記異

張齊賢

【題　解】本篇載於《洛陽縉紳舊聞記》卷二，記敘了八名盜賊先被招安後被虐殺的殘酷故事，反映了北宋統治者的暴戾和官場的黑暗。

余在江南掌轉輸❶之明年，虔州❷有賊劉法定、房眷兄弟八人，皆有身手，善弓弩。法定為盜魁，其徒且百數，州郡患之。以聞太宗皇帝，命兩路都巡檢使❸併力除之，其徒因散去。時翟美東路巡檢、石義西路巡檢，官軍為法定黨傷殺者亦眾。余求得法定鄉人徐滿者，少與之狎。徐滿壯健多力，日行數百里，嘗為散從官❹，以過歸鄉役。余遣滿招之，赦其罪，許酬以廂鎮之務❺。不踰月，滿至，法定兄弟八人投牒❻，束身歸命，以求自雪。再遣滿齎委曲安慰之，期以旬日，先令詣虔州出頭，如約而至。

【章旨】此段講述作者任江南轉運使期間招安虔州匪首劉法定等人。

【注釋】❶掌轉輸 任轉運使。❷虔州 地名。今江西贛州。❸都巡檢使 在海南及歸、峽、荊門等地設置，負責地方安全的武官。巡檢，始置於宋代。主要設置於沿邊或關隘要地，或兼管數州數縣，或管一州一縣，均以武官任之。❹散從官 宋代官府差役。❺廂鎮之務 地方上的軍事防務。❻投牒 遞上說明自己身分的文書。

【語譯】我在江南任轉運使的第二年，虔州有劉法定、房眷兄弟等八人聚眾作亂，他們都身手不凡，尤其擅長弓箭。其中劉法定是頭目，他手下有數百人之多，當地州郡都大受騷擾，很以為苦。於是太宗皇帝命令江南兩路都巡檢使合力剿寇，這些人才四下散去。當時翟美任東路巡檢使、石義任西路巡檢使，他們手下的朝廷官兵被劉法定一夥傷害殺死的不在少數。我因此找到劉法定的老鄉徐滿，他小時候與劉法定很是親密。徐滿壯健有力，一天能走幾百里路，他曾經在官府做過徭役，後來因為過失回鄉服役。我讓徐滿給劉法定通信息：只要他歸順朝廷，不僅前罪可赦，還讓他當個地方上的軍官。不到一個月，徐滿就從家鄉回來了，同時帶來了劉法定和他八個弟兄所寫的文書，他們在信中表示要歸順官府，以求赦免前罪。我於是又讓徐滿專門帶去書信加以撫慰，讓他們先去虔州官府自首，十天之後再來見我。後來劉法定等人果然如約自首。

時同巡檢殿直❶康懷琪，少年果敢，恥久不能擒法定昆季之一人。轉運以片幅招之，悉來首罪，與知州❷尹玘、通判李宿謀盡殺之，獨護戎❸韓宗祐不之許。懷琪密與尹玘飛章以聞，且言「此賊兄弟膽勇過人，舊黨散潛山谷，忽有水旱之災，嘯聚凶輩，必為州郡患，乞酷法殺之。」朝廷可其奏，法定兄弟八人活釘於市。數日，懷琪過之，法定等俱厲聲大罵曰：「官中招出我，轉運使許我以不死。康懷琪與知州密計中我，使我兄弟同遭非命，地府下必訴爾，終不捨爾罪！」懷琪怒，命左右以鐵鎚碎其手足，由是八人頃刻而死，棄尸野外。

【章　旨】此段講述當地武官康懷琪因一直未能將劉法定一夥法辦而懷恨在心，藉劉法定等人投誠之機將其悉數處決。

【注　釋】❶殿直　宋武散官名。❷知州　官名。「權知某軍州事」的簡稱。宋以朝臣充任各州長官，「權知」意為暫時主管，「軍」指該地廂軍（也稱廂兵，宋代指鎮守各州的軍隊），「州」指民政，實際上成為一州之最高長官。❸護戎　監察軍務的官員。

【語　譯】誰料當時的同巡檢殿直康懷琪少年氣盛，長久以來因為不能擒獲劉法定兄弟中的一個人而感到羞愧。現在轉運使僅以書信一封就讓盜賊俯首認罪，康懷琪更加感到顏面無光。於是他和知州尹玘、通判李宿合謀要把劉法定等人悉數殺光，此事唯有護戎韓宗祐不贊成。於是康懷琪等人緊急向朝廷遞上奏章，稱「劉法定等人膽量過人，其黨羽散布山林之間，一旦遭遇水旱災年，他們嘯聚凶徒，必定要為禍州郡，希望朝廷能准許用酷刑處決」。朝廷同意了康懷琪等人的奏章，於是劉法定等八人被活活釘住手腳在集市示眾。幾天之後，康懷琪前往探視，劉法定等人厲聲大罵：「官家招安，轉運使許我等不死。你康懷琪竟然和知州出此奸計陷害我們兄弟八人，讓我們死於非命，我們到了陰曹地府也不會饒過你的！」康懷琪大怒，命令手下用鐵鎚將劉法定等人手腳砸碎，於是八人很快喪生，被拋屍野外。

余未半歲，自京奏公事迴，泝流至虔州，懷琪乘舟三十許里相接。睹揖之際，連拜數十，但云：「某罪過。」余自暫離洪州❶來上京，卻歸江南，往復僅四五箇月，固未知法定之死。聞懷琪稱罪懇切，甚訝之，徐謂曰：「且就坐，適再三稱罪過者何？」懷琪又起，面若死灰，且戰且懼，惟言：「某罪過。」睹之愈驚疑，未測何故也，遂答以他事。無何，郡長與州從事皆至，促船夫疾牽至州部。到驛，諸官悉散去。余未及解帶，懷琪獨候謁，未及與接談，又再三言「某罪過」。似有所依憑，及去，召驛吏及州之走使輩詰之，皆曰：「巡檢尋常不如此，得非為劉法定兄弟冤魂所使爾？不然，何恐懼稱罪之若是？」因問法定等今何在，遂以懷琪所謀事對。余亦惘然，嗟歎者久之。

【章旨】此段講述作者再次遇見康懷琪時，康神情恍惚、精神異常。

【注釋】❶洪州　地名。今江西南昌。

【語譯】大概過了不到半年，我從京城向皇上彙報完公事返回衙門，逆流行至虔州，康懷琪乘車三十多里前來迎接。寒暄之際，他向我作揖數十次，嘴裡連連說道：「我有罪。」我自從離開洪州治所前往京城，再返回江南，前後僅四五個月，所以並不知曉劉法定的死訊。聽到康懷琪如此懇切地稱罪，我心裡非常納悶，於是對他說：「請先就座，剛才為何連連稱罪呢？」康懷琪又站起身來，面若死灰，一面顫抖著一面驚恐地說：「我有罪。」看到這樣的情景我越發感到驚訝，也不知道是怎麼回事，只能聊聊其他的事情來打岔。沒多久，知州帶著手下官員都來了，他們催促縴夫趕緊把船拉到州衙。到了驛站，迎候的官員們悉數散去。我尚未寬衣解帶稍事休息，康懷琪又獨自來訪，還沒有來得及正經談話，他又再三說「我有罪」。我感覺此事一定有什麼隱情，於是等到康懷琪離開後，便招來驛站的吏卒和州衙的差役了解情況，他們都說：「康巡檢平常絕不是這個樣子，該不是劉法定兄弟們的冤魂所致吧？不然，怎麼會惶恐至此呢？」我趕緊問劉法定現在何處，他們便將康懷琪等人的圖謀和作為告訴了我。事已至此，我也只能感慨良久而已。

余在虔州數日，欲往大庾縣❶數處勾當。當申酉❷間，郡長與康俱在坐，余告以起發之由，且請諸公不得出門。俟昏晚上馬，尹公等送至城門，獨懷琪先辭而退。余門外俟關鎖訖，上馬南去。行三十許里，聞奔馬者相逼，命左右偵之，則曰：「康巡檢。」逡巡懷琪至，因詰之：「適先已辭退，今遠來何也？」曰：「欲相送至大庾縣。」遂與偕行。明日，至大庾縣驛，至廳東西各有一房。余居於左，康處於右。日晚，命之同食，起行數百步，辭氣如平常時，亦無他言。逼暮，聲喏而退。余亦困倦，遂解衣而就枕，恍惚若夢中，有故人物故已十餘年矣，再三告辭，涕淚戀戀然，倏忽而遂不之見。覺而異之，忽聞人呼余左右者，其聲頗急。余驚起問之，即懷琪之虞候❸爾。曰：「巡檢暴得疾，苦辭欲去。」余急趨至康所，即抱膝呻吟云：「脛痛欲裂，已令具小舟，須順流歸虔州求醫。」須臾，數人扶翼詣船，余杖策隨之，康回顧，悽咽而別，與余夢中告辭者相類。

【章旨】此段講述康懷琪忽然患上急症。

【注釋】❶大庾縣　地名。今江西贛州大余。❷申酉　指下午三點至七點這段時間。❸虞候　此指巡檢的副官。

【語譯】我在虔州待了幾天就要往大庾縣辦理一些公事。下午時分，知州尹玘和康懷琪等都來送別，我向他們說明了前往大庾縣的緣由，並且叮囑他們不要出城相送。等到暮色降臨我騎馬上路，尹公等人送我至城門，唯獨康懷琪一個人提前告退。我出了城，等候守城人將城門鎖上才上馬南行。走了三十多里，忽聽到後面有人奔馬靠近，我讓左右前去查看，他們說：「康巡檢趕來了。」果然沒過一會兒康懷琪到了，我便問他：「為什麼剛才先告退，現在又不辭遠路前來相送？」他說：「我想送您到大庾縣。」於是我便和他一起上路了。第二天一行人到達大庾縣驛館，當下無話。到了晚上，康懷琪道了晚安後便退下休息。我也覺得很是疲倦，便解衣就寢，夢中恍惚見到了一位逝去十多年的故人，他再三與我道別，淚水漣漣，忽而又消失不見。我一下醒來，感到事情有點不對勁，就在此時忽然聽到有人呼喚我的手下，語調非常急切。我驚起查問，原來是康懷琪的副官。他說：「巡檢忽然患上急症，所以不得不離開了。」我趕緊來到康懷琪的房間，只見他抱著膝蓋呻吟：「我的腿疼痛欲裂，我已經讓人準備小船，順流而下回虔州求醫。」很快，幾個人便扶持著康懷琪前往乘船，我放心不下拄著拐杖也跟在後面，康懷琪回頭悲傷哽咽著與我道別，這情景和我夢中那位故人的狀態竟然毫無二致。

又數日，余乘舟離大庾，及到虔州，疾問：「巡檢安否？」即曰：「殂再宿矣。」未久，韓供奉❶宗祐至，具言懷琪未死間，頭髻如壯夫向後搯之狀，頤頷上指，而髻在項上，喘息甚麤。須得三兩人用力從後推其首，才能舉之，口中唯云：「罪過、罪過。」湯飲至口，如有人揮掣之狀，悉覆于地，雖甚飢渴，但虛器而退。除稱罪之外，至死無他言。不踰年，尹玘亦殂。通判李宿本不同其謀，但隨而署字，後亦以患心疾，不得親民、掌關市賦于外，迨不為完人矣。

異夫！法定等本以殺人攻剽為事，戕人且眾，為罪亦已深矣。一為首罪而出，復遭非理而死，尚有靈若是，而況殺不辜者乎！異而書之，垂誡於世。韓宗祐知書有識，今累受國家委任，備書此事以示之。

【章旨】此段講述康懷琪、尹玘等陷害劉法定的官員或橫死、或患惡疾，皆遭到報應。

【注釋】❶供奉　在皇帝左右供職的人。

【語譯】幾天之後，我乘船離開大庾縣回到虔州，見人便問：「康巡檢好嗎？」對方答道：「已經去世兩天了。」不久，韓宗祐供奉見到我，向我詳細敘述了康懷琪臨死前的行狀，康懷琪死前髮髻好像被壯漢往後扯，下巴一直抬得高高的，頭向後仰，髮髻則頂到了脖子上，喘息聲很粗。要好幾個人從後面推著他的腦袋，才能把他的頭恢復原位，而康懷琪口中只反覆念叨：「罪過、罪過。」湯水剛送到他嘴邊，就好像有人在一旁揮手一般，將盛水的容器打翻，因此即便是非常飢渴也無法飲食，送飯送水的人只能端著空的容器退下。除了認罪之外，康懷琪至死也沒有說出別的話來。

不出一年，知州尹玘也死了。通判李宿雖然沒有與他們合謀，但是因為也在奏章上簽了字，後來也患上心臟病，不能面對百姓、管理財稅之事，算不上一個完好的人了。

奇怪呀！劉法定等人本來以燒殺擄掠為業，傷人無數，罪孽深重。沒想到他們自首之後，再遭冤死，還能有這樣的靈異，更何況那些無辜被殺的冤魂了！我把此事記下，為的是告誡後世。韓宗祐博學有識，現在屢屢受到朝廷的重任，我便把此事完整地記下來先請他過目。

【研析】要對此文有較為深刻的理解，需要稍稍知曉一點宋代的地方官制。

宋代基本的地方行政區劃為州、縣兩級，但在州之上又有「路」，這原本是一個經濟區劃，設官無定式，無定員，甚至連駐地、轄境、名稱都隨時變動。因此有學者稱之為「兩級半」的行政架構。宋代的地方行政路的官僚機構，主要有四個監司，稱為帥、漕、憲、倉。帥為安撫使，是一路高級軍政長官，照例由文臣充任，但往往帶都總管銜，統轄軍隊，掌管兵民、軍事、兵工程諸事。漕是轉運使，其本職是經管一路財賦，保障上供及地方經費的足額。為了履行其本職，就有必要巡察轄境，稽考簿籍，舉劾官吏。久而久之，轉運使便成為事實上的大行政區（路）的監司官。與轉運使平行的，又有提點刑獄公事及提舉常平司兩種，前者管司法，稱為憲；後者管賑荒救濟事宜，稱為倉。

在職權上，轉運使較為廣泛，而在體制上卻不能完全以下屬對待府州。知州雖然在行政位置上處於轉運使的下方，但又常常不受轉運使轄制，可以直接向上章奏事、通達皇上。於是本文中轉運使已招安劉法定諸人，而知州等人卻逆其意而行的事情便發生了。宋代設計此種政治制度，其初衷是為了加強中央集權、更有效地控制地方官員；但同時卻也形成了各級官員職責不清、相互傾軋的弊端。

此外，再說說「招安」。「招安」可謂宋代特色，當時就有民諺：「要得官，殺人放火受招安；要得富，跟著行在賣酒醋。」這一方面是宋代立國以來「重文抑武」的基本國策使然；一方面也是積貧積弱的王朝在面對不斷出現的「邊患」時所不得不採取的妥協之道。因此，「盜賊」們招安之後，有的結局不錯，有的還不免落得被屠戮的命運。據史料記載，宋代「收回招安」的例子很多，但由最高統治者直接收回的少，多是下面執行「招安」政策的官吏做的。本文中劉法定的例子，史學家也經常引用。學者認為：此事表面上看是出於同僚之間的嫉妒，實際上是有著很複雜的背景的。首先，其根本是劉氏兄弟的武裝反抗不管有無理由，在當時人看來都是大逆不道的。

由此註定劉氏兄弟一輩子都被看成是與朝廷對立的異類，都是壞蛋，並認為只要有機會他們就會給朝廷製造麻煩，他們活著就要提防，所以早殺了早省事。其次，是老百姓的生命賤如螻蟻，草菅人命的事情時時都在發生。第三，在「劉匪」的問題上，統治者運用更多的是「人治」而非「法治」，不必遵守什麼規範，能夠翻雲覆雨的官員甚至還被視為「幹員」。第四，古代通訊技術落後，許多情況很難核實，皇帝知道後也回天無力了。

因此，本文雖然篇制短小，卻很生動而深刻地反映了當時的職官制度、官場內幕、階級鬥爭和社會風貌。

白萬州遇劍客

張齊賢

【題　解】本篇出自《洛陽縉紳舊聞記》卷三，記敘了白廷誨、白廷讓兄弟遭遇假劍客，受騙上當的故事。

萬州白太保❶，名廷誨，即致政中令諱文珂❷之長子也。任莊宅使❸時，權五司兼水北巡檢❹。五司者，莊宅、皇城、內園、洛苑、宮苑也。平蜀有功，就除萬州刺史。受代歸，歿於荊南❺。白性好奇，重道士之術。

【章　旨】此段講述白廷誨的出身和性情喜好。

【注　釋】❶萬州白太保　萬州，地名。今四川萬縣一帶。太保，官名。原與太師、太傅同為東宮官職，均負責教習太子，後成為一種清要高貴的虛銜。宋代「三師」是宰相、親王的加官官銜，為正一品。❷致政中令諱文珂　致政，猶「致仕」，即退休。指官吏將執政的權柄歸還給君主。中令，官名。「中書謁者令」之省稱，即中書令。漢武帝時以宦官擔任，掌傳宣詔命等；唐時為三省長官，職同宰相。肅宗後漸以中書令為大將榮銜，不預政事；宋時在太師之上，只為親王、使相的兼官，無職事。文珂，即白文珂（西元八七六－九五四），字德溫，太原人。歷仕後唐、後漢。後周時官拜中書令，以太子太保致仕。❸莊宅使　官名。唐玄宗時置，主管兩京地區朝廷所有莊田及碾磑、邸店、菜園、車坊等。❹權五司句　五司，宋代掌管莊宅、皇城、內園、洛苑、宮苑等五個官署的合稱。水北，地名。今江西新喻東北一帶。❺荊南　荊州一帶。亦泛指南方。

【語譯】萬州白太保，本名廷誨，是退休的中書令白文珂老大人的長子。白廷誨任莊宅使時，代管五司並兼任水北巡檢。五司乃是莊宅司、皇城司、內園司、洛苑司、宮苑司的總稱。後因平蜀有功，被任命為萬州刺史。他退休後死於荊南。白廷誨生性好奇，喜好神仙道術。

從兄廷讓，為親事都將❶，不履行檢，屢遊行於鄽市❷中。忽有客謂廷讓曰：「劍客嘗聞之乎？」廷讓曰：「聞。」「曾見之乎？」曰：「未嘗見。」客曰：「見在通利坊逆旅中，呼為處士，即劍客也，可同往見之。」廷讓如其言。

【章旨】此段講述白廷誨的堂兄白廷讓也喜好劍術，有人向他推薦一名劍客，他欣然往見。

【注釋】❶都將　或稱「都頭」。軍職名。唐宋以來藩鎮和禁軍中的領兵官稱之。❷鄽市　集市。

【語譯】白廷誨有個堂兄白廷讓，是一名都將，平時行為放蕩，浪跡街市。有一日飲宴之間，有個客人問白廷讓：「都將聽說過劍客的傳說嗎？」廷讓說：「聽說過。」「都將見過真正的劍客嗎？」「沒有。」門客說：「在前面通利坊的旅館中，有個人大家稱他作處士，他就是一名劍客，我可以帶您去見見他。」廷讓當即表示很感興趣。

明日，同詣逆旅中，見五六人席地環坐，中有一人，深目豐眉，紫黑色，黃鬚。廷讓至，黃鬚獨不起。客曰：「可拜。」廷讓拜，黃鬚據受，徐曰：「誰氏子至？」客曰：「白令公姪，與某同來，專起居處士。」黃鬚笑曰：「爾同來，可坐共飲。」須臾，將一木盆至，取酒數瓶，滿其盆，各置一瓷椀在面前，舁一案驢肉置其側。中一人鼓刀，切肉作大臠❶。用杓酌酒於椀中，每人前設一肉器。廷讓視之，有難色，黃鬚者一舉而盡，數輩亦然，且引手取肉啖之，顧廷讓，揚眉攝目，若怒色。廷讓強飲半椀許，咀嚼少肉而已。酒食罷散去，廷讓熟視，皆狗屠角抵❷輩。

【章　旨】此段講述白廷讓拜見「劍客」黃鬚客。

【注　釋】❶臠　切成塊的肉。❷角抵　古代一種較力遊戲，類似今天的摔跤。據傳來自於祭祀蚩尤的「蚩尤戲」。秦漢間傳說：「蚩尤耳鬢如劍，頭有角，與軒轅鬥，以角抵人，人不能向，今冀州有樂曰『蚩尤戲』，其民兩兩三三，頭戴牛角以相抵，漢造角抵戲蓋其遺制也。」

【語譯】次日，白廷讓便與門客同往旅館拜訪劍客，只見房中五六個人席地而坐，其中一人深目濃眉，紫面，黃鬚。其他人見有客人，紛紛起立，只有黃鬚客一動不動。門客示意白廷讓行禮。白廷讓恭敬地向黃鬚客作了個揖。黃鬚客心安理得地坐著受禮，然後緩緩道：「這是誰家的子弟？」門客說：「他是白老令公的姪兒，今天和我一起來，給處士請安。」黃鬚客笑道：「既然是跟你一起來的人，就坐下來一同喝酒罷。」不一會兒，有人端來一只木盆，盆中裝了數瓶酒，然後在各人面前擺上一只瓷碗，接著有人扛上一大塊驢肉，只見一人運刀成風，將肉切成塊狀。隨後有人用勺子為每人斟酒，並在各人面前擺上一碗驢肉。白廷讓看到這陣勢嚇了一跳，不禁面露難色。只見黃鬚客舉起酒碗，一飲而盡，其他人也是如此，還用手取過驢肉狼吞虎嚥。黃鬚客望了白廷讓一眼，揚眉瞪眼，似有怒意。白廷讓只得勉強飲了半碗酒，驢肉則只吃了一點點。酒席過後，撤下碗盤，白廷讓驚魂稍定，才敢打量座中眾人，原來都是市井中殺狗摔跤之流。

廷讓與同來客獨住款曲❶，客語黃鬚曰：「白公，志士也，處士幸勿形跡。」黃鬚於床上取一短劍，引出匣，以手簸弄❷訖，以指彈劍，鏗然有聲。廷讓視之，意謂劍客爾，復起，再三拜之曰：「幸睹處士，他日終願乞為弟子。」黃鬚曰：「此劍凡殺五七十人，皆慳財輕侮人者。取首級煮食之，味如豬羊頭爾。」廷讓聞之，若芒刺滿身，恐悚而退。

【章　旨】此段講述黃鬚客向白廷讓展示所藏短劍，白廷讓希望向黃鬚客學劍。

【注　釋】❶款曲　殷勤應酬。❷簸弄　擺弄；玩弄。

【語　譯】門客與白廷讓竭力想結交黃鬚客，門客對黃鬚客說：「白先生是一位有志之士，處士千萬不要只看表面。」黃鬚客不說話，逕自從床上取出一把短劍，拔劍出鞘，耍弄起來。只見他以手彈劍，鏗然作響。白廷讓見到此情此景，斷定他是一名劍客，於是站起身來，恭恭敬敬地拜了三下，然後對黃鬚客說：「今天有幸見到處士真容，願擇日拜師學習劍術。」黃鬚客道：「這把劍殺過的人有五十到七十個之多，都是些貪財吝嗇、仗勢欺人之徒。我曾將他們的首級拿來煮了吃，味道跟豬羊的腦袋差不多。」白廷讓聞言，只覺如芒刺滿身，坐立不安，惶恐而去。

歸，具以事語於弟。廷誨貴家子，聞異人奇士，素所尚，且曰：「某如何得一見之？」「可謀於客。」遂告之，客曰：「但備酒饌俟之。」明日辰巳❶間，客果與俱來，白兄弟迎接之，延入。白俱設拜，黃鬚悉據受之。飲食訖，謂白曰：「君家有好劍否？」對曰：「有。」因取數十口，置於前。黃鬚一一閱之，曰：「皆凡鐵也。」廷讓曰：「某房中有兩口劍，試取觀之。」黃鬚置一於地，亦曰：「凡鐵爾。」再取一，云：「此可。」乃命工磨之。黃鬚命取火筯❷至，引劍斷之，刃無復缺。黃鬚曰：「果稍堪爾。」以手擲，若劍舞狀。久之告去，廷誨奇而留之，命止於廳側，待之甚厚。黃鬚大率少語，但應唯而已。

【章　旨】此段講述白氏兄弟將黃鬚客請到家中，奉為上賓。

【注　釋】❶辰巳　辰，辰時。相當於現在早晨七點至九點。巳，巳時。相當於早晨九點至十一點。❷火筯　火鉗。

【語　譯】白廷讓回去後，將所見所聞告訴了堂弟白廷誨。白廷誨乃貴胄子弟，生長於高門深院之中，因此特別嚮往異人奇士，聽說此事趕緊問：「我怎麼才能見他一面呢？」白廷讓說：「讓我和門客謀劃一下。」於是告訴門客，門客說：「此事不難，老爺只管準備好酒食即可。」第二天上午九點左右，黃鬚客果真和門客一起來了，白氏兄弟趕緊上前迎接、請進客廳。黃鬚客坐下後，兄弟兩人都恭敬地行禮，黃鬚客大剌剌地坐著受禮。飲宴結束，黃鬚客問白廷讓：「老爺家裡有好劍嗎？」白廷讓說：「有。」隨即取來數十口劍放在黃鬚客面前，黃鬚客一一檢視，然後不屑地說：「都是些凡鐵而已。」白廷讓於是小心地說：「不才屋裡還有兩口，請處士再看。」黃鬚客看到這兩口劍後，將其中一把隨手扔在地上說：「也是凡鐵。」又拿起最後那把，端詳了一陣道：「這把還行。」他讓工匠將劍打磨了一番。然後讓人取來一把火鉗。黃鬚客一劍劈向火鉗，火鉗應聲而斷，而寶劍鋒刃無損。黃鬚客道：「果然稍好一點。」說完他便手舞足蹈，舞起劍來。過了好一陣子，黃鬚客告辭要走。白氏兄弟堅決挽留，請他在廳旁的客房住下，奉為上賓。黃鬚客平日不怎麼說話，只作些簡單的應答。

忽一日，借一駿蹄暫出，數日徒步而來，曰：「馬驚逸，不知所之。」旬日，有人送馬至。又月餘，黃鬚謂廷讓曰：「於爾弟處借銀十挺❶，皮篋一，好馬一匹，僕二人，暫至華陽❷，迴日銀與馬卻奉還。」白兄潛思之，欲不與，聞其多殺慳財者；欲與，慮其不返。猶豫未決，黃鬚果怒，告去，不可留。白昆弟遜謝之曰：「十挺銀一馬暫借，小事爾，卻是選人力，恐不稱處士指顧。」悉依借與之。黃鬚不辭，上馬而去，白之昆仲亦不之測。數日，一僕至曰：「處士至土壕，怒行遲，遣回。」

又旬日，一僕至曰：「到陝州❸，處士怒，遣回。」白之昆仲謂劍客，不敢竊議，恐知而及禍。踰年不至，有賈客乘所借馬過門者，白之左右皆識之，聞於白，詰之，曰：「於華州❹八十千買之。」契券分明，賣馬姓名易之矣，方知其詐。三數年後，有人陝州見之，蓋素善鍛者也。大凡人平常厚貌深衷，未易輕信，黃鬚假劍術以惑人，宜乎白之可欺也。書之者，亦鑄鼎備物之象，使人入山林不逢不若爾❺。斯亦自古欺詐之尤者也。君子誌之，抑鑄鼎之類也，誡之！誡之！

【章旨】此段講述黃鬚客向白氏兄弟借了馬匹銀兩，然後便不知所終了。

【注釋】❶挺　即鋌。熔鑄成條塊等固定形狀的金銀，其重數兩至數十兩不等。❷華陽　地名。因在華山之陽得名。相當今陝西秦嶺以南，四川和雲南、貴州一帶。❸陝州　地名。在今河南三門峽市、陝縣、洛寧、靈寶及山西平陸、運城東北地區。❹華州　地名。今陝西渭南、華縣、華陰、潼關一帶。❺書之者三句　意謂夏朝鑄鼎，鼎上刻畫萬物之像，使得百姓能辨別神妖，不致遭遇鬼魅。《左傳・宣公三年》：「昔夏之方有德也，遠方圖物，貢金九牧，鑄鼎象物，百物而為之備，使民知神、奸。故民入川澤山林，不逢不若。螭魅罔兩，莫能逢之。」

【語譯】忽然有一天，黃鬚客向白廷誨借了一匹駿馬外出，幾天後黃鬚客卻徒步歸來，說：「馬在路上受驚逃逸，不知所終。」想不到十幾天後，有人將馬送了回來。又過了月餘，黃鬚客對白廷讓說：「我想請你向你弟弟借白銀十錠，皮箱一口，好馬一匹，從僕二人，暫時到華陽一趟，回來時白銀與馬匹將一併歸還。」白廷讓心想這可是一筆不小的財物，於是有心不借，又想起黃鬚客說過生平最恨貪財吝嗇之人；可是要借的話，又擔心黃鬚客一去不返。正自猶豫未決，黃鬚客生氣了，就要告辭，怎麼留也留不住。白氏兄弟趕忙道歉說：「借白銀十錠與馬一匹，實在是小事一樁，只是擔心選派的從僕，不稱處士的心意。」當下依照黃鬚客的要求，將白銀十錠，駿馬一匹，從僕二人借給了他。黃鬚客也不推辭，揚長而去。白氏兄弟實在猜不透黃鬚客的心事。幾日之後，有個僕人回來說：「走到一道土壕時，黃鬚客嫌我行動遲緩，把我趕了回來。」又過了十幾天，另一個僕人也回來說：「在陝州時黃鬚客莫名其妙發火，不讓我隨從上路了。」白氏兄弟也不敢在人前議論此事，生怕劍客有異術，知道之後不利於己。轉眼過了一年，黃鬚客始終沒有回來。忽一日，有個客商騎了黃鬚客借走的馬經過白府，白府左右認得這馬，於是趕緊報告白氏兄弟。兄弟倆上前一問，客商說這馬是他在華州花了八萬錢買來的，並且取出契約證明。只見契約上白紙黑字，只是賣馬的人名換了，不是黃鬚客而已。白氏昆仲這才意識到自己上當了。三五年後，有人在陝州見到黃鬚客，正在一家打鐵鋪裡賣力地鍛劍，原來這所謂的劍客只不過是一個善於鍛造的鐵匠罷了。由此看來，一個人即便是相貌忠厚、態度誠懇，對他也不宜輕信，而黃鬚客又利用所謂的劍術騙人，也難怪白氏兄弟上當受騙。我之所以記下此事，也就像古人在銅鼎上刻畫萬物之像，使得百姓能分清神靈和鬼魅，讓人進入深山老林不至於為鬼怪所蒙蔽傷害。

這事也真算得上自古以來騙術中罕見的例子了。君子記錄此事，也就是效仿古人鑄鼎警世，切記！切記！

【研　析】張齊賢自稱《洛陽縉紳舊聞記》「摭舊老之所說，必稽事實」，意謂作品都有真人真事為原型，並非虛構。而《宋史・藝文志》也將此書列在傳記類中。但在北宋同類作品中，本書的細節描寫和人物描寫是比較突出的，甚至還比較注重典型環境和典型人物的塑造。以本篇為例，白廷誨的父親白文珂歷仕後唐、後漢、後周，官拜中書令，以太子太保致仕。白廷誨和從兄廷讓都是貴介公子，生於深牆大院之內，不諳世情，又仰慕劍客，對異能之士充滿幻想。這就是環境的鋪墊，是後來情節發展的基礎。文章描寫人物對話、舉止富有個性，寫白氏兄弟的愚鈍怯懦、黃鬚客的儼然與狡黠都躍然紙上。全篇結構細密，前後呼應，渾然一體。作者善布疑陣，製造懸念，使讀者無從揣測黃鬚客的底細，直至篇末才卒章顯志，抖開包袱。《儒林外史》第十二回寫婁氏兩兄弟被假俠客張鐵臂騙取五百兩銀子一段，完全脫胎於本文。

越娘記

錢易

【題解】此篇出自劉斧《青瑣高議》別集卷三，題為「錢希白內翰」。記敘了一段人鬼相戀，卻又因種種世俗觀念而反目成仇的離奇故事。

【作者】錢易（西元九六八—一〇二六年），字希白，錢塘（今浙江杭州）人。吳越王錢倧子，錢昆弟。太平興國三年（西元九七八年）隨吳越王俶歸宋。真宗咸平二年（西元九九九年），登進士第，補濠州團練推官，改通判蘄州。景德中舉賢良方正科，通判信州。改直集賢院。遷判三司磨勘司。擢知制誥、判登聞鼓院，糾察在京刑獄。累遷翰林學士。仁宗天聖四年卒（《學士年表》），年五十九（《隆平集》卷一四）。有《金閨集》六十卷、《瀛州集》五十卷、《西垣集》三十卷、《內制集》二十卷等（同上書），已佚。《宋史》卷三一七有傳。

楊舜俞，字才叔，西洛❶人也。少苦學，頗有才。家貧，久客都下，多依倚顯宦門。念鄉人有客蔡❷其姓者，將往省焉。舜俞性尤嗜酒，中道於野店，乃行，居人曰：「前去乃鳳樓坡也，其間六十里，今日已西矣，其中亦多怪，不若宿於此。」舜俞方乘醉曰：「何怪之有？」鞭馭而去。行未二十里，則日已西沉，四顧昏黑，陰風或作，愈行愈昏暗，不辨道路。舜俞酒初醒，意甚悔恨，亦不知所在焉，但信馬而已。忽遠遠有火光，舜俞與其僕望火而去。又若行十數里，皆荊棘間，狐兔呼鳴，陰風愈惡，方至一家，惟茅屋一間，四壁閴❸無鄰里。叩戶久，方有一婦人出，曰：「某獨此居，又屋室隘小，無待客之所。」舜俞曰：「暮夜昏暗，迷失道路，別無干浼❹，但憩馬休僕，坐而待旦。」婦人曰：「居至貧，但恐君子見，亦不堪其憂也。」乃邀舜俞入。

【章　旨】此段講述文士楊舜俞夜路途中投宿於荒野之外的一戶人家。

【注　釋】❶西洛　即洛陽。洛陽在都城開封以西，故有此稱。❷蔡　地名。今河南上蔡、新蔡一帶。❸閴　寂靜。❹干浼　請求。

【語　譯】楊舜俞，字才叔，洛陽人士。少年即發憤苦讀，頗有才學。楊舜俞家貧，久客京城，多託身於顯宦之門。某日，楊舜俞忽然想起一位同鄉寄居在上蔡一位本家那裡，便前去探訪他。楊舜俞平素好酒，半路便在一間野店休息，免不了又喝了幾杯。楊舜俞酒後便要繼續前行，店裡有客人對他說：「下一處集鎮是鳳樓坡，距離此地尚有六十里，現在夕陽將落，前面聽說多有鬼怪，不如就在此過夜吧。」楊舜俞乘著酒勁說：「哪有什麼妖怪？」說完揚鞭策馬而去。走了不到二十里，太陽就已落山了。楊舜俞環顧周圍，只見四下昏暗、陰風陣陣，越往前行天色越黑，難辨道路。楊舜俞這下酒醒了，心裡很是懊悔，因為搞不清自己究竟走到哪裡，只能信馬由韁。忽然見到遠處有火光，楊舜俞和僕人趕緊向著火光的方向前行。又走了十幾里的路，只見面前一片荊棘，狐兔哀鳴，陰風再起。此時，楊舜俞忽然發現前面有一處人家，只有一間茅屋，四下也沒有鄰里。楊舜俞趕緊上前扣門，良久方有一名婦人出來應答：「妾身一人居此，加上房屋狹小，沒有待客的地方。」楊舜俞趕緊答道：「天色昏暗，我又迷失道路，不會給你添別的麻煩，只要求有個讓僕人馬匹休息的地方，我本人坐等天明即可。」婦人說：「家中極貧，只怕您忍受不了這樣簡陋的條件。」說完便把楊舜俞請進屋裡。

室了無他物，惟土榻而已，無煙爨❶迹。視婦人衣裾襤褸，燈青而不光，若無一意，婦人又面壁坐不語。舜俞意徘徊不樂，乃遣僕在外求薪，搆火環而坐。乃召婦人共火，推託久，方就坐。熟視，乃出世色也。臉無鉛華，首無珠翠，色澤淡薄，宛然天真。舜俞驚喜，問曰：「子何故居此？」婦人云：「妾之始末，皆可具道，長者留問，不敢自匿。妾本越州❷人，于氏。家初豐足，良人❸作使越地，妾見而私慕之，從伊歸中國，妾乃流落此地。」舜俞曰：「子之夫何人也，而使子流落如此？」婦人容色悽愴，若不自勝，曰：「妾非今世人，乃後唐少主❹時人也。妾之夫奉命入越取弓矢，將妾回。良人為偏將，死於兵。時天下喪亂，妾為武人奪而有之。武人又兵死，妾乃髡髮❺，以泥塗面，自壞其形，欲竄回故鄉。晝伏夜行，至此，又為群盜脅入古林中，執爨補衣。數日，妾不忍群盜見欺，乃自縊於古木，群盜乃哀而埋之於此。不知今日何代也？煙水茫茫，信耗莫問，引領鄉原，目斷平野，幽沉久埋之骨，何日可回故原？」舜俞曰：「當時子試言之。」曰：「所言之事，皆妾耳目聞見，他不知者，亦可概見。當時自郎官❻以下，廩米❼皆自負，雖公卿亦有菜色。聞宮中悉衣補完之服，所賜士卒之袍袴，皆宮人為之。民間之有妻者，十之二三耳。兵火饑饉，不能自救，故不暇畜妻子也。穀米未熟則刈，且慮為兵掠焉。金革之聲，日暮盈耳。當是時，父不保子，夫不保妻，兄不保弟，朝不保暮。市里索莫，郊坰寂然，目斷平野，千里無煙。加之疾疫相仍，水旱繼至，易子而屠有之矣，兄弟夫婦又可知也！當時人詩云：『火內燒成羅綺灰，九衢踏盡公卿骨。』古語云：『寧作治世犬，莫作亂離人。』」復流涕曰：「今不知是何代也？」舜俞曰：「今乃大宋也。數聖相承，治平日久，封疆萬里，天下一家。四民各有業，百官各有職，聲教所同，莫知紀極。南踰交趾，北過黑水❽，西越洮川❾，東止海外，煙火萬里，太平百餘年。外戶不閉，道不拾遺，遊商坐賈，草行露宿，悉無所慮。百姓但饑而食，渴而飲，倦而寢，飲酒食肉，歌詠聖時耳。」婦人曰：「今之窮民，勝當時之卿相也，子知幸乎！」舜俞愛其敏慧，固有意焉。命僕囊中取箋管，作詩為贈，意挑之也。詩云：「子是西施國裡人，精神婉麗好腰身。撥開幽壤牡丹種，交見陽和一點春。」

婦人曰：「知雅意不可克當，其餘款曲，即俟他日。今夕之言，願不及亂。」復曰：「妾本儒家，稍知書藝，至今吟詠，亦嘗究懷。君子此過，室若懸磬⑩，既無酒醴，又無殽饌，主禮空疏，令人愧腆。君子有義，不責小禮，敢作詩攄幽懷忿恨，君子無誚焉。」口占詩曰：「欲說當時事，君應不喜聞。軍兵交戰地，骨血踐成塵。兵革常盈耳，高低孰保身。變形歸越國，中道值兇人。執役無辭苦，遭欺願喪身。沉魂驚曉月，寒骨怯新春。狐兔為朋友，荊榛即四鄰。君能挈我去，異日得相親。」

舜俞見詩，尤愛其才。復曰：「妾之骨，幽埋莫知歲月，君他日復回，如法安葬，羈魂永當依附。」相對終夕，不可以非語犯。將曉，乃送舜俞出門，微笑曰：「楊郎勿負懇託。」舜俞行數步，回顧，人與屋俱不見。舜俞神昏恍惚，乃復下馬，結草聚土，記其地而去。

【章旨】此段講述屋主人告訴楊舜俞：她其實是前朝死於兵亂的女鬼。楊舜俞非常喜愛女子的容貌才情，許諾為她遷骨安葬。

【注　釋】❶爨　燒火做飯。❷越州　地名。今浙江紹興。❸良人　古時夫妻互稱為良人，後多用於妻子稱丈夫。❹後唐少主　後唐，五代之一。李存勖（即後唐莊宗）所建。都洛陽。盛時疆域約為今河南、山東、山西三省，河北、陝西的大部及甘肅、安徽、寧夏、湖北、江蘇的一部分，並短期占有四川。歷四帝（三姓），前後約十四年。少主，閔帝李從厚。❺髡髮　將頭頂的髮剃去。❻郎官　尚書省各部的郎中和員外郎，為五、六品官員。❼廩米　俸祿；公家按時供給的糧食。❽黑水　即黑龍江。北宋此地屬東京道，北部邊境在黑龍江以北。❾洮川　即洮河，黃河上游的重要支流，發源於青海省。❿室若懸磬　房間內空無一物。語出《國語·魯語上》：「室如懸磬，野無青草。」韋昭注：「懸磬，言魯府藏空虛。」

【語　譯】婦人的房內除去土榻一張，別無長物，連做飯的痕跡也沒有。楊舜俞見那婦人衣衫襤褸，室內燈光幽暗，全無生意，婦人只是面壁而坐沉默不語。楊舜俞心裡感到很是鬱悶，於是叫僕人去外面找了些乾柴，在房子裡生起火來。楊舜俞招呼婦人一同圍火而坐，婦人推託良久才肯坐下。楊舜俞就著火光仔細端詳婦人，忽然發現她竟然是名絕色的女子。只見她面無脂粉、頭無珠翠，卻面容清秀，溫婉天然。楊舜俞心下大喜，問道：「你為何獨居於此啊？」婦人道：「妾身的遭遇，可以向您坦陳，君子有所垂詢，不敢稍加隱匿。我本是浙江會稽人也，姓于。我的家庭原本富足，丈夫從北方出使越地時，我見到了他，便一見鍾情，和他一同回到了中原，後來便流落此地。」楊舜俞道：「你的丈夫究竟是何人，怎麼會讓你一人流落至此？」婦人神色淒涼，感情似乎難以自制：「妾身其實並非今世之生人，實乃後唐少主時代的人。我的丈夫當年奉命到越地運輸武器，將我一同帶回北方。他是一名偏將，後來戰死沙場。當時天下動亂，我被一名武將奪去。

這名武將後又死於戰事。不得已，我削去長髮，以泥塗面，把自己弄得很醜怪，準備潛回故鄉。晝伏夜出，行至此地，我又被盜賊捉住，他們脅迫我進入樹林，為他們補衣做飯。幾天之後，我實在忍受不了盜賊的欺侮，在古樹上自縊，群盜可憐我，便把我埋在這裡。因此我都不知道現在是什麼世代。煙水茫茫、音信渺然，遠眺平野、望斷故鄉，也不知含冤久埋之骨，何時能魂歸故園？」楊舜俞問道：「你能說說當年的時事嗎？」婦人答道：「我所說的，都是我耳聞目睹之事，即使沒有親見，也能說個大概。當時郎官以下的官吏，祿米都要自己背回家，即便貴如公卿，也常常是面有菜色。聽說宮裡面都穿補過的衣服，連賜給官兵的戰袍，都是宮女嬪妃自己動手縫製的。至於民間，能娶上媳婦的，十戶中大概也就是兩三戶吧，這是因為那時兵火饑荒常年不斷，男丁自給尚且不易，故也無暇顧及妻子兒女。穀米常常未到成熟的時候便要收割，怕的是被兵士搶劫。戰爭的金鼓殺伐之聲，更是時常充斥耳旁。那時，父保不了子，夫顧不了妻，兄管不了弟，早晨不知晚上的事。市井蕭條，郊野俱寂，放眼平野，千里之內沒有人氣。加上各種疫病流行，水旱之災頻發，連換子相食的事情都常發生，兄弟夫婦之間會出現什麼事情就可想而知了。當時有詩云：『火內燒成羅綺灰，九衢踏盡公卿骨。』古語說：『寧作治世犬，莫作亂離人。』說的就是那時的情形啊。」婦人說完又流淚問道：「不知現在是什麼朝代了？」楊舜俞答道：「現在是大宋朝。幾代明君相傳，已經有很多年的太平盛世了，海內一統，百姓安居樂業，百官各司其職，皇上的聲威教化沒有時間地域的限制。南過交趾、北超黑水、西越洮川、東到海上，萬里之內，太平之世超過百年。百姓夜不閉戶、路不拾遺。商賈遊歷，可以露宿野外而無顧慮。百姓但管餓了吃飯、渴了喝水、累了睡覺，飲酒吃肉，歌頌盛世即可。」婦人道：「現在的窮人真是勝過當年的卿相啊，您真該知道自己的幸運啊！」楊舜俞很欣賞這婦人的聰慧，不免對她有了心意。於是他讓僕人從行李中取出紙筆，作詩相贈，試圖以此來挑逗婦人。詩云：「子是西施國裡人，精神婉麗好腰身。撥開幽壤牡丹種，交見陽和一點春。」

婦人道：「您的雅意我難以承受，其他的情意，待到來日再敘。今晚願您不要有什麼非分的想法和舉動。」隨後婦人又說：「我本出生儒士之家，稍知詩書，現在對吟詩作詞仍然時常掛懷。您此次造訪，我這裡家徒四壁，既無酒水，又無菜肴，禮儀空疏，讓人慚愧。您是有情意的人，不拘泥於這些禮數。我就姑且吟詩一首，聊以抒發我的憤懣之情，希望您不要嘲笑。」於是婦人口占一詩：「欲說當時事，君應不喜聞。軍兵交戰地，骨血踐成塵。兵革常盈耳，高低孰保身。變形歸越國，中道值兇人。執役無辭苦，遭欺願喪身。沉魂驚曉月，寒骨怯新春。狐兔為朋友，荊榛即四鄰。君能挈我去，異日得相親。」

楊舜俞看到這詩，更加喜愛她的才華。婦人又道：「我的屍骨深埋地下不知多少歲月，先生他日如果能夠重回此地將我安葬，我的魂魄將永遠追隨著您。」此後楊舜俞與她整夜相對，連言語上都不可能有什麼冒犯之處。天明之前，婦人將楊舜俞送出門，微笑著說：「楊郎莫要辜負我的託付啊。」楊舜俞告別後向前走去，等到過了一會兒再回頭看時，婦人與屋宇都渺然無蹤。楊舜俞神志恍惚，趕緊下馬，在地上聚了個土堆、插草為記，然後才敢離去。

遊蔡復回，乃掘其地，深三尺，乃得骨一具。舜俞以衣裹之，致於篋中，於都西買高地葬焉。其死甚草草，作棺、衣衾、器物、車輿之類，如法葬。後三日，舜俞宿於邸❶中，一更後有人款扉而入，舜俞起而視，乃越娘也。再拜曰：「妾之朽骨，久埋塵土，無有告訴，積有歲時。不意君子遷之爽塏❷，孤魂有依，莫知為報。」視衣服鮮明，梳掠豔麗，愈於疇❸昔。舜俞尤喜動於顏色，乃自取酒市果殽對飲。是夕，宿舜俞處，相得懽意，終身未已。將曉，別舜俞曰：「後夜再約焉。」舜俞備酒果待之，如期而來。酒數行，越娘斂躬曰：「郎之大恩，踵頂何報！妾有至懇，□瀆於郎。妾既有安宅，住身亦非晚也，若再有罪戾，又延歲月。妾此來，欲別郎也。」舜俞驚云：「方與子意如膠漆，情若夫妻，何遽言別？」越娘曰：「妾之初遇郎，不敢以朽敗塵土迹交君子下體之懽者，無他，誠恐君子思而惡之也。以君之私我，我之愛君，何時而竭焉？妾乃幽陰之極，君子至盛之陽，在妾無損，於君有傷，此非厚報之德意也。願止濃懽，請從此別。」舜俞作色曰：「吾方睠此，安可議別？

人之賦情，不宜若此。」越娘見舜俞不諾，又宿邸中。舜俞申約，自是每夕至矣。數月日，舜俞臥病，越娘晝隱去，夜則來侍湯劑。且曰：「君不相悉，至有此苦。」越娘多泣涕。後舜俞稍安。一夕，越娘曰：「我本陰物，固有管轄，事苟發露，永墮幽獄，君反欲累之也，向之德不為德矣。妾不再至，君復取其骨擲之，亦無所避。」乃去。自此杳不再來。舜俞日夕望之，既久，一日至越娘墓下大慟曰：「吾不敢他望，但得一見，即亡恨矣。」又火冥財，酹酒❹拜祝。是夕，舜俞宿於墓側，欲遇之，終不可得。舜俞留園中三夕，復作詩禱於墓前，其詩曰：「香魂妖魄日相從，倚玉憐花意正濃。夢覺曲幃天又曉，雨消雲歇陡無蹤。」舜俞神思都喪，寢食不舉，惟日飲少酒。形體骨立，容顏憔悴。雖舜俞思念至深，而越娘不復再見。

【章　旨】此段講述楊舜俞將越娘骸骨遷葬至京城，越娘以身相許，每晚前來陪伴楊舜俞。後一日，越娘忽然前來告別，表示為了兩人的利益，今後將不再見面。

【注　釋】❶邸　客棧；旅舍。❷塏　地勢高而乾燥。❸疇　往昔。❹酹酒　以酒澆地，表示祭奠。

【語　譯】楊舜俞從上蔡遊歷歸來，於途中重返此地，在先前作下標記的地方深挖三尺，果然得到骸骨一具。楊舜俞用衣服將骸骨包裹好，放在行李箱內。回到京城之後，楊舜俞在城西面買下一塊高地將骸骨埋葬。這女子當初身亡後被草草埋下，楊舜俞此次則為她置辦了棺材、壽衣乃至隨葬的器物、車馬，一切都按照當時的葬儀操辦。三天之後，楊舜俞在旅舍中獨自睡覺，夜半忽然有人扣門而入，楊舜俞起床一看，就是那名越地的女子。這越娘向楊舜俞拜了兩拜後說：「妾身的枯骨久埋塵土，長年累月無人傾訴。沒想到先生您將我的骸骨遷到了高坡之上，使得孤魂野鬼終有所託，真讓我不知何以為報。」楊舜俞仔細端詳越娘，只見她衣著鮮亮，容顏豔麗，與以前大不相同。楊舜俞當即喜形於色，於是買來酒菜與越娘對飲。當晚，越娘在楊舜俞處留宿，兩人恣意歡愛，永世難忘。快到天明的時候，越娘與楊舜俞道別：「後天晚上我們再會面。」那晚，楊舜俞準備好酒菜等候，越娘果然如期而至。數巡酒後，越娘起身正色道：「郎君的大恩，我全身相與也無以為報！但妾身有一樣請求，希望不會冒犯到您。現在我已經得到安葬，靈魂投胎轉世的日子就不會太遠了，假如再造罪孽，恐怕又將延誤時間。因此我此次前來，是和郎君道別的。」楊舜俞驚訝地問道：「我和你如膠似漆、情同夫妻，怎麼忽然說起分別的事情呢？」越娘說：「我和郎君初見之時，不敢用我那如同汙泥一般的身體來滿足您的情欲，是因為很擔心您會厭惡我。但從現在的情形來看，您寵我、我愛您，我倆的情分豈有盡時？我的稟性可謂極陰，而您則為極陽，兩人交遇，於我無損，但對您卻會有所傷害。這絕不是我想要報答您的本意。因此，我情願結束我們的歡愛，我們就此分別。」楊舜俞勃然變色道：「我正和你濃情蜜意，怎麼能有別的想法呢？人對於感情，不能如此啊。」越娘見楊舜俞不肯答應，只得再次留下與他過夜。楊舜俞再次與越娘訂約，越娘自此每晚都來相會。幾個月後，楊舜俞患病臥床，越娘每日白天隱身不見，晚上則來伺候湯藥。越娘說：「我先前說的道理，您不能理解，所以才會吃這樣的苦。」越娘時時哭泣流淚，楊舜俞為此心裡稍稍感到安慰。一天晚上，越娘對楊舜俞說：「我本屬於陰間，專門有神鬼管轄，我倆的私情倘若暴露，我將永墮地獄，所以您現在這樣做是會拖累我的，您以前的恩德也將因此而消解。我不會再來與您相會了，即便您再把我的骨頭扔了，我也不會改變主意了。」越娘說完人便離開，再也不見蹤跡了。楊舜俞日夜守望。多日之後，楊舜俞來到越娘墓前大哭：「我不敢有更多的奢望，只願和你再見一面，便了無遺憾了。」隨後，他燒了紙錢，灑酒祭拜。當晚，楊舜俞就睡在墓側，希望能再次見到越娘，可是終究未能如願。楊舜俞在墓園逗留三天，又作詩祈禱於墓前，詩曰：「香魂妖魄日相從，倚玉憐花意正濃。夢覺曲幃天又曉，雨消雲歇陡無蹤。」楊舜俞神思鬱悶，寢食不安，每天只是喝酒。漸漸的，形銷骨立、容顏憔悴。但即便如此，越娘也終不可見。

舜俞恃有德于彼，忿恨至切，乃顧彼伐其墓。適會有道士過而見之，揖舜俞而詢其故，舜俞不獲已，且道焉。道士止其事，俾不伐，且謂舜俞曰：「子憾此鬼乎？吾為君辱之。」乃削木為符，丹書其上，長數尺，釘墓錚鏗有聲。道士復長嘯，甚清遠，聞者肅然。又命舜俞以碧紗覆面向墓。頃之，俄見越娘五木❶披身，數卒守而箠撻之，越娘號叫。少選，道士會卒吏少止。越娘訴舜俞曰：「古之義士葬骨遷神者多矣，不聞亂之使反受殃禍者焉。今子因其事反圖淫欲，我懼罪藏匿不出，子則伐吾墓，今又困於道者，使我荷枷，痛被鞭撻，血流至足，子安忍乎？我如知子小人，我骨雖在汙泥下，不願至此地，自貽今日之困。」涕泣之下。舜俞乃再拜道士，求改其過，而方今去，乃不見。道士曰：「幽冥異道，人鬼殊途，相遇兩不利，尤損於子。凡人之生，初歲則陽多而陰少，壯年則陰陽相半，及老也，陽少而陰多，陽盡而陰存則死。子自壯，氣血方剛，自甘逐陰純異物，耗其氣，子之死可立而待。儒者不適於理，徒讀其書，將安用也？」舜俞再拜曰：「茲僕之過也。越娘乃僕遷骨於此地，今受重禍，敢祈赦之。」道士笑曰：「子尚有□情，亦須薄譴。」

舜俞又拜哀求，道士曰：「與子憫之，罪非彼造。」隨即乃引手出墓上符□去，舜俞欲邀留，不顧而行。後舜俞反復至念，一夕夢中見越娘云：「子幾陷我，蒙君曲換，重有故情，幽冥之間，寧不感戀？千萬珍重！」舜俞亦言於人，故人多知之。迄今人呼為越娘墓。有情者多作詩嘲之曰：「越娘墓下秋風起，脫葉紛紛逐流水。只如明月葬高原，不奈霜威損桃李。妖魂受賜欲報郎，夜夜飛入重城裡。幽訴千端郎不聽，傾心吐肝尤不止。仙都道士不知名，能用丹書鎮幽鬼。楊郎至此方醒然，孤鸞獨宿重泉❷底。」

【章　旨】此段講述為了能逼出越娘，楊舜俞請道士作法，結果越娘被鬼卒挾持鞭打。見到這樣的情景，楊舜俞又哀求道士放過越娘。

【注　釋】❶五木　古代加在犯人身上的刑具，枷鎖一類。❷重泉　猶「黃泉」、「九泉」。死者所歸之處。

【語　譯】楊舜俞自恃有恩於越娘，因此對越娘的離去感到怨恨憤怒到了極點，於是便來到越娘的墓前，準備把她的墳墓摧毀。正在此時，一名道士途經此地見狀，他便向楊舜俞打聽事情的原委，楊舜俞將事情和盤托出。道士制止了楊舜俞的行動，並且對他說：「你真的對這名女鬼懷恨在心嗎？我可以為你羞辱她一番。」道士隨即削木為符，用硃砂在上面寫字。這木符有數尺長，道士用它來擊打墳墓發出非常響亮的聲音。隨後道士又發出清朗悠遠的長嘯，聽者無不肅然起敬。道士又讓楊舜俞用綠紗遮臉面向墳墓。一會兒，楊舜俞便看到越娘戴著枷鎖，幾名兵卒押著她還不停地鞭打她，越娘痛苦地號哭。過了一會兒，道士制止了兵卒的鞭打。越娘看到楊舜俞，氣憤地責罵道：「古來義士為人遷埋骨殖的大有人在，從來沒有聽說過玷汙別人還讓她遭殃受罪的。如今你因為有恩於我便要求我滿足你的淫欲，我害怕惹禍藏匿不出，你就來摧毀我的墳墓，又讓我受制於道士，讓我身披枷鎖、飽受鞭撻，血流至足，你怎麼能忍心做出這樣的事情？我要早知道你是這樣的小人，我的骸骨就算埋在汙泥之下，也不願被遷至此地，受到今天這樣的痛苦。」越娘邊說邊哭泣不止。楊舜俞看到這一情景趕緊向道士作揖，央求道士改變主意，將越娘放走。越娘隨即便消失了。道士說：「陰間和陽世本非一體，活人和鬼魂也不可能同路，如果硬要交往，那麼對雙方都會不利，尤其對你有損傷。大凡一個人剛剛出生之時，往往陽多陰少，壯年時則陰陽各半，等到老了，陽少而陰多，等到陽氣盡了而只剩陰氣時，人也就死了。你正值壯年，氣血旺盛，而自願去追逐純陰之物，心甘情願損耗陽氣，那麼你離死也不會太遠了。你是個讀書人，卻完全不明事理，真正是白白讀了許多書，有什麼用呢？」楊舜俞再次向道士行禮：「這確實是我的過錯，越娘是我把她的骸骨遷到這裡的，現在她遭禍了，希望您能夠赦免她的罪過。」道士笑道：「看來你還是舊情未了，即便如此，也應該讓她受到小小的責罰。」楊舜俞又一次磕頭哀求道士，道士說：「唉，看在你的面子上就饒了她吧，畢竟這個罪孽不是她造下的。」說完伸手揭下墓上的符咒而去，楊舜俞想要將道士留下，對方卻頭也不回地走了。此後，楊舜俞對越娘仍然念念不忘，一天晚上，楊舜俞夢見了越娘，越娘說：「你差點把我害死了，幸好後來還念著舊情改變了主意。我在陰間，能不感念你的情義嗎？你千萬要自己保重啊！」楊舜俞後來把這事講給了別人聽，所以他的朋友大多知道此事。因此至今仍然有人把那座墳塋叫做越娘墓。有好事者作詩嘲弄楊舜俞道：「越娘墓下秋風起，脫葉紛紛逐流水。只如明月葬高原，不奈霜威損桃李。妖魂受賜欲報郎，夜夜飛入重城裡。幽訴千端郎不聽，傾心吐肝尤不止。仙都道士不知名，能用丹書鎮幽鬼。楊郎至此方醒然，孤鸞獨宿重泉底。」

【研　析】人鬼遇合是志怪傳奇小說相當常見的題材，有學者統計：唐代早期傳奇集《廣異記》涉及人鬼婚戀的就有十三條之多。唐傳奇〈獨孤穆〉（《太平廣記》卷三四二）和本文的情節有很多近似之處。〈獨孤穆〉講述了隋朝名將獨孤盛的後代獨孤穆遭遇戰亂時橫死的隋代縣主（王子之女）靈魂，人鬼之間兩情相悅，獨孤穆在安葬縣主骸骨之後很快暴卒，一對有情人終成眷屬。很顯然，本文借鑑了〈獨孤穆〉的情節框架。然而，與〈獨孤穆〉以及大多數類似的前代小說不同，本文中的「鬼女」不僅沒有超自然的能力和靈異的色彩，反而時時處於弱勢、常常受到欺壓。唐人小說裡的神女鬼婦常常是乘雲駕霧、變化多端，而越娘不僅沒有這樣的異能，反而處處受制於人。婦女生前被挾持、凌辱，死後依然受到管轄甚至折磨。唐人筆下那種英姿勃發、不讓鬚眉的女性形象蕩然無存。可以說，這是宋代現實中女性地位和女性意識的真實體現。同樣的題材、同樣的故事類型，人物形象的巨大差異，反映出的是現實和觀念的巨大變化。

本文另外一處值得注意的地方就是通過越娘之口，生動具體地描繪出戰亂給人民帶來的深重苦難。越娘自稱是後唐少主人，也就是說她死於後唐少主時，因為後唐少主在位僅五個月。她所描繪的亂世圖像是指後梁後唐，但實際也是整個五代時期的真實寫照。五代是著名的亂世，從唐天祐四年（西元九〇七年）朱溫篡唐建梁到後周顯德七年（西元九六〇年）趙匡胤代周建宋，短短五十餘年竟走馬燈似地更換了五個短命朝代——最短的後漢僅僅三年，同時還有十個小王朝割據各地。四分五裂和王朝快速更替導致「民間之有妻者，十之二三耳」、「兵火饑饉」、「父不保子，夫不保妻，兄不保弟，朝不保暮」、「疾疫相仍，水旱繼至，易子而屠有之矣」、「寧作治世犬，莫作亂離人」。對亂世的描寫純用白描，不假雕飾，語言樸素，真實可信。錢易是北宋初期人，離五代亂世很近，作品中所述後唐，對他來說也不過是幾十年前的事情，聞之故老，自然真實。

雖然從意識角度看，〈越娘記〉沒有什麼獨到之處，但是文章的語言樸素而富有感染力，人物形象也生動而有個性，在宋代傳奇中屬於上乘之作，因此後世流傳甚廣。如話本〈楊舜俞〉，宋官本雜劇之〈越娘道人歡〉，宋元戲文〈鳳凰坡越娘背燈〉，尚仲賢雜劇〈越娘背燈〉等，皆演此事。

烏衣傳

錢易

【題解】此篇出自劉斧《青瑣高議》別集卷四，講述了唐人王謝航海遇險誤入燕子國，經歷了一系列不可思議的奇異遭遇，最後安然回到家鄉的故事。小說充滿了奇幻色彩，似神話又似寓言。

唐王謝，金陵❶人，家巨富，祖以航海為業。一日，謝具大舶，欲之大食❷國。行踰月，海風大作，驚濤際天，陰雲如墨，巨浪走山，鯨鼇出沒，魚龍隱現，吹波鼓浪，莫知其數。然風勢益壯，巨浪一來，身若上於九天；大浪既回，舟如墮於海底。舉舟之人，興而復顛，顛而又仆。不久舟破，獨謝一板之附，又為風濤飄蕩。開目則魚怪出其左，海獸浮其右，張目呀口，欲相吞噬，謝閉目待死而已。

【章旨】此段講述富商王謝出海遭遇巨浪，大船被毀，幾乎喪命。

【注釋】❶金陵　地名。今江蘇南京。❷大食　波斯語Tazi的音譯。原為一伊朗部族之稱。中國唐、宋時期對阿拉伯人、阿拉伯帝國的專稱和對伊朗語地區穆斯林的泛稱。早自七世紀中葉起，唐代文獻已將阿拉伯人稱為「多食」、「多氐」、「大寔」；十世紀中葉以後的宋代文獻多作「大食」。

【語譯】唐代的王謝是金陵人士，出生於巨富之家，其家祖上以航海為業。某日，王謝準備好大船，打算前往大食國。出海數月後的一天，海風大作，驚濤連天，黑雲如墨，巨浪翻滾，鯨魚海龜成群出沒，魚龍之族時隱時現。很快，風勢越加猛烈，巨浪襲來，大船像被甩到了半空，浪頭落下，船身又像沉入了海底。全船的人都被顛得暈頭轉向。不久，大船解體，只剩王謝一人抱著船板漂浮風浪之中。王謝睜開眼看到的不是怪魚就是海獸，個個爭相要將其吞噬，王謝只能閉目等死。

三日，抵一洲，捨板登岸。行及百步，見一翁媼，皆皂衣服，年七十餘，喜曰：「此吾主人郎也，何由至此？」謝以實對。乃引到其家，坐未久，曰：「主人遠來，必甚餒❶。」進食，□殽皆水族。月餘，謝方平復，飲食如故。

【章旨】此段講述王謝漂流至一座海島，兩位老人收留了他。

【注釋】❶餒　飢餓。

【語　譯】三天之後，王謝漂流到了一座海島，他扔掉船板上了岸。走了百餘步，王謝見到一對老夫婦，都穿著黑衣，年齡大約七十多歲。兩人見到王謝，高興地說道：「這不是我家少主人嗎，怎麼會到這裡呢？」王謝據實以告。兩位老人把王謝領到家中，坐下沒有多久，老人說：「主人遠道而來，現在想必很餓了。」隨即便奉上飲食，菜肴都是水中之物。過了一個多月，王謝才復原，飲食如常。

翁曰：「□吾國者，必先見君。向以郎□倦，未可往，今可矣。」謝諾。翁乃引行三里，過闤闠❶民居，亦甚煩會❷。又過一長橋，方見宮室臺榭，連延相接，若王公大人之居。至大殿門，閽者❸入報。不久，一婦人出，服頗美麗，傳言曰：「王召君入見。」王坐大殿，左右皆女人立。王衣皂袍，烏冠，金花閃閃。謝即殿階，王曰：「君北渡人也，禮無統制，無拜也。」謝曰：「既至其國，豈有不拜乎？」王亦折躬勞謝。王喜，召謝上殿，賜坐，曰：「卑遠之國，賢者何由及此？」謝以「風濤破舟，不意及此，惟祈王見矜❹」。曰：「君舍何處？」謝曰：「見居翁家。」王令急召來。翁至，□曰：「此本鄉主人也，凡百❺無令其不如意。」王曰：「有所須但論。」乃引去，復寓翁家。

【章　旨】此段講述王謝拜見當地的國王。

【注　釋】❶闤闠　借指集市。闤，市場的圍牆。闠，市場的大門街市。❷煩會　繁華密集。❸閽者　守門人。❹矜　憐憫；憐惜。❺凡百　一切；一應。

【語　譯】老翁對王謝說：「凡是到我國的人，必先拜謁大王，先前少爺身體疲憊，不適於前往，現在您該去見見大王了。」王謝隨即表示同意。老翁帶著王謝走了三里路，經過的集市和民居，都很繁華熱鬧。又經過一座長橋，見到了一片宮室和臺榭，綿延相連，彷彿王公大臣的住處。來到殿門前，有守門人進去通報，不一會兒，有個婦人走了出來，只見她服飾相當華美。她對王謝傳話道：「大王召見。」王謝走進一看，大王坐在大殿之上，兩旁全是女子侍立。大王身穿黑袍，戴黑冠，帽子上金花閃亮。王謝來到殿下，大王道：「先生是北國人士，禮儀和我們不同，就不要行禮了。」王謝道：「既然來到貴國，怎能不拜？」隨即向大王跪拜。大王甚為高興，起身彎腰回禮，並讓王謝上殿同坐。大王說：「我國偏僻遙遠，賢者怎麼會來到這裡呢？」王謝道：「我是因為風浪打翻了船，無意間來到貴國，還盼大王憐憫收留。」大王問道：「先生現在住在哪裡呢？」王謝答道：「在一位老先生家暫住。」大王立刻下令將老翁招來，老翁答道：「這位是我老家的主人，因此我要讓他一切滿意。」大王說：「如果有什麼需要，只管對我說。」隨後王謝退下，又回到老翁家中居住。

翁有一女，甚美色，或進茶餌，簾牖❶間偷視私顧，亦無避忌。翁一日召謝飲，半酣，白翁曰：「某身居異地，賴翁母存活，旅況如不失家，為德甚厚。然萬里一身，憐憫孤苦，寢不成寐，食不成甘，使人鬱鬱，但恐成疾伏枕，以累翁也。」翁曰：「方欲發言，又恐輕冒。家有小女，年十七，此主人家所生也。欲以結好，少適旅懷，如何？」謝答：「甚善。」翁乃擇日備禮，王亦遺酒殽采禮，助結姻好。成親，謝細視女，俊目狹腰，杏臉紺鬢，體輕欲飛，妖姿多態。謝詢其國名，曰：「烏衣國也。」謝曰：「翁常目我為主人郎，我亦不識者，所不役使，何主人云也？」女曰：「君久即自知也。」後常飲燕❷，帷席❸之間，女多淚眼畏人，愁眉蹙黛❹。謝曰：「何故？」女曰：「恐不久睽❺別。」謝曰：「吾雖萍寄，得子亦忘歸，子何言離意？」女曰：「事由陰數，不由人也。」

【章 旨】此段講述王謝娶了老人的女兒，夫婦二人非常恩愛和諧，可是新娘子不知為何常懷憂戚。

【注 釋】❶牖 窗戶。❷飲燕 即飲宴。❸帷席 帷帳和床席。指寢息之處。❹蹙黛 即皺眉。❺睽 分離；背離。

【語 譯】老翁有個女兒，頗有姿色，平時端茶送水，常常在門前窗後打量王謝，並不著意回避。有一天，老翁請王謝飲酒，酒至半酣，王謝對老翁說：「我身處異地，全仗您和老嬤嬤才活了下來，羈旅生涯與在家無異，您對我的恩德真是太深厚了。但是我一人離家萬里，孤苦伶仃，睡不好、吃不香，鬱鬱寡歡，長此以往，只怕抑鬱成疾，反倒連累老人家。」老翁心下明白，於是對王謝說：「有件事情我剛剛想說，只怕冒犯了您。我有小女，年方十七，還是在主人家的時候出生的。我願意將她許配給您，也好緩解您的羈旅愁懷，您看如何？」王謝答道：「很好。」老翁於是擇日備下儀禮，大王也賜予酒菜采禮，以助喜事。成親之後，王謝仔細端詳新娘，只見她美目細腰，杏臉烏髮，身體輕盈，妖冶多姿。王謝向她詢問國家的名字，女子答道：「烏衣國。」王謝又問：「老翁總是稱我為少爺，但我並不認識他，以前更沒有差遣過他，怎麼談得上主人呢？」女子道：「時間久了您自然知道是怎麼回事了。」此後無論是餐桌之上，還是床笫之間，女子時常默默流淚、愁眉不展。王謝問她：「究竟是怎麼了？」女子答道：「只怕我們不久就要分離了。」

王謝說：「我雖然寄居此地，但是有了你便樂不思蜀，不想回家了，你為什麼會這樣說呢？」女子說：「此事冥冥中自有老天註定，由不得你我的。」

王召謝，宴於寶墨殿，器皿陳設俱黑，亭下之樂亦然。杯行樂作，亦甚清婉，但不曉其曲耳。王命玄玉杯勸酒，曰：「至吾國者，古今止兩人，漢有梅成❶，今有足下。願得一篇，為異日佳話。」給箋，謝為詩曰：「基業祖來興大舶，萬里梯航❷慣為客。今年歲運頓衰零，中道偶然罹此厄。巨風迅急若追兵，千疊雲陰如墨色。魚龍吹浪灑面腥，全舟靈葬魚龍宅。陰火連空紫焰飛，直疑浪與天相拍。鯨目光連半海紅，鼇頭波湧掀天白。桅檣倒折海底開，聲若雷霆以分別。隨我神助不沉淪，一板漂來此岸側。君恩雖重賜宴頻，無奈旅人自悽惻。引領鄉原❸涕淚零，恨不此身生羽翼。」王覽詩，欣然曰：「君詩甚好，無苦懷家，不久令歸。雖不能與君生羽翼，亦可令君跨煙霧。」宴回，各人作□詩。

女曰：「末句何相譏也？」謝亦不曉。

【章　旨】此段講述大王再次召見王謝，並許諾很快讓他回鄉。

【注　釋】❶梅成　東漢末年人，生平不詳。《三國志・魏書・張遼傳》記其被張遼討殺，與文中所記之事無關，疑為本文作者杜撰。❷梯航　梯與船，指登山渡水的工具。❸鄉原　家鄉。

【語　譯】某日，大王召王謝覲見，在寶墨殿擺下酒宴，只見宴席上陳設器皿全是黑色，階下的樂隊也均著黑衣。推杯換盞之際，樂聲響起，王謝只覺清幽委婉，但是說不上是什麼曲子。大王用黑玉杯勸酒，並道：「自古至今，外鄉人來吾國的只有兩人，東漢時候有梅成，如今則有先生您。希望您能賦詩一首，留下一段佳話供後人傳頌。」左右遞上紙筆，王謝當場賦詩一首：「基業祖來興大舶，萬里梯航慣為客。今年歲運頓衰零，中道偶然罹此厄。巨風迅急若追兵，千疊雲陰如墨色。魚龍吹浪灑面腥，全舟靈葬魚龍宅。陰火連空紫焰飛，直疑浪與天相拍。鯨目光連半海紅，鼇頭波湧掀天白。桅檣倒折海底開，聲若雷霆以分別。隨我神助不沉淪，一板漂來此岸側。君恩雖重賜宴頻，無奈旅人自悽惻。引領鄉原涕淚零，恨不此身生羽翼。」大王看過之後欣然道：「您的詩真好啊，不用苦苦思鄉了，不久我就讓您回家。雖然我不能讓先生長出翅膀，但能讓您騰雲駕霧。」宴席結束回到家中，王謝將自己的詩給妻子欣賞，妻子道：「最後一句為何要出語傷人，嘲諷我呢？」這話說得王謝一頭霧水。

不久，海上風和日暖，女泣曰：「君歸有日矣。」王遣人謂曰：「君某日當回，宜與家人敘別。」女置酒，但悲泣，不能發言。雨洗嬌花，露沾弱柳，綠慘紅愁，香消膩瘦。謝亦悲感。女作別詩曰：「從來懽會惟憂少，自古恩情到底稀。此夕孤幃千載恨，夢魂應逐北風飛。」又曰：「我自此不復北渡矣。使君見我非今形容，且將憎惡之，何暇憐愛？我見君亦有疾妬之情。今不復北渡，願老死於故鄉。此中所有之物，郎俱不可持去，非所惜也。」令侍中取丸靈丹來，曰：「此丹可以召人之神魂，死未逾月者，皆可使之更生。其法：用一明鏡致死者胸上，以丹安於項，以東南艾枝❶作柱，灸之立活。此丹海神祕惜，若不以崑崙玉盒盛之，即不可逾海。」適有玉盒，併付以繫謝左臂，大慟而別。

王曰：「吾國無以為贈。」取箋，詩曰：「昔向南溟❷浮大舶，漂流偶作吾鄉客。從茲相見不復期，萬里風煙雲水隔。」

謝辭拜。王命取飛雲軒來，既至，乃一烏氈❸兜子耳。命謝入其中，復命取化羽池水，灑之其氈乘。又召翁嫗，扶持謝回。王戒謝曰：「當閉目，少息即至君家。不爾，即墮大海矣。」謝合目，但聞風聲怒濤。既久，開目，已至其家。坐堂上，四顧無人，惟梁上有雙燕呢喃。謝仰視，乃知所止之國，燕子國也。

【章　旨】此段講述國王要將王謝遣送回鄉，王謝與妻子依依惜別，妻子送給他一丸仙丹以寄別情。

【注　釋】❶艾枝　艾草的枝條。❷南溟　南方的大海。❸烏氈　黑色的粗毛織品。

【語　譯】過了沒多久，海風和暖，王謝的妻子哭道：「您的歸期要到了。」大王派人來告知王謝：「您將於某日返回老家，趕緊和家人告別吧。」女子置辦酒宴，但卻悲傷得說不出話來，只見她梨花帶雨，不勝哀愁。此時王謝也不禁悲從中來。女子作詩話別：「從來懽會惟憂少，自古恩情到底稀。此夕孤幃千載恨，夢魂應逐北風飛。」女子隨後又道：「我也不會再到北方去了，因為假使您見到我不再是現在這副模樣，就會對我感到憎惡，怎麼可能再愛我了呢？而我看到您又有了自己的家庭，也會產生嫉妒之情。以後我再也不會去北方了，不如就老死此地吧。這裡的東西，我不能讓您帶走，這並不是因為我小氣。」她隨即讓侍女拿來一丸丹藥，說道：「這丸丹藥可以召回人的魂魄，只要人死不超過一個月，都可以讓他復活。使用的方法是：將一面鏡子放在死者的胸口，把丹藥放在他的頸部，用東南出產的艾草做支架，熏炙之後，死者立即可以復生。這丹藥是海神的珍愛，如果不用崑崙玉製成的盒子來盛裝，是過不了海的。」女子隨即拿來玉盒，將它繫於王謝的左臂，隨即痛哭而別。

大王道：「我國沒有什麼饋贈，就送您一首詩吧。」詩曰：「昔向南溟浮大舶，漂流偶作吾鄉客。從茲相見不復期，萬里風煙雲水隔。」

王謝隨即向大王告辭，大王命令手下去取「飛雲軒」，取來一看，是一個由黑氈子製成的大口袋。大王命令王謝鑽進去，然後又讓人取來「化羽池」的水，灑在口袋上。隨後大王讓老翁夫婦將王謝扶回家，並叮囑王謝：「從現在起您要緊閉雙目，一會兒就能回到老家了，如果睜眼的話，您將會墮入大海。」王謝依囑閉上眼睛，只聽到耳邊都是風濤之聲，良久之後，他睜開雙眼，發現已經回到家中，坐在客廳裡。王謝四顧無人，只有樑上一雙燕子，嘴裡呢喃有聲。王謝這才省悟，原先所到的乃是燕子國。

須臾，家人出相勞問，俱曰：「聞為風濤破舟死矣，何故遽歸？」謝曰：「獨我附板而生。」亦不告所居之國。謝惟一子，去時方三歲，不見，乃問家人，曰：「死已半月矣。」謝感泣，因思靈丹之言，命開棺取尸，如法灸之，果生。

至秋，二燕將去，悲鳴庭戶之間。謝招之，飛集於臂。乃取紙細書一絕，繫於尾，云：「誤到華胥國❶裡來，玉人終日重憐才。雲軒飄去無消息，淚灑臨風幾百回。」

來春燕來，徑泊謝臂，尾有小柬，取視，乃詩也。□有一絕云：「昔日相逢真數合，而今睽隔是生離。來春縱有相思字，三月天南無燕飛。」謝深自恨。明年，亦不來。其事流傳眾人口，因目謝所居處為烏衣巷。

劉禹錫〈金陵五詠〉有〈烏衣巷〉詩云：「朱雀橋邊野草花，烏衣巷口夕陽斜。舊時王謝堂前燕，飛入尋常百姓家。」即知王謝之事非虛矣。

【章　旨】此段講述王謝回到家鄉，用海島上妻子所贈送的仙丹救活了兒子。

【注　釋】❶華胥國　指夢想中的烏托邦社會。《列子・黃帝》云：「晝寢而夢，游于華胥氏之國。華胥氏之國在弇州之西，臺州之北，不知斯齊國幾千萬里；蓋非舟車足力之所及，神游而已。其國無帥長，自然而已。

其民無嗜欲，自然而已。不知樂生，不知惡死。」

【語　譯】過了一會兒，家人出來發現王謝，趕緊上前詢問：「聽說您早已死於風浪，怎麼現在突然出現了？」王謝說：「只有我一個人抱著船板活了下來。」王謝也不向家人透露自己上岸後的遭遇。王謝只有一子，離開時剛剛三歲，如今卻不見蹤影。王謝向家人打聽孩子的去向，家人說：「死了已經有半個月了。」王謝悲傷哭泣，隨即又想起了妻子有關靈丹的說法，於是讓人打開兒子的棺木，取出屍首，按照妻子所述熏炙，兒子果然復生了。

等到秋天，樑上的兩隻燕子即將南飛，在庭院之間哀鳴。王謝招引牠們，牠們就停在王謝的胳膊上。於是王謝用小字寫了一首絕句，繫在燕子的尾巴上，詩云：「誤到華胥國裡來，玉人終日重憐才。雲軒飄去無消息，淚灑臨風幾百回。」

到了來年春天，燕子飛回，徑自停在了王謝的胳膊上，燕子的尾巴上附了一封書柬，取下一看，乃是詩句。其中有一絕句是這樣寫的：「昔日相逢真數合，而今睽隔是生離。來春縱有相思字，三月天南無燕飛。」

王謝心中頗為遺憾。到了第二年，那對燕子就沒再飛來。此事後來眾口流傳，大家都把王謝的住處稱為「烏衣巷」。

劉禹錫的〈金陵五詠〉中有一篇〈烏衣巷〉，詩云：「朱雀橋邊野草花，烏衣巷口夕陽斜。舊時王謝堂前燕，飛入尋常百姓家。」此事說的就是王謝的故事，可見此事並非杜撰。

【研　析】〈烏衣傳〉一文在宋傳奇中頗為突出，其浪漫色彩和魔幻風格在宋代較為少見。宋代的傳奇文，即便是志怪記鬼，大多也是抱著實錄的態度，文風樸實，較少唐人恣肆恢弘的想像力。本篇則不然，開頭主人公遭遇海難一段，寫得光怪陸離、奪人耳目，彷彿天方夜譚之場景；王謝在烏衣國的遭遇則倘恍迷離、如夢似幻；結尾處曲終人不見，留下了不盡的遐想和餘味。小說中多次用言語或描述來暗示翁媼的身分，但是始終沒有點穿，直到最後才把關節挑明，彷彿現代的偵探小說，這一點頗可見出作者的匠心和情節的結構水平，在早期宋傳奇中是比較高明的作品。

寫人禽之戀，本篇並非首例，干寶《搜神記》卷一四有這樣一個故事：「豫章新喻縣男子，見田中有六七女，皆衣毛衣，不知是鳥。匍匐往，得其一女所解毛衣，取藏之。即往就諸鳥，諸鳥各飛走。一鳥獨不得去。男子取以為婦，生三女。其母後使女問父，知衣在積稻下，得之，衣而飛去。後復以迎三女，女亦得飛去。」但這只能算是個粗陳梗概的小故事。相比之下，〈烏衣傳〉不僅有曲折的情節，而且特別在懸念的構築、隱喻的設置上下了很大的功夫，想像力明顯超越前代的同類型作品，因此對後代創作有一定的影響，學者認為《聊齋志異》中的〈竹青〉，以及清代文言小說中很多鳥女與人婚戀的故事，都承襲了此篇的構思。

愛愛歌序

蘇舜欽

【題解】此篇傳為蘇舜欽所作，蘇文當為其〈愛愛歌〉所作序，今詩、序皆不傳。我們現在所見到的文字，是後人從《侍兒小名錄拾遺》、《綠窗新話》等書中輯軼所得。

【作者】蘇舜欽（西元一〇〇八—一〇四八年），字子美，梓州銅山（今四川中江縣廣福鎮）人，世居開封。北宋景祐進士。歷任光祿寺主簿、大理評事等職，為范仲淹舉薦，任集賢校理、監進奏院。因接近主張改革的政治家，被人藉故誣陷，罷職閒居蘇州。後復起為湖州長史，不久病故。他的詩與梅堯臣齊名，人稱「梅蘇」。有《蘇學士文集》。

愛愛姓楊氏，本錢唐❶倡家女。年十五，尚垂鬟❷，性善歌舞。幼學胡琴數曲，遂能緣其聲以通其調。七月七日，泛舟西湖採荷香，為金陵少年張逞所調，遂相攜潛遁於京師。逞家雄於財，雅亦曉音律。歲時嬉遊，以犢車同載。故鑾輅❸之幸、琳館❹之闢，雖遠必先，雖喧必前，京都偉麗之觀，無不偕遊。

【章　旨】此段講述青樓女子愛愛容顏美麗、能歌善舞，富家子弟張逞對她一見鍾情，兩人私奔到了京城。

【注　釋】❶錢唐　地名。今浙江杭州。秦代即在此置錢塘縣。❷垂鬟　未出室少女的髮式。將髮分股，結鬟於頂，不用托拄，使其自然垂下。❸鑾輅　即鑾駕，指皇帝出行的車駕。❹琳館　仙宮。宮殿、道院的美稱。

【語　譯】愛愛姓楊，原本是杭州的青樓女子。她成年之後仍然喜歡少女的裝束。愛愛能歌善舞，年幼時她學胡琴，僅憑耳聽無須曲譜就能學會曲子。七月七日乞巧節，愛愛泛舟西湖採蓮，南京少年張逞對她一見鍾情，兩人於是私奔到了京城。張逞家富於資財，本人又通曉音律。兩人一起乘著牛車，早晚嬉戲遊蕩於京城之內。大凡是皇上所到過的地方、新開闢的宮殿、道院，哪怕再遙遠、再擁擠也要前去。因此，京城雄偉壯麗的景觀，兩人無不遊歷。

踰二年，逞為父捕去，不及與愛別。留深巷中，舍與予家相鄰。吾母少寡居，性高嚴，憐愛豔麗、失於人、棄置不收，而所為不妄，時往與語。一日，人傳逞已死，吾母往慰。問其所歸，愛愴然泣下曰：「是必虛語。若果然，亦不願他從。故鄉道遠，出非以禮，必不能自還。當死此舍。」自爾素服蔬膳，日呱呱而泣，不復親近樂器。里之他婦欲往見之，即反關❶不納。好事有力者百計圖之，終不可及。

愛姿體纖素豔發，不類人間人。

明年清明，飲楚子之舍，偶過居舍後壁隙，見雜花數樹盛開，二婦女作鞦韆之戲。詢於楚，即其妻與愛愛也。

【章旨】此段講述張逞被父親抓回家中，愛愛獨守空房、謹守婦道。

【注釋】❶關　門閂。

【語譯】兩年之後，張逞被父親捉回老家，甚至都沒有來得及和愛愛告別。於是愛愛便羈留在深巷家中，和我家緊鄰。我的母親年少寡居，品行嚴格端莊，她很喜歡愛愛的美貌，更同情她的遭遇，同時也很讚賞愛愛的潔身自好，因此時常去和她閒聊。某天，有消息傳來，稱張逞已經死了，我母親趕緊前往愛愛的居處安慰她。當問到今後的歸屬時，愛愛愴然淚下道：「說張逞死了，這肯定是假話。即便真的是這樣，我也不會再嫁。故鄉遙遠，我又是私奔出來，沒有臉再回去了。我就終老此間了罷。」從此愛愛總是穿素衣，吃素食，終日悲悲切切，再也不親近樂器了。鄰居家的女子要是去她家串門，她總是把門關上，不願見客。有錢有勢的人千方百計想把愛愛弄到手，也終究不能得逞。

愛愛姿容豔麗而身材窈窕，簡直不像凡間女子。

第二年的清明節，我到楚先生家赴宴，偶然從牆縫中看到楚家的後院，只見院子裡幾棵樹繁花盛開，兩個女子在盪著鞦韆。問了楚先生才得知，這兩人就是楚夫人和愛愛。

予登第❶後再至都下，遂往楚舍，問其良苦。楚云：「愛愛念逞之勤，感疾而死，已終歲矣。我家為藁葬❷國門之東郊。其節介高絕，至死無能侵亂之者。」小婢子錦兒，今尚在，出其繡手籍香囊纈❸履數物，香皆郁然而新。

【章　旨】此段講述愛愛思念張逞，鬱鬱而卒。

【注　釋】❶登第　中舉，此指成為進士。❷藁葬　草草埋葬。❸纈　染花紋的絲織品。

【語　譯】我中舉之後再次來到京城，拜訪楚先生時問到愛愛的近況。楚先生說：「愛愛因感念張逞的深情，染病而亡，死了已經有一年了。我將她葬在京城的東郊。愛愛氣節高尚，至死也沒有人能夠侵犯她。」愛愛的侍女錦兒現在還在世，她曾經給我看過愛愛的繡品、香囊、繡鞋，全部都香氣濃郁煥然若新。

【研　析】蘇舜欽是宋初著名詩人，他曾作〈愛愛歌〉，應是長篇敘事歌行；並有〈愛愛歌序〉，即傳奇體散文，可惜兩者皆不傳。現在我們能看到的梗概性的文字是後人從他書中勾稽而出的。愛愛出身娼家，可是卻忠於愛情、忠於愛人。她與富家子弟的相愛相戀完全是沒有經過家長和禮制認可的私相悅慕。可是，作者卻對這樣的愛情給予了很高的評價，對女主人公進行了充滿詩意的描繪。這種愛情觀和女性思想，在當時的環境下應該是比較開明和通脫的，以至於宋代就有人很不滿意，稱此文「其辭淫漫而序事不得愛愛本心，甚無以示後學。予欲為子美抉去其文」（徐積《節孝先生文集》卷一三）。徐積自己也做了一首〈愛愛歌〉并序，其重點在於譴責張逞的不孝並表彰愛愛的義烈，完全用道學先生的道德觀來評判兩人的愛情，較之蘇舜欽原作，相距甚遠。

芙蓉城傳

胡微之

【題解】本篇久已散佚，我們現在所見到的文字是學者從《綠窗新話》、《東坡先生詩集註》、《施註蘇詩》等篇目中輯錄出來的。

【作者】胡微之，名一作徽之，生平不詳。

王君迥，字子高，虞部員外郎❶正路之次子。行西城道上，遇青衣❷曰：「君東齋有客，候君久矣。」君歸，家延女客。既夕酒罷，見一女子，華冠盛服，坐廳西。君怪問之，答曰：「少頃至君寢。」君疑其為妖也，正色遠之，女亦徐逝。君懼，不敢寢。更深困甚，視窗戶掩闃❸，欲臥。及入解衣，聞屏幃間有喘息聲，忽有人自帳中挽其衣，乃適見之女，已脫衣而臥。君懼欲去，女曰：「我於人間嗜欲未盡，緣以冥契，當侍巾幘❹。是以奉尋，非一朝一夕之分也。君勿避。」因強歡事，君懼不從。

【章　旨】此段講述一名美豔女子突然出現在王迵家中，並向王迵自薦枕席。

【注　釋】❶虞部員外郎　虞部，古代職官。先秦虞部掌山澤、苑囿、草木、薪炭、供頓等事。唐宋工部下設虞部郎中、員外郎。唐掌京城街巷、苑囿、山澤草木及百官、蕃客菜蔬、薪炭供應及畋獵等事，並供應殿中省、太僕寺所管馬匹芻料。宋掌山澤、苑囿、畋獵，取伐木石、薪炭、藥物，及金、銀、銅、鐵、鉛、錫坑治廢置收採等事。員外郎，隋唐以來郎中、員外郎為六部各司正副主官。❷青衣　古代地位低下的人著青衣，後指婢女、童僕。❸闃　寂靜。❹侍巾幘　指伺候起居，這裡是發生男女之情的委婉說法。巾幘，古代的「首幅」。漢以來盛行以幅巾裹髮，稱巾幘，用於戴冠前襯髮，可模擬於外服裡的襯衣。巾幘有軟裹、硬裹之分：軟裹只是用巾裹髮，外型不穩定；硬裹則以藤製，外罩布並塗漆，也有以桐木襯之，再裹巾或幘，使其外型固定美觀。

【語　譯】王君名迵，字子高，虞部員外郎王正路的次子。某天，王迵走在城西道上，忽然遇到一名青衣小童，此人對王迵說：「您家裡有客人，等候您很久了。」王迵回到家，家裡正在招待女客。晚上酒宴結束，王迵看到一名女子，盛裝華服，坐在客廳的西面。王迵感到奇怪，便上前詢問，女子答道：「過一會兒我到您的寢室去。」王迵懷疑此女為妖精，便板起面孔趕她走，女子隨即緩緩消失了。王迵為此感到非常恐懼，不敢睡覺。到了半夜，王迵非常睏倦，看到門窗都關好了，便打算睡下。等到他進入臥室準備解衣就寢時，聽到屋裡有人的呼吸聲，隨後忽然有人從床上的帳子裡伸出手來拉他的衣服，原來正是剛才看到的那名女子，只見她已經脫衣而臥了。王迵大驚，隨即想跑，女子道：「我是天上的仙女，只是尚未斷絕人世間的情欲，和您冥冥中自有一段緣分，命中註定要和您有肌膚之親。所以我特別來找尋您，這絕不是一晚上的露水姻緣，您別害怕。」隨即女子便要和王迴交歡，王迴心中害怕，不敢順從。

天明女去，衾枕之屬，餘香不散。後三日復至，君與之合。固問之曰：「汝何氏族？當實為我言之。」女曰：「我周太尉之女，名瑤英。」自是朝去暮來，凡百餘日。一日，出藥與君服，又遺詩曰：「陰魄陽精寶鍊成，服之一日可長生。芙蓉闕下多仙侶，休羨人間利與名。」周云：「即預朝列。」君曰：「朝帝耶？」不言其詳。由此倏去，不來者數日。

【章　旨】此段講述三天後美女再次來到王迴家中，與王迴一夜歡會。

【語　譯】天亮之後女子便離開了，但枕席之間仍然餘香不散。過了三天後，女子再次來臨，這次王迴和她發生了關係。後來王迴追問女子：「你到底姓字名誰？請你老老實實告訴我。」女子答道：「我是周太尉的女兒，名叫瑤英。」此後她常常朝去暮來，持續了一百多天。有一天，瑤英拿出丹藥給王迴服食，並贈詩云：「陰魄陽精寶鍊成，服之一日可長生。芙蓉闕下多仙侶，休羨人間利與名。」周女又對王迴說：「你將要上朝了。」王迴說：「是參見皇上嗎？」周女不願細說。隨後便忽然消失，數日不來。

忽一夕，夢周道服而至，謂君曰：「我居幽僻，君能一往否？」君喜而從之。但覺其身飄然，與周同舉。須臾，過一嶺，及一門，珍禽佳木，清流怪石，殿閣金碧相照。遂與君自東箱門入，循廊至一殿亭，甚雄壯，下有三樓，相視而聳，亦甚雄麗。廊間半開，周忽入，君少留。須臾，周與一女郎至，周曰：「三山之事息乎？」曰：「雖已息，奈情何！」於是拊掌而去。逡巡東廊之門，門啟，有女流道裝而出者百餘人，立於庭下。俄聞殿上卷簾，有美丈夫一人，朝服憑几❶，而庭下之女循次而上。少頃，憑几者起，簾復下，諸女流亦復不見。周遂命君登東箱之樓，上有酒具。憑欄縱觀，山川清秀。梁上有碑，題曰「碧雲樓」，其字則《真誥》飛天之書、八龍雲篆❷。君未及下，有一女郎復登是樓，年可十五，容色嬌媚，亦周之比。周謂君曰：「此芳卿也，與我最相愛。」芳卿蓋其字耳。

【章　旨】此段講述王迥夢見麗人將自己帶至其住處，並見到了一些神仙般的男女。

【注　釋】❶几　古時供人們憑倚而用的一種家具，形體較窄，高度與坐身側靠或前伏相適應。❷其字則真誥句　真誥，道教洞玄部經書，為南朝道士陶弘景所著。書中託名紫微夫人講述文字產生之始末云：「造文之既肇矣，乃是五色初萌，文章畫定之時。秀人民之交，陰陽之分，有三元八會群方飛天之書，又有八龍雲篆明光之章也。」所謂飛天之書、八龍雲篆，指的都是道教傳說中的靈符仙書。

【語　譯】某日晚上，王迥忽然夢見周女身著道袍而至，對他說：「我住的地方很偏僻，您願意跟我去看看嗎？」王迥欣喜地跟隨著她，只覺得身體飄然而起，升到了空中。不久便飛過一座山嶺，來到一扇門前。只見此地有珍禽佳樹，流水怪石，還有亭臺樓閣，金碧輝煌。周女帶著王迥從東廂門而入，沿著走廊來到一座大殿面前，只見這殿堂甚為雄偉，下方還有三座高樓，呈三足鼎立之勢，也很壯觀。這時有一間屋子的門微微打開，周女迅速走了進去，讓王迥在外等候。很快，周女和另一位女郎來了，周女對女郎說：「三山一事平息沒有？」女郎答道：「事情雖然已經平息了，但那情思卻沒有平息。」說完兩人拍手而去。王迥一個人在東廊徘徊，只見東廊上一道門打開了，隨後有上百名穿著道服的女子走了出來，一起列隊站在庭院裡。不久，大殿裡的簾幕捲了起來，只見一名容貌端莊的男子穿著龍袍靠在几上，庭院裡的女子依次進殿。不久，男子站起身來，簾幕又放了下來，女子們再也不見出來了。周女於是將王迥帶到了東廂的一座高樓之上，樓上陳列著酒具。在樓上憑欄遠眺，只見山川秀麗。樓上還有一座碑，題字是「碧雲樓」，書體則是《真誥》中所說的那種「飛天之書、八龍雲篆」。王迥還未下樓，又有一名女郎登上樓來，女子年紀不過十五，容顏嬌媚，和周女可以媲美。周女對王迥說：「這是芳卿，和我感情最好的。」芳卿是她的表字。

夢之明日，周來，君語以夢。周笑曰：「芳卿之意甚勤也！」君問何地，周曰：「芙蓉城也。」曰：「憑几者誰？三山之事何謂？」周皆不對。君曰：「芳卿何姓？」曰：「與我同。」君感其事，作詩遺周。又虞曹公狀其事以奏帝。春花秋月，悽悽悲泣而去。周臨別，留詩云：「久事屏幃不暫閑，今朝離意尚闌珊。臨行惟有相思淚，滴在羅衣一半斑。」

【章　旨】此段講述王迥與麗人的交往為王父所知，兩人不得不淒然分手。

【語　譯】夢醒之後的第二天，周女又來到王家，王迥把夢到的事情和盤托出。周女笑道：「您對芳卿的情意還挺深厚！」王迥問那是什麼地方，周女說：「那是芙蓉城。」王迥又問：「靠在几上的是誰？三山又是何事？」周女卻不回答。王迥問：「芳卿姓什麼？」答曰：「和我同姓。」王迥為此內心感慨，賦詩贈給周女。後來王迥的父親把此事彙報給了皇帝，兩人這才不得不分手。

回想一起度過的日日夜夜，兩人不禁掩面而泣。周女臨別時，賦詩一首：「久事屏幃不暫閑，今朝離意尚闌珊。臨行惟有相思淚，滴在羅衣一半斑。」

【研　析】芙蓉城的傳說，北宋時便開始流行。蘇軾〈芙蓉城〉詩的序中稱：「世傳王迥子高與仙人周瑤英游芙蓉城。元豐元年三月，余始識子高，問之，信然。」趙彥衛《雲麓漫鈔》卷一〇云：「王迥，字子高，族弟子立為蘇黃門婿，兄弟皆從二蘇游。子高後受學于荊公。舊有周瓊姬事，胡徽之為作傳，或用其傳作〈六幺〉，東坡復作〈芙蓉城〉詩以實其事。」這說明此事在當時是被世人信以為真的。

至於胡徽之的〈芙蓉城傳〉，現已失傳，現在我們之所以還能看到一些佚文，是因為施元之、顧禧《註東坡先生詩》和《王狀元集註分類東坡先生詩》為了箋注〈芙蓉城〉詩而抄錄了一些片斷。南宋傳奇集《綠窗新話》中的〈王子高遇芙蓉仙〉又略有增益。

此故事不僅在宋代廣為流行，而且傳承時間很長，歷代小說戲曲屢有據此改編的作品。宋官本雜劇已有〈王子高六幺〉一本，元施惠撰戲文〈芙蓉城〉（佚），元代南戲〈王子高〉存殘曲數支，直至清代還有龍燮的雜劇〈芙蓉城〉。

流紅記

張 實

【題 解】此篇原收入劉斧《青瑣高議》前集卷五，題下原注「紅葉題詩取韓氏」。本篇寫唐僖宗時，書生于祐因為偶然撿到一片紅葉成就了一段美滿姻緣。這是一個晚唐以來廣為流傳的故事，後世以此為內容的戲曲小說很多，其中較為著名的有元人白樸、李文蔚的雜劇《韓翠蘋御水流紅葉》和《金水題怨》。

【作 者】張實，生卒年不詳，字子京，魏陵（今山西大同）人。宋仁宗皇祐中官大理寺卿。

唐僖宗❶時，有儒士于祐，晚步禁衢❷間。於時萬物搖落，悲風素秋，頹陽西傾，羈懷增感。視御溝❸，浮葉續續而下。祐臨流浣手。久之，有一脫葉，差大於他葉，遠視之若有墨跡載於其上，浮紅泛泛，遠意綿綿。祐取而視之，果有兩句題於其上，其詩曰：「殷勤謝紅葉，好去到人間。」祐得之，蓄於書笥，終日詠味，喜其句意新美，然莫知何人作而書於葉也。因念御溝水出禁掖❹，此必宮中美人所作也。祐但寶之，以為念耳，亦時時對好事者說之。祐自此思念，精神俱耗。

【章旨】此段講述儒士于祐在禁城外的御溝中拾得紅葉一片，上書兩句小詩。

【注釋】❶唐僖宗　即李儇。懿宗李漼第五子，在位十五年（西元八七三－八八八年），正當黃巢起義時期。❷禁衢　皇宮禁城內的道路，本文指的是鄰近皇宮的道路。❸御溝　流經宮苑的河道。❹禁掖　原指宮中旁舍（如在正殿掖下），後泛指宮廷。

【語譯】唐僖宗在位時，有一名青年學子叫于祐，傍晚他在皇城附近的街上閒逛，當時萬物凋零，秋風蕭瑟，殘陽西墜，于祐羈旅愁懷由此倍增。他看見宮牆外的御溝裡有片片落葉隨水流出。于祐臨河洗手。過了一陣，淌下一片較大的葉子，遠遠望去，好像有斑斑墨跡。紅葉漂浮著，隨流水婉轉而下，像情意幽怨的人在傾訴。于祐拾起仔細一看，上面果然題有兩句詩：「殷勤謝紅葉，好去到人間。」于祐拾起那片葉子，藏在書箱之內，整天吟詠，愛那詞意清新，心想，不知是何人作的詩寫在葉上；轉而一想，御溝水來自宮牆，一定是宮中哪位美人寫的。於是于祐非常珍惜這片紅葉，留作紀念，並常常向好事之人提起此事，他從此害了單相思，精神萎靡，提不起勁來。

一日，友人見之，曰：「子何清削如此？必有故，為吾言之。」祐曰：「吾數月來眠食俱廢。」因以紅葉句言之。友人大笑曰：「子何愚如是也！彼書之者無意於子，子偶得之，何置念如此？子雖思愛之勤，帝禁深宮，子雖有羽翼，莫敢往也。子之愚，又可笑也。」祐曰：「天雖高而聽卑，人苟有志，天必從人願耳。吾聞王仙客遇無雙之事，卒得古生之奇計❶。但患無志耳，事固未可知也。」祐終不廢思慮，復題二句，書於紅葉上云：「曾聞葉上題紅怨，葉上題詩寄阿誰？」置御溝上流水中，俾其流入宮中。人為笑之，亦為好事者稱道，有贈之詩者曰：「君恩不禁東流水，流出宮情是此溝。」

【章　旨】此段講述自從拾得紅葉之後，于祐彷彿害上了相思病。他也在紅葉上題詩兩句放入御溝之中。

【注　釋】❶吾聞王仙二句　唐薛調撰傳奇〈無雙傳〉，寫劉無雙與表兄王仙客幼年相親，後無雙因父罪沒入宮庭，得押衙古洪用奇術救出，與仙客成婚的故事。文中于祐希望自己也能得到奇人的幫助，成就一段王仙客和劉無雙那樣的姻緣。

【語　譯】一天，有個友人見到于祐，問道：「你怎麼瘦成這樣了？一定有原因，不妨跟我聊聊。」于祐說：「幾個月來我吃不下飯，睡不著覺。」接著把紅葉詩句念了出來。友人大笑：「你這人真傻啊，寫詩的人又不是對你有意思才寫的，你不過是偶然得到紅葉，怎麼就害起單相思呢？但你雖然情深意切，大內深宮，你就是長了翅膀，只怕也不敢飛進去。你真是傻氣，又真讓人好笑啊。」于祐說：「天雖高高在上，卻俯聽下民呼聲，人只要有志，天必從人願。我就曾經聽說過宮女劉無雙依靠俠士古洪的奇術從深宮中逃出，與王仙客成婚的故事。凡事就怕你沒有想法，否則事情的結果未可預料。」于祐始終沒放棄過對那宮女的思念，又寫了兩句詩，題在紅葉上：「曾聞葉上題怨句，葉上題詩寄與誰？」他把題好的紅葉放在御溝的上流，以便它流進宮裡去。既有人笑他，也有好事之徒稱道他。還有贈他詩句的：「君恩不禁東流水，流出宮情是此溝。」

祐後累舉不捷，迹頗羈倦，乃依河中貴人韓泳門館❶。得錢帛稍稍自給，亦無意進取。久之，韓泳召祐，謂之曰：「帝禁宮人三千餘得罪，使各適人。有韓夫人者，吾同姓，久在宮，今出禁庭，來居吾舍。子今未娶，年又踰壯，困苦一身，無所成就，孤生獨處，吾甚憐汝。今韓夫人篋中不下千緡❷，本良家女，年纔三十，姿色甚麗。吾言之，使聘子，何如？」祐避席❸伏地曰：「窮困書生，寄食門下，晝飽夜溫，受賜甚久。恨無一長，不能圖報，早暮愧懼，莫知所為，安敢復望如此？」

【章　旨】此段講述于祐科場不利，到韓泳家中擔任幕僚，韓泳見于祐孤寒可憐，便將一名被放出宮的宮女韓夫人介紹給他為妻。

【注　釋】❶乃依河中貴人句　河中，地名。今山西永濟西蒲州鎮。門館，官僚貴族給門客居住的地方。這裡指擔任幕僚。❷緡　通「貫」。原指穿銅錢的繩子，後將一千錢稱一緡。❸避席　離開座位說話以示尊敬。

【語　譯】于祐後來屢次應試都落第，遊歷生涯也頗為困頓，於是依附河中貴人韓泳，在他府中擔任幕僚。得到的薪酬漸漸能夠維持生計，從此不想再參加科舉考試。過了好久，韓泳召見于祐，說：「有三千多個因為犯了過錯而被趕出宮中的宮女，叫她們各自嫁人。有一位韓夫人，是我本家，很久之前便進入宮中，現在被放出後，就住我家後院，你年過三十，還沒成親，困苦一身，毫無成就，形單影隻，我很可憐你。現在韓夫人的資財不下千貫，她本是良家女子，年近三十，姿容出色。我對她講，讓她嫁給你吧，你看怎樣？」于祐離座伏地拜謝道：「在下一介窮困書生，寄食於您的門下，白天能吃飽，夜間能睡暖，得到您的照顧已經很久了，只恨自己沒有一技之長能夠報答。為此我早晚惶恐，不知道如何是好，豈敢再有此奢望？」

泳乃令人通媒妁，助祐進羔雁❶，盡六禮❷之數，交二姓之懽。祐就吉之夕，樂甚。明日，見韓氏裝橐❸甚厚，姿色絕豔，祐本不敢有此望，自以為誤入仙源，神魂飛越矣。既而韓氏於祐書笥❹中見紅葉，大驚曰：「此吾所作之句，君何故得之？」祐以實告。韓氏復曰：「吾於水中亦得紅葉，不知何人作也？」乃開笥取之，乃祐所題之詩。相對驚歎，感泣久之，曰：「事豈偶然哉！莫非前定也。」韓氏曰：「吾得葉之初，嘗有詩，今尚藏篋中。」取以示祐，詩云：「獨步天溝岸，臨流得葉時。此情誰會得？腸斷一聯詩。」聞者莫不嘆異驚駭。一日，韓泳開宴召祐洎韓氏，泳曰：「子二人今日可謝媒人也。」韓氏笑答曰：「吾為祐之合，乃天也，非媒氏之力也。」泳曰：「何以言之？」韓氏索筆為詩曰：「一聯佳句題流水，十載幽思滿素懷。今日卻成鸞鳳友，方知紅葉是良媒。」泳曰：「吾今知天下事無偶然者也。」

【章旨】此段講述于祐與韓夫人成親之後驚喜地發現，自己拾得的紅葉就是韓夫人所題。

【注釋】❶羔雁　小羊和雁。古代婚聘時所用的禮物。❷六禮　古代締結婚姻的六步禮節。一曰納采，即送禮求婚；二曰問名，即詢問女方名字與出生日期；三曰納吉，即送禮訂婚；四曰納徵，即送聘禮；五曰請期，即議定婚期；六曰親迎，即新郎親往迎娶。詳見《禮記・昏義》、《儀禮・士昏禮》。❸裝橐　原指包裹、口袋，這裡指韓氏隨身所帶的財物。橐，囊；袋。❹書笥　裝書的箱子。

【語　譯】韓泳叫人找來媒人，幫助于祐備下聘禮，從納采一直到親迎，六禮齊備，兩姓交歡。花燭之夜，于祐心滿意足。第二天，于祐發現韓氏果然嫁妝豐厚，姿色豔麗。于祐原不敢存有奢望，於是以為自己誤入仙境，神魂飛蕩。後來韓氏在于祐書箱裡發現紅葉，大吃一驚，說：「這是我作的詩，您怎麼得到的？」于祐據實相告。韓氏說：「我在水中也得到了紅葉，不知道是誰寫的詩？」韓氏打開箱子取出紅葉，于祐發現那正是自己所題之詩。兩人相對慨嘆，淚流滿面。過了好久，兩人都說：「這難道是偶然嗎？真是前生有緣啊。」韓氏說：「我拾得紅葉之時，又寫詩一首，現在還保存在箱子裡呢。」她拿出來給于祐看，詩云：「獨步天溝岸，臨流得葉時。此情誰會得？腸斷一聯詩。」聽到這事的人無不嘆息驚訝。一天，韓泳設宴，也招來于祐和韓氏，韓泳說：「你們兩人今天可以謝大媒了。」韓氏笑著回答：「我和于祐的結合，是天的旨意，不是媒人的力量。」韓泳說：「何以見得？」韓氏取筆，賦詩一首：「一聯佳句題流水，十載幽思滿素懷。今日卻成鸞鳳友，方知紅葉是良媒。」韓泳說：「我現在才知道，天下沒有偶然的事。」

僖宗之幸蜀❶，韓泳令祐將家僮百人前導。韓以宮人得見帝，具言適祐事。帝曰：「吾亦微聞之。」召祐，笑曰：「卿乃朕門下舊客也。」祐伏地拜謝罪。帝還西都，以從駕得官，為神策軍❷虞候。韓氏生五子三女，子以力學俱有官，女配名家。韓氏治家有法度，終身為命婦。宰相張濬❸作詩曰：「長安百萬戶，御水日東注。水上有紅葉，子獨得佳句。子復題脫葉，流入宮中去。深宮千萬人，葉歸韓氏處。出宮三千人，韓氏籍中數。回首謝君恩，淚灑胭脂雨。寓居貴人家，方與子相遇。通媒六禮具，百歲為夫婦。兒女滿眼前，青紫❹盈門戶。茲事自古無，可以傳千古。」

【章　旨】此段講述于祐因為和韓夫人之間的佳話而得到皇帝的重用。

【注　釋】❶幸蜀　駕臨蜀地，指僖宗因黃巢軍攻占長安而奔竄四川。❷神策軍　唐代後期主要的禁軍。❸張濬（?—西元九〇二年）河間（今屬河北）人。唐僖宗光啟三年（西元八八七年）拜相，在位五年。昭宗大順二年（西元八九一年）免相，封武昌軍節度使。後被朱溫殺害。❹青紫　即銀青金紫。本文指高官。銀青，官員佩白銀印章和繫印的青色綬帶。金紫，金印紫綬。以後用作高級官員的封號。

【語　譯】唐僖宗為逃避黃巢部隊的進攻，前往四川。韓泳吩咐于祐，率家僮百人作為前導，韓氏以前宮女身分拜見唐僖宗，就將與于祐結合之事，一一稟明。唐僖宗說：「我也曾經聽說過這奇事。」於是召見于祐，笑著說：「你是我門下的舊客啊。」于祐伏地拜謝請罪。後來，唐僖宗回到長安，于祐因伴駕有功而得官，為神策軍虞候，韓氏生下五男三女，男孩子都因刻苦學習而得到官職，女兒也各配門當戶對之家。韓氏操持家務，很有法度，終身得享封誥。宰相張濬作詩，記錄這一奇緣：「長安百萬戶，御水日東注。水上有紅葉，子獨得佳句。子復題脫葉，流入宮中去。深宮千萬人，葉歸韓氏處。出宮三千人，韓氏籍中數。回首謝君恩，淚灑胭脂雨。寓居貴人家，方與子相遇。通媒六禮具，百歲為夫婦。兒女滿眼前，青紫盈門戶。茲事自古無，可以傳千古。」

【研 析】「紅葉題詩」傳奇的幾個版本中，晚唐范攄《雲溪友議》記述的可能是最早一個版本，文中說唐宣宗時中書舍人盧渥赴京應舉，偶過御溝邊，拾得紅葉一片，上題詩曰：「流水何太急，深宮盡日閑。殷勤謝紅葉，好去到人間。」後來宣宗裁減宮女，下詔將宮女許配給百官司吏，但不包括未及第的舉人，故盧渥沒有機會得配。直到盧渥任范陽令時才得配一位姓韓的宮女。一日，韓氏在盧渥書箱內發現了那片題詩的紅葉，嗟嘆良久道：當時我只是偶然題詩放在水中，沒想到卻在郎君的箱子中收藏著。盧渥對照韓氏書跡，果然分毫不差。

而據晚唐孟棨《本事詩》記述，天寶年間，顧況在洛陽時曾與詩友遊於苑中。一位宮女在梧桐葉上寫了一首詩，隨御溝流出，詩云：「一入深宮裡，年年不見春。聊題一片葉，寄與有情人。」顧況得詩後寫下：「愁見鶯啼柳絮飛，上陽宮女斷腸時。君恩不閉東流水，葉上題詩寄與誰？」從上游流入宮中。過了十幾天，又在御溝流出的梧桐葉上見詩一首，詩云：「一葉題詩出禁城，誰人酬和獨含情。自嗟不及波中葉，蕩漾乘春取次行。」故事很美，但他們卻沒能像盧韓二人那樣成就美滿姻緣。

在宋初孫光憲記述晚唐五代遺事的筆記《北夢瑣言・雲芳子魂事李茵》裡，「紅葉題詩」則成了人鬼相戀的悲劇故事。進士李茵是襄陽人。一次他遊御苑，見一片紅葉自御溝中流出，上有題詩，李茵將紅葉收貯在書箱裡。後來僖宗在藩鎮之亂中到了蜀地，李茵奔竄到南山一個老百姓家。見到一個流落人間的宮女，她說自己是宮中的侍書，名叫雲芳子。李茵和她交往日深後，雲芳子發現了那片紅葉，說：「此妾所題也。」於是同行到蜀地去。到了綿州時，一個宦官認出了她，逼令她上馬，強行帶走，李茵十分難過，但又無可奈何。那天晚上他宿在旅店裡，雲芳子忽然進來了，她對李茵說：「妾以重金賄賂了中官，今後我可以跟你走了。」於是兩人相伴回了襄陽。幾年後，李茵得了病身體消瘦，有個道士說他面有邪氣。這時雲芳子才對他說了實情：「那年綿竹相遇。妾其實已死。感君之深意，故相從耳。但惜人鬼殊途，不敢再連累君。」說畢置酒與李茵對飲，酒後飄然而去。

本篇即根據上述文獻增飾而成，是「紅葉題詩」故事裡內容最詳盡的一種。從〈流紅記〉的故事原型來看，這原本應是「宮怨」的題材，譴責的是大內深宮之中成千上萬的女性被一個男人所霸占的違背人性的制度和現實，唐代有很多以「宮怨」為題的詩歌，表達的都是同一個主題。然而在〈流紅記〉中這個悲劇的主題卻變成了喜劇的故事，男主人公因為偶然的遭遇竟然得到了一名「裝橐甚厚，姿色絕豔」的妻子，可謂財色兼收。不僅如此，于祐還因為裙帶關係升了官，這就帶有了很強的世俗觀念成分，和明清才子佳人小說的大團圓模式非常接近了。

王魁傳

夏噩

【題解】本文原傳不存，現在我們看到的文字是從《新編醉翁談錄》卷二〈王魁負心桂英死報〉、《永樂大典》卷一三一三九所引《摭遺新說》之〈夢人跨龍〉、《類說》卷三四《摭遺・王魁傳》、《侍兒小名錄拾遺》引《摭遺》等文獻中勾稽出來的。小說講述落魄文士王魁與娼家女子桂英相戀並約定終身，不料王魁登第發跡之後便負心別娶，桂英聞訊後毅然自盡，而後化為厲鬼向王魁尋仇。

【作者】關於作者，宋代時就有爭議，有人認為是北宋人夏噩（即〈王幼玉記〉中提到的那個夏公酉），但也有人認為是偽託。夏噩，字公酉，越州會稽（今浙江紹興）人，夏中正之孫。宋仁宗嘉祐二年（西元一〇五七年）以明州觀察推官策試賢良方正能言直諫科，入第四等，當改著作郎，宰相富弼以親嫌而授光祿寺丞。後知長洲縣，嘉祐六年因私貸民錢而被削職。文彥博惜之，奏請恢復其官職。卒於神宗熙寧九年（西元一〇七六年）之前。

王魁者，魁非其名也，以其父兄皆名宦，故不書其名。魁學行有聲，因秋試❶觸諱，為有司搒。失意浩歎，遂遠遊山東萊州❷。萊之士人，素聞魁名，日與之遊。一日，為三四友招，過北市深巷，有小宅，遂扣扉。有一婦人出，年可二十餘，姿色絕豔。言曰：「昨日得好夢，今日果有貴客至。」因相邀而入。婦人開樽，酌獻于魁曰：「某名桂英。酒乃天之美祿，使足下待桂英而飲天祿，乃來春登第之兆。」桂英謂人曰：「此大壯之士。」乃取擁項羅巾，又謂魁曰：「聞君譽甚久，敢請一詩。」魁作詩曰：「謝氏❸筵中聞雅唱，何人戛玉❹在簾幃？一聲透過秋空碧，幾片行雲不敢飛。」桂英乃再拜。酒罷，桂英獨留魁宿。夜半，魁問：「娘子何姓？顏貌若此，反居此道何也？」桂英曰：「妾姓王，世本良家。」復謂魁曰：「君獨一身，囊無寸金，倦遊閭里。君但日勉學，至於紙筆之費，四時之服，我為君辦之。」由是魁醼止息於桂之館。

【章　旨】此段講述科場失意的士子王魁遭遇青樓女子桂英，桂英不僅以身相許，而且願以自家資財幫助王魁繼續讀書並參加科考。

【注　釋】❶秋試　即秋闈，古代科舉制度中鄉試的代稱。鄉試每三年一次，逢子、卯、午、酉年舉行，因考期在秋季八月，故稱秋闈。鄉試考中的稱舉人，俗稱孝廉，第一名稱解元。❷萊州　地名。府治在今山東煙臺萊州市。❸謝氏　即謝秋娘，唐宰相李德裕家有名的歌伎，後泛指歌伎。❹戛玉　敲擊玉石，形容歌聲清脆悅耳。

【語　譯】王魁，「魁」並不是他的名字，因為他父親、哥哥都是有名的官僚，所以就不寫他的真名字。王魁的學問、操行都很出色，只是在鄉試中犯了朝廷的忌諱，受到主考官的處罰，沒能中第。王魁失望之餘，就跑到山東萊州遊歷。萊州的讀書人，以前就聽說過王魁的名字，因此當他到了萊州後，便每天與他交往。有一天，他被幾個朋友邀請去城北。來到一條巷子，發現有一所小宅院，於是上前敲門。有一名女子走出來，年紀大約二十出頭，長得非常漂亮。她說：「昨天做了個好夢，今天果然就有貴客到來。」女子把幾人請進屋內，備下酒水，斟滿一杯敬給王魁，說：「我名叫桂英。酒是天賜的福祿，您能在桂英這兒飲天祿，就是明年春天考試登第的好兆頭。」她又對別人說：「這是個前途不可限量的人。」於是取下圍在脖子上的絲巾，又敬了王魁一杯酒，說：「早就聽說您的大名了，想請您作一首詩。」王魁作了一首詩，寫道：「謝氏筵中聞雅唱，何人戛玉在簾幃？一聲透過秋空碧，幾片行雲不敢飛。」桂英再三拜謝。喝過酒後，桂英獨獨留下王魁和她同宿。半夜王魁問她：「姑娘姓什麼？容貌這麼美麗，怎麼會淪落娼家？」桂英說：「我姓王，世代本是清白人家。」又對王魁說：「你自己一人，又沒有什麼錢，不想繼續再遊蕩下去。現在你只管每天勤奮讀書，至於生活費用、一年四季的服裝，我替你準備。」從此王魁就在桂英的家裡吃住。

踰年，有詔求賢，魁乃求入京之費。桂曰：「妾家所有，不下數百千，君持半為西遊之用。」魁乃長吁曰：「我客寓此踰歲，感君衣食之用，今又以金帛佐我西行之費。我不貴則已，若貴，誓不負汝。」魁將告行，桂曰：「州北有望海神廟，我與君對神痛誓，各表至誠而別。」魁忻然諾之。乃共至祠下，魁先盟曰：「某與桂英，情好相得，誓不相負。若生離異，神當殛之。神若不誅，非靈神也，乃愚鬼耳。」桂大喜曰：「君之心可見矣。」又對神解髮，以綵絲合為雙髻。復用小刀，各刺臂出血盈盃，以祭神之餘酒和之而交飲。至暮，連騎而歸。翌日魁行，桂為祖席郊外，仍贈以詩云：「靈沼❶文禽皆有匹，仙園美木盡交枝。無情微物猶如此，因甚風流言別離？」魁覽之，愕然。桂曰：「以君才學，當首出群公，但患不得與君偕老。」魁驚曰：「何言之薄也？盟誓明如皎日，心誠固若精金，雖死亦相從於地下。」桂語魁曰：「妾未遇君前，一夕得夢。夢有人跨一龍，纔高數丈。仰望跨龍者狀貌甚大，跨龍者執一鞭，鞭絲拂地，傍觀者皆曰：『此神仙人也。』少頃，龍驤首欲上，我即執其鞭絲，陞未數丈，鞭絲中斷，而我墮地，仰望龍已不見，而微見其尾。忽然雷雨大作，望見一處有林木，欲休於其下。至則有一人亦欲避雨，顧其木曰：『此白楊木，不可止。』其人遂去。妾則竟避其下，雨勢甚急，而妾獨不濡。不久睡覺，竟思恐非吉兆也。洎此日見君狀貌，乃夢中跨龍者也。乃自解曰：鞭斷而我墜，君當升騰而去，妾不得同處矣。妾不識白楊木何物也，常詢人，皆曰人塋墓間多有此木。吁！妾不久其死乎！雨澤潤萬物，而我不濕。是知非善夢也。」魁曰：「夢何足遽信！但無慮，非久復相會。」於是執手大慟。移刻魁上馬，桂祝之：「得失早還，無負約也。」

【章　旨】此段講述王魁要求桂英資助其進京趕考，臨行前兩人歃血為盟，王魁表示此生絕不負桂英。

【注　釋】❶靈沼　周文王開鑿的人工湖。此泛指池沼。

【語 譯】過了一年，皇帝下詔尋求賢能之人，王魁就拜託桂英幫他籌措進京的費用。桂英說：「我家所有財產，總共有幾十萬錢，你拿一半作為進京的費用。」王魁聽了，長嘆說：「我借住在這裡一年多，你供給我日常生活已經很讓我感激了，現在你又提供金錢幫助我進京。我不富貴就罷了，如果能有出頭之日，發誓一定不虧待你。」王魁要出發了，桂英對他說：「州城北邊有一座望海神廟，我和你去神的面前滴血發誓，表明自己的至誠之心，然後你再出發。」王魁欣然同意。兩人一起來到望海神廟。王魁先發誓說：「我王魁與桂英，情投意合，發誓絕不辜負她的心意。如果日後我有二心，神靈就會殺了我。神如果不來處罰我，就不是有靈驗的神，而是一個愚鬼。」桂英聽了，十分高興，說：「我看到你的真心了。」兩人又對著望海神把頭髮綁在一起，用彩色的線束成雙髻，再用小刀把手臂割破，流滿一杯血，跟祭神剩下的酒摻和在一起，交杯而飲。一直到傍晚，兩人才回去。次日王魁動身，桂英又在郊外為他送行，再次寫詩送給王魁。詩裡說：「靈沼文禽皆有匹，仙園美木盡交枝。無情微物猶如此，因甚風流言別離？」王魁讀了詩，很驚訝。桂英說：「以你的才學去應考，一定會超越別人。我只擔心沒有辦法跟你白頭偕老。」王魁驚訝地說：「你怎麼說得這麼薄情？我們的盟誓像太陽那樣明白，彼此的心意像金石那樣穩固，哪怕是死了，也會在地府相伴。」桂英對王魁說：「妾婦尚未遇見您之前，曾經做過一個夢。夢見有人騎著一條龍，約在數丈高的空中。我仰視那騎龍的男子，只見他甚是魁偉，手上還拿著一根鞭子，鞭繩一直垂到了地上。周圍旁觀的人都說：『這人就是神仙。』不多久，那龍昂首欲飛，我趕緊抓住鞭繩，升空數丈之後，鞭繩便斷了，我墜落在地上，仰望天空，龍已不見，只能依稀見到龍尾。忽然雷雨大作，我見到一片樹林，便想到樹下躲雨。結果到了那兒才發現有一個人也想在那裡避雨，他看著那樹木道：『這是白楊樹，不能在此停留。』那人隨後便離去了，我則留下避雨。雨勢很急，但我身上完全不溼。不久夢醒，琢磨之後覺得這不是什麼好兆頭。到了今天，我忽然發現你的相貌，就是夢中騎龍的那個人。我於是自己解夢：鞭斷我墜，您則是飛黃騰達，我不能和您在一起了。我不知道白楊樹是什麼樣子，曾經問過別人，他們都說墓地裡這種樹很多。唉！我該不會很快就要死了吧！雨水潤澤萬物，而唯有我不被淋溼。所是我猜這不是一個好夢。」王魁說：「夢怎麼能當真呢！你只管放寬心，我不久便會與你相會。」桂英聽到這話，拉著王魁的手又是一陣傷心。過了一陣子，王魁上馬啟程，桂英說：「無論你考試成功與否，只盼你早日回來，不要背叛我們的盟約。」

魁遂行，抵京師就試，果頂高薦。乃遣介❶歸報書，後有一詩，詩曰：「琢月磨雲輸我輩，攀花折柳是男兒。來春我若功成去，好養鴛鴦作一池。」桂得詩，大喜，乃答書賀之。魁既試南宮❷，復若上遊，及宸廷唱第，為天下第一。魁乃私念曰：「吾科名若此，即登顯要，今被一娼玷辱，況家有嚴君，必不能容。」遂背其盟。自過省御試後，即絕書報。桂採聞魁擢第為龍首，大喜，乃遣人馳書賀之，兼有詩曰：「人來報喜敲門速，賤妾初聞喜可知。天馬果然先驟躍，神龍不肯後蛟螭。海中空卻雲鼇窟，月裡都無丹桂枝。漢殿獨成司馬賦❸，晉庭惟許宋君❹詩。身登龍首雲雷疾，名落人間霹靂馳。一榜神仙隨馭出，九衢卿相盡行遲。煙霄路穩休回首，舜禹朝清正得時。夫貴婦榮千古事，與君才貌各相宜。」復書一絕，再寄良人，因以戲之。詩曰：「上都梳洗逐時宜，料得良人見即思。早晚歸來幽閣內，須教張敞畫新眉❺。」魁得書，閱畢，涕下交頤，曰：「吾與桂英，事不諧矣。」乃竟無答書。

【章旨】此段講述王魁登第之後擔心桂英的青樓出身會玷汙自己的名聲，決定另娶高門。

【注釋】❶介　原意為傳賓主之言的人，這裡指傳信之人。古時主有儐相迎賓，賓有隨從通傳叫介。❷南宮　即尚書省（南省）。唐代科考制度規定，舉子首先必須通過州縣及中央官學的預試，然後參加尚書省的省試。最後，進士要經過皇帝的殿試確定名次，這就是下文所說的「宸廷唱第」。❸司馬賦　漢代著名辭賦家司馬相如所作的賦，為當時皇帝所激賞。❹宋君　指東晉人宋纖。曾注《論語》，作詩頌數萬言。❺須教張敞畫新眉　借喻夫妻情深。據《漢書·張敞傳》記載，京兆尹張敞和妻子情深，妻子化妝時，他常為妻子把筆畫眉。

【語譯】王魁出發了，到了京師參加考試，果然高中。他趕緊派了個僕人送信給桂英，信後附詩一首，寫道：「琢月磨雲輸我輩，攀花折柳是男兒。來春我若功成去，好養鴛鴦作一池。」桂英讀到詩，高興極了，就寫了封回信表示祝賀。王魁接著參加了禮部的考試，又得了好成績。在皇帝親自主持的殿試上，王魁被欽點為狀元。這時王魁心裡暗想：「我得到這麼高的功名，馬上就會被封顯要的官位，現在卻被一個娼妓毀壞了名聲，況且家裡還有嚴厲的父親，肯定沒有辦法接受。」於是背棄了當初和桂英的盟約。自從通過了省試和殿試以後，就斷絕了與桂英的音訊。桂英打聽到王魁考試得了狀元，十分欣喜，就派人快馬加鞭送信去慶賀，還寫了首詩：「人來報喜敲門速，賤妾初聞喜可知。天馬果然先驟躍，神龍不肯後蛟螭。海中空卻雲鼇窟，月裡都無丹桂枝。漢殿獨成司馬賦，晉庭惟許宋君詩。身登龍首雲雷疾，名落人間霹靂馳。一榜神仙隨馭出，九衢卿相盡行遲。煙霄路穩休回首，舜禹朝清正得時。夫貴婦榮千古事，與君才貌各相宜。」又寫了一首絕句，再寄給他，和他開玩笑。詩上說：「上都梳洗逐時宜，料得良人見即思。早晚歸來幽閣內，須教張敞畫新眉。」王魁收到信，看完後，淚流滿面，說：「我和桂英的事，不可能成功了。」竟然一直沒有寫回信。

桂亦不知其中變，惟閉門以俟。及聞瓊林宴❶罷，乃復附書，又有一絕。詩曰：「上國笙歌錦繡鄉，仙郎得意正疏狂。誰知憔悴幽閨客，日覺春衣帶繫長。」魁得書涕泣，隱忍未決。會其父已約崔家女，與之作親，魁不敢拒。遂授徐州簽判❷。乃歸江左❸覲父，回即赴任。桂聞魁授徐簽，又赴上了，喜曰：「徐去此不遠，必使人迎我。」乃作衣一襲，為書遣僕往徐。魁方坐廳決事，人吏環擁。閽吏❹引僕見魁，魁因問之：「僕自何處來？」僕以桂英之言對之。魁當大怒，欲撻其僕。書遂擲地，並不受，遣僕還之。桂英喜迎之問，聞及此語，乃仆地大哭。久之，謂侍兒曰：「今王魁負我盟誓，必殺之而後已。然我婦人，吾當以死報之。」遂同侍兒乃往海神祠中，語其神曰：「我初來，與王魁結誓於此，魁今辜恩負約，神豈不知？既有靈通，神當與英決斷此事，吾即自殺以助神。」乃歸家，取一剃刀，將喉一揮，就死於地。侍兒救之不及。

【章　旨】此段講述王魁赴任之後徹底與桂英決裂，桂英決定以死相拼。

【注　釋】❶瓊林宴　皇帝賜給新科進士的宴會。宋代在汴京城西的瓊林苑舉行，所以稱「瓊林宴」。❷簽判　「簽書判官廳公事」的簡稱。古代職官，宋以前實際上應稱「判官」。隋代在使府設判官。唐代特派擔任臨時職務的大臣皆得自選中級官員，奏請充任判官，以資佐理，掌文書事務。中期以後，節度使、觀察使、防禦使、團練使等均設有判官，由本使選充，以備差遣。其權極重，幾乎等於副使。宋代沿置於各州、府，選派京官充任；各路安撫、轉運和中央的三司、群牧等亦設判官，職位略低於副使。❸江左　即江東。古時在地理上以東為左，指長江下游南岸地區。❹閽吏　守門人。

【語　譯】桂英也不知道事情已經起了變化，仍是每天閉門等待。等到聽說瓊林宴也舉行過了，就又寫了一封信和一首絕句。詩是這樣寫的：「上國笙歌錦繡鄉，仙郎得意正疏狂。誰知憔悴幽閨客，日覺春衣帶系長。」王魁收到信又流了一些眼淚，遲疑著沒有做分手的最後決定。但是他父親已經向崔家說親，要娶崔家的女兒，王魁不敢拒絕。這時，王魁被任命徐州簽判，他回江南探望父親，然後就去徐州赴任。桂英聽說王魁被任命為徐州簽書判官，已經去上任，高興地說：「徐州離這兒不遠，一定會派人來接我。」就做了一件衣服，還寫了一封信派僕人送到徐州。僕人抵達時，王魁剛巧在官府裡辦理公務，身邊還有很多大小官吏。守門的帶那個僕人來見王魁，王魁問僕人：「是誰叫你來的？」僕人回答說是桂英派來的，並告訴他桂英的話。王魁非常生氣，就要鞭打他。隨後王魁把信扔到地上，衣服根本不收，並把那僕人趕了回去。桂英見僕人回來了，高興地詢問情況，聽到僕人的陳述後，她氣得倒地大哭。桂英哭了很久，然後對侍女說：「現在王魁背叛了我們的盟誓，我一定要殺了他才解心頭之恨。但我只是一個弱女子，我要用死來報復他。」她帶著侍女來到海神祠裡，對海神說：「我第一次來時，曾經和王魁在這裡發誓立盟，現在王魁辜負我，背叛我們的盟約，神難道不知道？您如果有靈驗，就應該為我懲罰負心人，我馬上自殺來幫助您。」桂英於是回家，拿起一把剃刀，往喉頭一抹，立刻倒地而死。侍女急忙要救，但已經來不及了。

桂英既死，數日後，忽於屏間露半身，謂侍兒曰：「我今得報魁之怨恨矣！今已得神以兵助我，我今告汝而去。」侍兒見桂英跨一大馬，手持一劍，執兵者數十人，隱隱望西而去。遂至魁所，家人見桂英仗劍，滿身鮮血，自空而墜，左右四走。桂曰：「我與汝輩無冤，要得無義漢負心王魁爾！」或告之曰：「魁見在南京為試官❶。」桂忽不見。魁正在試院中，夜深，方閱試卷，忽有人自空而來。乃見桂英披髮仗劍，指罵：「王魁負義漢！我上窮碧落下黃泉❷，尋汝不見，汝卻在此！」魁曰：「汝固無恙乎？」桂曰：「君輕恩薄義，負誓渝盟，使我至此！」語言分辨，魁知理屈，乃嘆之曰：「吾之罪也！我今為汝請僧，課經薦拔❸，多化紙錢，捨我可乎？」桂曰：「我只要汝命，何用佛書紙錢！」左右皆聞之與桂言語，但不見桂之形。於是魁若發強悸，乃以剪刀自刺，左右救之，不甚傷也。留守乃差人送魁還徐。魁復以刀自刺，母救之，曰：「汝何悖亂如此？」魁曰：「日與冤會，逼迫以死。」決無生意。

徐有道士馬守素者，設醮❹則有夢應，母乃召之使醮。母果夢見兒。守素夜至一官府，魁與一婦人以髮相繫而立。有人戒曰：「汝知則勿復醮。」守素告其魁母曰：「魁不可救。」舉家大慟哭。後數日，果自刺死。

【章　旨】此段講述桂英死後，魂魄緊追王魁，向其索命。最終，王魁自殺身亡。

【注　釋】❶試官　司掌科考的官員。❷上窮碧落下黃泉　泛指宇宙的各個角落。碧落，天上；天界。黃泉，地下。❸課經薦拔　念經超度死者。❹醮　祈禱神靈的祭禮，後專指道士、和尚為禳除災禍所設的道場。

【語　譯】桂英已死，過了幾天以後，桂英忽然在屏風後露出半個身子，對侍女說：「我現在可以一解對王魁的怨恨了！神已經派兵幫助我，我現在與你告別，馬上就要去了。」侍女見桂英騎著一匹大馬，手裡握一把劍，有幾十個拿兵器的人跟著，一群人忽隱忽現地向西方奔去。桂英到了王魁住所，王魁家人見桂英手握寶劍，滿身鮮血從空中降落，嚇得四處奔逃。桂英說：「我跟你們沒有冤仇，只是要找負心人王魁！」有人告訴她說：「王魁正在南京當主考官。」桂英轉眼就不見了。王魁正在試院中深夜閱卷，忽然有人從天而降。只見桂英披著頭髮，手握寶劍，指著他罵道：「王魁你這沒良心的東西！我上天下地，到處找不到你，原來你在這裡！」王魁說：「你還好嗎？」桂英說：「你薄情寡義，背棄誓約，害我落到這個地步。」兩人一番理論，王魁自知理虧，嘆口氣說：「是我有罪！我現在為你請和尚念經，為你超度，再多燒點紙錢，放了我可以嗎？」桂英說：「我只要你的命，要佛經紙錢幹什麼！」王魁身邊的人只聽到他與桂英說話，卻看不見桂英。這時，王魁忽然精神失常，拿起剪刀就往自己身上刺，旁邊的人趕忙來救，傷得還不算重。南京那邊就派人送王魁回徐州。回到家，王魁又用刀刺自己，他母親及時阻止了他，對他說：「你怎麼反常到了如此地步？」王魁說：「我每天都與冤魂相會，她一定要把我逼死。」王魁打定了主意要尋死。徐州有個道士叫馬守素，只要設壇作法，就會做相關的夢。王魁母親就把他請來作法，果然夢見兒子。馬守素夜間來到一處官府，只見王魁和一個女子頭髮繫在一起站著。有人告誡他道：「你要是聰明的話就不要企圖作法救他了。」馬守素告訴王魁的母親說：「王魁已經沒救了。」全家聽了，一起痛哭。過了幾天，王魁果然自殺了。

【研　析】王魁的故事在宋代非常著名。所謂「魁」並不是真名，而是魁首（狀元）之意。《齊東野語》卷六「王魁傳」記載：「王魁名俊民，字康侯，萊州掖縣人，嘉祐中狀元。」另據《宋詩紀事》卷二二等有關數據記載：其父王弁，字子儀，以《詩經》學究登科，歷任鄆州司理、開封府判官、太湖縣令等職。俊民自幼好學，十七歲進入太學，嘉祐六年狀元及第。初授大理評事銜，就職徐州通判。次年抽調為應天府（治今河南商丘）府試發解官，突然身患狂疾，胡言亂語。嘉祐八年（西元一〇六三年）五月，因用藥不當，洞泄虛脫而卒，年僅二十七歲。

據考證，較早以筆記形式記載這個故事的是張師正的《括異志》卷三〈王廷評〉條。張師正，字不疑，宋仁宗時中進士甲科，曾任太常博士。神宗熙寧中（約西元一〇七三年前後）為辰州帥。此人跟王俊民大體同時。與此同時，王魁死後不久，就有人作〈王魁傳〉，以故事形式諷刺他負心棄妻。宋光宗朝，又有永嘉人作〈王魁歌〉，索性將他的醜事編成戲文，此後以這個故事為題材的戲繁衍不絕。南宋時有〈王魁三鄉題〉，元〈王俊民休書記〉，明〈桂英誣王魁〉等等，情節也漸趨完整。結局發展為桂英在海神廟上吊，死後又化為鬼魂索王魁之命，懲罰了這個負心賊。

「癡情女子負心漢」可謂中國古代通俗文學的一個重要的主題「類型」，而「王魁負桂英」的故事尤為著名。從此篇小說殘存部分來看，情節架構和文字描繪都不算特別出色，但女主人公的形象卻較為突出。桂英在復仇時表現出了相當罕見的徹底和勇悍：「魁正在試院中，夜深，方閱試卷，忽有人自空而來。乃見桂英披髮仗劍，指罵：『王魁負義漢！我上窮碧落下黃泉，尋汝不見，汝卻在此！』魁曰：『汝固無恙乎？』桂曰：『君輕恩薄義，負誓渝盟，使我至此！』語言分辨，魁知理屈，乃嘆之曰：『吾之罪也！我今為汝請僧，課經薦拔，多化紙錢，捨我可乎？』桂曰：『我只要汝命，何用佛書紙錢！』……後數日，果自刺死。」這樣淒厲的女鬼形象在唐宋傳奇中是極其少見的，即以本書所收宋傳奇而言，桂英、譚意哥（〈譚意哥傳〉）、王幼玉（〈王幼玉記〉）三人都是妓女，都曾遭到男子的拋棄，但她們所採取的行動和結局卻各不相同。王幼玉軟弱、癡情，最後鬱鬱而終；譚意哥雖然自尊自強但也缺乏鬥爭和進取的意識；桂英和她們都不同，她一遭拋棄，不惜壯烈自盡，並以命搏命，殺死了負心漢。這種不甘心受欺凌、被玩弄的烈性女子，在當時的文學形象中是非常罕見的，後來的李慧娘可以視為桂英這一形象的引申發揮。我想，王魁負桂英的故事之所以如此深入人心，和桂英強烈的個性及行為應該有緊密的聯繫。

據「王魁負桂英」這個故事改編的戲曲很多，宋元雜劇和南戲以〈王魁負桂英〉為名的就有好幾種，有名的傳奇〈焚香記〉以及現在仍在上演的多種地方戲曲，如〈情探〉等，也是據此改編的。

淮陰節婦傳

呂夏卿

【題解】本文出自《雞肋編》卷下，講述了一名「節婦」為夫復仇的故事。

【作者】呂夏卿，字縉叔，晉江（今福建泉州）人。宋仁宗慶曆二年（西元一〇四二年）進士，任高安尉、江寧尉。薦為編修唐書官，遷直祕閣，同知禮院。嘉祐八年（西元一〇六三年），充史館檢討。神宗熙寧初，遷兵部員外郎、知制誥。出知潁州，卒，年五十三。有文集五十卷，已佚。《宋史》有傳。

婦年少美色，事姑甚謹。夫為商，與里人共財出販，深相親好，至通家往來。

【章旨】此節介紹節婦的身世與為人。

【語譯】有名少婦年輕貌美，侍奉婆婆甚為恭敬周到。她的丈夫是名商人，和一個鄰居很要好，兩人不僅合夥做生意，還時常到對方家裡走動。

其里人悅婦之美，因同江行，會傍無人，即排其夫水中。夫指水泡曰：「他日此當為證！」既溺，里人大呼求救。得其尸，已死。即號慟，為之制服如兄弟，厚為棺斂，送終之禮甚備。錄其行橐❶，一毫不私；至所販貨得利，亦均分著籍❷。既歸，盡舉以付其母，為擇地卜葬。日至其家，奉其母如己親，若是者累年。婦以姑老，亦不忍去，皆感里人之恩，人亦喜其義也。

【章旨】此節講述鄰居為了霸占節婦，竟然謀殺其夫。

【注釋】❶行橐　行囊；行李。橐，口袋。❷著籍　登記在冊。

【語譯】那鄰居愛慕婦人之美色。一次，他和婦人的丈夫一起乘船外出做生意，乘周圍無人之機，那鄰居竟然將婦人的丈夫一把推入江中。婦人的丈夫落水之後指著江面上的水泡道：「今後這水泡會為我作證的！」等到男子溺水之後，鄰居才大聲呼救。有人下去將婦人的丈夫打撈起來，已經是死屍一具了。那鄰居號啕大哭，為他製喪服、做棺材，像兄弟一樣為其置辦送終所需物品。隨後，那鄰居又將男子的行李悉數收拾好，一絲一毫也沒有截留；做生意所獲利潤也詳細記錄下來，與之均分。回到鄉里，悉數交給男子的母親，還為男子選地下葬。此後那鄰居每天都到婦人家中探視，像對待自己母親那樣孝敬男子的母親，一直持續了好幾年。那婦人因為婆婆年事已高，不忍離開，非常感激鄰居的照顧之情，其他人也非常讚許這鄰居的情義。

姑以婦尚少，里人未娶，視之猶子，故以婦嫁之。夫婦尤歡睦，後有兒女數人。一日大雨，里人者獨坐檐下，視庭中積水竊笑。婦問其故，不肯告，愈疑之，叩之不已。里人以婦相歡，又有數子，待己必厚，故以誠語之曰：「吾以愛汝之故，害汝前夫。其死時指水泡為證，今見水泡，竟何能為？此其所以笑也。」婦亦笑而已。後伺里人之出，即訴於官。鞫❶實其罪，而行法焉。婦慟哭曰：「以吾之色而殺二夫，亦何以生為？」遂赴淮而死。

【章旨】此節講述節婦如何為亡夫復仇。

【注釋】❶鞫 審理案件。

【語譯】婦人的婆婆揣度兒媳年紀尚輕，而那鄰居又未娶親，便把他看作自己的兒子，把兒媳婦嫁給了他。婚後夫婦二人很是恩愛，生下數名兒女。一日，下起了大雨，男子獨自坐在屋簷下，看著院子裡的積水吃吃而笑。婦人感到非常奇怪，詢問個中緣由，男子不肯說，婦人起了疑心，再三追問。男子心想婦人和自己感情已深，又有了幾個孩子，不會不利於己，便把實話告訴了婦人：「我因為喜愛你，所以害死了你的前夫。他死之前說以水泡為證，現在我又看到水泡了，這水泡又能拿我怎麼樣呢？所以我笑了。」婦人當時一笑了之。隨後，乘男子外出之機，婦人向官府告發此事。官府審訊坐實其罪行後，將男子判處極刑。婦人知道之後痛哭道：「因為我的容貌而害得前後兩個丈夫橫死，我活著還有什麼意思？」隨即跳入淮河自盡身亡。

【研　析】〈淮陰節婦傳〉文章雖然短小，但宋代傳奇中卻相當有名氣。首先是因為故事的情節設置相當奇巧，以「水泡」為故事的重要線索和矛盾衝突發展與解決的轉捩點，可謂匠心獨運、自出機杼。除此之外，這篇短小的故事還蘊藏著兩個社會普遍存在的倫理觀念。

其一是「善惡報應」觀念，這是中國民間廣泛認同的倫理思想，簡單說就是「善有善報、惡有惡報」，天道懲惡揚善、報應不爽的觀念。善惡報應作為中國古代社會的一種較為普遍的民眾信仰由來已久。《尚書・伊訓》曰：「作善降之百祥，作不善降之百殃」；《易傳・文言》曰：「積善之家必有餘慶，積不善之家必有餘殃」；《國語・周語》謂：「天道賞善而罰淫」；《老子》則云：「天道無親，常與善人」。到東漢初年佛教西來，其因果輪迴報應的思想更是強化了中土早已存在的善惡報應的觀念。在現實生活中，如果法律無法倚仗，罪惡得不到及時有效的懲罰，「冤抑」得不到申訴，人們自然把希望寄託於超驗的天道、神靈之類，希望實施精神的懲罰，以此求得一種心理補償。這樣的思想在宋代以來的通俗文學中屢屢得見。本篇中，「里人」為了奪妻殺死同伴，神不知鬼不覺，假如不是他自承事實，誰也無法得知事情真相，可是他竟然就鬼使神差地將一切向妻子坦白了，最後被繩之以法。在這件事情中，沒有鬼神的參與、沒有「包公」之類的清官的干涉，罪惡卻得到了完美的懲罰，這就是「天道」的力量、「善惡報應」在冥冥中發生作用。

其次是「女禍」觀念。「里人」貪圖女主人公的美色，為了得到她不惜殺害無辜，這是在任何法律和道德系統中都不可寬恕的罪行，「淮陰節婦」為了給前夫伸冤報仇，將「里人」告發至官府，從法律道德角度看無懈可擊，以情理繩之，也完全可以理解。然而，節婦本人卻無法接受兩個男人因自己而死的現實，將「里人」因淫欲而引發的禍端歸咎於自己的美色，要以自己的生命為代價去替本不屬於自己的罪愆買單。這完全是封建傳統思想中的「女禍」觀念在作怪，視「紅顏」為「禍水」；把男子犯下的罪錯一股腦兒推給女人。所以，從這個意義上來說，〈淮陰節婦傳〉不僅是一篇很有趣味的小說，也是一件內涵相當豐富的意識形態範本。

王幼玉記

柳師尹

【題解】原載《青瑣高議》前集卷一〇，講述了青樓女子王幼玉與士子柳富相愛卻沒有辦法結合，最後抑鬱而死的故事。

【作者】《青瑣高議》此文題作「淇上柳師尹撰」，《青泥蓮花記》、《綠窗女史》則作「淇上李師尹」，據考李師尹為南宋人，其作品不可能收入北宋傳奇集《青瑣高議》。因此，本文作者應為柳師尹。柳師尹，淇上（今河南淇縣一帶）人，大約生活在北宋中期，生平不詳。

王生，名真姬，小字幼玉，一字仙才。本京師人，隨父流落於湖外❶。與衡州❷女弟女兄三人皆為名娼，而其顏色歌舞，角於倫輩之上，群妓亦不敢與之爭高下。幼玉更出於二人之上，所與往還，皆衣冠士大夫。捨此，雖巨商富賈，不能動其意。夏公酉夏賢良名噩，字公酉。遊衡陽❸，郡侯開宴召之。公酉曰：「聞衡陽有歌妓名王幼玉，妙歌舞，美顏色，孰是也？」郡侯❹張郎中公紀乃命幼玉出拜。公酉見之，嗟吁曰：「使汝居東西二京，未必在名妓之下。今居於此，其名不得聞於天下。」顧左右取箋，為詩贈幼玉。其詩曰：「真宰❺無私心，萬物逞殊形。嗟爾蘭蕙質，遠離幽谷青。清風暗助秀，雨露濡其泠。一朝居上苑❻，桃李讓芳馨。」

【章　旨】此段講述湖南衡陽有位名妓王幼玉，容顏美豔、色藝雙全。

【注　釋】❶湖外　指洞庭湖以南地區。❷衡州　地名。包括湖南南部一帶，治所在今衡陽。❸衡陽　地名。即今湖南衡陽。❹郡侯　指一郡之長。❺真宰　上帝；造物主。❻上苑　皇家園林。

【語　譯】有一個姓王的女子，名字叫真姬，小名叫幼玉，又叫仙才。本是京城人士，跟隨父親流落到湖南。她與衡州的兩姐妹都是有名的妓女，容貌或是歌舞才藝，在這一行中首屈一指，其他妓女都不敢跟她們比。王幼玉比她的姐妹更出色，與她來往的人，都是紳士官僚。除了這些人，就算是家財萬貫的商人，也沒有辦法讓她動心。有一位名士夏公酉夏乃賢良方正科的進士，名噩，字公酉。到衡陽遊玩，衡陽知州舉辦宴會邀請他參加。席間夏公酉問道：「聽說衡陽有個歌妓叫王幼玉，歌舞曼妙，容貌美豔，不知是哪一位？」知州張公紀郎中就叫王幼玉出來行禮拜見。公酉見了，感嘆地說：「你要是住在東京汴梁，或是西京洛陽，未必會輸給那些名妓。如今住在這裡，就很難名聞天下了。」隨後他讓隨從拿來箋紙，寫了一首詩送給王幼玉：「真宰無私心，萬物逞殊形。嗟爾蘭蕙質，遠離幽谷青。清風暗助秀，雨露濡其泠。一朝居上苑，桃李讓芳馨。」

由是益有光。但幼玉暇日常幽豔愁寂，寒芳未吐。人或詢之，則曰：「此道非吾志也。」又詢其故，曰：「今之或工或商，或農或賈，或道或僧，皆足以自養。惟我儔塗脂抹粉，巧言令色，以取其財，我思之愧赧無限。逼於父母姊弟，莫得脫此。倘從良人，留事舅姑❶，主祭祀，俾人回指曰：『彼人婦也。』死有埋骨之地。」會東都❷人柳富，字潤卿，豪俊之士。幼玉一見曰：「茲吾夫也。」富亦有意室之。富方倦遊，凡於風前月下，執手戀戀，兩不相捨。既久，其妹竊知之。一日，詬富以語曰：「子若復為嚮時事，吾不捨子，即訟子於官府。」富從是不復往。

【章　旨】此段講述與汴梁人柳富相識相戀，但卻遭到女方家人的反對，柳富不得不與王幼玉分手。

【注釋】❶舅姑　指公婆。❷東都　本文應是指宋代京城汴梁。唐代指洛陽，五代以後也把汴梁稱為東都、東京。

【語譯】王幼玉從此更加有名了。但她在空閒時卻常常顯現出幽怨的樣子，滿臉愁容，沉默不語。有人問她，她說：「做這一行不是我的本意。」再問她為什麼，她說：「當今人們不管是做工或從商，是務農或者做小生意，甚至做道士、和尚，都足以謀生。只有我們這些人成天塗脂抹粉、花言巧語、強顏歡笑，以獲取他人錢財，我想起來就覺得非常羞愧。只是受到父母姐弟的逼迫，沒法脫身。若能嫁個好人，侍奉公婆、主持家政，讓人知道說：『那是某人的妻子。』就是死了，也有塊葬身之地。」有個汴梁人叫做柳富，字潤卿，是個豪氣俊秀、人才出眾的青年。王幼玉一見之下，就感嘆道：「他就是我想要的夫婿啊。」柳富也有心想娶她為妻。兩人花前月下，常常攜手同遊，戀戀不捨。時間一久，此事被王幼玉的妹妹知道了。有一天，她妹妹就罵柳富說：「你如果再一天到晚上門來，我就不放過你，馬上到官府去告你。」柳富因此就不再去找王幼玉了。

一日，遇幼玉於江上。幼玉泣曰：「過非我造也，君宜以理推之。異時幸有終身之約，無為今日之恨。」相與飲於江上。幼玉云：「吾之骨，異日當附子之先隴❶。」又謂富曰：「我平生所知，離而復合者甚眾。雖言愛勤勤，不過取其財帛，未嘗以身許之也。我髮委地，寶之若金玉，他人無敢窺覘，於子無所惜。」乃自解鬟❷，剪一縷以遺富。富感悅深至，去，又羈思不得會為恨，因而伏枕❸。幼玉日夜懷思，遣人侍病。既愈，富為長歌贈之云：「紫府❹樓閣高相倚，金碧戶牖紅暉起。其間燕息皆仙子，絕世妖姿妙難比。偶然思念起塵心，幾年謫向衡陽市。阿嬌飛下九天來，長在娼家偶然耳。天姿才色擬絕倫，壓倒花衢眾羅綺。紺髮濃堆巫峽雲，翠眸橫剪秋江水。素手纖長細細圓，春筍脫向青雲裡。紋履鮮花窄窄弓❺，鳳頭翹❻起紅裙底。有時笑倚小欄杆，桃花無言亂紅委。王孫逆目似勞魂，東鄰❼一見還羞死。自此城中豪富兒，呼僮控馬相追隨。千金買得歌一曲，暮雨朝雲鎮相續。皇都年少是柳君，體段風流萬事足。幼玉一見苦留心，殷勤厚遣行人❽祝。青羽飛來洞戶前，惟郎苦恨多拘束。偷身不使父母知，江亭暗共才郎宿。猶恐恩情未甚堅，解開鬟髻對郎前。一縷雲隨金剪斷，兩心濃更密如綿。自古美事多磨隔，無時兩意空懸懸。清宵長嘆明月下，花時灑淚東風前。怨入朱絃危更斷，淚如珠顆自相連。危樓獨倚無人會，新書寫恨託誰傳？奈何幼玉家有母，知此端倪蓄嗔怒。千金買醉囑傭人，密約幽歡鎮相誤。將刃欲加連理枝，引弓欲彈鶼鶼❾羽。仙山只在海中心，風逆波緊無船渡。桃源去路隔煙霞，咫尺塵埃無覓處。郎心玉意共殷勤，同指松筠情愈固。願郎誓死莫改移，人事有時自相遇。他日得郎歸來時，攜手同上煙霞路。」

【章　旨】此段講述王幼玉與柳富再度相逢之後重修舊好。

【注　釋】❶先隴　也寫作「先壟」。即祖先的墳墓。❷鬟　古代婦女梳成環形的髮捲。❸伏枕　臥病在床。❹紫府　仙人居住的地方。❺窄窄弓　窄小的弓形的鞋。❻鳳頭翅　一種女鞋，上有狀如鳥翅的裝飾物。❼東鄰　戰國時楚國辭賦家宋玉所作〈登徒子好色賦〉中有「東家之子」非常美貌，後人常用「東鄰」表示美女。❽行人　春秋戰國時期的外交使節，本文中指使者。❾鶼鶼　傳說中的比翼鳥。

【語　譯】有一天，柳富在江上遇見王幼玉。王幼玉哭著說：「這不是我的錯，您可以用常理來推斷的。但願將來能託付終身，不要再有今天的遺憾。」兩人一起在江上飲酒。王幼玉說：「我的遺骨，將來要埋在你家的祖墳裡。」又對柳富說：「我認識的人，有很多分離後又會見面。我雖然嘴裡甜言蜜語，說些相愛的話，也只是為了想得到他的錢財，從來沒有以身相許。我的頭髮留得很長，都垂到地了，我珍惜它像寶物一樣，從來沒有一個人能得到它，但對你我絕對不會吝嗇。」

說著就自己解開髮鬢，剪下一縷頭髮送給柳富。柳富感動得不得了，兩人分別以後，柳富心裡又老是掛念著王幼玉，怕今後很難再見一面，因此生起病來。王幼玉聽說後，派人去服侍他養病。柳富痊癒了，就寫了一首長詩送給幼玉：「紫府樓閣高相倚，金碧戶牖紅暉起。其間𤋮息皆仙子，絕世妖姿妙難比。偶然思念起塵心，幾年謫向衡陽市。阿嬌飛下九天來，長在娼家偶然耳。天姿才色擬絕倫，壓倒花衢眾羅綺。紺髮濃堆巫峽雲，翠眸橫剪秋江水。素手纖長細細圓，春筍脫向青雲裡。紋履鮮花窄窄弓，鳳頭翅起紅裙底。有時笑倚小欄杆，桃花無言亂紅委。王孫逆目似勞魂，東鄰一見還羞死。自此城中豪富兒，呼僮控馬相追隨。千金買得歌一曲，暮雨朝雲鎮相續。皇都年少是柳君，體段風流萬事足。幼玉一見苦留心，殷勤厚遣行人祝。青羽飛來洞戶前，惟郎苦恨多拘束。偷身不使父母知，江亭暗共才郎宿。猶恐恩情未甚堅，解開鬢髻對郎前。一縷雲隨金剪斷，兩心濃更密如綿。自古美事多磨隔，無時兩意空懸懸。清宵長嘆明月下，花時灑淚東風前。怨入朱絃危更斷，淚如珠顆自相連。危樓獨倚無人會，新書寫恨託誰傳？奈何幼玉家有母，知此端倪蓄嗔怒。千金買醉囑傭人，密約幽歡鎮相誤。將刃欲加連理枝，引弓欲彈鶼鶼羽。仙山只在海中心，風逆波緊無船渡。桃源去路隔煙霞，咫尺塵埃無覓處。郎心玉意共殷勤，同指松筠情愈固。願郎誓死莫改移，人事有時自相遇。他日得郎歸來時，攜手同上煙霞路。」

富因久遊，親促其歸。幼玉潛往別，共飲野店中。玉曰：「子有清才，我有麗質，才色相得，誓不相捨，自然之理。我之心，子之意，質諸神明，結之松筠❶久矣。子必異日有瀟湘❷之遊，我亦待君之來。」於是二人共盟，焚香致其灰於酒中，共飲之。是夕同宿江上。翌日，富作詞別幼玉，名〈醉高樓〉。詞曰：「人間最苦，最苦是分離。伊愛我，我憐伊。青草岸頭人獨立，畫船東去櫓聲遲。楚天低，回望處，兩依依。後會也知俱有願，未知何日是佳期。心下事，亂如絲。好天良夜還虛過，辜負我，兩心知。願伊家，衷腸在，一雙飛。」富唱其曲以佐酒，音調辭意悲惋，不能終曲。乃罷酒，相與大慟。富乃登舟。

【章旨】此段講述柳富將要返鄉，臨行前他與王幼玉在神前共誓永不分離。

【注釋】❶松筠　松樹和竹子，都是經冬不凋的植物。❷瀟湘　原指湘江，後泛指湖南地區。

【語譯】柳富因為在外面遊歷已經很久，家裡人催促他回家。王幼玉偷偷去跟他告別，兩個人在鄉村的小店中飲酒話別。幼玉說：「你有才氣，我有美貌，才貌結合，永遠不分離，這是很自然的道理。我的心和你的意，早就相互連結，像松樹竹子不會凋謝一般的堅貞，並在神明前發誓。你將來一定要再來湖南，我會等著你的到來。」兩人焚香向天發誓，把香灰放在酒裡，一起喝下。那天晚上，兩人一起過夜。第二天，柳富作詞給王幼玉，詞牌名是〈醉高樓〉。裡面寫道：「人間最苦，最苦是分離。伊愛我，我憐伊。青草岸頭人獨立，畫船東去櫓聲遲。楚天低，回望處，兩依依。後會也知俱有願，未知何日是佳期。心下事，亂如絲。好天良夜還虛過，辜負我，兩心知。願伊家，衷腸在，一雙飛。」柳富邊唱著這支曲子邊喝酒，聲調和辭意都很悲傷，還沒唱完，就唱不下去了。於是兩人放下酒杯，相對大哭。柳富便登船走了。

富至輦下[1]，以親年老，家又多故，不得如其約，但對鏡灑涕。會有客自衡陽來，出幼玉書，但言幼玉近多病臥。富遽開其書疾讀，尾有二句云：「春蠶到死絲方盡，蠟燭成灰淚始乾。」富大傷感，遺書以見其意，云：「憶昔瀟湘之逢，令人愴然。嘗欲拏舟，泛江一往，復其前盟，敘其舊契，以副子念切之心，適我生平之樂。奈因親老族重，心為事奪，傾風結想，徒自蕭然。風月佳時，文酒勝處，他人怡怡，我獨惚惚，如有所失。或憑酒自釋，酒醒情思愈傍徨，幾無生理。古之兩有情者，或一如意，一不如意，則求合也易。今子與吾兩不如意，則求偶也難。君更待焉，事不易知，當如所願。不然，天理人事果不諧，則天外神姬，海中仙客，猶能相遇，吾二人獨不得遂，豈非命也！子宜勉強飲食，無使真元耗散。自殘其體，則子不吾見，吾何望焉！接子書尾有二句，吾為子終其篇云：『臨流對月暗悲酸，瘦立東風自怯寒。湘水佳人方告疾，帝都才子亦非安。春蠶到死絲方盡，蠟燭成灰淚始乾。萬里雲山無路去，虛勞魂夢過湘灘。』」

【章旨】此段講述柳富回鄉後因為家事原因無法與王幼玉相會，王幼玉為此臥病在床。

【注釋】❶輦下　輦轂之下，即皇帝車輿之下，代指京城。

【語譯】柳富回到京都，因為父母年紀大了，家裡常有事情，無法依照約定去與幼玉相會，只有私下對著鏡子流淚。正好有人從衡陽來，帶來王幼玉的信件，並告訴柳富說幼玉近來臥病在床。柳富迫不及待地打開信讀起來，信的末尾兩句是：「春蠶到死絲方盡，蠟燭成灰淚始乾。」柳富心裡非常傷感，就寫了一封信表示自己的心願，信中寫道：「回憶過去的湖南之會，讓人心中黯然神傷。我多麼想駕一葉扁舟，順江而下前去見你，實現我們以前的盟約，訴說我們的舊情，滿足你的思念之情，也了卻我最大的心願。無奈雙親年老，家中事情又多，一切都只能是空想而已。每當清風明月，朋友們詩酒相會之時，別人都非常快樂，只有我恍恍惚惚，若有所失。只好借酒澆愁，但是酒醒之後，更是神思恍惚，幾乎活不下去。古代兩個有情的人，有時一個如意，一個不如意，那麼最後結合還算是容易的。現在你和我兩人都不如意，那麼要想結合就很難了。請你再等待一段日子，世事再難預料，也該有天如人願的時候。萬一不是這樣，天理和人間的事真的互相衝突，那麼天上的神女與海中的仙人都能相遇，唯獨我們兩人心願無法實現，也只能說是命吧。你要多多注意飲食，不要讓精神耗散，傷害自己的身體，否則你就再也看不到我了，我還有什麼指望呢？你的信最後有兩句詩，我為你續成一篇：『臨流對月暗悲酸，瘦立東風自怯寒。湘水佳人方告疾，帝都才子亦非安。春蠶到死絲方盡，蠟燭成灰淚始乾。萬里雲山無路去，虛勞魂夢過湘灘。』」

一日，殘陽沉西，疏簾不捲。富獨立庭幃，見有半面出於屏間，富視之，乃幼玉也。玉曰：「吾以思君得疾，今已化去，欲得一見，故有是行。我以平生無惡，不陷幽獄，後日當生兗州❶西門張遂家，復為女子。彼家賣餅。君子不忘昔日之舊，可過見我焉。我雖不省前世事，然君之情當如是。我有遺物在侍兒處，君求之以為驗。千萬珍重！」忽不見。富驚愕，但終嘆惋。異日有過客自衡陽來，言幼玉已死。聞未死前囑侍兒曰：「我不得見郎，死為恨。郎平日愛我手髮眉眼，他皆不可寄附，吾今剪髮一縷、手指甲數箇，郎來訪我，子與之。」後數日，幼玉果死。

【章旨】此段講述王幼玉因為不能見到愛人，心中抑鬱寡歡，竟至病故。

【注釋】❶兗州　地名。原為古九州島之一，後為州郡名，轄區為今山東一帶。

【語譯】後來有一天，傍晚太陽快下山的時分，門前掛著的簾子沒有捲。柳富獨自站在客廳，這時從屏風後探出半張臉來，柳富一看，正是幼玉。幼玉說：「我因為想念你臥病在床，現在已經死了，想再見你一面，所以才到這裡來。我因為平生沒做壞事，所以沒有被幽禁到地獄裡去，以後要投生到兗州西門張遂家，還是做女人。張家是賣餅的。你如果沒有忘記過去的情分，可以到兗州看我。雖然那時我已不記得前世的事，但你的情意應該要做到這樣。我有遺物放在丫頭那裡，你可以去要來作為驗證。你千萬多保重！」說完就不見了。柳富非常驚訝，但也只能慨嘆惋惜而已。沒過多久有人從衡陽來，說王幼玉已經死了。聽說臨死前囑咐丫頭說：「我沒見到郎君，死也不瞑目。柳郎平時喜愛我的手指、頭髮及眉眼，別的都沒有辦法寄去，現在我剪下一縷頭髮和幾個手指甲，柳郎來找我的時候，再交給他。」幾天後，王幼玉果然病故。

議曰：今之娼，去就徇利，其他不能動其心。求瀟女、霍生事❶，未嘗聞也。今幼玉之愛柳郎，一何厚耶！有情者觀之，莫不愴然。善諧音律者，廣以為曲，俾行於世，使係於牙齒間，則幼玉雖死不死也。吾故敘述之。

【章　旨】此段是作者對王幼玉真情的讚譽。

【注　釋】❶瀟女霍生事　瀟女，可能指唐范攄《雲溪友議》中〈玉簫化〉之玉簫。據載：宰相韋皋年輕時與婢女玉簫相戀，離別後玉簫絕食而死。死後託生歌姬，仍名玉簫，成為韋皋侍妾。霍生，指霍小玉，本為妓女，與李益相戀，被拋棄後鬱鬱而亡。事見唐蔣防〈霍小玉傳〉。

【語　譯】評論曰：現在的娼妓，一舉一動都為追求金錢，別的東西都打動不了她。像瀟女、霍生那樣的事，從來沒聽說過。這個王幼玉愛柳郎，是多麼深切啊！有情的人看了，沒有不悲傷的。會作曲的人把這個故事譜成曲子，使它在人間傳誦，讓它在人們口頭傳唱，那麼王幼玉即使死了也好像還活著。所以我記敘了上面這段故事。

【研　析】王幼玉是一個名妓，交接周旋的都是高官名流，但王幼玉並不滿足這種生活，寧願做一個普通人的妻子，這不僅僅是要找一個歸宿，而且也是追求做人的尊嚴。但在當時的社會裡，這種要求往往只能以悲劇告終。這個故事的框架事實上在唐傳奇〈霍小玉傳〉中已經具備了。〈王幼玉記〉將悲劇的原因由男主人公的負心改為家庭的限制，這對於當時的婚姻制度和娼妓習俗有較強的批判意義。本篇傳奇多處用詩詞串連情節，柳富所作〈醉高樓〉詞還是獨創的曲調，詞譜也引以為例。可以說兼備文才、詩筆與議論。

王幼玉、柳富，學者以為實有其人。明人陳耀文《花草粹編》卷二朱秋娘集句〈采桑子〉中用了王幼玉的詞句「粉面羞搽淚滿腮」，此句並不見於小說，說明王幼玉有可能真實存在。此外，小說中寫到的衡州知州張公紀、賢良夏噩，也都是真實的歷史人物。清代陸增祥《八瓊室金石補正》是收錄古代石刻和器物銘文的金石學專著，其卷一〇二著錄有〈石鼓山題刻．薛俅等題名〉，其中記載：「……清河張公紀仲綱……會籍夏噩公酉，瞻會□□□衡陽石鼓學宮，治平乙巳中元一日記石」。這便意味著小說中所寫的夏噩遊衡陽，郡守（知州）張公紀酒宴招待一事也是有據可查的真實事件。

任社娘傳

沈　遼

【題　解】本篇出自《沈氏三先生文集》之《雲巢編》卷八。小說記敘了娼女任社娘在吳越王的安排下誘惑朝廷使臣，賺取其歌詞的故事。

【作　者】沈遼（西元一〇三二—一〇八五年），字叡達，錢塘（今浙江杭州）人。熙寧初為審官西院主簿。久之以太常寺奉禮郎攝華亭縣，因得罪使者流永州。更徙池州，築室齊山，自號雲巢，遂不復起。《宋史》有傳。墓誌稱其著有《雲巢編》二十卷。遼文章豪放奇麗，尤善詩歌。王安石嘗贈以「風流謝安石，瀟洒陶淵明」之句。遼與叔括、兄遘齊名，後人編有《沈氏三先生文集》，中載有沈遼《雲巢編》十卷。

吳越王❶時，有娼名社娘者，姓任氏。妙麗善歌舞，性甚巧。其以意中人，人輒不自解，蓋其夭媚者出於天資。乾興❷中，陶侍郎❸使吳越。陶文雅醞藉，有不羈之名，神宗❹深寵睠之。王知其為人也，使使謂社曰：「若能為吾蠱使者，我重賜汝。」社即謝王曰：「此在使者何如，然我能得之，必假王寵臣，使我居客館，然後可為也。」王許諾。

【章 旨】此段介紹任社娘的容顏姿色，並講述吳越王企圖利用社娘的美色引誘中央政府的使者。

【注 釋】❶吳越王 指吳越王錢俶。吳越國本為五代十國時期十國之一。其創建人錢鏐為杭州人，宋朝建立後，吳越便成為中央政府的藩國。❷乾興 北宋真宗趙恆年號，西元一〇二二年。❸陶侍郎 陶穀（西元九〇三—九七〇年），字秀實，邠州新平（今陝西彬縣）人。晚唐詩人唐彥謙之孫，因避五代後晉太祖石敬瑭諱改姓陶。曾歷仕後晉、後漢、後周三朝，入宋後任翰林承旨，加刑部、戶部尚書。❹神宗 這裡的神宗非指宋朝第六代皇帝宋神宗，而指的是真宗之父——太宗趙光義。顧炎武《日知錄》卷二四謂：「宋王旦〈封祀壇序〉：『烈祖造新邦，臻大定，經制而未逞；神宗求至理，致升平，業成而中罷。』是以太祖為烈祖，太宗為神宗，亦古人之通稱也。」

【語 譯】吳越王時，有一個姓任名社娘的娼家女子。她容顏美麗尤善歌舞，性格巧慧。她要是有意誘惑別人，那人就會不可自拔，這是因為她的妖媚出於天然。真宗乾興年間，朝廷有一位陶侍郎出使吳越國。陶侍郎性情文雅富有才情，還有風流倜儻的名聲，太宗皇帝很寵愛他。吳越王也知道他的為人，便讓人找到任社娘，對她說：「如果你能為我迷住使臣陶侍郎，我重重有賞。」任社娘拜謝道：「這沒什麼了不起的，但是如果要想成功，必須靠大王的寵臣把我安排到使臣所住的客館，然後才有機會施展手段。」大王答應了社娘的要求。

社即詐為閽者女，居窮巷，服弊衣，就門中窺使者。使者時行屏❶

間，社故為遺其犬者，竊出捕之，悚懼，遷延戶傍，陶一顧已心動。其莫出汲水，駐立觀客車騎甚久，陶復覘之，然而社未嘗敢少望使者也。明日，王遣使勞客，樂作，社少為塗飾，雜群女往來。樂後以縱觀，陶故逸蕩其怪。既數日社，因劇飲❷為歡笑。會且罷，使者休吏就舍。是時，客使左右非北吏，多知其事。吏既出，使者獨望廳事❸上，社繆為不見使者，復出汲水。方陶意已不自持，乃呼謂社曰：「遺我一盃水來。」社四顧，已為望見使者，乃大驚，投罌缾，拜而走。陶疾呼，謂社曰：「吾渴甚，疾持入來。」社為羞澀畏人，久之方進。使者曰：「汝何為乃自汲？」頦動不應。復問之，社又故作吳語曰：「王今國中，有敢邀使客語者，罪至死矣。」陶曰：「汝必死，復何憚我也？今汝不死。」迺強持其手曰：「我閨❹中故靜，我與汝一觀。」社固辭不敢。即強引入閨中，排置榻上曰：「敢動者死。」社即佯噤不敢語。陶即出呼吏，喜曰：「持燭來。」吏進奉燭，燭來已具，吏引闔其戶而去。社曰：「我賤，不可，我歸矣。」比其就寢，甚艱難。已而晝漏❺且下，社曰：「我安從歸？」陶曰：「我送汝矣。然明日復來，我以金帛為好❻也。」社曰：「我家貧，受使者金帛，是速我死。然我生平好歌，為我度曲為詞，使我為好，足矣。」陶許諾，乃為送至其家，然尚不知其為倡也。

【章旨】此段講述任社娘利用自己過人的美色和高超的演技將「北使」玩弄於股掌之間。

【注釋】❶屏　這裡指影壁。❷劇飲　痛飲；豪飲。❸廳事　官署視事問案的廳堂。❹閨　內室。❺晝漏　白天的時刻。❻好　聘禮。

【語譯】社娘於是偽裝成使館守門人的女兒，居陋室，穿舊衣，從門縫中窺視使臣。當使臣從照壁旁走過時，社娘假裝狗跑丟了，出來捉狗，當看到使臣的時候，社娘故意現出驚懼的神情，退回家門旁，陶侍郎一見之下心裡已經動了念頭。傍晚出來汲水的時候，社娘久久佇立觀望使臣的車馬儀仗，此時陶侍郎也偷偷地打量社娘，但是社娘卻不敢正眼看使臣一下。第二天，吳越王派人來慰問使者，鼓樂響起，社娘稍加裝飾，擠在看熱鬧的人群之中。禮樂完畢之後，陶侍郎注意到了社娘，不由得心神蕩漾。他一面時不時地偷眼望著社娘，一面痛飲歡笑。宴會結束之後，陶侍郎便把隨從打發走了。這些隨從其實都是當地人，心裡都知道是怎麼回事。等到隨從們走了之後，陶侍郎一個人來到廳堂上張望，社娘裝作沒有看到使者，又出來汲水。此時陶侍郎再也把持不住自己，召喚社娘道：「請給我倒杯水來。」社娘故意四下張望，好像剛剛看見使者，然後作出大為驚嚇的樣子，扔下水罐就跑了。陶侍郎趕緊大聲召喚她說：「我渴死了，趕緊拿水進來。」社娘忸怩不敢靠前，許久才進入使者的屋子。陶侍郎問道：「你為什麼要自己汲水啊？」社娘下巴微動但是沒有出聲。陶侍郎再問，她才用吳儂軟語答道：「大王有令，有敢和使者主動搭訕說話的，立即處死。」侍郎說：「既然你已經是死罪在身，還有什麼必要再畏懼我呢？我能讓你不死。」於是強拉著社娘的手說：「我臥室是很清靜的，你跟我去看看。」社娘說什麼也不敢去。陶侍郎用強將其拉入內室，扔在了床榻之上，並威脅道：「你要是敢動就真的要送了小命了。」社娘趕緊裝作不敢言語的樣子。陶侍郎出門叫來僕從，喜滋滋地對他說：「給我把蠟燭取來。」僕人把蠟燭送上，並將燭火點亮，然後就走了出去並把門關上了。社娘說：「我是個卑賤之人，不能辱沒了使臣的名聲，還是讓我回去吧。」陶侍郎費勁周折才終於和社娘同衾共枕。一晌貪歡，轉眼天就亮了，社娘說：「我這樣子可怎麼回去呢？」陶侍郎說：「我送你回去。但是明天你要再來，我準備好金銀布匹作為聘禮。」社娘說：「我家很窮，拿了使者的財物，這事就瞞不住了，這等於是要我死啊。我自幼愛唱歌，請為我填詞作曲，就拿這作為定情之物吧。」陶侍郎應承下來，然後便把社娘送了回去，直到此時他仍然不知道任社娘是娼家女子。

使者明日見王，王勞之，語甚歡。既還館，為作歌，自歌之。歌曰：

「好因緣，惡因緣，奈何天。秖得郵亭❶幾夜眠，別神仙。琵琶撥斷相思調，知音少。待得鸞膠❷續斷絃，是何年？」是夕，書以贈之。明日，王召使者曲宴於山亭。命倡進，社之班在下，其服之褒博❸，陶頗不能別也。王既知之，從容謂陶曰：「昔稱吳越之女善歌舞，今殊無之，未知燕趙之下定何如也？」陶曰：「在北時聞有任氏者，今安在？」王曰：「公孰得之？」陶曰：「久矣。」王乃使社出拜，陶熟視而笑，知其為王所蠱也，亦不以為意。而社遂歌其詞，飲酒甚樂。社前謝王，王大悅，賜之千金。

【章旨】本段講述吳越王揭穿謎底，賓主盡歡。

【注釋】❶郵亭　古代信使的轉運和休息站。❷鸞膠　相傳以鳳凰嘴和麒麟角煎的膠可粘合被拉斷的弓弦，也暗喻喪妻男子續絃再婚。❸褒博　即褒衣博帶，指著寬袍，繫闊帶，此處指盛裝。

【語譯】使者第二天拜見大王，大王殷勤款待，賓主皆歡。等到回到使館，陶侍郎為社娘作了一支曲子，作好之後他自己先唱了一唱。唱道：「好因緣，惡因緣，奈何天。秪得郵亭幾夜眠，別神仙。琵琶撥斷相思調，知音少。待得鸞膠續斷絃，是何年？」當晚，陶侍郎便把歌詞寫下來送給了社娘。第二天，大王為使者在山亭設宴。大王命令歌伎們陪侍酒宴，任社娘所在的歌班就在席上。由於社娘寬衣大袖、盛裝出席，陶侍郎竟沒有將她認出。大王對一切心中瞭然，便閒閒地對陶侍郎說：「古來吳越女子就號稱能歌善舞，現在其實並沒有什麼出色的，不知道燕趙女兒又如何？」陶侍郎說：「我在北方就聽說過吳越國有個任氏，不知道現在怎麼樣了？」大王說：「閣下怎麼知道的呢？」陶侍郎說：「聽說很久了。」大王於是讓任社娘出列拜見使者，陶侍郎盯著任氏看了良久，終於明白自己落入了大王的彀中，但是陶侍郎也並沒有感到羞愧尷尬。於是社娘便唱起了陶侍郎為她寫的曲子，滿座君臣飲酒甚歡。社娘隨後又上前拜謝大王，大王非常高興，賜予千金。

明年北使來，請見社於王。王命社出，使者曰：「昔謂何如，今乃桃符❶。」社應聲曰：「桃符正為客厲❷所畏。」使者不悅。已而又嘲社曰：「社❸如龜筴❹，何客不鑽。」社曰：「客兆❺得遊魂，請畛❻其文。」使者大慚。明日，王賜千金。

【章　旨】此段描寫北方使者試圖用言語調戲嘲弄社娘，結果在社娘的機智面前自取其辱。

【注　釋】❶桃符　據說桃木有壓邪驅鬼的作用。古人在辭舊迎新之際，在桃木板上分別畫上「神荼」、「鬱壘」二神的圖像，懸掛於門首，意在祈福滅禍。最後人們為了圖省事兒就直接在桃木板上寫上「神荼」、「鬱壘」二神的名字。這就是最早的桃符。❷厲　惡鬼。❸社　原指土地神，後也指祭祀土地神的處所。❹龜筴　龜甲和蓍草。古代占卜之具。❺兆　原指占卜時燒灼龜甲所形成的裂紋，古人據此來研判吉凶。❻聄　將占卜所得卦象向鬼神報告。

【語　譯】第二年，朝廷的使者從北方來，向吳越王求見社娘。吳越王命社娘出來見客。使者道：「以前總是聽到別人誇獎你如何如何，沒想到長得就像門神一樣。」社娘應聲答道：「門神正是壓制客鬼的。」使者聽了此話感到很不舒服。過了一會兒又嘲笑社娘道：「社乃祭祀土地神的地方，就像龜甲占卜要穿孔一樣，什麼人都能往裡鑽。」社娘答道：「說到占卜，我已經為您看過卦象了，就是一個孤魂野鬼。」使者無言以對，非常羞愧。第二天，吳越王賜給社娘千兩白銀。

後社之家甚富。即老矣，將嫁為人妻，迺以其所居第與其橐中金百萬，為佛寺在通衢❶中。自請其榜❷於王，王賜之名，所謂「仁王院」者也。至于今，其寺甚盛。

【章　旨】此段講述任社娘的最終結局。

【注　釋】❶通衢　四通八達的道路。❷榜　匾額。

【語　譯】後來，任社娘變得非常富有。她年紀大嫁人之後，便拿出百萬家財和自己所住的宅第在鬧市之中造了一座佛寺。任社娘親自懇求吳越王為寺廟題寫匾額，吳越王為寺廟題名「仁王院」。直到現在，這座寺廟依舊香火鼎盛。

余初聞樂章❶事，云在胡中，蓋不信之。然其詞意可考者，宜在他國。及得仁王院近事，有客言其始終，頗異乎所聞，因為敘之。寺為沙門❷者多倡家，余所知凡數輩。

【章　旨】此段講述任社娘事蹟之由來。

【注　釋】❶樂章　詞的別稱，這裡指陶穀所作的那首詞。❷沙門　梵語sramana的音譯。意譯為勤勞、功勞、劬勞、勤懇、靜志、淨志、息止、息心、息惡、勤息、修道。後指出家者。

【語　譯】我第一次聽到陶穀被色誘填詞之事，說是發生在北方番國，我不太相信。不過從詞意分析，事情確實應該發生在別國。後來了解仁王院的由來，才從別人嘴裡聽說了任社娘事蹟的詳情，和我以前所得知的大相逕庭，因此特地將它記錄下來。娼家女子為僧徒施造佛寺之事，僅我所知就有好幾例了。

【研　析】關於陶穀出使而遭遇色誘的故事，宋代的筆記史料多有記載。

鄭文寶《南唐近事》卷二：「陶穀學士奉使，恃上國勢，下視江左，辭色毅然不可犯。韓熙載命妓秦弱蘭詐為驛卒女，每日弊衣持帚掃地。陶悅之與狎。因贈一詞名〈風光好〉云：『好因緣，惡因緣，只得郵亭一夜眠。別神仙。琵琶撥盡相思調，知音少，待得鸞膠續斷弦。是何年。』明日，後主設宴，陶辭色如前。乃命弱蘭歌此詞勸酒。陶大沮，即日北歸。」

文瑩《玉壺清話》卷四：「朝廷遣陶穀使江南，……（陶穀）崖岸高峻，燕席談笑，未嘗啟齒。熙載謂所親曰：『吾輩綿歷久矣，豈煩至是耶？觀秀實公，非端介正人，其守可隳，諸君請觀。』因令留宿，俟寫六朝書畢，館泊半年。熙載遣歌人秦弱蘭者，詐為驛卒之女以中之。弊衣竹釵，旦暮擁帚灑掃驛庭，蘭之容止，宮掖殆無。五柳乘隙因詢其跡，蘭曰：『妾不幸夫亡無歸，託身父母，即守驛翁嫗是也。』情既漬，失『慎獨』之戒，將行翌日，又以一闋贈之。後數日，醼于澄心堂，李中主命玻璃巨鍾滿酌之，穀毅然不顧，威不少霽。出蘭於席，歌前闋以侑之，穀慙笑捧腹，簪珥幾委，不敢不釂，釂罷復灌，幾類漏卮，倒載吐茵，尚未許罷。後大為主禮所薄，還朝日，止遣數小吏攜壺漿薄餞於郊。迨歸京，鸞膠之曲已喧，陶因是竟不大用。其詞〈春光好〉云：『好因緣，惡因緣，奈何天。只得郵亭一夜眠？別神仙，琵琶撥盡相思調，知音少，待得鸞膠續斷弦，是何年？』」

這兩段史料，雖在出使國家、女子姓名等細節上與本篇傳奇存在出入，但主要人物形象、故事框架脈絡可謂如出一轍。不過，即便如此，這兩段文字與本篇傳奇又有著本質的不同。從篇幅來看，上述兩段記載僅僅是粗陳梗概，實錄紀事而已。〈任社娘傳〉一文則全然不同，它有著生動的故事、情節的延宕、懸念的設置，更有豐富的細節和人物描繪。在《南唐近事》等史料記敘的主體是使者陶穀，而在本傳奇中，女主人公才是筆墨的焦點。小說中的「任社娘」不僅色藝雙全，而且機智練達、機敏過人。為了誘惑使者，任社娘步步為營，先是化妝成一名平民女子，用「天然」、「天真」、「嬌羞」引得使者心波蕩漾；此後「稍為塗飾」，越加顯得容貌明豔，也越發激起了使者的豔羨與好奇；最後，在使者的進攻下，任社娘欲擒故縱，故作不解風情，加倍地激起了使者的征服欲，從而徹底將使者操控於股掌之間。在整個過程中，任社娘的聰慧、狡黠、世故老練，陶穀的風流輕狂、胸無城府被表現得淋漓盡致，顯示出了作者對於虛構文學的自覺意識和駕馭能力。

此外，兩段筆記對於陶穀一事或多或少帶有道德或政治的批判色彩，稱陶穀在騙局揭穿之後「大沮」、「大為主禮所薄」，甚至「因是竟不大用」。然而，在本篇傳奇中，陶穀知道真相之後不僅「不以為意」，甚至還「飲酒甚樂」，完全消解了道德評判或政治對立的內涵，把此事當作一段值得稱道的風流韻事加以傳播和宣揚。結合下文對任社娘智對北使的描寫，我們不難看出本文作者有著更為寬容的道德觀和女性觀。

趙飛燕別傳

秦醇

【題解】本篇出自劉斧《青瑣高議》前集卷七，題下原注「別傳敘飛燕本末」，亦見陶宗儀《說郛》卷三二。故事根據《漢書》所記趙飛燕與其妹合德受成帝專寵及殺害皇子事渲染而成，是較為有名的「宮闈祕聞」類的小說。

【作者】秦醇，字子復，亳州（今安徽亳州）人。生活的時代大約是北宋中期，生平不詳。他是宋代重要的傳奇作家，著有〈趙飛燕別傳〉、〈譚意哥傳〉、〈驪山記〉、〈溫泉記〉等傳奇作品。

余里有李生，世業儒。一日，家事零替❶。余往見之，牆角破筐中有古文數冊，其間有〈趙后別傳〉，雖編次脫落，尚可觀覽。余就李生乞其文以歸，補正編次以成傳，傳諸好事者。

【章旨】此段講述〈趙飛燕別傳〉的來歷出處。

【注釋】❶零替　衰敗。

【語譯】我的鄉鄰中有個姓李的年輕人，家裡世代都是讀書人。他後來家道中落。某日，我去探望他，只見他家牆角的破筐裡有幾本古書，其中有一冊〈趙后別傳〉，雖然書頁脫落、次序顛倒，但還能看。於是我向李生要了這篇文章回來，把書頁編好順序，成為一篇傳文，供有興趣的人傳看。

趙后❶腰骨尤纖細，善踽步❷行，若人手持荏枝❸，顫顫然，他人莫可學也。在主家❹時，號為「飛燕」。入宮後復引援其妹，得寵，為昭儀❺。昭儀尤善笑語，肌骨清滑。二人皆稱天下第一，色傾後宮。自昭儀入宮，帝亦稀幸東宮。昭儀居西宮，太后居中宮。

【章　旨】此段講述趙飛燕姐妹的出身和受寵的原因。

【注　釋】❶趙后　即漢成帝皇后趙飛燕。❷踽步　慢走；踱步。❸荏枝　柔軟的枝條。❹主家　陽阿公主家。據《漢書・外戚傳・第六十七下》記載，趙飛燕「初生時，父母不舉，三日不死，乃收養之。及壯，屬陽阿主家，學歌舞，號曰飛燕。成帝嘗微行出。過陽阿主，作樂，上見飛燕而說之，召入宮，大幸」。❺昭儀　皇帝妃嬪封號之一，漢元帝時始置。漢制「昭儀位視丞相，爵比王侯」，為妃嬪中的第一級，在宮中地位僅次於皇后。

【語　譯】趙皇后的腰肢特別纖細，善於扭著腰肢緩緩行走，就像人們手中拿著的柔嫩的柳枝一樣，搖搖晃晃的，別人沒有一個學得會。她在陽阿公主家時，號稱「飛燕」。入宮後又把自己的妹妹推薦入宮，得到漢成帝的寵愛，把妹妹封為昭儀。昭儀很愛說笑，她骨架勻稱，肌膚光滑潤澤。姐妹二人都可稱得上天下第一，姿色壓倒後宮。自從昭儀入宮之後，皇帝就連東宮的皇后那裡也很少去了。當時昭儀住在西宮，太后住在中宮。

后日夜欲求子，為自固久遠計，多以小犢車載年少子與通。帝一日惟從三四人往后宮，后方與一人亂，不知，左右急報，后驚遽出迎。帝見后冠髮散亂，言語失度，帝因亦疑焉。帝坐未久，復聞壁衣❶中有人嗽聲，帝乃去。由是帝有害后意，以昭儀故，隱忍未發。一日，帝與昭儀方飲，帝忽攘袖瞋目，直視昭儀，怒氣怫然不可犯。昭儀遽起避席，伏地謝曰：「臣妾族孤寒，下無強近之親。一旦得備後庭驅使之列，不意獨承幸遇，渥被聖私，立於眾人之上。恃寵邀愛，眾謗來集。加以不識忌諱，冒觸威怒。臣妾願賜速死，以寬聖抱。」因涕泣交下。帝自引昭儀臂曰：「汝復坐，吾語汝。」帝曰：「汝無罪。汝之姊，吾欲梟其首，斷其手足，置於溷❷中，乃快吾意。」昭儀曰：「何緣而得罪？」帝言壁衣中事。昭儀曰：「臣妾緣后得填後宮，后死，則妾安能獨生？況陛下無故而殺一后，天下有以窺陛下也。願得身實鼎鑊，體膏斧鉞。」因大慟，以身投地。帝驚，遽起持昭儀曰：「吾以汝之故，固不害后，第言之耳，汝何自恨若是！」久之，昭儀方就坐，問壁衣中人。帝陰窮其跡，乃宿衛❸陳崇子也。帝使人就其家殺之，而廢陳崇。

【章旨】此段講述趙飛燕求子不得，便與少年私通，後被成帝發現。成帝欲置之死地，經合德力勸，趙飛燕才得以保全性命。

【注釋】❶壁衣　古代裝飾牆壁的帷幕，用織錦或布帛做成。❷溷　汙濁，後指廁所或牲口的圈欄。❸宿衛　守衛皇宮的部隊，本文中指宿衛軍的首領。

【語譯】皇后日盼夜想要生個兒子，以便鞏固自己的地位，經常用小牛車載年輕人進宮和她私通。有一天，皇帝只帶了三四個人往后宮去，此時皇后正在和一男子淫亂，不知道皇上將至，宮女急忙向她報告，皇后驚慌地趕快出去迎接皇帝。皇帝見她衣衫不整、髮髻散亂，講話語無倫次，因此心裡有點懷疑。才坐下沒多久，又聽到帷幕後有人咳嗽的聲音，就離開了。從此皇帝就有了殺死皇后的念頭，只是看在昭儀的情分上，還忍耐著不發作。某日，皇帝和昭儀飲酒，忽然他生氣地捲起袖子瞪大眼睛，怒視昭儀，一副怒氣沖沖無法平息的樣子。昭儀急忙起座，伏在地上請罪，對皇帝說：「臣妾出身貧窮人家，又沒有近親可以依靠。進入後宮侍奉皇上之後，沒想到竟然如此幸運，受到皇上厚愛，地位在其他妃嬪之上。皇上寵愛我，眾人的誹謗就必然因此集中在我身上。我又不懂禮數，冒犯了皇上的威嚴。所以臣妾請皇上趕快賜我一死，以便讓皇上寬心。」說著說著便眼淚直流。皇帝親自拉著昭儀的手臂說：「你坐下，我告訴你。」皇帝說：「你沒有罪。可是你的姐姐，我恨不得砍下她的頭，斷下她的手腳，扔到廁所裡，才能解恨。」昭儀說：「她有何罪？」皇帝說了那天到皇后那裡，帷幕後有人的事。昭儀說：「臣妾因為皇后的緣故才能進到後宮，皇后死了，那臣妾又怎麼能獨自活著？再說皇上無緣無故殺死一個皇后，世上的人會怎麼說呢。我情願被丟下鍋烹煮，被刀斧砍殺，也不願皇后被殺。」說完嚎啕大哭，哭得都站不住，倒在地上。皇帝大驚，趕快站起來抱住昭儀說：「因為你的緣故，我一定不殺皇后，剛才只不過是說說而已，你何必這樣跟自己過不去呢！」過了好久，昭儀才重新坐到位置上，問帷幕後躲的人是誰。皇帝暗中派人去查，查出來是宿衛陳崇的兒子。皇帝就派人去殺了他，並廢除了陳崇的職務。

昭儀往見后，具述帝所言，且曰：「姊曾憶家貧，寒餒無聊賴，姊使我共鄰家女為草履，入市貨履市米。一日得米歸，遇風雨，無火可炊，饑寒甚，不能成寐，使我擁姊背，同泣，此事姊豈不憶也？今日幸富貴，無他人次❶我，而自毀如此。脫❷或再有過，帝復怒，事不可救，身首異地，為天下笑。今日妾能拯救也，存歿無定，或爾妾死，姊尚誰援乎？」乃涕泣不已，后亦泣焉。自是帝不復往后宮，承幸御者，昭儀一人而已。

【章　旨】此段講述合德奉勸飛燕要安分守己。

【注　釋】❶次　排次第；論次序。❷脫　表示假設，相當於「倘若」。

【語　譯】昭儀去見皇后，把皇帝的話全部告訴她，並且說：「姐姐還記得過去家裡窮，飢寒交迫，無以為生，你叫我和鄰家女孩一起編草鞋，到市集裡賣鞋換糧食。有一天把米背到家，正好遇到風雨，沒柴可燒，又餓又冷，睡不著覺，你讓我抱住你的背取暖，我哭你也哭，這件事姐姐難道忘了嗎？如今僥倖富貴，沒有人能跟我們比肩，姐姐卻這麼不自愛。如果再有什麼過錯，皇帝生氣起來，事情就沒辦法挽回了，那時腦袋掉了，還要被天下人笑話。現在我還能救你，可是人生死無常，萬一我死了，還有誰來救你呢？」說到這裡，流淚不止。皇后也哭了。從此皇帝就不再到皇后那裡去，得到皇帝恩寵的，只有昭儀一個人。

昭儀方浴，帝私覘❶。侍者報昭儀，昭儀急趨燭後避。帝瞥見之，心愈眩惑。他日，昭儀浴，帝默賜侍者金錢，特令不言。帝自屏罅覘，蘭湯灩灩，昭儀坐其中，若三尺寒泉浸明玉。帝意思飛蕩，若無所主。帝常語近侍曰：「自古人主無二后，若有，則吾立昭儀為后矣。」趙后知之，見昭儀益加寵幸，乃具湯浴請帝。既往后宮，入浴，后裸體而立，以水沃帝。后愈親近而帝愈不樂，不終浴而去。后泣曰：「愛在一身，無可奈何！」

【章旨】此段講述成帝專寵合德一人。

【注釋】❶覘　窺；偷看。

【語譯】有一次昭儀在洗澡，皇帝竟然去偷看。侍女告訴昭儀，昭儀急忙躲到蠟燭後面。皇帝看了一眼，神魂顛倒。過了幾天，昭儀洗澡時，皇帝悄悄賄賂了侍女們，特別叫她們不要告訴昭儀。皇帝從屏風縫裡偷看，只見浴池裡蘭湯灩灩，昭儀坐在裡面，就像清泉之中浸著一塊白玉。皇帝不禁神魂飛蕩，沒有辦法自主。皇帝經常對親近的侍從說：「自古以來，君主沒有辦法同時立兩個皇后，如果有的話，我就立昭儀也當皇后。」趙皇后知道了，見昭儀更加受到寵愛，就準備好洗澡水來請皇帝。皇帝來到皇后宮中，進入浴池後，皇后就光著身子站著，用手捧水去澆皇帝。可是她越親熱，皇帝就越不高興，最後沒有洗完就離開了。皇后哭著說：「皇上只愛昭儀一個人，我又有什麼辦法呢！」

后生日，昭儀為賀，帝亦同往。酒半酣，后欲感動帝意，乃泣數行下。帝曰：「他人對酒而樂，子獨悲，豈有所不足耶？」后曰：「妾昔在主宮時，帝幸其第，妾立在後，帝時視妾不移目甚久，主知帝意，遣妾侍帝，竟承更衣之幸。下體嘗汙御衣，妾欲為浣去，帝曰：『留以為憶。』不數日，備後宮，時帝嚙痕猶在妾頸。今日思之，不覺感泣。」帝勃然懷舊，有愛后意，顧視嗟歎。昭儀知帝欲留，先辭去。帝逼暮方離后宮。

【章　旨】此段講述趙飛燕利用過生日的機會再次與成帝同床。

【語　譯】皇后過生日，昭儀去祝賀她，皇帝也一起去。酒至半酣，皇后想感動皇帝，就哭了起來。皇帝問：「別人都感到快樂，只有你一個人悲傷，難道你有什麼不滿足嗎？」皇后說：「過去我在陽阿公主府裡時，皇上駕幸其家，我站在公主身後，皇上當時目不轉睛地看了我很久，公主知道皇上的心思，就派我侍奉皇上，我居然有幸能伺候枕席。下身的不潔曾經弄髒了您的衣裳，我想替您洗掉，您說：『留著做個紀念吧。』沒過多久，就進了您的後宮，當時您的齒痕還留在我的頸子上。今天想起來，不覺感嘆流淚。」皇帝聽了也有點感傷懷舊，有了愛憐皇后的心思，他望著皇后嘆了口氣。昭儀知道皇帝想留在皇后宮中，就故意先告辭離去。皇帝直到傍晚才離開皇后的東宮。

后因帝幸，心為奸利，三月後乃詐託有孕，上箋奏云：「臣妾久備掖庭❶，先承幸御，遣賜大號，積有歲時。近因始生之日，優加喜祝之私，特屈乘輿，俯賜東掖，久侍宴私，再承幸御。臣妾數月來，內宮盈實，血脈不流，飲食美甘，不異常日。知聖躬之在體，辨六甲之入懷。虹初貫日，聽是珍祥；龍據妾胸，茲為佳瑞。更期誕育神嗣，抱日趨庭，瞻望聖明，踴躍臨賀。謹此以聞。」帝時在西宮，得奏，喜動顏色，答云：「因閱來奏，喜氣交集。夫妻之私，義均一體；社稷之重，嗣續為先。妊體方初，保綏宜厚。藥有性者勿舉，食無毒者可親。有懇來上，無煩箋奏，口授宮使可矣。」兩宮候問，宮使交至。后慮帝幸，見其詐，乃與宮使王盛謀自為之計。盛謂后曰：「莫若辭以有妊者不可近人，近人則有所觸，觸則孕或敗。」后乃遣王盛奏帝，帝不復見后，第遣使問安否而已。

【章旨】此段講述趙飛燕利用與成帝再次同床的機會假稱有孕。

【注釋】❶掖庭　宮中旁舍，嬪妃宮女居住的地方。

【語譯】皇后因為皇帝又跟她同房一次，就想了一個計謀，三個月後就謊稱有了身孕，寫了一封奏書給皇帝說：「臣妾進入宮中時日已久，先是承皇上幸御，又賜給我『皇后』的尊號，不知不覺已過這麼多年了。最近因我過生日，皇上又特來慶賀，親自駕臨東宮，我因此得以侍奉皇上宴飲，再次承皇上幸御。幾個月來，臣妾感到子宮充實，月經也停了，但胃口很好，跟以前沒有什麼兩樣。我知道體內有了皇上的骨血，已經懷了小皇帝。白虹貫日、蛟龍盤胸，這都是祥瑞的徵兆。我希望能生個龍子，抱著他接受您的教誨，仰望聖明，為您賀喜。謹此向您報告。」當時皇帝在西宮，得到皇后的報告，心裡當然很開心，回信給皇后說：「剛才閱讀了你的奏書，非常高興。夫妻之間的感情使兩人實際上合為一體；國家大事中，子孫的嗣續最為重要。你剛剛懷孕，特別要注意保養。對胎兒有害的藥不要服用，沒有毒性的食物才能吃。有什麼要求，用不著再寫奏書，口頭告訴宮女來稟報就可以了。」皇后懷孕的消息一傳出，昭儀和太后派來問候的人也接踵而至。皇后擔心皇帝來時，發現她其實是偽裝懷孕，就和太監王盛商討掩飾自己的計策。王盛對皇后說：「不如就推說懷孕的人沒有辦法再親近男人，親近男人身體就會有所感應和觸動，這樣就有可能流產。」皇后就派王盛把這些話上奏皇帝，皇帝果然就不再來見皇后，只派人來問安而已。

甫及誕月，帝具浴子之儀。后召王盛入宮中，謂曰：「汝自黃衣郎[1]出入禁掖，吾引汝父子俱富貴。吾欲為自利長久計，託孕乃吾之私意，實非也。今已及期，子能為吾謀焉？若事成，子萬世有厚利。」盛曰：「臣與后取民間纔生子，攜入宮為后子，但事密不可泄。」后曰：「可。」盛於都城外有生子者，纔數日，以百金售之，以物囊之，入宮見后。既發器，則子死矣。后驚曰：「子死，安用也？」盛曰：「臣今知矣，載子之器不泄氣，子所以死也。臣今再求子，盛之器中，穴其器，使氣可出入，則子不死。」盛得子，趨宮門欲入，則子驚啼尤甚，盛不敢入。少選，復攜之趨門，子復如是，盛終不敢攜入宮。後宮守門吏嚴密，因向有壁衣中事，故帝令加嚴之甚。盛來見后，具言子驚啼事。后泣曰：「為之奈何？」時已踰十二月矣，帝頗疑訝。或奏曰：「堯之母十四月而生堯，后所妊當是聖人。」后終無計，乃遣人奏帝云：「臣妾昨夢龍臥，不幸聖嗣不育。」帝但歎惋而已。昭儀知其詐，乃遣人謝后曰：「聖嗣不育，豈日月未滿也？三尺童子尚不可欺，況人主乎！一日手足俱見，妾不知姊之死所也。」

【章旨】此段講述趙飛燕試圖從民間攜帶嬰兒入宮冒充自己生產的孩子，然而計謀終未得逞。無奈，趙飛燕只能假稱肚子裡的嬰兒未能成活。

【注釋】❶黃衣郎　指低級的宦官。

【語譯】到快要生產的日子，皇帝下令準備為嬰兒洗澡的儀式，皇后把王盛召來宮中，對王盛說：「你原是個一般的太監，自從你進宮以來，我提拔你們父子都得到富貴。我為了長遠利益考慮，才假裝自己懷孕了，其實根本沒有。現在已經到了要生產的日子，你能替我想個什麼辦法嗎？事情如果能成功，你子孫萬代都能得到很大的好處。」王盛說：「我替皇后弄一個剛出生的民間小孩，帶到宮中來做您的兒子，但這是沒有辦法洩漏的祕密。」皇后說：「好的。」王盛就在都城外花百兩黃金買了個剛生幾天的孩子，裹在一個包裹裡，帶進宮來見皇后。等到打開包裹，孩子卻死了。皇后嚇了一跳說：「孩子都已經死了，還有什麼用呢？」王盛說：「我現在知道了。放孩子的包裹不透氣，所以小孩悶死了。我馬上再去找個小孩，放在包裹裡，在包裹上面挖些洞，讓空氣流通，小孩就不會死了。」王盛就又找了個小孩，想把他帶進皇宮，但一靠近皇宮的門，這小孩就哭得特別厲害，王盛就不敢進門。過了一會，又帶著他走近宮門，小孩又哭，最後王盛還是沒有把小孩帶進宮。後宮守門人管理嚴密，這是因為先前出現過壁衣中藏人的事情，皇帝命令嚴加防範的緣故。他回來見皇后，詳細告訴她小孩啼哭的事。皇后哭著說：「這怎麼辦呢？」這時懷孕時間已經超過十二個月了。皇帝心裡覺得很奇怪。有人上奏說：「堯的母親十四個月才生堯，皇后所懷的一定是聖人。」但皇后最後還是沒有辦法，只好派人上奏皇帝說：「我昨晚夢見神龍臥倒，小皇子今天便沒能存活。」皇帝聽了，也只能嘆息惋惜而已。昭儀知道皇后撒謊，就派人告誡她說：「小皇子沒生下來，難道是時間未到嗎？三歲小孩都騙不了，何況是皇帝！一旦事情被揭穿，我不知道姐姐會怎麼死呢。」

時後宮掌茶宮女朱氏生子，宦者李守光奏帝。帝方與昭儀共食，昭儀怒，言於帝曰：「前者帝言自中宮來，今朱氏生子，從何而得也？」乃以身投地，大慟。帝自持昭儀起坐，昭儀呼宮吏祭規曰：「急為吾取此子來。」規取子上，昭儀謂規曰：「為吾殺之。」規疑慮，昭儀怒罵曰：「吾重祿養汝，將安用也？不然，併戮汝！」規以子擊殿礎❶死，投之後宮。後宮人凡孕子者，皆殺之。

【章　旨】此段講述宮女朱氏生下了皇帝的兒子，合德命令太監將嬰兒殺死。

【注　釋】❶殿礎　殿宇柱子的石基。

【語　譯】當時後宮掌茶的宮女朱氏生了個兒子，宦官李守光來報告皇帝。這時皇帝和昭儀正在吃飯，昭儀生氣地對皇帝說：「那一天皇上對我說是從中宮太后那邊來，沒有接近任何宮女。現在朱氏生的孩子，又是怎麼來的呢？」隨後倒在地上嚎啕大哭，皇帝親自扶起昭儀。昭儀又叫來宦官祭規，對他說：「快把孩子抱來。」祭規抱來孩子，昭儀竟對他說：「給我殺掉。」祭規心中顧慮，所以有些遲疑，昭儀怒罵道：「我花了很多錢養你，是準備幹什麼的？你不聽我的，就連你一起殺掉！」祭規就把小孩在宮殿柱子的石基上撞死，扔到後宮。後來凡是宮女有懷孕的，都被殺死。

後帝行步遲澀，氣頗憊，不能幸。有方士獻大丹，其丹養於火百日乃成。先以甕貯水，滿即置丹於水中，即沸，又易去，復以新水。如是十日，不沸方可服。帝日服一粒，頗能幸昭儀。帝一夕在太慶殿，昭儀醉進十粒。初夜，絳帳中擁昭儀，帝笑聲吃吃不止。及中夜，帝昏昏，知不可起，或仆或臥。昭儀急起，秉燭視帝，精出如湧泉，有頃帝崩。太后遣人理昭儀，且急窮帝得疾之端，昭儀乃自縊。后居東宮，久失御。一夕后寢，驚啼甚久，侍者呼問方覺。乃言曰：「適吾夢中見帝，帝自雲中賜吾坐。帝命進茶，左右奏帝云：『后向日侍帝不謹，不合啜此茶。』吾意既不足，吾又問帝：『昭儀安在？』帝曰：『以數殺吾子，今罰為巨黿，居北海之陰水穴中，受千歲水寒之苦。』」故爾大慟。後北鄙大月氏❶王獵於海上，見巨黿出於穴上，首猶貫玉釵，顒望❷波上，睠睠有戀人意。大月氏王遣使問梁武帝❸，武帝以昭儀事答之。

【章　旨】此段講述合德引誘成帝淫亂，結果導致成帝精盡人亡，合德畏罪自殺。

【注　釋】❶大月氏　月氏為西元前三世紀至西元一世紀一個民族的名稱。早期以游牧為生，住在北亞，並經常與匈奴發生衝突，其後西遷至中亞。這時，月氏開始發展，慢慢具有國家的雛型。由於月氏位處於絲綢之路，控制著東西貿易，使它慢慢變得強大。到後來被匈奴攻擊，一分為二：西遷至伊犁的，被稱為大月氏；南遷至今日中國甘肅及青海一帶的，被稱為小月氏。❷顒望　凝望。顒，肅敬、景仰的樣子。❸梁武帝　即蕭衍（西元四六四—五四九年），字叔達，南蘭陵中都里（今江蘇武進西北）人。南北朝梁開國君主。與南齊同族，仕齊，曾任雍州刺史。後乘齊亂，篡而自立，在位四十八年。博學能文，勤政愛民。但因晚年信奉佛教，曾三次捨身同泰寺。全國百姓因他的重佛而付出沉重的代價，至「肌肉略盡」、「骨髓俱罄」。後於侯景之亂時餓死，卒謚武，廟號高祖。著有《孝經義》、《中庸講疏》、《涅盤、大品、淨名、三慧諸經義記》等書，明人輯有《梁武帝御制集》。

【語　譯】後來皇帝逐漸走路遲緩、步履蹣跚、精神疲憊，沒有辦法行房事。有一個道士獻上一種大丹丸。這種丹丸要在火裡焙煉一百天才能煉成。用大甕裝滿水，把丹放在水裡，水馬上就沸騰了，把水倒掉，重新換上新水。這樣連續做十天，水不再沸騰之後，藥才能服用。皇帝每天吃一顆，就可以和昭儀行房事。有一天晚上，皇帝在太慶殿，昭儀喝醉了酒，一下子餵皇帝吃了十粒這種大丹。前半夜，皇帝在紅色的帷帳中擁抱著昭儀，還吃吃笑個不停。到半夜時分，皇帝昏昏沉沉的，已經無法起坐，一會兒躺著，一會兒趴下。昭儀急忙起來，點亮蠟燭，只見皇帝精液像泉水一樣不斷流出來，不一會兒皇帝就死了。太后馬上派人審問昭儀，並且追問皇帝得病的起因，昭儀竟嚇得上吊了。皇后住在東宮，很久都得不到皇帝的寵幸。有一天晚上睡覺，在夢裡嚇得哭了很久，宮女來探視，她才醒來，說：「我剛才在夢中見到皇帝了，皇帝從雲端裡賜給我座位。他派人為我端茶，但他手下有人奏道：『皇后從前侍奉皇帝時不規矩，沒有資格喝茶。』我心裡很不高興，就又問皇帝：『昭儀在哪裡？』皇帝說：『因為她好幾次殺死我的兒子，現在已被罰變成巨黿，住在北海的陰水洞裡，受千年水寒之苦。』所以我才大哭。」後來北邊的大月氏王在海上打獵，見到一隻巨黿爬到洞穴外面，頭上還插著玉釵，仰望水面，好像對人還有依戀。大月氏王派使者到中原問梁武帝，梁武帝就把昭儀的故事告訴了他。

【研　析】本篇根據《漢書》所記趙飛燕與其妹合德受成帝專寵及殺害皇子事渲染而成。趙飛燕，史上實有其人，她體態輕盈、尤善舞蹈，所以號稱「飛燕」。漢成帝看中了她，召進宮中，先封為婕妤（宮中女官），後又立為皇后。她的妹妹也被召進宮中，封為昭儀，姐妹專寵十多年。漢平帝即位後，趙飛燕被廢為庶人，後自盡。關於這一段宮廷歷史，宋代以前就有人編成過小說，如託名漢代伶玄的〈趙飛燕外傳〉等。

　　後宮之中，「母以子貴」是常情。為皇帝生養子嗣，就可能得寵，否則可能失寵。因此趙飛燕和別人通姦，希望能生個兒子；昭儀叫人把別的嬪妃生的孩子摔死，也就容易理解了。小說一方面譴責了她們的淫亂和凶殘，同時也揭示出一個事實：女人，即使貴為皇后，仍然是男人的附屬和玩物。因此作者對趙飛燕姐妹倆又是抱有同情的。和〈趙飛燕外傳〉等前人作品相比，這篇傳奇沒有枝節的瑣碎細節，而是圍繞爭寵這條主線，展開情節和人物描寫。在早期的宮闈小說中，應該算是可讀性和藝術水平較高的作品。明人胡應麟就說它「多俊語」，並特別讚賞「蘭湯灩灩」等幾句。後人甚至稱其為「豔情小說」之祖。

譚意哥記

秦醇

【題解】本篇選自《青瑣高議》別集卷三。故事描寫了一名娼家女子譚意哥與世家子弟張正宇悲歡離合的愛情故事。

譚意哥，小字英奴，隨親生於英州❶。喪親，流落長沙，今潭州❷也。年八歲，母又死，寄養小工張文家，文造竹器自給。一日，官妓❸丁婉卿過之，私念：苟得之，必豐吾屋。乃召文飲，不言而去。異日復以財帛貺文，遺頗稠疊。文告婉卿曰：「文廛市賤工，深荷厚意，家貧無以為報，不識子欲何圖也？子必有告，幸請言之，願盡愚圖報，少答厚意。」婉卿曰：「吾久不言，誠恐激君子之怒。今君懇言，吾方敢發。竊知意哥非君之子，我愛其容色。子能以此售我，不惟今日重酬子，異日亦獲厚利，無使其居子家，徒受寒饑。子意若何？」文曰：「文揣知君意久矣，方欲先白。如是，敢不從命！」是時方十歲，知文與婉卿之意，怒詰文曰：「我非君之子，安忍棄於娼家乎？子能嫁我，雖貧窮家所願也。」文竟以意歸婉卿。

【章　旨】此段講述譚意哥的身世和不幸落入青樓的過程。

【注　釋】❶英州　地名。今廣東英德。❷潭州　地名。包括大部分湖南地區以及部分湖北地區，治所在長沙。潭州作為城市名，就是指今天的長沙（當時的府治）。❸官妓　供奉官府的妓女，後泛指入樂籍的妓女。

【語　譯】譚意哥，小名叫英奴，父母在英州生了她。父親死後，她們母女流落到長沙，就是現在的潭州。八歲時，她的母親又去世了，她就被寄養在小手工匠張文家，張文靠編造竹器來維持生活。有一天，官妓丁婉卿到張文家來，看到了譚意哥，心裡想：如果得到她，一定可以使我賺很多錢。就叫張文和她一起喝酒，喝過酒卻什麼也沒講就回去了。過了幾天，又送錢財布匹給張文，後來送東西的次數越來越多。張文就對她說：「我張文是小集市上一個地位很低的工匠，承蒙您的厚愛，但家裡窮，沒有什麼可以報答您，不知道您是不是有要求？您一定有什麼話要說，請說出來，我願意盡我微薄之力，來答謝您。」婉卿說：「我一直不講，實在是怕您不高興。現在您既然這麼誠懇，我就坦白說。我知道譚意哥不是您的孩子，我覺得她的容貌實在美麗。您要是能把她賣給我，我不但今天要重重酬謝您，將來您還可以得到很大的好處，不要讓她在您家挨餓受涷。您看怎麼樣？」張文說：「我早就猜到您的想法了，正想說出來。既然這樣，我怎麼會不肯！」當時譚意哥才十歲，知道了張文和丁婉卿的想法後，憤怒地責問張文說：「即使我不是您的女兒，您怎麼忍心把我扔到娼家？您如果能把我嫁出去，哪怕是窮人家我也願意啊。」最後張文還是把她交給丁婉卿。

過門，意哥大號泣曰：「我孤苦一身，流落萬里，勢力微弱，年齡幼小，無人憐救，不得從良人！」聞者莫不嗟慟。婉卿日以百計誘之：以珠翠飾其首，輕暖披其體，甘鮮足其口，既久益勤，若慈母之待嬰兒。辰夕浸沒，則心自愛奪，情由利遷，意哥忘其初志。未及笄❶，為擇佳配。肌清骨秀，髮紺眸長，荑❷手纖纖，宮腰❸搦搦，獨步於一時，車馬駢溢，門館如市。加之性明敏慧，解音律，尤工詩筆。年少千金買笑，春風惟恐居後；郡官宴聚，控騎迎之。

【章旨】此段講述譚意哥資質美好，加上能歌善舞，又通文墨，年紀輕輕便聲名遠揚。

【注釋】❶及笄　古代女子滿十五歲結髮，用笄（簪子）貫之，因稱女子滿十五歲為及笄。後指成年、已到結婚的年齡。❷荑　初生的茅草，《詩經・衛風・碩人》中有「手如柔荑」的句子，後代以此比喻女子的手潔白柔嫩。❸宮腰　《後漢書・馬廖傳》謂「楚王好細腰，宮中多餓死」，後以宮腰指女子纖細的腰肢。

【語譯】到了婉卿家，譚意哥嚎啕大哭說：「我孤苦伶仃，又流落在遠方，勢單力薄，年紀又小，也沒有人來可憐我搭救我，嫁不了好人家了！」聽到的人都為她嘆息掉淚。丁婉卿每天想方設法來勸她：用珠寶翠玉來替她裝扮，拿輕便暖和的衣裳給她穿，用各種新鮮美味的食品滿足她，時間越長越疼愛她，就像慈母對待自己的孩子一樣。這樣日夜影響之下，譚意哥的心意就改變了，感情也因利益而變化，她忘了自己原來的志向。還不到十五歲時，丁婉卿就替她挑選了一個合她心意的客人，讓她開始接客。這時的譚意哥，出落得肌膚清潤，體態秀美，烏黑的頭髮，細長的眼睛，嫩芽似的手指又細又長，纖細的腰肢嫋嫋婷婷，一時之間沒有人能跟她媲美。去她家的車馬成群結隊，把街道擠得都沒有辦法走路，真可謂門庭若市。加上她天性聰明，懂得音樂，又特別擅長詩賦文章。因此，年輕人為討她喜歡，不管花多少錢都不在乎，爭先恐後地親近她；郡裡的官員宴請聚會，也都請她去助興。

時運使周公權府❶會客，意先至府。醫博士❷及有故至府，升廳拜公。及美髯可愛，公因笑曰：「有句，子能對乎？」及曰：「願聞之。」公曰：「醫士拜時鬚拂地。」及未暇對答，意從旁曰：「願代博士對。」

公曰：「可。」意曰：「郡侯宴處幕侵天。」公大喜。意疾既愈，庭見府官，多自稱詩酒半刺❸。蔣田見其言，頗笑之，因令其對句，指其面曰：「冬瓜霜後頻添粉。」意乃執其公裳袂對曰：「木棗秋來也著緋❹。」公且愧且喜，眾口歙然稱賞。魏諫議之鎮長沙，遊岳麓時，意隨軒。公知意能詩，呼意曰：「子可對吾句否？」公曰：「朱衣吏引登青障。」意對曰：「紅袖人扶下白雲。」公喜，因為之立名文婉，字才姬。意再拜曰：「某微品也，而公為之名字，榮踰萬金之賜。」劉相之鎮長沙，云一日登碧湘門納涼，幕官從焉。公呼意對，意曰：「某賤品也，安敢敵公之才？公有命，不敢拒。」爾時迤邐望江外湘渚間，竹屋茅舍，有漁者攜雙魚入脩巷，公相曰：「雙魚❺入深巷。」意對曰：「尺素寄誰家。」公喜，讚美久之。他日，又從公軒游岳麓。歷抱黃洞望山亭吟詩，坐客畢和。意為詩以獻曰：「真仙去後已千載，此構危亭四望賒。靈跡幾迷三島路，憑高空想五雲車。清猿嘯月千巖曉，古木吟風一徑斜。鶴駕何時還古里？江城應少舊人家。」公見詩愈驚歎，坐客傳觀，莫不心服。公曰：「此詩之妖也。」公問所從來，意哥以實對，公愴然憫之。意乃告曰：「意入籍驅使迎候之列有年矣，不敢告勞。今幸遇公，倘得脫籍，為良人箕帚之役，雖死必謝。」公許其脫。異日，詣投牒，公諾其請。

【章　旨】此段講述譚意哥能賦詩作對聯，得到了士大夫的賞識，並因此而脫籍從良。

【注　釋】❶運使周公權府　運使，即轉運使。權府，指代理州府行政長官的職位。❷醫博士　古時太醫署的教師職稱。又名太醫博士。負責掌管醫術的教授和考核。❸半刺　指州郡長官下屬的官吏，如長史、別駕、通判等。❹著緋　穿紅色官服。宋代規定，四品官可著緋。❺雙魚　漢代習俗，將書信寫在一尺白絹（素）上，並折疊成雙魚之形。古詩有「尺素如霜雪，迭成雙鯉魚。要知心中事，看取腹中書」。因此雙魚可暗喻書信，下文譚意哥才會用「尺素」來對雙魚。

【語　譯】當時轉運使姓周，代理太守職務，有一次他請了很多賓客，譚意哥先來到周府。後來醫博士及有故也來到周府，在大廳上拜見轉運使。及博士的鬍鬚很漂亮，周轉運使就笑著對他說：「我有一個句子，你能對得出來嗎？」及博士說：「請您說說看。」周轉運使說：「醫士拜時鬚拂地。」及博士還沒來得及回答，譚意哥在旁邊說：「我想替博士對這一句。」周轉運使說：「好啊。」譚意哥就回答：「郡侯宴處幕侵天。」周轉運使聽了，非常高興。譚意哥病癒之後與府官往來，常常自稱是會飲酒作詩的「半刺」。有個叫蔣田的聽說之後，覺得很可笑，就叫她對句，指著她的臉說：「冬瓜霜後頻添粉。」譚意哥就拉著蔣田的官服袖子回他一句：「木棗秋來也著緋。」蔣田聽了，心裡既慚愧又覺得譚意哥確實有文才，在場的人也都紛紛稱讚她對得好。有個姓魏的諫議大夫擔任長沙的地方長官，他到岳麓山去遊覽，譚意哥也隨車前往。魏諫議知道譚意哥會作詩，問她道：「你能對我的句子嗎？」隨後就念：「朱衣吏引登青障。」意哥對道：「紅袖人扶下白雲。」魏諫議很高興，幫她取了個名字叫文婉，字才姬。意哥對他拜了兩拜，說：「我是身分低下的人，您卻替我取名字，比您賞賜我萬兩黃金更讓我覺得榮幸。」劉宰相鎮守長沙時，有一天登上碧湘門城樓乘涼，身後還跟著一大群幕僚。他叫譚意哥來對句，譚意哥說：「我是身分微賤的人，怎麼敢和您的大才相比？但您的命令，我可不敢抗拒。」那時劉宰相遠遠向湘江望去，曲折綿延的洲島上，有一片竹屋茅舍，一個漁夫正提著兩條魚走進一條狹長的巷子。劉宰相說出上句：「雙魚入深巷。」譚意哥對出下句道：「尺素寄誰家。」劉宰相聽了十分高興，讚嘆良久。有一天，譚意哥又陪同宰相乘車到岳麓山。經過抱黃洞望山亭時，劉宰相吟了一首詩，在座的賓客都有相和的作品。譚意哥也作了一首詩獻給宰相，詩是這樣的：「真仙去後已千載，此構危亭四望賒。靈跡幾迷三島路，憑高空想五雲車。清猿嘯月千巖曉，古木吟風一徑斜。鶴駕何時還古里？江城應少舊人家。」劉宰相見了這首詩，更是驚嘆不已。在座的客人相互傳閱，沒有一個不佩服譚意哥的。劉宰相稱讚意哥說：「這人簡直就是很會作詩的妖精。」劉宰相問起她的來歷，譚意哥坦白地回答。宰相聽了，對她的遭遇表示同情。譚意哥趁機請求宰相說：「我入妓女名籍，供人驅使，侍候客人已經好多年了，也不敢說什麼。今天有幸遇到您，倘若您能幫我脫離妓女戶籍，讓我可以嫁人為妻，哪怕是死了，我也一定會報答您。」宰相答應讓她解除妓女的身分。過了幾天，譚意哥向官府遞交了文書，劉宰相批准了她的請求。

意乃求良匹，久而未遇。會汝州民張正宇為潭茶官❶，意一見，謂人曰：「吾得婿矣。」人詢之，意曰：「彼風調才學，皆中吾意。」張聞之，亦有意。一日，張約意會於江亭。于時亭高風怪，江空月明。陡帳垂絲，清風射牖，疏簾透月，銀鴨噴香。玉枕相連，繡衾低覆，密語調簧，春心飛絮。如仙葩之並蒂，若雙魚之同泉，相得之歡，雖死未已。翌日，意盡挈其裝囊歸張。有情者贈之以詩曰：「才色相逢方得意，風流會遇事尤佳。牡丹移入仙都去，從此湘東無好花。」

後二年，張調官，復來見，意乃治行❷，餞❸之郊外。張登途，意把臂囑曰：「子本名家，我乃娼類，以賤偶貴，誠非佳婚。況室無主祭之婦，堂有垂白之親，今之分袂，決無後期。」張曰：「盟誓之言，皎如日月，苟或背此，神明非欺。」意曰：「我腹有君之息數月矣，此君之體也，君宜念之。」相與極慟，乃捨去。

【章　旨】此段講述譚意哥與茶官張正宇一見鍾情，並為他懷上了孩子。兩年後，張正宇調官別任，兩人忍痛分別。

【注　釋】❶茶官　即榷茶官。宋代實行「榷茶制度」，茶葉生意由官府居間買賣，從而保證政府抽得相應稅錢。監管此事的為茶官。❷治行　整理行裝。❸餞　設酒食送行。

【語　譯】解除妓女身分後，譚意哥就開始尋找中意的對象，但是找了很久都沒有碰到心動的人。恰好汝州人張正宇來擔任潭州茶官，譚意哥一見到張正宇，就對人家說：「我找到理想的丈夫了。」人家問她，她說：「他的風度、才學，都很合我的心意。」張正宇聽說後，也很心動。有一天，張正宇約意哥到江亭相會。當時天高雲淡，江空月明；屋內簾帳高掛，流蘇輕垂，清風入戶、月色映簾，縷縷香氣從香爐中飄出。兩人玉枕相連，蓋著繡被，互相傾訴柔情，低語彷彿樂器所發出的悅耳聲響，春情如同飛揚的柳絮。兩人就像開在同一枝頭上的兩朵花、同一池裡的兩尾魚，那種情投意合的歡娛，就算是死了也不會停止。第二天，譚意哥把她所有的財物交給了張正宇。有人為他們作了這樣一首詩：「才色相逢方得意，風流會遇事尤佳。牡丹移入仙都去，從此湘東無好花。」

兩年後，張正宇因為調動官職，又來見譚意哥。意哥為他打點行裝，在郊外為他餞行。張正宇要上路的時候，意哥拉著他的手臂，跟他說：「你本來是名門子弟，我卻是娼妓之流。以卑賤配高貴，確實不是好姻緣，更何況你家裡還沒有正妻，又有年老的雙親。我們今天一分手，肯定沒有再見面的日子了。」正宇說：「我們的山盟海誓如同日月一樣清楚，若是誰違背了誓言，神靈也不會原諒他啊。」意哥又說：「我懷孕好幾個月了，這是你的骨肉啊，你應該想著他。」兩人相對痛哭，然後張正宇就離開了。

意閉戶不出，雖比屋莫見意面。既久，意為書與張云：「陰老春回，坐移歲月。羽伏鱗潛，音問兩絕。首春氣候寒熱，切宜保愛。逆旅都輦❶，所見甚多，但幽遠之人，搖心左右。企望回轅，度日如歲，因成小詩，裁寄所思。茲外千萬珍重。」其詩曰：「瀟湘江上探春回，消盡寒冰落盡梅。願得兒夫似春色，一年一度一歸來。」踰歲，張尚未回，亦不聞張娶妻。意復有書曰：「相別入此新歲，湘東地暖，得春尤多。溪梅墮玉，檻杏吐紅，舊燕初歸，暖鶯已囀。對物如舊，感事自傷，或勉為笑語，不覺淚冷。數月來頗不喜食，似病非病，不能自愈。孺子無恙，意子年二歲。無煩流念。向嘗面告，固匪自欺。君不能違親之言，又不能廢己之好，仰結高援，其無□焉。或俯就微下，曲為始終，百歲之恩，沒齒何報！雖亡若存，摩頂至足，猶不足答君意。反覆其心，雖禿十兔毫❷，罄三江楮❸，亦不能□茲稠疊，上浼君聽。執筆不覺墮淚几硯中，鬱鬱之意，不能自已。千萬對時善育，無或以此為至念也。短唱二闋，固非君子齒牙間可吟，蓋欲攄情耳。」曲名〈極相思令〉一首：「湘東最是得春先，和氣暖如綿。清明過了，殘花巷陌，猶見鞦韆。對景感時情緒亂，這密意、翠羽❹空傳。風前月下，花時永晝，灑淚何言。」又作〈長相思令〉一首：「舊燕初歸，梨花滿院，迤邐天氣融和。新晴巷陌，是處輕車驕馬，禊❺飲笙歌。舊賞人非，對佳時、一向樂少愁多。遠意沉沉，幽閨獨自顰蛾❻。 正消黯無言，自感憑高遠意，空寄煙波。從來美事，因甚天教、兩處多磨？開懷強笑，向新來、寬卻衣羅。似恁地、人懷憔悴，甘心總為伊呵！」張得意書辭，情悰久不快，亦私以意書示其所親，有情者莫不嗟歎。

【章　旨】此段講述譚意哥獨守空房，苦苦思念遠在京城的情郎。

【注　釋】❶逆旅都輦　逆旅，旅社，這裡指寓居。都輦，京城。輦，王者所乘，故京邑之地，通曰輦焉。❷兔毫　傳說秦代大將蒙恬奉命伐楚國，途經中山地區，見此地山兔較多，長毛可用，遂命工匠取山中兔毫，製造出第一批改良的秦筆。這裡兔毫代指毛筆。❸楮　楮樹，葉似桑，皮可以造紙。這裡代指紙張。❹翠羽　指書信。古代書信上插鳥羽以示緊急，因此用「羽信」、「羽翰」代指書信。❺禊　指古代上巳節（漢代以前定為三月上旬的巳日，後來固定在夏曆三月初三）臨水洗濯、祓除不祥的祭祀活動。後代伴以飲酒郊遊，因此文中稱禊飲。❻顰蛾　顰，皺眉。蛾，古人認為女子的眉毛像蠶蛾觸鬚似的彎而長最美，因此用蛾來指代年輕女性美麗的眉毛。

【語　譯】譚意哥從此不再出來走動，即使是住在她隔壁，也見不到她的面。過了一段日子，譚意哥寫了一封信給張正宇。信上說：「冬去春回，虛度歲月。不見魚雁，音信斷絕。初春氣候忽冷忽熱，你一定要多多保重。你現住京城，一定每天都有很多事，而我住在這偏僻的地方，一顆心始終無法安定，始終掛念著你，我每天盼望你的歸來，真是度日如年。為此寫成小詩一首，寄上我的思念，希望你千萬珍重。」這首詩寫說：「瀟湘江上探春回，消盡寒冰落盡梅。願得兒夫似春色，一年一度一歸來。」過了一年，張正宇還沒有回來，但是也沒有聽說他娶妻。譚意哥又寫了一封信說：「我們分別後，又進入新的一年，湘東地區氣候溫暖，春天的景色格外動人。小溪邊的梅花花瓣落下，就像片片玉屑，欄杆旁的杏花開了，吐出朵朵紅色花蕊，燕子剛剛歸來，黃鶯又開始鳴唱。我面對著依稀如舊的景物，不免感歎人事，獨自悲傷。有時強顏歡笑，卻又在不知不覺中流下眼淚。幾個月來，很不喜歡吃東西。覺得好像病了，又好像沒病，一直沒有痊癒。孩子很好，意哥之子已經兩歲。你不用掛念。過去曾經跟你講的話，一直都是真心，絕對不是騙你的。你沒有辦法違背父母的話，又沒有辦法丟開自己所愛的人，去跟高貴人家結姻緣，這樣做真是為難你了。假如你勉強跟我這身分低微的人在一起，委曲求全地做到有始有終，這種恩情，我這一輩子又拿什麼來報答你呢！即使死了，也會像活著時那樣，粉身碎骨也還不足以報答你的情意。我反覆表白心意，即使寫禿了十支毛筆，用完所有三江產的紙，也無法寫盡我濃密的情意，以打動你的內心。我手裡握著筆，眼淚竟不知不覺滴在硯中；鬱結的心緒，無法靠自己抒解。希望你千萬注意季節變化，好好保重自己，不用過分掛念我。寫了短歌兩首，實在不是什麼好作品，只不過抒發一下心中情感罷了。」一首歌曲名是〈極相思令〉：「湘東最是得春先，和氣暖如綿。清明過了，殘花巷陌，猶見鞦韆。 對景感時情緒亂，這密意、翠羽空傳。風前月下，花時永晝，灑淚何言。」又作〈長相思令〉一首：「舊燕初歸，梨花滿院，迤邐天氣融和。新晴巷陌，是處輕車轎馬，禊飲笙歌。舊賞人非，對佳時、一向樂少愁多。遠意沉沉，幽閨獨自顰蛾。 正消黯無言，自感憑高遠意，空寄煙波。從來美事，因甚天教、兩處多磨？開懷強笑，向新來、寬卻衣羅。似恁地、人懷憔悴，甘心總為伊呵！」張正宇收到意哥的書信後，心情一直不好，也悄悄地把意哥的信拿給和自己親近的人看，富於同情心的人都相當感嘆。

張內逼慈親之教，外為物議之非，更期月，親已約孫貰殿丞女為姻。定問已行，媒妁❶素定，促其吉期，不日佳赴。張回腸危結，感淚自零。好天美景，對樂成悲，憑高悵望，默然自已，終不敢作書報意。踰歲，意方知，為書云：「妾之鄙陋，自知甚明。事由君子，安敢深扣？一入閨幃，克勤婦道，晨昏恭順，豈敢告勞。自執箕帚，三改歲□，苟有未至，固當垂誨。遽此見棄，致我失圖。求之人情，似傷薄惡；揆之天理，亦所不容。業已許君，不可貽咎。有義則合，常風服於前書；無故見離，深自傷于微弱。盟固可欺，則不復道。稚子今已三歲，方能移步，期於成人，此猶可待。妾囊中尚有數百緡，當售附郭之田畝，日與老農耕耨別穰❷，臥漏復毳❸，鑿井灌園。教其子知詩書之訓，禮義之重，願其有成，終身休庇妾之此身，如此而已。其他清風館宇，明月亭軒，賞心樂事，不致如心久矣。今有此言，君固未信，俟在他日，乃知所懷。燕爾方初，宜君子之多喜；拔葵在地❹，徒向日之有心。自茲棄廢，莫敢憑高。思入白雲，魂遊天末。幽懷蘊積，不能窮極。得官何地？因風寄聲。固無他意，貴知動止。飲泣為書，意緒無極。千萬自愛！」張得意書，日夕歎悵。後三年，張之妻孫氏謝世，湖外莫通信耗。會有客自長沙替歸，遇於南省書理間❺。張詢客意哥行沒，客撫掌大罵曰：「張生乃木人石心也！使有情者見之，罪不容誅！」張曰：「何以言之？」客曰：「意自張之去，則掩戶不出，雖比屋莫見其面。聞張已別娶，意之心愈堅，方買郭外田百畝以自給。治家清肅，異議纖毫不可入。親教其子。吾謂古之李住滿女，不能遠過此。吾或見張，當唾其面而非之。」張慚忸久之。召客飲於肆，云：「吾乃張生。子責我皆是，但子不知吾家有親，勢不得已。」客曰：「吾不知子乃張君❻也。」久乃散。

【章　旨】張正宇另娶高門，譚意哥卻無怨無悔，獨立支撐門戶，撫育孩子。

【注　釋】❶媒妁　泛指媒人。媒，指男方的媒人。妁，指女方的媒人。❷耕耨別穰　耕耨，耕田除草。別穰，收穫作物。穰，指黍稷稻麥等植物的稈莖。❸臥漏復毳　形容生活艱苦。臥漏，睡在漏雨的屋子。復毳，蓋著粗毛毯。復，此處通「覆」。毳，指粗糙的毛織品。❹拔葵在地　典出《史記．循吏列傳》，謂戰國時魯相公儀休見自家園子的葵菜好吃就拔掉，妻子織的布好就燒掉織機並休掉妻子，以避免老百姓生產出來的菜與布沒有銷路。此典故本意是為官不與百姓爭利，本文僅用其「休妻」的表面意思。❺南省書理間　南省，尚書省的代稱，唐代尚書省設在皇城正中，位居宮城之南，號為「南衙」；又說中書、門下、尚書三省中，尚書省的位置在其他兩省之南，故通稱「南省」。書理間，不詳，從上下文意判斷應當是尚書省下屬部門。❻張君　指張生，唐傳奇〈崔鶯鶯〉中記敘書生張生與大家閨秀崔鶯鶯在古寺相遇，兩人私相悅慕，張生後另娶高門。張生是歷史上男子「始亂終棄」的典型。

【語　譯】張正宇在家裡有父母的管教，在外面又受到輿論的非議，一個月後，父母就定了和孫貰殿丞的女兒成婚。行過問名、下定等訂婚儀式之後，媒人早就約好，催他早點完婚，趕緊迎娶。張正宇心裡煩惱得不得了，感傷流淚。風景再美也無心欣賞，常常獨自登高、默默無語，但他還是不敢寫信告訴譚意哥。過了一年，意哥才知道這件事，寫信給他說：「我身分微賤、見識淺陋，十分明白自己的短處。事情由您決定，我怎麼敢探問？我一入您的門，就努力盡到妻子的職責，自早到晚謙恭和順，不敢說有多辛苦。我為您操持家務，如有做得不好的地方，應該讓我知道。您卻突然這樣拋棄我，導致我完全沒了主張。從人情上講，似乎有點薄情；用天理來衡量，也沒有辦法為天理所容。我已經把自己託付給您，就沒有辦法埋怨別人。古書上常講，男女之間有恩義才能結合，我一直相信這些話，但現在被您拋棄，也只能深深為自己的卑微弱小而感傷。既然盟誓被拋棄，其他也沒有什麼可說了。兒子已經三歲，才剛會走路，我可以等待他長大成人。我手頭還有幾百貫錢，準備買些郊區的田，每天和農人一起耕作，簡樸生活。撫育孩子，讓他懂得詩書上的道理和禮義的重要，希望他能有所成就，一輩子孝順我，我的願望只有這樣而已。其他諸如清風明月的夜晚、在館宇亭軒之中飲酒作詩這一類的事，早就已經是過去了。今天的這些話，您一定不會相信，等到將來有一天，您就知道了。您剛新婚，應當高高興興；我卻像離開了土地的葵葉，只能在內心繼續仰慕著太陽。這次被拋棄，我再也不登高遠望了。我心裡的憂愁像白雲一樣飄動，我的魂靈遠遊天涯，憂鬱的情緒，說也說不清。您在哪裡做官？捎個信給我吧。我並沒有別的意思，只是想知道您的行蹤。我是一面哭泣一面寫這封信的，心裡實在是心亂如麻。請您千萬愛護自己！」張正宇收到意哥的信，也只能早晚嘆息惆悵。三年後，張正宇的妻子孫氏去世了，但譚意哥身處長沙，並不知道消息。恰巧有人調動官職，從長沙回京，和張正宇在辦公的地方相遇。張正宇向他打聽譚意哥的消息，那人大罵，說：「那姓張的真是鐵石心腸！如果讓有正義感的人見到他，他就慘了！」張正宇問：「為什麼這麼說呢？」那人說：「意哥自從姓張的走後，就閉門不出，雖是鄰居也不容易見到她。聽說姓張的已經另外娶妻，意哥的心更加堅定，買了近郊的百十畝田來養活自己。她治理家務清正嚴肅，閒言雜語一絲一毫也無法影響她。還親自教育兒子。在我看來，古代的賢妻良母，也比她強不了多少。我要是見到姓張的，一定要把口水吐到他臉上，好好指責他。」張正宇聽了很慚愧，久久說不出話來。然後請客人到酒店去喝酒，才對他說：「我就是那個姓張的。你責怪我是應該的，只是你不知道我家有雙親，我不得不這樣做。」客人說：「我不知道您就是張君。」兩人聊了很久才散去。

張生乃如長沙，數日既至，則微服遊於市，詢意之所為，言意之美者不容刺口。默詢其鄰，莫有見者。門戶瀟灑，庭宇清肅。張固已惻然。意見張，急閉戶不出。張曰：「吾無故涉重河，跨大嶺，行數千里之地，心固在子，子何見拒之深也？豈昔相待之薄歟？」意云：「子已有室，我方端潔以全其素志。君宜去，無浼我。」張云：「吾妻已亡矣。曩者之事，君勿復為念，以理推之可也。吾不得子，誓死於此矣！」意云：「我向慕君，忽遽入君之門，則棄之也容易。君若不棄焉，君當通媒妁，為行吉禮，然後乃敢聞命。不然，無相見之期。」竟不出。張乃如其請，納彩問名，一如秦晉之禮焉。事已，乃挈意歸京師。意治閨門，深有禮法，處親族皆有恩意，內外和睦，家道已成。意後又生一子，以進士登科。終身為命婦，夫妻偕老，子孫繁茂。嗚呼，賢哉！

【章旨】此段講述張正宇在妻子去世之後前往長沙與譚意哥相聚。

【語　譯】張正宇於是趕往長沙，幾天後到達，就換了普通人的服裝在街上到處打聽譚意哥的作為，說譚意哥好話的人很多。他又悄悄向鄰居打聽，但很少有人能見到她。她的門前清靜，庭院也很整潔。看到這些，張正宇心裡很難受。譚意哥一見到張正宇，趕快躲進屋裡把門關起來。正宇說：「我會涉水渡河沒有其他原因，翻山越嶺，跑了幾千里的路，都是為了你，你為什麼這麼狠心地拒絕我呢？難道我們過去相處感情不夠深嗎？」意哥說：「你已經有了妻室，我努力做到端莊貞潔。你還是走吧，不要再來找我。」正宇說：「我的妻子已經死了。過去的事，希望你不要放在心上，用常情推理，你應該能理解我。如果我沒有辦法跟你在一起，情願死在這裡！」意哥說：「我以前仰慕你，倉促地進了你的門，所以也容易被拋棄。如果你不會再拋棄我，你就應當找媒人來提親，正式舉行婚禮，然後我才能聽從你。不然的話，我們也不用再見面了。」終究還是不肯開門。張正宇就照她所要求的辦，舉行納采、問名等儀式，完全按照正規的婚禮進行。婚事結束，張正宇就帶著意哥回到了京師。譚意哥治理家務，很有條理，和親族相處也都很得體，家族內外都很和睦，家業興旺發達。意哥後來又生了一個兒子，考中了進士。意哥終身都享有封號，和張正宇白頭到老，後代子孫繁多。啊，真是賢慧啊！

【研　析】魯迅說：「秦醇此傳，亦不似別有所本，殆竊取〈鶯鶯傳〉、〈霍小玉傳〉等為前半，而以團圓結之爾。」(《稗邊小綴》) 小說以對妓女充滿同情的筆墨，描寫了譚意哥和張生的一段曲折愛情。他們一度分離，是受了封建社會「門當戶對」觀念的影響；最後的團圓，又因為意哥本是個恪守封建規範的賢妻良母。作品前半部分的情節全然和〈霍小玉傳〉等前代作品相類似，但「大團圓」的結局則表示作者完全認同了世俗社會的道德與婚姻法則，就人物形象而言，譚意哥的反抗精神和個性特徵遠遠無法和霍小玉等相比，這與宋代道學思想盛行的文化背景有很大關係。

宋人傳奇有一個普遍的特點，就是夾雜較多的詩詞歌賦，本篇尤其是這樣。小說多用聯語、詩詞、函札穿插其中，頗具匠心。從總體看來，文中的詩詞基本是為塑造人物和表達感情服務的，並不是單純地遊戲筆墨、馳騁才情，因此整體效果還是不錯的。

蘇小卿

佚名

【題解】本篇是《醉翁談錄》的佚文，收在《永樂大典》卷二四〇五中。傳奇講述了一對青年人對愛情始終不渝的故事。據文中主人公雙漸的生活年代推斷，作者可能是北宋中葉以後人，遺憾的是其姓名已經不明。

蘇寺丞為閭江❶知縣，有女字小卿，性格妖嬈，儀容儼雅，瑩玉肌香，宮腰❷難比。因遊賞於花園之間，星眸四顧，見一人臥於花陰之下。女叱問曰：「何人敢至於此！」對曰：「姓雙名漸，本郡吏❸也。少覽經書，長工詞賦，期躍禹門❹之三浪，待攀仙桂❺之一枝。奈家貧無以進身，暫為本縣之廳吏。」女子悅其顏貌，默念曰：「荊山之玉，自帶纖瑕，世之常理。今生精神端麗，誠為佳士，但未知其才學。」遂指廳壁山水賦詩，漸乃借意挑之曰：「澗邊芳草連天碧，山下錦濤無丈尺。

鶯稀燕少蝶未知，蜜意尋芳與誰惜。我有春情方似織，萬緒千頭難求覓。富貴榮華不早來，眼前光景空拋擲。」女子見詩，心加愛慕，乃曰：「昔相如有援琴之挑，文君潛附轂相逐❻，韓壽孤吟於窗下❼，賈氏竊之以香囊，此乃憐其才貌。」嬌羞微笑曰：「爾能學否？」生曰：「一介末吏，非匹耦，不敢當此。」女慙曰：「妾一言已出，反不見從，邇來詩涉淫辭，汝得何罪？」生不得已而諾之。亂紅深處，花為屏障，尤雲殢雨，一霎懽情。生曰：「今日別後，再會何時？」女曰：「如今別後，可解職歸家，深心勵學，不忘勞苦，以俟搜賢取士，待折高枝。然後復令良媒，求親可矣。我乃它托不嫁，等待親音，更無忘也。」生方欲言，見侍婢數人走至園中，生乃遁去。

【章旨】此段講述閶江知縣蘇寺丞的女兒蘇小卿在花園中巧遇小吏雙漸，兩人一見鍾情。

【注釋】❶閶江　地名。今屬江蘇無錫。❷宮腰　即「楚宮腰」。《後漢書・馬廖傳》：「楚王好細腰，宮中多餓死。」「楚宮腰」、「宮腰」泛指女子細腰。❸郡吏　本指郡守的屬官，這裡泛指小吏。❹禹門　即「禹鑿龍門」的「龍門」。原指黃河從壺口而下的晉陝大峽谷的最窄處，古代把科舉中第稱之為「登龍門」。❺仙桂　即傳說中月宮中的桂樹。古代科舉考試，每年「秋闈大比」在八月（桂花開的季節），所以人們將科舉應試得中者稱為「月中折桂」或「蟾宮折桂」。❻昔相如二句　據傳漢武帝時，臨邛富豪卓王孫有個女兒卓文君，聰明美貌，著名的文人司馬相如聽說之後很是欽慕。便藉卓府宴飲之機，彈琴表意，躲在簾後的卓文君，聽出了琴聲中的情意，對司馬相如一見傾心，當夜兩人即攜手私奔。❼韓壽孤吟於窗下　晉韓壽貌美，侍中賈充召為僚屬，賈充的女兒在簾後窺見韓壽，很是喜愛，與之暗通款曲，並將皇帝賞給賈充的香料偷偷送給韓壽。賈充知後，便將女兒嫁給韓壽。

【語　譯】閩江知縣蘇寺丞，有個女兒名叫小卿，長得嬌豔嫵媚，舉止嫻雅端莊，晶瑩白玉般的肌膚香氣襲人，纖細的腰肢好像一折就斷。有一天，小卿在自家花園中遊玩，一雙明亮的眼睛四下觀望，忽然看見一個人躺在花叢之下。小卿大聲斥喝道：「什麼人敢到這裡來！」那人回答道：「我姓雙，名漸，乃是本郡的小吏。自小熟讀經書，長大後工於詞賦。本來希望科舉得第，博個功名。誰知家中貧窮，無法求取功名，暫時在本縣縣衙做一個差役。」小卿一見之下便很喜歡他的容貌，心想：「荊山之玉，尚有微瑕。這人神情坦蕩、身體健壯、姿態瀟灑，確實是個好青年。只是不知道他的才學如何。」於是指著壁上一幅山水畫叫他作詩。雙漸就藉機挑逗道：「澗邊芳草連天碧，山下錦濤無丈尺。鶯稀蕪少蝶未知，蜜意尋芳與誰惜。我有春情方似織，萬緒千頭難求覓。富貴榮華不早來，眼前光景空拋擲。」小卿讀了這首詩，心中更加愛慕他，就說道：「過去司馬相如彈琴挑逗，卓文君就隨他乘車私奔，韓壽在窗下獨自吟詠，賈氏還偷拿香囊送他，這是因為愛其才貌。」只見她含羞帶嬌微笑著說：「你能效仿他們嗎？」雙漸道：「我是一個身分低下的小差役，配不上你，不敢這麼做。」小卿很羞慚，說：「我話已經說出來了，你反而不從。剛才你的詩內有淫蕩之詞，那你該受什麼處罰？」雙漸不得已，只好答應了她。於是兩人就在嬌豔的花叢中，以花木為屏障，雲雨歡會一場。雲收雨散之後，雙漸說道：「今天一別，不知什麼時候才能再跟你相會？」小卿道：「今天分別後，你就辭職回家，努力讀書，等待國家選拔賢士的時機。考試考個好名次，然後再派媒人來求親就行了。我就找個理由不出嫁，等待你的音信，千萬不要忘了啊。」雙漸正想說話，有幾個婢女走到花園中來，他就偷偷地溜走了。

遂遊遠郡，訪其先覺。苦志二載，功業一成。歸詢本縣，公吏云：「寺丞不祿，縣君❶挈家以往揚州，投於外祖。」生乃往揚州，問其親音，有人云：「小卿母又告亡，小卿落於娼道。」生乃大慟。忽契友皇甫善、劉仲脩相訪，云：「吾兄有不樂之意。」生以它托告之。劉曰：「一盃與君解悶。」遂三人同往妓陌之所，但見綵樓與翠閣相連，繡幕共珠簾對捲。劉引其青衣出，請獻茶，應聲而趍。但見女子立於簾下，眉如柳葉，臉似桃花，玉削肌膚，百端嬌美。女子揖眾入於小閣中坐，茶了，眾方欲起，劉遂命酒開樽，四人共飲。酒既行，女與眾人曰：「妾有少懇，仰干清聽。近畜一歌妓，世間罕有，願求新詞，收為家寶，得不見阻深幸。」眾皆唯唯。酒再行之後，用青紗罩罩一女子，執板❷，筵前佐樽，各滿引盃，令女子歌。女子再起曰：「眾中如有詩詞，願示片言。」漸乃先成其詞，眾不敢措手，眾賓大服。雙生詞曰：「碧紗低映秦娥❸面，咫尺暗香濃。瑤池❹秋晚，長天共恨，煙鎖芙蓉。夭桃❺再賞，流鶯聲巧，不待春工。樽前潛想，櫻桃破處，得似香紅。」女乃深謝。酒再行，且再勸之。漸於樽前顧盼，見女子容貌，若小卿也，心悸魂飛，但忘所惜。其女子見漸面，默念之，依稀似雙郎也，心目皆眩，情魂俱失。數盃之後，女子不免問漸曰：「然平生未識高手，敢問仙鄉姓氏。」漸暗喜曰：「乃閭江縣人也。」漸姓雙，因訪親得至於斯。」女子亦曰：「妾先人前任閭江縣蘇寺丞也，因染疾不祿。妾隨母至揚州，母又厭世。不能自養，遂落於娼流，終不為樂。」語畢，唏噓流涕，悲不自勝。

【章　旨】雙漸為了能夠與蘇小卿家世相配，辭職回家苦學。等到其求得功名重回閭江時，驚訝地得知：由於雙親早逝，蘇小卿已經流落娼家。

【注　釋】❶縣君　古代貴族女子的等級封號，皆從夫官爵高低而定，唐代命婦定制一品為國夫人，三品以上為郡夫人，四品為郡君，五品為縣君。這裡指縣令的夫人。❷板　拍板，古代用以按拍的樂器。據說從唐玄宗時期開始流行，共八片，用繩子貫穿，兩手各執其外一片而拍之。❸秦娥　古代秦地把好女子稱為「娥」，後代泛指美女。❹瑤池　傳說中西王母所居之地。❺夭桃　比喻美麗的少女。《詩經・周南・桃夭》：「桃之夭夭，灼灼其華。」

【語　譯】從此雙漸就辭職回家，拜師求學。刻苦用功了兩年，果然得到功名。回到本縣，向公差們打聽蘇寺丞一家，公差們告訴他：「蘇大人已經去世，夫人帶領全家回揚州投奔娘家了。」雙漸又趕往揚州，詢問小卿一家的音信。有人說：「小卿的母親也死了，小卿已經流落在妓院裡。」雙漸難過地哭了一場。這時他的好友皇甫善、劉仲脩來找他，說：「老兄好像有什麼事不高興？」雙漸找個藉口敷衍他們。劉仲脩說：「那我們去喝一杯，為老兄解悶。」於是三人一起來到妓女聚集的地方。只見一家家樓閣相連，飄著刺繡的帳幔和珍珠串成的簾子，好一派華麗景象。劉仲脩叫來妓院中的丫環獻茶，丫環們隨著聲音快步前來。有一個女子站在門簾外，眉如柳葉，臉如桃花，肌膚如玉，嬌美動人。她向大家行禮，請他們到一個小閣中坐下。喝了茶，大家正想起身，劉仲脩又叫來了酒菜，四人一起吃喝。有妓女為大家依次斟滿酒，那個女子對他們說：「我有一個小小的懇求，希望各位聽一聽。我近來收了一個歌伎，世上難得一見，想求各位創作一些新的歌詞，留作傳家之寶，各位如能同意，就是我莫大的榮幸。」大家都答應了。又喝了幾杯酒後，只見一個女子用青紗蓋著臉，手執樂器，在酒筵前為大家助興。各人都斟滿酒，叫那女子唱歌。那位求歌詞的女子再次起立說：「諸位如有已寫好的歌詞，請先出示給大家看。」雙漸先寫好了一首詞，其他人都不敢動手了，大家都十分佩服雙漸的文才。雙漸的詞寫道：「碧紗低映秦娥面，咫尺暗香濃。瑤池秋晚，長天共恨，煙鎖芙蓉。夭桃再賞，流鶯聲巧，不待春工。樽前潛想，櫻桃破處，得似香紅。」那求歌詞的女子深深感謝。又為大家倒酒，勸大家喝。雙漸張望一下，見唱歌的女子容貌很像小卿，一時心慌意亂，差點忘了自己在幹什麼。唱歌的女子見了雙漸的面貌，心裡暗想，他怎麼如此像雙郎，女子心裡七上八下，緊張得要命。幾杯酒後，那女子忍不住問雙漸道：「我從來沒有見過您，請問您仙鄉何處、尊姓大名。」雙漸暗暗高興，說：「我是閤江縣人。姓雙名漸，因為尋找親戚，來到這裡。」女子也說：「小女子的父親是前任閤江知縣蘇寺丞。因為染病去世，小女子隨母親到揚州，沒想到母親又去世了。我無依無靠，只好流落娼家，實在是令人傷心啊。」說完，嗚咽流淚，悲傷得無法控制。

是日筵散，各歸所邸。漸獨坐自念曰：「我當日共伊花間敘別，指山為誓，永不別嫁，今已為娼。」正嘆之，忽有人彈戶，漸開戶，見一青衣曰：「適來筵娘子別具小酌，專候官人。」漸與青衣同去。小卿再拭鉛粉，別搔簪珥❶，出簾相引，就坐，各敘間別。於小閣中具小酌，三盃之後，小卿與漸曰：「自別之後，父母繼亡，失身娼道，每自思君，空勞夢寐。今得自就合歡之志，我所願也。」是夜姻緣，再逢嬌態。次早生辭，小卿曰：「是何言也？相別三載，今方得見，安可遽去？」生曰：「聞伊與司理院❷薛官人為親，安可久住也？」女曰：「我宅中有一小室，爾且安止。」逐日俟司理回宅，卻共妾偕行。遣興吟詩，與郎繼和，閑時促席飲樂。」荏苒二春，美任歸京，官吏送至郵亭❸餞別。

【章　旨】雙漸和蘇小卿再次相逢之後重修舊好。然而好景不常，雙漸調任新官，兩人再次分別。

【注　釋】❶珥　古代女子戴於耳上的飾物。❷司理院　官署名。宋代州一級的審判機構，掌本州的刑獄勘鞫公事。❸郵亭　古代為傳遞文書的信使提供的驛站。

【語　譯】當日酒宴散了，大家都各自回去。雙漸獨自坐著暗想：「我當年和她在花間分別，她曾經指山發誓，說永遠不嫁給別人，沒想到現在成了娼妓。」正在感嘆命運弄人，忽然有人敲門，雙漸開門，只見一個小丫環說：「剛才筵席上的姑娘又另外準備了飲料點心，專門等候您。」雙漸就和丫環一起來到蘇小卿的居所。蘇小卿重新梳妝打扮，擦上脂粉，戴上玉簪耳環，親自出門迎接雙漸，入坐後，兩人各自敘述分別後的情況。隨後又在小樓之中擺下酒菜，三杯酒過後，小卿對雙漸說：「自從分別後，父母相繼身亡，我失身到娼妓這一行中，但還是經常思念您，白做了許多好夢。今天能和您相會，正是我一直盼望的啊。」這一夜，本以為斷了的姻緣又重新接上了。第二天早上，雙漸告辭。小卿說：「這是什麼話？分別三年，好不容易才見了面，你怎麼能這樣匆匆離去呢？」雙漸說：「聽說你和司理院的薛官人親近，我怎麼能久住呢？」小卿說：「我這裡有一個小房間，你暫時先安心住下。等司理回家，您就能和我一同生活。我可以與您詩歌唱和，閒時還能飲酒作樂。」這樣光陰荏苒，轉眼又過去了兩年，雙漸被派任了一個很好的職位，必須回京任職，官吏們把他送到郵亭，為他餞行。

前至大江，沿流而上，漸觀江景寂寞，鬱鬱不樂。船因至鍾陵浦❶，夜泊豫章❷城下。是夜萬里無雲，月色如晝，凝情似醉，亂思如癡。一派江聲，促成愁思；數點漁燈，燒斷離情。浩飲長歌，不能自遣。忽聞樓櫓❸呀啞，有一畫舸❹將近，亦繫垂楊之下，蓬窗相對。漸出視之，但見彼舟中馬門裡一佳人，年約二十餘；對坐一人，必是其夫，約五十餘歲，形貌古怪，明燭舉酒；左右二青衣女子。佳人抱一琵琶，品弄仙音，漸熟視之，即小卿也。漸因見佳人，遂成心感，不敢傳言，遂自歌而挑之。歌云：「樂天當日潯陽渚，舟中曾遇商人婦。坐間因感琵琶聲，與托微言寫深訴❺。因念佳人難再得，故言何必曾相識。今日相逢相識人，青衫拭淚應無極。我因從官臨川❻去，豫章城下風帆住。續有翩翩畫舸來，斜陽共繫垂楊樹。綠窗相近未多時，紅簾半動聞私語。認得舟中是誰氏，長自廬江❼佳麗地。蘇小從來字小卿，桃葉桃根❽皆姊妹。十歲清歌已遏雲，十一朱顏如桃李，十二難描新月眉，十三解綰烏雲髻。亂花深處偶相逢，一託深心許為婿。翠鬟曾剪繫平生，暗斷平生與盟誓。無何官難兩相忘，因病流落來天際。揚州一夢今何處，風月深情向誰訴。算來爭信不相逢，空感當時無限事。昔日風光曾作主，今日風光如陌路。腸斷江頭夜不眠，風帆明日東西去。」女子品弄之次，忽聽歌詠，熟認其音，乃雙郎也。女放琵琶而出視，見雙漸，立於馬門❾之外，四目相交，各有餘情，皆眷眷而不敢奉認。女入舟中，再抱琵琶品弄，其聲悲噎，人不忍聞。遂乃歌以答之。歌曰〈小卿在舟中答雙生〉：「妾家本住廬江曲，私處蘭閨嬌不足。金翹未綰翠雲低，羅裙已束尖腰玉。回眸雙派秋水清，低眉兩點春山綠。妾之名兮世所聞，錢塘蘇小❿真仙屬。二三月兮春遲遲，鄰姬行樂相追隨。小竹青絲賞何處，笑言相指亂花溪。折花舉酒未成宴，倏然有客花前轉。青驄馬繫綠楊陰，低鬟便與迎相見。眼期心約情繚亂，與君一使柔腸斷。縱有西清松柏間，同心許結連枝願。」「幸得伊救我，妾身願以死，以報君之德也。」漸曰：「此不可久住，恐被舟中人見。」今得力者押行李後進，二人易衣馳騎，先往京師參選注授。顯擢歷任，得偕老焉。

【章旨】此段講述雙漸在旅途中遭遇蘇小卿，兩人下定決心私奔至京城。

【注　釋】❶鍾陵浦　地名。今屬江西進賢。❷豫章　地名。今江西南昌。❸樓櫓　古代軍中用以瞭望、攻守的無頂蓋的高臺，建於地面或車、船之上。本文中實際就指船櫓。❹畫舸　有彩繪的船隻。❺樂天當日潯陽渚四句　唐代詩人白居易，號樂天居士，有長詩〈琵琶行〉一首，記敘其在潯陽江頭送客時遇見一名少婦，少婦自述本是娼家女子，後嫁給商人為妻，商人重利寡情，常年在外經商，少婦因而終年鬱鬱不樂。這裡是用琵琶女來比喻蘇小卿。❻臨川　地名。今屬江西撫州。❼廬江　地名。位於安徽中部，今屬巢湖市管轄。❽桃葉桃根　晉代文人王獻之有愛妾名桃葉，桃葉有姐妹名桃根。❾馬門　船上艙房的門。❿錢塘蘇小　即蘇小小。傳說南齊時期的錢塘名妓。詳見本書〈錢塘異夢〉。

【語　譯】雙漸的船沿著大江，逆流而上，他向船外觀望，只見江上一片寂寥，更使他悶悶不樂。一天，船來到鍾陵浦，停在豫章城外過夜。當晚，萬里無雲，月光把大地照得如同白天，雙漸不由得對景生情，思亂如麻，如醉如癡。江中波濤陣陣，更激發出他難解的愁思；漁船上點點燈火，點燃起一片離情。狂飲或是高歌，都不能排遣這種煩悶的心緒。這時忽然有一陣吱呀吱呀的搖櫓聲，一艘畫船漸漸靠了過來，停在垂楊樹下，和雙漸的船窗戶相對。雙漸走出船艙向對面看去，只見那船艙中，有一名美貌女子，二十幾歲的樣子；她對面有一男子，想必是其丈夫，大約五十來歲，像貌很是古怪，兩人點著蠟燭在喝酒；身邊站著兩個婢女。那位美女懷抱琵琶，彈奏著美妙的曲子。雙漸仔細一看，正是小卿。雙漸看到了小卿，心中很激動，又不敢傳話給她，於是唱起歌來想要打動她。他唱道：「樂天當日潯陽渚，舟中曾遇商人婦。坐間因感琵琶聲，與托微言寫深訴。因念佳人難再得，故言何必曾相識。今日相逢相識人，青衫拭淚應無極。我因從官臨川去，豫章城下風帆住。續有翩翩畫舸來，斜陽共繫垂楊樹。綠窗相近未多時，紅簾半動聞私語。

認得舟中是誰氏，長自廬江佳麗地。蘇小從來字小卿，桃葉桃根皆姊妹。十歲清歌已遏雲，十一朱顏如桃李，十二難描新月眉，十三解綰烏雲髻。亂花深處偶相逢，一託深心許為婿。翠鬟曾剪繫平生，暗斷平生與盟誓。無何官難兩相忘，因病流落來天際。揚州一夢今何處，風月情深向誰訴。箏來爭信不相逢，空感當時無限事。昔日風光曾作主，今日風光如陌路。腸斷江頭夜不眠，風帆明日東西去。」那女子在彈奏琵琶的時候，忽然聽到歌詠，仔細辨別聲音，竟是雙郎。她放下琵琶，走出艙門來看，看到雙漸正站在艙門之外，兩人四目相視，情意綿綿，都戀戀不捨，卻又不敢相認。女子走進艙中，又抱起琵琶來彈奏，樂聲悲淒，讓人不忍心聽下去。接著她又唱了一首歌來回答雙漸。歌裡唱道歌詞的題目是〈小卿在舟中答雙生〉：「妾家本住廬江曲，私處蘭閨嬌不足。金翹未綰翠雲低，羅裙已束尖腰玉。回眸雙派秋水清，低眉兩點春山綠。妾之名兮世所聞，錢塘蘇小真仙屬。二三月兮春遲遲，鄰姬行樂相追隨。小竹青絲賞何處，笑言相指亂花溪。折花舉酒未成宴，倏然有客花前轉。青驄馬繫綠楊陰，低鬟便與迎相見。眼期心約情繚亂，與君一使柔腸斷。縱有西清松柏間，同心許結連枝願。」唱完又說道：「幸虧你把我從火坑中救出來，我願意用死來報答你的恩德。」雙漸對她說：「這裡不能留太久，恐怕被船裡的人看到。」於是他派得力的手下押送行李，他和小卿兩人改換衣裝，騎馬先到京師，雙漸朝見皇帝，等候派任官職，註冊授官。後來一直歷任顯要的官職，他和小卿兩人白頭偕老。

【研　析】小卿身為縣令的女兒，敢於私自愛上一個微末小吏，而且主動表露；雙漸發跡後並不因為小卿已由名門閨秀淪落為娼妓而厭棄她，而是救她跳出火坑，娶她為妻。兩人的行為都在一定程度上打破了當時的道德觀念和貞操觀念的束縛，因此這篇傳奇一直受到後世中下層民眾的喜愛。說唱、戲曲、小說等經常拿來改編，重要的如高政叔的諸宮調〈雙漸小卿〉，王實甫的雜劇〈蘇小卿月夜販茶船〉，馬致遠的雜劇〈青衫淚〉，李玉的傳奇〈千里舟〉等。

在藝術手法上，本篇有兩點值得一提。首先，為突出雙漸對愛情的忠貞不二，作者使蘇小卿由縣令的千金變成卑賤的娼妓，以使兩人地位上的對比更強烈，收到較好效果。其次，敘述故事中插入兩段長歌，複述以前的故事情節，這明顯是受了當時流行的民間說唱文藝的影響。

雙漸蘇小卿的故事宋元以來廣泛流傳，諸宮調、雜劇、南戲都有相關內容的作品。如南戲有〈蘇小卿月夜販茶船〉，元代王實甫則有雜劇〈蘇小卿月夜販茶船〉，紀君祥也有雜劇〈信安王斷復販茶船〉。至於通俗文學作品中提到雙漸蘇小卿故事的更是不可勝數。如董解元《西廂記》卷一〈般涉調．柘枝令〉云：「也不是離魂倩女，也不是謁漿崔護。也不是雙漸豫章城，也不是柳毅傳書。」《水滸傳》也寫到白秀英在勾欄演唱〈豫章城雙漸趕蘇卿〉故事。以至於有學者把「豫章茶船」、「普救西廂」、「天寶馬嵬」稱為元明三大情史。然而，從明代以來，由於傳奇本文散佚，人們對於雙蘇故事的詳情已經不甚了然了。直到二十世紀六〇年代《永樂大典》存世殘本影印出版，學者才在《大典》卷二四〇五「蘇」字韻中見到了引自《醉翁談錄》的〈蘇小卿〉傳奇佚文，文學愛好者和研究者才重新了解到雙蘇故事的詳細情況。不過遺憾的是，我們看到的這些文字已然不是完璧，其中雙漸赴官臨川一段已經缺失，文章直接跳到了雙漸任滿歸京，其間蘇小卿的經歷也沒有任何交代，這實在是一種遺憾。

高言

劉斧

【題解】本篇出自劉斧《青瑣高議》前集卷三，講述高言因一時忿怒，殺了寡恩忘義的友人，不得已奔竄南北，身踐數異國，所遊之地，人物詭異，二十年後方得再回故土的傳奇經歷。

【作者】劉斧，生平不詳。

高言，字明道，京師人。好學，倜儻豪杰，不守小節，酒酣氣壯，顧命若毛髮，是人莫與結交。其或風月佳時，賓朋宴聚浩歌，音調慷慨，泣下云：「使我生高、光❶時，萬戶侯❷何足道哉！」好高視大，論言狂訐，直攻人過，不顧名節。

【章旨】此段交代高言豪放、不拘小節的個性。

【注釋】❶高光　漢高祖、漢光武帝。❷萬戶侯　食邑萬戶以上，漢代侯爵最高的一級，借指高官顯爵。

【語譯】高言字明道，京城人。他好讀書，為人豪邁灑脫，不拘小節，酒到酣處，往往豪氣如雲，視性命如毛髮，所以一般人都不敢和他深交。每當風和景明、賓朋歡宴之時，高言往往放聲高歌，音調高亢豪放，唱到動情處，潸然淚下道：「假如我生於漢高祖、光武帝之時，封萬戶侯又算得了什麼！」高言自視甚高，言談之間喜歡抨擊指摘別人，而不太在乎別人對自己的看法和評價。

家資蕩盡，乃遊中牟❶，干友人，作詩曰：「昨夜陰風透膽寒，地爐無火酒瓶乾。男兒慷慨平生事，時復挑燈把劍看。」翌日，友人以雙縑贈之。言怒，擲縑毆其价❷曰：「何遇我之薄！」他日閒遊，遇前友人於途，數之曰：「子平日客都下，吾接子以禮，及子歸，吾厚餞❸子。今此來，而子託以他適。吾何負子？今不捨子！」因探囊取匕首殺之，並殺其從者二人。言思身觸憲網，無所取逃，馳入京見故人柳敷，以實告：「吾當走南北，以延日暮。」柳贈帛為別。後屬仁廟❹崩，新君即位，有罪者咸得自新，歸見柳云：「吾得復歸，身如更生，向時使氣，徒自悔恨。」

【章　旨】此段講述高言一時使氣殺人，不得不遠走他鄉避禍。

【注　釋】❶中牟　地名。位於河南中部，東接古都開封，西鄰省會鄭州。❷价　僕役。❸錢　外出時所給予的饋贈。❹仁廟　即宋仁宗趙禎（西元一〇一〇—一〇六三年），真宗子，西元一〇二三—一〇六三年在位。

【語　譯】高言蕩盡家財，於是前往京城附近的中牟縣遊歷，到了中牟，他想投靠當地一位朋友，並獻上了自己所作的一首詩：「昨夜陰風透膽寒，地爐無火酒瓶乾。男兒慷慨平生事，時復挑燈把劍看。」第二天，這位朋友讓僕人送來了兩千文錢。高言見此情景大為惱火，把錢扔在地上，並打了那名僕人，怒罵道：「你怎能這樣無情地待我！」後來的某一天，高言在街上閒遊，恰巧碰到了那位朋友，於是上去責備他道：「你以前旅居京城，我以禮相待，你要回鄉了，我為你準備了豐厚的盤纏。現在我來找你，你卻謊稱到別的地方去了。我何曾虧待過你，你現在這樣對我？我饒不了你！」說完從口袋裡掏出匕首就把友人殺了，隨後又把朋友的兩個僕人也一併殺死。高言知道自己觸犯了刑法，無法逃脫制裁，便飛馳回到京城，他把事情原委向朋友柳敷和盤托出：「今後我就要浪跡天涯去逃命了。」柳敷贈給他一些綢緞作為臨別的禮物。此後若干年，恰巧碰上仁宗駕崩，新君英宗繼位，罪犯獲得大赦，高言這才回到京城，見到柳敷，他說：「這次我重回故鄉，彷彿重獲生命，以往任性使氣，現在真是後悔得不行。

「言別後，北走入胡地，數日為候騎❶所得，縶我兩馬間，以獻名王❷。王問：『汝長於何術？』對：『知書數，能詩，善臂鷹放犬。』

名王頗喜，由是久之。王如漠北❸，令吾往焉。二十餘日，方至其地。黃沙千里，不生五穀，地氣大寒，五月草始生，木皮二寸，冰厚六尺。食草木之實，飲牛羊之乳。名王為吾娶妻，妻年雖少，腥羶垢膩，逆鼻不可近。夜宿於土室，衣獸皮，胡婦不通語言。吾是時思欲為中國之犬，莫可得也。凡在漠北，不見生草，時亦得酒飲並麵食，皆名王特令人遺吾也。吾自思：『此活千百年，不若中國之生一日也。』日逐胡婦刈沙草，掘野鼠，生奚為也！或臨野水自見其形，不覺驚走，為鬼出於水中，枯黑不類可知也。一日，胡婦為盜去，吾愈不足，為書上名王，得還舊地。他日，名王至境上，吾夜盜騎馬南走。至吾國，縱其馬歸，因奪牧兒之衣，易去吾服，南走二萬里，至海上廣州❹。

【章旨】此段高言自述流亡至北方少數民族地區的遭遇。

【注釋】❶候騎　擔任偵察巡邏任務的騎兵。❷名王　古代少數民族對貴族頭領的稱呼。❸漠北　歷史上匈奴、突厥、蒙古族的活動中心。位於今天的蒙古高原，海拔平均在一五〇〇公尺左右。南以戈壁為界，東大致到克魯倫河，西至杭愛山、阿爾泰山一帶。❹廣州　地名。今嶺南地區。

【語　譯】「我和您分別之後便跑到了北方胡人的地盤，幾天後被他們的騎兵抓獲，將我捆在馬上獻給了他們的大王。大王問我：『你有什麼專長啊？』我答道：『我能寫會算，還會作詩，善於育鷹養犬。』大王聽後很高興，於是我便長久地待了下來。後來大王前往漠北地區，讓我跟著他一起去。走了二十多天，才到達其境內。那裡黃沙千里、五穀不生，天氣極冷，每年五月份草木才開始生長，樹皮兩寸厚，冰卻有六尺厚。那裡的人吃草木的果實，喝羊奶牛奶。大王為我在當地娶妻，妻子雖然非常年輕，但滿身腥膻之氣，掩著鼻子都難以靠近。晚上，我們就睡在土壘成的房子裡，穿獸皮，妻子和我言語也不能相通。那時，我即便想做中原的一條狗，也是不可能的。在漠北之時，看不到草木，但有時能吃到麵食喝到酒，這都是大王特別賞賜給我的。我當時常想：『在這裡活千百年，也不如在中原活一天。』每天就是跟著胡女割沙草、挖野鼠，這樣的日子有什麼活頭！有一次我偶然在野外的水面上照見了自己的面容，結果竟然把自己給嚇跑了，因為水中的倒影枯槁黑瘦，看起來就像一個鬼。某日，胡女被人搶走，我更加感到不滿，於是就向大王上書，結果獲准回到當初的地方。有一天，我跟隨大王去邊境，夜裡我偷了他的馬，向南疾馳，終於回到了中國境內，我將胡馬放回，又搶了一個牧童的衣服，換去身上胡人的裝束，往南跑了兩萬里，一直到了海邊的廣州。

「會有大舶入大食，吾願執役從焉。舶離岸，海水滔滔，有紫光色，惟見四遠天耳。鯨鯢出沒，水怪萬狀，二年方抵大食。地氣大熱，稻歲再熟。王金冠，身佩金珠瓔珞❶，有佛腦骨藏於中宮。人亦好鬬，驅象而戰。百羊生於地中，人知羊將生，乃築牆環之，羊臍於地，人撻馬而奔馳叫呼，羊驚臍斷，便逐水草。

【章　旨】此段高言自述在大食國目睹的奇異景觀。

【注　釋】❶瓔珞　古代用珠玉串成的裝飾品，多用為頸飾。

【語　譯】「此時恰好有大船前往大食國，我自願登船充當雜役。大船離岸之後，只見海上波濤翻滾，紫光閃爍。大船四面除了海水，只能見到天空。水中有鯨魚出沒，水怪層出不窮，兩年之後才到達大食。大食國天氣炎熱，一年稻子能成熟兩次。國王頭戴金冠，身上披著珠玉瓔珞，宮中供奉著佛的頭骨。當地人喜歡爭鬥，常常驅動象群進行戰爭。那裡羊是從地下長出來的，人們知道羊要出生了，便築牆將牠們圍起來，羊的臍帶和地相連接，人便趕著馬群奔馳呼號，使羊受驚而掙斷臍帶。這樣，人們就可以趕著羊群找尋有水、草的地方放牧了。

「大食南有林明國，大食具舟欲往，吾又從之，一年方至。國地氣熱甚於大食，稻一歲數熟。人皆裸，惟用布蔽形。盛暑則以石灰塗屋堅密，引水其上，四簷飛注如瀑布，激氣成涼風，其人機巧可知也。王坐金車。有刑罰：殺人者復殺之，折人者復折之；他犯小過者，罰布一尺，歸之王。王之宮極富，以金磚甃❶地，明珠如梔李者莫知其數，沉香如薪，亦用以爨❷。

【章　旨】此段講述高言在林明國的奇異經歷。

【注　釋】❶甃　鋪。❷爨　燒火做飯。

【語　譯】「大食國之南有林明國，大食人想要乘舟前往，我也跟著去了，舟行一年才到達目的地。林明國的氣候比大食更加炎熱，稻子一年成熟數次。當地人全身赤裸，只用布片遮羞。盛夏的時候，當地人用石灰將房屋塗抹嚴實，將水引到屋頂後澆下，水流從屋簷處如瀑布般落下，以此激蕩起陣陣涼風，由此一點便可見出當地人的機智聰慧。林明國的國王乘坐的是金車。該國的法律規定：殺人者償命，傷人者將受到同樣的處置；犯輕微罪過的，罰布一尺，歸國王所有。國王的皇宮極其奢華，以金磚鋪地，像梔子或李子那麼大的珍珠不計其數，沉香堆得像柴火一樣，甚至被用來燒飯。

「林明國曾發船，十年不及南岸而歸。中間有一國，莫知其名，人長數寸，出必聯絡。禽高數尺，時食其人，故出必聯絡耳。聞東南有女子國，皆女子，每春月開自然花，有胎乳石、生池、望孕井，群女皆往焉。咽其石，飲其水，望其井，即有孕，生必女子。舟人取小人數人載回，中道而死。海中有大石山，山有大木數十本，枝上皆生小兒。兒頭著木枝，見人亦解動手笑焉；若折枝，兒立死。乃折數枝歸，國王藏於宮中。

【章　旨】此段講述高言在小人國、女子國等地所目睹的奇異景觀。

【語　譯】「有人曾從林明國向海上發船，向南航行十年都沒能抵達陸地。在航行中，我們途經一個不知名的國度，那裡的人只有數寸高，他們出行必定要數人一同活動。那裡的飛禽有數尺高，經常會吃人，所以當地的『小人』要集體行動。聽說東南還有個女子國，國中皆為女子，每到春季就開一種自然花。國中有胎乳石、生池、望孕井，女子都會前往。只要吃下那『胎乳石』，飲下『生池』中的水，望一眼『望孕井』，就會受胎懷孕，而生下來的也必定是女子。水手們抓了幾個小人回來，結果途中就死去了。海中還有大石山，山上有大樹數十株，樹枝上長出一些小人。小人頭頂樹枝，見到人能笑會動；假若把樹枝折斷，小人立刻就會死去。有人折了一些這樣的樹枝回來，國王將它藏於宮中。

「吾往林明國六年，又聞東南日慶國，林明有船往焉，吾又從之。既至，結髮如鳥雀，王坐石床上，無禮儀亂雜，最為惡穢。爭鬥好很，婦女動即殺戮。無刑罰，犯罪，王與人共破其家而奪之。南有山，遠望日照之如金，至則皆硫黃也。硫黃山之南，皆大山焉，火燃山晝夜不息。火中有鼠，時出火邊，人捕之，織其毛為布造衣，有垢汙則火中燃之即潔也。吾得數尺存焉。吾厭彼，復還。會有船歸林明，吾登其船。娶婦方生一子踰歲，奔而呼吾。回國舟已解，知吾意不還，執子而裂殺之。

【章　旨】此段講述高言在日慶國的所見所聞。

【語　譯】「我在林明國待了六年，後來聽說東南有日慶國，當地有船前往，於是我又跟船前去。到了日慶國後，我看到當地人的頭髮梳成鳥雀的形狀，國王坐在石床之上，國人沒有倫理道義，行為汙穢。日慶國人凶狠好鬥，婦女之間也常常互相殺戮。國無王法，有人犯罪了，國王便帶著人毀了他的屋子、搶走他的財產。南方有山，遠遠望去在太陽照射之下有金光閃爍，走到面前才知道山上全是硫磺。硫磺山南面，全是大山，山上有火晝夜不停地燃燒。火山上生活著一種老鼠，時常在火旁出沒，當地人把老鼠捉了，用牠的毛織成布做衣物，這種織物髒了放在火中燒一燒就會重新變得清潔。我也弄了幾尺這樣的布收藏起來。我很厭惡這裡的國情民風，便想回到林明國去。正好此時有船回林明，我便登上了船。那時，我在日慶國娶妻生下的孩子剛剛一歲，妻子看見我上船便奔跑著呼喚我回去。但那船已解開纜繩，妻子知道我不會再回來了，便當場將孩子身體扯裂殺死了。

「自林明回大食，航海二年方抵廣。吾不埋黃沙之下，免藏江魚之腹，奔走二十年，身行至者四國。溪行山宿，水伏蒿潛，寒熱饑苦，集於一身。以逃死，幸得餘息，復見華風。間心自明，再遊都輦❶，復觀先子丘壟❷。身再衣幣❸帛，口重味甘鮮。有人唾吾面，扼吾喉，拊吾背，吾且俛首受辱，焉敢復賊害人命乎！」

【章　旨】高言歷盡艱辛回到了故國。

【注　釋】❶都輦　都城。❷丘壟　墳墓。❸幣　即帛，絲織品。

【語　譯】「後來，我從林明國返回大食，又在海上航行兩年才抵達廣州。我僥倖沒有被埋在黃沙之下，也沒有葬身魚腹，奔走二十年，遊歷了四個國家。這些年來，我跋山涉水、風餐露宿，寒熱飢苦集於一身。最後死裡逃生，再次見到中華的風土人情，內心平靜明達，並能再遊京城、重見父母墳塋，穿絲綢衣裳，品嘗種種美味。現在假如有人往我的臉上吐唾沫、扼住我的喉嚨、擊打我的後背，我都甘心低頭受辱，哪裡敢再害人性命！」

余矜其人奔竄南北，身踐數國，言所遊地，人物詭異，因具直書之，且喜其人知過自新云耳。議曰：馬伏波❶云：「為謹願事，如刻鵠不成猶類鶩者也；學豪俠士，如畫虎不成反類狗者也❷。」此伏波誨子弟，欲其為謹肅端雅之士，不願其為豪俠也。當佩服前言。恃其才，卒以凶酗而殺人害命，其竄服鬼方❸，苦寒無人境，求草水之一飲，捕鼠而食，安敢比於人哉？得生還以為大幸，偶脫伏屍東市❹，復齒人倫❺，亦萬之一二也。士君子觀之，以為戒焉。

【章　旨】此段為作者表達對高言所作所為的議論。

【注　釋】❶馬伏波　即伏波將軍馬援（西元前一三—四九年），東漢開國名臣。❷為謹願事四句　出自馬援〈誡兄子嚴敦書〉（見《後漢書・馬援傳》），原文為：「效伯高不得，猶為謹敕之士，所謂刻鵠不成尚類鶩者也。效季良不成，陷為天下輕薄子，所謂畫虎不成反類狗者也。」❸鬼方　商周時代西北部落名。在此泛指邊疆少數民族。❹東市　漢代在都城長安東市處決死刑犯，後以此代稱刑場。❺復齒人倫　重新被列於家族的長幼輩分之中。齒，按年齡排列。

【語　譯】我同情高言奔波南北、遊歷數國的經歷，而他所遊之地的人事與景物又是那樣地詭異，於是我把事情的原委經過忠實地記錄下來，並且很欣賞他能夠改過自新。評論曰：伏波將軍馬援曾說：「為人小心謹慎，就如同刻一隻老鷹不成還能像一隻野鴨；而效仿那些豪俠之士，則往往如畫虎不成反類犬。」這是馬援教誨子姪的話，本意是想讓他們成為謹慎端方之人，不願其成為豪俠之士。我以前很佩服這樣的說法。高言仗著自己有才便恣意妄為，結果因為酗酒行凶害人性命，不得不逃竄到西北苦寒無人之地，喝野外的冷水、靠捕鼠果腹，這還算得上是人嗎？所幸的是他最後能夠生還，並免於極刑，重新回到了社會家庭之中，這也真算得上是萬分之一二的機率了。希望士人君子，能以此為戒。

【研　析】本文是宋代文言小說中非常另類的一篇，它講述了一名豪俠之士亡命天涯，北走胡地、復南奔異國，身歷各種奇事異俗的離奇故事。文章繼承了古代《山海經》、《博物志》地理博物體著述記錄域外地理風物的傳統，又借鑑了唐人張說〈梁四公記〉描寫殊方海外奇風異俗的手法。在文章中，對於高言的經歷，作者自稱是「具直書之」，但這篇貌似實錄的小說，事實上幾乎全是虛構，因為高言所講的奇聞異事，幾乎都來自書本。

首先看他的北遊經歷：見名王，到漠北，娶胡婦，「刈沙草，掘野鼠」，這與漢代蘇武在匈奴的經歷如出一轍，《漢書・蘇武傳》云：「武既至海上，廩食不至，掘野鼠去草實而食之。……積五、六年，單于弟於靬王弋射海上。武能網紡繳，檠弓弩，於靬王愛之，給其衣食。三歲餘，王病，賜武馬畜、服匿、穹廬。王死後，人眾徙去。其冬，丁令盜武牛羊，武復窮厄。」「海上」相當於「漠北」，「於靬王」相當於「名王」，「給其衣食」相當於「時亦得酒飲並麵食，皆名王特令人遺吾也」，牛羊被盜復窮厄相當於「胡婦為盜去，吾愈不足」。

再看高言的南遊（西遊）經歷：「（大食）地氣大熱，稻歲再熟。王金冠，身佩金珠瓔珞，有佛腦骨藏於中宮。人亦好鬬，驅象而戰。百羊生於地中，人知羊將生，乃築牆環之，羊臍於地，人撻馬而奔馳叫呼，羊驚臍斷，便逐水草」；「（林明）國地氣熱甚於大食，稻一歲數熟。人皆裸，惟用布蔽形。盛暑則以石灰塗屋堅密，引水其上，四簷飛注如瀑布，激氣成涼風，其人機巧可知也。」而《舊唐書》對拂菻國（東羅馬帝國及西亞地中海沿岸地區）是這樣介紹的：「其王冠形如鳥舉翼，冠及瓔珞，皆綴以珠寶，著錦繡衣，前不開襟，坐金花床。……其俗無瓦，擣白石為末，羅之塗屋上，其堅密光潤，還如玉石。至於盛暑之節，人厭囂熱，乃引水潛流，上偏於屋宇，機制巧密，人莫之知。觀者惟聞屋上泉鳴，俄見四簷飛溜，懸波如瀑，激氣成涼風，其巧妙如此。……有羊羔生於土中，其國人候其欲萌，乃築牆以院之，防外獸所食也。然其臍與地連，割之則死，唯人著甲走馬及擊鼓以駭之，其羔驚鳴而臍絕，便逐水草。」由此可見，本文中對大食、林明兩國的描繪完全脫胎於《舊唐書》中拂菻國的記載。

此外，《舊唐書》記載大食國時，也曾提到生小兒的樹和女國：「又嘗遣人乘船，將衣糧入海，經八年而未及西岸。海中見一方石，石上有樹，幹赤葉青，樹上總生小兒，長六七寸，見人皆笑，動其手腳，頭著樹枝，其使摘取一枝，小兒便死，收在大食王宮。又有女國，在其西北，相去三月行。」唐杜佑《通典》卷一九三載：「小人在大秦之南，軀才三尺。其耕稼之時，懼鶴所食，大秦每衛助之，小人竭其珍以酬報。」這些說法和本文中的內容非常接近，不難看出繼承或模仿的痕跡。

儘管如此，我們也要看到：自《山海經》以降，記載絕域風物、異國風情的作品大都為片斷之辭，不成系統；而本文通過高言的自敘組織成系統文章，情節連貫、敘述委婉，自有其獨到之處。以後《西遊記》、《鏡花緣》等長篇小說也都可以見到本文的影響。

除此之外，本文對於海外風物、民風國情的情感態度也值得注意。無論是較為久遠的《山海經》、《博物志》，近在前代的〈梁四公記〉，對於「殊方異域」的種種奇狀異事，往往是抱著一種浪漫的好奇，甚至豔羡的誇張加以記錄和描述的。可是本文在獵奇的同時，卻表現出了一種強烈的畏懼和排斥情緒。漠北的「黃沙千里，不生五穀，地氣大寒，五月草始生，木皮二寸，冰厚六尺。食草木之實，飲牛羊之乳」，固然讓高言產生了「思欲為中國之犬，莫可得也」、「此活千百年，不若中國之生一日也」的痛切感受；就是物產豐富、其人機巧的大食、林明也未能引起高言的稍許認同和眷戀，依舊是如坐針氈、避之唯恐不及。這種對於海外探險的畏懼和抵觸心理顯然不是我們這個民族所固有的，從兩漢至隋唐，無論是主動出境（張騫、玄奘），還是被動交流（胡人來華貿易），都是為中央政府乃至平民百姓接納和認可的。為什麼在本文中，對本民族的認同和對他民族的排拒卻是如此地強烈，以至於成為文章的主旨？這是不是與宋代從開國以來便積貧積弱、國力衰微、外患不斷的國家形勢有一定的關係？這是不是與日益占據意識形態主導地位的儒教思想中「內向」、「內斂」的特性有一定的關係？這都值得我們玩味思量。

煬帝開河記

佚名

【題解】本篇出自《說郛》卷四四，作者失考，《宋史・藝文志》稱：「〈煬帝開河記〉一卷不知作者」。小說記敘了隋煬帝為了滿足自己遊覽廣陵的私欲，驅使無數民工開挖運河的史事。小說將歷史記載、民間傳說熔為一爐，生動描繪了開掘大運河這一浩大工程的血淚史。

睢陽有王氣出，占天耿純臣奏❶：「後五百年當有天子興」。煬帝已昏淫，不以為信。時游木蘭庭，命袁寶兒歌〈柳枝詞〉。因觀殿壁上有〈廣陵❷圖〉，帝瞪目視之，移時不能舉步。時蕭后在側，謂帝曰：「知他是甚圖畫，何消皇帝如此掛意？」帝曰：「朕不愛此畫，只為思舊游之處。」於是帝以左手憑后肩，右手指圖上山水及人煙村落寺宇，歷歷皆如目前。謂后曰：「朕昔徵陳主時，守鎮廣陵，旦夕游賞。當此之時以雲煙為美景，視富貴若深冤。豈期久有臨軒，萬機在躬，便不得豁于懷抱也。」言訖，聖容慘然。后曰：「帝意在廣陵，何如一幸？」帝聞心中豁然。翌日與大臣議欲泛巨舟自洛入河，自河達海入淮至廣陵。群臣皆言：似此程途，不啻萬里，又孟津水緊，滄海波深❸，若泛巨舟，事恐不測。時有諫議大夫蕭懷靜乃蕭后弟。奏曰：「臣聞秦始皇時，金陵有王氣，始皇使人鑿斷砥柱，王氣遂絕。今睢陽有王氣，又陛下意在東南，欲泛孟津，又慮危險。況大梁西北有故河道，乃是秦將王離畎水灌大梁❹之處。欲乞陛下廣集兵夫，於大梁起首開掘，西自河陰引孟津水入，東至淮口，放孟津水出。此間地不過千里，況於睢陽境內過，一則路達廣陵，二則鑿穿王氣。」帝聞奏大喜，群臣皆默。帝乃出敕：「朝堂如有諫朕不開河者，斬之。」詔以征北大總管麻叔謀❺為開河都護，以蕩寇將軍李淵❻為副使，淵稱疾不赴，即以左屯衛將軍令狐達代李淵為開渠副使都督。自大梁起首，於樂臺❼之地建修渠所署，命之為卞渠，古只有此卞字，開封城乃卞邑。因名其府署為卞渠上源傳舍也。

詔發天下丁夫，男年十五以上五十以下者，皆至。如有隱匿者，斬三族。帝以河水經於下，乃賜下字加水。丁夫計三百六十萬人，乃更五家出一人，或老、或幼、或婦人等，供饋飲食。又令少年驍卒五萬人，各執杖為吏，如節級隊長❽之類，共五百四十三萬餘人。叔謀乃令三分中取一分人，自上源而西至河陰，通連古河道，乃王離浸城處。迤邐趨愁思臺而至北去。又令二分丁夫自上源驛而東去。其年乃隋大業五年，八月上旬建功。

【章旨】此段講述隋煬帝在宮中看到一幅〈廣陵圖〉，於是回憶起了廣陵美景，下決心要開鑿運河，從京城直通廣陵。

【注釋】❶睢陽有王氣出二句　睢陽，地名。今河南商丘一帶。占天，古代負責觀測天象的官員。❷廣陵　地名。今江蘇揚州一帶。❸又孟津水緊二句　這裡孟津、滄海並非實指，而是泛指水情凶險。孟津，指孟津渡，位於河南西部，黃河南岸，屬洛陽。滄海，大海。以其一望無際、水深呈青蒼色，故名。❹王離畎水灌大梁　王離，應為王賁。《史記・秦始皇本紀》：「二十二年，王賁攻魏，引河溝灌大梁，大梁城壞，其王請降。」畎，田間小溝，這裡應指引水。大梁，今河南開封。❺麻叔謀　《隋書・煬帝紀》載大業元年營建東京，營顯仁宮，皆載主持大臣姓名，而開通濟渠（即運河）不載主持者。《通鑑》載主持者為尚書右丞皇甫議，非麻叔謀。《隋書》及新舊《唐書》均無有關麻叔謀的記載，同時著述亦不見麻叔謀其人，故疑其人其事為小說家虛構。❻李淵　（西元五六六—六三五年）字叔德，隋朝曾任滎陽（今河南鄭州）、樓煩（今山西靜樂）太守。大業十一年（西元六一五年），拜山西河東慰撫大使。十三年，拜太原留守，五月起事，十一月攻占長安，立煬帝孫代王侑為天子（恭帝），改元義寧，遙尊煬帝為太上皇；又以楊侑名義自加假黃鉞、使持節、大都督內外諸軍事、尚書令、大丞相，進封唐王，綜理萬機。次年（西元六一八年）五月，李淵稱帝，改國號唐，定都長安。不久統一全國。❼樂臺　位於開封城東南，相傳春秋時晉國大音樂家師曠，曾在此吹奏過樂曲，因此又名「吹臺」。後來因開封屢遭黃河水患，人們懷念大禹治水之功，於明嘉靖二年，在古吹臺上修建了一座禹王廟，故又稱「禹王臺」。❽節級隊長　古代軍隊下級軍官，管理數十人。

【語　譯】睢陽有王氣冒出，負責占天觀氣的大臣耿純上奏：「五百年後此地會有天子出現。」隋煬帝昏庸荒淫，拒不相信。一天，隋煬帝到木蘭庭遊玩，命令袁寶兒唱〈柳枝詞〉。此時，隋煬帝忽然看到宮殿牆壁上所畫的〈廣陵圖〉，便睜大眼睛仔細欣賞，看得入神竟忘了挪動腳步。蕭皇后站在旁邊，向隋煬帝問道：「不知道這是一幅什麼圖畫，值得皇帝這般喜歡，竟然看得入了神？」隋煬帝回答道：「我並不是喜歡這幅畫，只是思念起以前遊覽過的地方。」隨後左手擁攬著蕭皇后的肩膀，右手指著圖畫上的山川河流，村落上空的裊裊炊煙以及眾多的寺院廟宇，所有的景物好似歷歷在目。煬帝不由得對蕭皇后嘆道：「我昔日征討陳朝後，曾鎮守廣陵，旦夕觀賞遊樂。那時以雲煙為美景，視富貴為塵土。沒想到久居深宮，國事纏身，便不能縱情山水了。」說完，面色慘然。蕭皇后見狀說道：「皇帝既然內心嚮往廣陵，為何不去巡遊一次？」隋煬帝聽後，豁然而悟。第二天隋煬帝便對大臣們宣告將起駕親往廣陵，預備乘坐一艘大船從洛水到黃河，從黃河到大海，最後順著淮河到達廣陵。各位大臣都議論紛紛，認為這段路程足有萬里之遙，況且河水氾濫，水勢凶猛，大海中更是無邊無際，波濤翻滾，如果在那裡行船，恐怕會有不測風雲。當時官任諫議大夫的蕭懷靜蕭皇后的弟弟。上奏皇帝道：「我曾聽說過秦始皇的時候，金陵有王氣出現，秦始皇派人把砥柱鑿斷，王氣就隨之滅絕了。現在睢陽有王氣冒出，並且陛下想向東南行進，在大水中渡船，又憂慮會有危險。在開封的西北有一條舊河道，是秦朝時的王離疏通河水用來沖灌開封城的。乞求陛下廣泛結集壯丁，以開封為源頭開始挖掘，自西從黃河南岸將水引進來，一直向東將水排放到淮河裡面。這段距離總長度不超過一千里，並且從睢陽境內經過，一方面可以直達廣陵，另一方面也可以鑿穿王氣。」隋煬帝聽後十分高興，各位大臣卻默默無言。隋煬帝於是下令：「朝堂中如果有人敢上書勸諫，反對開河，一律斬首。」下令封征北大總管麻叔謀為開河都護，封蕩寇將軍李淵為副使，李淵聲稱有病沒赴任，於是以左屯衛將軍令狐達代替李淵為開渠副使都督。從開封開始，在樂臺的北面，建立修渠指揮署，將所開的河渠命名為卞渠，古書中只有「卞」字，因為開封古時稱為卞邑。把修渠指揮署命名為卞梁上源傳舍。下令徵集天下所有十五歲以上，五十歲以下的男子，都去開河。如果有隱藏起來不出工的男子，被發現就連滅三族。隋煬帝因為河水經過卞京，於是賜令「卞」字加上水，成為「汴」字。糾集起修河的男工共有三百六十萬人，同時又令每五家出一人，無論是老幼還是婦人都可，讓他們為河工做飯燒水和送飯送水。下令五萬名年輕好鬥的士卒手執木杖成為監督河工幹活的河吏，再加上節級隊長之類的下級官吏，共有五百四十三萬多人參加開河工程。麻叔謀命令三分之一的人，從上源開始向西挖掘，一直挖到河陰，與古河道相通，這就是王離放水淹城之處。然後一路蜿蜒伸展奔向愁思臺，轉而向北挖掘。剩下的人從上源驛亭向東挖掘。整個工程於隋朝大業五年八月上旬開始動工。

畚鍤❶既集，東西橫布數千里。纔開斷未及丈餘，得古堂室，可數間，瑩然肅靜。漆燈晶煌，照耀如晝。四壁皆有彩畫花竹龍鬼之像。中有棺柩，如豪家之葬。其促工吏聞於叔謀，命啟棺，一人容貌如生，肌膚潔白如玉而肥。其髮自頭而出，覆其面，過腹胸下略其足，倒生而上，及其背下而方止。搜得一石銘，上有字如蒼頡鳥跡之篆❷。乃召夫中有識者，免其役。有一下邳❸民，讀曰：「我是大金仙，死來一千年。數滿一千年，背下有流泉。得逢麻叔謀，葬我在高原。髮長至泥丸❹。更候一千年，方登兜率天❺。」叔謀乃自備棺櫬，葬于城西隅之地。今大佛寺是也。

次開掘陳留❻，帝遣使馳御署玉祝❼，并白璧一雙，具少牢❽之奠，祭于留侯⑨廟以假道。祭訖，忽有大風，出於殿內窗牖間，吹鑠人面。使者退。自陳留，果開掘東去。往來負擔拖鍬者，風馳電激，遠近之人，如蜂屯聚。既達雍丘，時有一夫，乃中年人。偶患傴僂之疾，不能前進，墮於隊後，伶仃而行。是夜月色澄靜，聞呵殿⑩聲甚嚴。夫鞠躬俟道左，良久，見清道繼至，儀衛周旋。一貴人戴侯冠，衣王者衣，乘白馬，命左右呼夫至前，謂曰：「與我言爾十二郎⑪，還白璧一雙。爾當賓于天⑫。」煬帝有天下十二年。言畢，取璧以授，夫跪受訖，欲再拜，貴人躍馬西去。屆雍丘⑬，以獻於麻都護，熟視，乃帝獻留侯物也。詰其夫，夫具道。叔謀性貪，乃匿璧，又不曉其言，慮夫洩于外，乃斬以滅口。然後於雍丘起工。

【章旨】此段講述開河總管麻叔謀在開河過程中發現一座古墓。

【注釋】❶畚鍤　畚箕和鐵鍬，指開河的工具。❷蒼頡鳥跡之篆　蒼頡，一般作倉頡，傳說中的上古帝王，古人傳說蒼頡為造字之祖。鳥跡之篆，指一種形體類似鳥形的篆書。❸下邳　地名。在今江蘇睢寧西北。❹泥

丸　即「泥丸宮」，道家指人的頭部。❺兜率天　梵語Tusita的音譯，欲界六天的第四天。意譯為妙足天、知足天、喜足天、喜樂天。在此天之人，多於自己所受，生喜樂知足之心，故有此名。❻陳留　春秋時鄭地也，為陳所侵，故曰陳留，戰國時魏惠王都大梁，即其地也。秦始皇一統中國，廢分封，置郡縣，設立陳留縣，屬三川郡治所在，今開封陳留鎮。❼玉祝　玉製的祭文。❽少牢　古代祭禮的供品，牛、羊、豬俱用叫太牢，只用羊、豬二牲叫少牢。❾留侯　漢代謀士張良是陳留人，被漢高祖封為留侯。❿呵殿　謂古代官員出行，儀衛前呵後殿，喝令行人讓道。⓫十二郎　暗指隋煬帝，因為他享有天下十二年（事實上隋煬帝於西元六〇五—六一八年在位）。⓬賓于天　委婉語。謂帝王之死，亦泛指尊者之死。⓭雍丘　地名。今河南杞縣一帶。

【語　譯】土筐鐵鍬等工具已經準備齊全，開河的人群東西橫布數千里。才開始挖掘一丈多深時，便挖出一座古墓，其中有屋室數間，修建得十分肅穆莊重。同時又很富麗堂皇，光彩耀目，如同白晝。屋室中的四面牆壁上都用各種色彩畫著鮮花翠竹和猛龍神鬼之類的圖像。中間放著一具棺柩，好像是富豪人家埋葬的。一個負責監工的小吏報告了麻叔謀，麻叔謀下令開棺，只見棺內之人容貌新鮮如同活人，肌膚潔白如玉並且豐滿富有彈性。他的頭髮從頭上下來蓋住了臉，然後從胸前一直到腳底，又轉回向上直到後背。從他的身上搜出一塊石碑，上面的刻字如同蒼頡按照鳥跡所造的篆書。於是下令河工中有認識此字體的人前來辨識，承諾可以免除他的勞役。有一個下邳郡的河工認識此字體，他唸道：「我是大金仙，死來一千年。數滿一千年，背下有流泉。得逢麻叔謀，葬我在高原。髮長至泥丸。更候一千年，方登兜率天。」麻叔謀於是自己花錢準備棺材，把他埋葬在城西邊的高地上。就是現在開封的大佛寺。

隨後開河至陳留郡，隋煬帝派使者騎馬趕到，拿著他親自簽署的玉製祭文，和一對白玉璧，以及牛羊在留侯廟祭祀，請求借道，使運河從這裡通過。祭祀完畢，忽然有一陣大風將門窗吹開直撲人的臉，使者連忙退下。從陳留郡向東挖掘，往來之人挑擔扛鍬，風馳電掣，成群結隊的人，如群蜂聚集一起。挖掘到雍丘時，有一個民工，乃中牟人氏。因為得了傴僂病，不能快走，於是落在人群後面，獨自一人慢慢前行。這天晚上月光明亮，四周一片寧靜，忽然聽到一陣十分急促的鳴鑼開道的呵斥聲。他急忙彎腰鞠躬等在路旁，過了好長時間，清道的侍吏陸續走過來，儀仗隊十分威嚴。一個貴人頭戴侯冠，身穿王服，騎在一匹白馬上，命令左右的人將這個河工帶到馬前，對他說道：「替我轉告你們的十二郎，把他的一雙白璧還給他。告訴他很快就要歸天了。」隋煬帝統治天下十二年。說完，取出一雙白璧交給他，河工跪下接過白璧，想要再次跪拜，貴人已騎著白馬向西奔去。到了雍丘，河工把白璧獻給了麻叔謀，麻叔謀仔細端詳，發現這正是隋煬帝祭獻給留侯張良的那雙白玉璧。他詢問河工來龍去脈，河工據實以答。麻叔謀性情貪婪，私自藏下了白璧，他弄不懂河工所說的那些話的寓意，為了防止河工洩露祕密，就把他殺了滅口。開河工程在雍丘繼續進行。

至大林，林中有小祠廟。叔謀訪問村叟，曰：「古老相傳，呼為隱士墓。其神甚靈。」叔謀不以為信，將塋域發掘。數尺，忽鑿一竅嵌空，群夫下視，有燈火熒熒。無人敢入者。乃指使將官武平郎將狄去邪者，請入探之。叔謀喜曰：「真荊聶❶之輩也。」命繫去邪腰，下釣，約數十丈，方及地。去邪解其索，行約百步，入一石室。東北各有四石柱，鐵索二條繫一獸，大如牛，熟視之，一巨鼠也。須臾，石室之西有一石門洞開，一童子出，曰：「子非狄去邪乎？」曰：「然也。」童子曰：「皇甫君望子已久。」乃引入。見一人，服朱衣，頂雲冠，居高堂之上。去邪再拜，其人不言，亦不答拜。綠衣吏引去邪立于廊之西階下。良久，堂上人呼力士牽取「阿麼」來。阿麼，煬帝小字。武夫數人，形質醜異魁偉，控所見大鼠至。去邪本乃廷臣，知帝小字，莫究其事，但屏氣而立。堂上人責鼠曰：「吾遣爾暫脫皮毛，為中國主。何虐民害物，不遵天道？」鼠但點頭搖尾而已。堂上人益怒，令武士以大棒撾其腦，一擊而碎，有聲如牆崩，其鼠大叫若雷吼。然方欲舉杖再擊，俄一童子捧天符而下。堂上驚躍，降陛俯伏聽命。童子乃宣言曰：「阿麼數本一紀❷，今已七年，更候五年，當以練巾繫頭而死。」童子去，堂上人復令繫鼠於舊室中。堂上人謂去邪曰：「與吾語麻叔謀：『謝爾伐吾塋域，來歲奉爾二金刀，勿謂輕酬也。』」言訖綠衣吏引去邪於他門出。約行十數里，入一林，躡石攀藤而行。回顧，已失使者。又行三里餘，見草舍，一老父坐土榻上。去邪訪其處，老父曰：「此乃嵩陽少室山❸下也。」老父問去邪所至之處，去邪一一言。老父遂細解去邪。去邪知煬帝不永之事。且曰：「子能免官即脫身于虎口也。」去邪東行回視，茆屋已失所在。時麻叔謀，已至寧陽❹縣，去邪見叔謀具白其事。初去邪入墓後，其墓自崩，將謂去邪已死，今日卻來，叔謀不信，將謂狂人。去邪乃託狂疾隱終南山❺。時煬帝以患腦疼，月餘不視朝。訪其因，皆言帝夢中為人撾其腦，遂發痛數日。乃是去邪見鼠之日也。

【章　旨】此段講述在開河過程中武官狄去邪在一座古墓中遭遇神人，得知了隋煬帝將失天下的祕密。

【注　釋】❶荊聶　指荊軻、聶政，兩人都是戰國時代的俠客，荊軻曾經刺殺秦王嬴政，聶政曾經刺殺韓相俠纍。❷一紀　十二年。❸嵩陽少室山　嵩山由太室山和少室山組成，少室山為西峰，位於今河南登封西。❹寧陽　地名。位於山東泰安南部。❺終南山　又名「太一山」、「太乙山」，是秦嶺山脈的一段。西起陝西武功，東至藍田，千峰疊翠，景色幽美，隋唐以來是隱士聚集的地方。

【語　譯】開河工程挖掘到雍丘時遇到一大片樹林，林中有一座小祠廟和一座不知名的墳墓。麻叔謀去尋訪村中的老人，老人說道：「故老相傳，都將它稱作隱士墓。祠廟中的神很靈驗。」麻叔謀聽後不以為然，率人挖墳。挖掘到數尺深時，忽然鑿空露出一個洞穴，眾人向下望去，好似有熒熒燈光透出。河工中沒有一個人敢下去。後來將官中有一個武平郎名叫狄去邪，主動要求下去探視一番。麻叔謀很高興，讚道：「真不愧是荊軻、聶政一類的英雄。」於是令人用繩子繫住狄去邪的腰，把他放下去，約放了數十丈，才落到地面。狄去邪雙腳落地後，解開腰間的繩索，向前走了大約一百步遠，進入一間石屋。石屋中的東面和北面兩個角落各有四根石柱子，並用兩條鐵索鏈綁住了一頭野獸，約有一頭牛大小，仔細一看，原來是一隻巨大的老鼠。一會兒，石屋西邊有一扇石門突然大開，一個小童走了出來，說道：「您就是狄去邪嗎？」狄去邪說道：「正是。」童子又說道：「皇甫君已等您很久了。」於是把他帶了進去。看見一個人，身穿朱紅色的衣服，頭戴雲冠，端坐在高堂上。狄去邪連拜兩次，那人不說話，也不還禮。一個身穿綠色衣服的侍吏把狄去邪帶到祠廟西面的臺階下。過了很長一段時間，聽到坐在高堂上的人呼喚武士把「阿麼」牽上來。阿麼是隋煬帝的小名。只見數名武士，長得異常魁偉醜陋，押著那隻被鐵索捆住的大老鼠走上臺階。狄去邪本是宮廷中的侍衛官，所以知道隋煬帝的小名，見坐在堂上的人將大老鼠喚作阿麼，內心迷惑不解，卻不敢聲張，屏住呼吸站在那裡。坐在堂上的人對大老鼠責罵道：「我讓你暫時脫去皮毛，派你去做中原的君主。為什麼殘害百姓，虐待生靈，不遵天規？」大老鼠只是點頭搖尾並不言語。堂上人更加憤怒，下令武士用大棒擊打牠的腦袋，一棒下去，木棒隨手而碎，發出了一種好像牆體轟然崩潰的聲音，緊接著就聽到大老鼠大叫一聲，猶如打雷一般。武士舉著木杖還想再打，一個童子手捧天神的令符走上大堂。大堂上端坐的人慌忙跳下，跪在地上伏首聽命童子宣讀令旨：「阿麼的運數本為一紀，現在已過七年，還有五年，應該用絲巾繫住脖子而死。」童子讀畢離開，堂上人又下令把大老鼠捆在原來的石屋中。然後堂上人對狄去邪說道：「替我轉告麻叔謀：『多謝你來挖掘我的墳塋，明年奉送你兩柄金刀，希望不要嫌謝禮太輕。』」說完由綠衣侍吏帶狄去邪從另一門中走出，大約行走了十餘里路程，進入一座山林，路途艱難，必須踩著石頭抓著木藤才能前進。走著走著狄去邪回頭一看，早已失去了綠衣侍吏的身影。又向前行走了三里多路，看見一座茅草屋，一個老父坐在土炕上。狄去邪走進去尋問老父這是什麼地方，老父回答道：「此地是嵩陽少室山下。」老父又詢問狄去邪所到的地方，狄去邪毫無保留地告訴了老父。老父於是細細地解釋給他聽。使狄去邪明白隋煬帝還有五年就會國破身死。最後，老父對狄去邪說道：「你如果辭去官職就能從虎口脫身，保住性命。」狄去邪離開老父繼續向東行走，回頭一看草屋已消失不見了。這時麻叔謀已到達了寧陽縣，狄去邪見到麻叔謀，詳細稟報了事情的經過。起初狄去邪一進入墓穴後，墓穴便自動崩潰倒塌，眾人都認為狄去邪必死無疑，現在活著回來，麻叔謀卻不相信他所說的一切，認為他是一個瘋子胡說八道。狄去邪便順水推舟，聲稱自己得了瘋病，隱居在終南山下。在同一時間，隋煬帝得了頭疼病，一個多月不能上朝。詢問原因，都說隋煬帝做夢被人用木棒擊打了腦袋，於是疼了好幾天。其時正是狄去邪見到大老鼠的那一天。

叔謀既至寧陵縣❶，患風逆❷，起坐不得。帝令太醫令❸巢元方往視之，曰：「風入腠理❹，病在胸臆，須用嫩羊肥者蒸熟，糝❺藥食之，則瘥❻。」叔謀取半年羊羔殺而取腔。以和藥，藥未盡而病已痊。自後每令殺羊羔，日數枚。同杏酪五味蒸之，置其腔盤中，自以手臠擘❼而食之，謂曰「含酥臠」。鄉村獻羊羔者日數千人，皆厚酬其直。寧陵下馬村陶榔兒，家中巨富，兄弟皆兇悖。以祖父塋域傍河道二丈餘，慮其發掘，乃盜他人孩兒年三四歲者，殺之，去頭足，蒸熟，獻叔謀。咀嚼香美迥異於羊羔，愛慕不已。召詰榔兒，榔兒乘醉泄其事，及醒，叔謀乃以金十兩與榔兒，又令役夫置一河曲，以護其塋域。榔兒兄弟自後每盜以獻，所獲甚厚。貧民有知者，競竊人家子以獻，求賜。襄邑❽、寧陵、睢陽界所失孩兒數百，冤痛哀聲，旦夕不輟。虎賁郎將段達為中門使❾，掌四方表奏事。叔謀令家奴黃金窟將金一埒❿贈與。凡有上表及訟食子者，不訊其詞理，並令笞背四十，押出洛陽，道中死者十有七八。

時令狐達知之，潛令人收兒骨，未及數日，已盈車。於是城市村坊之民有孩兒者，家置木櫃，鐵裹其縫。每夜置子于櫃中鎖之，全家秉燭圍守，至明開櫃見子，即長幼皆賀。

【章　旨】此段講述麻叔謀患病需要食用羊羔，有奸佞之徒為了討好麻叔謀，盜殺民間嬰兒冒充羊羔進獻。

【注　釋】❶寧陵縣　地名。位於河南東部，今商丘寧陵。❷風逆　病證名。指外感風邪厥氣內逆的病證。❸太醫令　官名。掌管宮廷醫藥。隋唐太常寺之下設太醫署，置令二人，丞二人。太醫令掌醫療之法，丞為助手。❹腠理　中醫術語。起初指人的皮膚等表層組織，後指皮膚、肌肉、臟腑的紋理及皮膚肌肉間隙交接處的結締組織。❺糝　同「摻」。❻瘥　病除。❼臠擘　臠，把肉切成塊。擘，用手分開、掰開。❽襄邑　地名。在今河南商丘睢縣一帶。❾虎賁郎將句　虎賁，舊名「虎奔」，意指其有如老虎的奔走。漢時天子有虎賁作為衛兵，漢平帝元始元年設虎賁郎，並設置虎賁中郎將以統領之。以後虎賁中郎、虎賁侍郎、虎賁郎中、節從虎賁者，都是父死子繼。如果其父是因君王而死者，或是功臣賢人之子，亦可為虎賁郎，得以貼身宿衛君王，類似一種家族榮譽。唐朝之後廢除。中門使，五代十國官名，為「參管機要」的高官，詳情現已不可得知。❿埒　古代度量單位，具體情況不詳。

【語　譯】麻叔謀已經挖掘到寧陵縣，突然得了中風病，不能起坐。隋煬帝派遣太醫令巢元方前去替他看病，巢元方說道：「風疾已透過皮膚，病情已延及胸臆之間，須把肥嫩的小羊蒸熟，將藥摻和進去食用，就會痊癒。」麻叔謀用半歲大的小羔羊，殺死後取出內臟。把藥放進去蒸熟，藥尚未全部吃完病就好了。從此以後他每天下令殺死數隻小羊羔。和杏酪五味放在一起蒸熟，然後放到盤子裡，用手扯著吃，起名叫「含酥臠」。於是，遠近鄉村進獻羊羔的每天有數千人之多，都給以豐厚的獎賞。寧陵縣下馬村有個陶榔兒，家財萬貫，十分富有，兄弟幾個都生性凶狠殘暴。因為他們的祖塋地靠近河道只有兩丈多遠，擔心會被挖掘，於是偷來別人家一個年方三四歲的小孩，殺死後，去掉頭腳，蒸熟，獻給麻叔謀。麻叔謀吃了之後感覺味道十分香甜甘美而不同於小羊羔，十分愛吃。就把陶榔兒召來詢問，陶榔兒醉後吐露了真情，等酒醒之後，麻叔謀賞給陶榔兒十兩金子，又下令河道彎曲，保護陶榔兒家的祖塋。陶榔兒兄弟以後經常偷盜別家小孩兒進獻給麻叔謀，獲得了更加豐厚的賞賜。窮人中也有知道這件事的，竟然也去偷竊別家小孩兒進獻麻叔謀，以求賞賜。襄邑、寧陵、睢陽一帶地區丟失的小孩兒有數百名之多，哀嘆哭泣之聲，旦夕不停。虎賁郎將段達這時官任中門使，專門掌管四方郡縣上表奏事。麻叔謀命令家奴黃金窟將一大塊金磚送給了段達。所以，凡是有上表以及狀訴麻叔謀吃小孩兒的人，不僅不受理狀詞，還要鞭打後背四十下，然後押出洛陽城，死在道路上的人就有十分之七八。令狐達知道這件事後，暗中派人收集小孩兒的屍骨，沒過幾天，就裝滿了一車。於是，無論城裡還是鄉村有小孩兒的人家，都打造一個大木櫃，用鐵包住木縫。每天晚上把小孩兒放到櫃子裡鎖起來，全家人手持蠟燭守在那裡，到天亮時打開櫃子時見小孩兒仍在櫃中，全家人都歡呼慶賀。

既達睢陽界，有豪寨使陳伯恭言此河道若取直路，徑穿透睢陽城。如要回護，即取令旨。叔謀怒其言回護，令推出腰斬，令狐達救之。時睢陽坊市豪民一百八十戶，皆恐掘穿其宅并塋域，乃以醵❶金三千兩將獻于叔謀，未有梯媒❷可達。忽穿至一大林，中有墓，古老相傳云宋司馬華元❸墓。掘透一石室，室中漆燈、棺柩、帳幕之類遇風皆化為灰燼。得一石銘，云：「睢陽土地高，竹木可為壕。若也不迴避，奉贈二金刀。」叔謀曰：「此乃詐也，不足信。」是日，叔謀夢使者召至一宮殿上，一人衣絳綃❹，戴進賢冠❺。叔謀再拜，王亦答拜。畢曰：「寡人宋襄公❻也。上帝命鎮此方二千年矣。儻將軍借其方便，回護此域，即一城老幼皆荷恩德也。」叔謀不允。又曰：「適來護城之事，蓋非寡人之意。從奉上帝之命，言此地後五百年間當有王者建萬世之業。豈可為逸遊，致使掘穿王氣？」叔謀亦不允。良久，有人入奏云：「大司馬華元至矣。」左右引一人，紫衣，戴進賢冠，拜覲于王前。王乃言護城之事，其人勃然大怒曰：「上帝有命匡護，叔謀愚昧之夫，不曉天意。」乃大呼左右，令置拷訊之物。王曰：「拷訊之事，何法最苦？」紫衣人曰：「銅汁灌之口，爛其腸胃，此為第一。」王許之。乃有數武夫拽叔謀，脫去衣，惟留犢鼻❼，縛鐵柱上，欲以銅汁灌之。叔謀魂膽俱喪。殿上人連止之曰：「護城之事如何？」叔謀連聲言：「謹依上命。」遂令解縛，與本衣冠。王令引去，將行，紫衣人曰：「上帝賜叔謀金三千兩，取於民間。」叔謀性貪，謂使者曰：「上帝賜金，此何言也？」使者曰：「有睢陽百姓獻與將軍，此陰注陽受也。」忽如夢覺，但覺神不住體。睢陽民果賂黃金窟而獻金三千兩。叔謀思夢中事，乃收之。立召陳伯恭，令自睢陽西穿渠，南去回屈，東行過劉趙村，連延而去。今狐達知之，累上表，為段達抑而不獻。

【章　旨】此段講述麻叔謀以權謀私，接受百姓賄賂，在開河時繞過了睢陽城。

【注　釋】❶釀　湊集錢財。❷梯媒　指中介之人。❸司馬華元　司馬，春秋戰國時為掌管軍政的高官。華元，安徽濉溪人。春秋時宋國大夫，任右師。❹絳綃　紅色的絹。❺進賢冠　古代文官和儒士上朝時戴的帽子。❻宋襄公　本名子茲甫，宋國第二十任君主，宋桓公次子。西元前六五〇—前六三七年在位，春秋五霸之一。❼犢鼻　即「犢鼻褌」、「犢鼻裩」。短褲，一說圍裙。形如牛鼻，故名。

【語　譯】開河工程進行到睢陽境界，有豪寨使陳伯恭說這條河道如果取直路，就會直接穿過睢陽城。如果想彎曲保住睢陽城，應該立刻取得皇帝的令旨。麻叔謀因他說要使河道彎曲護住睢陽城十分生氣，下令將陳伯恭處以腰斬之刑，後被令狐達救了下來。當時，睢陽城中一百八十戶有錢人家，恐怕會掘穿他們的宅院和祖墳，於是大家湊集了三千兩金子準備進獻給麻叔謀，但是卻沒有找到中間遞交的人。開河工程繼續進行，忽然遇到了一片大樹林，樹林中有一座古墓，故老相傳這是春秋時宋國大司馬華元的墳墓。河工繼續挖掘，挖出了一間石室，石室中那些漆燈、棺柩和帳幕之類的物品，一經見風都化成灰燼。得到一塊石頭上面刻有銘文，寫說：「睢陽土地高，竹木可為壕。若也不回避，奉贈二金刀。」麻叔謀見後說道：「這些都是欺詐之言，不能相信。」這天晚上，麻叔謀夢見一個使者把他帶進一座宮殿中，上面坐著一人穿著紅色生絲織成的薄綢衫，頭戴進賢冠，一副王者裝扮。麻叔謀再拜行禮，大王也還禮。然後說道：「我是宋襄公。上帝命我鎮守此地已有二千年了。倘若將軍行個方便，使河道彎曲保護住此城，那麼全城老幼都會感激您的恩德。」麻叔謀不答允。宋襄公又說道：「剛才我說的護城一事，並不是我的意思，是奉天帝的命令，因為此地在以後的五百年間會有王者出現，建立萬世功業。難道僅僅因為便於遊玩，就要掘穿王氣嗎？」麻叔謀還是不肯答允。過了很長一段時間，有人進來通報：「大司馬華元到。」

左右帶進一個人，身穿紫色衣服，頭戴進賢冠，跪下參拜宋襄公。宋襄公向他說起麻叔謀不肯改變河道的事，華元不禁勃然大怒說道：「天帝有命令保護此城，麻叔謀愚昧頑固之徒，不明白天意。」於是大聲呼喚左右侍衛，令他們取來拷問的刑具。宋襄公問道：「拷打審問，哪種刑罰最痛苦？」華元回答道：「把銅熔化後灌到嘴裡，使腸胃腐爛，是最痛苦的。」宋襄公答應用這種刑罰。於是有數名武夫走了過來將麻叔謀拽起，脫掉衣服，只留下一條短褲，把他綁到鐵柱子上，準備將銅汁灌進他的嘴。麻叔謀嚇得魂飛魄散。宋襄公連忙制止住武夫問道：「護城的事情怎麼樣？」麻叔謀急忙回答：「謹依上命。」於是下令替他鬆綁，穿上衣服，戴上帽子。宋襄公令人將他帶出去，臨走之前，華元說道：「上帝賞賜麻叔謀三千兩黃金，讓他取自民間。」麻叔謀性情貪婪，對使者說道：「上帝賞賜黃金，這是怎麼一回事？」使者回答道：「是睢陽百姓獻給將軍的，這叫作陰注陽受。」此時麻叔謀忽然從夢中驚醒，便覺得神不附體。睢陽百姓果然湊集三千兩黃金，通過麻叔謀的家奴黃金窟獻給了他。麻叔謀想起夢中情景，便收下了。馬上召來陳伯恭，命令更改河道從睢陽的西邊穿渠，向南挖掘，然後彎曲向東穿過劉趙村，連延向上。令狐達知道這件事後，接連上表啟奏皇帝，但都被段達壓下而沒有上達隋煬帝。

至彭城❶，路經大林，中有偃王❷墓。掘數尺，不可掘，乃銅鐵也。四面掘去其土，惟見鐵墓旁安石門，扃鎖甚嚴。用鄭❸人楊民計，撞開墓門。叔謀自入墓中，行百餘步，二童子當前曰：「偃王顒望久矣。」乃隨而入。見宮殿，一人戴通天冠，衣絳綃衣，坐殿上。叔謀拜。王亦拜。曰：「寡人塋域當河道，今奉與將軍玉寶，遣君當有天下。儻然護之，丘山之幸也。」叔謀許之。王乃令使者持一玉印與叔謀，叔謀視之印文，乃古帝王受命寶也，叔謀大喜。王又曰：「再三保惜，此刀刀之兆也。」刀刀者隱語，亦二金刀之意也。叔謀出，令兵夫，曰：「護其墓。」

時煬帝在洛陽，忽失國寶，搜訪宮闈，莫知所在，隱而不宣。煬帝督功甚急，叔謀乃自徐州曉夕無暇，所役之夫已少一百五十餘萬，下寨之處，死屍滿野。

【章　旨】此段講述麻叔謀在開河過程中進入徐偃王墓，接受了徐偃王神靈贈送的一塊玉璽，答應他開河時保護其墳墓。

【注　釋】❶彭城　地名。今江蘇徐州。❷偃王　西周徐國的諸侯，建都泗水，活動時間在西元前一〇〇〇年左右。❸酇　地名。在今河南永城西。

【語譯】開河至彭城，河道經過一座大樹林，林中有徐偃王墓，挖掘數尺之後，便挖不下去了，原來墓是用銅鐵修鑄的。從四面把泥土挖去，只剩下一座鐵墓，旁邊安有一個石門，用鎖鎖得十分嚴密。於是用鄭人楊民的計策，撞開了墓上的石門。麻叔謀親自走進墓中，向前行走了一百步，見兩個童子擋在面前說道：「偃王等你好久了。」於是隨二童而入。見一座宮殿，一人頭戴通天冠，身穿紅色的薄綢衫，坐在殿上。麻叔謀上前施禮拜見。偃王也回拜。說道：「寡人的墳墓擋住了河道，今奉送給將軍一塊玉寶，你得到後便會據有天下。倘若盡力保護，也是陵墓的大幸。」麻叔謀答應了。偃王於是令使者把一塊玉印送給麻叔謀，麻叔謀仔細一看，印文是古代帝王的受命之寶，麻叔謀十分歡喜。偃王又說道：「你要多加保護、愛惜，這是刀刀的徵兆。」刀刀是隱語，也是二金刀的意思。麻叔謀出去後，讓侍衛兵傳令，說：「保護這座墳墓。」這時隋煬帝在京師洛陽，忽然丟失了國璽，搜遍所有的宮室，沒有人知道丟在哪裡，隋煬帝隱祕而不聲張。隋煬帝督河十分急促，麻叔謀於是從徐州開始從早到晚不停地挖掘，河工人數已逐漸減少到一百五十萬人了，安宮紮寨之處，屍橫遍野。

帝在觀文殿讀書，因覽《史記》，見秦始皇築長城之事。謂宰相宇文達曰：「始皇時至此，已及千年，料長城已應摧毀。」宇文達順帝意奏曰：「陛下偶然讀秦皇之事，建萬世之業，莫若修其城，堅其壁。」

帝大喜。乃詔以舒國公賀若弼為修城都護，以諫議大夫高熲為副使❶，以江淮吳楚襄鄧陳蔡并開拓諸州丁夫一百二十萬修長城。詔下，若弼諫曰：「臣聞秦始皇築長城於絕塞，連延一萬里，男死女曠，婦寡子孤，其城未就，父子俱死。陛下欲聽狂夫之言，學亡秦之事，但恐社稷崩離有同秦世。」帝大怒，未及發言。宇文達在側，乃叱曰：「爾武夫狂卒，有何知，而亂其大謀？」若弼怒以象簡擊宇文達。帝怒，令囚若弼於家，是夜飲酖死。高熲亦不行。宇文達乃舉司農卿❷宇文弼為修城都護，以民部❸侍郎宇文愷為副使。時叔謀開汴梁盈灌口❹，點檢丁夫，約折二百五十萬人。其部役兵士舊五萬人，折二萬三千人。功既畢，上言於帝。遣決汴口，注水入汴渠。

【章　旨】此段講述隋煬帝欲修長城，而此時運河已經全部貫通。

【注　釋】❶以諫議大夫句　諫議大夫，官名。秦代始置，掌諫諍議論。高熲（西元五四一—六〇七年），字昭玄，渤海蓨（今河北景縣東）人，隋朝著名的軍事家、謀臣。《隋書・高熲傳》記載：「（煬）帝時侈靡，聲色滋甚，又起長城之役。潁甚病之。……復謂觀王雄曰：『近來朝廷殊無綱紀。』有人奏之，帝以為謗訕朝政，于是下詔誅之，諸子徙邊。」❷司農卿　官名。魏晉以後，大司農之權為度支尚書所奪，逐漸變成不管財政、會計，主要掌國家倉廩之官，稱司農卿。司農，秦漢時全國財政經濟的主官。❸民部　隋時戶部稱民部。❹灌口　地名。指河南老鸛河河口，在今河南南陽境內。

【語譯】隋煬帝在觀文殿中讀書，翻閱《史記》時，看到秦始皇修築長城的事情。對宰相宇文達說道：「從秦始皇到現在，已經有一千年了，料想長城一定被摧毀了。」宇文達順著隋煬帝的心意，啟奏道：「陛下偶然讀到秦始皇的事蹟，建立流傳萬世的大業，不如修築長城，加固城壁。」隋煬帝大喜。於是下詔書封舒國公賀若弼為修城都護，封諫議大夫高潁為副使，在江淮、吳、楚、襄、鄧、陳、蔡等地一共徵調各州的丁夫一百二十萬人來修築長城。詔書下達之後，賀若弼勸諫皇帝：「我聽說秦始皇在荒無人煙的地方修築長城，連綿一萬多里，男子大多累死而女子缺少求偶的對象，婦女守寡而孩子成為孤兒，城尚未修成，父子一起死亡。陛下如果聽信了狂夫的胡說八道，效法使秦滅亡的事情，恐怕國家不久就會分崩離析，落得和秦朝一樣的下場。」隋煬帝大怒，尚未開口說話。站在旁邊的宇文達便叱責道：「你這個魯莽粗俗的武夫，知道什麼，卻來胡言亂語敗壞大事？」賀若弼聽後不由得怒火中燒，用象牙笏板向宇文達打去。隋煬帝十分憤怒，將賀若弼囚禁在家中，晚上賜飲毒酒而死。高潁也推辭不去修城。於是，宇文達推薦司農卿宇文弼為修城都護，以民部侍郎宇文愷為副使。這時，麻叔謀已修到了汴渠進入淮河的灌口，清查河工人數，大約損失了二百五十萬人。他部下服役的兵士原來有五萬多人，損失了二萬三千人。大功已經告成，上報隋煬帝，下令疏通水源，將河水從汴梁灌入。

帝自洛陽遷駕大渠，詔江淮諸州造大船五百隻。使命至，急如星火。民間有配著造船一隻者，家產破，用皆盡，猶有不足。枷項笞背，然後鬻貨男女，以供官用。龍舟既成，泛江沿淮而下。至大梁，又別加修飾，砌以七寶金玉之類。於是吳越取民間女年十五六歲者五百人，謂之「殿腳女」。至於龍舟御楫，即每船用綵纜十條，每條用殿腳女十人，嫩羊十口，令殿腳女與羊相間而行，牽之。時恐盛暑，翰林學士❶虞世基獻計，請用垂柳栽於汴渠兩隄上。一則樹根四散，鞠❷護河隄。二乃牽舟之人，獲其陰涼。三則牽舟之羊食其葉。上大喜，詔民間有柳一株，賞一縑❸。百姓競獻之。又今親種，帝自種一株，群臣次第種，方及百姓。時有謠言曰：「天子先栽，然後百姓栽。」栽畢，帝御筆寫賜垂楊柳姓楊，曰「楊柳」也。時舳艫相繼，連接千里，自大梁至淮口，聯綿不絕。錦帆過處，香聞百里。既過雍丘，漸達寧陵界。水勢緊急，龍舟阻礙，牽駕之人，費功轉甚。時有虎賁郎將鮮于俱為護纜使，上言：「水淺河窄，行舟甚難。」上以問虞世基。曰：「請為鐵腳木鵝，長一丈二尺，上流放下。如木鵝住，即是淺。」帝依其言，乃令右翊將軍❹劉岑驗其水淺之處。自雍丘至灌口，得一百二十九處。帝大怒，令根究本處人吏姓名。應是木鵝住處，兩岸地分之人皆縛之，倒埋於岸下，曰：「令教生作開河夫，死為抱沙鬼。」又埋卻五萬人。

【章　旨】此段講述隋煬帝為了讓運河通航，橫徵暴斂、草菅人命。

【注　釋】❶翰林學士　官名。有文學的朝官充任翰林學士、入直內廷，隨時宣召撰擬文字。後翰林學士成為皇帝最親近的顧問兼祕書官，經常值宿禁中，承命撰草任免將外、冊立太子、宣布征伐或大赦等重要文告，有「內相」之稱。❷鞠　養護。❸縑　本義為雙經雙緯的絲織物。漢以後多用作賞贈酬謝之物，或作貨幣。唐制布帛四丈為匹，亦謂匹為縑。❹右翊將軍　即右翼將軍。

【語　譯】隋煬帝從洛陽來到汴梁大渠，下詔令江淮各州郡修造五百艘大船。詔令下達，急如星火。哪家百姓如果攤上修造一艘船，就是傾家蕩產，也難以完成命令。這些百姓脖子被戴上枷鎖，後背挨鞭子抽打，還要賣兒鬻女，才能完成官府的催討。龍舟建成之後，順江沿淮河而下。到了汴梁，再另外加以裝飾，鑲嵌上七寶金玉之類的東西。朝廷又下令在吳越之地選取五百名十五六歲的民女，稱作「殿腳女」。為了划動龍舟，每艘船配用十條絲織的纜繩，每條絲纜配用十名殿腳女和十隻小羊，令殿腳女和小羊相間排列在岸上，拉著龍舟緩緩行進。又恐盛暑天熱難忍，翰林學士虞世基出謀策劃，在汴梁兩岸的堤壩上全部栽下垂柳。一來樹根四處擴散，可以保護河堤。二來可為拉船的人遮陽。再者拉船的羊也可以一邊行走一邊吃樹葉。隋煬帝大喜，下詔令百姓獻柳樹，進獻一棵柳樹就能得到一匹絲絹。百姓爭著進獻。然後下令栽種，隋煬帝親手栽下第一棵，然後群臣按官階依次栽種，最後百姓栽種。當時有歌謠流傳：「天子先栽，然後百姓栽。」栽完之後，隋煬帝御筆親題，賜柳樹姓楊，所以稱為「楊柳」。當時五百艘大船首尾相連，長達千里之遠，從汴梁到淮口連綿不斷。船隻經過的地方，香飄百里。過了雍丘，逐漸靠近寧陵地界。水勢凶猛湍急，龍舟受阻，拉船之人拉動大船十分費力。當時由虎賁郎將鮮于俱做護纜使，上報說：「水淺河道狹窄，大船很難行進。」隋煬帝向虞世基詢問解決的辦法。虞世基說道：「請建造鐵腳木鵝舟，長一丈二尺，從上流放下來。如果木鵝舟被擋住了，就說明水確實是很淺。」隋煬帝依照虞世基的計策行事，於是下令右翊將軍劉岑，用鐵腳木鵝舟試驗水的深淺。從雍丘到灌口，共查出一百二十九處擱淺的地方。隋煬帝大怒，下令查出修建這些河段的官吏和河工的姓名。凡是鐵腳木鵝舟擱淺處，兩岸的人都被用繩子捆綁住，倒埋在河岸下面，說：「讓他們活著時做開河夫，死後也要做抱沙鬼。」總共活埋了五萬多人。

既達睢陽，帝問叔謀曰：「坊市人煙，所掘幾何？」叔謀曰：「睢陽地靈，不可干犯。若掘之，必有不祥。臣已回護其城。」帝怒，令劉岑乘小舟根訪屈曲之處，比直路較二十里。帝益怒，乃令擒出叔謀，囚於後獄。急宣令狐達詢問其由。達奏：「自寧陵便為不法，初食羊臠後啖嬰兒；養賊陶榔兒，盜人之子；受金三千兩，於睢陽擅易河道。」乃取小兒骨進呈。帝曰：「何不奏達？」達曰：「表章數上，為段達扼而不進。」帝令人搜叔謀囊橐中，得睢陽民所獻金，又得留侯所還白璧及受命寶玉印。上驚異，謂宇文達曰：「金與璧皆微物，寡人之寶，何自而得乎？」宇文達曰：「必是遣賊竊取之。」帝瞪目而言曰：「叔謀今日竊吾寶，明日盜吾首矣。」達在側，奏曰：「叔謀常遣陶榔兒盜人之子，恐國寶榔兒所盜也。」上益怒。遣榮國公來護兒、內使李百藥、太僕卿楊義臣推鞫❶叔謀，置臺署於睢陽。并收陶榔兒全家，令榔兒具招入內盜寶事。榔兒不勝其苦，乃具事招款。又責段達所收令狐達奏章即不奏之罪。獄成進上，帝問丞相宇文達，曰：「叔謀有大罪四條：食人之子，受人之金，遣賊盜寶，擅易河道。請用峻法誅之。其子孫取聖旨。」帝曰：「叔謀有大罪。為開河有功，免其子孫。」只令腰斬叔謀于河側。時來護兒受敕未至間，叔謀夢一童子自天而降，謂曰：「宋襄公與大司馬華元遣我來，感將軍護城之惠，去年所許二金刀，今日奉還。」叔謀覺，曰：「據此顯蛔先兆，不祥。我腰領難存矣。」言未畢，護兒至，驅于河之北岸，斬為三段。榔兒兄弟五人，并家奴黃金窟並鞭死中門外。段達免死，降官為洛陽監門令。

【章　旨】此段講述隋煬帝得知了麻叔謀的不法勾當，將其處以極刑。

【注　釋】❶推鞠　即推鞫，審訊之意。

【語　譯】到達睢陽之後，隋煬帝問麻叔謀：「街道民宅，被挖掘的有多少？」麻叔謀回答道：「睢陽地靈，不能任意冒犯。如果從城內挖掘過去，會不吉祥。我已經改道保護這座城。」隋煬帝大怒，下令劉岑乘小船查訪改道彎曲的地方，比直路多出二十里路程。隋煬帝更加憤怒，於是把麻叔謀抓起來，囚禁在監獄裡。又下急令召來令狐達詢問情況。令狐達啟奏道：「麻叔謀從到了寧陵之後就做了一些不法之事，開始時吃小羊，後來就蒸小孩兒吃；豢養強盜陶榔兒，替他偷盜小孩兒；並接受三千兩黃金的賄賂，在睢陽擅自改變河道。」同時，令狐達又把他收集的小孩兒屍骨進呈隋煬帝。隋煬帝說道：「為什麼不上奏？」令狐達說道：「已經上奏了好幾篇奏疏，都被段達壓住不進獻。」隋煬帝下令抄搜麻叔謀的包裹行李，搜出了睢陽百姓獻上的三千兩黃金，又搜出了留侯歸還回來的一雙白璧以及受命寶玉印。隋煬帝十分驚異，對宇文達說道：「黃金與玉璧不算是什麼重要的東西，我的玉璽，他是從什麼地方得到的？」宇文達回答道：「一定是派盜賊竊取的。」隋煬帝瞪圓了雙眼說道：「麻叔謀現在能偷我的玉璽，以後就能偷我的腦袋。」令狐達在旁邊，又說道：「麻叔謀經常派陶榔兒偷人家的孩子，國寶恐怕就是陶榔兒所偷。」隋煬帝更加憤怒。派遣榮國公來護兒、內使李百藥、太僕卿楊義臣追究審問麻叔謀，在睢陽臨時設置官署。並且將陶榔兒全家收監，令陶榔兒詳細招供潛入皇宮盜寶的經過。陶榔兒禁不住酷刑拷打，編造了一篇供辭，謊稱受麻叔謀派遣進宮盜取寶印。又判定段達收到令狐達的奏章不馬上進呈的罪過。案子審完上報隋煬帝，隋煬帝問丞相宇文達該怎樣處理，宇文達說道：「麻叔謀有四條大罪：吃別人的孩子，接受百姓的贈金，遣賊盜竊國寶，擅自修改河道。請用酷刑處死他。他的子孫則聽憑皇上處置。」隋煬帝說道：「麻叔謀犯了大罪。但開河有功，免除子孫的罪行。」下令將麻叔謀在河邊處以腰斬之刑。來護兒接受皇帝命令尚未到達的時候，麻叔謀就夢見一個童子從天而降，對他說道：「宋襄公和大司馬華元派我來，感謝將軍護城的恩德，去年所許諾的兩把金刀，今日奉還與你。」麻叔謀醒後，說道：「夢中所顯示的一定是不祥之兆，我的腰和脖子是難以保住了。」話未說完，來護兒已到達，把他帶到河的北岸，兩刀斬為三段。另外，陶榔兒兄弟五人，以及麻叔謀的家奴黃金窟一起被鞭子打死。中門使段達免於死罪，被降官為洛陽監門令。

【研析】隋煬帝楊廣是隋文帝楊堅的次子。隋朝建立之初，中國還處於分裂狀態，尤其是陳朝據地江南，與其相抗衡。西元五八八年秋，二十歲的楊廣受命率領數十萬隋軍，突破長江天塹，進據建康（今南京），俘獲了藏在井裡的陳後主和貴妃張麗華，結束國家近百年的分裂戰亂。後江南地方豪強勢力作亂，文帝任楊廣為「揚州總管，督江都」，總督揚州四十四州軍事。經「前後七百餘戰，轉都千餘里」，楊廣終於平定了叛亂。可見，早年的楊廣是個相當幹練有為的軍事指揮和政治家。繼位之後，楊廣急於成就偉業，「修通運河」、「西巡張掖」、「三遊江都」、「三駕遼東」，急功近利、窮兵黷武，給老百姓帶來了無法承受的沉重負擔，終於導致民心分離、王朝傾覆，隋煬帝被部將逼縊，從而被定性為歷史上少有的暴君、昏君。

由於被史學家和教科書定性為昏君，隋煬帝的所作所為也大都遭到惡評。即以開挖「大運河」而言，這一連接黃河流域、長江流域兩個文明形態，打通錢塘江、長江、淮河、黃河、海河等諸多水系的偉大工程，使中國水運全線貫通，為中國後世的繁榮富強打下了牢固堅實的基礎。但百姓為此付出的代價太大，隋煬帝自己也為此付出了致命的代價。本篇傳奇便形象地記錄了民間對於隋煬帝開河的痛苦記憶和情感評判。小說將歷史記載與民間傳說摻合使用，將道德評判、歷史評價和果報思想熔為一爐。通過對麻叔謀貪虐好殺、營私舞弊等罪行的揭露和鞭撻，批判了隋煬帝為滿足私欲，不惜踐踏無數百姓生命與幸福的殘暴行徑。小說所反映出的道德觀、歷史觀雖然是宋明以來的主流意識，但是小說以麻叔謀為敘述主體，對開掘大運河這一浩大工程的描繪卻生動、曲折、富有趣味，讀來引人入勝、饒有趣味。

西蜀異遇

李獻民

【題解】本文出自《雲齋廣錄》卷五，講述了男子與狐女曲折的愛情故事。

【作者】李獻民，約西元一〇二年前後在世，字彥文，延津人。生卒年均不詳。生平事蹟亦無考。

宣德郎❶李褒，字聖與，於紹聖❷間調眉州❸丹稜縣令。下車日，布宣詔條，訪民利病。居數月，邑人大稱之。

【章旨】此段介紹宣德郎李褒赴眉州丹稜縣任縣令。

【注釋】❶宣德郎　官名。隋置為散官。唐沿用為文官第十九階，正七品下。宋亦為第十九階，改正七品。❷紹聖　北宋哲宗趙煦年號，西元一〇九四—一〇九八年。❸眉州　地名。今四川眉山市。

【語譯】宣德郎李褒，字聖與，於紹聖年間任眉州丹稜縣縣令。他到任之後，便公布施政綱領，查訪百姓疾苦。幾個月後，當地的老百姓便非常稱譽他。

其公舍之後有花圃，圃之中築一亭，名曰「九思」。其子達道，每進修之暇，以此為宴息之地。達道一日獨坐於其間，忽於花陰柳影之中，聞撫掌輕謳，其音韻清婉可愛，生遂潛往觀焉。見一女子，年十四五許，緩移蓮步，微嚲❶香鬟，臉瑩紅蓮，眉勻翠柳，真蓬島之仙子也。生復避於亭上，沉思久之。以謂娼家也，則標韻瀟灑，態有餘妍，固非風塵之列；以謂良家也，則行無侍姬，入無來徑，亦何由而至此？疑念之際，則女子者嶷然❷已至於亭下。生謂之曰：「娘子誰氏之家，而獨遊於此地？」曰：「妾君之近鄰也，姓宋名媛，敘行第六。適因蘭堂睡起，選勝徐行，睹麗景和風，暖煙遲日，流鶯並語，紫燕交飛，妾乃春思蕩搖，幽情拂鬱，攀花折柳，誤踰短垣，入君之圃。不為從者在茲，豈勝羞愧！」生曰：「汝必嚴親在堂，久出而不返，寧無怪耶？」曰：「妾幼失怙恃，繼亡兄嫂，今姊妹數人，唯妾為長。」生復詢之曰：「汝還有所適否？」媛逡巡有赧色，乃謂生曰：「妾未嘗嫁也，然則君嘗娶乎？」生應之曰：「方議姻連，而未諧佳匹。」媛乃微笑，顧謂生曰：「如妾者門閥卑微，容質鄙陋，還可以奉蘋蘩❸者乎？」生曰：「某孱弱之軀，幸無見戲。」媛曰：「第恐兔絲蔓短，不能上附長松，安敢厚說君子！」生竊自喜，遂與過亭之西，欲與之合，則曰：「寧當款曲，容妾歸舍，近晚復來於此，君無他往。」言訖而去。

【章　旨】此段講述李褒的公子達道在花園偶遇一名單身女子，兩人互生情愫。

【注　釋】❶嚲　垂下。❷嶷然　卓立、端莊貌。❸蘋蘩　都是祭祀用品。《詩經》中有〈采蘋〉、〈采蘩〉，意謂婦女在家中操辦祭祀之事。後來用蘋蘩代指婚儀。蘋，水草。蘩，白蒿。

【語　譯】李褒的府邸之後有片花圃，花圃中有一小亭，名曰「九思」。李褒的公子名叫達道，常常在讀書之餘來此休息消遣。某天李達道獨坐於亭中，忽然聽到花叢柳陰之中有人擊掌打拍子、低吟淺唱，聲音清婉柔美。於是李生便躡手躡足地上前觀看。只見一名女子，大約十四五歲，一雙金蓮，雙鬢微墮，臉若紅蓮，細眉似柳，彷彿蓬萊仙子。李生趕緊又躲回亭中，心下琢磨：如果這是青樓女子，為何氣度如此瀟灑？看她儀態嫻雅，絕非風塵中人；但是若說她是良家女子，為何又沒有婢女隨行，何況此園別無門徑，她又是從何而來呢？正當李生心中狐疑之際，女子已經飄然而至。李生於是問道：「小娘子是誰家人士，為何獨自來此遊玩？」女子答道：「我是您的近鄰，姓宋名媛，排行第六。只因午睡剛起，信步遊歷，只見此處麗景和風，春陽煦暖，群鶯共鳴，紫燕翻飛。於是我不免情思蕩漾，內心抑鬱，於是分花拂柳、跨越矮牆，誤入君家花園。所以沒有隨從在側，慚愧慚愧！」李生道：「想必小姐雙親在堂，你久遊不歸，他們難道不會責怪嗎？」女子答道：「我自幼失去雙親，隨後兄嫂雙亡，現在我們姐妹數人，以我為長。」李生又問：「不知你許配人家沒有？」宋媛面露羞色道：「我還未嫁呢，不知先生有沒有娶親？」李生趕忙答道：「我正在考慮婚姻之事，但是一直沒有遇上合適的。」宋媛於是面露微笑，她看著李生道：「像我這樣門第卑微，容顏粗陋的女子，不知能否高攀？」李生道：「我乃身體孱弱之人，請不要戲弄我。」宋媛道：「只恐菟絲蔓短無法高攀長松，怎麼敢隨意調侃您呢！」李生心中竊喜，當下就想在亭子裡和宋媛交歡。宋媛連忙道：「我願與您互通款曲，但請容我先回家，晚上再來此與您相會，希望您不要去別的地方。」說完便飄然而去。

生候之，坐不安席，側身以待。頃之，紅日西下，碧雲暮合，鐘動盡□□□樓古木，而星斗燦然。生忽聞異香馥郁，乃拭目而望焉，則媛冉冉而至矣。生起迎之，謂媛曰：「子之來此，得無貽婢僕之疑乎？」媛曰：「無畏！無畏！」乃相與攜手，入生之寢所。須臾，生備嘉肴旨酒❶，相與敘話，各盡所懷。至夜闌，衣卸薄羅，裀❷鋪市繡，芙蓉帳悄，雲雨聲低，曲盡人間之歡。及曉，媛乃辭去。自是晨隱而往，暮隱而來，宿於生之第者幾一月矣。有日，生神疲意怠，乃隱几晝瞑於齋室。忽夢一人通柬，稱「李二秀才候謁」。生出迎之門，見其人風觀極麗，舉止甚偉。生與之坐，乃曰：「某常蒙尊丈見待殊厚，無以為報。今知君為妖所惑，故來拯君之難。」生曰：「何謂也？」客曰：「君嘗與會遇之女子，非人類也，還欲察其狀否？」生曰：「唯。」客乃敕左右使擒來。少頃，則媛為一力士驅至矣。玉慘花愁，蘭柔柳困，羞容寂寞，粉淚闌干。客乃叱之，則媛化為一大狐，狼狽而去。生起謝之，客乃出一符，留於几上，曰：「君當佩之，則可絕也。然有少懇，復得浼❸君。某弊廬近市，湫隘囂塵❹，不可以居；加之人民雜蹂，榱桷❺隳廢。還能為我完之，使左右肅清，則君之惠也。」生曰：「蒙君見憐，脫此患難，豈敢背德，當即圖之。」客乃告去。生欻❻而夢覺，渙然汗流，危坐而思，曉然無所忘。及於几上得符，生視之，乃《易》之坤卦也。

【章　旨】此段講述李生與白天遭遇的美女宋媛幽會。次月李生夢見宋媛實為妖狐。

【注　釋】❶旨酒　美酒。旨，甘美。❷裀　床褥。❸浼　懇求。❹湫隘囂塵　《左傳・昭公三年》中載：齊景公欲為晏子更換宅第，稱其舊居靠近集市，「湫隘囂塵」，無法居住。湫隘，低下狹小。❺榱桷　即「椽子」，借指屋宇。❻欻　忽然。

【語　譯】當晚李生在家等著，坐立不安，引頸苦等。很快，夕陽西下，夜色漸濃，暮鼓聲起，星斗燦然。李生忽然聞到一股異香，抬眼一看，原來是宋媛冉冉而至。李生趕緊起身迎接，問道：「你這樣前來，不會讓婢女僕從起疑嗎？」宋媛說：「別擔心！別擔心！」於是兩人攜手，走入李生的寢室。很快，李生準備好了美酒佳肴，兩人互訴衷腸。等到夜深之時，兩人羅衣輕解，共赴鴛帳，行雲雨之事，盡人世之歡。到了次日天明，宋媛才依依惜別。從此宋媛早晨悄悄離去，傍晚悄悄而來，在李生的家裡住了將近一個月。某日，李生神思疲憊，便在書房內靠著案几打起了盹。忽然李生夢到一人送來名片，稱「李二秀才拜見」。李生趕緊出門迎接，只見此人丰姿卓越，身形偉岸。李生招呼客人坐下，對方說：「我常蒙令尊大人關照，一直無以相報。現在知道您為妖魅所惑，特來將您救出。」李生驚訝地說：「您這話是從何談起呢？」客人道：「和您時常歡會的那名女子，非我族類，您想瞧瞧她的真面目嗎？」李生道：「好的。」於是客人命令左右隨從將女子擒來。一會兒，李生果然看到宋媛被一名力士押解著來座前。只見她愁容慘淡，淚眼婆娑。客人隨即對其大聲斥責，宋媛則化作一隻大狐狼狽而去。看到這一情景，李生趕緊起座拜謝。於是客人拿出一道符咒，放在桌子上道：「您把這符咒佩戴在身上，自然可以免除鬼魅騷擾。同時我還有個小小的請求，盼望您能夠首肯。寒舍就在集市旁邊，低矮雜亂，不堪居住；加上百姓穿越踐踏，屋宇也頹敗廢壞。如果您能為我修繕房屋，清理環境，我將永遠記住您的恩德。」李生道：「承蒙您的關照，我才逃脫此劫，怎麼敢忘記您的恩德呢，我馬上就為您籌劃此事。」客人這才欣然離去。此時李生驟然夢醒，只覺全身大汗淋漓，坐在那裡沉思良久，夢中的事情歷歷在目。他低頭往桌上一看，果然有一道符咒，仔細一看，就是《易經》中的坤卦。

生大惶恐，遂以其所遇之事并夢中之語，具以告父。父驚異之，乃謂生曰：「見夢於汝者，自謂李二秀才，又稱『尊文見待』，得非吾所事灌口神君❶者乎？」褒遽詣其祠，觀其殿陛廊宇，悉皆頹毀，命工葺焉。生乃佩其符而不敢暫捨。後常見媛，雖咫尺之間，卒不能相近，生亦不與之語，媛但揮涕而已。如是者旬日。生乘閑獨步後圃，於小徑傍得花牋一幅，生覽之，乃媛所作之詞也，詞寄〈蝶戀花〉：「雲破蟾光穿曉戶，攲枕淒涼，多少傷心處。唯有相思情最苦，檀郎咫尺千山阻。莫學飛花兼落絮，搖蕩春風，迤邐拋人去。結盡寸腸千萬縷，如今認得先辜負。」生諷詠甚久，愛其才而復思其色。方躊躇之間，忽見媛映立於垂楊之下，鮮容美服，甚於曩昔。生乃仰天而歎曰：「人之所悅者不過色也，今睹媛之色，可謂悅人也深矣，安顧其他哉！然則吾生之前、死之後，安知其不為異類乎！媛不可捨也。」遂毀其符，而再與之合。媛且喜且愧，乃謂生曰：「妾之醜惡，君已備悉，分甘❷委棄，望絕攀緣。豈意君子不以鄙陋見疏，猶能終始為念。戴天履地，恩可忘乎！」因泣數行下。生遽止之曰：「第無見疑，吾終不負子矣。」遂相與如初，而繾綣之情則又彌篤。如是者閱月，生容色枯悴，肌肉瘦削。父母恐其疾不起，遂召師巫禁治，終不能制，乃閉生於密室中，則媛不得而至焉。翌日，怪變大作，有群猴數百，攀緣屋舍，百術不可止，但累累然懸於戶牖之間，褒大以為撓。一日，褒獨坐於書室中，忽於窗隙間有人擲書一通於坐側。褒急出視之，了無形迹，乃啟其封而觀之，云：「夔州❸進士孔昌宗，謹裁書投獻於李公閤下。某啟：欽服高義久矣，素以不獲一覘犀角❹為恨，豈勝悵然！昌宗究聖❺之後裔，徙居巴川，故今為巴川人也。家素以儒為業，衣冠事系，紆朱搢紳❻者多矣。曩昔以才調自高，風韻絕人，不幸為妖物所媚，耽惑沉溺，歲月既久，則與之俱化，同為醜類。竊聆閤下之子亦然，久而不去，亦將與之俱化矣。昌宗與之為伉儷者，迺宋媛之妹也。姊妹朋濟，變為妖麗，以惑人者多矣。閤下之子，至於毀符除禁，蹈死而不悔，可不哀耶？又聞妖狐不獲所欲，為癘現怪，沐猴纍纍。此易為耳，可多畜鷹犬以禦之，則無患矣。足下以父子之相親，某與公人獸之殊途，哀君子之無辜，傷我生之異類，不敢不告也。狂斐惟足下裁之。」公覽畢，驚異甚久。乃用其言，多致鷹犬以懼之，而群猴稍息。

【章　旨】此段講述李生的家人擔心其為妖物所傷，想方設法在家中驅魔作法，要趕走宋媛。

【注　釋】❶灌口神君　指的是秦代蜀郡太守李冰第二子，助父斬蛟鎖龍，築堰平患，蜀人奉為灌口二郎神，祠祀不絕，亦稱為灌口二郎，因此文中稱「李二秀才」。灌口，地名。指灌口鎮，因位於著名水利工程都江堰灌灑渠口而得名。❷分甘　出自《晉書・王羲之傳》中與謝萬書：「頃東游還，修植桑果，今盛敷榮，率諸子，抱弱孫，游觀其間，有一味之甘，割而分之，以娛目前。」此處指寵愛。❸夔州　地名。府治在今四川重慶奉節。❹犀角　古人以為犀角有辟邪之用，相傳燃燒犀角可以照妖，後比喻洞察事理或奸邪。❺兗聖　即衍聖公，封爵名。孔子嫡派後裔的世襲封號，各朝皆置。❻紆朱搢紳　紆朱，佩戴紅色的綬帶，比喻位高權重。紆，繫。搢紳，指士大夫。搢，插笏。紳，大帶。

【語　譯】李生大為惶恐，把前前後後的事情，全部告訴了父親。李褒聽後也非常驚異，對兒子說：「你夢見的那個人，自稱李二秀才，又說『承蒙令尊大人厚待』，該不會是我平時祭拜的灌口二郎神君吧？」李褒隨後便造訪二郎神君的祠廟，只見殿宇廊階，悉數頹敗，於是便命人修繕。李生從此便牢牢地將符咒佩戴在身上而須臾不敢稍離。此後他也時不時會遭遇宋媛，雖然有時相隔只有咫尺，兩人終究不能接近，李生不和宋媛搭話，宋媛也只是垂淚不語。就這樣過了十多天。李生有一天前往花圃散步，在小路旁撿到花箋一紙，仔細一看，上面寫著宋媛所作小詞，寄調〈蝶戀花〉：「雲破蟾光穿曉戶，欹枕淒涼，多少傷心處。唯有相思情最苦，檀郎咫尺千山阻。　莫學飛花兼落絮，搖蕩春風，迤邐拋人去。結盡寸腸千萬縷，如今認得先辜負。」李生將小詞念誦良久，實在是愛其才又思其色。正在躊躇之間，忽然望見宋媛立於垂楊之下，容顏嬌媚服飾豔麗，猶勝於往昔。李生一見之下仰天長歎：「凡人所悅慕的不過是美色而已，宋媛的容顏可謂動人心魄，我還管得了其他嗎！更何況我在生前、死後，誰能斷定就不是異類呢！我不能捨棄宋媛啊。」於是李生毀掉符咒，再次與宋媛歡會。宋媛又喜又愧，對李生說：「我的醜惡面目，您已完全知曉，因此我覺得您不會再寵愛我了，也就斷絕了攀附您的心意。沒想到您不因我的鄙陋而嫌棄疏遠，有始有終，這樣的恩情此生此世豈能忘懷！」說完，淚水汩汩流下。李生趕忙制止她道：「你別擔心，我是不會辜負你的。」於是兩人和好如初，纏綿繾綣之情更加深厚。就這樣又過了一個月，李生容顏枯槁、肌體消瘦。他的父母生怕他就此病倒，於是招來巫醫作法魘治，但終究不能克制，於是他們把李生關在密室之內，這樣宋媛便無法再和他接觸。沒想到，第二天怪事發生了，數百隻猴子聚集在李家，攀援屋舍，想盡辦法也不能將其驅趕，猴子們爬滿了門窗，讓李褒極其困擾。一天，李褒獨坐於書房之中，忽然有人從窗戶縫隙間扔進一封書簡。李褒出門察看，已經不見了投書人的蹤影，於是便打開書信觀看，信中寫道：「夔州進士孔昌宗，謹致書李公閣下。在下陳述：小子久聞大人令名，遺憾的是未能向您請教洞悉奸邪之道，真是令人悵然！我乃孔聖人的後裔，昔年徙居巴蜀，所以現在已是巴蜀人氏。我家世代以儒為業，歷代不乏縉紳士大夫。往年我也自認為才調絕倫，風韻不凡，誰知不幸為妖物所媚惑，沉溺其中，天長日久竟然和她化為同類。最近聽說令公子也是這樣的情況，如果長久下去，估計也要和妖物同化了。其實和我在一起的，就是宋媛的妹妹。她們姐妹化作美女，迷惑的男子已經很多了。您的兒子，現在已經到了自毀符咒，蹈死不顧的地步，這不是太可悲了嗎？聽說妖狐如果不能滿足願望，就會施行妖術，幻化出眾多猴子。其實這也不難破解，只要多養老鷹和犬隻，就沒有麻煩了。您和李生屬父子之親，我和您現在雖然是人獸殊途，但卻為君子無端遭禍而感到悲哀，也為我自己淪為異類而感到痛苦，因此不敢不據實相告。狂妄之處請大人諒解。」李褒看完書簡，驚異甚久。於是按照孔昌宗的辦法，多畜鷹犬，群猴果然安分了許多。

一夕，公夢人謂己曰：「我孔昌宗也。嘗為書獻公，以泄群狐之機，群狐恚怒，乃殺我於西溪之側。且生不得齒於人倫，死不得終其正命，魂煢煢而無所歸焉。公豁達抱義，能濟人之難，周人之急，此吾所以有望於公也。某之遺骸，暴露原野，腐在草莽，公能閔而葬之，則荷德於九泉之下矣。」公許之而寤。及明，遍詣西溪，求其屍而弗得。因為飯僧❶數十，持誦佛書以追薦焉。并作文以祭之，其辭曰：「萬物盈於天地兮，莫知去來之因。謂大鈞❷之可度兮，曷變化之無垠？形非可以長久兮，造物與之而棲神。周旋上下無不知兮，乃獨棲此而不去者，蓋以吾之有身。孕陰陽而更寒暑兮，是未離乎死生之津。凡物隨緣而異觀兮，然自宇宙言之，不啻乎太山之與微塵。彼動植與飛走兮，忽然化而為人。安知人之去世兮，不為木石之類、鳥獸之群？睠茲理之固然兮，則又何戚而何欣！痛夫君之不幸兮，百年怨結而聲吞。捨大廈之處兮，伏丘原之荒榛。志儒服而規行兮，逐醜類而馳奔。今以余為可訴兮，故投書而慇慇。觀其言之反復兮，知君平昔之能文。悵西溪之遺骸兮，數往來而不存。苟前形為不足愛兮，奚事覆土而為墳？惟佛果之妙兮，可以薦君之幽魂，君慎所往兮毋失門。秋天淒兮雲昏昏，君安在昔聞不聞？」祭訖後數日，又現怪百端，鷹犬所不能制。公知其無可奈何，因縱達道，不復檢轄，怪遂寧息。

【章旨】此段講述李褒不能驅趕宋媛，只能放任兒子與其交往。

【注釋】❶飯僧　即齋僧，施飯食與僧人。❷大鈞　指上天或自然。

【語譯】一天晚上，李褒夢見一人對自己說：「我就是孔昌宗。因為曾經投書閣下，暴露了妖狐的祕密，她們一怒之下將我殺害於西溪旁。我生前為人倫所不齒，死後也找不到正常的歸屬，煢煢孑立而無所歸依。您向來豁達仗義，能扶危濟困，因此我想向您提個請求。在下的遺骸，暴露在原野之上，腐敗於荒草叢中，如果您能憐憫在下將我安葬，那麼九泉之下也難忘您的恩德。」李褒答應了孔昌宗的請求，隨即便從夢中醒來。到天亮的時候，李褒沿著西溪到處尋覓，也沒有找到孔昌宗的遺體。於是李褒請來數十名僧人，為孔昌宗念經超度。李褒還為其作祭文，內容如下：「萬物充塞天地，誰也不知其存在和消亡的原因。如謂自然可知，那麼為何變化無邊？肉體豈能天長地久，那只不過是造化臨時安放靈魂之所。精神可以四處活動，卻又常駐於人的體內，這大概就是因為我們有一具肉身。人類孕育陰陽而歷經寒暑，但是卻不能逃脫生死的大限。事物因機緣而呈現不同的性狀，但對於宇宙而言，無異於泰山同微塵相較。既然那動物植物飛禽走獸也能化作人形，安知人死之後不會變為鳥獸木石？既然知道了萬物變化之理，又何必為此而喜、為此而悲呢！痛惜先生的不幸遭遇，為您的冤屈而失聲痛哭。您捨棄了安居廣廈，寧願選擇藏身荒草。本該穿儒服行正事，卻甘願與獸類周旋。因為在下可以傾訴，您便殷切致書。看信中言詞周詳，便知您長於辭章。可憐那西溪的遺骸，來回數次遍尋不得。假若肉身不足珍愛，為何又要壘土為墳？唯有佛法玄妙，可以為您超度冤魂。黃泉路上望您走好，不要再迷失道路。秋天的愁雲慘淡，不知您在地下能否聽到我的祭奠之詞？」祭奠後的幾天內，李褒家中又出現了種種怪異的現象，即便是鷹犬也不能平復。李褒知道自己無能為力，也就放縱兒子的行為，不再進行約束，這些怪象隨即平息。

媛既復得與達道相見，歡愛益甚，乃持繒綺毛罽❶之屬，以謝舅姑。褒姑不欲受，復恐其怒而現怪，故不得已而留之。有日，達道母暴發心痛，幾致殞絕，徧召名醫皆不能已。媛謂達道曰：「姑之病不足為也。子可持此藥，急以湯煮之，今進少許，則可差也。」生受其藥，發而視之，則見青木葉如錢許。生不之信而漫從之，因使其母服，不食頃而其疾立愈。一家盡驚，以為媛通神矣。自是家屬稍稍與之親密，而無疑忌焉。時抵暮春，生與媛同遊後圃，飲於荼蘼花下，盃盤間列，絲竹遞奏，放懷攄思，各極其歡。媛既醉，乃作詩一絕，詩云：「綠鞅盤紆成紺幄，屑玉紛紛迎面落。美人欲醉朱顏酡，青天任作劉伶❷幕。」生大賞其才，因戲謂媛曰：「還可對屬否？」媛曰：「請。」於時欄有芍藥，方葩而未坼❸，然蝴蝶團飛，已集其上矣。生乃曰：「芍藥欄邊春蝶亂。」媛應聲曰：「海棠梢外曉鶯啼。」少選，生復曰：「垂楊夾道裊青絲。」媛復應聲曰：「嫩竹出欄抽碧玉。」生愈服其敏捷而律切也。於是謳吟諧謔，終日而罷。

【章　旨】此段講述在得到家人的諒解和允許後，李生與宋媛同居，兩人恩愛和諧。

【注　釋】❶繒綺毛罽　絲織品和毛織品。❷劉伶　（約西元二二一—三〇〇年）字伯倫，西晉沛國（今安徽宿州）人。「竹林七賢」之一。曾為建威參軍。《世說新語．任誕第二十三》：「劉伶恆縱酒放達，或脫衣裸形在屋中。人見譏之，伶曰：『我以天地為棟宇，屋室為褌衣。諸君何為入我褌中？』」宋媛詩用的就是這個典故。

❸坼　裂開。文中指花蕾綻放。

【語　譯】宋媛因此而能與達道團圓，兩人歡愛更甚往昔，為了表示感激，宋媛將絲毛織物送給公婆。李褒起初不想收下這份禮物，可是又擔心對方因此生氣作法，不得已勉強留下。有一天，達道的母親突發心臟病，差點撒手人寰，李褒遍訪名醫也無可奈何。宋媛聽說後對達道說：「婆婆的病沒啥可怕。你拿這藥，趕緊用熱水煎了，讓老人家服一點，就會減緩病情。」達道拿了藥打開一看，發現只是幾片青木葉。達道對宋媛的話不怎麼相信，隨口答應下來，讓母親服用，沒想到這藥還沒有喝完疾病竟然痊癒了。一家人驚訝之極，以為宋媛真的可以通神。從此之後，李家人慢慢與宋媛親近起來，不再對她有所猜忌。暮春時節，達道和宋媛一同來到花圃遊玩，在荼蘼花下飲酒作樂，只見杯盤雜陳，絲竹齊奏，兩人縱情抒懷，各盡其歡。宋媛醉後賦詩一首：「綠鞅盤紆成紺幄，屑玉紛紛迎面落。美人欲醉朱顏酡，青天任作劉伶幕。」達道激賞宋媛的文才，於是問道：「你能否作對子呢？」宋媛道：「請。」當時欄杆旁有芍藥，剛剛含苞尚未綻放，但是蝴蝶已經環繞飛翔，聚集其上。達道於是吟出上聯：「芍藥欄邊春蝶亂。」宋媛應聲答道：「海棠梢外曉鶯啼。」稍後，達道又說：「垂楊夾道裊青絲。」宋媛再次應聲回答：「嫩竹出欄抽碧玉。」達道愈發佩服她應對的敏捷和貼切。於是兩人吟詩調笑，日落方回。

他時生有幹入眉州，乃與媛約曰：「我此行十日定歸，無見訝也。」

生既抵州，賓朋故舊喜生之來，曲留二十日，方得返舍。媛謂生曰：「何愆期之甚也？」生曰：「朋友見留耳。」媛曰：「自君之行，閑窗晝永，芳閤無人，膏沐不施，鉛華不御。離恨之深，思君之切，因成〈落花辭〉一闋，用以見意。」辭寄〈阮郎歸〉：「東風成陣送春歸，庭花高下飛。柔條繚繞入簾幃，斑斑裝舞衣。　雲鬢亂，坐偷啼，郎來何負期？人生恰似這芳菲，芳菲能幾時？」讀訖，生謝不敏焉。時邑中有鄉先生張其姓者，就僧寺中下帷❶講學，後進多往從之。褒聞，乃遣生受業。媛每至夜，常潛往與生寢。其同輩悉知之，爭來一見，而媛亦不之避，皆得與語。媛性慧敏，能迎合眾意，人人自以為媛親己，而莫肯為先生言者，以故媛常得與生會聚于彼。會有進士楊彪者自輦下歸，聞生之偶，遂求謁達道，因欲見媛，媛乃許之。彪因起謂媛曰：「某自出京日，嘗致金縷花鈿❷，頗極工巧。山邑粗醜，念無足以稱者，欲奉左右，願得佳篇以易之。」媛欣然，乃命牋管，立成詩一首，云：「妙手裝成顏色新，東君別付一家春。勸君莫與情人戴，戴著搴簾惱殺人。」楊歎服而去。

【章　旨】此段講述宋媛的機巧與文才。

【注　釋】❶下帷　拉下帷幔。《漢書・董仲舒傳》：「（董仲舒）下帷講誦，弟子傳以久次相授業，或莫見其面，蓋三年不窺園。」❷金縷花鈿　金縷，金絲。花鈿，一說為唐宋婦女臉上的一種花飾，是將剪成的花樣，貼於額前；又說為髮釵一類的首飾，以金、銀製成花形，壓於髮上。

【語　譯】有一次達道因為有事前往眉州城裡，臨行前與宋媛相約：「我此行十天內必定還家，請勿牽掛。」誰知達道到了眉州後，親朋故舊見了他都很高興，苦留了二十多天才放他回家。宋媛見到達道後說：「怎麼比約定的日子晚了這麼多天呢？」達道說：「都是朋友挽留啊。」宋媛說：「自從你走後，閒窗日長、芳閣寂寞，脂粉不施，鉛華未著。思君情切，作成〈落花辭〉一闋，以表心意。」辭寄〈阮郎歸〉：「東風成陣送春歸，庭花高下飛。柔條繚繞入簾帷，斑斑裝舞衣。雲鬢亂，坐偷啼，郎來何負期？人生恰似這芳菲，芳菲能幾時？」達道聽宋媛念完這首小令後，趕緊起身道歉。當時縣裡有位姓張的先生，在寺廟裡開壇講學，縣裡的青年學子大多前往聽講。李褒知道此事後，也讓兒子去聽課。宋媛每到夜晚，常偷偷潛入僧寺與達道同宿。同學知道此事後爭相來窺探宋媛，而宋媛也不避諱，和他們大方交談。宋媛性情聰慧，能迎合不同人的心意，於是這些學子們個個以為宋媛對自己特別親近，因此也就沒有人對先生說起此事，宋媛便得以和達道常常在寺廟中相聚。恰巧當時有名叫楊彪的進士從京城回到家鄉，聽說此事後便來拜會達道，希望能見一見宋媛，宋媛當下應允。楊彪見面後對宋媛說：「在下離開京城的時候，買了一些精美的金飾。回到家鄉，發現窮鄉僻壤，沒有人配得上這樣美的東西，我願意把它贈送給您，只希望您能為我賦詩一篇。」宋媛欣然同意，命人奉上紙筆，即席賦詩一首，道：「妙手裝成顏色新，東君別付一家春。勸君莫與情人戴，戴著搴簾惱殺人。」楊彪嘆服而去。

媛後誕一子，已及晬❶矣。一夕，媛忽悲跪，哽咽不能語。生怪而問之，媛乃灑涕，默而不答。生再四叩之，徐謂生曰：「妾與君相遇，事非偶然。今冥數已盡，當與子別。」遂斂袂振衣而言曰：「古人謂女為悅己者容，妾幸得附託君子，歡愛之私，始終無嫌，雖粉骨亡身而無恨矣。昔鵲巢之誓❷，間闊雖久，仍有後會之期；錦字之詩❸，哀怨雖深，終有再來之意。妾與君敘別之日甚邇，相見之期無涯，離魂片飛，愁腸寸斷，常為恨別之人，永作銜冤之物。」言訖而翠黛頻蹙，珠淚滿襟，生亦為之涕泣。又曰：「昔孔昌宗以無稽之言，見讒於舅姑，而舅姑終不以賤妾見疑，乃得與君奉枕席。歲再暮矣，情深義重，雖人間夫婦亦所不及此。恨無以報德，豈肯賊人之命，傷人之生，使聞之者惡也？彼昌宗腐儒耳，庸詎知我耶？」又叮寧復謂生曰：「君方少年，可力學問，親師友，以榮宗族，以顯父母，則盡人子之道。願勿以妾為意，餘冀自愛。」生曰：「後會復有相見之期乎？」媛乃援筆為詩一絕以示生，云：「二年衾枕偶多才，此去天涯更不回。欲話他時相見處，巫山嶂外白雲堆。」敘話久之，乃各就枕。達旦，生起晨省❹，復歸於室，則媛與其子俱不復見矣。生不勝感恨歎息，臨風對月，每想芳容豔態，竟絕耗❺焉。

【章　旨】此段講述宋媛生子之後忽然離開了李生，兩人從此音訊隔絕。

【注　釋】❶晬　嬰兒百日，一說周歲。❷鵲巢之誓　《詩經・國風・召南》有〈鵲巢〉篇，詠嫁娶之事，這裡應指婚約。❸錦字之詩　據《晉書・列女傳》記載，蘇蕙，始平（今陝西興平）人。頗有文才，其丈夫竇滔在苻堅時任秦州刺史，後因罪被徙流沙。蘇蕙思念不已，織錦為〈迴文璇璣圖〉詩，寄贈竇滔。後稱情書為錦書或錦字。❹晨省　古人要求子女晨省昏定。早晨向父母請安，晚上服侍父母就寢。通指人子孝順父母規律周到。省，請安問候。❺耗　音訊；消息。

【語　譯】宋媛後來為達道生下一個兒子，當孩子百日的時候，宋媛忽然在一個晚上跪地大哭，泣不成聲。達道奇怪地詢問個中緣由，宋媛只是流淚，沉默不語。達道再三追問，宋媛才慢慢地對他說：「我和您的遭遇，事非偶然。現在天數已盡，我要和您告別了。」說完宋媛理衣起身道：「古人常說女為悅己者容，妾身得以託身於您，兩人的歡愛之情，沒有絲毫嫌隙，這真是我的大幸，現在即便粉身碎骨也沒有遺憾了。前人立下婚約，即便是分別日久，仍然有再會之時；蘇蕙織錦為詩，雖然文辭哀怨，也終於盼得丈夫歸來。現在我和您分別之日將至，而重逢之期難料，別愁離恨讓人失魂落魄、肝腸寸斷，今後我將永作恨別之人，背負這深深的別離之痛。」說完此話，宋媛眉頭緊鎖，淚水滿襟，達道也隨之痛哭。宋媛又道：「往昔孔昌宗用無稽的話語，在公婆面前陷害我，但公婆並沒有因此而對我懷疑，我這才能夠侍奉您。現在一年過去了，我倆情深義重，即便是人間的夫妻也不過如此。我常常遺憾無法報答您的情意，怎麼還會再來損傷他人性命，使知道的人討厭我呢？孔昌宗這個酸秀才，他哪裡會了解我？」隨後宋媛又叮囑達道：「您正青春年少，應該好好讀書求學，親近師友，這樣才能光宗耀祖，回報父母，盡到兒子的責任。願您不要把我太放在心上，其他的事情就希望您自己保重了。」達道問道：「我們以後還有相見的日子嗎？」宋媛於是提筆賦詩一首給達道說：「二年衾枕偶多才，此去天涯更不回。欲話他時相見處，巫山嶂外白雲堆。」兩人對談良久，才各自就寢。次日早晨，達道起床向父母問安，等回到臥室，宋媛和兒子都不見了。達道感慨嘆息，時常臨風對月想起宋媛的芳容豔態，但最終也沒再得到她的音訊。

【研　析】六朝以來，志怪傳奇記敘狐女的篇什甚夥，但是能寫出人性、寫出美感的並不多，唐傳奇〈任氏傳〉算得一篇。〈任氏傳〉中的任氏雖是狐女所變，但不復是六朝志怪中的陰森鬼譎、心跡叵測的妖魅形象，而是富於情感、性格鮮明。與〈任氏傳〉相比，本文的狐女形象和人狐戀情又有新的發展。在本篇作品中，作為狐女形象出現的女主人公的喜怒哀樂實與人間女子無異，作者特別突出了其「重情」的品格——她所珍重寶貴的是男子對自己的愛戀。而男主人公對於狐女的感情也超越了鄭六對於任氏的「徒悅其色」的功利層面，由「悅色」而至「愛才」再至「鍾情」。因此，從這個意義上來說，本篇小說開創了《聊齋志異》人狐愛情故事的先河。

本文的文學技巧也頗有可觀之處，較以往類似題材的故事，其情節架構進一步曲折和豐富。李宋的戀情由發生到發展，再到被世俗干擾，然後干擾又被宋媛所排除，正當一切峰迴路轉向著圓滿結局發展的時候，超自然的力量降臨，喜劇終成悲劇。情節的發展可謂一波三折，往往出人意表又似乎在情理之中。不僅大的故事結構上鋪排得非常純熟自如，在細節的描寫和運用上作者也頗具匠心。以孔昌宗投書一段為例，孔昌宗自稱因為洩露群狐機密而被害於荒野，但李褒沿著西溪往復尋找也未能發現其屍骸，這裡留下了一個懸念。而此後李達道的安然無恙和宋媛對於丈夫的一段表白（「昔孔昌宗以無稽之言，見讒於舅姑……恨無以報德，豈肯賊人之命」云云），則暗示孔昌宗之言行並不完全可信。

其次，作者在語言上是駢散並用，有的段落寫得頗為優美。如宋媛與丈夫告別一段：「昔鵲巢之誓，間闊雖久，仍有後會之期；錦字之詩，哀怨雖深，終有再來之意。妾與君敘別之日甚邇，相見之期無涯，離魂片飛，愁腸寸斷，常為恨別之人，永作銜冤之物。」對話使用對仗的儷偶之句，繼承了唐傳奇的傳統，顯得典雅含蓄。

四和香

李獻民

【題解】本篇出自李獻民《雲齋廣錄》卷六，講述了一名年輕的太學生偶遇一位女子，從而展開了一段虛無飄渺的戀愛故事。

孫敏，字彥明，河朔❶人也。父守官於淮陽❷。敏任太學為外舍生❸，乃於崇寧乙酉❹上元❺前一日，請告出城西，省謁一親。其親乃貴戚，而族屬甚厚，其族之長，乃生之姑丈也。既至，接坐於堂上，備有酒，敘話甚久。時見綺羅珠翠，交雜於堂下，往往皆妙齡秀色，生亦不敢顧視。

【章旨】此段交代主人公的身分。

【注釋】❶河朔　古代指黃河以北的地區，大體包括今山西、河北和山東部分地區。《說文解字》：「朔，凡始之稱。」古代把北方看作是萬物之始，因此稱北方為朔方，稱黃河以北為河朔。❷淮陽　地名。今河南東部一帶。❸外舍生　北宋熙寧四年（西元一〇七一年），政府將太學生員分為外舍、內舍、上舍三個等級，生員依學業程度，通過考核，依次升舍。初入學為外舍生，外舍升內舍，內舍升上舍。每年由學校舉行「公試」，外舍生考試和平時行藝合格者可依次升入內舍。內舍生每兩年由政府派員與學校會同舉行上舍試，考試和平時行藝合格者可依次升入上舍。上舍生可兼任學正、學錄之職，其中學行卓異者，可直接做官，等於科舉及第，減少了部分科舉考試的程序。❹崇寧乙酉　崇寧，北宋徽宗趙佶年號，西元一一〇二—一一〇六年。乙酉，崇寧四年（西元一一〇五年）。❺上元　即上元節。古代以陰曆正月十五日為「上元節」，又名「元宵節」。這一天夜裡張燈為戲，所以又叫燈節。此外還有吃元宵（湯糰）、踩高蹺、猜燈謎等風俗。

【語　譯】孫敏，字彥明，黃河以北人士。他的父親在淮陽做官。孫敏自己則是太學的初等生，崇寧四年，元宵節的前一天，孫敏向學校請假，前往城西探親。這門親戚，門第顯要，人丁興旺，其族長就是孫敏的姑父。到了姑父家中，主人請孫敏在廳堂上坐下，備下酒菜，交談良久。其時有眾多美女在堂下走來走去，其中不乏年輕貌美之人，但孫敏完全不敢仔細端詳。

及酒罷，生告歸，乃取道於閶闔門❶，因遊啟聖禪剎❷。過法堂❸之後，軒窗四敞，竹檻相對，生乃憑欄而坐。久之，見一麗人，衣不尚彩，但淺紅淡碧而已，然而姿色殊絕，生目所未睹也。與一侍妾同行，徐止於生旁，乃憩於坐末，數眄生微笑，與其侍妾竊竊有語。生疑之，以為所謁貴戚之家耳。然不欲問其故，乃起遊別殿，徘徊周覽，復憩於前竹軒之地。少頃，其麗人又至，似相親密。適會一鬻茶者過其側，姬乃呼茶以飲生，敏不敢措辭。

【章　旨】此段講述孫敏在寺廟中遊覽時遇見一名年輕貌美的女子。

【注　釋】❶閶闔門　本文指北宋都城汴梁西二門中的北門。閶闔，傳說中的天門，後代指宮門。❷啟聖禪刹　佛寺名，即啟聖院。❸法堂　寺廟中演講佛法的堂院。

【語　譯】酒宴結束，孫敏向姑父告辭，因為取道城西的閶闔門，孫敏就便遊覽了附近的啟聖禪寺。繞過法堂，只見一間小屋四面都有窗，門前是一道竹欄杆，孫敏於是靠近欄杆坐下休息。過了一會兒，忽然看到一名美女，衣服色澤並不華麗，只有淺紅淡綠兩色，但容貌豔絕，是孫敏從來沒有見識過的。美女和一名侍女同行，就在孫敏身邊停下，坐在座位的另一頭，數次看著孫敏微笑，然後與侍女竊竊私語。孫敏心中不免疑惑，揣想大約是親戚家裡的人。孫敏也不想上前搭訕，便起身參觀其他的殿宇，等到轉了一圈，孫敏又到那處竹軒休息。沒過多久，美女也來了，似乎有親近之意。這時恰巧有個賣茶人從旁經過，美女便買茶請孫敏喝，孫敏則不敢應對。

茶徹，遂遽起，因遊相藍❶，入東塔院。方行於廊上，後有一女使呼生甚急，生回視，乃啟聖麗人之侍妾也。言：「娘子在前殿奉候，令妾邀君子敘話，幸無見疑。」生驚喜交集，隨侍妾至前殿。麗人凝立於階下，見生乃嫣然微笑，曰：「適邂逅相遇，傾慕風采，雖不待援琴之挑❷，而已有竊香之志❸，君何避焉？」生對以：「素非識面，實不謂有意於疏拙。」姬乃斂眉籌思，復謂生曰：「妾之微誠，已聞左右，然繾綣之情，未暇款曲。君可來日於崇夏寺西廂以南為上，尋第二院老李師，則妾在彼矣。可與君相見，願無愆期。」生曰：「敏河朔鄙人也，重辱垂顧，雖千里之遠亦當從命，況咫尺之間，而敢愆期乎？願效尾生之信❹。」言訖，遂各別去。

【章　旨】此段講述孫敏與美女再度相遇，女子向孫敏示愛，並約定幽會的時間地點。

【注　釋】❶相藍　宋代對汴京（開封）大相國寺的省稱。藍，梵語「僧伽藍摩」的略稱，即佛寺。❷援琴之挑　指西漢司馬相如琴挑卓文君之事。《史記・司馬相如列傳》記載：富商卓王孫之女文君新寡，著名的文士司馬相如作客卓家時，藉彈琴之機向文君傳達愛慕之情，而文君也欣賞相如的人品才情，便與他私奔離家。❸竊香之志　指晉賈充女竊香贈韓壽，後終成眷屬之事。《世說新語・惑溺》：「韓壽美姿容，賈充辟以為掾。充每聚會，其女於青瑣中看，見壽，悅之……壽蹻捷絕人，逾牆而入，家中莫知。……後會諸吏，聞壽有奇香之氣，……充計武帝唯賜己及陳騫，餘家無此香，疑壽與女通。……乃取女左右考問，即以狀對。充祕之，以女妻壽。」

❹尾生之信　指像尾生那樣信守諾言。《莊子・盜跖》：「尾生與女子期于梁下，女子不來，水至不去，抱梁柱而死。」

【語　譯】喝完茶，孫敏趕緊起身，又接著遊覽大相國寺，來到東塔院。孫敏剛剛行至長廊，後面有名侍女很急迫地呼喚他，孫敏回頭一看，正是剛才那名美女的侍女。她對孫敏說：「我家娘子在前殿等您呢，讓我把您請過去說話，希望您別見怪。」孫敏驚喜交加，趕緊隨侍女來到前殿。只見美女果然在臺階下站著，見到孫敏嫣然而笑，說：「剛才偶然邂逅，便傾倒於您的風采，您雖然沒有像司馬相如那樣主動用琴聲傳情，我卻有賈充之女竊香以贈的情誼，不知道您為何一意迴避呢？」孫敏趕緊答道：「素不相識，實在沒有想到您會對我這樣的粗鄙之人有意。」美女皺眉沉思，隨後對孫敏道：「我的心意已經向您表達，但是纏綿之情卻未能暢敘。您可於明天赴崇夏寺，從南邊數，找第二個院子的李法師，我就在她那裡。屆時我倆可以相聚，請您別耽誤了。」孫敏答道：「我乃河北的粗人，承蒙您如此垂青，就是相隔千里之遠也要遵命而行，何況近在咫尺之間，怎麼敢有所延誤呢？我會像尾生一樣信守諾言的。」說完，兩人各自離開。

抵暮，生歸太學，是夜心意恍惚，坐以待旦。及曉乃出齋，迤邐詣崇夏，訪老李師院，則姬之侍妾，斜倚朱扉。見生至，則含笑入報曰：

「郎至矣！至矣！」姬出以迎，相見皆不勝其喜。生亦慰謝於李師。李師乃令一女童，設飲饌於小閣中。師與姬邀生於席上，視其珍品異果，皆殊方絕域所有，與其器皿什物，迥遠塵俗。酒行數四，互相勸勉，談笑熙熙，莫不盡其樂。至中夜酒闌，姬乃促生歸寢。至其寢所，則燭搖紅彩，麝裊清煙，帳掩流蘇，衾鋪繡鳳。生意愈惑，遂相與就枕，雲情雨意，不可具道。生問其居處姓氏，但笑而不答。叩之尤切，乃曰：「君他日當自知，願無相詰。」不久，寺鐘鳴曉，姬與生同起，乃謂生曰：「君能不以菲薄見外，如欲相見，請於皇建院❶前賣時果張生處，先達一信，則妾翌日至此，以俟車馬。君千萬無稀闊❷也。」曰：「敬聞命矣。」生乃辭去。

【章　旨】本段講述孫敏與美女在寺廟中幽會。

【注　釋】❶皇建院　北宋汴京寺廟名。《宋東京考》卷一六：「皇建院在土市子街東南。周世宗顯德元年九月，以潛龍宮為皇建院，遣沙門清興居之。」❷稀闊　稀疏，本文指相隔久遠。

【語　譯】到了晚上，孫敏回到太學，當晚他思想恍惚，不能安睡，坐著等到天亮。一大早孫敏便離開學堂，一路直奔崇夏寺，找到了那名姓李的老尼所在的禪院，只見美女的侍女正斜倚著門站著呢。她見到孫敏，含笑進去通報：「孫郎來了！孫郎來了！」美女走出房門迎接，兩人相見均欣喜難言。孫敏又向李法師道謝。李法師讓一名女童在小閣中擺下酒食。法師和美女一同邀請孫敏就座，孫敏發現席上的酒肴果品，都不是尋常所能見到的，所用器皿什物，也和凡俗所見大有不同。酒過數巡，幾人相互勸飲，談笑風生，極盡其樂。到了半夜酒興闌珊，美女催請孫敏就寢。到了美女的寢室，孫敏只見屋內燭影搖紅，香煙飄渺，床上的巾被描龍繡鳳。孫敏心中益發疑惑，與美女同床共枕，一夜春宵，難以形容。孫敏詢問美女的姓名住處，對方一概笑而不答。孫敏愈加好奇，追問急了，女子道：「您以後自然會知道的，現在就別問了。」不久，寺廟內晨鐘敲響，孫敏與女子一同起床，女子對孫敏道：「感謝您不因為我招待不周而見怪，假如以後還想再見，請到皇建院前找一位賣時鮮果子的張生，先給他送一封信，第二天我便會到這裡等您。請您別相隔太久。」孫敏道：「遵命。」隨後告辭離開。

後數日，生乃訪問皇建院前，果有張生者，遂令通耗❶。翌日，生至李師之院，則姬已至矣。又命生於小閣中，杯盤間列，水陸畢具，甚於前日。是夜，又同寢焉。爾後每令張生通耗，會遇於李師之院者，月內不下數四。敏累於張生處窮詰麗人姓氏，則托以他故而不言，生常以此為不足。

【章旨】此段講述孫敏通過張生與美女暗通款曲，私相往來。

【注釋】❶耗 消息。

【語譯】過了幾天，孫敏來到皇建院前，果然見到了張生，便請他給美女捎信。第二天，孫敏來到李法師的禪院，美女已經在那裡等候了。他們再次相會於小閣之中，李法師照舊是酒食招待，山珍海味更勝於前次。當晚，兩人再次同衾共枕。此後，孫敏常常借助張生與美女通信，在李法師處相會，一個月不下三四次。孫敏屢次盤問張生，想知道美女的姓名家世，張生總是用各種理由加以推託，孫敏為此感到很不滿意。

一日，生在太學與同舍聚話，忽有一老僕持一小盒子，言以遺生，用碧紗緘封，上書「香和」二字。生不解其旨，然已知其麗人所贈也。同舍共觀，或曰：「此四和香字耳。」啟封，乃四和香❶也。」眾以謂敏有佳約，悉皆奪去。生私竊自喜，以謂麗人姓名因可得也，乃避眾竊問其僕曰：「誰遣汝送是香至此？」曰：「崇夏寺老李師也。」他皆不知焉，則麗人居處姓氏，生又不可得而知之。

【章旨】此段講述美人贈香給孫敏，但其行蹤終不可測。

【注釋】❶四和香　又名「四合香」，據說為沉香、檀香、龍腦、麝香等四種原料配成的名貴香料。

【語譯】某日，孫敏在太學和同寢室的學生聊天，忽然有名老僕手持一個小盒子，說是送給孫敏的，只見盒子用綠紗包裹，上面寫著「香和」二字。孫敏不解其意，只知道是美人所贈。同舍的學生看到後，有人說：「這是四和香。」打開一看，果真是四和香。大家都說孫敏肯定是有了豔遇，將香料悉數搶走。孫敏暗自竊喜，心想這下可以知道美人的名字了，於是避開眾人悄悄問送禮的僕人：「是誰讓你把這四和香送到這裡啊？」對方答曰：「崇夏寺的李法師。」其他一概不知，美女的姓名住處，孫敏仍然不得而知。

至六月間，生忽抱疾，容采憔悴，飲食頓減。同舍趣❶令歸侍下❷，生但佯諾之，而終不成行。同舍有與生素相善者，乃寓書與生之父，具道疾狀，父乃遣僕馬召生歸。生不得已而備行計焉，乃令張生預約麗人，於水櫃街❸一祖宅內敘別。至期日，姬乘一小轎詣生所，生延入，飲食草略，意緒愁慘。生謂姬曰：「此者家君❹召我歸侍下調攝，暫當暌闊❺，實非所願。」姬乃躊躇，顧謂生曰：「君此行固不可抑留。如不相忘，能於中秋日復至京輦❻，則可得相見；如或過期，則不得與郎再會矣。千萬自愛，以副卑願。」相與泣別，久之而去。

【章旨】此段講述孫敏因回家養病而不得不與美人暫時分離。

【注釋】❶趣 催促。❷侍下 父母身邊。❸水櫃街 北宋汴京保康門外，太學東門附近。《東京夢華錄》卷三：「出保康門外……太學東門，水櫃街余家染店。」❹家君 家父。❺暌闊 分離日久。暌，分離。❻京輦 京城。

【語譯】到了六月份，孫敏忽然患病，面色憔悴，不思飲食。同舍的學生便催促他回到父母身邊養病，孫敏佯裝應承，卻因為難以與美人分別，遲遲沒有動身。同舍中有名同學一向與孫敏友好，悄悄給孫敏的父親寫了封信，把情況如實相告。孫父於是安排僕人和車馬來京，要接兒子回家。孫敏不得已只好準備回家，他於是讓張生通報美人，相約在水櫃街祖宅見面。到了約定的時辰，美人乘一頂小轎來到老宅，孫敏把美女請進屋內，只見桌子上備好的飲食草率粗糙，而孫敏愁容慘淡。孫敏對女子道：「這次家父召我回去養病，我們可能要分別些日子，這實在不是我願意的事。」美女躊躇片刻，對孫敏道：「您這次回去我不能強留。如果您心中還想著我，那麼中秋節重返京城還能見到我；如果過了這個日子，可能就無緣和您再相會了。請您千萬保重，滿足我一點小小的心願。」說完，兩人相擁而泣，良久之後才依依不捨地分手而去。

生後到淮陽，軀漸康愈。時將及中秋，恐負麗人之約，乃辭親欲赴太學參告。父母以為敏未甚平復，故強留之，乃不遂其志，但鬱鬱而已。至重陽，父母方遣生成行。及抵都下，首詢皇建院張生處，求麗人之耗，則是年皇建院為火焚，張生不知其所。敏亦未以為怪，乃訪崇夏寺老李師，至其院，則無老李師焉。乃問其在院者，則云：「老李師非本寺中尼，稅❶此院居半年餘，今去已二旬矣。」生錯愕失措，盤桓於昔所聚小閣中。於壁間有〈留示故人〉詩一絕，乃麗人所題也。詩曰：「雨滴梧桐韻轉淒，黃昏凝佇倚朱扉。相期已過中秋後，不見郎來淚濕衣。」生覽訖，驚駭無地。以此熒惑❷，幾及周載❸。後亦無他焉。

【章　旨】此段講述孫敏重返京城之後，再也找不到美人的蹤跡。

【注　釋】❶稅　租借。❷熒惑　本指火星。由於火星呈紅色，熒熒像火，亮度常有變化；而且在天空中運動，有時從西向東，有時又從東向西，情況複雜，令人迷惑，所以古代稱其為「熒惑（熒熒火光，離離亂惑）」。這裡指迷惑之意。❸周載　一年。

【語　譯】孫敏回到淮陽，身體逐漸痊癒。快到中秋的時候，他生怕辜負了美人的期望，想要辭別雙親回太學。孫敏的父母生怕兒子身體沒有完全康復，硬把他留了下來。孫敏未能如願，心中悶悶不樂。到了重陽節，父母才讓孫敏成行。回到京城，孫敏首先去找皇建寺的張生，打聽美人的消息，誰知道那年皇建寺遭遇火災，張生已經不知所終。孫敏並沒有因此感到驚訝，又去崇夏寺找李法師，到了那座禪院，卻不見李法師的蹤影。孫敏詢問禪院中的人，對方答曰：「李法師本來就不是我們這座寺廟的尼姑，她只是在此地租住了半年，二十多天前就離開了。」孫敏大驚失色，在先前曾經和美女相聚的小閣中盤桓良久。結果在牆上看到一首絕句〈留示故人〉，原來是美人所題。詩曰：「雨滴梧桐韻轉淒，黃昏凝竚倚朱扉。相期已過中秋後，不見郎來淚濕衣。」孫敏讀後，驚詫至極。心中為此感到困惑難解，一直延續了一年多的時間。然而此事後來也就再也沒有下文。

評曰：孫敏之遇，竟不知其誰氏之家，亦不知其居處何地。暨敏之歸，謂過中秋之後，無復再會，及重陽，敏方抵闕下❶，則張生失在，李師遽往，麗人之耗，不復聞矣，何言之驗也！然則敏之所遇，人耶？鬼耶？仙耶？此不可得而知也，豈不異哉！

【章　旨】此段是作者對此事所發表的議論之詞。

【注　釋】❶闕下　即京城，宮闕（皇帝所居）之下的意思。

【語　譯】作者曰：孫敏遭遇的美女，竟然不知是誰家女子，也不知道她所居何處。孫敏要回父母身邊，她竟然說中秋之後，無緣再會，孫敏於重陽返回京城之後，張生不見了，李法師也跑了，美人的音訊不再可聞，這是何等的靈驗啊！那麼孫敏遇見的，究竟是人？是鬼？還是仙呢？這一切都不得而知，真是離奇啊！

【研　析】此篇傳奇的可貴之處也許並不完全在於小說的文采和辭章，而在於它保存了北宋都城市井生活的可貴資料。

文中，寺廟是男女主人公相遇、相知、身心交融的重要場所。進入宋代，佛教在民間的傳播日益廣泛，其與世俗生活的交融滲透也愈加深入。寺廟不僅是僧侶聚集、傳播信仰的場所，同時也是市民生活、娛樂、交際的舞臺。如文中著重提到的大相國寺，《東京夢華錄》卷三是這樣描述的：「相國寺每月五次開放萬姓交易，大三門上皆是飛禽貓犬之類，珍禽奇獸，無所不有。第三門皆動用什物，庭中設彩幕、露屋、義鋪，賣蒲合、簟席、屏幃、洗漱、鞍轡、弓劍、時果、脯臘之類。近佛殿，孟家道冠王道人蜜煎，趙文秀筆及潘谷墨，占定兩廊，皆諸寺師姑賣繡作、領抹、花朵、珠翠頭面、生色銷金花樣幞頭帽子、特髻冠子、絛線之類。殿後資聖門前，皆書籍、玩好、圖畫及諸路罷任官員土物香藥之類。後廊皆日者貨術傳神之類。……乃出角院舍，各有住持僧官，每遇齋會，凡飲食茶果，動使器皿，雖三五百分，莫不咄嗟而辦。」由此可見，原本傳道弘法的宗教場所已經完全成為市民社會交往和經濟貿易的絕佳平臺，借助這個平臺，一幕幕悲喜劇在這裡不斷上演。寺廟不僅為市民提供了遊樂、交際的場所，也為癡情男女提供了歡會的隱蔽空間。文中孫敏和美女在寺院相遇，更在寺院結合，這一情節絕非作者偶然的虛構，而的確是當時社會現象的實錄。佚名傳奇〈鴛鴦燈傳〉中李氏於手帕上題詩留書：「有情者若得此物，如不相忘，而欲與妾一面者，請來年正月十五夜，與相藍後門相待……。」約會之所也正是大相國寺，而隨後男女主人公幽會之地則為乾明寺。可見，這樣的情狀在當時社會尋常可見，絕非孤例，完全是一種社會風尚的真實寫照。

至於本篇的文章筆法，也有突出不凡之處。小說中麗人的出現彷彿從天而降，來無影、去無蹤，男主人公處心積慮想要打探麗人的出身來歷，幾次也似乎將要成功，可是最終卻都功虧一簣，引得讀者心中好奇之心無可遏止。最終，作者也沒有將謎底揭穿，而是留下了一個「人耶？鬼耶？仙耶？」的包袱，留下了悠然的餘味和無窮的遐思。唐宋傳奇中，男子偶遇麗人，並成就一段姻緣的屢見不鮮，其女主人公或為神仙、或為妖魅，但不管她如何神祕，最終總有個身分的交代，而像本文這樣從頭至尾沒有揭破謎底的，似乎絕無僅有，也算是唐宋傳奇中別具一格的作品。

錢塘異夢

李獻民

【題　解】本文出自李獻民《雲齋廣錄》卷七，也是一個人鬼相戀的故事，只不過女主角是大名鼎鼎的名妓「蘇小小」，而男主角也是名見史傳的文人。這個故事流傳很廣，版本較多，情節也各有異同，宋元話本和雜劇、戲文都有根據此文改編的作品。

賢良❶司馬槱❷，陝州夏臺❸人也。好學博藝，為世巨儒，而飄逸之材，尤為過人。元祐❹中，應方正賢良科，君以第三人過閣中第❺，天下之士，莫不想望其風采。君衣錦還鄉，里人迎迓，充塞道路。翌日，君乃遍詣親戚故舊，至於閭巷屠沽之輩，莫不往謝，鄉人以此知其大度。

【章　旨】此段介紹司馬槱的出身和禀性。

【注　釋】❶賢良　指通過制舉賢良科考試登科的士子。唐宋以來的科舉制度在普通的貢舉（常科）之外又設制舉。制舉又稱制科、大科、特科，是由皇帝下詔而臨時設置的科舉考試科目。目的在於選拔各類特殊人才。唐代制舉甚盛，其科目甚多，據記載有上百個，其中較重要者為賢良方正能直言極諫科、才識兼茂明於體用科等。❷司馬樌　歷史上實有其人。字才仲，陝州夏臺人。元祐六年（西元一〇九一年），河中府司理參軍，應賢良方正能直言極諫科，入第五等，賜同進士出身，堂除初等職官。作品所傳至今者只剩本文中所收的兩首詞。❸陝州夏臺　陝州，地名。北魏太和十一年置。轄今河南三門峽、陝縣、洛寧、靈寶及山西平陸、運城東北地區。夏臺，地名。今河南禹州一帶。❹元祐　北宋哲宗趙煦年號，西元一〇八六—一〇九四年。❺閣中第　制舉考試一般分為閣試、殿試兩級。閣試論六首，按成績分為五等，入前四等方可參加殿試。殿試策一道，合格者分為五等，上二等不授人，第三等即為上等。

【語　譯】賢良司馬樌，陝州夏臺人也。其人好學多藝，為當世知名學者，而飄逸的風度，尤其引人注目。元祐年間，司馬樌應制舉方正賢良科考試，以閣試第三名的好成績中第，當時天下文士，無不想一睹其風采。司馬樌衣錦還鄉，鄉里前來迎接的人充塞道路。第二天，司馬樌遍訪親戚故舊，就是里巷的屠戶商賈引車賣漿者也一一回訪拜謝，同鄉因此了解了他的氣量和風度。

第一日，在私第賜書閣下晝寢，乃夢一美人翠冠珠珥❶，玉佩羅裙，行步虛徐，顏色豔麗，徘徊閣下。頃謂君曰：「妾幼以姿色名冠天下，而身無所依，常以為恨。久欲託附君子，未敢面問，餘俟他日。今輒有小詞一闋，寄〈蝶戀花〉，浼瀆❷左右，為君謳焉。」乃命板❸緩歌之。唱訖，復為君曰：「君異日受王命守官之所，乃妾之居也。當得會遇，幸無相忘。」君欲與之語，遂飄然而去。君乃欻然而覺，嗟異久之。因省其詞，唯記其半。詞曰：「妾本錢塘江上住❹，花落花開，不管流年度。燕子銜將春色去，紗窗幾陣黃梅雨。」君愛其詞旨幽淒，乃續其後云：「斜插犀梳雲半吐，檀板朱脣，唱徹〈黃金縷〉。望斷行雲無覓處，夢回明月生春浦。」君後常以此夢為念。

【章　旨】此段講述司馬槱夢見一名美女，美女告訴司馬槱，她將在司馬槱的新任職處與其相會。

【注　釋】❶珥　用珠玉製成的耳飾。❷浼黷　玷汙。❸板　拍板。古時多用檀木製作，又名「檀板」。拍板最初由西北少數民族地區傳入中原，唐代已廣為流傳，成為重要的打擊樂器。❹錢塘江上住　指寓居杭州。錢塘江，發源於安徽休寧，流經安徽、浙江、江西、福建等省，流域面積約四萬二千二百平方公里。

【語　譯】第一天，司馬槱在家中的賜書閣午睡，忽然夢見一位美女頭戴珠翠，身著羅裙，步履輕盈，容顏豔麗，徘徊於賜書閣前。她對司馬槱說道：「我年幼時便以姿色名冠天下，但孤身一人無所依靠，常常以此為憾。很久以來就想把自己託付給您，但一直不敢當面問詢，所以一直在遲疑等待。今天作下小詞一闋，寄調〈蝶戀花〉，為您詠唱一番，只怕有辱清聽。」司馬槱命人拿來拍板為其伴奏，女子則緩緩歌唱自作新詞。唱完之後，女子對司馬槱道：「您日後接受皇上的委派所要任官之所，就是我的住處。那時我們將會相聚，希望屆時您不要將我忘記。」司馬槱剛想對她說些什麼，女子已飄然而去。司馬槱這時才突然醒來，感慨稱異良久。回憶女子的小詞，只記得前面半闋：「妾本錢塘江上住，花落花開，不管流年度。燕子銜將春色去，紗窗幾陣黃梅雨。」司馬槱非常喜愛這首詞的幽深淒清，於是為其續下了後半闋：「斜插犀梳雲半吐，檀板朱脣，唱徹〈黃金縷〉。望斷行雲無覓處，夢回明月生春浦。」司馬槱此後常常想起此夢。

及君赴闕❶調官，得餘杭❷幕客。挐舟❸東下。及過錢塘，因憶曩昔夢中美人自謂「妾本錢塘江上住」，今至於此，何所問耗？君意淒惻，乃為詞以思之，詞寄〈河傳〉：「銀河漾漾。正桐飛露井，寒生斗帳。芳草夢驚，人憶高唐惆悵。感離愁，甚情況！春風二月桃花浪。扁舟征棹，又過吳江上。人去雁回，千里風雲相望。倚江樓，倍悽愴。」。君謳之數四，意頗不懌。

【章　旨】此段講述司馬槱被朝廷委派至杭州任官，想起美女曾經許諾要與他見面之事，不免心中惆悵，於是作詞一首。

【注釋】❶赴闕　朝見皇帝。闕，原指皇宮門前兩邊供瞭望的樓，後代指皇宮。❷餘杭　即杭州。❸挐舟　即撐船的意思。挐，船槳。

【語譯】後來司馬槱赴朝廷選調官職，結果被委派到杭州當幕僚。司馬槱買舟東下，行船到了杭州，想起夢中美人自稱住在「錢塘江上」，現在人到了這裡，美人的蹤跡又從何處尋覓呢？司馬槱心中悶悶不樂，作詞一首以寄託相思之情，此詞寄調〈河傳〉：「銀河漾漾。正桐飛露井，寒生斗帳。芳草夢驚，人憶高唐惆悵。感離愁，甚情況！　春風二月桃花浪。扁舟征棹，又過吳江上。人去雁回，千里風雲相望。倚江樓，倍悽愴。」完成之後，司馬槱自己反覆詠唱了幾遍，心中惆悵良久。

是夕君寢，復夢向之美人，喜謂君曰：「自別之後，睽闊千里，春風秋月，徒積悲傷。然感君不以微賤見疏，每承思念。加以新詞見憶，足認君之於妾，亦以厚矣！則妾之於君，奉箕帚，薦枕席，安可辭也！」君曰：「昔獲相遇，不暇款曲，使我愁憤。今再辱過訪，幸無遽去。願接歡愛，以慰疇昔❶之心。」美人微笑曰：「此來妾亦願與郎為偶，況時當諧矣，又何避焉！」乃相將就寢，雖高唐❷之遇，未易比也。及曉，乃留詩為別。詩曰：「長天書錦雁來盡，深院落花鶯更多。發策決科❸君自爾，求田問舍❹我如何？」君曰：「吾方以少年中第，始食王祿，將致身於公輔而後已。子何遽為此詩，以勸吾之退也？」美人曰：「人之得失進退，壽夭貧富，莫不有命。君雖欲進，而奈命何？此非君所知。如妾與君遇，蓋亦有緣，豈偶然哉！」美人告去，君乃覺焉。

【章　旨】此段講述司馬槱在夢中與美人再次相會。

【注　釋】❶疇昔　往昔；日前；以前。❷高唐　宋玉作〈高唐賦序〉，記敘楚王遊高唐，夢見巫山神女薦枕席，自稱：「旦為朝雲，暮為行雨，朝朝暮暮，陽臺之下。」後用「高唐雲雨」代指男女歡合。❸發策決科　拆閱策問題目，以決定錄取，舊指應試取中。見漢揚雄《法言・學行》：「或曰：『書與經同，而世不尚，治之可乎？』曰：『可。』或人啞爾笑曰：『須以發策決科。』」❹求田問舍　多方購買田地，到處問詢屋舍。指只知道置產業，謀求個人私利，沒有遠大的志向。語出《三國志・魏書・陳登傳》：「君有國士之名，今天下大亂，帝主失所，望君憂國忘家，有救世之意，而君求田問舍，言無可采，是元龍所諱也，何緣當與君語。」

【語　譯】當晚司馬槱就寢後，又夢到了那位美人，她喜氣洋洋地對司馬槱說：「自從上回一別，我們相隔千里，光陰飛逝，春風秋月都只能徒增悲傷。然而您不因我的低賤而疏遠，還時時將我想起，並作新詞以寄託思念，這一切足以證明您對我的厚愛！那麼，為您掃庭院、侍枕席就是我不容推辭的義務了。」司馬槱道：「上次我們相遇，還來不及互訴衷情就分別了，讓我心中無限鬱悶。今天承蒙你再次造訪，請求你別再輕易離開。我願和你雲雨歡愛，了卻心中宿願。」美人微笑道：「此次前來我就是想和郎君成就好事，加上現在時運合適，還有什麼好推辭的呢！」於是兩人當晚同床共枕，歡愛之情，即便是楚王與巫山神女也不能媲美。到了天明，美人留詩作別。詩云：「長天書錦雁來盡，深院落花鶯更多。發策決科君自爾，求田問舍我如何？」司馬槱道：「我年少中第，剛剛吃上皇糧，正該致身公務效力朝廷。你怎麼寫這樣的詩句，讓我消極退縮呢？」美人道：「人的得失進退，貧困與富貴、長壽與短命，全都由命運決定。您雖然勇猛精進，又怎能和命運相抗衡呢？這些都是您所不知道的。就拿我和您的相遇來說吧，這也是由緣分決定的，哪裡是偶然的呢？」美人說完離去，司馬槱忽然驚醒。

及抵餘杭，每夕無間，夢中必來。君遂與僚屬言，具道其本末。眾謂之曰：「君公署之後有蘇小❶墓。君初夢之，言『幼以姿色名冠天下』，又稱『君守官之所乃妾之居』，得非是乎？」坐客或謂君曰：「此誠佳夢，吾雖願之，安可得也！」君為之一笑。君後創一畫舫，頗極工巧，每與僚屬登舫，遊於江上。罇酒之間，吟詠景物，終日而罷。常令舟卒守之。一日昏後，舟卒行於江上，復至岸側，見一少年衣綠袍，攜一美人同赴畫舫。卒遽往止之，則舫中火發，不可向邇。頃之，畫舫已沒。卒急以報，比至公署，則君已暴亡矣。其弟棫，字才叔，亦登第。善屬文，長於詩。〈哭兄詩〉有云：「畫舸南遊遂不歸」，乃記畫船事也。此詩之作，因夢與才仲燕語如平生，既寤，遂賦詩以寫其悲悵之意。詩曰：「誰教作雁破群飛，一舸南遊遂不歸。乍見音容悲且喜，不知魂夢是邪非。陟岡望遠心猶在，攜幼還家意已違。淚眼重尋邱壑去，可堪猶采故山薇。」

【章　旨】此段講述司馬槱夢中相會的美女就是前朝名妓蘇小小。

【注　釋】❶蘇小　即蘇小小，生平無詳考。相傳是南齊時錢塘名妓，年十九咯血而死，終葬於西泠之塢。

【語　譯】等到司馬槱到達杭州之後，美人每晚夢中必至，從無間斷。司馬槱與同僚下屬談起此事，把前後原委和盤托出。眾人說：「您的衙門後面有一座蘇小小墓。您夢中的美人自稱『幼以姿色名冠天下』，又稱『君守官之所乃妾之居』，這名女子該不會就是蘇小小吧？」有門客對司馬槱說：

「這是個好夢啊，我也想有這樣的豔遇，可是哪有機會呢！」司馬櫕付之一笑。後來，司馬櫕出錢造了一艘畫舫，建造得非常精巧，司馬櫕常常和同僚下屬登上畫舫，遊歷於錢塘江上。眾人飲酒作詩，吟詠景物，日暮方回。司馬櫕專門指派一名船夫看守這畫舫。有一天傍晚，船夫在江上划船，就在將要回到岸邊的時候，他看到一名綠袍少年，領著一名美女要登上畫舫。船夫趕緊上前制止，沒想到畫舫突然燃起大火，無法靠近。很快地，畫舫就被大火吞噬。船夫急忙去向司馬櫕報告，剛到衙門，司馬櫕已經暴卒了。司馬櫕的弟弟名棫，字才叔，後來也中了進士。司馬棫善作文章，尤能寫詩。他的〈哭兄詩〉中有這樣一句：「畫舸南遊遂不歸」，寫的就是畫舫一事。而司馬棫之所以會作此詩，是因為他夢見哥哥司馬櫕像生前一樣和他閒聊談天，等到醒了之後，他便寫下此詩以記錄其悲傷惆悵之情。全詩曰：「誰教作雁破群飛，一舸南遊遂不歸。乍見音容悲且喜，不知魂夢是邪非。陟岡望遠心猶在，攜幼還家意已違。淚眼重尋邱壑去，可堪猶采故山薇。」

【研　析】蘇小小的生平事蹟無從查考，確切可知與蘇小小有關的原始文獻只有一首署名蘇小小的〈同心歌〉：「妾乘油壁車，郎跨青驄馬，何處結同心，西陵松柏下。」然而蘇小小墓在杭州〈錢塘〉可謂家喻戶曉，關於蘇小小的各種傳說也很多，據傳蘇小小死後，芳魂不散，常常出沒於花叢林間。至於吟詠蘇小小的詩篇就更多了，最著名的是李賀的〈蘇小小〉詩：「幽蘭露，如啼眼。無物結同心，煙花不堪剪。草如茵，松如蓋。風為裳，水為佩。油壁車，久相待。冷翠燭，勞光彩。西陵下，風吹雨。」後代如元遺山、徐渭等均有吟詠篇什。一名身世不明、事蹟模糊的娼家女子為何會引起歷代文人的濃厚興趣，這本身就是一個很有意思的話題。我想，「南朝名妓」、「貌美早亡」、「芳魂不散」，這幾個詞大約是激發起後人遐想的基本元素。所謂吟詠也好、憑弔也罷，多少帶有獵奇甚至狎邪的心理，至於像本篇這樣的小說，更是帶有赤裸裸的意淫成分，難怪《四庫全書總目提要》批評《雲齋廣錄》「純乎誨淫而已」。當然，撇開意識形態的批判，本篇的文學性還是頗有可取之處的。其故事敷衍曲折有致，敘述夾雜詩筆，寫景抒情、營造氣氛都有可取之處。

無鬼論

李獻民

【題　解】本篇出自《雲齋廣錄》卷七，記述了一名書生夢境與現實離奇交匯的靈異經歷，作者試圖以此來證明幽冥世界的存在，以及其對現實世界的巨大影響。

進士黃肅，字敬之，隴右❶人也。素剛介，尤悍勇，然蹉跎場屋❷十餘年，志無少挫。常謂人曰：「吾不第則已，一旦使吾遇知音，必獲甲科。坐致青雲之上，以快恩讎。此大丈夫得志之秋也，吾今之貧實暫耳。」生無妻子，久寓都下，厭其塵冗，遂謀居京之西八角店，以聚學為業。

【章　旨】此段講述主人公黃肅的出身和性格志向。

【注　釋】❶隴右　古人以西為右，故稱隴山以西為隴右。唐太宗貞觀元年（西元六八七年），分全國為十道，以東起隴山，西達沙洲的地域始設隴右道。其地域包括今甘肅、新疆大部分地區和青海湖以東地區。❷場屋　又稱「科場」，科舉考試的地方。

【語譯】進士黃肅，字敬之，隴西人士。性格剛直耿介，甚至可稱剽悍勇猛，他科場蹉跎十多年，始終未能中第，然而志向卻絲毫沒有消磨。他常對人說：「我不中舉則罷，一旦遇到伯樂，必定要中甲等。那時我就將平步青雲，一洗舊日恥辱，這就是大丈夫得志之時，現在我的困窘只是暫時的。」黃生沒有妻子兒女，他久居都城，很厭惡城市的喧囂冗雜，於是在西郊的八角店找了一處地方，設帳收徒，教書為業。

一日，謂其弟子曰：「孔子不語怪力亂神❶，吾為正人端士，誠不敢外聖人之教，亦未嘗談此。吾將著《無鬼論》，以解天下之惑。」時抵清明，生徒皆散，生乘閑乃濡毫運思。方欲下筆，忽有一人自戶而入，舉止蒼惶。生驚視之，乃一村僕耳。生問其故，僕云：「某主人有二子方幼，知先生在此，欲令從學，故遣某奉召。」生曰：「主人姓氏為誰？」僕曰：「王大夫也。此去其居數里而已，君無憚勞焉。」生念其二子欲從己學，遂具冠帶隨僕以往。果行數里至一大莊，溝池環而竹木周布，場圃築於前，果園樹於後，蔥蔥鬱鬱，真幽勝之地也。僕乃止生於遲賓之館❷，曰：「侯某先入以報。」頃之，僕出曰：「大夫請見。」生入，視其人紫袍金帶，風觀甚偉。邀生就坐，生察其進退揖讓，雍容可觀。大夫曰：「某村居性懶，有倦出入，所以坐屈長者，豈勝惶懼。」生曰：「某連蹇❸寒儒，特辱見召，誠為過幸。」須臾，命僕進茶，乃謂生曰：「某有二子，甚頑劣，欲遣就學，又憚其往來之遠。不罪率易❹，敢屈致從者於敝止❺，訓誨二子，不識尊意如何？所有費用，某雖貧家，當得盡力，必不致菲薄也。」生曰：「第恐學業荒蕪，才能疏略，不足以表率後來，為人師範。如果不見棄，固所願也，敢不奉命。」大夫遂命二子出拜。生視二子皆垂髫，眉目俊爽，殆非凡類。二子復入。大夫曰：「從者可暫歸，來日甚吉，即得使人邀先生矣。」生辭出，大夫送之門。

【章旨】此段講述有一大戶人家將黃肅請至家中，聲稱要請他為兒子開蒙。

【注釋】❶孔子不語句　出於《論語・述而》。意謂孔子不說有關怪誕、勇力、悖亂、鬼神之事。❷遲賓之館　招待賓客的旅舍。遲，接待；招待。❸連蹇　行走艱難貌。語出《易經・蹇卦》：「往蹇來連。」引申指遭遇坎坷。❹率易　輕率、怠慢。❺敝止　猶言「寒舍」。

【語　譯】某天，黃肅對學生們說：「孔子從來不談論有關怪誕、勇力、悖亂、鬼神之事，我乃正人君子，不能違背聖人的教導，也從來不談這些無稽的事情。不僅如此，我還想寫一篇〈無鬼論〉，以此為那些迷信冒昧之人解惑。」當時正值清明時節，學生們都回家祭掃，黃肅獨自一人在學館中，提筆構思，準備寫作〈無鬼論〉。正當黃生要下筆之時，一個人慌慌張張推門進來。黃生嚇了一跳，仔細一看，是個村僕。黃生問他為何而來，僕人說：「我的主人有兩個年幼的公子，他得知先生在此授徒，想請您去教他的孩子，因此派我來邀請您。」黃肅道：「主人姓何名誰？」僕人答道：「是王大夫。此地離他家也就是數里地，請您不必擔憂路途勞頓。」黃肅考慮到他的兩個孩子要跟隨自己讀書，於是換上正裝跟隨僕人前往。果然走了幾里路就看到了一座大莊園，只見莊園四周河溝環繞、竹木遍布，前面是場院，後面是果園，樹木蔥鬱，真是個環境幽靜的好地方。僕人將黃生領到招待賓客的館舍，說道：「請等我先進去稟報一聲。」過了一會兒僕人出來道：「王大夫請先生進去說話。」黃生走進正房，只見一人穿紫袍戴金帶，風神偉岸。王大夫請黃生坐下，黃生留意主人的動作舉止，只覺他雍容大度，器宇不凡。王大夫道：「在下蟄居窮鄉僻壤，生性閒散慵懶，倦於出入交際，因此委屈先生駕臨寒舍，真是不勝惶恐。」黃生道：「小生乃是一介寒士，承蒙召見，實乃幸事。」過了一會兒，王大夫命令童僕進茶，接著對黃生說：「我有兩個兒子，都很頑劣，想要送他們上學，又擔憂他們往來路途遙遠。因此不揣冒昧，把您請至寒舍教誨犬子，不知您意下如何？所需費用，雖然我非富貴人家，但一定會竭盡心力，不致怠慢。」黃生道：「只怕我學業荒疏，才識淺薄，不足以為人師表。如果您不嫌棄的話，這正是我所樂意的，豈敢不遵命呢。」王大夫於是讓兩個兒子出來拜見老師。黃生見兩個孩子雖然尚是孩童，但眉目俊朗，不是庸常之輩。兩個孩子隨即又走入內室。王大夫說：「先生可先回家，明天就是黃道吉日，屆時再把您請來。」黃生隨即告辭，王大夫一直送至門外。

生由前徑而還，及抵其舍，則生恍然夢覺。生曰：「吾方著〈無鬼論〉，而遽有此夢，何其怪也！吾以謂夢邪，則所由之徑，所睹之人，明然在目；其間揖讓之儀，論議之事，皎然在懷。彼大夫云『來日使人邀君就館』，吾試俟之，當復如何。」翌日生起，在辰巳間，生乃正色危坐以待焉。良久，其僕果至，謂生曰：「大夫請先生就館。」生熟其僕，而私自念曰：「吾方正色危坐，略不瞑目，此非夢也。」乃隨僕而前。至其所，宛然昨日所詣之地也。生又疑為夢，徘徊不進，瞪目回顧，野色明朗，嘉禾蔥倩，曉明非夢也。僕乃促入，大夫出迎曰：「越宿無恙乎？」遂引生入廳事東偏一小室中，陳設盃皿，間列海陸，命生就席，仍出二青衣❶以侑酒。生顧視青衣，皆殊色也。酒行數四，生意愈惑，但默而不語。大夫曰：「先生殊不語笑，席上無歡，何以終日？」乃命青衣一捧觴，一執板，以勸生酒，生不能辭，如是者再。大夫復令青衣求生為詩，生不獲已，遂為詩云：「主人高義惜多才，時遣青衣勸巨盃。莫訝書生無語笑，只疑身是夢中來。」大夫見詩，笑謂生曰：「君豈不知頓悟之後，浮生之事皆夢也，又何疑也？」再命青衣連勸至數盃。大夫徐謂生曰：「吾有一女，予素所鍾愛，今始笄❷矣，未有佳配。遴選雖眾，頗難其人，念無足以相稱者。竊觀足下儀容秀穎，德量淵深，學為人師，行為世表，真佳士也。如不鄙門閥卑微，世系寒落，使得親箕帚，侍巾櫛❸，則吾女可謂得夫矣。君其許乎？」生猶豫未有以應。大夫曰：「君豈非疑吾女子陋質，不堪為配乎？」遽令二青衣扶女子者出。生瞥視之，髻鬟峨峨，星眸灩灩。香腮瑩膩，芙蕖綽約於秋江；體態輕盈，雛燕翔飛於曉霧。婉媚橫生，嬌態可掬，立於座前，如不勝衣。生乃神盪魂逸，幾不自持。大夫曰：「某常奇此女，欲與貴人，而未□□付。非君多才多藝，吾寧肯令女子出乎？中饋❹之選，必不累君矣，如之何？」生曰：「敬奉教。」青衣乃復扶女子者入。大夫顧左右曰：「可召來家時媼來，令作媒。」頃之，媼至，縞服練帨❺，垂白而傴，立於其前。大夫曰：「吾欲納婿，令子作媒，可乎？」媼曰：「固所願也。」乃視生曰：「此非新郎乎？」大夫曰：「然。」媼遂入室，取一絳綃香囊，悉以蟬胎為飾，窮極精巧，笑授生曰：「請以為定。」大夫復謂生曰：「後三日宿直❻甚良，可就此吉日為禮慶之期。」因以花牋贈生詩一首，其辭曰：「匆匆席上莫相疑，百歲光陰能幾時。攜取香囊歸去後，吾家風誼亦當知。」生未悟其旨，但遜謝而已。日暮酒闌，媼曰：「新郎請歸，後至日當遣騶❼從迎君就槽，幸是□□。」生辭出，大夫曰：「醉中不及攀送，希無訝也。」生亦被酒。及尋舊徑歸，豁然乃省，又其夢也。

【章　旨】此段講述黃肅返回家中後發現所謂延請塾師云云都是夢境，可是第二天又真的有人來請他到王大夫家中作客，王大夫甚至要將女兒許配給他。

【注　釋】❶青衣　此指婢女。❷始笄　《禮記‧內則》：「女子十年不出，……十有五年而笄。」鄭玄注：「謂應年許嫁者。女子許嫁，笄而字之；其未許嫁，二十則笄。」後因以「始笄」謂女子十五歲開始加笄束髮，進入婚齡。笄，簪子。❸侍巾櫛　伺候起居；照顧生活。櫛，梳子。❹中饋　古時指婦女在家中主持飲食等事，引申指妻室。❺縞服練帨　縞，白色的生絲。練，白色的絹。帨，佩巾。❻宿直　星象。❼騶　駕車馬的小吏。

【語　譯】黃生由前路返回，等到了家門口，忽然從夢中驚醒。黃生心中暗道：「我剛剛打算寫〈無鬼論〉，就有了這樣一個夢，真是奇怪啊！要說這是夢吧，為什麼剛剛所走道路，所見之人，全都歷歷在目；寒暄之禮、議論之事又都明明白白。那位王大夫說『明天派人請老師來家中講學』，我姑且等著，看看會有什麼事情發生。」第二天黃生起床，已經是上午八、九點鐘了，於是他正襟危坐靜靜等候。過了許久，那名僕人果真來了，對黃生道：「王大夫請先生去家中講學。」黃生仔細打量那僕人，心中暗想：「我剛才正襟危坐，不敢眨眼，這絕不會是做夢。」於是跟著僕人往前走。來到王大夫的宅院，正是昨天到過的地方。黃生疑心在做夢，徘徊不前，瞪著眼睛四下張望，只見田野間光線明朗，禾木青蔥，分明不似夢境。僕人催促黃生趕緊進屋，王大夫此時也出來迎接：「過了一晚，先生還好吧？」於是把黃生引到正廳東面的一間偏房，只見房中已經安排好了杯盤酒菜，主人請黃生就席，隨即兩名婢女出來侍酒。黃生打量這兩名侍女，都算得上容貌出眾。酒過三巡，黃生心中愈加疑惑，只是沉默不語。大夫道：「先生不言不笑，滿座無歡，這怎麼行？」於是讓一名侍女捧起酒器，一名侍女打起拍板歌唱，勸黃生飲酒，黃生無法推辭，只能一杯接著一杯喝酒。王大夫隨後又讓侍女向黃生求詩，黃生推辭不掉，於是作詩曰：「主人高義惜多才，時遣青衣勸巨盃。莫訝書生無語笑，只疑身是夢中來。」大夫讀了此詩，笑著對黃生說：「您大概不知道，倘若參透人生，活在世上和做夢並無區別，先生為何要有這樣的疑慮呢？」於是又命侍女連勸數杯。王大夫慢慢地對黃生說：「我有一女，向所鍾愛，現在已經到了婚嫁的年齡，但尚未找到佳偶。雖然也挑選了不少人，但卻找不到合適般配的。我看閣下儀容秀雅，品德高尚，學問堪為人師，行為能稱典範，實乃俊傑人才。假如您不嫌棄我們門閥低微，世代寒門，讓小女為您照料起居，伺候生活，也算她有個好的歸宿。先生同意嗎？」黃生心中猶豫未決，不知如何應答。王大夫道：「您是不是懷疑小女姿容醜陋，與您不相般配？」隨即讓兩名侍女將女兒扶出。黃生偷眼瞧去，只見女子鬟髻高聳，目光流轉。她肌膚瑩潤，彷彿江上綽約的荷花；體態輕盈，好像早晨飛翔的雛燕。女子媚態橫生，嬌態可掬，站在座前，彷彿弱不勝衣。黃生一見之下心神蕩漾，幾乎無法自持。王大夫說：「我平素將此女視若珍寶，一直想把她嫁給貴人，但始終未找到可以託付之人。如果您不是這樣多才多藝，我哪捨得把她許配給您呢？至於她主持家政，是不會給您添麻煩的。您看如何？」黃生連忙道：「就聽您的。」侍女們隨即將小姐扶入內室。王大夫隨後對左右道：「把來家時氏老太太找來，請她做個媒吧。」很快，老太太便趕到了，只見她身著素服頸繫白巾，滿頭銀髮弓腰而立。王大夫道：「我要招女婿了，請您做媒如何？」老太太道：「樂意效勞。」隨後看著黃生道：「這就是新郎吧。」王大夫說：「對。」老太太進入房內，取出一只紅色的絲織香囊，上面以蟬蛹為文飾，極其工巧細緻，她笑著對黃生說：「請以此為信物吧。」王大夫又對黃生說：「三天後是黃道吉日，可以此吉日為婚禮大喜之日。」隨後王大夫在花箋上寫詩一首贈與黃生，詩云：「匆匆席上莫相疑，百歲光陰能幾時。攜取香囊歸去後，吾家風誼亦當知。」黃生一時無法領會詩中的深意，只能表示感謝。天色已晚，酒宴闌珊，老太太說：「新郎請回吧，後天會派車馬接您前來完婚。」於是黃生告辭，王大夫說：「酒醉不便相送，請勿見怪。」黃生此時也是醺醺然。順著來時路回到家後，忽然醒來，又是一場夢。

生大嗟異，而酒醟❶未散，香囊在懷。生□□日□始過午矣。因諷大夫詩曰：「攜取香囊歸去後，吾家風誼亦當知。」生乃歎而言曰：「吾常讀《左傳》，見晉狐突之遇申生❷，鄭伯有之殺帶、段❸，皆紀為鬼之說，吾甚不取。以謂左氏豔而富，其失也誣，正為此等事耳。今吾身自遇之，然後信其言為不謬矣。」越三日，凌晨，生起盥漱，則已聞車馬喧闐，徒隸紛擾之聲。生心疑念之際，忽聞擊戶之聲，生未敢應。一人大呼曰：「王大夫遣人來取新郎，請早備辦，恐日晚大夫見責。」連呼不已。生乃啟戶，見僕從皆鮮衣美服，簪花□首，填塞門外，若錦繡焉。

媒氏時媪前謂生曰：「時將至矣，可速行。」乃命左右控馬而前，狨鞍❹金勒，玉鐙繡韈❺，被褥華麗。生乃攝衣上馬，徒隸呵喝道路，供給之人各執其物，擁衛而前。其去如飛，頃刻而至。生入戶，見庭宇嚴潔，陳設文繡，倡優□□，鶩列以俟。頃之，大夫命生就席，酒行樂作。至暮，一青衣出，請生□□行禮。生乃避席而起，二青衣者導引而前。至其室，則紋燭搖□，□香囊碧，珠翠縱横，羅綺充仞。生意謂人間天上，無以過也。侍兒侍母，環列於前。結縭合巹❻，一如世俗之禮。於是鴛帳低紅，鸞衾重繡，如紋禽❼比翼，玉樹連枝。加以漏永更遲，衾香枕穩，雨意雲情，不可名狀。至曉，媪促生起謝姻屬，內外更相稱慶。大夫乃留生舍於其家。生以新婚之際，情意頗密，朝遊夕宴，未嘗暫捨。居月餘，大夫忽謂生曰：「某近承彌命，功忝汀南憲使❽，仍疾速起發，不敢稽留，朝暮成行。復以少事，義不得與子偕往。女子驕騃，難以留此，須當挈行。子可復歸，容吾到任，來歲清明日，遣兵卒令迓子，可乎？」生曰：「既承尊命，安敢違迕？當靜居以俟。」大夫乃大會賓客，敘別于家。抵暮，賓客即散去，□□□□，妻乃命青衣復令具酒展別，愁容慘淒，芳辭愁抑。徐謂生曰：「妾以疏容陋質，幸得託附君子，終身之望足矣。今當有江□□□□□經歲，佳時令節，枕冷衾孤，何以消遣？」言訖泣下。生亦□□□□□謂生曰：「妾居常女功之暇，尤喜讀書，至於歌詩，粗能髣髴。來日遂當隔闊，離情別恨，無以攄發，因成小詩一章，用以見意。辭鄙義拙，幸無見笑也。」乃出其詩以示生。其辭曰：「人別匆匆□□□，須知後會不為賒。黃斑用事當青媿，騂騎翩翩踏落花。」生覽後不勝咽哽，因各就寢。拂旦，則大夫已具車馬，令送生之家。生乃與妻訣，并辭其大夫。復至其家，又悟其夢也。

【章　旨】此段講述黃肅與王大夫之女成婚，可惜婚後好景不常，王大夫很快攜帶家眷赴外地任職了。而黃肅再次夢醒，發現婚姻原是一場春夢。

【注　釋】❶醟　酗酒；醉酒。❷狐突之遇申生　《左傳》記載，僖公十年秋，晉國大夫狐突遇見恭太子申生的鬼魂，鬼魂告訴狐突，天帝將討伐有罪的人（晉惠公），讓他在韓地戰敗。此預言後應驗。❸鄭伯有之殺帶段　《左傳》記載，昭公七年，鄭伯有為政，駟帶殺之，後有人夢伯有曰：王子，余將殺帶，明年殺段。於是王子駟帶卒，明年公孫段卒。❹狨鞍　用狨皮製成的馬鞍墊，是奢靡華貴的象徵。狨，哺乳動物，猿猴類，體矮小，形似松鼠，黃色絲狀軟毛，尾長，棲樹上。❺玉韂繡韉　指精美的馬具。❻結縭合巹　結縭，原指女子出嫁時母親為之結上佩巾的禮儀，後指女子出嫁。合巹，原指瓠剖成兩半，新郎新娘各執一瓢飲酒，後指婚禮時新郎新娘喝交杯酒。❼紋禽　指羽毛美麗有文彩的鳥，這裡特指鴛鴦。❽憲使　即按察使、廉訪使一類的監察官員。

【語譯】夢醒之後，黃生大為驚異，因為身上酒氣未消而懷中香囊猶在。午後，黃生一面玩味王大夫的詩句：「攜取香囊歸去後，吾家風誼亦當知。」黃生感嘆道：「我平日讀《左傳》，見到有關狐突夢遇申生，鄭伯有殺害帶、段等，描述鬼神的事情，心中總是不以為然。認為前人評價《左傳》『文辭華麗但內容卻不盡客觀』，說的就是這些情節。現在我自己遭遇了這樣的事情，才知道左氏所言並非虛構。」過了三天，黃生凌晨起床，正在洗漱之時，聽見門外傳來車馬喧譁、僮僕紛擾之聲。正當黃生心下疑慮之時，忽然聽到有人敲門，他不敢答應。於是門外有人高聲喊道：「王大夫派人來迎接新郎了，請早做準備，以免延誤時間老爺怪罪。」隨後又是一迭聲的呼喚。黃生於是打開房門，只見僮僕們都是華衣美服、頭戴簪花，充斥門庭，彷彿錦繡一般。媒婆時老太太上前對黃生說：「時辰到了，趕緊上路！」隨後讓僕人牽過馬來，只見這匹馬馱著金絲狨鞍墊，披金掛玉，遍體錦繡。黃生於是整衣上馬，僕從喝道開路，還有些家人捧著各色物品，簇擁而前。一路走來彷彿飛奔一般，很快便到了王家。黃生走進大門，只見屋宇寬暢整潔，陳設華美典雅，僮僕家伎兩旁侍立。隨即王大夫讓黃生就席，飲酒作樂。到了傍晚，一名侍女從內室走出，請黃生與新娘見面、行禮。於是黃生從席上站起，兩侍女將其引入內室。只見內室之中燭光搖曳、暗香浮動，珠翠雜陳，羅綺充戶。黃生以為天上人間無過於此。侍兒保姆環伺於前，兩人行跪拜交杯等禮俗。隨後，夫婦二人同進鴛帳、共赴陽臺，如同比翼鴛鴦、連理玉樹，枕席之間、雲雨之歡，無以名狀。到了次日清晨，時媼催促黃生起床拜見泰山泰水，內外賓客齊來賀喜。王大夫將黃生留在家中暫住。而黃生因為新婚燕爾，和新娘濃情蜜意、朝夕不離。過了一個多月，王大夫忽然對黃生說：「我近日接到任命，將任汀南憲使，要立即出發，不得延誤。又因他故，不能和你一同前往。我這閨女嬌縱癡頑，我要帶在身邊才能放心。因此請你暫時回去，我到任之後，明年清明就遣兵卒把你接去，意下如何？」黃生道：「岳父之命，豈敢違抗？我靜候佳音。」王大夫於是大宴賓客，在家中話別。到了晚上，賓客散去，黃生之妻讓僕人再開酒宴，她自己卻是愁容不展，言詞抑鬱。她對黃生說道：「我容顏醜陋資質愚鈍，能將自己託付給您，是我今生幸事。現在我們卻要分別，良辰吉日，我卻要面對孤枕冷衾，這讓我如何排遣？」說完淚流而下。黃生頓時也黯然神傷。王氏又道：「我平時女工之餘，也喜歡讀書，詩詞歌賦粗通一二。現在我們要闊別多日，離情別恨無以為寄，就作小詩一首，以抒胸臆。詞氣鄙陋，請勿見笑。」於是王氏拿出一首小詩送給黃生。詩云：「人別匆匆□□□，須知後會不為賒。黃斑用事當青鵵，騂騎翩翩踏落花。」黃生看後不勝悲傷，哽咽難語，兩人隨後各自就寢。到了次日凌晨，王大夫已備好車馬，讓僕從先將黃生送回家中。黃生於是與妻子和岳父道別。等到回到家中，再次夢醒。

因以所遇之事，并其妻所贈之詩，以示友人何皋。皋嗟異久之，而皆莫曉其詩之意。及來歲清明，生忽暴亡。皋乃悟生妻之詩，皆隱肅死之年并其月日，無少差焉。初生之遇也，以紹聖之丁丑，及生之卒，以元符❶之戊寅。其詩曰：「黃斑用事當青鵵」。蓋黃斑者，黃虎也。戊之色黃❷，寅之辰虎，則黃斑為戊寅年也。青鵵者，青兔也。乙之色青，卯之辰兔，則青鵵為乙卯月也。戊、癸之年，二月建乙卯❸故也。又曰：「騂騎翩翩踏落花」。騂騎者，赤馬也。丙之色赤，午之辰馬，則騂騎為丙午日❹也。生以其年二月二十七日告終，其日丙午，始得清明之節。「翩翩踏落花」，則長往之意也。一何異哉！皋字唐臣，河朔❺人，賦性敏慧，倜儻不拘。與生友善，具道本末，故予得而書之。

【章　旨】此段講述黃肅不久後暴卒，而死亡的時辰和王氏臨別贈詩中的寓意完全吻合。

【注　釋】❶元符　北宋哲宗趙煦年號，西元一〇九八—一一〇〇年。❷戊之色黃　古代將干支與五行相對應，戊對應土，色黃；乙對應木，色青；丙對應火，色紅。❸二月建乙卯　古代以干支紀月，每個地支對應二十四節氣自某節氣至下次節氣，以交節時間決定起始的一個月期間，六十個月合五年一個週期；一個週期完了重複使用，周而復始，循環下去。東漢光武帝建武二十九年癸丑年（西元五三年）冬至月（大雪至小寒的月份，近似農曆十一月）就是「甲子月」，以此順推，本文中的戊寅年，二月即為乙卯月。❹丙午日　古代以干支紀日，甲子為第一日，乙丑為第二日，丙寅為第三日……，六十日為一週期。一週期完了再由甲子日起，周而復始，循環下去。該紀日從魯隱公三年二月己巳日（西元前七二〇年二月十日）開始，文中戊寅年二月二十七日為丙午日。❺河朔　古代泛指黃河以北的地區，大體包括今山西、河北和山東部分地區。

【語譯】黃肅後將夢中經歷，及妻子所贈之詩，全部告訴友人何皋。何皋對此也感到非常詫異，但是也不明白詩中含義。到了來年清明，黃肅暴卒。何皋這才省悟黃生之妻所作小詩，實際上暗示了黃生逝世的年月日，分毫不差。黃生初進王家，是紹聖丁丑年的事情，黃生去世在元符戊寅年。王氏所作小詩云：「黃斑用事當青毚」，黃斑，就是黃虎。天干中「戊」對應黃色，而生肖中虎對應的地支是「寅」，所以「黃斑」實際上暗指戊寅年。青毚是青兔，「乙」對應的顏色是青色，兔所對應的地支是「卯」，所以「青毚」實指乙卯月。戊、癸開頭的年分，二月就是乙卯月。小詩又云：「騂騎翩翩踏落花」，「騂騎」是紅馬的意思。「丙」對應紅色，馬對應「午」，則「騂騎」意謂「丙午」日。黃生在二月二十七日去世，那天就是丙午日，恰是清明節。至於「翩翩踏落花」則是「長往」的意思。這一切，真是離奇啊！何皋字唐臣，河朔人士，生性聰慧，倜儻不群，一向和黃肅友好。他詳細向我敘述了此事的本末，我才得以將這件佚事記錄下來。

【研析】莊子講述過一個寓言：「昔者莊周夢為蝴蝶，栩栩然蝴蝶也，自喻適志與！不知周也。俄然覺，則蘧蘧然周也。不知周之夢為蝴蝶歟，蝴蝶之夢為周歟？周與蝴蝶，則必有分矣。此之謂物化」（《莊子・齊物論》）。哲學家試圖用一個形象的比喻來證明人生的虛幻和所謂「絕對存在」的不可知。與一千多年前哲人的寓言相呼應，宋代傳奇作家李獻民也試圖用一名書生的一段真實的（最少作者本人認為是真實的）人生經歷來證明幽冥世界的存在。小說記錄了黃肅的三段夢境，這三段夢境與現實生活水乳交融、相互推動，構成了一條精巧的敘事主線。

從六朝以來，男子與幽冥世界女子婚戀的題材非常多見，但像本文這樣精巧綿密的敘述結構、如夢如幻的氛圍營造，卻是十分罕見的。作者以〈無鬼論〉為線索，用曲折逶迤的情節來證明有鬼之存在，其巧思堪稱一絕！儘管其結論能否成立最終仍然取決於黃肅故事及其細節的真實性上，但作者講故事的能力和故事本身的趣味都給人留下了深刻的印象。

鴛鴦燈傳

佚名

【題解】本篇講述了一個由元夕之夜的偶遇而引發的傳奇的婚戀故事。原文不傳，現在我們看到的故事是當代學者從《蕙苗拾英集》和《醉翁談錄》中輯錄而成的。

天聖❶二年元夕❷，有貴家出遊，停車乾明寺❸側。頃而有一美婦人，降車登殿。抽懷袖間，取紅綃帕，裹一香囊，異香芬馥，持於香上，默祝久之。出門登車，擲之于地。時有張生者，美丈夫貴公子也，因遊偶得之，持歸玩。生愛賞久之，見紅帕上有細字，字體柔軟，誠女子之書。熟視之，乃書詩三章於其上。其一曰：「囊香著郎衣，輕綃著郎手。此意不及綃，共郎永長久。」其二曰：「囊裡真香誰見竊❹？絲紋滴血染成紅。殷勤遺下輕綃意，好付才郎懷袖中。」其三曰：「金珠富貴吾家事，常渴佳期乃寂寥。偶用至誠求雅合，良媒未必勝紅綃。」又有小字書於詩尾云：「有情者若得此物，如不相忘，而欲與妾一面者，請來年正月十五夜，於相藍後門相待，車前有雙鴛鴦燈❺者是也。可得相見矣。」生嘆賞久之，乃和其詩三首。其一曰：「香來著吾懷，先想纖纖手。果遇贈香人，經年何恨久。」其二曰：「濃麝應同瓊體膩，輕綃料比杏腮紅。雖然未近來春約，已勝襄王魂夢❻中。」其三曰：「自得佳人遺贈物，書窗終自獨無憀。未能得會真仙面，時賞香囊與絳綃。」

【章　旨】此段講述富家少婦在佛寺留下香囊羅帕，約定有撿到者可於次年元宵節與之幽會，結果羅帕為張生拾得。

【注　釋】❶天聖　北宋仁宗趙禎年號，西元一〇二三－一〇三二年。❷元夕　又稱「上元」。指的都是正月十五元宵節。南宋吳自牧《夢粱錄》：「正月十五元夕節，乃上元天官賜福之辰。」❸乾明寺　北宋首都汴梁寺廟。《宋東京考》：「乾明寺，在城內安業坊洗箔巷。」❹囊裡真香誰見竊　晉代韓壽美姿容，司空賈充辟以為掾（祕書官），賈充女賈午悅之，以武帝賜賈充的外國奇香偷贈韓壽（詳見《世說新語・惑溺》）。後偷香、竊香成為男女私會的代名詞。❺鴛鴦燈　謂一組兩盞並懸的燈籠。❻襄王魂夢　宋玉〈高唐賦〉講述楚襄王遊高唐，夢見與神女歡會，後代以此借指男女幽會。

【語　譯】天聖二年的元宵節，有一戶權貴之家出遊，將車馬停在了乾明寺旁。不一會兒，有名美少婦從車上下來，進入寺廟大殿。只見她從懷袖之間取出一方紅羅帕，裡面裹著一個香囊，芬芳馥郁。她拿著香囊羅帕在佛前的香煙之上默默祈禱良久。婦人出得殿來，在上車之前，將香囊羅帕丟在了地上。此時恰巧有位張生，乃是一名美丈夫、貴公子，也在乾明寺中遊覽，便拾得香囊羅帕，帶回家中細細把玩。張生將紅帕賞玩了很長時間，他發現羅帕上有小字，字體柔媚，乃女子的筆跡。仔細看，原來寫的是三首詩，第一首曰：「囊香著郎衣，輕綃著郎手。此意不及綃，共郎永長久。」第二首曰：「囊裡真香誰見竊？絲紋滴血染成紅。殷勤遺下輕綃意，好付才郎懷袖中。」第三首曰：「金珠富貴吾家事，常渴佳期乃寂寥。偶用至誠求雅合，良媒未必勝紅綃。」詩後還注有小字：「有情人得到此物，如不相忘，想與我有一面之緣的話，請在來年元宵節晚上，在大相國寺的後門等候，車前有一雙鴛鴦燈的就是我，那時我們便可以見面了。」張生感嘆讚賞良久，於是和詩三首。第一首曰：「香來著吾懷，先想纖纖手。果遇贈香人，經年何恨久。」第二首曰：「濃麝應同瓊體膩，輕綃料比杏腮紅。雖然未近來春約，已勝襄王魂夢中。」第三首曰：「自得佳人遺贈物，書窗終自獨無寥。未能得會真仙面，時賞香囊與絳綃。」

歲月如流，忽又換新年，將屆元宵。生思之，自十四日晚，伺候於相藍之後。至夜，果見雕輪繡轂❶，翠蓋❷爭飛。其中一車，呵衛甚眾，分明燈掛雙鴛。生驚喜，莫知所措，無計通音。須臾，車中人揭簾，持鏡勻面，意者恐去年相約之人，未見奴面，故託以勻面，使人覷之。生凝顧，但見花容豔質，賽過姮娥❸，萬態千嬌，不能名狀。生牽役輕情，無計通意女郎，思念所約十五日，今且歸，明日復來。須臾，香車已失所在。生神迷恍惚，歸去，不能成寐，坐以待旦。

【章　旨】此段講述次年元夕，張生前往大相國寺守候，果然得見麗人。

【注　釋】❶雕輪繡轂　形容車輛華美。轂，車輪的中心部分，用以插軸。❷翠蓋　翠玉裝飾的車蓋，比喻車輛華美。❸姮娥　傳說中后羿之妻，盜食不死之藥後飛升月中。漢代因避文帝劉恆之諱，改稱嫦娥。

【語　譯】歲月如流水，忽而又新年，眼見元宵將至。張生想起去年的遭遇，便於十四日晚上，悄悄在大相國寺後門守候。到了夜裡，見到了一輛輛裝飾華美的香車。其中一車，左右護衛之人甚眾，車上分明掛著兩盞鴛鴦燈。張生驚喜交加，手足無措，不知該如何一通訊息。一會兒，車中之人揭開簾子，手持鏡子、就著亮處敷粉化妝，估計她是擔心去年撿到羅帕之人，沒有見到她的真面目，於是藉化妝之機讓人一睹容顏。張生凝神注視，只見女子花容玉貌，堪比嫦娥，千嬌百媚，不可名狀。張生一見傾情，只是苦於無法與之暗通款曲。他轉念一想：約定見面的日子是十五，今天暫且歸去，明天再來。不一會兒，香車已經不見蹤影。張生神思恍惚，回到家中，無法入眠，坐在那裡等著天亮。

次晚，再候於故地。至夜其車又來，生計獲萬端，不能通耗，因誦詩近車，或前或後。詩曰：「何人遺下一紅綃？暗遣吟懷意氣饒。勒馬住時金鐙脫，亞身❶親用寶鐙挑。輕輕滴滴深深染，慢慢尋尋緊緊瞧。料想佳人初失卻，幾回纖手摸裙腰。」詩畢，車中女子聞之驚喜，默念：「去年遺香囊之事諧矣。」遂啟簾，顧見張生修眉俊目，骨秀神清，真風流之士。女子愈喜，怎奈車前侍衛甚眾，無計通音。忽有賣花者，女子叫令買花，因使賣花者說與張生，喚來日可於此來相候。生會女意。

【章　旨】此段講述元宵節當天，張生與麗人再次相會，並約定了幽會之期。

【注　釋】❶亞身　俯身。

【語　譯】次日晚上，張生在老地方繼續守候。結果那香車果然再次來到，可是張生想盡辦法也無法和女子說上話，於是他便跟在車的左右念誦詩句。詩曰：「何人遺下一紅綃？暗遣吟懷意氣饒。勒馬住時金鐙脫，亞身親用寶鐙挑。輕輕滴滴深深染，慢慢尋尋緊緊瞧。料想佳人初失卻，幾回纖手摸裙腰。」張生念完詩後，車中女子聽了大為驚喜，心想：「去年香囊之事成了。」於是掀開簾子，只見張生眉目俊秀，神清氣爽，真乃風流之士。女子心中益發高興，怎奈車旁侍衛甚眾，無法與之音信相通。忽然此時出現了一名賣花人，女子假意買花，將那人召到面前，囑咐他告訴張生：可於明日在此相候。張生心領神會。

次日，伺候於茶肆中。至晚，無消耗。直到三鼓❶初，俄有一青蓋舊車來，更無人從，駐於昨夜所遇之地，車前掛以雙鴛鴦燈。生驚疑間，簾後睹昨夜相遇之女，乃一尼耳。車中一人云：「送師歸院。」尼轉面揮手，招生相近。生潛逐之，但驚疑昨日紅妝，今日尼也。隨至乾明寺，有老尼迎於門，云：「來何遲也！」尼入院，生亦隨之。過曲扉❷，入一小軒中，已張燈列筵，珍羞畢備。尼乃去包繫，則紺髮❸堆雲；脫僧衣，而紅裳映月。千嬌隨眼轉，百媚笑中生。張生與女子對坐。酒行之後，女曰：「今夕相會，豈非夙契？願見去歲相約之媒。」因取紅綃香囊示之。女笑曰：「京輦人物繁華，獨君得之，豈非天契耶？」生曰：「當時得之，自料必貴家麗人所造。觀其上三篇，亦嘗賡和❹。」因舉之。女喜曰：「真我夫也！」於是擁生去，就枕，如魚得水，極盡歡情。

【章　旨】此段講述張生與麗人終於相會於寺廟之中。

【注　釋】❶三鼓　三更天，相當於現在的晚上十一點至凌晨一點的時分。❷曲扉　長廊。❸紺髮　烏髮。紺，青紫色。❹賡和　唱和。

【語　譯】次日，張生守候於茶館之中，可是到晚上也沒得到任何消息。直到三更時辰，一輛青色的舊車悄悄來到昨天那個地方，沒有一個僕從跟隨，車前依舊掛著一對鴛鴦燈。張生正在驚慌遲疑間，看到了車子簾幕後的女子正是昨天的麗人，奇怪的是她今天完全是尼姑的裝束。此時，車內有一人說話：「把法師送回寺院。」那尼姑轉過臉來，招手示意張生近前。張生悄悄跟在車後，心中驚訝：為什麼昨天的麗人今天變成了尼姑。車子一路到了乾明寺，有老尼在門前等候，問那女子：「怎麼來得這麼遲啊！」尼姑進入寺院，張生也跟了進去。穿過長廊來到一間小軒之中，只見此處張燈列席，準備好了珍饈佳肴。此時那尼姑除去頭上的包裹，露出滿頭青絲；脫去僧衣，現出一身紅裝。女子談笑之間，媚態橫生。張生與女子相對而坐。酒過數巡，女子道：「今晚相會，難道不是前生註定的緣分？我想再看看去年訂約的信物。」張生於是取出羅帕香囊。女子道：「京城裡人口稠密，偏偏您能得到它們，豈不是上天賜予的姻緣？」張生道：「當時得到它們，估計必定是富貴人家的美女所用之物。後又看到羅帕上的三首詩篇，也曾唱和數首。」隨即出示自己的和詩。女子大喜道：「真是我命中註定的夫君啊！」於是和張生相擁而去，當晚同床共枕，極盡男歡女愛。

兩意方濃，鄰雞報曉。生曰：「終歲密約，幸得歡會。敢問娘子誰氏之家？」女曰：「妾本貴家，稍親詩筆，不逢佳偶，每阻歡情。特仗紅綃，欲求雅合，果是天從厚願。輒獻一盃，與郎為壽。」生曰：「吾幸與神仙配合，雖古之劉、阮❶，亦不過此。」於是二人交歡，飲一盃。生曰：「今日飲香醪，親麗色，平生幸甚！且願知娘子族氏。」女曰：「乞賜箋管❷。」落筆即成一詩，其詩曰：「門前畫戟❸尋常設，堂上犀簪❹取次❺看。最是惱人情亂處，鳳凰樓上月華寒。」生讀訖，執女子手而言曰：「門排畫戟，堂列犀簪，家起鳳凰樓，伊果誰氏？」女曰：「妾乃節度使李公之偏室也。公性強暴，威德之名，聞於輦下，伊必知之。妾雖處富貴，奈公年老，誤妾芳年懽會，惟此為恨。遂遺香囊，祝天求合，因得今日之遇。」生曰：「此別未卜何時再會？」女曰：「妾之此去，定當永訣，幽囚深院，無復再會，相思抱恨，有死無生。不若以死向君，願君無忘今日之語，妾亦感恩地下。」言訖，香腮裛淚，翠黛愁縈。生曰：「不意昨夜濃懽，變成今日離索！伊賦情如是，我非土木，豈能獨生？願與伊共死，庶免兩處離愁。」女曰：「子有此心，我之願也。生既不得同床，同死庶得同穴。」乃解衣帶，作同心結，繫於梁上，乞與郎共死。老尼在傍曰：「是何言也！累劫❻修行，方得為人，豈可輕生就死？你們若要百年偕老，但患無心耳。」女與郎問計於尼。尼曰：「但不得以富貴為計，父母為心，遠涉江湖，更名姓於千里之外，可得盡終世之懽矣。」生曰：「但願與伊共處平生，此外皆不介意。」女曰：「誠如是，我當備其財。」因告歸：「今夜三鼓後，子可來城北，待我於巨柳之下。我當握金錢數萬，從子往千里之外，以盡此生之樂。」生曰：「果然否？」女曰：「妾與子誓共死，性命尚拚卻，況餘事乎？不宜以二心相待。」

【章旨】此段講述歡會之後，麗人盡述自身來歷，並圖謀與張生私奔。

【注釋】❶劉阮　南朝劉義慶《幽明錄》記載：漢明帝永平五年，剡縣劉晨、阮肇共入天台山取穀皮，迷不得返，後過一山，見二女，容顏妙絕，呼晨、肇姓名，問郎來何晚也。因相款待，行酒作樂，被留半年。求歸，至家，子孫已七世矣。❷箋管　紙和筆。❸畫戟　即棨戟。有繒衣或油漆的木戟。古代官吏所用的儀仗，出行時作為前導，後亦列於門庭，文中代指高官。❹犀簪　犀牛角所製的簪子，傳說有避塵之功效，這裡用以代指富貴之家的器物。❺取次　隨便；任意。❻累劫　連續數劫，時間極長之意。劫，梵語kalpa的音譯，「劫波」的略稱。《弘明集．正誣論》：「今以其能掘眾惡之栽，滅三毒之燼，修五戒之善，盡十德之美，行之累劫，倦而不已。」

【語譯】兩人情意方濃，晨雞卻已報曉。張生道：「相約一年，最終幸而得以相會。請問娘子是誰家人士？」女子道：「我出自貴人之家，稍通文墨，遺憾的是沒有得到良配，無緣盡魚水之歡。這次依靠紅綃結緣，以求佳偶，結果天從人願。現在我敬郎君一杯，為您祈壽。」張生道：「我有幸與神仙為偶，即便是古代的劉晨、阮肇也不過如此啊。」二人又飲一杯。張生道：「今日能夠飲美酒、親美色，真乃平生幸事！不過我還是想知道娘子的家世。」女子道：「請拿紙筆來。」隨即賦詩一首：「門前畫戟尋常設，堂上犀簪取次看。最是惱人情亂處，鳳凰樓上月華寒。」張生念完詩後，握著女子的手道：「門前設著畫戟，堂上擺著犀簪，家裡還有鳳凰樓，你到底是誰家的女子？」女子道：「妾身乃節度使李公的偏房。李公性情強橫暴戾，其威名京城聞名，想必您也知道。我雖然身處富貴之鄉，但無奈李公年老，誤了我的青春芳華，這是我長久以來的憾事。所以我丟下香囊，求上天賜予我佳偶，這才有了我們今天的相會。」張生道：「今天一別不知何時還能再見？」女子道：「我此次回去，因於深院之中，和您大概將永遠分別了，心中的思念將成為永久的遺憾。我還不如今天就死在您的面前，但願您不忘我說過的這些話，我在黃泉之下將永遠感激您的恩德。」說完，淚水從香腮之上滑落，眉宇間充滿了愁容。張生道：「沒想到昨晚的濃情蜜意，變成了今天的離愁別緒！你如此鍾情，我也並非草木，豈能獨活？願與你共同赴死，也免得我們陰陽相隔。」女子道：「您有此心，正合我願。我們既然生不能同床，只求死後能夠同穴。」於是解開衣帶，繫在房樑上，打了一個同心結，要與張生一道求死。老尼在旁看到連忙說：「你們說的這是什麼話！修行多少世才能投胎做人，怎麼能隨便尋死？你們想白頭到老也非難事，只看你們有沒有決心了。」女子與張生趕緊向老尼問計。老尼道：「如果你們不考慮榮華富貴，也不牽掛父母，你們就隱姓埋名、遠走高飛，自然可以廝守終生了。」張生道：「我只願和她終身相處，此外都不介意。」女子道：「既然如此，我要去準備些財物。」隨後又對張生道：「今晚三更之後，您到城北的大柳樹下等我。我會帶著萬貫錢財，和您遠走千里，終生相守的。」張生道：「真的嗎？」女子道：「我與您立誓共死，性命都可以一搏，何況其他事情？只希望您不要三心二意。」

生如約，伺候柳下。二鼓已深，天色陰晦，忽見女子攜一繡囊，躡足而來。生迎之，女子執手而言：「非我兩個情堅，乃天助我。公方大醉困睡，我得承便而來。」生曰：「毋多言，恐覺而追之。」方欲速往，忽見一人，來勢如飛。女回視，乃李氏侍女彩雲也。彩雲曰：「妾懷娘子恩厚，不忍使娘子獨往，及恐太尉酒醒，問妾求娘子所往，承怒何能免禍？願與娘子同行。」於是三人潛宿通津❶近邸。

【章旨】此段講述張生與女子為求長相廝守，夜半私奔。

【注釋】❶通津　設於水路要道的渡口。

【語譯】張生晚上如約來到柳樹下等候。二更已過許久，天色晦暗，忽然瞧見女子帶著一只繡花的錦囊，輕手輕腳地跑了過來。張生趕緊迎上前去，女子拉著他的手道：「不是我們兩個情意深厚，是老天相助。李公今天大醉沉睡，我便乘機逃脫。」張生道：「別多說了，只怕他發覺後派人追來。」兩人正要逃離，只見一人飛奔而來。女子回頭一看，乃是自己的侍女彩雲。彩雲道：「我感激娘子的厚德，不忍心娘子一人獨行，又恐李太尉酒醒之後向我詢問您的下落，他盛怒之下，我豈能免禍？所以我願和您一道逃離。」於是三人悄悄來到渡口的旅店住下。

次早，沿流而下，自汴❶涉淮，至蘇州❷居焉。日夕飲宴，結集豪俠，專務賭博。纔經三載，家道零替，生計蕭然。漸至困窶❸，廚絕庖爨❹，身衣百結，但朝夕共坐破席而已。不免將彩雲轉雇他人，所得少米，以度朝夕。一日，生謂李氏曰：「我之父母，近聞知秀州❺。我欲一見，次第言之，迎爾歸去，作成家之道。」李氏曰：「子奔出已久，得罪父母，恐不見容。」生曰：「父子之情，必不至絕我。」李氏曰：「我恐子歸而絕我。」生曰：「你與我異體同心，況情義綿密，忍可相負？稍乖誠信，天地不容。但約半月，必得再回。」李氏曰：「子之身，衣不蓋形，何面見尊親？」生曰：「事到此，無奈何！」李氏髮長委地，保之苦氣，密地剪一縷，貨於市，得衣數件與生。乃泣曰：「使子見父母，雖痛無恨。」生亦泣下曰：「我痛入骨髓，將何以報？」李氏曰：「夫妻但願偕老，何必言報？」次日將行，李氏曰：「不果餞行。事濟與不濟，早垂見報。稍失期信❻，求我於枯魚之肆❼。」言訖哽噎，淚成行下。彩雲曰：「君之此去後，使我娘子將何以度朝夕？但願早回，以濟不足。」生亦悲恨而別。

【章　旨】此段講述張生與李氏奔至蘇州，不料兩人很快坐吃山空，將資財耗盡。無奈，張生預備前往秀州向父母求援。

【注　釋】❶汴　即汴渠，隋稱通濟渠、唐名廣濟渠，是古大運河的組成部分，自洛陽引穀、洛二水入黃河，又自黃河板渚（今滎陽汜水鎮東）引水與古汴河合，至開封（汴梁）以東改道向東南，經今杞縣、商丘、夏邑、永城、宿縣、靈璧、泗縣、泗洪，至泗州（今江蘇盱眙）入淮河，北宋依靠這條運河運輸江南的糧食和各種貢品。《宋史・河渠志》載：「漕引江湖，利盡南海，半吳下之財富并山澤之百貨，悉由此路而進」。❷蘇州　古州名。今江蘇蘇州。❸窶　貧困。❹庖爨　做飯。❺秀州　地名。治今浙江嘉興。❻期信　約定的期限。❼枯魚之肆　變成魚乾，這裡指援救不及時而喪命。語出《莊子・外物》：「（莊）周顧視車轍中，有鮒魚焉。周問之曰：『鮒魚來！子何為者邪？』對曰：『我，東海之波臣也。君豈有斗升之水而活我哉？』周曰：『諾，我且南游吳越之王，激西江之水而迎子，可乎？』鮒魚忿然作色曰：『吾失我常與，我無所處。吾得斗升之水然活耳，君乃言此，曾不如早索我于枯魚之肆！』」

【語　譯】次日早上，三人沿河而下，從汴渠往淮河，最後在蘇州定居。兩人整日宴飲，交接豪俠，專事賭博。僅僅三年時光，家中財物便揮霍一空，生計無從著落。此後甚至困窘得連飯也吃不上了，兩人身上的衣服打滿補丁，只能相對坐在破席子上打發時光。於是不得不將彩雲轉雇給別人，換些米麵度日。一天，張生對李氏道：「最近聽說我的父親當上了秀州知州。我想見見父母，慢慢地將情況告訴他們，然後把你接回去，這樣我們才能名正言順地成家。」李氏道：「您離家出走很久了，只怕父母不能原諒您的過錯呢。」張生道：「我們還有父子之情，他不至於過於決絕的。」李氏道：「只怕您回去後與我絕情。」張生道：「我們雖是兩人，心卻連成一體，更何況情意深密，我怎忍心辜負你？假如有違誠信，天地不容。只需半月，定當回來接你。」李氏道：「您現在衣不蔽體，怎麼有臉去見父母？」張生道：「事已至此，別無良法！」李氏長髮垂地，平日非常愛惜，此時悄悄剪下一縷，到集市上賣了，換了幾件衣服給張生穿上。她哭著說：「願您能見到父母，這樣我雖然心疼但是也就沒有遺憾了。」張生也流下了眼淚：「你這樣做讓我痛入骨髓，真不知怎樣才能報答你？」李氏道：「夫妻只願白頭偕老，談什麼報答？」次日張生將要上路，李氏道：「我不能給您餞行了。只盼您不管事成與否，早點回來。假如您要是失信晚歸，我也就成了店裡的魚乾了。」說完淚如雨下，哽咽抽泣。彩雲道：「先生此次離開，我和娘子如何度日？只盼您早點回來，救濟我倆！」張生含悲上路。

既到秀州，即居行首❶梁越英之店。明日，梁行首獻茶，行首請入他房內，生忻然而往。命茶訖，生曰：「此間郡守，某之父也。某別父數歲，遊學京師，今特來一見。」越英曰：「賢尊方始去任，恰則未行，尚可往見。」越英見生口辯貌美，頗有愛戀之意。生歸房。次日，欲見使君，偶遇舊蒼頭❷曰：「使君知小官人與乾明寺尼遠走江湖，常懷怒色，每言『他日若歸，不許入門』。使君震怒，無人敢犯。」生曰：「我方窮困，試為我於娘處通一信息。」蒼頭諾之。去久方出，手攜白金數兩，與生曰：「夫人令將此物相惠。父方怒，不要進門，恐禍將及。」生得之，歸店中，自思此物除路費外，能有幾何！又思李氏懸望，恐失期約，不勝悲怨，遂大哭。越英聞之，問青衣曰：「誰人泣下？」青衣曰：「昨日張秀才。」越英令召生至，問：「所哭何事？」生曰：「此來省侍慈父，已失今年科場之望，而父又不許入門，幸母氏見惠白金數兩。旅途無依，是以泣下。」越英曰：「大丈夫當存志節，留心向學。異時顯達，謝過嚴君，必能容納，何自苦如此？妾有裝奩，不啻數萬貫，願充為下妾。異日功名成就，任選嘉姻，但願以侍妾見待足矣。」生沉思：「李氏雖有厚恩，我往見，共受飢餓，死亡可待，不若辜負李氏為便。又況越英容貌聰慧，差勝李氏。」於是謂越英曰：「寒士苟不見棄，當願結髮偕老，何以婢妾自謙？」越英遂解真珠紅抹肚❸，親繫郎腰為定。是日，詣府陳狀，許從良。立媒，備六禮❹而成親。日夕宴樂，情愛綢繆。

【章　旨】此段講述張生前往秀州投靠父母，結果遭到拒絕，旅店的女店主——名妓梁越英看中了困窘之中的張生，主動投懷送抱，張生於是變心別娶。

【注　釋】❶行首　行院（妓院）首領，宋代泛指名妓或美妓。❷蒼頭　即僮僕。以青（蒼）色頭巾裹頭而得名。戰國係主人戰旗下的軍隊，多以鄉黨的青年組成。至漢代，戰事減少，逐漸淪為奴隸，操持貴族邸宅的雜務。遭逢戰亂，仍不失主人近侍軍隊的性質。魏晉以後，則純為私家奴僕。❸抹肚　兜肚。❹六禮　古代締結婚姻的六個步驟：一納采，即男方向女方送采禮求婚；二問名，即男方的媒人問女方的名字、生辰，然後到宗廟裡占卜吉凶；三納吉，就是占卜得到吉兆後定下婚姻；四納徵，男方派人送聘禮到女方家；五請期，即請女方確定結婚日期；六親迎，婚禮之日，男方親自去迎接女方。

【語　譯】到了秀州，張生住在名妓梁越英所開設的旅店裡。第二天，梁越英為客人獻茶，將張生請入內室，張生欣然前往。獻茶畢，張生道：「本州的知州便是家父。我離開父母數年，前往京城遊學，此次是特來省親。」梁越英道：「令尊大人已經卸任，恰巧尚未離開，您還來得及與他見面。」梁越英見張生口齒伶俐、相貌英俊，頗有愛戀之心。張生隨後回到房內。次日便要拜見父親，結果在門前遇到一位老家僕，老家僕對張生說：「知州大人得知公子和乾明寺的一名尼姑遠走江湖後，非常氣憤，經常說『以後他要是回來，我絕對不允許他進門』。老爺發火，沒人敢惹的。」張生說：「我如今實在困窘，請你無論如何在我娘那裡為我通一通消息。」家僕允諾而去。此後良久，家僕才從門內走出，只見他手持白銀數兩，交到張生手中道：「夫人命我將銀兩給您。老爺剛剛又發火了，您千萬別進門了，否則就要惹禍了。」張生拿著銀子回到旅舍，心中思量這點銀兩除去路費，還能剩多少！又想到李氏在家苦苦守望，只怕是要辜負她了，不禁悲從中來，號啕大哭。梁越英聽到哭聲，問身旁的侍女：「何人在哭？」侍女道：「昨天住下的那位張秀才。」梁越英於是讓侍女把張生召到面前，問道：「秀才為何哭泣？」張生道：「此次為了前來省親，放棄了科考，沒想到父親不許進門，所幸母親給了幾兩白銀。旅途無所依靠，才會痛哭。」梁越英道：「大丈夫應當心存高遠，留心學問。來日發達之後，再去向父親謝罪，自然能得到諒解，現在何必如此想不開呢？我手邊有些積蓄，大概不下於幾萬貫，我願意服侍您。來日您功成名就，另娶高門之後，能以侍妾的身分接納我，我也就滿足了。」張生心內思量：「李氏雖然對我有恩，但我回去和她相會，不免要受飢寒，離死不會太遠，不如辜負了她。何況越英容貌才智，都比她要強。」於是他對越英道：「我乃一介寒士，承蒙你看得起，願意與我結髮，怎麼能以婢妾自居呢？」梁越英隨即解下貼身穿著的鑲嵌珍珠的紅兜肚，親手為張生圍在腰上，作為定情的信物。當天，梁越英便赴官府要求從良，結果獲准。隨後，請來媒人見證，兩人便行了婚禮，拜堂成親。此後兩人整天飲酒作樂，情深義篤。

李氏窮困尤甚，因謂彩雲曰：「生衣薄天寒，裹糧❶不足，必是困於道路，乃能過期不歸。」彩雲曰：「容我探問路人。」得知秀州知郡張大夫，已於某時去任矣。李氏曰：「此天之亡我夫妻。必是生既不見其親，中途頓挫，存亡未可知。我心轉不安，當與你同往秀州，問其端的。」彩雲曰：「娘子何以為道路之費？」李氏曰：「但得尺布蔽體，丐於道路，得見其夫，雖死不悔！」彩雲泣下，李氏亦大慟。

【章　旨】此段講述李氏在家中久候丈夫不得，心中惶恐擔憂，預備赴秀州尋夫。

【注　釋】❶裹糧　即謂攜帶熟食乾糧，以備出征或遠行。此指盤纏、旅費。語出《詩・大雅・公劉》：「乃裹餱糧，于橐于囊。」朱熹集傳：「餱，食。糧，糗也。」

【語　譯】李氏在家過得越來越窮困，久候張生不歸，於是對彩雲道：「張生天寒衣單，盤纏不足，肯定是困在途中了，所以過期未歸。」彩雲道：「容我向過路之人詢問一下。」結果得知秀州知州張大夫已經在某時離任了。李氏道：「真是天亡我夫婦。張生肯定是未見到父母，被困途中，現在連死活都難以料定。我心裡實在不安，我倆一同前往秀州，打探個詳情吧。」彩雲道：「娘子如何籌措路費呢？」李氏道：「但有尺布遮體，沿途要飯，如果能見到丈夫，死而無憾！」彩雲聞言淚如雨下，李氏也悲傷不已。

次日，稅舟❶抵秀，遂問子細。人曰：「兩旬前，有一貧士，稱是知郡張大夫長子，遠來省親，見他舊蒼頭云，大夫震怒，不許入門。夫人得白金數兩與之，倉惶而去。」李氏大哭曰：「向者貧士，妾之良人，既不得見其父母，不知何往。」因遣彩雲更採消息。忽至一巷，睹一宅，稍壯麗，門前掛班竹簾兒，廳前歌舞，廳上會宴。彩雲感舊，泣下曰：「我秀才娘子，向日常有此會，誰知今日窮困如此！」因拭淚，於簾下覷見一女子，對坐一郎君，貌似張官人，言笑自若。更熟認之，果然是也。遂問青衣：「此是誰家？」青衣曰：「此張解元❷宅，乃前知郡張大夫之長子。大夫以生狂蕩，不內于門。我娘子慕它才貌，遂成婚姻。常開芳宴，表夫妻相愛耳。」彩雲氣噎，奔告李氏。李氏與彩雲俱至，視之果然。李氏突至階下，越英驚問，李氏指生曰：「此我夫也！」遂罵張生：「辜恩負義，停妻娶妻。既為士人，豈不識法？」越英當時謂生曰：「君既有妻，復求奴姻，是君負心之過。」於是三人共爭，以彩雲為證，遂告於包公待制❸之廳。各各供狀，果是張生之負心，遂將其繫於廳監。張生責娶李氏為正室，其越英為偏室。

【章　旨】此段講述李氏久候丈夫不至，便親往秀州尋夫，結果發現丈夫變心別娶。

【注　釋】❶稅舟　雇船。❷解元　唐制舉進士者皆由地方解送入試，故後世稱鄉試（省一級考試）第一名為解元。這裡是宋代對舉子的恭維的說法。❸包公待制　即包拯。仁宗時任天章閣待制，故稱包待制。包拯（西元九九九—一〇六二年），字希仁，廬州合肥（今安徽合肥）人，天聖朝進士。累遷監察御史，建議練兵選將、充實邊備。奉使契丹還，歷任三司戶部判官，京東、陝西、河北路轉運使。入朝擔任三司戶部副使，改知諫院，多次論劾權幸大臣。授龍圖閣直學士、河北都轉運使，移知瀛、揚諸州，再召入朝，歷權知開封府、權御史中丞、三司使等職。嘉祐六年（西元一〇六一年），任樞密副使，後卒於位。待制，官名。唐置。太宗即位，命京官五品以上，更宿中書、門下兩省，以備訪問。文明元年（西元六八四年），詔京官五品以上清官，日一人待制於章善、明福門，備皇帝顧問，稱為待制。永泰時，勳臣罷節制，無職事，皆待制於集賢門，凡十三人。崔祐甫為相，建議文官一品以上更直待制。後人數漸多，設立官署，漸成官名。宋因其制，於殿、閣均設待制之官，如「保和殿待制」、「龍圖閣待制」之類，典守文物，位在學士、直學士之下。

【語　譯】次日，李氏雇舟抵達秀州，仔細打探。有人說：「二十多天前，有一名窮書生，自稱是張知州的長子，遠來省親，他家的僕人說老爺大怒，不許進門。夫人拿了幾兩銀子給他，他便倉惶離開了。」李氏大哭：「你說的這個窮書生，就是我的丈夫啊，他見不到父母，能去哪裡。」於是又讓彩雲到處打探消息。彩雲走過一條巷子，看到一座有些氣派的宅院，門前掛著斑竹製成的門簾，堂上載歌載舞，正在宴會。彩雲不禁想起往日情景，流著淚道：「我家秀才娘子，往日也常操辦這樣的宴會，誰料到如今竟然窮困到這個地步！」就在擦淚的時候，彩雲看到簾子裡坐著一名女子，女子對面坐著一名郎君，貌似張生，正有說有笑。仔細再看，就是張秀才。彩雲連忙問這家的丫鬟：「這是誰家？」丫鬟道：「這是張秀才府上，秀才是前知州張大夫的長子。張大夫因為兒子放蕩不羈，不許他進家門。我家娘子看上了他的才貌，和他結為夫妻。兩人常開宴席，以表夫婦恩愛之情。」彩雲聞言，氣結聲咽，奔告於李氏。李氏跟隨彩雲趕來，發現情況果真如此。李氏隨即闖到廳堂的臺階下，梁越英大吃一驚，喝問李氏，李氏指著張生道：「這是我的丈夫！」隨即對著張生罵道：「你忘恩負義，有了妻室又負心再娶。你既是讀書人，怎麼能不懂法律？」梁越英當時便對張生道：「你既然已經有了妻子，又向我求親，確實是個負心人。」三人爭執不下，於是以彩雲為證人，一起告到了包公的堂上。幾人分別陳詞，包公判定張生負心，於是將他關押於牢內。後責成張生娶李氏為正室，越英為偏房。

【研　析】豪門大戶之家的姬妾不甘心充當寂寞深閨裡的金絲雀，主動尋找意中人的故事，在唐傳奇中就有一篇典範之作——〈虯髯客傳〉。它與本篇的情節基礎相同，可是所反映的社會環境、社會心理卻大相逕庭，這不僅是由作品本身的情節發展的分歧所導致，更由於不同的時代風尚所決定。〈虬髯客傳〉講述了隋朝司空楊素的歌伎紅拂慧眼識人，看中了唐代開國名臣李靖，與其私奔，後李靖在虬髯客及紅拂的支持下幫助李世民成就帝業。本篇小說的女主人公也是位列三公（太尉）的高官家的姬妾，也同樣是不堪忍受「屍居餘氣」的男主人而自主擇偶，她所選擇的對象也並非等閒之輩（「美丈夫、貴公子」）。可是，隨後情節的發展卻大相逕庭，李靖在紅拂的幫助下幹的是輔佐明君、匡濟天下的曠世偉業；而李氏與張生出奔之後卻來到溫柔富貴之鄉「日夕飲宴，專事賭博」，最後資產蕩盡乃至食不裹腹、衣不蔽體，不得不回頭向張生的父母求助。其境界的差別豈可以道里計？〈虬髯客傳〉雖然誕生於晚唐衰世，但仍然表現出了豪邁飛動的崇高之美，而本篇傳奇則完全反映的是市井平民的心態與趣味。

〈鴛鴦燈傳〉的原文並沒有完整地流傳下來，《蕙苗拾英集》引述了大概，情節只到李氏與張生次年元宵如約歡會，似乎純粹是個有關豔遇的愛情故事。而周守忠《姬侍類偶》中的〈彩雲守墓〉條引《東坡類應》，把故事補充完整了，說是李氏帶著金銀珠寶與張生私奔到蘇州，兩人放蕩尋歡將資財蕩盡，張生尋父不遇，便留在妓女梁越英處，兩人結為夫婦。李氏得知消息後憤懣嘔血而死，而梁越英知道此事後，與張生恩斷義絕，張生一怒之下殺了越英，最後也被刑赴死。這真是個最為絕決悲慘的負心故事。而我們現在看到的文本則來自羅燁的《醉翁談錄》壬集卷一負心類的〈紅綃密約張生負李氏娘〉，不但情節曲折、細節豐富，而且有一個大團圓的結局。從這個結局的改動我們不難看出宋代傳奇小說進一步世俗化、市井化的趨勢。不僅是因為大團圓的結局是普通百姓讀者所最喜聞樂見的，而且由包公來分辨是非、判定命運也正是話本戲曲等通俗小說的慣用手段。事實上，小說中三人訴訟約為天聖五年或六年，其時包拯剛剛登進士第，二十三年後的皇祐二年他才除天章閣待制。據考證，包拯作為文學作品中的清官形象最早出現在傳奇小說之中，正是始於〈鴛鴦燈傳〉（李劍國《宋代志怪傳奇敘錄》）。此外，小說語言通俗淺近，其中「官人」、「解元」、「大夫」之類的稱呼都是宋代民間的慣用語，而非文人雅士的筆墨。因此學者認為，〈鴛鴦燈傳〉雖為文言，但卻有可能經過民間文人的改編敷寫，是文言小說與話本文學交融滲透的結果。

賈　生

王明清

【題　解】本篇出自《投轄錄》，講述了一名書生被女妖迷惑，後被高僧所救的故事。

【作　者】王明清（西元一一二七—一二〇二年以後），字仲言，潁州汝陰人，王銍次子，官朝請大夫、泰州通判、某府知府。著作有《投轄錄》、《揮麈錄》（四種）、《玉照新志》、《避亂錄》、《摭青雜說》、《熙豐日曆》、《清林詩話》等。

拱州❶賈氏子，正議大夫❷昌衡之孫，美風姿。讀書能作詩與長短句，怨抑悽斷，富於才情。又奉佛樂施，奉佛尤力。事交友馴謹而簡諒，人皆喜之。

【章　旨】此段介紹主人公的出身和個性。

【注　釋】❶拱州　地名。宋置，故治在今河南睢縣西。❷正議大夫　官名。隋始置，唐代為文官第六階，正四品上。宋元豐改制用以代六部侍郎。

【語　譯】拱州賈生，正議大夫賈昌衡之孫，長得風度翩翩，還會賦詩作詞，風格哀婉幽怨，富於才情。他還篤信佛教，樂善好施，禮佛甚勤。與人交往謙遜寬容，很討人喜歡。

嘗與其友相約，如京師觀燈，寓於州西賢首教院❶，紗空曰華嚴，舊所住也。監寺僧慈航，作黑布直裰❷五六領，背綴以帛書寺名，為某事丐錢。賈戲披之以為笑，且曰：「今晚為寺中教化。」夜果戲出丐錢，風度秀峙，詞辨橫出，士女競施。寺僧遣二力舁錢歸，幾不能舉。

【章　旨】此段講述賈生去京城觀燈，下榻賢首寺，並為寺廟沿街乞討化緣。

【注　釋】❶賢首教院　賢首寺。唐高僧法藏字賢首，被推為華嚴三祖。❷直裰　和尚道士穿的大領長袍，宋明時期士大夫也普遍穿著，有以下特點：一、只有領子有邊緣，其餘部分沒有；二、衣長過膝；三、交領長衣，不必加襴；四、兩側可開衩，可不開衩。一般都要打褶子，前後的兩邊都打褶子，共四處，每處兩褶；五、後背有一條直通到底的中縫，前襟上也有一條中縫（這是基本剪裁規則）；六、繫紮腰帶絡穗、條帶。

【語　譯】賈生曾經和朋友一起相約去京城觀燈，住在汴州城西的賢首寺，這裡曾經是華嚴三祖法藏和尚的故居。賢首寺的監寺和尚慈航，做了五六件黑布直裰，衣服上都縫著布條，上面寫著寺廟的名稱以及化緣的事由。賈生披上這直裰開玩笑，道：「我今天晚上就去為寺裡化緣討錢。」到了晚上，賈生果真到城裡化緣去了，他風度秀雅，口才縱橫，士子婦女競相施捨。最後化到的錢，和尚讓兩名苦力搬回廟裡，他們幾乎要搬不動了。

翌日其友戲之曰：「稱職哉！」賈曰：「都人❶美麗，不容傍窺，惟行者丐錢得恣觀視。雖邀逐❷而取焉，無害也，此吾亦薄有利焉耳。」夜賈固欲往，而寺僧利其入，縱臾❸之，遂盡五夜。翌日，其友睡未起，賈曰：「略出矣。」友欲與語，而賈已去。抵暮而還，袖中出黃柑兩枚、奇香數種。分柑爇香，談笑無異也。又兩日，友約以歸，賈但以一書致家。自是抵春暮，而猶在京師也。間有人自京師來，說賈瘦瘠，又言攜一婦人，但瘦瘠耳。

【章旨】此段講述賈生連續在夜晚出去化緣，行蹤詭異。朋友們都返鄉了，賈生卻獨自留在京城。

【注釋】❶都人　容貌美麗優雅之人。❷邀逐　阻攔追逐。❸縱臾　慫恿；鼓動。

【語譯】次日朋友跟賈生開玩笑說：「你這個和尚當得很稱職啊！」賈生說：「城中的美女，我們平日是不能盯著人家細看的，現在我卻可以藉化緣之機盡情欣賞。即便是阻攔追逐，也不會有什麼惡果，所以此事對我也稍有好處啊。」晚上，賈生又要出去討錢，而廟裡的和尚看到他能弄錢，也就大加慫恿，就這樣，賈生一連化緣了五個晚上。次日凌晨，朋友還沒有起床，賈生就說：「我出去一會兒。」朋友想說點什麼，賈生已經一溜煙跑了。等到傍晚回來的時候，他的袖子裡裝著兩枚黃柑，幾種奇香。賈生與朋友分食黃柑，又焚香坐談，說笑與平日無異。又過了兩天，朋友約他一起返鄉，賈生卻只讓朋友帶了一封書信回家。一直到暮春時節，賈生始終都在京師逗留。偶爾有從京城回鄉的人說：賈生瘦了。又有人說：看到賈生和一婦人同居，人確實瘦了。

即同歸。歸而瘦益甚，服藥不驗。舉止無少差誤，但不喜其舊妾，獨寢于宅後書菴中，為少異也。問之，則曰：「病而絕此，自嗇養❶耳。」瘦日甚，舉家不知所為。老乳媼夜半後往候之，聞菴中切切有婦女密語。比曉告其兄弟，乃知賈為鬼物所病也。百方禁斷之不能去，賈故自若，且曰：「我病在經絡臟腑，而禁咒何益哉！」

【章　旨】此段講述賈生回到家中之後，行事詭異，人也日漸消瘦。家人都懷疑有妖孽附體。

【注　釋】❶嗇養　保養。

【語譯】後來，賈生和同鄉一起返回故鄉。回家之後，賈生愈加消瘦，服藥也沒有任何用處。他的舉止和往常無異，唯一改變的，就是對妻妾不再眷戀，晚上一個人睡在後院的書齋。有人問起此事，他就說：「我一個人住，是因為有病而禁斷欲念，保養身體。」然而，賈生繼續消瘦下去，全家人都不知該如何是好。家中的老保姆半夜裡悄悄去看望賈生，結果聽到書房裡傳來婦女的竊竊私語。等到白天她告訴賈生的兄弟，大家這才知道賈生是被鬼魅所迷惑。家人為此念咒作法，但都沒有作用。賈生渾若無事，還說：「我已經病入膏肓，念經作法能有什麼用處呢？」

五六月間，天寧寺作般若會❶，長老宗戒請賈之昆季與賈之友往齋。既罷，同留納涼。寺之僧堂高廣，蔽以大殿，無西日，堂之前有風陰陰焉。並門長連床，一寓僧坐其上。戒老與客俱至，先語僧曰：「兄弟勿動，同此納涼，諸官皆道友也。」淪茗剖瓜，均行而食之。從容❷，戒老忽曰：「今歲賈宅幾官人獨不在此，聞久病，日來亦少瘥否？」其兄言其曲折，且曰：「知其為鬼所困，而不能治也。」長連床上寓僧忽曰：「審如此，我能治之。」眾競起問之，則天台僧道清也。僧取淨土斗許，念咒百餘遍，以授其兄，使候其來，以土圍之，連牆壁處穴穿敷土，令相接，或置之牆上，令遍，或以意想為得，至哀鳴求免，即開菴中土而使之去，慎勿至日出也。

【章　旨】此段講述賈生的兄長在天寧寺遇見一位掛單和尚，和尚授予其驅趕妖魅的咒土。

【注　釋】❶般若會　講讀《大般若經》的法會。❷從容　閒坐聊天。

【語　譯】五六月間，當地天寧寺和尚召開講讀《大般若經》的法會，長老宗戒法師請賈氏兄弟與朋友前往吃齋。結束之後，寺僧邀請賈氏兄弟一同納涼。天寧寺內和尚休息的僧堂高大寬敞，又因為被大殿所遮蔽，沒有西曬，因此堂前涼風習習。僧堂門前擺放著一張羅漢床，一名掛單的和尚坐在上面。宗戒長老陪著賈氏兄弟來到他面前，對他說：「兄弟不用起來，這幾位官人都是道友，一起來納涼的。」隨後，和尚泡茶切瓜，大家分而食之。閒談中，宗戒長老忽然道：「這次府上有一位官人沒來，聽說是病了，現在有沒有好轉啊？」賈生的哥哥將事情的來龍去脈和盤托出，然後道：「我們知道他是被鬼迷住了，但是沒辦法解救他。」羅漢榻上的掛單和尚忽然開口道：「如果是你說的情況，我可以救他。」大家連忙追問他有何良策，這名從天台山來的叫道清的和尚取來一斗淨土，對著土念了百來遍的經咒，然後把土交給賈生的哥哥，道清對賈生的哥哥說：等到那妖怪來了，你用土將屋子圍住，或者用土將牆接連塗抹一遍，或者將土遍灑牆頭，直至妖魔哀鳴討饒，你們再把土挪開讓它逃命，注意不要等到日出之後。

如其言圍之。方四鼓❶，忽聞菴中忿厲聲達於外，至五鼓，且哭且悔。賈兄問之，稱罪曰：「我京城之廟靈也，有封爵，慚不能自言。悅其風姿，不少忍，以至於此。明則醜惡俱露矣，伏願見憐。」曰：「復來乎？」曰：「我恃神力，以為無如我何，而不知遭此。今得免，當洗心省咎，豈敢再至！」曰：「神見何物而懼也？」曰：「身在鐵城中，高際天矣。」「欲自何方去？」曰：「西北。」即開土尺許。既泣且謝，肅然有冷風自西北而去。比明視之，則賈尚寢矣。

【章　旨】此段講述賈生的兄弟用和尚的辦法趕跑了媚惑賈生的妖物。

【注　釋】❶四鼓　報更的鼓聲敲了四次，古代一個更次敲一次鼓。四更大致相當於現在的後半夜兩點左右，下文五鼓相當於淩晨四點。

【語　譯】賈生的兄弟回家之後依言而行，用土將賈生的書齋圍住。結果到了半夜四更天的時候，便聽見書齋中傳來憤怒的詈罵之聲，到了五更，喝罵之聲轉為悔恨的哭泣。賈生的兄弟便上前詢問，裡面的人稱罪道：「我是京城的廟神，因為有封號，所以不好意思透露自己的身分。我因為喜愛賈郎的儀容，無法自持，才走到今天這一步的。要是等到天明還不能出去，我的醜惡面目便要暴露了，還請您高抬貴手，放我出去吧。」賈兄道：「放你離開，你還會再來作祟嗎？」那人道：「我自恃有神力，以為一般的符咒不能奈我何，沒想到落到今晚的下場。如果此次能夠得到寬恕，我一定會洗心革面，豈敢再來！」賈兄又問：「你是見到什麼東西如此害怕呢？」對方答道：「我現在彷彿身陷鐵城，四周鐵壁高與天齊。」賈兄又問：「想往哪個方向去呢？」答道：「西北。」於是，賈家的人把西北方向的土扒開一尺多寬。裡面的聲音哭著道謝，隨後一陣冷風向西北而去。等到天明進入書齋，賈生還沉沉睡著。

亟往謝道清，施以二萬錢，不受。與之香數十兩，各取一片如指面許，插笠中曰：「方往五臺山❶，為檀越❷於文殊❸前燒結緣也。」問其咒，曰：「《觀世音菩薩冒索部》三十卷中〈咒土法〉，《藏經》❹具載。」即誦一遍。問：「何為如此靈？」曰：「但人心念不一，若念一，則靈爾。」又問：「賈生所遭何物也？」曰：「何必問哉！神耶，鬼耶，精魅耶，狐妖耶，此〈咒土法〉皆可令去也。若愛欲纏縛，見造業而死，墮落其間，蓋頭下迎來者，非某〈咒土法〉所能了。諸官善思之。」聞者悚然，即邀上堂。食畢揖辭，以腰抵柱，繫包戴笠而去。

【章　旨】此段講述賈氏兄弟向降妖的和尚道清表示感謝。

【注　釋】❶五臺山　位於山西東北，屬太行山系的北端。與浙江普陀山、四川峨眉山、安徽九華山並稱為中國佛教四大名山。與尼泊爾藍毗尼花園、印度拘尸那迦、印度鹿野苑、印度菩提伽耶並稱為世界五大佛教聖地。五臺山是文殊菩薩的道場，因此文中道清稱「為檀越於文殊前燒結緣也」。❷檀越　梵語dâna-pati的音譯，指「施主」。即施與僧眾衣食，或出資舉行法會等之信眾。❸文殊　文殊菩薩，全稱文殊師利，有時又作「曼殊室利」。意為妙德、吉祥。據說他出生時家中出現許多吉瑞祥兆，因此而得名。❹藏經　即《大藏經》，原意為佛教一切經典的總稱，也叫作「一切經」。中國現存漢譯《大藏經》，是自東漢（一世紀）以來，直接和間接從印度和西域各國輸入的寫在貝葉（貝多羅樹葉）上的各種佛經原典翻譯過來的。自漢至隋唐，都靠寫本流傳。到了晚唐（九世紀時）才有佛經的刻本。由於佛經的翻譯越來越多，晉宋以後就產生了許多經錄，記載歷代佛經譯本的卷數、譯者、重譯和異譯等。在現存許多經錄之中，以唐代智昇的《開元釋教錄》最為精詳。該書著錄當時已經流傳的佛經五千零四十八卷，並用梁周嗣興撰的《千字文》編號，每字一函（又稱一帙），每函約收佛經十卷。《千字文》自「天」字至「英」字，共四百八十字，每字一函，合四百八十函。歷代刻藏，相沿不改，使漢文《大藏經》的規模基本定型。

【語　譯】賈氏兄弟隨即趕往天寧寺向道清和尚道謝，並施捨他兩萬錢，道清予以謝絕。賈氏兄弟又送他數十兩香，道清各種香都只取了指甲蓋那麼大的一片，插在斗笠中道：「我馬上要去五臺山，為施主在文殊菩薩前燒香結緣。」賈氏兄弟問他念的是什麼經咒，道清答道：「《觀世音菩薩罥索部》三十卷中的〈咒土法〉，《大藏經》裡就有的。」隨即當場念了一遍。賈氏兄弟問道：「為何您念了以後這麼靈驗呢？」答曰：「主要是凡人心意不能專一，如果專一了，自然靈驗。」又問：「賈生遭遇的是什麼東西？」答曰：「何必問呢！是神，是鬼，是精怪，是狐妖，這經咒都可去除。但假如你為愛欲所束縛，陷入自己所作惡業之中，本末倒置，那麼這經咒也不能幫你了。各位官人自己思量吧。」大家聽了這話，心中都是一驚，隨後，寺廟裡的僧人請道清去齋堂用飯。道清吃完飯便和大家作揖道別，靠在柱子上打好包裹，戴上斗笠，揚長而去。

後月餘，賈生亦漸安。其友問之，曰：「自初教化錢之夕，與一奇婦人，施我百金，轉盼與我言。至第五夜，意愈密，并得一錢篋❶。篋中有片紙，書約以城西張園之後小圃中相見，或有問者，第云表兄則善。此乃我翌日獨往時也。既赴約至圃，有小圃，中見從衛如郡府吏，呵止之，答以表兄，乃徑入宇內，與此婦人相見。置酒，姿態絕出，神仙中恐無有也。且約翌日天清寺僧房款昵。自是惑之，朝暮往來，或相逐，亦與世人無異。比歸，更不念世間可樂者。相隨亦來，鄉中每人作法禁咒時，亦不去，但以手畫圈相圍我及渠，曰：『彼如我們何！』衣服飲食珍麗，顏色則世所未見，人間亦無有也。」噫！道清之言賢哉！人以為賈病遇道清，亦奉佛樂施之報也。賈名□，字顯之。所謂友，則同郡之許顗彥周❷是也。其後，先太史❸於《大藏》中檢得〈罥索經咒〉，今亦藏之於家也。

【章　旨】此段賈生親口講述自己如何被妖物所迷惑。

【注　釋】❶錢篋　錢包。❷許顗彥周　許顗，字彥周，生卒年不詳，襄邑（今河南睢縣）人。高宗紹興間為永州軍事判官，詩評家，著有《彥周詩話》。❸先太史　指作者王明清的父親王銍，因為王銍曾任樞密院編修官，故稱之為太史。

【語　譯】一個多月之後，賈生的身體和精神逐漸康復。他的朋友便詢問他事情的內幕，賈生說：「我那次上街化緣，見到一名奇女子，她每天晚上都施捨我一百兩銀子，還轉彎抹角地跟我搭訕。到了第五天，我和她彼此已經很有意思了，她給我一個錢包。錢包裡有張紙，上面寫著：城西張園後的小圃會面，如果有人盤問，就說是我表兄。於是我次日獨自前往赴約，到了張園，果真有個小圃，裡面的僕從彷彿州府衙門裡的吏員。這些人上來將我攔住，我說是表哥，於是他們就放我進入房間，與那名婦人相見。婦人安排下酒食，談笑之間，丰姿綽約，望之如神仙中人。她還與我約定，次日在天清寺的僧房中歡會。於是，我從此陷入了溫柔鄉中，與這婦人朝朝暮暮不相分離，就如同人世間普通的癡情男女。等到回到家鄉以後，不再留戀人世間任何歡樂。那婦人也跟我前來，鄉人要是作法念咒，她也不離開，只用手畫個圈，把我倆圍住，然後說：『他們能拿我們怎樣！』婦人的衣食都極其華美奢侈，容貌絕非人間所能見到。」哎！道清的話確實有道理啊！所以，有人認為賈生能遇上道清，是他禮佛積德的善報。賈生名□，字顯之。上文所說的那個朋友，就是他的同鄉許顗，字彥周。後來，先父在《大藏經》中果然找到了《冒索部》中的〈咒土法〉，現在這部經書還藏在家裡呢。

【研　析】作者王明清在自己的這部傳奇小說《投轄錄》的序言中寫道：「因念晤言一室，親友情話，夜漏既深，互談所覿，皆側耳聳聽，使婦輩斂足，稚子不敢左顧，童僕顏變於外，則坐客愈忻怡忘倦，神躍色揚，不待投轄，自然肯留，故命以為名。」轄，是古代插在車軸端孔內的部件，作用是使輪不脫落。《漢書・陳遵傳》記載：「(陳)遵耆酒，每大飲，賓客滿堂，輒關門，取客車轄投井中，雖有急，終不得去。」所以，「投轄」指好客留賓之意。從這段序文不難看出，王明清收集異文、創作傳奇，宗旨既非載道也非言志，只在獵奇和消遣。本篇的故事內核是歷代小說都很常見的人鬼相戀。此類小說的一個重要主題是教育男子不要因為貪戀美色而墮入魔障。本篇小說雖然多少也有些類似的勸諷，但總體上教化的意味並不濃厚。相反，對於男主人公的瀟灑倜儻和多情，作者反倒流露出較強的欣賞態度；對於賈生的離奇經歷，作者更多的不是悚然和警惕，而是好奇和興味。這種創作態度在宋人傳奇小說中有一定的代表性。

玉條脫

王明清

【題　解】本文出自《投轄錄》，講述一名女子被富家子調戲後，為聲譽、名分不捨追尋，最終不幸殞命的悲慘故事。

大桶張氏者，以財雄長京師。凡富人以錢委人，權其子而取其半，謂之「行錢」❶。富人視行錢如部曲❷也。或過行錢之家，其人設特位置酒，婦人出勸，主人反立侍。富人遜謝，強令坐再三，乃敢就賓位，其謹如此。

【章　旨】此段介紹大桶張氏的身分以及行錢部曲這一社會現象。

【注　釋】❶行錢　即代人放債從中取利，據說作為一種職業，從宋代開始。❷部曲　又稱客，魏晉南北朝至隋唐的一種社會階級。在魏晉南北朝時部曲主要指家兵、私兵。隋唐時期指介於奴婢與良人之間屬於賤口的社會階層。部曲作為特定意義上的賤民階層在宋代已逐漸消亡。文中所謂部曲實指家奴。

【語　譯】大桶張家，以資產雄厚聞名京城。當時，富人拿資金出來委託他人放貸，然後提取一半的利息，稱之為「行錢」。富人把行錢的人看作是自己的家奴。富人如果經過行錢人之家，那人就會特別安排下酒宴，主婦出來勸酒，主人反而站在一旁伺候。富人謙讓，強令主人坐下，他才敢在客人的位子上坐下，其小心謹慎到如此地步。

張氏子年少，父母死，主家事，未娶。因祠州西灌口神，歸過其行錢孫助教❶家。孫置酒，張勉令坐。孫氏未嫁女出勸酒，其女方笄矣，容色絕世。張目之曰：「我欲娶為婦。」孫惶恐曰：「不可。」張曰：「願必得之。」言益確。孫曰：「予，公之家奴也。奴為郎主丈人，鄰里笑怪。」張曰：「不然，我自欲之。蓋煩其女為我主管少錢物耳，豈敢相僕隸也？且於皇法無礙。如我資產人才，為公家之婿，不勞苦相阻也。」孫愈惶恐。張笑曰：「言已定矣，不可移易。」張固豪侈，奇衣飾物。即取臂上所帶古玉條脫❷，俾與其女帶之，且曰：「擇日作書納幣❸也。」飲罷而去。

【章　旨】此段講述張某偶然看見行錢部曲孫助教的女兒，執意要與其結親，並以玉條脫為信物。

【注　釋】❶助教　原為宋代州縣的低等學官，後成為中下層知識分子的一般尊稱。❷條脫　臂飾，類似手鐲。❸納幣　男女議婚時送聘禮。

【語　譯】張家的兒子年紀很輕，父母早亡，就他一個人主理家事，尚未婚娶。一次他去城西的二郎神廟燒香，回來經過為他家行錢的孫助教家。孫助教趕緊備下酒食招待，張某強拉孫助教一同坐下。孫助教的女兒尚未出嫁，也出來勸酒。這女孩子剛剛成年，姿色絕倫。張某瞧見便道：「我要娶她為妻。」孫助教惶恐地答道：「那怎麼行啊。」張某說：「我一定要娶到她。」口氣愈加堅決。孫助教道：「我是你的家奴啊。家奴當上了主人的丈人，人家是要笑話的。」張某道：「不對，這是我自願的。是我麻煩您為我打理財產，怎麼敢把您視為奴僕呢？況且這樣的婚姻，王法也不禁止。像我這樣的家產和人才，做您的女婿，您就別苦苦阻攔了。」孫助教更加驚惶。張某笑著說：「就這麼說定了，不能反悔了。」張某平時便極為豪奢，衣著飾物都非常珍貴。他隨手就取下了胳膊上戴的古玉臂鐲，送給孫助教的女兒佩戴，並且道：「改日我就寫下聘書，送上財禮。」說完，將杯中酒乾了，揚長而去。

孫之鄰里交來賀曰：「行為百萬財主人之婦翁❶，女為百萬財主母❷矣。」其後張為人所誘，別議其親。孫念勢不匹敵，不敢往問期，而張亦若相忘者。踰年，張就婚他族，而孫之女不肯嫁。其母密諭之曰：「張已別娶妻矣。」女不對，而私自論曰：「豈有如此而別娶乎？」父乃復因張與妻祀神回，并邀飲其家，而令女窺之。既去，曰：「汝適見其有妻，可以別嫁矣。」女語塞。去房內以被蒙頭，少刻遂死。

【章　旨】此段講述張某別娶他人後，孫助教的女兒氣急之下自盡。

【注　釋】❶婦翁　岳父；老丈人。❷母　即主母、主婦、女主人。

【語　譯】孫助教的鄰居聽說此事，全跑來道喜：「你馬上就要當百萬富翁的老丈人，女兒也要做大富翁家的女主人了。」誰料後來張某為高門大戶所誘惑，另議婚姻。孫助教自忖地位懸殊，不敢再去問婚期，而張某也彷彿全然忘卻此事。過了一年，張某果然和別人結婚了，但孫助教的女兒卻不肯另外嫁人。她的媽媽偷偷對她說：「張某已經娶親了。」女孩子沒有反應，只是自言自語道：「哪能這樣就另娶新歡呢？」孫助教於是瞅準一個張某和妻子一同外出燒香的機會，把兩人請到家裡來喝酒，然後讓女兒在裡間窺看。等到張某夫婦走了，他便對女兒說：「剛才你看到了張某的妻子了，現在可以安心嫁人了吧。」女孩兒無言以對。回到房間，用被子將自己的頭蒙住，沒過多久便死了。

父母哀慟，呼其鄰鄭三者告之，使治喪具。鄭以送喪為業，世所謂仵作行者❶是也。且曰：「小口死❷，勿停喪，就今日穴壁出瘞之。」告鄭以致死之由，且語且哭。鄭辦喪具至，見其臂古玉條脫，時值數十萬錢，鄭心利之，乃曰：「某有一園在城西。」孫謝之曰：「良善而便也，當厚相酬。」號慟不忍視，急揮去之，即與親族往送其殯而歸。鄭蓋利其獨瘞己園中也。半夜月明，鄭發棺欲取玉條脫。女蹶然而起曰：「此何處也？」顧見鄭曰：「我何故在此？」女自幼亦識鄭面目，鄭乃畏其事彰，而以言恐之曰：「汝父怒汝不肯嫁而張氏為念，若辱其門戶，使我生埋汝于此。我實不忍，乃私發棺，而汝果生。」女曰：「第送還父母家，勿卹其他。」鄭曰：「若送汝歸家，汝還定死，我亦得罪矣。」女乃久之曰：「惟汝所聽。」

【章旨】此段講述仵作鄭三欲偷盜孫氏隨葬的玉條脫，沒想到孫氏蘇醒過來。

【注　釋】❶仵作行者　隋唐時期，「仵作」一詞已出現，是負責殯葬業的人，後來逐漸發展成組織。據五代王仁裕《玉堂閑話》載，這類殮屍殯葬民間行會的成員就叫作「仵作行人」。後專指官府內專門檢驗屍體的人。

❷小口死　非正常死亡。

【語　譯】孫助教夫婦哀慟不已，找來鄰居鄭三，請他置辦喪具。這鄭三以送葬為業，就是人們常說的「仵作行者」。孫家人對鄭三說：「我女兒不是正常老死，就不要在家停喪了，今天就悄悄送出去埋了吧。」孫家人隨後又將女兒的死因告訴鄭三，一邊說一邊哭。鄭三辦好棺材等物，入殮的時候，發現了女子臂上的玉條脫。鄭三知道這玩意兒能值數十萬錢，便產生了貪念，他對孫家人說：「我有一個園子在城的西面，不如就葬在那裡吧。」孫助教道：「這地方很好，也很方便，我要好好謝謝您。」孫家人此時心情悲痛，不忍心再看女兒，讓鄭三趕緊下葬，和親友一起送葬後孫助教便回到了家中。鄭三在自家的園子裡行動當然很方便。等到半夜月明之時，他打開棺材準備取出玉條脫。誰料到女子突然坐了起來，問道：「這是哪裡啊？」隨後女子看到了鄭三，又問：「我怎麼會在這裡？」女子自幼便認識鄭三，鄭三擔心事情敗露，便嚇唬她說：「你留戀張家不肯嫁人，你父親非常生氣，怕你辱沒家門，於是讓我把你活埋了。我實在不忍心這樣做，就偷偷打開棺材，結果你果然蘇醒了。」女子道：「那你趕緊把我送回家吧，不要再惹麻煩了。」鄭三道：「把你送回去，你還得死，我也會被牽連。」女子沉思良久後說道：「那就聽你的吧。」

鄭即匿之它處，以為己妻，完其殯而徙居州東。鄭有母，亦喜其子之有婦。彼小人，不暇問所從來也。積數年，無子。每言張氏，輒恨怒忿恚，如欲往扣問者。鄭每勸，且防閑❶之甚。至崇寧元年，欽成上仙❷，治園陵，鄭差往永安❸。臨行告其母，勿令其婦出遊。居一日，鄭之母晝睡，孫氏女出僦❹馬，直詣張氏門，語其僕曰：「孫氏第幾女欲見某人。」其僕往通之，張且驚且怒，以僕為戲己，罵曰：「賊奴，侮我耶？誰教汝如此？」其僕曰：「實有之。」張與其僕俱往視之。孫氏見張，跳踉而前，曳其衣。其僕以婦人女子，不敢往解。張認以為鬼，驚避退走，而持之益急。乃擘其手，手且破血流，推去之，仆地而死。僦馬者怪其不出，恐累于己，往報鄭家。推求得鄭母，曰：「我子婦也。」訴之有司。因追取鄭，對獄具伏。已而園陵復土❺，鄭之發塚等罪止于流，以赦得原。而張實傷而殺之，雜死罪也。雖奏獲貸，猶杖脊❻，竟憂畏死獄中。因果冤對有如此哉！是時吳拭顧道❼尹京❽云。以上二事許彥周云。

【章　旨】此段講述孫氏找張某論理，被張某推倒在地摔死。

【注　釋】❶防閑　防備約束。❷欽成上仙　欽成，指神宗妃子欽成朱皇后。上仙，去世的婉轉說法。據《宋史》記載，欽成皇后死於崇寧元年二月，年五十一，追冊為皇后，上尊謚，陪葬永裕陵。❸永安　地名。即河南鞏縣，宋代設永安縣，是北宋皇陵所在地。❹僦　租借。❺復土　謂掘穴下棺，以所出土覆於棺上。就是下葬的意思。❻杖脊　杖撻脊背。杖刑中最重的一種。❼吳拭顧道　吳拭，字顧道，甌寧（今福建建甌）人。神宗熙寧六年（西元一〇七三年）進士。崇寧二年以龍圖閣直學士權知開封府。❽尹京　即京兆尹。漢魏以來，京兆尹為京師所在地行政長官，吳拭曾任北宋京城開封府的知府，所以稱他「尹京」。

【語　譯】於是鄭三將孫氏偷偷藏了起來，把她當作了自己的妻子，等到喪事了結之後，他便搬到了城東。鄭三母親尚在，看到兒子有了老婆便很高興，她本是市井小民，也不去追究她從何而來。兩人就這樣過了幾年，也沒有子女。但只要提到張某，孫氏便氣憤至極，恨不得找上門去質問。所以鄭三每次都要加以勸阻，並對她防備約束得很嚴。到了崇寧元年，欽成皇后仙逝，朝廷為她修陵墓，鄭三被發往永安縣服勞役。他臨走前特意叮囑母親，不要讓媳婦自己單獨外出。有一天，鄭三的母親午睡，孫氏便租了車馬，自己跑到張家的門前，對他家的僕人說：「請稟告你家老爺，就說孫家的某小姐要見他。」這個僕人便進去向張某通報，張某聽說之後又驚又怒，以為僕人在戲弄自己，便斥罵道：「你這個賤奴才，是想欺侮我嗎？是誰教你說這話的？」僕人道：「確實有這麼回事。」張某便和僕人一起出門看個究竟。孫氏一見張某，便跌跌撞撞地衝上來，拽住了他的衣服。僕人見孫氏是個女子，也不敢上前動手拉扯。而張生只當孫氏是鬼，嚇得到處逃，張生越是躲避，孫氏抓得越牢。於是張生就去掰她的手，結果孫氏的手被弄破了，流血不止，張生趕緊把她推開，沒想到孫氏一下摔倒在地，竟然摔死了。那出租馬車的人看女子久不出來，擔心出事連累自己，便向鄭家報告此事。鄭三的母親說：「那是我的兒媳婦啊。」於是此事被告到了官府。官府把鄭三抓來訊問原委，鄭三把前因後果和盤托出。不久，欽成皇后下葬，鄭三盜掘他人墳墓本該處以流放，但適逢皇后下葬，朝廷大赦，鄭三得以免罪。而張某因為傷了人命，犯了死罪。後來他獲得了官府的寬恕，僅僅被處以杖脊之刑，可是沒想到他卻因為驚恐憂慮而死在了獄中。這一切難道不是因果報應嗎！當時吳拭吳顧道正任開封府知府。此事和上篇所說賈生一事都是許彥周所說的。

又政和❶中，外祖空青先生曾公公袞❷，攝守丹陽❸。屬邑丹徒縣主簿❹李某者，以漕檄❺往湖州❻境內方田❼，郡中差二小吏徐璋、蔡禋者，以備驅使。既至境，休于郊外之觀音院。僧室之鄰有小房，扃鎖頗密。二吏竊窺之，有畫女子之像，甚美，張于壁下，設供養之屬。二人私自謂曰：「吾曹逆旅，得有若彼者，來為一笑，何幸！」偶詢院中僧，云：「郡人張姓者，今為明州❽象山❾令。此即其長婦，死，殯于房中地下，畫其像，歲時祀之也。」是夕，蔡禋者寐未熟，忽見女子搴幃而入，謂禋曰：「若嘗有意屬于我，故來奉子之周旋。幸勿以語人，及勿以為怪而疑懼焉。」禋欣然領其意。自此與璋異榻，每夕即至，相與甚歡。如此者踰月。二吏以行囊告竭，因謁告于主簿者。主簿曰：「璋善筆札，吾不可闕，禋可行也。」是夜婦女者來，語禋曰：「聞子欲歸，何也？」禋告以故，婦人曰：「吾有金釵遺子，可貨之，足以稍濟，幸無往也。」言畢，于鬢間取釵與之。禋詣鋪中售之，得錢萬六千文以歸。紿謂璋曰：「我適入城遇鄉人，惠然見假，勿須言歸也。」璋嘿然念：「我二人者同居里巷，豈有鄉人而己不識者？且聞禋夜若與女子竊語，他時事露，寧不自累！」由此每夕伺之。一日，天欲曉，果見婦人下自禋榻。璋急向前掩之，仆于地，若初死狀，衣冠儼然。二吏大驚，亟以告主簿者。屬寺僧謹視之，拘繫二吏于獄，詰問，並無異詞。遂移牒象山令，令其家人共發棺，視之已空矣。及往鋪索其金釵，驗之，誠張死時所帶者也。二吏遂得釋。未幾還丹徒，皆以驚憂得疾，不久而殂。仲舅日睹。與張氏事相類，併錄于此云。

【章　旨】此段講述了一件類似的軼聞。

【注　釋】❶政和　北宋徽宗趙佶年號，西元一一一一—一一一八年。❷曾公公袞　即曾紆（西元一〇七三—一一三五年），字公袞，晚號空青先生，南豐（今江西南豐）人。歷通判鎮江府，知楚州、秀州，提舉京畿常平，江南東路轉運副使。高宗建炎四年（西元一一三〇年），再任江南東路轉運副使，移兩浙路。紹興二年（西元一一三二年），知撫州。三年，除江南西路轉運副使。四年，改福建路提點刑獄。五年，除知信州，未之官卒，年六十三。有《空青遺文》十卷（《直齋書錄解題》卷一八）、《南游記舊》一卷（同上書卷一一），已佚。❸攝守丹陽　因曾紆曾任鎮江通判，故稱。丹陽，地名。位於江蘇東南，宋代為鎮江府。❹主簿　官名。各級主官屬下掌管文書的佐吏。❺漕檄　轉運司（漕司）所出政令。❻湖州　古州名，今浙江湖州一帶。❼方田　丈量田地，確定等級，以定賦稅。❽明州　地名。今浙江寧波一帶。❾象山　地名。今浙江象山縣。

【語　譯】政和年間，我的外祖父空青先生曾公袞曾經任鎮江府通判。當時所轄的丹徒縣有位李主簿，因為漕司的徵召前往湖州丈量土地。州上便派出兩名小吏——徐璋、蔡禋，供其差遣。三個人到了湖州境內，就在城外的觀音院住下。僧房的旁邊有座小屋，門戶緊鎖。兩個小吏通過窗縫往裡窺看，只見屋裡有一幅女子的畫像，看上去非常美麗，就掛在南牆上，下面還擺放著供奉的香案等物件。兩人私下議論：「我們出門在外，假如有這樣一位美人來和我們交往一下，該是多麼愉快的事情！」兩人後來又偶然向寺廟裡的和尚打聽畫像上的美人，和尚說：「本州有位姓張的，是現任明州象山縣令。這是他的大太太，死後就埋在房子下面。家人畫了她的像，每年都按時祭奠。」當晚，蔡禮上床後尚未熟睡，忽然看見一名女子掀開門簾走進屋裡，對蔡禮說道：「得知您對我有所屬意，所以特來和您交往。希望您不要對別人說，也不要以為我是什麼妖魅而心存疑慮。」蔡禮欣然同意。從此他和徐璋不再同睡，而那女子每晚都來，和蔡禮夜夜歡會。就這樣，一個月很快過去了。兩人盤纏用完了，便向李主簿稟告。李主簿道：「徐璋工於筆札，我不可或缺，蔡禮可以先回去。」當晚女子來後，對蔡禮說：「聽說您要回去了，這是為何呢？」蔡禮把原委告訴了她，女子道：「我送您一根金釵，您拿到集市上賣了，足夠度日，望您不要即刻返鄉。」說完，她從頭上取下一根金釵遞給蔡禮。蔡禮拿著它到了當鋪，換回了一萬六千文錢。見到徐璋，蔡禮謊稱：「我剛才進城遇到一位老鄉，他很爽快地把錢借給了我，還說不用還了。」徐璋心裡暗想：「我二人是一條巷子出來的，怎會有他認識而我卻不認識的同鄉？此外，我晚上常常聽到蔡禮與女子竊竊私語，以後他要有什麼事情敗露了，我豈不是也要受連累啊！」於是，他開始每晚都留心監視蔡禮的行蹤。一天凌晨，徐璋果然看到有一名婦人從蔡禮的床上下來。徐璋急忙上前抓她，女子忽然倒地，看上去就像剛剛死去，衣服頭飾都很齊整。兩吏都大為吃驚，趕緊向李主簿彙報。李主簿讓和尚去認這女子，並將兩吏投進監獄，訊問之後，兩人也並未交代出什麼東西。於是李主簿給象山縣令發去文書，讓他家人把棺木打開，裡面卻空空如也。又往當鋪索回金釵，仔細一查，就是張氏死時所佩戴。於是兩名小吏都被釋放。很快他們就回到了丹徒，但都因驚嚇憂慮而得病，不久便雙雙去世。這是我二舅親眼所見的事情。此事和大桶張氏一事有共同之處，所以一併記在此處。

【研　析】大桶張氏的故事，另見於廉布《清尊錄》，兩者文字略有異同。專家現在也很難分辨究竟誰是原創，但至少可以說明這是一個當時廣為流傳的故事。小說中女子因人盜墓「死而復生」的情節頗為離奇，因而也屢次被移植使用。同時代的《夷堅志》庚集〈鄂州南市女〉就使用了這一情節，而《醒世恆言》卷一四〈鬧樊樓多情周勝仙〉也依據這個情節類型而加以敷衍，發展成一個曲折動人的愛情故事。

本文中值得注意的是，和大多數同時代小說不同，故事的幾個主要人物既非才子佳人也非官宦子弟，而是地道的市井之民。比如「大桶張氏」就實有其人，據說他是靠販酒起家的，宋人朱弁《曲洧舊聞》卷七記錄北宋汴梁各種酒名，其中就有「大桶張宅園子正店仙醁」。而孫助教，有可能是個低等學官，更有可能就是普通的下層知識分子。眾所周知，以往的知識分子均以科考仕進為第一要務。科場失利，主要出路不外以下幾條：一、做幕僚當師爺，二、開館授徒，總之仍然靠文字筆墨維持生計。而本文中孫助教，雖為文士，幹的卻是以小搏大、無中生有的高利貸營生。可以說，張氏也好、孫氏也罷，他們都是新興的市民階層，因此其言行思想往往越出社會規範和主流意識的界線，比如張氏子之勢利善變、鄭三的橫強狡黠、孫氏的大膽潑辣，都能透露某一時代之風會、特定階層之面目。因此本篇的意義不僅在於情節的曲折離奇、結構精巧，更在於它反映了特定歷史時期的社會風貌。

俠婦人

洪邁

【題解】本篇出自洪邁《夷堅志》。傳奇講述了一名身陷金國的宋朝官員，在其侍妾的策劃下逃脫險境，回歸南朝的故事。

【作者】洪邁（西元一一二三－一二〇二年），字景盧，號容齋，鄱陽（今江西波陽）人。皓子，适、遵弟。高宗紹興十五年（西元一一四五年）進士，授兩浙轉運司幹辦公事。入為敕令所刪定官。以父忤秦檜，出教授福州。累遷左司員外郎。三十二年，進起居舍人，假翰林學士使金，不屈被拘，回朝後以辱命論罷。起知泉州。孝宗乾道二年（西元一一六六年），知吉州。三年，遷起居郎，拜中書舍人兼侍讀，直學士院，仍參史事。六年，知贛州，尋知建寧府。淳熙十一年（西元一一八四年），知婺州。十二年，以提舉佑神觀同修國史。十三年，拜翰林學士，上《四朝史》。光宗紹熙元年（西元一一九〇年），知紹興府，提舉玉隆萬壽宮。二年，以端明殿學士致仕。寧宗嘉泰二年卒，年八十（《容齋續筆》卷三〈栽松〉詩條言乾道五年年四十七。《宋史》未載卒年）。諡文敏。有《容齋五筆》、《夷堅志》、《萬首唐人絕句》、《野處類稿》等行於世。《宋史》卷三七三有傳。

《夷堅志》是南宋規模最大、最為重要的志怪傳奇集。其書名，源出《列子・湯問》：「有溟海者，天池也。有魚焉，其廣數千里，其長稱焉，其名為鯤；有鳥焉，其名為鵬，翼若垂天之雲，其體稱焉。世豈知有此物哉？大禹行而見之，伯益知而名之，夷堅聞而志之。」《四庫全書總目》云：「是書所記，皆神怪之事，故以《列子》夷堅為名。」此書採取「每聞客語，輒記錄，或在酒間不暇，則以翼日追書之」（〈支庚序〉）的寫作方法，作者從二十歲開始，積六十年而不捨，終成煌煌大著。此書《直齋書錄解題》著錄為四百二十卷，原分初志、支志、三志、四志，每志又分十集，按天干順序編次，甲至癸二百卷，支甲至支癸一百卷，三甲至三癸一百卷，四甲四乙各十卷，有序三十一篇，冠於各志之首。今所存僅二百零六卷，約二千七百餘篇（則）。

董國度，字元卿，饒州❶德興人。宣和❷六年登進士第，調萊州膠水縣❸主簿。會北邊動兵，留家於鄉，獨處官下。中原陷，不得歸，棄官走村落，頗與逆旅主人相往來。憐其羈窮，為買一妾，不知何許人也。性慧解，有姿色。見董貧，則以治生為己任。罄家所有，買磨驢七八頭，麥數十斛❹。每得麵，自騎驢入城鬻之，至晚負錢以歸。率數日一出，如是三年，獲利愈益多，有田宅矣。

【章旨】此段講述宋代南渡之時，進士董國度身陷中原金朝統治區。他在鄉下避難之時，娶了一房妾。

【注釋】❶饒州　地名。隋平陳後置，治所在鄱陽（今江西鄱陽）。❷宣和　北宋徽宗趙佶年號，西元一一○七—一一一○年。❸萊州膠水縣　萊州，地名。隋置，治所在今山東萊州。膠水，地名。隋置，今山東平度一帶。❹斛　古代的計量單位，具體容量說法不一，有說十升為一斗，十斗為一斛；也有學者考證宋代一斛等於五斗。

【語譯】董國度，字元卿，饒州德興人。宣和六年進士及第，任萊州膠水縣主簿。上任時適逢金兵南下，他只好將家眷留在家鄉，獨自一人往山東做官。中原陷落後，無法回到故鄉，只能棄官在鄉間避難，他與旅店的房東交情很好。房東體恤其漂泊困頓，花錢替他買了一妾，也算安下一個家。這妾不知何方人士，聰明美貌，善解人意。她見董國度貧困，便以賺錢養家為己任。拿出家中所有資財買了七八頭驢子、數十斛小麥。以驢拉磨磨麵，然後自己騎驢入城出售麵粉，到了晚上帶錢回家。她往往是幾天就進城賣一次麵，這樣過了三年，便賺了不少錢，還置下了田地房產。

董與母妻隔闊滋久，消息杳不通，居閑戚戚，意緒終不聊賴。妾數問故，董嬖愛已甚，不復隱，為言：「我故南官❶也。一家皆處鄉里，身獨漂泊，茫無還期，每一深念，幾心折欲死。」妾曰：「如是，何不早告我？我有兄，喜為人謀事，旦夕且至，請為君籌之。」旬日，果有估客❷，長身而虯髯，騎大馬，驅車十餘乘過門。妾曰：「吾兄也。」出迎拜。使董相見，敘姻連。留飲至夜，妾始言前日事以屬客。是時虜下令：宋官亡命許自言，匿不自言而被首❸者死。董業已漏泄，又疑兩人欲圖己，大悔懼，乃詆❹曰無之。客奮髯❺怒且笑曰：「以女弟託質數年，相與如骨肉，故冒禁欲致君南歸，而見疑若此！脫中道有變，且累我，當取君告身❻與我以為信，不然，天明縛君告官矣。」董益懼，自分必死，探囊中文書悉與之，終夕涕泣，一聽客。

【章　旨】董國度有意偷渡回鄉，其妾便請義兄虬髯客幫助。

【注　釋】❶南官　宋朝官員，宋朝領土相對於金人來說在南方，故有此稱。❷估客　商人。❸被首　被檢舉告發。❹詆　欺騙；欺詐。❺奮髯　氣得鬍鬚翹了起來。❻告身　古代授官的文憑。上面寫有官員的鄉貫、出身、年甲和任命詞等。

【語　譯】董國度與母親妻子相隔日久，音訊全無，因此平日想起家人便會獨自傷心，悶悶不樂。其妾多次詢問個中緣由，董國度此時與她情愛甚篤，也就不再隱瞞，說道：「我本是南朝官吏。一家都留在故鄉，只有我孤身漂泊，歸期無望。每當念及此事，便傷心欲絕。」妾道：「既然如此，為何不早說？我有一個哥哥，一向多謀善斷，他近日就要來探望我，那時可請他為您設法。」過了十多天，果然來了個商人，只見他滿臉絡腮鬍子、身材魁偉，騎著一匹高頭大馬，後面還跟著十多輛車子。妾道：「我哥哥來了。」出門拜迎。然後讓董國度與之相見，互敘親戚之誼。董國度設筵款待，飲酒到深夜，侍妾便提出請虬髯客幫忙之事。當時金人有令：宋官逃亡在金國境內的必須自行出首，否則隱匿不自首而被人檢舉出來便要處死。董國度見自己洩漏了身分，便很擔心兄妹二人要去向官府告發，既悔又懼，便謊稱沒有此事。虬髯客聞聽此言怒極反笑說：「舍妹託付你已有數年之久，我和你情同骨肉，這才決心干冒禁令送你南歸，而現在你卻疑神疑鬼！要是你中途有什麼變化，我還得受你牽累，快拿你做官的委任狀出來當作抵押，否則的話，天一亮我就捆了你送官。」董國度一聽此言更加害怕，料想此番必死無疑，只好將委任狀取出交給虬髯客，此後董國度終夜涕泣，凡事只能聽命於虬髯客。

客去，明日控一馬來，曰：「行矣。」董呼妾與俱，妾曰：「適有故，須少留，明年當相尋。吾手製納袍❶以贈君，君謹服之，惟吾兄馬首所向。若反國，兄或舉數十萬錢為餽，宜勿取。如不可卻，則舉袍示之。彼嘗受我恩，今送君歸，未足以報德，當復護我去。萬一受其獻❷，則彼責塞，無復顧我矣。善守此袍，毋失去也。」董愕然，怪其語不倫，且慮鄰里覺，即揮涕上馬。疾馳到海上，有大舟臨解維❸，客麾董使登，揖而別。舟遽南行，略無資糧道路之備，茫不知所為。而舟中人奉視甚謹，具食食之，特不相問訊。纔達南岸，客已先在水濱。邀詣旗亭❹上，相勞苦。出黃金二十兩曰：「以是為太夫人壽。」董憶妾別時語，力拒之。客曰：「赤手還國，欲與妻子餓死耶？」強留金而出。董追及，示以袍，客駭笑曰：「吾智果出彼下。吾事殊未了，明年當挈君麗人來。」徑去，不反顧。

【章　旨】此段講述虬髯客將董國度送至故鄉。

【注　釋】❶納袍　用碎布料縫綴的袍服。❷獻　贈禮。❸維　纜繩。❹旗亭　一指市樓，古代觀察、指揮集市的處所，上立有旗，故名；二指酒樓，懸旗為酒招。

【語　譯】虬髯客走了，第二天牽著一匹馬來，道：「走罷。」董國度請妾同行。妾道：「我眼前有事，還要待幾天，明年當來尋你。我親手縫了一件納袍送給你，請你好好穿著，一切聽我哥哥安排。到了南朝，我哥哥或許會送你數十萬錢，你千萬不可接受。如果推辭不掉，便舉起納袍給他看。我曾有恩於他，他這次送你南歸，尚不足以報答，還須護送我南來和你相會。萬一你受了財物，那麼他認為已報答了我，兩無虧欠，不會再管我了。你小心帶著這件袍子，不可失去。」董國度聞言愕然，覺得她的話很是古怪，但生怕鄰人知覺報官，便不再囉嗦，揮淚與她分別。兩人上馬疾馳來到海邊，見有一艘大船正解纜欲駛，虬髯客揮手示意董國度即刻登舟，而他自己並不上船，和董國度一揖而別。大船隨即南行。董國度身無分文，心中惴惴然，不知如何是好。但船上的人卻對他很恭敬，茶飯伺候得很周到，而且並不查問他的身分來歷、行蹤去向。到了南岸，虬髯客早已在岸邊相候，隨即將董國度請入酒樓為他接風洗塵。席間，虬髯客取出二十兩黃金道：「這是我孝敬太夫人的。」董記起小妾臨別時的言語，堅拒不受。虬髯客道：「你兩手空空的回家，難道想和妻兒一起餓死麼？」強行留下黃金而去。董追上虬髯客，向他舉起納袍。虬髯客駭詫而笑，說道：「我果然不及她聰明。唉，看來我的事還沒完，明年我把美人送到你身邊罷。」說完揚長而去，頭也不回。

董至家，母妻與二子俱無恙。取袍示家人，俾縫綻處，黃色隱然，拆視之，滿中皆箔金也。既詣闕❶自理，得添差宜興尉❷。踰年，客果以妾至。秦丞相❸與董有同陷虜之舊，為追敘向來歲月，改京秩❹，幹辦諸軍審計。纔數月，卒。秦令其母汪氏哀訴于朝，自宣教郎特贈朝奉郎❺，而官其子仲堪者。時紹興❻十年五月云。范致能❼說。

【章旨】此段講述董國度在虬髯客的幫助下與小妾團聚。

【注釋】❶闕　宮殿前的望樓，借指皇宮、朝廷。❷宜興尉　宜興，地名。今江蘇宜興。尉，即縣尉，為縣令佐官，掌治安捕盜之事。❸秦丞相　即秦檜（西元一〇九〇—一一五五年），字會之，江寧（今南京）人。宋徽宗政和五年（西元一一一五年）登第，補密州（今山東諸城）教授，曾任太學學正。北宋末年任御史中丞，與宋徽宗、欽宗一起被金人俘獲。南歸後，任禮部尚書，兩任宰相，前後執政十九年。❹京秩　京官。❺自宣教郎句　宋代散官的官階，自下而上有承務郎、承奉郎、承事郎、宣義郎、宣德郎（徽宗政和間改稱宣教郎）等五階。❻紹興　南宋高宗趙構年號，西元一一三一—一一六二年。❼范致能　即范成大（西元一一二六—一一九三年），字致能，號石湖居士，平江吳郡（治今江蘇吳縣）人。宋高宗紹興二十四年（西元一一五四年）進士，初授戶曹，又任監和劑局、處州知府，以起居郎、假資政殿大學士出使金朝，為改變接納金國詔書禮儀和索取河南「陵寢」地事，慷慨抗節，不畏強暴，不辱使命而歸。後歷任靜江、咸都、建康等地行政長官。淳熙時，官至參知政事，因與孝宗意見相左，兩個月即去職。晚年隱居故鄉石湖。卒諡文穆。他與尤袤、楊萬里、陸游齊名，號稱「中興四大詩人」。

【語　譯】董國度回到家中，見母親、妻子和兩個兒子都安好無恙。董國度將納袍取出給家人看，結果發覺布塊的補綴之處隱隱露出黃色，拆開來一看，夾層裡縫滿了金葉子。董國度隨後赴京城向朝廷報到，結果得到一個宜興縣尉的差事。第二年，虬髯客果然把小妾送到。丞相秦檜以前也曾陷身北方，與董國度可說是難友，所以對他特別照顧，將董國度失陷在金國的那段時期都算作當官的年資，不久便把他調為京官，負責辦理軍隊糧餉事務。才過了幾個月，董國度便死在任上。秦檜又讓董國度的母親汪氏向朝廷哭訴，結果董國度得以由宣教郎追封為朝奉郎，兒子董仲堪也當上了官，那是紹興十年五月間之事。以上這些故事都是范致能先生告訴我的。

【研　析】作者在創作此文的時候，心中必定是有一篇「模本」存在的，這個「模本」就是唐傳奇

〈虬髯客傳〉。本文不僅也有一個「虬髯客」，而且三名主角的關係和〈虬髯客傳〉極為相似，男女主角為夫妻（戀人），虬髯客同樣以俠士的面目出現，和女主角也以兄妹相稱。

當然，因為時代背景的不同，也因為作者的經歷、學養和興趣的不同，兩篇作品雖然在人物關係、故事構架上有類似之處，但風格、旨趣卻迥然不同。〈虬髯客傳〉發生在風雲激蕩的隋唐之際，是社會變革、群雄競起的開天闢地之時，因此故事具有強烈的傳奇色彩，作品充滿了豪邁、崇高的風格。而〈俠婦人〉發生在宋王朝南渡之後，整個漢民族處於退守之勢，雖然作品的故事具有一定的傳奇色彩，但是整體氛圍已經沒有了那種昂揚、激越、豪放不羈的色彩；人物也缺少古典英雄的崇高感。

但值得一提的是，本文的女主角在小說中的地位較之〈虬髯客傳〉有較大提升。〈虬髯客傳〉中的紅拂以「慧眼識英雄」而著稱，但這位「風塵三傑」中的女傑，實際上還是處於從屬地位，她所能決定和安排的也只是自身的命運；與之相反，〈俠婦人〉中的「妾」，地位雖低，卻不僅能掌握自身的命運，還能掌控兩個男人的思路、行為和命運。她不僅能夠「齊家」、「治生」，還能策劃「越境」之大事，改變夫婿一家的人生道路。在本文中，女主角是絕對的重心，作者對其言行個性既有正面的描繪，也有側面、乃至背面的渲染反映。一名手無縛雞之力的女子，足不出戶卻能調遣俠士，預知未來，決勝於千里之外，這樣的女中豪傑形象不僅在宋傳奇中獨一無二，在中國文學史上也屈指可數。

茶肆還金

佚 名

【題　解】本篇出自張宗祥校本《說郛》卷三七《摭青雜說》。《摭青雜說》是南宋的一部傳奇小說集，原書已散佚，著作人也失傳。原書《說郛》稱有二十四篇，現在明本《說郛》中只保存了五篇佚文。本篇講述的是一位茶肆主人拾金不昧的故事，讚揚了市井人物的高尚品格。

京師樊樓❶畔有一小茶肆，甚瀟灑❷清潔，皆一品器皿，椅卓❸皆濟楚❹，故賣茶極盛。熙、豐間❺，有一士人，邵武軍❻人李氏，在肆前遇一舊相知，引就茶肆，相敘渴別❼之懷。先有金數十兩，別為袋子，繫于肘腋間，以防水火盜賊之虞。時春月乍暖，士人因解卸衣服次，置此金于茶卓之上。未及收拾，舊知招往樊樓會飲，遂忘記擕出。飲極歡，夜深將滅燈火，方始省記。李以茶肆中往來者如織，必不可根究，遂息心，更不去詢問。

【章　旨】此段講述有一名客人在茶肆飲茶時不慎失落白銀數十兩。

【注　釋】❶樊樓　北宋汴京城內著名的酒樓，在東華門外景明坊，相傳為東京七十二家酒樓之首。劉子翬有詩謂「梁園歌舞足風流，美酒如刀解斷愁。憶得承平多樂事，夜深燈火上樊樓。」（〈汴京紀事二十首〉之十八）描寫了樊樓的繁盛與奢華。❷瀟灑　清爽整潔。❸卓　即「桌」。❹濟楚　即齊楚。整齊像樣。❺熙豐間　熙寧（西元一〇六八－一〇七七年）、元豐（西元一〇七八－一〇八五年）年間。熙寧、元豐都是北宋神宗趙頊年號。❻邵武軍　宋地名，即今福建邵武、泰寧一帶。軍，行政區名。宋代一般於邊關阪塞、道路衝要、山川險僻多聚寇攘之所以及農民武裝起義頻發地區設軍（與州同級），駐紮軍隊，以控制形勢。❼渴別　分別後的強烈思念之情。

【語　譯】汴京城內著名的樊樓旁有一座小茶館，很是清爽雅潔，所用器皿都是一等貨色，桌椅也非常齊整像樣，所以生意非常好。熙寧元豐年間，有個讀書人，姓李，乃是福建邵武人，他在這茶肆前遇見一位故人，兩人便一同進來喝茶聊天，暢敘別情。李生身上帶了幾十兩白銀，專門用袋子裝了，藏在衣服裡，以防止水火之災和盜賊劫掠。當時正值春天，天氣轉暖，這李生脫衣服之際，就順手把銀子放在了桌子上。還沒有來得及收拾好，老朋友邀請去一旁的樊樓飲酒，便忘了帶出茶肆。當天飲酒極為歡暢，到了夜深燈火將滅的時候，李生才記起此事。李生心想這茶館之中人來人往，川流不息，這銀子肯定沒辦法找尋了，於是死了心不再去找尋。

後數年，李復過此肆，因與同行者曰：「某往年在此曾失去一包金子，自謂狼狽凍餒，不能得回家。今日天與之，幸復能至此。」主人聞之，進相揖曰：「官人說甚麼事？」李曰：「某三四年前曾在盛肆❶啜茶，遺下一包金子，是時以相知招飲，夜深方覺。自知其不可尋，遂一向❷歸安于下處❸，更不曾拜稟。」主人徐徐思之，曰：「官人彼時著毛衫，在裡邊坐乎？」李曰：「然。」又曰：「前面坐者著皂披襖❹乎？」李曰：「然。」主人曰：「此物是小人收得，彼時亦隨背❺趕來送還，而官人行速，于稠人廣眾中不可辨認，遂為收取，意官人明日必來取。某不曾為開，覺得甚重，想是黃白之物也。官人但說得片數稱兩同，即領去。」李曰：「果收得，吾當與你中分❻。」主人笑而不答。

【章旨】此段講述李生數年後再次來到茶肆，無意間說起丟失銀兩之事，店主人稱自己拾得並代為保管。

【注釋】❶盛肆　猶言「寶號」、「貴店」。❷一向　徑直。❸下處　臨時落腳之處，指旅店。❹披襖　披風。❺隨背　緊跟著。❻中分　平分。

【語　譯】數年之後，李生再次來到茶肆，他對同行的人說道：「我以前曾在這裡丟過一包銀子，當時簡直不知所措，以為要落魄京城、回不了家鄉了。沒想到老天照顧，我今天還能故地重遊。」茶肆主人聽到這話，趕緊上前作揖道：「官人說的是什麼事情啊？」李生曰：「我三四年前在貴店飲茶，丟下一包銀子，當時因為朋友叫著去喝酒，所以直到深夜才發覺。當時我認為東西肯定找不到了，便徑直回旅店了，因此那時沒有向您稟明。」主人仔細想了一會兒，道：「官人那時是不是穿著毛織的衣服，坐在裡邊？」李生道：「對。」主人又問：「您對面坐著的人穿一身黑色的披風？」李生說：「沒錯。」主人於是說：「那銀子是在下收著了，當時您一出門我就跟在後面追趕，想送還給您，沒想到您走得太快，在人群之中難以辨認。於是我就替官人收著，心想官人第二天必定會來取的。後來我也沒有打開看，只是覺得東西很沉，想必是黃金白銀之類的東西。官人只要能把錠數和斤兩都說準了，現在就可以領回。」李生道：「如果您真的一直為我保管著，我願和您平分這些銀子。」主人聞言笑而不語。

茶肆上有一小棚樓❶，主人捧小梯登樓，李隨至樓上。見其中收得人所遺失之物，如傘扇衣服器皿之屬甚多，各有標題，曰「某年某月某日某色人所遺下者」，僧道婦人即曰「僧道婦人」，其雜色人則曰「其人似商賈、似官員、似秀才、似公吏」，不知者則曰「不知其人」。就樓角尋得一小袱，封結如故，上標曰：「某年月日一官人所遺下」，遂相引下樓。集眾再問李片數稱兩，李曰：「計若干片，若干兩。」主人開之，與李所言相符，即舉以付李。李分一半與之，主人曰：「官人想亦讀書，何不知人如此！義利之分，古人所重。小人若重利輕義，則匿而不告，官人待如何？又不可以官法❷相加；所以然者，常恐有愧于心故也。」李既知其不受，但慚怍失言，加禮遜謝。請上樊樓飲酒，亦堅辭不往。

【章旨】此段講述茶肆主人將白銀還給了失主李生。

【注釋】❶棚樓　閣樓。❷官法　國家法律。

【語譯】茶肆之上還有個小閣樓，主人搬來一個小梯子登上閣樓，李生也尾隨而上。只見閣樓上堆放的全是別人遺忘的物品，傘、扇子、衣物、器皿尤其多，上面都貼著標籤，標籤上寫著「某年某月某日某樣人所遺失」的字樣，僧道婦人就標明「僧道婦人」，其他的則標明「其人似商賈、似官員、似秀才、似公吏」，不知道失主的則標明「不知其人」。店主人在閣樓角落裡找到一個小包袱，上面所扣的結還和當初一樣，包袱上的標籤寫著：「某年某月某日一官人所遺失」，店主人將李生帶到樓下。當眾再次詢問李生銀子的錠數和重量，李生答曰：「銀子共有多少片，多少兩。」

主人打開包袱，發現情況和李生講的一樣，便將銀子全部還給了李生，李生當場分出一半要送給店主，店主道：「官人想來也是讀過書的，怎麼如此不會看人！義利之分，古人最為重視。我要是看重利益，這銀子根本就不會還給您。您能怎麼樣？又不能用王法來約束我；我之所以還給您，是唯恐心中有愧。」李生這才明白茶肆主人的為人，心裡很後悔剛才的失禮，一再作揖致歉。隨後又要請店主去樊樓飲酒，也被堅決地辭謝了。

時茶肆中五十餘人，皆以手加額❶，咨嗟歎息，謂世所罕見焉。識者謂伊尹之一介不取❷，楊震之畏四知❸，亦不過是。惜乎名不附于國史，附之亦卓行之流也。

【章　旨】此段是對茶肆主人高潔品行的讚揚。

【注　釋】❶以手加額　把手擋在前額上，古代表示歡喜慶幸的手勢。❷伊尹之一介不取　伊尹（？—西元前一七一三年），名伊，尹為官名。商初賢臣，孟子稱他「非其義也，非其道也，一介（指微小的東西）不以與人，一介不以取諸人」（《孟子・萬章上》）。❸楊震之畏四知　楊震，東漢弘農華陰人，曾任刺史、太守、司徒、太尉等職，官聲清正廉明。《後漢書・楊震傳》云：「（楊震）當之郡，道經昌邑，故所舉荊州茂才王密為昌邑令，謁見，至夜懷金十斤以遺震。震曰：『故人知君，君不知故人，何也？』密曰：『暮夜無知者。』震曰：『天知，神知，我知，子知。何謂無知！』密愧而出。」傳贊曰：「震畏四知。」後代便用「畏四知」或「四畏」

代指廉潔不受不義之財。

【語　譯】當時茶館中有五十多人，都以手加額，感慨讚嘆，稱店主的言行真是世所罕見。有識之士稱：伊尹的一介不取、楊震的畏四知也不過如此。可惜這店主的姓名未能附於國史，和那些品行卓越的名人一起流傳後世。

今邵武軍光澤縣❶烏州諸李❷，衣冠❸頗盛，乃士人之宗族子孫。高殿院❹之子元輔乃李氏親，嘗與予具言其事。

【章　旨】此段講述故事的來源。

【注　釋】❶光澤縣　地名。邵武軍下轄縣之一。今福建光澤，位於福建西北部，武夷山西南麓。❷烏州諸李　朱熹〈特奏名李公純德墓誌銘〉：「邵武軍光澤東一里許，有地名曰烏洲。李氏世居之，為郡著姓，……其弟子見聞開擴，趨尚高遠，不與世俗同。」烏州，即「烏洲」。光澤縣地名。宋代有李氏大戶居住於此。❸衣冠　指文人士大夫。❹殿院　官署名。唐、宋御史臺所屬有臺院、殿院、察院。主管官員分別為侍御史、殿中侍御史、監察御史。

【語　譯】現在邵武軍光澤縣烏洲的李氏家族，仍然是士大夫輩出，而這個家族的祖上就是讀書人。殿中侍御史高大夫的兒子高元輔和烏洲李氏有親戚關係，是他把這件事情的原委告訴我的。

【研　析】茶肆是本文中故事發生的重要場景，事實上也是文學批評中所謂的「典型環境」。

相關研究表明，茶館始於兩晉，但真正的繁榮卻在宋代。《東京夢華錄》記載，北宋汴京城「舊曹門街北山子茶坊內有仙洞、仙橋，仕女往往夜游吃茶于彼」。《夢粱錄》則描述臨安「處處有茶坊、酒肆，……上而王公貴人之所尚，下而小夫賤隸之所不可闕」。

茶館在宋代的繁榮興盛首先當然是物質所決定的：據《宋史‧食貨志》、《大觀茶論》、《宣和北苑貢茶錄》等史料記載，宋代南方諸路均產茶，宋代名茶計有九十多種，如建茶，產於福建建州；陽羨茶，產於常州義縣（今江蘇宜興）；雙井茶，產於分寧（今江西修水縣）；龍芽，產於安徽六安；邛州茶，產於四川溫江地區邛縣；武夷茶，產於福建武夷山……。其中北宋建州一年產茶就不下三百萬斤，其他可想而知，茶葉和米鹽一樣成為日用必需品。此外，城市的迅猛發展、商品經濟的高度繁榮，使得宋代的社會結構發生了重要改變，除去農民、知識分子、官僚這幾個傳統的社會階層之外，城市平民作為新興勢力迅速壯大，這就使得各種帶有商品化色彩的服務業、消費業和娛樂業隨之興盛起來。就拿茶館來說，它不僅是飲茶的場所，也是經濟交往的勝地——「茶坊每五更點燈，博易買賣衣服圖畫，花環領抹之類，至曉即散，謂之鬼市子。」（《東京夢華錄》）還是娛樂休閒的佳處——「大茶坊張掛名人書畫，在京師只熟食店掛畫，所以消遣久待也。今茶坊皆然」（《都城紀勝》）；「今之茶肆，列花架，安頓奇松異檜等物于其上，裝飾店面，敲打響盞歌賣」（《夢粱錄》）；「茶樓，多有都人子弟占此會聚，習學樂器，或唱叫之類，謂之掛牌兒。人情茶坊，本非以茶湯為正，但將此為由，多下茶錢也。又有一等專是娼妓弟兄打聚處；又有一等專是諸行借工賣伎人會聚行老處，謂之市頭」（《都城紀勝》）。

可以說茶肆是市民社會活動的大舞臺，同時也成為了宋代小說重要的場景，這是前代傳奇所罕見的。比如《夷堅志》中，就有很多以茶館為背景的故事。例如〈鄧州南市女〉提到的「南草市茶店」，〈黃池牛〉中描寫的黃池鎮茶肆。話本小說中，以茶肆為背景的作品就更多了，〈宋四公大鬧禁魂張〉、〈簡帖和尚〉、〈趙伯升茶肆遇仁宗〉、〈萬秀娘仇報山亭兒〉等等，比比皆是。

茶肆是新興的舞臺，舞臺上的主角也是新興的階層：不再是過去的帝王將相、才子佳人，而是普通的城市居民，他們的生活狀態、他們的喜怒哀樂都和上層人物迥然不同。本文中的茶肆老闆是典型的小商人，中國古代的思想傳統是重農輕商、崇本抑末，「無奸不商」的觀念深入人心，但本文作者並沒有站在傳統觀念的立場上突出商人「重利」、「多詐」的特性，而是對其誠信、坦蕩、嚴分義利的高潔品格大加褒揚，這多少透露出社會變化、思想變遷的些微消息。因此，本文雖然篇製短小，情節也不出奇，卻受到了學者和讀者的重視。

袁州獄

洪邁

【題解】本篇出自《夷堅乙志》，傳奇講述了一起冤獄的形成，暴露了宋代部分官員愚民害民、草菅人命的本性和司法黑暗的內幕。

向待制子長久中，元符❶中為袁州❷司理❸。考試南安軍❹，與新昌❺令黃某并別州鄭判官❻三人俱，畢事且還。鄭君有女弟，嫁為宜春❼郡官❽妻，欲與向同如袁。而黃令者前三年實為袁理官，以故二人邀與偕往。黃不可，鄭強之，且笑曰：「公遽能忘情於煙花中人乎？」黃不得已，亦同塗，然意中殊不樂。

【章旨】此段講述新昌縣令黃某曾任袁州司理參軍，因為一次偶然的機會他和其他幾名官僚回到袁州。

【注釋】❶元符　北宋哲宗趙煦年號，西元一〇九八—一一〇〇年。❷袁州　地名。位於江西西部，州治在今江西宜春。❸司理　官名。「司理參軍」的簡稱。宋初各州有馬步院，以軍人為判官，掌獄訟。太祖開寶六年

（西元九三七年）改各州馬步院為司寇院，以文臣為司寇參軍，後改司寇為司理。❹南安軍　地名。屬江南西道，轄江西南部一帶地區。❺新昌　地名。位於浙江東部，屬紹興管轄。❻判官　官名。隋使府始置。唐特派擔任臨時職務的大臣可自選中級官員奏請充任判官，以資佐理。宋代於各州府沿置，選派京官充任，稱「簽書判官廳公事」，省稱「簽判」。❼宜春　地名。袁州的州治所在地，今江西宜春。❽郡官　州郡的官吏。

【語　譯】向子長待制字久中。，元符年間擔任袁州司理參軍。他曾經和新昌縣令黃某、別州的鄭判官一同到南安軍考核政務，等到公事處理完畢，三人各自還家。恰巧鄭判官有個妹妹，要嫁到袁州宜春縣，所以打算與向子長一同回袁州。而那位黃縣令，三年前就是袁州司理，所以向、鄭二人便邀請他一同前往袁州。黃不同意，鄭判官便強拉他去，還笑著說：「閣下難道能忘記袁州的煙花女子嗎？」黃某不得已，只能和他們一同前往，但心裡很不痛快。

逮至，又欲止城外，向力挽入官舍。坐定，向將入省二親，揖之就便室❶，黃如不聞，即其側呼之，瞪目不答。俄指向所用銅槃❷曰：「其價幾何？可輟買否？」向得其發言，頗喜，顧小史令持往所館❸，問之曰：「此常物爾，何遽為？」曰：「將寘吾棺中。」向始疑懼，引其手使少憩，亦不動。亟招鄭君同視之，掖以就榻。少頃，發聲大呼，若痛不可忍，遂洞泄血利❹，穢滿一室。登榻復下，號叫通夕不少止。向與鄭同辭告曰：「君疾勢殊不佳，盍有以見屬？」黃頷首，曰：「願見母妻。」向即日為書，走馹步如新昌，告其家。又語之曰：「君本不欲來，徒以吾二人故。今病如是，尊夫人脫未能來，而君或不起，是吾二人殺君也，何以自明？願君力疾告我所以不欲來，及危惙如此之狀。」

【章　旨】此段講述黃某來到袁州便突發惡疾。

【注　釋】❶便室　正室以外的別室。❷銅槃　即銅盤。一種水器，古時盥洗用匜澆水，以盤承接。盤多是圓形、淺腹，小的用以洗手洗臉，大的用以洗浴。❸所館　旅館；會所。❹利　腹瀉。

【語　譯】等到了袁州，黃縣令要住在城外，向子長竭力把他請到自己的官邸。坐定之後，向子長便要進入內室向雙親請安，請黃縣令到別室休息，沒想到黃縣令充耳不聞、毫無反應，向子長湊近了大聲呼喚，黃縣令仍然瞪著眼睛沒有回應。過了一會兒，黃縣令指著向子長平時使用的一只銅盤道：「這玩意兒值多少錢？我能買一個嗎？」向子長聽到他開口說話了，感到高興，便派小吏把銅盤送到黃縣令下榻的館舍，向子長又問黃縣令：「這就是個普通玩意兒，問這個做啥？」黃縣令答道：「我想把它放在我的棺材裡陪葬。」聽了此話，向子長心中疑懼，拉著他的手想讓他休息一會兒，結果黃縣令絲毫沒有反應。向子長急忙叫來鄭判官，一起將黃縣令扶到床上。過了一會兒，黃縣令忽然大喊大叫，彷彿受到了極大的痛苦，隨後又上吐下瀉，把整個房間弄得骯髒不堪。此後，黃縣令又反覆下床、上床，不停地折騰，整晚哀號不止。向子長和鄭判官一起對黃縣令說：「您的病情看來不太好，不知道您還有什麼事情要囑託我們？」黃縣令點頭，道：「想見見我的母親和妻子。」向子長立即寫下書信，派人疾行前往新昌報信。隨後又對黃縣令道：「您原本是不願來袁州的，是因為我們兩個人的緣故才勉強到此。現在您病得這樣厲害，萬一尊夫人來不了，而您又一病不起，那就是我們二人將您謀害了，屆時我們怎麼為自己開脫呢？所以盼望您強打精神說說您不願來袁州和突發惡疾的原因。」

黃閉目傾聽，忍痛言曰：「吾官于此時，宜春尉遣弓手三人，買雞豚于村墅，閱四十日不歸。三人之妻訴于郡，郡守❶與尉有舊好，令尉自為計。尉紿白府曰：『部內有盜起，已得其根株窟穴所在。遣三人者往偵，恐其徒泄此謀，姑以買物為名。久而不還，是殆斃於賊手。願合諸邑求盜吏卒共捕之。』守然其言。尉自將以往，留山間兩月，無以復命。適村民四輩耕于野，貌蠢甚，使從吏持錢二萬招之，與語曰：『三弓手為盜所殺，尉來逐捕，久不獲，不得歸。倩汝四人詐為盜以應命，他日案成，名為處斬，實不過受杖十數，即釋汝。汝曹貧若此，今各得五千錢，以與妻孥❷，且無性命之憂，何不可者？汝若至有司，如問汝殺人，但應曰有之，則飽食坐獄，計日脫歸矣。』四人許之，遂執縛詣縣。

【章　旨】此段黃某向同僚講述數年前他在袁州做官時遇到的一起冤獄。

【注　釋】❶郡守　郡的行政長官，這裡實際上指的是州長官「知州」。❷妻孥　妻子兒女。

【語　譯】黃縣令努力睜開眼睛傾聽，強忍著痛苦道：「當初我在此做官的時候，宜春縣尉曾派三名羽弓手，去農莊上採買雞、豬等物，結果過了四十多天還沒有回來。三人之妻到州府去告狀，知州和縣尉是老相識，於是就將此事壓下，讓縣尉自己想辦法解決。縣尉便欺騙知州道：『本地最近出現了盜賊，我們已經查明了他們的巢穴。會安排三名羽弓手前往偵察，是為避免他們打草驚蛇，便打著採買食物的旗號下鄉。他們之所以長久沒有歸來，是因為遭了盜賊的毒手。因此，我請求您發令讓鄰近數縣的武裝和我們一起出動剿匪。』知州聽信了縣尉的說辭。於是縣尉便自己帶領大隊人馬下鄉『剿匪』，結果在山野間忙活了兩個多月，依舊是一無所獲，沒法交差。此時，縣尉正巧看到有四個農民在田裡耕作，相貌粗蠢，於是他讓手下拿著兩萬錢，對四個農民說道：『我們縣上三個羽弓手被盜賊謀害，縣尉四下追捕卻沒有任何結果，沒法應付上司。因此想請你們四人假冒盜賊向上級交差，等到案子了結，你們名為處斬，實際上不過是受幾十下杖刑，然後就可以獲釋了。你們如此貧困，現在可以各得五千錢養活妻子兒女，而且性命無憂，何樂而不為呢？你們到了衙門，如果問你們有沒有殺人，你們只管說殺了，然後就可以在牢裡飽食終日，坐等開釋了。』四人聞言都表示願意，於是立刻便被綁到了縣裡。

「會縣令闕，司戶攝其事。劾囚，服實如尉言。送府，吾適主治之，無異詞，乃具獄上憲臺❶，得報皆斬，既擇日赴市矣。吾視四人者皆無凶狀，意其或否，屏獄吏以情詰之，皆曰不冤。吾又摘語❷之曰：『汝等果爾，明日當斬首。身首一分，不可復續矣。』因相顧泣下曰：『初以為死且復生，歸家得錢用，不知果死也。』始具言其故。吾大驚，悉挺其縛。尉已伺知之，密白守曰：『獄掾❸受囚賂，導之上變。』明日吾入府白事，守盛怒，叱使下曰：『君治獄已竟，上諸外臺❹閱實矣，乃受賄賂，妄欲改變邪？』吾曰：『既得其冤，安敢不為辨？』守無可奈何，移獄于錄曹❺，又移于縣，不能決。法當復申憲臺，別置獄，守曰：『如是，則一郡失入之罪❻眾矣。安有已論決而復變者？』悉取移獄辭焚之，但以付理院❼，使如初款。吾引義固爭，累十數日不得直，遂謁告，郡守令司戶嘗攝邑者代吾事。臨欲殺囚，守復悔曰：『若黃司理不書獄，異時必訟我于朝矣。』今同官相鐫諭曰：『囚必死，君雖固執亦無益。今強為書名于牘尾，人人知事出郡將，君何罪焉？』吾黽❽俛書押，四人遂死。

【章旨】此段講述黃某迫於壓力在文書上簽字，幾名被冤枉的平民因此而被處決。

【注釋】❶憲臺　原指中央監察機構御史臺，按照宋代的刑事訴訟制度，這裡應指路一級的監察機構。❷摘語　私語。❸獄掾　秦制在郡守下設有辭曹掾史和決曹掾史，在縣令下設有辭曹掾史和獄掾，協助郡守和縣令進行司法工作。這裡指司理等執掌刑獄事務的官吏。❹外臺　原指刺史，文中實指提點刑獄公事等負責州、路監察和司法職責的官員。❺錄曹　「錄事參軍」的簡稱，亦稱「錄事參軍事」。晉置原為王、公、大將軍的屬員，掌總錄眾曹文簿，舉彈善惡。宋亦在京府為置司錄參軍，各州置錄事參軍。❻失入之罪　指官員判案誤治罪於人。❼理院　即司理院。❽黽勉　勉強。

【語譯】「其時恰巧縣令一職暫缺，由司戶代理。他審理此案時，幾個囚犯都按照縣尉的吩咐認了罪。於是案件被上報到州府，當時我正好負責此案，審理時幾個囚犯依舊沒有翻案，於是案件被上報到提刑司，提刑司的批覆是：四人都處斬首極刑，擇日即押赴刑場處決。然而我觀察這四名囚犯並無凶惡之狀，心中不禁揣測他們或許並非殺人的賊寇，於是我屏退獄卒以追問個中詳情，誰知幾人都說自己沒有冤情。我又悄悄對他們說：『如果你們真是犯了這樣的大罪，那麼明天就該斬首了。到時候身首異處，可再也合不到一塊了。』幾個人聽到這番話互相驚恐地對視，然後眼淚便刷刷地流了下來說：『我們原本以為判了死刑後可以活著回去，家裡面還能拿到錢，怎麼也沒有想到真的會斷送性命。』隨後他們把事情的來龍去脈和盤托出。聽到這些，我極為震驚，首先就把幾個人的刑具先給鬆開。此事很快被縣尉刺探到了，他偷偷對知州說：『黃司理受了囚犯的賄賂，於是就操縱他們翻案。』次日我到知州府上稟報此事，知州極為憤怒，要將我趕出去，他說：『你已經審完了案子，提刑司經過審核也認定了案情，現在你怎麼敢收受賄賂，妄加改變呢？』我答道：『既然已經知道了這幾個人的冤情，怎麼敢不為他們辯護呢？』知州也無可奈何，將案子移交司理院覆核後，又發回縣裡重審，最後依舊不能認定犯人有罪。按照制度此事要向上級司法部門申報，但這樣的話，當事的官員就可能遭到法辦，於是知州便說：『如果真是這樣的話，那麼我們整個州上因為誤判而要被追究罪責的官員可就多了，我們怎麼能把已經有定論的案子再翻過來呢？』於是知州下令將囚犯翻供的記錄全部燒毀，囚犯交司理院，按照當初定罪執行。我援引條例與知州辯論，幾十天之後仍然不能說服他，於是便告假回家，知州讓那名曾代理縣令的司戶臨時頂替我。等到要處決囚犯的時候，知州忽然又反悔了，他說：『假如黃司理不在案件的卷宗上簽名，以後他肯定會向朝廷舉報我。』於是他要同僚勸誡我道：『這幾個囚犯是肯定要死的，你堅持也沒有用。你不如在卷宗的最後胡亂簽個名，反正大家都知道此案是州府定下的，不會怪罪你的。』無奈，我只能勉強在文書上簽字，四名囚犯便這樣斷送了性命。

「越二日，黃衣人持梃押二縣吏來追院中二吏，曰：『急取案。』吏方云云，黃衣以梃擊之。四吏俱入舍不出。吾自往視，舍門元未啟，望其中，案牘橫陳。逡巡，四吏皆暴卒。又數日，攝令死。尉用他賞改秩❶，已去官，亦死。而郡守中風不起，相去纔四十日。吾一日退食❷，見四囚拜于下曰：『某等枉死，訴于上帝，得請矣，欲逮公。吾懇曰：「所以知此冤而獲吐者，黃司理力也。今七人已死，足償微命，乞勿追竟。」帝曰：「使此人不書押，則汝四人不死。汝四人死，本於一押字。原情定罪，此人其首也。」某等哭拜天廷，凡四十九日，始許展三年。』即指袴露膝，流血穿漏，曰：『拜不已，至於此。』又曰：『大限若滿，當來此地相尋。』又拜而去。吾適入門，四囚已先在，云：『候伺已久。』恐過期，且令亟取母妻與訣別。吾所以不欲來者，以此故爾。今復何言！」

【章旨】此段講述冤死的鬼魂向辦案的官員逐個索命。

【注釋】❶秩 官階。❷退食 退朝而食於家，此處應指處理完公務回到家中。

【語譯】「過了兩天，有一名黃衣人手持棍棒押著宜春縣兩名官吏來到縣衙中尋找另外兩名當事的官吏，對他們說：『趕緊把卷宗拿來。』幾名官吏稍有推辭，黃衣人便以棍棒擊打他們。於是四名官吏逃入公舍不敢露面。聽說此事，我趕緊前往探看，只見公舍大門緊閉，從窗戶外望去，只見屋內檔案公文雜亂地堆放著。頃刻間，那四名官吏已經暴亡。過了幾天後，那名代理縣令也死了。此時，縣尉因為其他的業績升遷離開了這個位置，但也很快死去。隨後知州也患了中風一病不起，相隔僅四十天。有一天我辦完公務回到家中，見到死去的四名囚犯跪在地上對我說：『我們四人蒙冤屈死，死後上訴於天帝，天帝同意我們報仇，要把您也捉去。我們懇求天帝：「我們之所以能夠在您面前喊冤，全是靠了黃司理。現在當事七人都已橫死，也足以抵償我們的小命了，請求您不要再追究黃司理的罪責。」天帝說：「假使此人不在文書上畫押，那你們四人就不會死。而你們四人之所以送命，根源就在於他的一個簽名。根據情節定罪，此人應負首要責任。」我們於是向天庭跪拜哭訴，前後歷時四十九天，最終天帝才許可寬限三年。』隨即四人提起褲腿、露出膝蓋，只見上面皮肉磨穿、血流不止，他們說：『我們不停地跪拜，才求得如此。』四人又說：『如果大限將至，我們還來宜春找您。』說完幾人行禮告別。我剛才一進門，就看到這四名囚犯已在，對我說：『恭候多時了。』我擔心大限馬上要到了，所以求您讓我和妻子老母道別。而我當初之所以不願來宜春，也就是因為這個原因。現在事已至此，還有什麼可說的呢！」

向曰：「鬼安在？」黃指曰：「皆拱立于此。」向與鄭設席焚香，具衣冠拜禱曰：「爾四人明靈若此，黃君將死，勢無脫理，既許其與母妻訣，何必加以重疾，令痛苦若此哉？」禱畢，黃喜曰：「鬼聽公矣。」痛即止，利不復作，然厭厭無生意。又旬日，告向曰：「吾母已來，幸為我辦肩輿❶出迎。」向曰：「所遣卒猶未還，安得遽至？」曰：「四人者已來告。」遂出，果相遇于院門之外，褰簾一揖而絕。向樂平❷人，其子元伯侍郎說。

【章旨】此段講述黃某見到母親之後立刻一命嗚呼。

【注釋】❶肩輿　即轎子。初期的肩輿為二長竿，中置椅子以坐人，其上無覆蓋，後椅子上下及四周增加覆蓋遮蔽物，其狀有如車廂（輿），並加種種裝飾，乘坐舒適。❷樂平　地名。位於江西東北，今江西樂平。

【語譯】向子長於是問道：「鬼在哪裡？」黃縣令指著某處道：「都站在那兒呢。」於是向、鄭二人趕緊設下香案，恭敬地燒香禱告：「你們四人如此明智靈驗，黃君將死，已無幸免可能，既然已經准許他與妻母道別，又何苦用惡疾讓他飽受痛苦呢？」禱告完畢之後，黃縣令高興地說：「鬼魂們接納您的意見了。」於是他痛苦停止，痢疾也不再發作，只是病懨懨的沒有生氣。又過了十多天，黃縣令告訴向子長：「我母親來了，請麻煩將我用轎子抬出去迎接她。」向子長道：「我派去報信的軍士還沒有回來，老太太怎麼可能來得這樣快？」黃縣令說：「是那四個人告訴我的。」黃縣令隨即被抬出屋子，在院子裡看見了老母親，他僅僅向母親行了個禮便氣絕身亡。

向子長是樂平人，這些事情是他的公子向元伯侍郎告訴我的。

【研析】中國古代司法制度至宋代已相當成熟和完備。宋朝由行政長官兼理司法，各縣有權審判杖刑以下案件，徒刑以上案件須將審理意見報送州府判決。各州有權審判徒刑以上案件，但死刑案件須上報提刑司覆核，重大疑難案件要上報刑部，由大理寺審議，或經皇帝裁決。太宗淳化二年（西元九九一年），在州縣之上增設路一級提點刑獄司，作為中央派出機構，主要監督本路司法審判活動，覆核州縣重大案件，監察劾奏州縣長官違法行為。宋代還有「鞫讞分司」制度，鞫指審理，讞指判案，鞫讞分司就是將審與判二者分離，由不同官員分別執掌。中央的大理寺、刑部由詳斷官（斷司）負責審訊，詳議官（議司）負責檢法用律，最後由主管長官審定決斷。各州府設司理院，由司理參軍（鞫司）負責審訊及調查事實等，司法參軍（讞司）依據事實檢法用條，最後由知州、知府親自決斷。鞫讞分司強調兩司獨立行使職權，不得互通信息或協商辦案，有利於互相制約，防止舞弊行為。此外，宋代還有「翻異別勘」制度，犯人在錄問或行刑時推翻口供（翻異）提出申訴，案件必須重新審理。宋朝的翻異別勘，分為原審機關內的「移司別勘」和上級機關指定重審的「差官別推」兩種形式。前者是在原審機關內將案件移交另一司法部門重審，又稱「別推」。宋朝中央及地方司法機構中，都設有兩個或兩個以上的審判部門，如刑部左、右廳，大理寺獄左、右推司；案犯不服判決提出申訴，即移交另一部門重審別推。後者是對移司別推後仍翻異者，由上級機關差派司法官員前往原審機關主持重審，或指定另一司法機構重審。

由此看來，當時的政府對於防範司法舞弊並非沒有意識上的警惕和制度上的設計。然而制度也好，規則也好，在袁州一獄中，都被地方官員輕易突破了。一名小小的縣尉（縣一級的武官），因為疏於管束而導致屬下死於非命，為了開脫自己，他竟然想到用欺騙的手段讓四個良民以生命為代價來清洗自己的罪責。而他的上級，在已經清楚了解事實之後，同樣出於一己私利，不惜以四條人命來換取自己的仕途通坦。這是司法的腐敗、政治的腐敗，更是對人的生命的極端漠視。《袁州獄》一文詳盡而細緻地描述了冤案形成的緣起、過程和結果，對涉及冤案的各方從言行到心理進行了個性化的描繪。小說雖然篇幅短小，但是情節曲折跌宕、人物性格鮮明，反映出作者對社會的深入理解和對文字的高超駕馭，是《夷堅志》中相當出色的作品。

王朝議

洪　邁

【題　解】本篇出自《夷堅志補》卷八，講述了一個利用美人計設賭局騙錢的故事，明代凌濛初據此演繹為擬話本小說〈沈將士三千買笑錢　王朝議一夜迷魂陣〉。

宣和中，吳人沈將仕❶調官京師。方壯年，攜金千萬，肆意歡適。近邸❷鄭、李二生，與之游，一飲一食，三子者必參會。周旋且半年，歌樓酒場，所之既倦，頗思逍遙野外。

【章　旨】此段介紹沈某的身分，以及其與鄭、李二生相識、交遊的過程。

【注　釋】❶將仕　即將仕郎。官名。隋始置，唐為文官第二十九階，即最低一階，從九品下。宋徽宗崇寧二年（西元一一〇三年）用以代軍巡判官，司理、司法、司戶參軍，主簿，縣尉。政和六年（西元一一一六年）改迪功郎，改定為第三十七階，仍為最低階，專授初與官者。❷邸　邸舍；旅館。

【語　譯】宣和年間，有位江蘇籍的姓沈的將仕郎，剛剛調任京官。他正當壯年，家財萬貫，來到京城之後便恣意揮霍享樂。在沈某旅舍附近有兩個年輕人，一個姓鄭、一個姓李，他們結識沈某之後便整日與之交遊，一頓飯一杯酒，三個人必定要共同享用。三個人在一起廝混了半年，城裡的歌樓酒肆都玩膩了，於是便想到城外遊逛。

一日，約偕行，過一池，見數圉人❶浴馬，望三子之來，迎喏頗肅。沈驚異，以為非所應得。鄭、李曰：「此吾故人王朝議使君❷之隸也。」去之而行，又數百步，李謂沈曰：「與其信步浪游，棲棲然無所歸宿，曷若跨王公之馬就謁之乎？翁常為大郡，家貲絕豐，多姬侍，喜賓客。今老而抱疾，諸姬悉有離心，而防禁苛密，幸吾曹至，必傾倒承迎，一夕之懽可立得。君有意否乎？」鄭又侈言動之，沈大喜。

【章旨】此段講述鄭、李二人向沈某介紹一位「故人」——王朝議，稱其家財豐厚且姬妾眾多，前往拜訪有可能有一夜風流的收穫。

【注釋】❶圉人　養馬人。❷朝議使君　朝議，官名。朝議大夫的簡稱。隋文帝始置。唐為正五品下，文官第十一階。宋初為正五品下階文散官，宋元豐改制用以代太常卿、少卿及左、右司郎中，後定為第十五階。使君，對州郡長官（知州、知府等）的尊稱。

【語譯】某日，三人再次出外遊蕩，途中經過一座池塘，有數人在旁邊洗馬，養馬人看到三人前來，非常恭敬地行禮致意。對此，沈某感到非常奇怪，不知道這些陌生人為何會對自己如此客氣。鄭、李二人解釋道：「這是我們的熟人——朝議大夫王使君的僕人。」三人繼續前行，走了數百步之後，李生忽然對沈某說：「我們與其像現在這樣漫無目的地閒逛，何不騎上王大人的馬去他的府上拜訪呢？老爺子曾經在大州大郡當過主官，家中資財豐厚，美女如雲，還特別好客。現在老而有病了，姬妾們便有了離開的心思，但是老人防範管束得甚為嚴密，如果我們去了，女人們必定非常歡迎，一夜風流唾手可得。不知您意下如何？」鄭生也在旁添油加醋加以附和，沈某當下非常高興。

即回池邊，李、鄭喚馬，圉人謹奉令。既乘，請所往，曰：「到汝使君宅。」遂聯鑣並轡❶，轉兩坊曲❷，得車門❸，門內宅宇華邃。李先入報，出曰：「主人聞有客，喜甚，但久病倦懶，不能具冠帶，願許便服相延。」已而翁出，容止固如士大夫，而衰態堪掬。揖坐東軒，命設席，杯柈果饌，咄嗟而辦，雖不腆飫❹，皆雅潔適口。小童酌酒，過三行，翁嗽且喘，喉間痰聲如曳鋸，不可枝梧❺，起謝曰：「體中不佳，而上客倉卒惠顧，不獲盡主禮，奈何！」顧鄭生代居東道，曰：「幸隨意劇飲❻，僕姑小歇，煮藥併服，少定復出矣。」沈大失望，與緒亦闌珊，散步於外，將捨去又未忍。

【章旨】此段講述三人來到王朝議府上，發現王朝議是名羸弱多病的昏聵老者。

【注釋】❶聯鑣並轡　並馬而行。鑣，馬嚼子。轡，馬韁繩。❷坊曲　住宅區。❸車門　通車馬的偏門。❹腆飫　豐厚肥美。❺枝梧　支撐；支持。❻劇飲　痛飲。

【語譯】三人隨即回到池邊，李、鄭二人喚馬過來，養馬人恭恭敬敬地遵命。騎上馬之後，養馬人詢問三人往何處去，答曰：「到你家使君府上。」三人於是並馬而行，繞過兩處住宅區，看到一座大門，門內建築雄偉華美。李生隨即先進去通報，過了一會兒出來道：「主人聽說有客人到了，非常高興，但是他臥病已久、身體羸弱，不能穿正裝，請大家允許他便服待客。」過了一會兒，一位老翁走了出來，其容貌舉止果然像一位高官，但是身體顯得衰老虛弱。老人將客人請到東軒坐下，命令僕人設下宴席，酒食菜肴，片刻即成，食物雖然談不上豐美，但是卻雅致清爽，非常可口。小童為客人斟酒，三巡之後，老爺子咳喘起來，喉嚨裡的痰鳴之聲彷彿拉鋸一般，老人支撐不住，起身道歉：「我身體不行了，客人們此次來得又過於倉卒，我沒法盡到主人的禮數，真是糟糕！」隨後老人請鄭生代替自己盡地主之誼，他說：「請大家隨意飲酒，在下暫時休息一會兒，去喝碗藥就回來。」沈某心中大為失望，興致索然，走到室外散步，想離開卻又捨不得。

忽聞堂中歡笑擲骰子聲，穴屏隙窺之，明燭高張，中寘巨桉，美女七八人，環立聚博。李徑入攘袂❶，眾女曰：「李秀才，汝又來廝攪。」遂廁其間，且擲且笑。沈神志搖蕩，頓足曰：「真神仙境界也，何由使我預此勝會乎？」鄭曰：「諸人皆王翁侍兒，翁方在寢，恐難與接對，非若我曹與之無間也。」沈禱曰：「吾隨身篋❷中適有茶券子❸，善為吾辭，倘得一餉樂，願畢矣。」鄭逡巡乃入，睢盱❹偵伺良久，介沈至局前，眾女咄曰：「何處兒郎，突然到此？」鄭曰：「吾友也，知今宵良會，故願拭目。」女曰：「汝得無與狂子來誘我乎？」一姬取酒，滿酌與沈，飲釂❺無餘，姬詫曰：「俊人❻也。」戒小鬟伺朝議睡覺亟報，乃共博。

【章　旨】此段講述沈某在王朝議家窺見眾姬妾環立博彩，心神蕩漾，急切地加入美女的賭博行列中。

【注　釋】❶攘袂　揎起衣袖。❷篋　箱子。❸茶券子　即「茶引」。宋代茶商繳稅後官府發放的「完稅憑證」。凌濛初《二刻拍案驚奇》卷八〈沈將士三千買笑錢，王朝議一夜迷魂陣〉：「說話的，茶券子是甚物件，可當金銀？看官聽說，茶券子即是茶引。宋時禁茶榷稅，但是茶商納了官銀，方關茶引，認引不認人。有此茶引，可以到處販賣。每張之利，一兩有餘。大戶人家儘有當著茶引生利的，所以這茶引當得銀子用。」❹睢盱　睜眼仰視的樣子，這裡指察言觀色。❺釂　飲盡杯中酒。❻俊人　爽快人。

【語　譯】沈某忽然聽到廳堂之內有擲骰子的歡笑之聲，他從屏風的縫隙偷偷往裡看，只見堂上燭光明亮，中間放著一張大桌，有七八個美女圍在一塊兒博彩。李生見此情景，捲起袖子走進去便要加入其中，眾美女道：「李秀才，你怎麼又來攪局。」李生於是廁身其間，和美女們一起邊擲骰子邊說笑話。沈某看了心神蕩漾，頓足道：「這真是神仙境界啊，怎樣使我也能參與其中呢？」鄭生道：「這些人都是王朝議的侍妾，老人家現在打盹，你又不像我們那樣與她們熟稔，所以想接觸不太容易呢。」沈某懇求道：「我身邊帶著些茶券子，假如您能為我說些好話溝通一下，我願意將這些隨身的財物換取一晚的歡樂。」鄭生遲疑片刻後走了進去，在一旁窺測良久，然後把沈某引見給諸位美女，眾女嗔道：「哪來的兒郎，貿然到此？」鄭生說：「這是我的朋友，知道今夜有此歡會，所以想來開開眼界。」一位女郎道：「你該不會和這名狂生合謀來誘騙我們吧？」這時一名女子取來美酒，滿滿地斟了一碗遞給沈某，沈某一口乾下，眾女驚嘆：「真是個爽快人。」隨後她們命令小丫鬟去守著王朝議，一旦發現他睡醒了就趕來報告，接下來眾人便一同賭了起來。

沈志得意逞，每采輒勝，須臾得千緡，諸姬釵珥首飾為之一空。鄭引其肘曰：「可止矣。」沈心不在賄❶，索酒無算。有姬最少艾❷，敗最多，慍而起，挾空樽至前曰：「只作孤注一決。此主人物也，幸而勝固善，脫有不如意，明日當遭鞭箠，勢不得不然。」同席爭勸止，或責之，皆不聽。沈撚一擲，敗焉，傾樽倒物，蓋實以金釵珠琲❸，評其直三千緡。沈反其所贏，又探取腰間券盡償之。尚有餘鎰❹，方擬再角勝負，俄聞朝議大嗽，索唾壺❺急，眾女推客，出奔入房。三人趨詣亢飲處，翁使人追謝，約後數日復相過。

【章　旨】此段講述沈某加入賭局之後先是「每采輒勝」，隨後在「決勝局」中徹底翻盤，將隨身財物幾乎損失殆盡。

【注　釋】❶賄　財物。❷少艾　年輕美貌。❸珠琲　珠串。❹鎰　銀錠。❺唾壺　痰盂。

【語　譯】沈某此時意氣風發，每擲必勝，很快就贏了一千多貫，之後美女們的首飾也全輸給了他。鄭生悄悄地拽他的胳膊說：「行了，可以收手了。」沈某的心思其實並不在錢財之上，他不停地要酒喝。其中一名最為年輕貌美的女子，輸錢最多，她惱怒地站了起來，取來一只空的酒器放在沈某面前道：「我要以此來孤注一擲、一決勝負。這酒器是主人的東西，我假如贏了固然最好，倘若不能如意，把這酒器輸了，那麼明天勢必要遭受主人的鞭打，即便如此，我也不得不博一下了。」其他的女子看到這一情景，或勸阻、或斥責，但是少女堅決不聽。沈某於是隨手一擲，結果卻是輸了，少女倒轉酒杯，裡面塞滿了金釵珠玉，估價應在三千貫以上。沈某將先前贏來的財物全部吐出，又加上隨身所帶的茶券子才償清賭帳。沈某身上還有些銀兩，他打算再決勝負，不料此時王朝議大聲咳嗽起來，急切地索要痰盂，眾女子趕緊推開客人，一起跑進正房。沈某和李鄭二人回到原先飲酒的東軒，王朝議讓人出來向客人表示致歉，約定幾天之後再聚。

沈歸邸，臥不交睫❶，雞鳴而起，欲尋盟❷再往。拂旦，遣召二子，云已出，候至午，杳不至。遽走王氏宅審之，屋空無人。詢旁側居者，云：「素無王朝議者。疇昔之夜，但惡少年數輩借平康❸諸妓，飲博於此耳。」始悟墮奸計。是時囊裝垂罄，鄭、李不復再見云。

【章旨】第二天，沈某才發現自己落入了陷阱。

【注釋】❶交睫　合眼。❷尋盟　履約。❸平康　唐代長安城有平康里，為妓女聚居之所，後以此借指娼家。

【語　譯】沈某回到旅舍睡下，但是興奮地合不了眼，第二天一大早，雞剛剛打鳴他就起床準備履約再次前往王朝議家。天一亮，他就讓僕人去招呼李鄭二人，結果說是已經出門了，等到中午，兩人依舊未到。於是沈某便獨自跑到王宅去打探情況，沒想到那裡空無一人。詢問左右鄰居，說是：「從來就沒有什麼王朝議。前幾晚，只有些惡少年和妓女一起在這裡喝酒賭博罷了。」沈某這才豁然省悟，知道自己中了奸計。不過此時他已經口袋空空，鄭李二人也不再露面。

【研　析】寫騙局、寫賭博，這在宋以前的傳奇小說中是極其罕見的，然而到了宋代，尤其是到了南宋，忽然多了起來。僅《夷堅志補》卷八就有〈吳約知縣〉、〈李將仕〉、〈臨安武將〉、〈鄭主簿〉、〈王朝議〉、〈鮑八承務〉、〈真珠族姬〉等七個設局詐騙的故事。這首先和當時的社會狀況是緊密相連的，宋代，特別是南宋時期，都城臨安一帶，經濟繁榮、人口稠密、工商業高度發展，城市化程度大大提高，城市人口超過百萬。於是不免產生了遊手好閒的寄生階層，乃至出現專事坑蒙拐騙、勒索搶劫的團夥。宋人周密所撰《武林舊事》卷六「游手」條謂：「浩穰之區，人物盛伙，游手奸黠，實繁有徒。有所謂美人局，櫃坊賭局，水功德局，不一而足。」對發生在南宋都城臨安府的五花八門的「騙局」，進行了實錄。學者認為，所謂「美人局」即針對好色之徒，是以貌美的倡優姬妾為誘餌，引誘男子，然後詐取錢物；「櫃坊（原本是錢莊，後來演變為聚賭之所）賭局」則是「以博戲騙財」；「水功德局」，則是針對那些到京城求官、覓舉、訴訟之人，騙子宣稱能打通關節，錢物一到手，就溜之大吉了。

其次，宋代賭風極熾。宋代商品經濟繁榮，商業中心大量出現，突破了隋唐以來的坊、市概念，「買賣晝夜不絕」。商品經濟迅速發展所帶來的急劇膨脹的利潤，又極大地刺激了人們的貪欲；商品經濟的投機性特點，與賭博極為吻合。於是市井間不僅賭風盛行，而且出現了專門的賭博組織以及藉賭行騙的詐騙團夥，定州「城中有開櫃坊人百餘戶，明出牌榜召軍民賭博」；宋金時北方的許多酒樓茶館，往往陳列著多副雙陸盤，供賭徒使用。（南宋洪皓《松漠紀聞》：「燕京茶肆，設雙陸局，或五或六，多至十，博者蹴局，如南人茶肆中置棋具也。」）遍布各大城鎮的茶肆，往往就是變相的賭場，「（臨安）城外有二十座瓦子，……中作夜場，……賭賽輸贏，……每日如此。寬闊處蹋球，放胡哮，鬥鵪鶉。」（《西湖老人繁勝錄》）

而騙局和賭博實際上就是本篇傳奇的兩個「關鍵詞」。文學是社會現實的反映，社會生活發生了變化，必然會影響文學的內容。本篇作品突破了以往「才子佳人」、「王侯將相」、「神仙靈怪」的傳統類型，反映了極為生動新鮮的生活內容，極富現實意義和警示作用。此外，這篇小說的敘事技巧也頗有可圈可點之處。文章採取的是「限制性的第三人稱敘述」，和大多數傳奇小說採取的「第三人稱全知視角」不同，本文作者沒有用全知的視角描繪所有的言行細節，而只是讓讀者跟著主人公「沈將仕」來認知事件。作者對騙局的講述是遮蔽式的，所以大多數讀者在作者沒有抖開最後的「包袱」之前是無從了解事實的全部真相的。與此同時，作者對騙局進行了精心的構思、對細節和語言進行了琢磨，待到讀完最後一行文字、對圈套豁然省悟之後，那些此前看似平淡無奇、自然天成的語言和細節突然都產生了特殊的意義，讓人於再次體味和咀嚼後，不得不嘆服作者精妙的結構藝術。

滿少卿

洪邁

【題解】本篇出自《夷堅志補》卷一一，講述落魄舉子滿生因為得到焦大郎的接濟、收留得以存活性命、考中舉業，但是他得官之後卻拋棄了結髮妻子——焦氏，另行攀附豪門。最後滿生為焦氏的鬼魂奪去性命，並在陰間受到了審判和懲治。

滿生少卿❶者，失其名，世為淮南❷望族。生獨跅弛❸不羈，浪遊四方。至鄭圃❹依豪家，久之，覺主人倦客，聞知舊出鎮長安，往投謁，則已罷去。歸次中牟❺，適故人為主簿，賙之不能足，又轉而西抵鳳翔❻。窮冬雪寒，饑臥寓舍，鄰叟焦大郎見而惻然，飯之，旬日不厭。生感幸過望，往拜之，大郎曰：「吾非有餘，哀君逆旅披褐❼，故量力相濟，非有他意也。」生又拜誓，異時或有進，不敢忘報。自是，日詣其家，親昵無間。杯酒流宕，輒通其室女。既而事露，慚愧無所容，大郎叱責之曰：「吾與汝本不相知，過為拯拔，何期所為不義若此？豈士君子之行哉？業已爾，雖悔無及！吾女亦不為無過，若能遂為婚，吾亦不復言。」生叩頭謝罪，願從命。暨成婚，夫婦相得懽甚。

【章旨】此段講述滿生落魄之時為焦大郎接濟、收留，並與焦女結為夫妻。

【注釋】❶少卿　官名。為太常、光祿、大理、鴻臚、太府等「寺」級官署的副職官員。❷淮南　指淮河以南長江以北的地區，又稱江淮地區、兩淮地區。❸跅弛　放蕩；無拘束。❹鄭圃　地名。即鄭之圃田，在今河南中牟西南。相傳為列子所居。❺中牟　地名。位於河南中部，東接古都開封，西鄰鄭州。❻鳳翔　地名。位於關中西部，唐時為長安西邊重鎮，轄境相當今陝西寶雞、岐山、鳳翔、麟游、扶風、眉縣、周至等地。❼披褐　身著褐衣（粗布衣服）。指未曾做官、生活貧苦。

【語譯】那位任鴻臚寺少卿的滿某人，現在我們已經搞不清他的名字了，他的家庭世代均為淮南望族。滿生為人放蕩不羈，喜歡浪跡四方。他曾經依附於河南鄭圃某豪門，時間一長，他覺察出主人對他有厭煩之意，便前往長安投靠舊時好友，沒想到這位好友已經罷官回鄉。無可奈何，滿生只能回鄭圃，途經中牟，恰好遇見一位故人在當地任主簿。這位友人稍稍接濟了滿生一下，但也不能解決他的生計問題。於是滿生繼續往西走，來到了陝西鳳翔。當時正值嚴冬大雪，滿生飢寒交迫，困守旅舍。恰巧旅舍旁邊住著一位焦大郎，看到滿生如此落魄，不免心生憐憫之情，便供給他飯食，一連十幾天，沒有絲毫怠慢。滿生喜出望外、感激之至，便去焦家拜謝。焦大郎說：

「其實我也並不寬裕，只是看到先生旅途潦倒，實在可憐，才出手接濟，並沒有別的意思。」滿生再次拜謝立誓，說今後倘若能有所出息，一定不敢忘了焦大郎的恩德。從此以後，滿生天天出入焦家，和大郎親昵無間。一次酒後忘形，滿生竟然和大郎的女兒有了私情。後來事情敗露，滿生慚愧得無地自容，大郎斥責他道：「我和你本不相識，偶然拯救了你的性命，你怎麼能這樣不仁不義？你做的事是一個讀書人應當做的嗎？不過事已至此，我後悔也來不及了！這事我女兒也有過錯，你們倆若就此成婚，我也不再說什麼了。」滿生於是磕頭謝罪，表示願意遵命。婚後，夫婦二人甚為恩愛。

居二年，中進士第，甫唱名❶即歸，綠袍槐簡❷，跪於外舅前，鄰里爭持羊酒往賀，歆豔誇詫。生連夕燕飲，然後調官，將戒行❸，謂妻曰：「我得美官，便來取汝，并迎丈人俱東。」焦氏本市井人，謂生富貴可俯拾，便不事生理，且厚贐❹厥婿，貲產半空。

【章旨】此段講述滿生高中進士，並向妻子許諾：得官之後就來接取。

【注釋】❶唱名　古代科舉考試在殿試後，由皇帝主持宣布登第進士名次的典禮。❷綠袍槐簡　綠色官服和槐木手版。宋代科舉制度，「上御集英殿拆號唱進士名，各賜綠袍、白簡、黃襯衫。」（周密《武林舊事》）❸戒

行　登程；出發上路。❹贐　臨別時饋贈的財物。

【語譯】過了兩年，滿生參加科考，一舉中第，京城發榜之後，滿生便回到丈人家中，身穿進士的服裝，在丈人面前跪拜行禮。鄰居們知道消息後，都拿著酒食禮物爭相前來恭喜祝賀，大家既驚訝又羨慕。滿生接連幾天參加各種宴飲招待，接著便要回京城等待任命官職了，啟程之前，滿生對妻子說：「我得了官職便來接你，帶著岳父一同上任。」焦大郎本是個市井小民，看到女婿榮華富貴似垂手可得，便不再考慮生計之事，將大半的家財都送給滿生當作上路的盤纏。

生至京，得東海❶尉。會宗人有在京者，與相遇，喜其成名，拉之還鄉。生深所不欲，託辭以拒，宗人罵曰：「書生登科名，可不歸展墳墓乎？」命僕負其囊裝先赴舟，生不得已而行。到家逾月，其叔父曰：「汝父母俱亡，壯而未娶，宜為嗣續計。吾為汝求宋都朱從簡大夫次女，今事諧矣。汝需次❷尚歲餘，先須畢姻，徐為赴官計。」叔性嚴毅，歷顯官，且為族長，生素敬畏，不敢違抗，但唯唯而已，心殊窘懼。數日，忽幡然改曰：「彼焦氏，非以禮合，況門戶寒微，豈真吾偶哉！異時來通消息，以理遣之足矣。」遂娶于朱。朱女美好，而裝奩❸甚富，生大愜適。凡焦氏女所遺香囊巾帕，悉焚棄之。常慮其來，而杳不聞問。

【章　旨】此段講述滿生得官還鄉之後，變心別娶，拋棄了焦家父女。

【注　釋】❶東海　地名。今江蘇連雲港市灌雲一帶。❷需次　古代指官吏授職後，按照資歷依次補缺。❸裝奩　古代女子盛梳妝用品的盒子，後代指嫁妝。

【語　譯】滿生到了京城，得到一個東海縣尉的官職。當時，他有一位族人恰巧在京城，這位族人得知滿生成名之後，硬要拉著他一起還鄉。滿生心下不願，便託詞拒絕，這位族人便罵道：「讀書人得了功名，怎麼能不回去修葺祖墳、光耀門楣呢？」隨即讓自己的僕人扛起滿生的行李就往船上裝，滿生無奈，只得與之同行。到家一個多月後，滿生的叔父對他說：「你父母雙亡，而你又壯年未娶，現在先要考慮傳宗接代的事情了。我已經代你向京城朱從簡大夫的次女求親了，現在事情基本能成了。你補缺任職還有一年多的時間，應該先完成婚姻大事，然後再考慮赴任當官的事情。」滿生的這位叔父為人嚴厲，曾經當過高官，又是族長，滿生向來對他都很敬畏，不敢當面頂撞，只有連聲應允，心裡卻是非常窘迫苦惱。但是幾天之後，滿生心中忽然幡然悔悟：「我和那焦氏女子，婚配不符合禮制，何況她出身貧寒低下，豈是我的良偶！假如她日後再通音信，就以常理相待，打發掉算了。」隨後，滿生便與朱氏結婚。朱氏相貌姣好，嫁妝豐厚，滿生非常受用。早先焦氏所贈的香囊、手帕之類的定情之物，滿生皆付之一炬。此後，滿少卿很擔心焦氏會上門糾纏，沒料到此後竟然完全沒有焦氏的音訊。

如是幾二十年，累官鴻臚❶少卿，出知齊州❷。視印❸三日，偶攜家人子散步後堂，有兩青衣自別院右舍出，逢生輒趨避。生追視之，一婦人著冠帔❹褰幃❺出，乃焦氏也。生惶懼失措，焦泣泫然曰：「一別二十年，向來婉孌❻之情，略不相念，汝真忍人也！」生不暇扣其所從來，具以實告。焦氏曰：「吾知之久矣。吾父已死，兄弟不肖，鄉里無所依，千里相投。前一日方至此，為閽者所拒，懇祈再三，僅得托足。今一身孤單，茫無棲泊，汝既有嘉耦，吾得備側室，竟此餘生，以奉事君子及尊夫人足矣，前事不復校也。」語畢長慟。生軟語慰藉之，且畏彰聞于外，乃以語朱氏。朱素賢淑，欣然迎歸，待之如妹。

【章旨】此段講述將近二十年後，焦氏找上門來，滿生錯愕驚懼。好在焦氏自願為妾，滿生便將她留在家中。

【注釋】❶鴻臚　即鴻臚寺，官署名。秦曰典客，漢改為大行令，武帝時又改名大鴻臚。鴻臚，本為大聲傳贊，引導儀節之意。大鴻臚主外賓之事。至北齊，置鴻臚寺，後代沿置，主官為鴻臚寺卿，少卿為副職，主要掌朝會儀節等。❷齊州　地名。今山東濟南。❸視印　掌印就職。❹冠帔　古代官家婦女之服飾。冠，帽子。帔，披肩。❺褰幃　撩起帷幔。❻婉孌　感情深摯。

【語譯】就這樣，時間很快就過了近二十年，滿生的官做到了鴻臚寺少卿，被派往齊州任知州。滿生上任剛三天的時候，偶然帶著家人在府第的後院散步，忽見兩名侍女從小院的偏房裡走了出來，看到滿生趕緊退了回去。滿生走近那小屋察看，只見一婦人穿戴整齊，掀開門簾從屋子裡走了出來，原來正是焦氏。滿生頓時惶恐驚懼、不知所措。焦氏潸然淚下：「一別二十年，往日的深情，你竟然全然不顧，你可真是個狠心人啊！」滿生驚慌失措之下，也沒有想到詢問焦氏從哪裡來，只是把自己的情況和盤托出。焦氏道：「你的事我早就知道了。我父親去世了，兄弟又沒出息，家鄉無所依靠，不得不從千里之外前來投奔。我昨天到後，守門人不肯通報，反覆懇求，才讓我暫時留下。我如今孑然一身，無家可歸。你現在已有良偶，我如果能成為一名侍妾，侍奉你和夫人一輩子，也就滿足了。以前的事情我也不再計較。」說完，焦氏痛哭流涕。滿生趕緊用軟語安慰，又害怕此事聲張，因此將此事告知了夫人朱氏。朱氏稟性賢淑，欣然同意滿生納妾，把焦氏接到家裡，像姐妹一樣相待。

越兩旬，生微醉，詣其室寢。明日，門不啟，家人趣起視事，則反扃❶其戶，寂若無人。朱氏聞之，喚僕破壁而入，生已死牖❷下，口鼻流血，焦與青衣皆不見。是夕，朱氏夢焦曰：「滿生受我家厚恩，而負心若此。自其去後，吾抱恨而死，我父相繼淪沒。年移歲遷，方獲報怨，此已幽府伸訴逮證矣！」朱未及問而寤，但護喪柩南還。此事略類王魁❸，至今百餘年，人罕有知者。

【章旨】此段講述滿生暴卒，朱氏在夢中得知：此乃焦氏冤魂所為。

【注釋】❶扃　門閂。此引申為關門。❷牖　窗戶。❸王魁　負心男子。詳見本書所選〈王魁傳〉。

【語譯】大概二十多天後的一個晚上，滿生酒後微醉，跑到了焦氏所住的偏房裡。到了第二天，房門遲遲沒有打開，家人便一起跑過去察看探視，只見房門從裡面鎖上了，屋裡好像空無一人。朱氏知道了，叫僕人破牆而入，發現滿生死在窗下，口鼻流血，焦氏和侍女都杳無蹤影。當晚，朱氏夢見焦氏對她說：「滿生受了我家的大恩，卻如此負心。他拋棄我之後，我便含恨死去，我父親很快也死了。拖了這麼多年，這才報仇，現在我已經和他在地府對證此事了！」朱氏尚未來得及細問便突然驚醒了。隨後，她只能護送丈夫的靈柩回到家鄉。此事和王魁的故事大體相似，到如今也有一百多年了，絕大多數人都已經不知道此事了。

【研　析】從唐代開始，「癡情女子負心漢」開始成為敘事文學的一個主題類型，這與唐代以來逐漸成熟的科舉取士制度是緊密相聯的。眾所周知，漢代選官制度為察舉制度，魏晉時期是九品中正制，並形成了「上品無寒門，下品無世族」的門閥世族政治，出身貧寒的庶族很難脫穎而出，即便出類拔萃者照樣被望族士人所看不起，士寒同列一席，士族人士都視為恥辱，通婚更是鮮有所聞。

科舉制度在隋朝確立和實行，在唐朝得以進一步發展，但唐朝初期士族勢力仍然強大，李唐王朝建立者屬隴西軍事集團，它的建立雖然得到許多世族大姓支持，世族政治在唐代政治還是有著很大的影響，除了宗姓李姓之外，還有幾個姓氏在唐代政治中占據著重要地位，唐朝宰相及進士多出於崔、杜、莊、盧等大姓，另外太原王、柳二姓也屬於名門望族之列，唐朝人特重「郡望」（即郡裡顯貴望族），比如韓愈是河南河陽人，自謂郡望河北昌黎，世人也稱其為韓昌黎。

而到了宋代，科舉選官制度進一步成熟並定型。「朝為田舍郎，暮登天子堂」，科舉為那些下層寒門子弟開闢了「學而優則仕」、提升自身和家庭地位等級的可靠途徑，也帶來了婚姻模式與社會風尚的改變。六朝隋唐「重門第」、「攀世族」的風氣，此時有了很大不同，每年科考皇榜一放，便有顯赫世家和富豪大戶競相爭搶金榜題名的新科進士為婿，全然不論進士出身低微、家境貧寒，這一景況，被稱之為「榜下捉婿」。一些權貴之家往往採用搭彩樓、拋繡球的方法，在朝廷大考、進士及第遊街的時候，競相招聘為婿。而這些新科進士雖然中舉，但政治資本薄弱，並未真正踏入仕途，他們急於和公卿豪門通過聯姻以提升自己的政治地位、擴大自己的政治影響力，從而進入一個政治上的「上升通道」。於是雙方一拍即合。問題是，很多新進舉子都已有了糟糠之妻。這些社會地位低下的女子曾經給過丈夫愛情的滋養、物質的幫助、親情的撫慰，然而一旦她們成為丈夫進一步上升的障礙或羈絆時，往日的感情便不復重要，一幕幕始亂終棄的悲劇便反覆上演。

負心婚變的主題從宋代開始成為俗文學的重要「母題」，同一個主題，不同的作者自有不同的演繹。本傳奇敘事質樸，沒有華麗的鋪敘和細節、心理的過度渲染，但卻有非常強烈的真實感。其中一些對話簡練而傳神，傳達當事人的心情如在目前。如表現滿少卿經動搖而變心的心理變化：「忽幡然改曰：『彼焦氏，非以禮合，況門戶寒微，豈真吾偶哉！異時來通消息，以理遣之足矣』」；表現焦氏與丈夫重逢時怨恨交集的心情：「焦泣泫然曰：『一別二十年，向來婉孌之情，略不相念，汝真忍人也！』」非常符合人物的個性與環境，符合生活邏輯，因此尤其能夠打動人心。

本文全篇基本是採取順序的結構、全知的視角，然而在篇末的時候卻忽然一變，先是以限制視角（實際上是滿少卿的視角）描寫焦氏尋夫的經過，然後又以第三者的限制視角敘述了滿少卿的莫名暴亡，最後以倒敘的手法，通過朱氏的視角揭開謎底，補敘了事情的緣由。這段靈活多變的筆法起到了很好的懸念效果，顯示出了作者較為深厚的敘事能力。

我來也

沈俶

【題解】本文出自沈俶《諧史》，講述了一名「神偷」利用狡智，逃脫牢獄之災的故事。

【作者】沈俶，約宋理宗淳佑年間在世，生平事蹟不可考。有《諧史》一卷傳世，多記汴京趣聞佚事。

京城闤闠❶之區，竊盜極多，蹤跡詭祕，未易根緝。趙師睪尚書尹臨安❷日，有賊每于人家作竊，必以粉書「我來也」三字于門壁，雖緝捕甚嚴，久而不獲。「我來也」之名鬨傳京邑，不曰捉賊，但云捉「我來也」。

【章旨】此段講述「我來也」出現的原委。

【注釋】❶闤闠　這裡指京城裡熱鬧繁華的商業區。❷尹臨安　擔任臨安府尹，即首都地區的行政長官。

【語譯】京城的繁華鬧市，竊盜很多，他們行蹤詭祕，很難緝拿殆盡。趙師睪尚書擔任臨安府尹時，有一賊作案後，每次都用白粉在人家門牆上寫下「我來也」三字，官府雖然對他嚴加追捕，卻久久捉拿不到。於是「我來也」的名聲哄動了京城，大家不說捉賊，只說捉「我來也」。

一日，所屬解一賊至，謂此即「我來也」。亟送獄鞫勘❶，乃略不承服，且無贓物可證，未能竟此獄。

【章旨】此段講述官府擒獲一名疑似「我來也」的盜賊。

【注釋】❶鞫勘　審訊勘驗。

【語譯】某日，府尹下屬抓到一個竊賊，認為他就是「我來也」。隨即將此人送進監牢訊問，結果他完全不肯認罪，又因沒有贓物作為證據，此事便不能定案。

其人在京禁❶，忽密謂守卒曰：「我固嘗為賊，卻不是『我來也』。今亦自知無脫理，但乞好好相看。我有白金若干，藏於寶叔塔❷上某層某處，可往取之。」卒思塔上乃人跡往來之衝❸，意其相侮。賊曰：「毋疑，但往。此寺作少緣事❹，點塔燈一夕，盤旋終夜，便可得矣。」卒從其計，得金，大喜。次早入獄，密以酒肉與賊。越數日，又謂卒曰：「我有器物一甕，置侍郎橋❺某處水內，可復取之。」卒曰：「彼處人鬧，何以取？」賊曰：「今汝家人以籮貯衣裳，橋下洗濯，潛掇甕入籮，覆以衣，舁❻歸可也。」卒從其言，所得愈豐。次日，復勞以酒食。卒雖甚喜，而莫知賊意。

【章　旨】此段講述竊賊在牢內用以前偷來的財物賄賂獄卒。

【注　釋】❶禁　拘押；囚禁。❷寶叔塔　即今杭州保俶塔，原名應天塔，一稱寶石塔，傳為北宋開寶年間（西元九六八—九七六年）吳越王錢弘俶應召進京，母舅吳延爽發願建此塔，祈俶平安歸來，故稱。❸衝　交通要道。❹緣事　佛事。❺侍郎橋　杭州橋名。吳自牧《夢粱錄》卷七：「羅漢洞巷對曰侍郎橋，向有侍郎姓廉，名郎叔，居此，又有賢德及人，里巷賢之，以盛名以橋記之。」❻舁　攜帶。

【語　譯】那人在京城羈押期間，忽然偷偷地對獄卒說：「我確實曾經做賊，但卻不是『我來也』。現在我很清楚自己逃不了了，只求你能照顧我一點。我有白銀若干，藏在寶叔塔上某層某處，可以取來用。」獄卒心想，塔上遊人往來頻繁，怎麼可能拿到銀子，便認為對方是在戲弄自己。竊賊道：「不要懷疑，只管去。那裡正在作佛事，塔上整夜都點著燈，你在那裡逗留一晚上，肯定有機會得手。」獄卒依言而行，果然得到了銀子，心中大喜。第二天早上，他便偷偷地送酒肉給這竊賊享用。過了幾天，竊賊又對獄卒說；「我有一罈財物，放在侍郎橋某處水中，你也可以去拿了用。」獄卒說：「那裡人多，怎好下手？」竊賊說：「你讓家裡人用籮筐裝著衣裳，到橋下去洗滌，然後藉機把罈子悄悄放進籮筐，再用衣裳蓋好，就可以拿回來了。」獄卒於是照辦，這次得到的財物更豐厚了。第二天，他又弄來酒食犒勞竊賊。不過獄卒雖然非常高興，但搞不清竊賊這樣做的意圖。

一夜至二更，賊低語謂卒曰：「我欲略出，四更盡即來，決不累汝。」卒曰：「不可！」賊曰：「我固不至累汝，設使我不復來，汝失囚不過配罪❶，而得我遺儘可為生。苟不見從，卻恐悔吝有甚于此。」卒無奈，遂縱之去。卒坐以伺，正憂惱間，聞簷瓦聲，已躍而下。卒喜，復桎梏❷之。甫旦啟獄戶，聞某門張府有詞云：「昨夜三更被盜失物，其賊於府門上寫『我來也』三字。」師睪撫案曰：「幾誤斷此獄，宜乎其不承認也。」止以不合夜行，杖而出諸境。獄卒回，妻曰：「半夜後聞扣門，恐是汝歸，亟起開門，但見一人以二布囊擲戶內而去，遂藏之。」卒取視，則皆貴白器也。乃悟張府所盜之物，又以賂卒，賊竟逃命。雖以趙尹之嚴，而莫測其姦，可謂黠矣。卒乃以疾辭役，享從容之樂終身。沒後子不能守，悉蕩焉，始與人言。

【章　旨】此段講述竊賊在獄中買通獄卒，用計逃脫。

【注　釋】❶配罪　發配之罪，指被判充軍或流放。❷桎梏　刑具，在手為梏，在腳為桎。這裡指戴上手銬腳鐐等刑具。

【語　譯】某日晚上二更天，竊賊低聲對獄卒說：「我想出去一會兒，四更以前趕回，絕不會連累你的。」獄卒說：「不行！」竊賊說：「我一定不連累你，即使我不回來，你因走失囚犯，最多也就落個發配之罪，而我送給你的財物，盡可以維持你一輩子的生活。假若你不答應，那麼你將來的災禍將有甚於此。」獄卒無奈，只得把他放走。隨後，獄卒坐等竊賊歸來，正當他在憂慮煩惱的時候，忽然聽到房簷瓦響，竊賊已經跳了下來。獄卒非常高興，重新給他加上鐐銬。天剛亮，獄卒打開牢門，聽說某門張府報案：「昨夜三更家中被盜，丟失好多財物，賊人還在家裡寫下『我來也』三字。」趙府尹拍案道：「差點兒錯斷這個案子，怪不得他不承認。」最後只以不當違禁夜行的罪名，把那在押的竊賊打一頓板子，驅逐出境了事。獄卒回家，妻子說：「半夜裡聽見敲門，以為是你回來，趕忙起身開門，只見一人把兩個布袋丟在屋裡走了，我就把它藏起來了。」

獄卒打開一看，都是金銀器皿。這才明白都是張府被盜的東西，那竊賊又用它來賄賂獄卒，而竊賊竟因此逃脫性命。以趙府尹的明察洞見，尚且看不透賊人的奸滑伎倆，這人也真算得上狡黠了。此後獄卒告病辭職，從容地享樂終身。死後他的兒子不能守業，把留下的財產都花光了，然後才對別人說出這件事。

【研析】本文雖然篇幅短小，但卻被研究者視為宋代單篇武俠小說的代表作品。

所謂「儒以文亂法，俠以武犯禁」，小說雖然寫的是一名雞鳴狗盜之徒，但因其敢於挑戰社會現有秩序，且飛簷走壁、身手不凡，故被目為「俠盜」。

研究者以為：武俠文學起源於司馬遷《史記》中的游俠、刺客列傳，魏晉、六朝間盛行的神異志怪小說接踵繼武，有所發揚，而到了唐傳奇時代，武俠小說真正開始萌芽。唐代游俠之風甚濃，「十步殺一人，千里不留行」（李白〈俠客行〉）的行為甚至為知識分子所豔羨。而唐傳奇是「有意為小說」的成熟文學類型，其俠義小說成就也很高，李公佐的〈謝小娥傳〉，裴鉶的〈昆侖奴〉、〈聶隱娘〉，杜光庭的〈虬髯客傳〉等，都堪稱千古名著。

對於唐傳奇勃興的社會背景，范煙橋在《中國小說史》中曾言：「在此時代，婚姻不良，為人生痛苦之思想，漸起呻吟；而藩鎮跋扈，平民渴盼一種俠客之救濟；故寫戀愛、豪俠之小說，產生甚富。」到了宋代，社會形勢一變，民族矛盾加劇，而社會經濟卻較為繁榮。因此，宋代的俠客也表現出與前代不盡相同的特徵。一方面是不斷出現嘯聚山林、「替天行道」的綠林好漢，他們敢於「大規模」地行俠義之事、公然挑戰皇權和政府。與此同時，社會上也出現了一些「體制內」的俠義之流，他們雖然沒有公然打出反政府的旗號，但是他們卻憑著一身武功扶危濟困、除暴安良、快意恩仇。本文中的神偷「我來也」雖然並沒有於刀光劍影的格鬥中顯示出絕世武功，也沒有在劫富濟貧的義舉中展現其驚世駭俗的豪俠品格，但「其言必信，其行必果，已諾必誠」，敢於以一己之力挑戰官府、挑戰現有秩序，他盜竊的對象都是大戶富室，對於自己的承諾則絕無絲毫差池，具備了俠客重仁義、重信諾、重恩仇、惡欺凌的基本品質。

值得注意的是，到了宋代，由於商品經濟的快速發展，文學中的世俗化傾向開始抬頭。即以俠義小說而言，與唐傳奇中宏大的主題、崇高的形象有所不同，小說立足市井，更多平民的視角和草根的口味。比如「我來也」，他在與官府的鬥爭中更多的不是正面的激烈衝突，而是劍走偏鋒的智取，還帶有幾許幽默和調侃的色彩。在宋代，俗文學的勃興體現在敘事文學方面，一個重要的特徵就是以講史、平話為代表的白話小說蓬勃發展。宋羅燁《醉翁談錄．小說開闢》云：「（說話）有靈怪、煙粉、傳奇、公案，兼朴刀、桿棒、妖術、神仙。」其中，朴刀、桿棒就是此類俠義小說。傳統的單篇武俠類傳奇和新興的白話俠義小說至此有了明顯的相互影響、相互交融的趨勢。

陳淑

佚名

【題解】本文出自《鬼董》卷二，原文無標目，今題為編者後加。《鬼董》書後有元臨安錢孚泰定丙寅（元泰定帝三年，西元一三二六年）跋：「《鬼董》五卷，得之毘陵楊道芳家。此只鈔本，後有小序，零落不能詳。其可考者云『太學生沈，』又云孝、光時人，而關解元之所傳也……。」後人便有據此認定該書為「沈氏」、「關解元」，甚至關漢卿所作，事實上都缺乏依據。該書雜錄了一些唐宋傳奇故事，不少在《太平廣記》等唐宋小說集中可以找到原本或梗概，而其中紀年故事最晚的已經到了南宋理宗時代，因此學者認為《鬼董》是一部南宋末年的小說選本。

本文記敘了一名婦女因為被汙辱而墮落，直至成為一名殺人犯的驚人故事，它既是一篇離奇的公案小說，又真實地表現了當時的社會現狀。

紹興初，北客陳監倉❶寓邵武軍，笄女曰淑，美而慧。富子劉生欲娶之，劉父母以陳窶而挾官，恐侵其資，不許。陳亡，女不能自存，嫁同巷民黃生。

【章旨】此段講述陳淑父母雙亡，不得不嫁給自己不愛的人。

【注釋】❶監倉 即監倉官。負責倉儲出納管理。

【語譯】紹興初年，北方一名卸任的監倉官陳某，寓居福建邵武，他有一名剛剛成年的女兒，名叫陳淑，聰慧美麗。當地的富家子劉生想要娶她，可是劉生的父母卻認為陳淑的父親家庭貧困但又有功名在身，害怕他會因此而侵占劉家的財產，便堅決不肯同意這門親事。後來陳某去世，陳淑孑然一身無法自立，便嫁給同巷一戶姓黃的平民家中。

黃母以罪繫，家罄於吏，炊弗屬，使淑質衣於市。過劉氏肆，劉子見之喜，呼入飲之，還其衣，予之千錢。他日復來，又益予之，寖挑謔及亂。淑歸，視夫如讎，夫疑焉，偵而知其數過劉也。偽弗聞者，使淑厚要於劉，獲既審其實，然後詬淑曰：「我雖極貧，義不食汙，當執汝詣郡。婦姦，法不得用蔭免❶也。」淑恨怒，飲夫醉殺而析其骸，寘甕中。鄰有聞者，捕淑赴官。劉生知女為己累，夜逸，邏者得之，黥隸❷澧州❸。淑坐殺夫支解入不道❹，以凌遲論。

【章　旨】此段講述陳淑為婚前的情人劉生所誘惑，與之私通。陳淑的丈夫發現私情之後威脅要舉報官府，陳淑一怒之下將丈夫殺死。

【注　釋】❶用蔭免　依靠祖上的功德或功名而免罪。❷黥隸　即刺配，是古代刑罰的一種。在犯人面部刺刻標記，押送邊疆服役或充軍。❸澧州　地名。位於湖南西北，澧水中下游，洞庭湖西岸，州治在今湖南澧縣。❹不道　即大逆不道。古代將打罵父母或公婆、兒子殺父親、妻子殺丈夫視為觸犯倫理道德的重罪，要處凌遲刑。

【語　譯】後來陳淑的婆婆吃了官司，家中財產全部被沒入官府，家裡窮得連飯都沒得吃了，黃生便讓陳淑拿些衣服到集市上典當換錢。當陳淑走過劉家的鋪子時，劉生驚喜地將她叫了進去，招待她飲酒，然後把衣服還給她，還給了她一千錢。後來，陳淑再次來典當東西，劉生加倍給她錢，然後百般挑逗，兩人終於有了私情。此後，陳淑回到家中，再看丈夫便很不順眼，黃生心中不免生疑，於是開始偵察妻子的行蹤，結果發現她數次前往劉家。黃生假裝不知內情，又給妻子一些東西讓她去劉家典當，要求她換回超過物品價值的銀錢，陳淑如數拿回銀錢之後，黃生便確認妻子與劉生有染，痛斥陳淑道：「我雖然窮困，但絕不能被人汙辱，我要把你送到官府。婦女犯了姦淫之罪，按照本朝律例是不能因為祖上的功名而豁免的，你就等著被刑法處置吧。」陳淑聽到丈夫此言，心中極為憤恨，便用酒灌醉丈夫後，將他殺死然後分屍，放入罈中。鄰居有人發現了此事，便把陳淑告到官裡。劉生知道此事後明白自己脫不了干係，半夜逃走，結果被巡夜的士卒捉住，刺配充軍到澧州。而陳淑因為殺夫分屍，犯了大逆不道之罪，被處以凌遲極刑。

刑有日矣，獄卒謝德悅其貌，夜率同牢卒，負而出諸垣，與俱竄至興國❶某山李氏邸舍中。李盜橐❷也，察其必竊而逃者，率家人持兵，紿❸以追至，德恐，穴壁遁去。淑為李生所得，詭言江州❹籍妓，不堪官役，故從尉曹❺謝士。李妻悍，不以歸，寘諸酒肆中。李蓄毒殺人掠財，淑久亦益習為之。謝德既脫去，為醫褐衣❻，以藥游荊鄂❼。又三四年而返，由故道飲李氏酒肆。李生已忘其為德，而淑懷德恩未替也，瞰無人焉，急走謂德：「偽醉臥於此，我復從君去。」德如其言。夜，淑堇酒❽飲李及兩童婢，皆僵仆，呼德使就殺之。席捲肆中所有，與德西上適襄陽❾。李氏家人來，見屍縱橫，獨意李生視盜侶不謹，為所怒戕，不知淑實為之也。

【章　旨】此段講述一名叫謝德的獄卒看上陳淑，將她劫出了監牢。兩人於是一同闖蕩江湖。

【注　釋】❶興國　地名。位於江西中南，今江西興國。❷盜橐　裝贓物的袋子。這裡疑指盜首或專司銷贓之人。❸紿　哄騙。❹江州　地名。轄江西大部，治今江西九江。❺尉曹　官名。原為尉屬下的功曹，這裡指縣尉手下的低級武官。❻褐衣　穿粗布衣服，指平民裝束。❼荊鄂　地名。荊州和鄂州。指湖北東部和南部。❽堇酒　指能讓人昏迷的藥酒。堇，藥名，即烏頭。有致人昏迷的效果。❾襄陽　地名。位於湖北西北，今湖北襄樊。

【語譯】當刑期快要到來之時，有一個叫謝德的獄卒因為迷上了陳淑的容貌，便夥同其他獄卒，將陳淑弄出了監獄，兩人隨後逃竄到興國縣某山中一家姓李的人所開的旅店。誰知那姓李的就是個匪首，一眼看出兩人是逃出來的，於是領著家人手持武器，在旅舍外虛張聲勢，讓謝德以為是官兵追蹤而至，謝德聽到動靜果真害怕了，一個人鑽牆逃走。陳淑於是又落入了姓李的手中，她謊稱是江州的官妓，因為不堪役使才和謝尉曹一起逃出來的。李某的妻子非常凶悍，不允許李某把陳淑帶回家，於是李某把陳淑安頓在自己的酒店裡。李某時常在旅舍和酒店中下毒謀害客人，然後劫掠他們的財貨，陳淑對此看在眼裡，時間久了竟也習以為常。謝德逃脫之後，偽裝成一名遊醫，在荊、鄂之間賣藥為生。三四年後謝德從原路返回邵武，碰巧就在李某的酒店打尖。此時，李某已經不認識謝德了，但陳淑對謝德卻仍然心懷感激，未曾相忘，她找了一個四下無人的空檔，偷偷湊近謝德道：「你假裝喝醉了躺在這裡，我還會跟你一起走的。」謝德隨即照辦。晚上，陳淑讓李某和店中的僮僕都喝下迷魂藥酒，待到他們不省人事之後，她讓謝德把這一干人等全部殺死。然後把店中資財席捲一空，兩人隨後往西逃往襄陽。李家人來了之後，發現店中死屍縱橫，還以為李某和同夥盜賊發生衝突後被殺，不知實際上是陳淑幹的。

先是劉生既配流於澧，以賄免，不敢歸，往襄陽依其舅崔觀察❶。崔亦盜巨擘，以俠雄一方，暮年革故態，多為邸店自給。有邸在闤闠中，使劉生主之。德來，適入其舍，劉大驚，密以叩淑，淑卒言之。劉欲執告德，而恐淑并誅，乃偽善視之。月餘，攜德出城飲，以鐵擊其腦，推置檀溪❷中，復納淑而室之。亡何，劉父營得放停牒❸，呼使歸，崔以一赤馬、一奴送。劉至興國，遣舅家奴去，乃迎淑，翦其髮，衣以緇衣❹，賂尼寺而匿之。劉未至興國十里，夜宿袁八店，袁窺見橐中物殺之。劉父以子失歸期，走价❺質之崔，崔曰：「某日遣行，既累月矣。」劉父驚疑，自走襄陽訪之。崔之妻，其妹也，姑諱曰設齋尼寺中，挽使偕行。劉父見淑，大驚曰：「是吾鄉殺夫者，當極刑。累吾子使黥，今胡為在是？其可乎？」乃械以陳邑，淑竟論死。嘻，異哉！

【章　旨】此段講述陳淑和謝德再次與劉生相逢。劉生為了占有陳淑將謝德殺死，沒想到自己也被黑店主人殺死。最後，事情敗露，陳淑伏法。

【注　釋】❶觀察　官名。宋代專管緝捕罪犯的低級武官。❷檀溪　河名。位於湖北襄樊。❸放停牒　放停，予以釋放，停止服刑。牒，文書；證件。❹緇衣　本為黑色的布帛做的朝服，後借以泛稱黑色衣服，後又指僧尼所穿青黑色的衣服。❺走价　派遣僕人。价，被派遣傳遞物品或信件的人。

【語　譯】話說劉生被刺配澧州，因為賄賂了當權者而得以免除勞役，但是他也不敢回家，便前往襄陽投奔他的姑父崔觀察。崔某其實也是個大盜，算得上一方豪傑，到了晚年他金盆洗手，以開旅舍為生。他有家旅舍就在城裡的集市上，交給劉生打理。謝德帶著陳淑來到襄陽，碰巧就住進了劉生的旅店，劉生見到兩人大驚，趕緊悄悄盤問陳淑，陳淑於是將來龍去脈和盤托出。劉生本想向官府舉報謝德，又擔心會連累陳淑，便假裝若無其事，對謝德很友善。一個多月後的某一天，劉生拉謝德出城飲酒，途中，趁其不備用鐵器砸向他的後腦，然後把他的屍體推入檀溪中，回來後劉生便把陳淑收為外室。沒多久，劉生的父親給兒子弄到了一張提前釋放的文書，讓劉生趕緊回家，於是崔某便給了劉生一匹馬、一個小廝，讓他回家。劉生行至興國，便把小廝打發回家，自己回襄陽把陳淑接來，然後剃去她的一頭青絲，又讓她穿上尼姑的袍子，把她藏在了尼姑庵裡。劉生隨即繼續往家趕路，走到離興國不到十里的地方，天色已晚，他便住在了一個叫袁八的人所開的旅店裡，那袁八窺見了劉生行李中的金銀，見財起意而殺了劉生。劉生的父親看兒子長久不回，便派遣僕人質問崔某，崔某說：「某日我已經送他走了，距離現在該有一個多月了。」劉父心中驚異，便親自前往襄陽查訪。崔某的妻子是劉父的妹妹，她於婆婆的忌日在尼姑庵裡做佛事，便拉著自己的哥哥一同前往。劉父在庵內見到了陳淑，大驚道：「這不是我們那裡殺夫的那個女人嗎，她當時是被處以極刑的。她還連累我兒子被刺配，現在她怎麼會在這裡呢？這還有王法嗎？」劉父隨即把陳淑捆送官府，陳淑最終被處以極刑。哎，這也真算得上離奇之事了！

【研析】本文是宋傳奇中非常值得重視的一篇。說它值得重視，原因有三。

首先，本篇小說中塑造了一個非常獨特的、有個性的女性形象。眾所周知，隨著統治者「崇文」觀念的推行和理學的興起，宋代女性所遭受的限制和約束大大增加，女性對於男性的依附隨之增強，社會地位則有所下降。即以文學人物而言，唐傳奇紅拂、李娃這些器識過於男子，敢愛敢恨、形象鮮明的女性形象，在宋傳奇中已經難覓蹤影了。相反，在宋傳奇的文本中，女性往往處於附庸、從屬、被動的地位，缺乏不少個性的魅力和人格的光彩。然而，在本文中，陳淑的行為和機遇卻是那樣的驚世駭俗。出身官宦之家的女子，她沒有按照社會規範所設定的路線展開人生道路，沒有做一個循規蹈矩、相夫教子的良家女子。她按照自己的感情和需求選擇人生道路，甚至不惜採取非常極端的手段。在處於非常狀態之時，她不按常理出牌，毫不顧忌體制、道德、倫理、規範的約束，用超越常情的方法解決問題，有的時候就是以暴制暴。以當時的道德框架衡量陳淑的行為，當然屬於「大逆不道」，但是用今人的觀點來看，這樣的女性可謂「不走尋常路」的女中豪傑，她不甘被命運擺布，一心要尋找自己的幸福，如果有人擋路，她必除之而後快。在她手下喪命的，除去黃生，都可謂咎由自取。而對於自己的戀人和恩人，她又是那樣的專情和寬厚。如此敢愛敢恨，卓犖不群的女性，不僅宋傳奇中難覓，中國文學史上也不多見。

本篇傳奇篇製雖然短小，卻蘊含了相當豐富的社會現實內容。小說中描繪了社會各個階層的群像，其中有落魄的世家子女、長袖善舞的商賈、藐視法制的獄卒、隱藏鬧市的匪首；揭示了南宋動盪黑暗的社會現實，法制廢弛、官府腐敗、民不聊生，諸般景象一一浮現於作者筆下，對於了解那一段歷史現實很有意義。

此外，作為一篇早期的公案小說，本文內容豐富、情節曲折，頗能吸引讀者。雖然對人物的刻劃尚不夠深刻、細緻，但故事一波三折、出人意表，在同類小說中算得上出類拔萃。

梅妃傳

佚　名

【題　解】本篇出自《說郛》卷三八，亦見顧元慶《顧氏文房小說》，前本較後本為詳，均不題撰者姓名。清代陳蓮塘《唐人說薈》題曹鄴作，似即根據傳文跋語所云「此傳得自萬卷朱遵度家，唐宣宗大中二年（西元八四八年）七月所書」，而有此說。魯迅《稗邊小綴》則認為傳後無名氏跋文「亦偽」，故仍「次之宋人著作中」。當代學者考證認為，〈梅妃傳〉寫成的時間應在兩宋之交前後。

梅妃，姓江氏，莆田❶人。父仲遜，世為醫。妃年九歲，能誦二〈南〉❷。語父曰：「我雖女子，期以此為志。」父奇之，名曰采蘋❸。

【章　旨】此段講述梅妃的出身。

【注　釋】❶莆田　地名。今福建莆田東南一帶。❷二南　指《詩經・國風》中的〈周南〉、〈召南〉。其中〈周南〉十一篇、〈召南〉十四篇，古代認為這些詩篇都是歌頌周文王后妃之德的，現在認為這些詩篇為南方地區的民歌。❸采蘋　《詩經・召南》中有詩名〈采蘋〉。

【語　譯】梅妃姓江，是莆田人。她的父親江仲遜，一輩子都在行醫。梅妃九歲時，就能背誦《詩經》中記載周文王后妃事蹟的〈周南〉和〈召南〉。她曾對父親說：「我雖然是個女孩，但要以此作為我的志向。」父親很驚訝，覺得她很不像一般女孩，為她取名「采蘋」。

開元中，高力士使閩粵，妃笄❶矣。見其少麗，選歸，侍明皇，大見寵幸。長安大內❷、大明、興慶三宮，東都大內❸、上陽兩宮，幾四萬人，自得妃，視如塵土。宮中亦自以為不及。

【章旨】此段講述梅妃被玄宗寵幸的經過。

【注釋】❶笄　「及笄」的簡稱。古代女子一般到十五歲以後，就把頭髮盤起來，並用簪子綰住，表示已經成年。後代指女子年滿十五歲。❷長安大內　指唐代都城長安太極宮。❸東都大內　指唐代東都洛陽太初宮。

【語譯】唐玄宗開元年間，高力士出使福建、廣東一帶，梅妃那時已經十五歲了。高力士見她年輕貌美，就選中了她，帶回京城侍奉唐明皇，結果大受寵愛。當時京城長安的太極、大明、興慶三座宮殿，東都洛陽的太初、上陽兩座宮殿，宮中的宮女加起來差不多有四萬人，唐明皇自從得到梅妃後，就把她們都看得像塵土一樣。宮中那些妃嬪們也自認為比不上梅妃。

妃善屬文，自比謝女❶。淡妝雅服，而姿態明秀，筆不可描畫。性喜梅，所居欄檻，悉植數株，上榜曰「梅亭」。梅開，賦賞至夜分，尚顧戀花下不能去。上以其所好，戲名曰「梅妃」。妃有〈蕭蘭〉、〈梨園〉、〈梅花〉、〈鳳笛〉、〈玻杯〉、〈剪刀〉、〈綺窗〉七賦。是時承平歲久，海內無事。上于兄弟間極友愛，日從燕間，必妃侍側。上命破橙往賜諸王。至漢邸❷，潛以足躡妃履，登時退閣。上命連趨，報言「適履珠脫綴，綴竟當來」。久之，上親往命妃。妃曳衣迓上，言「胸腹疾作，不果前也」，卒不至。其恃寵如此。後上與妃鬥茶❸，顧諸王戲曰：「此『梅精』也，吹白玉笛，作〈驚鴻舞〉，一座光輝。鬥茶今又勝我矣。」妃應聲曰：「草木之戲，誤勝陛下。設使調和四海，烹飪鼎鼐❹，萬乘❺自有憲法，賤妾何能較勝負也。」上大悅。

【章旨】此段講述梅妃的才情，以及玄宗與她的恩愛。

【注釋】❶謝女　指東晉安西將軍謝奕之女謝道韞，史傳其有文才和識量。❷漢邸　漢王。❸鬥茶　古代民俗，傳說始於唐，盛於宋。史載鬥茶主要是兩方面：一是湯色，即茶水的顏色。「茶色貴白」，「以青白勝黃白」

〈蔡襄《茶錄》〉。二是湯花，即指湯面泛起的泡沫。決定湯花的優劣有兩項標準：第一是湯花的色澤，第二是湯花泛起後，水痕出現的早晚，早者為負，晚者為勝。除去鬥「茶品」外，「鬥茶」還包括「行茶令、茶百戲」等內容。本文中的「鬥茶」，根據上下文看，有可能是指「行茶令」。❹烹飪鼎鼐　鼎鼐都是上古的烹飪器具，後成為國家權力的象徵，因此烹飪鼎鼐指的是治理國家。❺萬乘　周制天子地方千里，能出兵車萬乘，因此「萬乘」代指天子。

【語　譯】梅妃擅長寫文章，自認可以跟晉朝的才女謝道韞相比。她化淡妝又穿素色的衣服，但姿態容貌卻非常明秀雅麗，難以用筆墨描繪。她生性喜愛梅花，所居住的地方，欄杆內外，都要種幾棵。因此皇帝在她的住處題了一塊匾額叫「梅亭」。梅花盛開的時候，梅妃賞花作詩，到了夜晚還戀戀不捨地在花下徘徊，不願離開。皇帝因為她有這個愛好，開玩笑地稱她為「梅妃」。梅妃寫有〈蕭蘭〉、〈梨園〉、〈梅花〉、〈鳳笛〉、〈玻杯〉、〈剪刀〉、〈綺窗〉七篇賦。這時候，天下太平已經很多年，國內外都沒有發生什麼大事。皇帝和自己的兄弟非常友愛，每天和兄弟們結伴歡宴，一定要梅妃在旁邊侍候。有一次皇帝叫梅妃剖開橙子，然後分送給各位王爺。當分到漢王那裡時，漢王偷偷用腳踩她的鞋子，梅妃馬上就回到房裡去。皇帝一直叫她過去，她派人回話說：「剛才鞋子上的珠串散了，等串好了就過去。」後來皇帝看她過很久還沒到，就親自去叫她，她披著上衣迎接皇帝，說是「胸腹感到不舒服，真的沒辦法過去」，她終究還是沒有再到場。由此可見她是如何恃寵了。後來皇帝和她比賽煮茶，對兄弟們開玩笑說：「這是個梅精啊。吹白玉笛，跳〈驚鴻舞〉，滿座皆驚。現在比賽煮茶又贏我。」梅妃回答說：「這種小遊戲，我不小心勝了陛下。要是調和四海，統率萬邦，皇上自有法度，像我這樣的小女子怎麼能跟您比勝負呢。」皇帝聽了十分高興。

會太真楊氏❶入侍，寵愛日奪，上無疏意。而二人相疾，避路而行。上嘗方之英、皇❷，議者謂廣狹不類，竊笑之。太真忌而智，妃性柔緩，亡以勝，後竟為楊氏遷于上陽宮。後，上憶妃，夜遣小黃門滅燭，密以戲馬召妃至翠華西閣，敘舊愛，悲不自勝。既而上失寤，侍御驚報曰：「妃子已屆閣前，當奈何？」上披衣，抱妃藏夾幕間。太真既至，問：「『梅精』安在？」上曰：「在東宮。」太真曰：「乞宣至，今日同浴溫泉。」上曰：「此女已放屏，無并往也。」太真語益堅，上顧左右不答。太真大怒，曰：「肴核狼藉，御榻下有婦人遺舄，夜來何人侍陛下寢，歡醉至于日出不視朝？陛下可出見群臣，妾止此閣以俟駕回。」上愧甚，曳衾向屏復寢，曰：「今日有疾，不可臨朝。」太真怒甚，徑歸私第。上頃覓妃所在，已為小黃門送令步歸東宮。上怒斬之。遺舄并翠鈿命封賜妃。妃謂使者曰：「上棄我之深乎？」使者曰：「上非棄妃，誠恐太真無情耳！」妃笑曰：「恐憐我則動肥婢情，豈非棄也？」

【章　旨】此段講述楊妃奪寵，梅妃失寵。

【注　釋】❶太真楊氏　指楊貴妃，楊玉環入宮前曾為道士，道號太真，詳見本書〈楊太真外傳〉。❷英皇　指女英、娥皇，兩人都是堯的女兒，後來一同嫁給了舜，舜晚年巡察南方，在一個叫做「蒼梧」的地方突然病故，娥皇和女英聞訊前往，一路失聲痛哭，她們的眼淚灑在山林的竹子上，形成美麗的斑紋，後人稱之為「斑竹」。最後她們雙雙躍入湘江，為夫君殉情而死。

【語　譯】後來楊太真入宮，梅妃的寵愛漸漸被分走，皇帝對她還是沒有疏遠的意思。可是梅妃和太真兩人卻互相嫉妒，連走路都互相避開。皇帝曾經把她們比作舜的兩個妃子——娥皇和女英，知道這件事的人都說這比喻不恰當，暗地裡偷笑。楊太真忌妒又有心機，梅妃性格柔弱，沒辦法贏太真，最後竟被太真遷到上陽宮去了。後來，皇帝想念梅妃，夜裡派小太監熄滅燭火，悄悄把梅妃召到翠華西閣，兩人重敘舊好，忍不住悲從中來。皇帝因為和梅妃相會，錯過了早上起床的時間，侍從驚慌地跑來通報說：「貴妃已經到了閣前，應該怎麼辦？」皇帝披上衣服，抱起梅妃把她藏在簾子夾層裡。太真到了以後，問：「梅精在哪裡？」皇帝說：「她在東宮啊。」太真說：「請把她叫來，今天一同到溫泉沐浴。」皇帝說：「這個女人已經被趕走了，不要跟我們一起去。」太真語氣更加堅決，皇帝眼睛卻看向別處，不想回答她。楊太真大怒，說：「這裡杯盤狼藉，床底下有女人丟下的鞋，夜裡是誰陪陛下睡覺，讓陛下到日出還不上朝？陛下去見群臣吧，我就在這裡等陛下回來。」皇帝十分狼狽，拉起被子，臉朝裡又躺下了，說：「朕今天不舒服，沒有辦法上朝。」楊太真氣得不得了，逕自回到自己住所去了。皇帝馬上再到那個隱藏的地方找梅妃，她卻已經被小太監送出去，一個人走回東宮去了。皇帝氣得要命，就把那個小太監殺了。叫人把梅妃留下的鞋子和頭上插的釵飾封起來送去給梅妃。梅妃問使者說：「皇上是堅決不要我了？」使者回答說：「皇上並不是拋棄妃子，實在是怕太真無情！」梅妃苦笑說：「害怕因為愛我而會惹那肥婆生氣，這不是等於拋棄我嗎？」

妃以千金壽❶高力士，求詞人擬司馬相如為〈長門賦〉❷，欲邀上意。力士方奉太真，且畏其勢，報曰：「無人解賦。」妃乃自作〈樓東賦〉，略曰：玉鑑塵生，鳳奩香珍。懶蟬鬢❸之巧梳，閑縷衣❹之輕練。苦寂寞于蕙宮，但凝思乎蘭殿❺。信摽落❻之梅花，隔長門❼而不見。況乃花心颺恨，柳眼弄愁。暖風習習，春鳥啾啾。樓上黃昏兮，聽風吹而回首；碧雲日暮兮，對素月而凝眸。溫泉不到，憶拾翠之舊游；長門深閉，嗟青鸞之信修。憶太液清波，水光蕩浮，笙歌賞宴，陪從宸旒。奏

〈舞鸞〉之妙曲，乘畫鷁之仙舟。君情繾綣，深敘綢繆。誓山海而常在，似日月而亡休。奈何嫉色庸庸，妒氣沖沖。奪我之愛幸，斥我乎幽宮。思舊歡之莫得，想夢著乎朦朧。度花朝與月夕，羞懶對乎春風。欲相如之奏賦，奈世才之不工。屬愁吟之未盡，已響動乎疏鐘。空長歎而掩袂，躊躇步于樓東。

【章　旨】此段講述梅妃自作〈樓東賦〉，抒發自己的失意之情。

【注　釋】❶壽　酬謝。❷長門賦　相傳漢武帝的陳皇后失寵，被貶至長門宮。陳皇后為了能重獲皇帝的寵幸，請當時著名的文人、辭賦作家司馬相如寫了一篇〈長門賦〉，表達自己的悲哀之情，並贈以黃金百斤。後〈長門賦〉果然打動了漢武帝，陳皇后重獲寵幸。❸蟬鬢　一說蟬身黑而光潤，故稱；而馬縞《中華古今注》卷中則云：「瓊樹（魏文帝宮人莫瓊樹）始制為蟬鬢，望之縹緲如蟬翼，故曰『蟬鬢』。」❹縷衣　金縷衣，繡有金線的衣服。❺苦寂寞于蕙宮二句　蕙宮、蘭殿，形容宮殿有蕙蘭的香氣。❻摽落　墜落。❼長門　指長門宮，這裡借指自己的居所。

【語　譯】梅妃拿一千兩黃金送給高力士，請他找一個文人，像司馬相如作〈長門賦〉那樣寫一篇詩賦，以此打動皇帝的心。高力士正在討好楊太真，而且也怕貴妃的勢力，就叫人告訴梅妃，說：「沒有人會寫賦。」梅妃就自己寫了一篇〈樓東賦〉，主要內容大概是：玉鏡上積滿了灰塵，妝匣中失去了香味。懶得梳漂亮的髮式，懶得穿美麗的衣衫。苦於這寂寞和無聊，只好在冷宮中沉思；梅花一瓣瓣飄零，隔著長門宮，你卻無法看到。花如有心，飄揚的全都是恨；柳若有眼，流出的全都是愁。暖風習習，春鳥啾啾。黃昏獨坐樓頭，怎忍心去聽笙簫吹奏；碧雲伴隨落日，只好對著明月凝悵。再也沒有辦法去溫泉沐浴了，卻回憶起拾翠羽時的遊伴。成天關在這深深的長門宮裡，嗟嘆沒有青鳥幫我傳遞消息。想起那太液池裡的清波，水光浮蕩，笙歌悠揚；陪從皇上，演奏〈舞鸞〉妙曲，乘坐畫鷁的仙舟。君主情意綿綿，難捨難分。發誓要像高山大海那樣情意常在，像太陽月亮那樣恩愛永存。怎奈有人嫉妒成性，奪走我的寵愛，把我打入冷宮。再想要往日的歡樂已是難得，只能把無盡的思念放在夢中。空度過朝朝暮暮，無臉對秋雨春風。想有司馬相如來獻賦，無奈世上才子詩筆不工。表達愁悶還沒有寫完，卻已響起報時的晨鐘。空自長嘆掩面哭泣，彷徨徘徊漫步樓東。

太真聞之，訴明皇曰：「江妃庸賤，以謏詞宣言怨望，願賜死。」上默然。會嶺表❶使歸，妃問左右：「何處驛使❷來，非梅使耶？」對曰：「庶邦❸貢楊妃果實使來。」妃悲咽泣下。上在花萼樓，會夷使至，命封珍珠一斛密賜妃。妃不受，以詩付使者曰：「為我進御前也。」曰：

柳葉雙眉久不描，殘妝和淚汙紅綃。長門自是無梳洗，何必珍珠慰寂寥。

上覽詩，悵然不樂。令樂府❹以新聲度之，號〈一斛珠〉，曲名是此始。

【章　旨】此段講述梅妃作詩一首，玄宗指示樂府譜曲，取名〈一斛珠〉。

【注　釋】❶嶺表　即嶺外、嶺南。指五嶺之南，相當於現在廣東、廣西全境，以及湖南、江西等省的部分地區。❷驛使　指古代驛站傳送朝廷文書者。驛，用馬傳輸物品。❸庶邦　諸侯國。❹樂府　秦漢時掌管音樂的官署，負責宴會、遊行時所用的音樂以及民間詩、樂的採集。後來泛指宮廷音樂機構。

【語　譯】楊太真聽說了，就在玄宗跟前告狀說：「江妃太粗鄙下賤了，用隱語來發洩她的怨恨，請你賜她死。」皇帝卻沉默不語。一次，正好出使嶺南的人回來，梅妃就問身邊的人：「這是哪兒的驛使來了，莫非是送梅花的使者？」回答說：「是藩國給楊妃進貢荔枝的使者來了。」梅妃一聽心裡難過，哽咽流下了眼淚。有一次皇帝在花萼樓，正巧外國使者來，便派人包了一斛珍珠偷偷地送給梅妃。梅妃不肯接受，寫了一首詩交給送珍珠來的使者說：「替我送到皇帝那裡。」詩寫道：柳葉雙眉久不描，殘妝和淚濕紅綃。長門自是無梳洗，何必珍珠慰寂寥。皇帝看了詩，悶悶不樂。指示樂府為這首詩譜一個新曲子，取名〈一斛珠〉，這個曲名就是從這裡來的。

後祿山犯闕，上西幸，太真死。及東歸，尋妃所在，不可得。上悲，謂兵火之後，流落他處。詔：「有得之，官二秩，錢百萬。」訪搜不知所在。上又命方士飛神御氣，潛經天地，亦不可得。有宦者進其畫真，上言：「甚似，但不活耳。」詩題于上，曰：憶昔嬌妃在紫宸❶，鉛華不御❷得天真。霜綃❸雖似當時態，爭奈嬌波❹不顧人。讀之泣下，命模像刊石。後上暑月晝寢，彷彿見妃隔竹間泣，含涕障袂，如花蒙霧露狀。妃曰：「昔陛下蒙塵，妾死亂兵之手。哀妾者埋骨池東梅株旁。」上駭然流汗而寤。登時令往太液池發視之，無獲。上益不樂。忽悟溫泉湯池側有梅十餘株，豈在是乎！上自命駕，令發現。才數株，得尸，裹以錦，盛以酒槽，附土三尺許。上大慟，左右莫能仰視。視其所傷，脅下有刀痕。上自制文誄❺之，以妃禮易葬焉。

【章旨】此段講述安史之亂中，梅妃死於兵禍。

【注釋】❶紫宸　帝王的居所。❷鉛華不御　指不用脂粉、化妝品。鉛華，指脂粉，因為古代妝粉裡面會添加鉛。❸霜綃　白綾，亦指畫在白色綾子上的真容。❹嬌波　眼波；眼神。❺誄　敘述死者生前事蹟，表示哀悼。

【語　譯】後來安祿山侵占都城，皇帝逃出京城往西避難，楊太真也死了。等到皇帝回到京城，到梅妃住的地方去，卻找不到她。皇帝悲哀地以為，梅妃一定是在戰禍之後，流落到別的地方去了。就下詔：「只要有人找到她，官升兩級，賞錢百萬。」眾人到處尋找，仍不知她在哪裡。皇帝又命令會道術的道士神靈出體，潛入天庭地府，還是找不到。有一個宦官獻了一幅她的畫像，皇帝說：「挺像，只恨不是活的啊。」就在上面題了一首詩，說：憶昔嬌妃在紫宸，鉛華不御得天真。霜綃雖似當時態，爭奈嬌波不顧人。自己讀著讀著就流下了眼淚，又叫人把這幅畫像刻在石頭上。某一天皇帝在睡午覺，彷彿看見梅妃隔著竹叢在哭泣，雖然用袖子掩著臉，但看得出淚眼婆娑，像花瓣上沾著露珠一樣。梅妃說：「當年陛下逃難時，我死在亂兵的手上。有可憐我的人，把我埋在池子東邊的梅樹下。」皇帝嚇出一身冷汗。醒來後，馬上派人去太液池邊挖掘尋找，卻找不到。皇帝更加悶悶不樂，忽然想到溫泉池邊有十幾棵梅樹，難道會在那個地方！想到這裡，皇帝親自前往，叫人挖掘。才挖了幾棵樹，就找到屍體，外面用錦褥裹著，放在一個酒槽裡，上面堆著差不多三尺厚的土。皇上放聲大哭，旁邊的人都不忍心看他傷心的樣子。仔細察看梅妃身上的傷，只見脅下有刀痕。皇帝親自寫祭文祭奠她，按照妃子的禮節把她重新下葬在別的地方。

贊❶曰：明皇自為潞州別駕❷，以豪偉聞。馳騁犬馬鄠杜之間，與俠少游。用此起支庶，踐尊位，五十餘年，享天下之奉，窮奢極侈，子孫百數，其閱萬方美色眾矣。晚得楊氏，變易三綱❸，濁亂四海，身廢國辱，思之不少悔，是固有以中其心，滿其欲矣。江妃者，後先其間，以色為所深嫉，則其當人主者，又可知矣。議者謂：或覆宗，或非命，均其媢忌自取。殊不知明皇耄而忮❹忍，至一日殺三子，如輕斷螻蟻之命。奔竄而歸，受制昏逆，四顧嬪嬙❺，斬亡俱盡，窮獨苟活，天下哀之。傳曰「以其所不愛及其所愛」❻，蓋天所以酬之也。報復之理，毫髮不差，是豈特兩女子之罪哉！

【章　旨】此段是作者對於玄宗荒淫失德的譏評。

【注　釋】❶贊　文末的評論。❷潞州別駕　潞州，地名。北周時置。唐時治上黨（今山西長治），轄今山西東南一帶。別駕，官名。全稱為別駕從事史，漢置，為州刺史的佐吏。因其地位較高，刺史出巡轄境時，別乘驛車隨行，故名。唐初改郡丞為別駕，高宗又改別駕為長史，一度以皇族為別駕。❸三綱　指「君為臣綱，父為子綱，夫為妻綱」，要求為臣、為子、為妻的必須絕對服從於君、父、夫，同時也要求君、父、夫為臣、子、妻作出表率。這裡泛指社會的道德倫理。❹忮　凶暴殘忍。❺嬪嬙　原指宮中女官，後來泛指帝王的姬妾。❻傳

曰句　此句見於《孟子・盡心下》，意謂對自己不愛的人施以暴政，結果導致自己所愛的人也遭受了同樣的痛苦。傳，此泛指古代典籍。

【語　譯】評論說：唐玄宗擔任潞州別駕以來，以英勇有豪氣而聞名。常在鄠縣、杜縣一帶騎馬狩獵，跟一些豪俠少年來往。靠著這個，從一個不是嫡傳的皇子而可以登上皇位，五十多年中，享受天下各處的供奉，窮奢極欲，子孫有上百人，他見過的天下美女自然多得很。玄宗晚年得到楊氏，違反了倫常道德，全國因此陷入災禍之中，他本人的皇位受到威脅，國家也發生戰亂，想起來還一點都沒有任何後悔之意，這當然是因為楊氏投合了他的心意，滿足了他的欲望。江妃先受寵後失意，由於姿容美，遭人嫉妒，那麼這個皇帝是個什麼品性也就可想而知了。評論這件事的人說：妃子有的被滅了族，有的死於非命，都是她們取媚皇帝和互相妒忌造成的。其實他們哪裡知道唐玄宗年老以後殘忍凶暴，甚至一天之內殺掉三個兒子，就像捏死幾隻螞蟻那樣隨便。玄宗從四川回宮後，就被昏庸忤逆的兒子肅宗控制，看看周圍的嬪妃們，殺的殺，死的死，一個也不剩了，只有他孤獨無依地活著，天下人都為他感到悲哀。古籍中說的：「對自己不愛的人施以暴政，結果導致自己所愛的人也遭受了同樣的痛苦」，這正是老天的報應啊。因果報應的道理，真正是絲毫不差，怎麼可能是因為兩個女子的罪過呢！

【研　析】梅妃之事不見於正史著述，唐人小說〈明皇雜錄〉、〈高力士外傳〉、〈開元天寶遺事〉等載明皇事蹟者也未提及，於是人們大多對梅妃其人是否真實存在持懷疑態度，甚至有學者斷言梅妃實無其人，如魯迅認為「蓋見當時圖畫有把梅美人號梅妃者，泛言唐明皇時人」，推斷作者因造此傳（《中國小說史略》）。

和〈楊太真外傳〉一樣，這也是一篇描寫唐玄宗宮廷生活的傳奇，但二者的風格有很大的不同。〈楊太真外傳〉以史實為基礎，大多堆垛前人舊說，文筆較平實；〈梅妃傳〉從人物到情節多出於虛構，故事完整，細節生動，同時文筆優美，抒情味較濃，整體藝術水平較高。

〈梅妃傳〉的作者舊題唐人曹鄴，學者多以為是後人偽託，其成書實際應在兩宋之際。其實，即從文章的意趣和風格來判斷，此文為宋人所作的可能性也似乎更大一些。眾所周知，梅花因為具有「清」、「貞」合一的人格象徵意義，在兩宋之際上升為崇高的文化象徵。梅之凌寒著花、素色清香、幽姿野處等生物特性，與宋代文人士大夫所推崇的堅貞剛健的人格特徵、超邁脫俗的精神狀態極其吻合，因而梅花從宋代以來便具備了特殊的文化內涵和審美價值。本文的主人公名梅妃，不僅「性喜梅」，而且「淡妝雅服，而姿態明秀」，性格則淡定孤傲而堅貞不折，這一切分明是梅花的人格化體現，是宋代文人理想女性的完美化身。這種對於梅花品格的高度肯定與崇拜完全是宋人的趣味。因此從這個角度來看，將〈梅妃傳〉定為宋人之作也更為愜當。

本文對後世小說戲曲的影響也較大，明代吳世美曾根據這個故事改編為戲曲〈驚鴻記〉，清初洪昇的《長生殿》也採用了〈梅妃傳〉的部分情節。

李師師外傳

佚名

【題解】本篇出自《琳琅祕室叢書》。作者不詳。小說描寫宋徽宗窮奢極侈，荒淫失政；而娼家女子李師師卻為抗擊侵略者慷慨解囊，民族大義凜然不虧。

李師師者，汴京東二廂❶永慶坊染局匠王寅之女也。寅妻既產女而卒，寅以菽漿❷代乳乳之，得不死。在襁褓未嘗啼。汴俗，凡男女生，父母愛之，必為捨身佛寺。寅憐其女，乃為捨身寶光寺。女時方知孩笑❸，一老僧目之曰：「此何地，爾乃來耶？」女至是忽啼。僧為摩其頂，啼乃止。寅竊喜，曰：「是女真佛弟子。」為佛弟子者，俗呼為師，故名之曰師師。師師方四歲，寅犯罪繫獄死。師師無所歸，有倡籍李姥者收養之。比長，色藝絕倫，遂名冠諸坊曲❹。

【章旨】此段介紹女主人公的出身和成長的過程。

【注釋】❶汴京東二廂　汴京，地名。又稱「汴州」、「東京」。北宋都城，今河南開封。廂，為了確保京城治安，宋代實行廂制，史料記載，宋真宗大中祥符年間，全城分為八廂，下轄一百二十坊；廂設廂吏，歸開封府統管；街巷每二百步立屯署，有兵士負責夜間巡邏。❷菽漿　豆漿；豆汁。菽，豆的總稱。❸孩笑　嬰兒的笑。孩，同「咳」。小兒笑。❹坊曲　指妓女所居之地。

【語譯】李師師是汴京永慶坊染匠王寅的女兒。王寅的妻子生下女兒就去世了，王寅用豆漿當奶水餵她，嬰兒才活了下來。這孩子在襁褓中，就從來沒哭過。汴京有個風俗，生了兒女，父母若是寵愛他們，一定要讓他們在名義上出家，作寄名的佛弟子。王寅疼他的女兒，就把她送到寶光寺。她這時才會笑，一個老和尚看著她說：「這是什麼地方，你到這裡來呀！」她突然哭了起來。和尚撫摸她的頭頂，她才不哭。王寅暗暗高興，說：「這女孩真是佛門弟子。」凡是佛門弟子，俗稱為「師」，所以這女孩取名叫「師師」。師師四歲的時候，王寅犯罪，被拘捕入獄，竟死在獄中。師師沒有人可以依靠，有一名在籍的娼妓李姥收養了她。等到師師長大，無論是姿色還是技藝都很出色，沒有人比得上她，因此在所有的妓院中就屬她最有名。

徽宗帝即位，好事奢華，而蔡京、章惇、王黼之徒❶，遂假紹述❷為名，勸帝復行青苗諸法❸。長安中粉飾為饒樂氣象，市肆酒稅，日計萬緡，金玉繒帛，充溢府庫。於是童貫、朱勔❹輩，復導以聲色狗馬宮室苑囿之樂。凡海內奇花異石，搜采殆徧。築離宮於汴城之北，名曰艮嶽，帝般樂❺其中。久而厭之，更思微行，為狎邪❻遊。

【章旨】此段講述宋徽宗荒淫亂政，更思尋花問柳。

【注釋】❶而蔡京句　蔡京（西元一〇四七—一一二六年），字符長，興化仙遊（今福建莆田）人。先為地方官，後任中書舍人，改龍圖閣待制、知開封府。後任右僕射兼門下侍郎（右相），此後共四次任相。章惇（西元一〇三五—一一〇五年），字子厚，建州浦城（今福建）人。曾任三司條例官、湖南北察訪使、三司使（計相）、參知政事（首相）。王黼（西元一〇七九—一一二六年），字將明，原名甫，開封祥符（今屬河南開封）人。崇寧進士。曾任校書郎，遷左司諫。因助蔡京復相，驟升至御史中丞。歷翰林學士、承旨。宣和元年（西元一一一九年），拜特進、少宰，後代蔡京執政。以上三人都是王安石「新法」的擁護執行者。❷紹述　原意為繼承，後特指對神宗所實行的新法的恢復繼承。❸青苗諸法　指王安石「新法」的措施。青苗法，亦稱「常平給斂法」、「常平斂散法」。宋初，各地設有常平、惠民等倉庫，調劑歉收時的食糧不足，熙寧二年（西元一〇六九年）王安石實行青苗法，規定凡州縣各等民戶，在每年夏秋兩收前，可到當地官府借貸現錢或糧穀，以補助耕作，當年借款隨春秋兩稅歸還，每期取息二分，青苗法意在使農民新陳不接之際，不致受「兼併之家」高利貸的盤剝，元祐元年（西元一〇八六年）停止執行。❹童貫朱勔　童貫（西元一〇五四—一一二六年），字道夫，開封人。北宋宦官，性巧媚。初任供奉官，在杭州為徽宗搜括書畫奇巧。助蔡京為相。京薦其為西北監軍，領樞密院事，掌兵權二十年，權傾內外。時稱蔡京為「公相」，稱他為「媼相」，為「六賊」之一。欽宗即位，被處死。朱勔（西元一〇七五—一一二六年），宋蘇州人。因父親朱沖諂事蔡京、童貫，父子均得官。當時宋徽宗垂意於奇花異石，朱勔奉迎上意，搜求浙中珍奇花石進獻，並逐年增加。政和年間，在蘇州設置應奉局，糜費官錢，百計求索，勒取花石，用船從淮河、汴河運入京城，號稱「花石綱」。歷任隨州觀察使、慶遠軍承宣使、寧遠軍節度使、醴泉觀使。欽宗繼位後，先將其流放，後斬首。❺般樂　遊玩作樂。❻狎邪　原指小街曲巷，後專指青樓妓館。

【語譯】徽宗皇帝登上王位，喜歡奢侈豪華的生活，而蔡京、章惇、王黼這一幫人，就藉著繼承祖宗遺志的名義，勸徽宗重新推行「青苗法」等制度。京城裡粉飾成一種富足歡樂的氣象，集市店鋪裡的酒稅，每天約有上萬貫，金銀珠玉、綢緞布匹，國庫裡堆得滿滿的。於是童貫、朱勔那批人又誘導皇帝，讓他沉迷於聲色犬馬、宮室園林的玩樂。凡是國內的奇花異石，幾乎都被搜羅來了。皇帝又在汴京城北邊修建了一座離宮，名叫「艮嶽」，在裡面尋歡作樂。但是時間一長，也感到厭倦了，又想微服出宮去尋花問柳。

內押班張迪者，帝所親倖之寺人也。未宮時為長安狎客❶，往來諸坊曲，故與李姥善。為帝言隴西氏❷色藝雙絕，帝豔心焉。翼日，命迪出內府紫茸二匹、霞氈二端❸、瑟瑟珠❹二顆、白金廿鎰❺，詭云大賈趙乙，願過廬一顧。姥利金幣，喜諾。暮夜，帝易服，雜內寺四十餘人中，出東華門二里許，至鎮安坊。鎮安坊者，李姥所居之里也。帝麾❻止餘人，獨與迪翔步而入。堂戶卑庳❼。姥出迎，分庭抗禮❽，慰問周至。進以時果數種，中有香雪藕、水晶蘋婆❾，而鮮棗大如卵，皆大官所未供者。帝為各嘗一枚。姥復款洽❿良久，獨未見師師出拜，帝延佇⓫以待。

【章　旨】此段講述宋徽宗假扮富商求見李師師。

【注　釋】❶內押班三句　內押班，指內宮太監宮女的首領。押班，原指百官朝會時領班管理百官朝會位次，唐制以監察御史二人任其事，宋制由參知政事、宰相分日押班。寺人，閹人；太監。未宮，未被閹割。❷隴西氏　即李氏。因李姓家族為隴西（今甘肅東南）的名門望族，後用隴西代指李氏。❸端　古代計算布帛的單位，六丈為一端。❹瑟瑟珠　史書記載，唐代陝州出瑟瑟珠，據說還有公母成對的。❺鎰　古代的重量單位，二十兩或二十四兩為一鎰。❻麾　同「揮」。❼卑庳　低下。❽分庭抗禮　古代賓主相見，分站在庭的兩邊相對行禮以示平等。後指平起平坐，彼此對等可以抗衡。❾蘋婆　蘋果。❿款洽　親密；親切。⓬延佇　久立；久留。

【語　譯】皇帝有個貼身內侍名叫張迪，是皇帝信任寵愛的宦官。張迪沒有受宮刑之前，是京城裡的一個嫖客，常到各處妓院，所以和李姥很熟。他告訴皇帝李師師色藝雙絕，皇帝就很心動。第二天，徽宗命令張迪從皇宮庫藏中拿出紫茸兩匹、霞氎兩端、瑟瑟珠兩顆、白銀二十鎰，送給李姥，假稱富商趙乙想來探望她。李姥貪圖財物，高興地答應下來。入夜以後，皇帝換了衣服，混雜在四十多個太監當中，從東華門走出二里多路，到了鎮安坊。鎮安坊就是李姥所住的那個街區。皇帝揮手叫其他的人不要跟來，只跟張迪兩人慢慢走進去。只見房屋矮小簡陋。李姥出來迎接，行了普通的禮節，殷勤慰問。還端出幾種時鮮水果，有香雪藕、水晶蘋果等，其中鮮棗有雞蛋那麼大，這些都是連大官們也享受不到的。皇帝每樣嘗了一顆，李姥又殷勤地陪了好久，但就是沒看到師師出來見客，皇帝便一直等待著。

時迪已辭退，姥乃引帝至一小軒。棐几臨窗，縹緗❶數帙，窗外新篁❷，參差弄影。帝翛然兀坐，意興閒適，獨未見師師出侍。少頃，姥引帝到後堂，陳列鹿炙、雞酢、魚膾、羊簽等肴❸，飯以香子稻米。帝為進一餐，姥侍旁，款語移時，而師師終未出見。帝方疑異，而姥忽復請浴，帝辭之。姥至帝前耳語曰：「兒性好潔，勿忤。」帝不得已，隨姥至一小樓下湢室中。浴竟，姥復引帝坐後堂，肴核水陸，盃盞新潔，勸帝歡飲，而師師終未一見。良久，姥纔執燭引帝至房。帝搴帷而入，一燈熒然，亦絕無師師在。帝益異之，為倚徙几榻間。又良久，見姥擁一姬姍姍而來。淡妝不施脂粉，衣絹素，無豔服，新浴方罷，嬌豔如出水芙蓉。見帝，意似不屑，貌殊倨，不為禮。姥與帝耳語曰：「兒性頗愎，勿怪。」帝於燈下凝睇物色之，幽姿逸韻，閃爍驚眸。問其年，不答，復強之，乃遷坐於他所。姥復附帝耳曰：「兒性好靜坐，唐突勿罪。」遂為下帷而出。師師乃起，解玄絹褐襖，衣輕綈，捲右袂，援壁間琴，隱几端坐❹，而鼓〈平沙落雁〉之曲。輕攏慢撚，流韻淡遠，帝不覺為之傾耳，遂忘倦。比曲三終，雞唱矣。帝亟披帷出。姥聞，亦起，為進杏酥飲、棗糕、餺飥❺諸點品。帝飲杏酥盃許，旋起去。內侍從行者皆潛候於外，即擁衛還宮。時大觀三年八月十七日事也。

【章旨】此段講述李師師個性孤高，對「富商趙乙」殊為冷淡，而徽宗不以為忤。

【注釋】❶縹緗　指書卷。縹指淡青色、緗指淺黃色。古時常用淡青、淺黃的絲帛作書囊、書衣，因以代指書卷。❷篁　竹子。❸陳列鹿炙句　炙，烤肉。酢，醋一類的酸味調料。膾，切成條的肉。簽，細長的小條。

❹解玄絹褐襖五句　襖，有襯裡的上衣。綈，古代一種粗厚光滑的絲織品。袂，袖子。隱几，古代供依倚、憑

靠的小型家具，早期多兩足，几面平直式中間微凹，魏晉三國時多為三足包圍式。❺餢飥　即餺飥，古代一種水煮的麵食，類似今天麵片、麵疙瘩一類的食品。

【語　譯】這時張迪告辭退出，李姥這才引皇帝到一個小閣子裡。窗邊擺著几桌，架上有幾卷書籍，窗外幾竿竹子，竹影參差搖曳。皇帝悠然獨坐，心情很是閒適，只是不見師師出來陪客。一會兒，李姥領皇帝到後堂，只見桌上已擺好了烤鹿肉、醉雞、生魚片、羊羹等名菜，飯是香稻米做的。皇帝吃了頓飯後，李姥陪他聊天，又過了好久，師師始終沒有出來相見。皇帝正感到疑惑，李姥忽然又請皇帝洗澡，皇帝推辭不想洗。李姥走到他跟前，湊到耳旁說：「我這孩子愛乾淨，請您聽她的。」皇帝不得已，只好跟著李姥到一座小樓下面的浴室洗澡。洗好後，李姥又領皇帝坐到後堂來，重新擺下一桌水果糕點和酒菜，杯盤用具清新雅潔，勸皇帝暢飲，但李師師仍然沒有出現。過了很久，李姥才舉著蠟燭，領著皇帝到臥室。皇帝掀開門簾，走進房間，裡面只有一盞燈放著微弱的光，並沒有師師的蹤跡。皇帝更加感到奇怪，在床前走來走去。又過了好久，才見李姥挽著一個年輕女子姍姍而來。女子未施脂粉，穿的是絹衣，沒有什麼豔麗的服飾，剛洗過澡，嬌豔得像出水的蓮花。看見徽宗，像是不屑一顧的樣子，神態很高傲，也不行禮。李姥對徽宗耳語說：「我這孩子性情很是任性，請別見怪。」皇帝在燈光下目不轉睛地看著師師，但見她姿態清新、韻致超群，目光閃爍流動。皇帝問她多大年紀，師師閉口不答，再繼續追問，她便換位子坐往別處。李姥再次湊到徽宗的耳邊說：「這孩子喜歡靜坐，冒犯您了，請不要見怪。」替他們放下門簾就出去了。這時師師離開座位，脫下黑絹短襖，換上綢衣，捲起右邊袖子，取下牆上掛著的琴，靠著桌子，端端正正地坐好，彈起〈平沙落鴈〉的曲子來。手指在絃上輕攏慢撚，曲調韻味淡遠，皇帝忍不住側耳傾聽，連疲倦都忘了。等到三遍彈完，雞已經鳴過，天都要亮了。皇上趕忙掀開門簾走出去。李姥聽見動靜，趕緊起身，為他獻上杏酥露、棗糕、湯餅等點心。皇帝喝了一杯杏酥露，隨即走了。太監都偷偷地等在外面，馬上護衛著他回宮。這是大觀三年八月十七日的事。

姥私語師師曰：「趙人禮意不薄，汝何落落❶乃爾？」師師怒曰：「彼賈奴耳，我何為者？」姥笑曰：「兒強項❷，可令御史裡行❸也。」已而長安人言籍籍，皆知駕幸隴西氏。姥聞大恐，日夕惟涕泣。泣語師師曰：「洵❹是，夷吾族❺矣。」師師曰：「無恐。上肯顧我，豈忍殺我？且疇昔❻之夜，幸不見逼，上意必憐我。惟是我所竊自悼者，實命不猶，流落下賤，使不潔之名，上累至尊，此則死有餘辜耳。若夫天威震怒，橫被誅戮，事起佚遊，上所深諱，必不至此，可無慮也。」

【章　旨】此段講述李師師得知趙乙就是當今天子之後，仍然表現得鎮定從容。

【注　釋】❶落落　孤僻，與別人合不來。❷強項　脖子硬，剛強不屈的意思。《資治通鑑》記載：「陳留董宣為洛陽令。湖陽公主蒼頭白日殺人，因匿主家，吏不能得。及主出行，以奴驂乘。宣于夏門亭候之，駐車叩馬，以刀畫地，大言數主之失，叱奴下車，因格殺之。主即還宮訴帝。帝大怒，召宣，欲捶殺之。宣叩頭曰：『願乞一言而死。』帝曰：『欲何言？』宣曰：『陛下聖德中興，而縱奴殺人，將何以治天下乎？臣不須捶，請得自殺。』即以頭擊楹，流血披面。帝令小黃門持之，使宣叩頭謝主。宣不從，強使頓之，宣兩手據地，終不肯俯。主曰：『父叔為白衣時，藏亡匿死，吏不敢門。今為天子，威不能行一令乎！』帝笑曰：『天子不與白衣同。』因敕：『強項令出！』」❸御史裡行　原為皇帝臨時委任的職務，後演變為固定職官，是監察御史的特殊任用形式，其性質是試攝官或假借官。御史職責為彈劾、糾察官員過失，師師性格剛強，所以李姥說她可以當「御史裡行」。❹洵　實在。❺夷吾族　夷族；滅族；把全宗族的人都誅殺。❻曩昔　往昔；日前；以前。

【語　譯】李姥私下對師師說：「姓趙的禮數不薄，你怎麼對他這樣冷淡？」師師惱怒地說：「他只不過是一個生意人罷了，還要我怎樣對他？」李姥笑著說：「你這麼倔強，倒可以當御史了。」不久京城裡紛紛傳說，都知道皇帝到李家去過了。李姥聽了非常恐慌，嚇得一天到晚哭泣。她哭著對師師說：「如果這事是真的，就要滅我全族了。」師師說：「不用怕。皇上肯來看我，怎麼忍心殺我？再說那天夜裡，我並沒有受到強迫，這說明皇上心裡一定很憐愛我。只是我暗自悲傷我的命運實在不好，流落到下賤行當來，以致汙穢的名聲連累天子，這真是死有餘辜啊。至於說到皇上會不會發怒把我們殺了，我想此事起於放蕩的遊樂，這是皇上極為忌諱不願讓人知道的，所以一定不會發展到那種地步，可以不必憂慮。」

次年正月，帝遣迪賜師師蛇跗琴。蛇跗琴者，琴古而漆黦，則有紋如蛇之蚹，蓋大內珍藏寶器也。又賜白金五十兩。

三月，帝復微行❶如隴西氏。師師乃淡妝素服，俯伏門階迎駕。帝喜，為執其手令起。帝見其堂戶忽華敞，前所御處，皆以蟠龍錦繡覆其上。又小軒改造傑閣，畫棟朱闌，都無幽趣。而李姥見帝至，亦匿避，宣至，則體顫不能起，無復向時調寒送暖情態。帝意不悅，為霽顏，以老娘呼之，諭以一家子無拘畏。姥拜謝，乃引帝至大樓。樓初成，師師伏地叩帝賜額。時樓前杏花盛放，帝為書「醉杏樓」三字賜之。少頃置酒，師師侍側，姥匍匐傳樽為帝壽。帝賜師師隅坐，命鼓所賜蛇蚹琴，為弄〈梅花三疊〉。帝銜杯飲聽，稱善者再。然帝見所供肴饌皆龍鳳形，或鏤或繪，悉如宮中式。因問之，知出自尚食房廚夫手，姥出金錢倩製者。帝亦不懌，諭姥今後悉如前，無矜張顯著。遂不終席，駕返。

【章　旨】此段講述宋徽宗再次探訪李師師。

【注　釋】❶微行　隱祕地行走。

【語　譯】第二年正月，徽宗派張迪送給李師師一張蛇跗琴。所謂蛇跗琴，是一種古老的琴，琴身上的漆已成了黃黑色，出現了像蛇腹下的橫鱗一樣的花紋，這是皇宮內珍藏的寶物。此外皇帝還賜給李師師白銀五十兩。

三月，皇帝又化裝成平民到李家。師師淡妝素服，跪在門口迎接。皇帝很高興，拉著她的手，叫她起來。皇帝發現李家的房屋大門忽然變得豪華寬敞，上次來時碰過的地方，都用蟠龍錦繡蓋著。又見小閣子改造成了大閣子，雕樑畫棟，那種幽雅的韻味都沒有了。李姥見皇帝駕到，也躲了起來。把她叫來，卻渾身發抖站都站不住，再也沒有上次那種噓寒問暖的殷勤了。皇帝心裡不高興，但還是和顏悅色，稱她「老娘」，告訴她本來是一家人，不用拘束害怕。李姥拜謝了，領皇帝到大樓裡去。大樓是剛蓋好的，師師跪在地上，請皇帝賜一面匾額。當時樓前有杏花盛開，皇帝就寫「醉杏樓」三個字賜給她。過一會兒擺上酒來，師師在旁邊侍候，李姥跪在地上給皇帝敬酒。皇帝讓師師在桌子旁邊坐下，叫她彈奏賜給她的蛇蚹琴，演奏〈梅花三疊〉。皇帝一邊喝酒一邊欣賞，再三叫好。但是皇帝見到端上來的菜肴都有龍鳳形狀，有的是鏤刻的，有的是畫出來的，都跟皇宮裡一模一樣。皇上問是怎麼回事，才知道這些都出自御膳房廚師之手，是李姥出錢請他們製作的。皇帝感到不愉快，告訴李姥今後都要像上一次一樣，不用鋪張。這頓飯沒吃完，就回宮了。

帝嘗御畫院，出詩句試諸畫工，中式者歲間得一二。是年九月，以「金勒馬嘶芳草地，玉樓人醉杏花天」名畫一幅賜隴西氏。又賜藕絲燈、暖雪燈、芳苡燈、火鳳銜珠燈各十盞，鸕鷀盃、琥珀盃、琉璃盞、鏤金偏提❶各十事，月團、鳳團、蒙頂❷等茶百斤，餺飥、寒具❸、銀餤餅數盒；又賜黃白金各千兩。時宮中已盛傳其事，鄭后聞而諫曰：「妓流下賤，不宜上接聖躬。且暮夜微行，亦恐事生叵測。願陛下自愛。」帝頷之。閱歲者再，不復出，然通問賞賜，未嘗絕也。

【章　旨】此段講述宋徽宗對李師師大加賞賚。

【注　釋】❶偏提　一種酒壺。❷月團鳳團蒙頂　當時優質茶葉的名稱。宋代的茶葉通常做成圓團狀，稱為茶團，上印龍鳳紋，謂之龍團、鳳團。蒙頂，四川蒙山最高峰上所產的茶葉，其產量很少。以上幾種茶葉都是當時非常珍貴的品種，是專門供給皇帝飲用的貢品。❸寒具　一種油炸的麵食，據說是「以糯粉和麵，麻油煎成，以糖食之。可留月餘，宜禁煙用」。可能因為是為寒食節準備的點心，故而得名。

【語　譯】徽宗曾經到畫院中去，出詩句考各位畫師，合格的每年有一兩個人。這年九月，把用「金勒馬嘶芳草地，玉樓人醉杏花天」為題的一幅名畫賞給李師師。又賜給她藕絲燈、暖雪燈、芳苡燈、火鳳銜珠燈各十盞，鸕鶿杯、琥珀杯、琉璃盞、鏤金偏提壺各十件，月團、鳳團、蒙頂等茶葉一百斤，湯餅、寒具、銀餤餅等點心好幾盒；還賜給她黃金、白銀各千兩。當時宮裡已經盛傳這件事情，鄭皇后聽說後就進諫說：「娼妓之流的下賤人，不宜跟皇上龍體接近。而且夜晚私自出宮，也怕會出意外。但願陛下能自愛。」皇帝點頭答應。一兩年內，沒有再去李家。但是對師師的問候賞賜，卻一直沒有中斷。

宣和二年，帝復幸隴西氏。見懸所賜畫於醉杏樓，觀玩久之。忽回顧見師師，戲語曰：「畫中人乃呼之竟出耶？」即日賜師師辟寒金鈿、映月珠環、舞鸞青鏡、金虬香鼎。次日，又賜師師端谿鳳咮硯、李廷珪墨、玉管宣毫筆、剡谿綾紋紙❶。又賜李姥錢百千緡。迪私言於上曰：「帝幸隴西，必易服夜行，故不能常繼。今艮嶽離宮東偏有官地，袤延❷二三里，直接鎮安坊。若於此處為潛道，帝駕往還殊便。」帝曰：「汝圖之。」於是迪等疏言：「離宮宿衛，人向多露處。臣等願捐貲❸若干，於官地營室數百楹❹，廣築圍牆，以便宿衛。」帝可其奏。於是羽林巡軍❺等，布列至鎮安坊止，而行人為之屏迹❻矣。

【章　旨】此段講述徽宗為了能與李師師自由相會，居然從皇宮打通了一條暗道。

【注　釋】❶又賜師師句　端谿，即端溪，溪名，在廣東高要東南。產硯石，製成者稱端溪硯或端硯，為硯中上品。李廷珪，本姓奚，因為李後主製墨，賜李姓，南唐安徽徽州人。李廷珪墨以松煙、珍珠、龍腦、白檀、魚膠為原料，製成的墨堅如玉，宮中用以畫眉，後代視若珍寶。宣毫筆，安徽宣州出產的毛筆。剡谿，即剡溪，曹娥江幹流，流經浙江紹興嵊州一段稱剡溪，所產的藤紙最為有名。❷袤延　伸展延續。❸貲　財貨。❹楹　原意為柱，後為計算房屋的單位，一列為一楹。❺羽林巡軍　漢太初元年（西元前一〇四年）設羽林軍，選隴西、天水等六郡「良家子」充當，名取「為國羽翼，如林之盛」之意。歷朝名稱、職官雖屢有變更，但主要職責都是護衛皇帝、皇家、皇城。❻屏迹　避匿；斂跡。

【語　譯】宣和二年，皇帝又去李師師家，見到自己賜的畫掛在醉杏樓中，觀賞了好久。回頭看見李師師，就開玩笑說：「畫裡的人怎麼竟然被喚出來了？」當天又賜給李師師避寒金鈿、映月珠環、舞鸞青鏡、金虬香爐四樣東西。第二天，又賜給師師端溪硯、鳳嘴硯、李廷珪製的墨、玉管宣毫筆、剡溪綾紋紙。也賜給李姥十萬貫銅錢。張迪私下對徽宗說：「皇帝去李家，一定要換衣服，又是夜裡才去，所以不能常去。現在艮嶽離宮東邊有一塊地，有二三里長，一直到鎮安坊。如果在這裡修一條暗道，皇上來去就很方便了。」皇帝說：「這件事交給你辦。」於是張迪等人正式上書說：「離宮的侍衛人員，以前大都在露天裡待著。我們願意捐錢，在官地造上幾百間房子，統統加蓋圍牆，以便侍衛休息和防守。」皇帝批准了他們的奏請。於是羽林軍巡邏部隊等人員，一直布防到鎮安坊，過往行人就再也不能到這一帶來了。

四年三月，帝始從潛道幸隴西。賜藏鬮、雙陸❶等具，又賜片玉棋盤、碧白二色玉棋子、畫院宮扇、九折五花之簟❷、鱗文蓐葉之席、湘竹綺簾、五綵珊瑚鉤。是日，帝與師師雙陸不勝，圍棋又不勝，賜白金二千兩。嗣後師師生辰，又賜珠鈿、金條脫❸各二事，璣琲一篋，毳錦數端，鷺毛繒、翠羽緞百匹，白金千兩。後又以滅遼慶賀，大賚州郡，加恩宮府，乃賜師師紫綃絹幕、五綵流蘇、冰蠶神錦被、卻塵錦褥、麩金❹千兩，良醞則有桂露、流霞、香蜜等名。又賜李姥大府錢萬緡。計前後賜金銀錢、繒帛、器用、食物等，不下十萬。

【章旨】此段講述徽宗從暗道來到李師師家中與之相會，並賜以大量財寶器物。

【注釋】❶藏鬮雙陸　藏鬮，古代遊戲，宴會飲酒時，取若干小物件，如錢幣、棋子、瓜子、松子、蓮子和小果粒等，一人先藏手在背，將小物件握於拳中後伸出，供人猜測有無、單雙、個數和顏色等。雙陸，古代的一種博具，類似今天的跳棋、飛行棋。❷簟　原意為竹席，後泛指席子。❸條脫　古代臂飾。呈螺旋形，上下兩頭左右可活動，以便調整緊鬆。一副兩個。❹麩金　碎薄如麩子的金子。

【語　譯】四年三月，皇帝開始從暗道到李師師家。賜給她藏鬮、雙陸等賭博用品，還賞賜了玉片棋盤、綠白兩色玉棋子、畫院的宮扇、九折五花簟、鱗紋蓐葉席、湘竹綺簾、五彩珊瑚鉤。當天，皇帝與師師玩雙陸輸了，下圍棋又輸了，就賜給師師白銀二千兩。後來師師生日，又賜給師師珠鈿、金臂鐲各兩件，一箱子璣琲，幾端毳錦，一百匹鷺毛繒和翠羽緞，一千兩白銀。後來皇帝又因為慶賀遼國滅亡，大賞州郡，恩賜宮廷和官府，也賜給師師紫綃絹幕、五彩流蘇、冰蠶神錦被、卻塵錦褥子以及麩金千兩，還有桂露、流霞、香蜜等美酒。又賜給李姥皇室府庫的一萬貫。共計前後賞賜金銀錢財、布料、用具物品、食物等，差不多有十萬貫。

帝嘗於宮中集宮眷等讌坐❶，韋妃私問曰：「何物李家兒，陛下悅之如此？」帝曰：「無他，但令爾等百人，改豔妝，服玄素，令此娃雜處其中，迥然自別。其一種幽姿逸韻，要在色容之外耳。」無何，帝禪位，自號為道君教主，退處太乙宮，佚遊之興，於是衰矣。師師語姥曰：「吾母子嘻嘻，不知禍之將及。」姥曰：「然則奈何？」師師曰：「汝第勿與知，唯我所欲。」時金人方啟釁，河北❷告急。師師乃集前後所賜金錢，呈牒❸開封尹，願入官，助河北餉。復賂迪等代請於上皇❹，願棄家為女冠❺。上皇許之，賜北郭慈雲觀居之。

【章　旨】此段講述金兵入侵，李師師將資財上繳國庫，自己出家做了道士。

【注　釋】❶讌坐　佛教原指打坐，後演變為閒坐之意。❷河北　泛指黃河以北地區。❸牒　原意為書寫用的木片或竹片，後指官方的文件、證件，本文中應指呈給官府的文書。❹上皇　即太上皇，西元一一二五年金兵入侵，徽宗傳位兒子趙桓（欽宗），自稱太上皇。❺女冠　女道士。

【語　譯】皇帝在宮中召集皇家眷屬歡宴，韋妃悄悄問他：「李家女娃是個什麼樣的人物，讓陛下這麼喜歡她？」皇帝說：「沒有別的，只是讓像你們這樣的一百個人，去掉豔麗的裝扮，穿上素色的衣服，叫這姑娘雜在裡面，自然會顯示出不同。她那一種優雅的姿態和瀟灑的氣度，不是有了美貌就能具備的。」不久徽宗讓位給兒子，自號「道君教主」，搬到太乙宮裡去住，放縱遊樂的念頭，也就少了。師師對李姥說：「我們娘兒倆整天嘻嘻哈哈，還不清楚大禍就要臨頭了。」李姥說：「那麼怎麼辦呢？」師師說：「你暫且不用管，讓我來處理。」當時金人正在邊境進犯挑釁，河北稟報朝廷說形勢危急。師師就把皇帝前前後後賞賜的金錢集中起來，上書給開封府尹，說願意把這些錢上繳府庫，以幫助河北官兵添購裝備軍餉。又賄賂張迪等人替她請求太上皇，說願意出家為女道士。太上皇准許了，還賜城北的慈雲觀給她住。

未幾，金人破汴。主帥闥懶索師師，云：「金主知其名，必欲生得之。」乃索之，累日不得。張邦昌❶等為蹤迹之，以獻金營。師師罵曰：「吾以賤妓，蒙皇帝眷，寧一死無他志。若輩高爵厚祿，朝廷何負於汝，乃事事為斬滅宗社計？今又北面事醜虜，冀得一當，為呈身之地。吾豈作若輩羔鴈贄❷耶？」乃脫金簪自刺其喉，不死，折而吞之，乃死。道君帝在五國城❸，知師師死狀，猶不自禁其涕泣之汍瀾也。

【章旨】此段講述金人攻破汴京抓獲李師師，李師師吞金自盡。

【注釋】❶張邦昌（西元一〇八三—一一二七年）字子能，永靜軍東光（今屬河北）人。舉進士，歷任禮部侍郎、少宰、太宰等職。靖康元年（西元一一二六年）金軍圍攻汴梁時，任河北路割地使，力主對金投降。次年金兵攻陷汴梁，他建立傀儡政權，曾稱「楚帝」月餘。宋高宗即位後被流放到潭州（今湖南長沙）處死。❷羔鴈贄 上古禮節，徵召、婚聘、晉謁時用小羊和雁作為禮物。贄，古代初次拜見尊長所送的禮物。❸五國城 地名。位於今黑龍江依蘭城西北部，徽、欽二帝被金人擄掠之後囚禁於此。

【語譯】沒多久，金人攻破了汴京。金國主帥闥懶尋找李師師，說：「金國皇帝知道她的名聲，一定要得到她。」找了幾天沒有找到。張邦昌等人幫著金人追查她的蹤跡，終於把她抓住獻給金兵。李師師痛罵他：「我是一個低賤的妓女，承蒙皇帝垂顧，寧願一死也不屈服。你們這幫人，高官厚祿，朝廷哪裡虧待你們，你們要想盡辦法滅絕國家命脈？現在你們又向敵人稱臣充當走狗，希望有機會作為進身的階梯。我豈會讓你們當作禮品討好敵人？」說完拔下頭上的金簪猛刺自己的咽喉，但沒有死，就把金簪折斷吞了下去才死。道君皇帝被俘虜後關在五國城，聽說師師死時的情況，忍不住淚如雨下。

論曰：李師師以娼妓下流，猥蒙異數，所謂處非其據矣。然觀其晚節，烈烈有俠士風，不可謂非庸中佼佼者也。道君奢侈無度，卒召北轅❶之禍，宜哉！

【章　旨】此段是作者對於李師師和宋徽宗的評議。

【注　釋】❶北轅　車向北駛，指徽、欽二帝被金人擄掠到北方。

【語　譯】評論說：李師師以下賤的娼妓之身而能有如此不同尋常的遭遇，這原本是一件很不正常的事情。然而李師師晚節不虧，凜然有俠士之風，可謂卓犖不群；相反的，宋徽宗奢侈無度、荒於政事，結果被金人擄掠，也正是情理之中的事情啊。

【研　析】李師師為北宋名妓，對於她和宋徽宗的豔史，宋代史籍、筆記中就有記載和描述。其中張端義《貴耳集》、周密《浩然齋雅談》敘述尤為詳盡。如《貴耳集》卷下云：「道君（宋徽宗趙佶）幸李師師家，偶周邦彥先在焉。知道君至，遂匿于床下。道君自攜新橙一顆，云：『江南初進來。』遂與師師謔語。邦彥悉聞之，隱括成〈少年游〉，云：『并刀如水，吳鹽勝雪，纖手破新橙。』後云：『嚴城上已三更。馬滑霜濃，不如休去，直是少人行。』李師師因歌此詞。道君問：『誰作？』李師師奏云：『周邦彥詞。』道君大怒，坐朝宣諭蔡京云：『開封府有監稅周邦彥者，聞課額不登，如何京尹不按發來？』蔡京罔知所以，奏云：『容臣退朝呼京尹叩問，續得復奏。』京尹至，蔡以御前聖旨諭之。京尹云：『惟周邦彥課額增羨。』蔡云：『上意如此，只得遷就將上。』得旨：『周邦彥職事廢弛，可日下押出國門。』隔一二日，道君復幸李師師家，不見李師師。問其家，知送周監稅。道君方以邦彥出國門為喜，既至不遇，坐久至更初，李始歸，愁眉淚睫，憔悴可掬。道君大怒云：『爾去那裡去？』李奏：『臣妾萬死。知周邦彥得罪，押出國門，略致一杯相別，不知官家來。』道君問：『曾有詞否？』李奏云：『有〈蘭陵王〉詞。』今『柳陰直』者是也。道君云：『唱一遍看。』李奏云：『容臣妾奉一杯，歌此詞為官家壽。』曲終，道君大喜。復召為大晟樂正。後官至大晟樂府待制。』

而宋元之際無名氏作品《宣和遺事》同樣也記錄了一個有關李師師和宋徽宗的三角戀愛故事，只不過故事的主人公之一周邦彥變成了李師師的丈夫賈奕。雖然有學者詳細考證，力證其非。但兩點基本事實大概是很難否定的，那就是：其一李師師是真實存在的歷史人物，其二風流倜儻的道君皇帝不僅與其有所過從，而且相當親密。

但是值得注意的是：和宋代絕大多數宮闈祕事類小說專寫前代史實不同，本篇傳奇則記載本朝事蹟，有很強的現實意義。和大多數筆記小說描摹李師師的姿色技藝、渲染她與皇帝的離奇緋聞不同，本文的作者把李師師塑造成一名出淤泥而不染的奇女子，在小說的最後，通過李師師以死全身的玉碎之舉，表彰了她不同尋常的氣節和精神。這篇傳奇超越了普通宮闈小說的豔情範疇，有了較為深刻的精神內涵。這也是南宋家國飄零、國難當頭之時，時代精神在文學作品中的體現。

關於李師師的結局，史書也有記載。《靖康要錄》卷一記載靖康元年正月十二日「御筆將趙元奴、李師師、王仲端及曾祗應倡優之家，并袁陶、武震、史彥、蔣翊、郭老娘逐人家財籍沒」，而本文卻將資財被沒收改為主動入官助餉。《墨莊漫錄》卷八稱「靖康中李生（即李師師）與同輩趙元奴及築球吹笛袁陶、武震輩例籍其家，李生流落來浙中……」，本文卻將這種淒涼晚景改變為慷慨赴死。由此不難看出，作者描寫李師師是基於現實而高於現實。作者為這朵絕代名花立傳，所要表達的絕不是對其色藝的懷想與豔羨，而是對一種在當時乃至整個男權社會裡所缺乏的貞剛之氣的無限敬仰與追慕。小說借助妓女這個卑賤的軀殼來表現一種最為崇高的精神與品格，從而形成了極為強大的閱讀張力。加之小說文筆雅潔、人物個性描寫和場景描繪也很生動，確實稱得上有宋一代傳奇小說的壓卷之作。

古籍今注新譯叢書

書種最齊全
注譯最精當

【哲學類】

新譯四書讀本	謝冰瑩等編譯	
新譯學庸讀本	王澤應注譯	
新譯孝經讀本	賴炎元、黃俊郎注譯	
新譯易經讀本	郭建勳注譯	黃俊郎校閱
新譯乾坤經傳通釋	黃慶萱著	
新譯禮記讀本	姜義華注譯	黃俊郎校閱
新譯儀禮讀本	顧寶田等注譯	黃俊郎校閱
新譯孔子家語	羊春秋注譯	周鳳五校閱
新譯老子讀本	余培林注譯	
新譯老子解義	吳　怡著	
新譯莊子讀本	黃錦鋐注譯	
新譯莊子讀本	張松輝注譯	
新譯莊子本義	水渭松注譯	
新譯莊子內篇解義	吳　怡著	
新譯列子讀本	莊萬壽注譯	
新譯管子讀本	湯孝純注譯	李振興校閱
新譯墨子讀本	李生龍注譯	李振興校閱
新譯公孫龍子	丁成泉注譯	黃志民校閱
新譯晏子春秋	陶梅生注譯	葉國良校閱
新譯鄧析子	徐忠良注譯	劉福增校閱
新譯荀子讀本	王忠林注譯	
新譯尹文子	徐忠良注譯	黃俊郎校閱
新譯尸子讀本	水渭松注譯	陳滿銘校閱
新譯韓非子	賴炎元、傅武光注譯	
新譯呂氏春秋	朱永嘉等注譯	黃志民校閱
新譯淮南子	熊禮匯注譯	侯迺慧校閱
新譯春秋繁露	朱永嘉、王知常注譯	
新譯新書讀本	饒東原注譯	黃沛榮校閱
新譯新語讀本	王　毅注譯	黃俊郎校閱
新譯潛夫論	彭丙成注譯	陳滿銘校閱
新譯論衡讀本	蔡鎮楚注譯	周鳳五校閱
新譯申鑒讀本	林家驪等注譯	周鳳五校閱
新譯人物志	吳家駒注譯	黃志民校閱

新譯張載文選　張金泉注譯
新譯近思錄　張京華注譯
新譯傳習錄　李生龍注譯
新譯明夷待訪錄　李廣柏注譯　李振興校閱

文學類

新譯詩經讀本　滕志賢注譯
新譯楚辭讀本　傅錫壬注譯
新譯文心雕龍　羅立乾注譯
新譯世說新語　劉正浩等注譯
新譯昭明文選　周啟成等注譯
新譯古文觀止　謝冰瑩等注譯
新譯古文辭類纂　黃　鈞等注譯
新譯樂府詩選　溫洪隆注譯
新譯古詩源　馮保善注譯
新譯千家詩　邱燮友等注譯
新譯詩品讀本　成　林等注譯
新譯花間集　朱恒夫注譯
新譯南唐詞　劉慶雲注譯
新譯唐詩三百首　邱燮友注譯
新譯宋詞三百首　汪　中注譯

新譯元曲三百首　賴橋本等注譯
新譯唐人絕句選　卞孝萱等注譯
新譯唐才子傳　戴揚本注譯
新譯搜神記　黃　鈞注譯
新譯唐傳奇選　束　忱等注譯
新譯宋傳奇小說選　束　忱注譯
新譯明傳奇小說選　陳美林等注譯
新譯明散文選　周明初注譯
新譯人間詞話　馬自毅注譯
新譯白香詞譜　劉慶雲注譯
新譯幽夢影　馮保善注譯
新譯菜根譚　吳家駒注譯
新譯郁離子　吳家駒注譯
新譯歷代寓言選　黃瑞雲注譯
新譯賈長沙集　林家驪注譯
新譯揚子雲集　葉幼明注譯
新譯曹子建集　曹海東注譯
新譯阮籍詩文集　林家驪注譯
新譯嵇中散集　崔富章注譯
新譯陸機詩文集　王德華注譯
新譯陶淵明集　溫洪隆注譯

新譯江淹集　羅立乾等注譯
新譯駱賓王文集　黃清泉注譯
新譯王維詩文集　陳鐵民注譯
新譯李白詩集　郁賢皓注譯
新譯杜甫詩選　張忠綱等注譯
新譯昌黎先生文集　周啟成等注譯
新譯柳宗元文選　卞孝萱等注譯
新譯白居易詩文選　陶　敏等注譯
新譯李賀詩集　彭國忠注譯
新譯杜牧詩文集　張松輝注譯
新譯范文正公選集　王興華等注譯
新譯蘇洵文選　羅立剛注譯
新譯蘇軾文選　滕志賢注譯
新譯蘇軾詞選　鄧子勉注譯
新譯蘇轍文選　朱　剛注譯
新譯曾鞏文選　高克勤注譯
新譯王安石文集　沈松勤注譯
新譯李清照集　姜漢椿等注譯
新譯歸有光文選　鄔國平注譯
新譯薑齋文集　平慧善注譯
新譯顧亭林文集　劉九洲注譯
新譯聊齋誌異選　任篤行等注譯
新譯閱微草堂筆記　嚴文儒注譯

歷史類

新譯史記　韓兆琦注譯
新譯漢書　吳榮曾注譯
新譯後漢書　魏連科注譯
新譯三國志　吳樹平注譯
新譯資治通鑑　韓兆琦、張大可注譯
新譯尚書讀本　吳　璵注譯
新譯尚書讀本　郭建勳注譯
新譯左傳讀本　郁賢皓等注譯　傅武光校閱
新譯公羊傳　雪　克注譯　周鳳五校閱
新譯穀梁傳　顧寶田注譯　葉國良校閱
新譯春秋穀梁傳　周　何注譯
新譯戰國策　溫洪隆注譯　陳滿銘校閱
新譯國語讀本　易中天注譯　侯迺慧校閱
新譯說苑讀本　左松超注譯
新譯說苑讀本　羅少卿注譯　周鳳五校閱
新譯新序讀本　葉幼明注譯　黃沛榮校閱
新譯吳越春秋　黃仁生注譯　李振興校閱

新譯西京雜記	曹海東注譯	李振興校閱
新譯列女傳	黃清泉注譯	陳滿銘校閱
新譯越絕書	劉建國注譯	黃俊郎校閱
新譯燕丹子	曹海東注譯	李振興校閱
新譯東萊博議	李振興、簡宗梧注譯	
新譯唐六典	朱永嘉、蕭木注譯	
新譯唐摭言	姜漢椿注譯	

宗教類

新譯金剛經	徐興無注譯	侯迺慧校閱
新譯高僧傳	朱恒夫等注譯	潘栢世校閱
新譯碧巖集	吳　平注譯	
新譯百喻經	顧寶田注譯	
新譯楞嚴經	賴永海等注譯	
新譯梵網經	王建光注譯	
新譯六祖壇經	李中華注譯	丁　敏校閱
新譯禪林寶訓	李中華注譯	潘栢世校閱
新譯維摩詰經	陳引馳、林曉光注譯	
新譯經律異相	顏洽茂注譯	
新譯無量壽經	邱高興注譯	
新譯妙法蓮華經	張松輝注譯	丁　敏校閱
新譯景德傳燈錄	顧宏義注譯	
新譯大乘起信論	韓廷傑注譯	潘栢世校閱
新譯釋禪波羅蜜	蘇樹華注譯	
新譯八識規矩頌	倪梁康注譯	
新譯永嘉大師證道歌	蔣九愚注譯	
新譯華嚴經入法界品	楊維中注譯	
新譯地藏菩薩本願經	李承貴注譯	
新譯悟真篇	劉國樑、連遙注譯	
新譯无能子	張松輝注譯	
新譯坐忘論	張松輝注譯	
新譯列仙傳	張金嶺注譯	陳滿銘校閱
新譯抱朴子	李中華注譯	黃志民校閱
新譯神仙傳	周啟成注譯	
新譯性命圭旨	傅鳳英注譯	
新譯老子想爾注	顧寶田等注譯	傅武光校閱
新譯周易參同契	劉國樑注譯	黃沛榮校閱
新譯道門觀心經	王　卡注譯	黃志民校閱
新譯養性延命錄	曾召南注譯	劉正浩校閱
新譯樂育堂語錄	戈國龍注譯	
新譯沖虛至德真經	張松輝注譯	周鳳五校閱
新譯長春真人西遊記	顧寶田等注譯	

新譯黃庭經・陰符經　劉連朋等注譯

【軍事類】

新譯司馬法　王雲路注譯
新譯尉繚子　張金泉注譯
新譯三略讀本　傅　傑注譯
新譯六韜讀本　鄔錫非注譯
新譯吳子讀本　王雲路注譯
新譯孫子讀本　吳仁傑注譯
新譯李衛公問對　鄔錫非注譯

【教育類】

新譯爾雅讀本　陳建初等注譯
新譯顏氏家訓　李振興等注譯
新譯曾文正公家書　湯孝純注譯　李振興校閱
新譯三字經　黃沛榮注譯
新譯百家姓　馬自毅、顧宏義注譯
新譯幼學瓊林　馬自毅注譯　陳滿銘校閱
新譯增廣賢文・千字文　馬自毅注譯　李清筠校閱
新譯格言聯璧　馬自毅注譯

【政事類】

新譯商君書　貝遠辰注譯　陳滿銘校閱
新譯鹽鐵論　盧烈紅注譯　黃志民校閱
新譯貞觀政要　許道勳注譯　陳滿銘校閱

【地志類】

新譯山海經　楊錫彭注譯
新譯水經注　陳橋驛等注譯
新譯佛國記　楊維中注譯
新譯大唐西域記　陳　飛等注譯　黃俊郎校閱
新譯洛陽伽藍記　劉九洲注譯　侯迺慧校閱
新譯徐霞客遊記　黃　珅注譯　黃志民校閱
新譯東京夢華錄　嚴文儒注譯　侯迺慧校閱

◎新譯搜神記

黃鈞／注譯　陳滿銘／校閱

魏晉南北朝時期的志怪小說以大量的虛構故事、奇幻的境界、離奇的情節、簡潔的語言、優美的文筆，為中國小說奠定了發展的基礎。其中東晉著名史學家干寶所撰的《搜神記》，是諸多志怪小說中成就最高、影響最大、最具有代表性的作品。本書正文以各善本參校，導讀詳盡，注譯精當，人名、地名可考者皆有注解，是讀者進入志怪小說瑰奇世界的最佳途徑。

◎新譯聊齋誌異選

任篤行、劉淦／注譯　袁世碩／校閱

《聊齋誌異》所寫多為社會上的奇聞異事或狐鬼花妖故事，不僅小說情節生動曲折，引人入勝，同時富有啟迪人生的深刻思想。作者蒲松齡透過一則則鬼怪世界的描寫，以奧妙的構思和運筆，影射現實社會和刻劃人生百態，取得空前的成就，被譽為是「中國文言小說之集大成者」。本書精選其中的一百篇，以明暢的注譯和深入的研析，幫助讀者掌握《聊齋誌異》的精華，領略蒲松齡的小說藝術。